Herbert Mark

Römische Sagen

Herbert Mark

Römische Sagen

Fischer Verlag

Lizenzausgabe für
FISCHER VERLAG GMBH
Remseck bei Stuttgart, 1994
Illustration Eckhard Freytag

ISBN 3 439 91029 6

INHALT

ÄNEIS

Der Hüter des trojanischen Erbes

Schon im Altertum galten die beiden Epen »Ilias« und »Odyssee« des Griechen Homer als Höhepunkte der Dichtkunst. Von dem Sagengut seiner Heimat angeregt, schrieb der Römer Vergil ab etwa 29 v. Chr. gewissermaßen eine Fortsetzung dieser Stoffe, die »Äneis«. Und in rund zehnjähriger Arbeit schuf er damit das dritte große Zeugnis antiker Epik.

NACH DEM UNTERGANG DER STADT TROJA

Beschützt von seiner Mutter, der Göttin Venus, war Äneas aus Troja geflohen. Hinter ihm sank die herrliche Stadt in Asche, weithin war der Nachthimmel vom Widerschein der Flammen, die aus den Häusern und Tempeln schlugen, blutrot gefärbt. In Priamos Burg wüteten die siegreichen Griechen; die versprengten Scharen des trojanischen Heeres, das Äneas an Hektors Seite so lange Jahre unverzagt angeführt hatte, wurden hingemetzelt, die grausam Verfolgten verkrochen sich todwund unter den Trümmern von Ilion.

Äneas trug auf den Schultern seinen greisen Vater, und an der Hand führte er seinen Sohn Ascanius. Seine treuesten Waffengefährten und ein Teil seines Gesindes folgten ihm mit den heiligen Standbildern der Schutzgötter von Troja, die der fromme Held vor den Händen des unbarmherzigen Feindes retten wollte und mitzunehmen befohlen hatte.

Auf verborgenen Pfaden erreichte die kleine Schar die Hafenstadt Antandrus am Fuß des Idagebirges. Hier hatte sich schon eine große Schar trojanischer Flüchtlinge versammelt, Männer, Frauen und Kinder, die das Unglück ihrer Vaterstadt beweinten. Als sie Äneas erblickten, umringten sie ihn und flehten ihn an: »Führe uns aus diesem Land fort, wir wollen uns fern von hier jenseits des Meeres neue Wohnstätten suchen. Waffenkundig bist du und weise, o Äneas, laß uns nicht im Stich! Wie einem Vater wollen wir dir gehorchen und mit dir die alten Götter auf neuer Erde verehren.«

So war Äneas zum Anführer der Flüchtlinge erwählt worden. Schon am anderen Morgen musterte er die waffenfähigen Männer und bildete aus ihnen eine Schutztruppe. Hierauf befahl er den Bau einer kleinen Flotte. Unverzüglich wurden Bäume gefällt, Schiffe gezimmert, die alten Fahrzeuge, die in dem kleinen Hafen lagen, beschlagnahmt und ausgebessert. Als es Frühling wurde, konnte man an Bord gehen. Der älteste Trojaner, der unter den Auswanderern war, der weißhaarige Held Anchises, gab das Zeichen zum Aufbruch und sagte als erster seiner unterjochten Heimat ein ewiges Lebewohl. Die Taue wurden gelöst, die Segel gesetzt, im Takt schlugen die Ruder das bewegte Wasser. Weinen und Wehklagen ertönte auf den Schiffen, als die Vertriebenen sich so von der Heimaterde losrissen, und bald war das Ufer den Blicken der Flüchtlinge entschwunden.

Nach einer Fahrt von mehreren Tagen landete die Flotte an der Küste Thrakiens, die einst der wilde Verächter des Bacchus, der König Lykurgus, beherrscht hatte, deren jetzige Bewohner aber, solange der Staat der Trojaner noch bestand, durch gleichen Götterdienst und Gastfreundschaft mit diesen eng verbunden waren. Doch war dies Verhältnis arg gestört, seit das Glück Trojas zu wanken begann und Ajax der Telamonier vom Lager der Griechen aus einen Streifzug zur See gegen die mit Priamus verbündeten Thrakier unternommen hatte. Damals lieferte Polymnestor, der treulose König des Landes, den jungen Sohn des trojanischen Königs, Polydorus, den Griechen aus und erkaufte sich damit den Frieden. Der Jüngling aber wurde von den Belagerern unter den Mauern Trojas vor den Augen des Vaters gesteinigt.

Doch Äneas wußte nicht, an welchem Ufer er mit seinen Schiffen vor Anker gegangen war. Voll Freude, endlich eine Küste erreicht zu haben, betrat er mit seinen Freunden das Land. Ungehindert ließen sie sich dort nieder und legten den Grund zu einer neuen Stadt, wo sie sich von den Anstrengungen ihrer Flucht zu erholen gedachten. Äneas, als Anführer der Auswanderer, benannte sie nach seinem eigenen Namen Änos. Der fromme Held wollte für sein Werk den Schutz der Unsterblichen erflehen und opferte deshalb Jupiter, dem Göttervater, und seiner eigenen Mutter Venus einen untadeligen Stier. In der Nähe der Opferstelle befand sich ein Hügel, auf welchem Kornellen und Myrten üppig wucherten. Dorthin war Äneas gegangen, um die frisch errichteten Rasenaltäre mit Laub und Zweigen zu bedecken.

Da erlebte er ein schauriges Wunder. Sobald er einen Strauch aus dem Boden reißen wollte, quollen aus dessen Wurzeln schwarze Blutstropfen und flossen auf den grünen Waldboden. Dem Äneas erstarrte das Blut in den Adern. Angstvoll warf er sich auf die Erde und flehte zu den Nymphen des Waldes und zu Bacchus, dem Schutzgott der thrakischen Fluren, die Schrecken abzuwenden, welche dieses Wunderzeichen verhieß. Dann ergriff er nochmals ein Bäumchen, und mit dem Knie auf den Boden gestemmt, versuchte er, es mit Gewalt zu entwurzeln.

Da drang ein klägliches Stöhnen aus dem Boden, und er hörte eine Stimme, die er längst vergessen glaubte: »Was quälst du mich, unglücklicher Äneas? Meine Seele wohnt in diesem Boden, in den Wurzeln und Ästen dieses Waldes, in welchem ich als Kind einst ahnungslos spielte. Ich bin dein Stammesgenosse, dein Verwandter, bin Polydorus, der Sohn des Priamus, der einst von seinem Pflegevater an die Griechen verraten und vor deinen Augen unter Trojas Mauern zerschmettert wurde. Mein Gebein ist von mitleidigen Thrakiern gesammelt und hier bestattet worden. Verletze meine Freistätte nicht, du aber fliehe dieses Ufer, wo dir und allen Trojanern Unheil droht, denn noch herrscht das Geschlecht des Verräters in diesem Land.«

Als Äneas sich vom ersten Schrecken erholt hatte, kehrte er zu den Seinen zurück und meldete das Erlebnis zuerst seinem Vater und dann auch den anderen Edlen seines Volkes. Alle waren dafür, mit ihm die Stätte des entweihten Gastrechts zu verlassen. Die begonnenen Arbeiten wurden eingestellt, und nachdem sie dem unglücklichen Polydorus ein Totenfest gefeiert, schoben die Trojaner ihre Schiffe wieder ins Wasser, bestiegen sie und verließen damit den Hafen. Günstiger Wind führte sie bald weiter in die offene See hinaus, und nach glücklicher Fahrt sahen sie mitten im Meer, unter vielen anderen Inseln, eine liebliche kleine Insel. Ihr Name war Delos. Einst war sie eine schwimmende Insel gewesen; Apollo war auf ihr geboren und hatte sie in der Mitte der Zykladeninseln am Meeresgrund befestigt, so daß sie hinfort den Stürmen trotzen konnte und glückliche Bewohner ernährte. Die Menschen, die dort lebten, hatten dankbar ihre Stadt dem Apollo geweiht, sie waren gastliche, gute Leute.

Dorthin steuerte Äneas mit seiner Flotte, und ein sicherer Hafen nahm die müden Seefahrer auf. Sie landeten und betraten die Stadt, die dem Phöbus Apollo geweiht war. Ihr König Anius, der zugleich Priester des Phöbus war, schritt mit der heiligen Binde um die Schläfe und dem Lorbeer in der Hand den Ankömmlingen entgegen und erkannte in dem greisen Anchises einen alten Gastfreund. Mit Handschlag wurden Äneas und seine Genossen freundlich begrüßt und aufgenommen. Bevor sie sich niederließen, begaben sich die Ankömmlinge zu dem alten Tempel des Schutzgottes der Insel. Äneas warf sich ehrfürchtig vor dem Heiligtum nieder und betete mit aufgehobenen Händen: »Gib uns, du großer Beschützer des trojanischen Volkes, ein eigenes Haus, gönn uns eine bleibende Statt, laß das Geschlecht deiner Schutzbefohlenen nicht aussterben, hilf uns ein zweites Troja gründen! Sag, wer soll unser Führer sein? Wohin schickst du uns? Gib uns ein Zeichen, großer Gott, und offenbare dich!«

Kaum hatte der Held so gesprochen, erschütterte ein Beben die Schwelle des Gottes, den Lorbeerhain, der den Tempel umgab, und das ganze Gebirge ringsum, und aus dem Tempel ertönte vom Dreifuß des Orakels her eine Stimme: »Ausdauerndes Volk der Dardaner, du kehrst in den Schoß eines Landes zurück, das schon den Stamm deiner Ahnherren getragen hat. Deine Mutter suchst du auf: von dort aus wird das Geschlecht des Äneas noch in seinen spätesten Enkeln alle Länder der Erde beherrschen.«

Als die Stimme des Gottes erklang, hatten sich alle demütig zu Boden geworfen. Da sie nun den günstigen Spruch vernommen hatten, sprangen sie freudig auf; ein jubelndes Durcheinander entstand, und einer fragte den andern, von welchem Land Apollo wohl gesprochen habe und wo sie eine neue Heimat erwarte.

Als sie so untereinander berieten, erhob der ehrwürdige und kundige Held Anchises, der Vater des Äneas, seine Stimme. »Laßt mich«, sprach er, »eure Hoffnung deuten. Mitten im inselreichen Meer liegt eine Insel, aus welcher Jupiter, der Göttervater, stammt. Sie heißt Kreta und ist auch die Wiege unseres Volkes. Und wie Trojas Hauptgebirge heißt auch die waldige Bergkette, die diese Insel durchzieht, das Idagebirge. Zu seinen Füßen dehnten sich die fruchtbarsten Äcker und Hunderte blühende Städte. Von dort soll unser Stammvater ins troische Land gekommen sein, soll auch unser Götterdienst stammen, und gewiß führt uns dorthin jetzt Apollos Befehl; laßt uns ihm folgen! Die Reise ist nicht allzulang; schickt Jupiter uns Fahrtwind, so erreicht unsere Flotte am dritten Morgen die Insel Kreta.«

Über diese Deutung waren die Auswanderer sehr erfreut. Ehe sie wieder die Schiffe bestiegen schlachteten sie dem Meergott Neptunus und dem Apoll, der sie mit seinem Orakel getröstet hatte, je einen Stier; den mächtigsten Winden opferten sie Lämmer, dem wilden Sturm ein schwarzes, dem sanften Zephyr ein weißes Lamm. Dann verließen sie den Hafen von Delos, und ihre Schiffe durchschnitten bei günstigem Fahrtwind die Wellen. Sie fuhren durch das Inselreich der Zykladen, die mit ihren weißen Marmorfelsen aus den Fluten ragen.

Ein heiterer Himmel begünstigte ihre Fahrt; pfeilschnell schossen die Boote dahin, und überall hörte man die fröhlichen Stimmen der Trojaner. »Auf, ihr Freunde«, riefen sie, »Kreta wollen wir suchen und die teure Heimat unserer Väter finden!«

Am dritten Morgen hatte die Flotte wirklich, wie Anchises es vorausgesagt hatte, den weißen Strand der Insel Kreta erreicht. Als die Flüchtlinge ausgeschifft waren und sich von den Einwohnern der Insel wohl aufgenommen sahen, begann Äneas abermals eine Stadt zu bauen. Die Flotte war ans Ufer gezogen, und unter den fleißigen Händen der Trojaner wuchsen Mauern und Häuser empor. Bald konnte man sich darin wohnlich einrichten. Äneas benannte die neue Stadt nach dem einstigen Pergamus, der Burg von Troja, und auch sie erhielt eine Burg auf dem Hügel. Unter dem jungen Volk der Auswanderer wurden bald Ehen geschlossen, Äcker verteilt, und die Edlen traten zusammen und beschlossen neue Gesetze für das trojanische Volk. Da bedrohte ein neues Unglück die armen Flüchtlinge.

Ein glutheißer Sommer brannte ringsum die Felder aus, die Saat verdarb, Gras und Kräuter vertrockneten, auf den Bäumen welkten die Blüten. Ein schreckliches Sterben kam über die Menschen, und wen der Tod verschonte, der wurde mit Siechtum geschlagen. Als die Trojaner ihre trostlose Lage berieten, stand Anchises auf und empfahl seinen unglücklichen Gefährten, die Boote wieder zu besteigen, erneut das Zykladenmeer zu durchschiffen und noch einmal auf der Insel Delos das Orakel des Gottes zu befragen; es möge ihnen sagen, welches Geschick ihnen zugedacht sei. Diesem Rat stimmte das gesamte Volk zu, und man beschloß, alles bewegliche Eigentum auf die Schiffe zu bringen, dann die Anker zu lichten und die fast vollendete Stadt zu verlassen.

Als alle Vorbereitungen getroffen waren und die letzte Nacht nahte, die sie unter Kretas glücklosem Himmel zuzubringen gedachten, lag Äneas schlaflos auf seinem Bett und quälte sich mit düsteren Gedanken.

Da hatte er plötzlich ein Gesicht. Der Vollmond brach eben aus den Wolken und erhellte mit seinen Strahlen sein Schlafgemach, als knapp vor seinem Bett die heiligen Hausgötter der Trojaner, die er aus seiner brennenden Vaterstadt gerettet hatte, zu stehen schienen. Ihr Mund bewegte sich, ihre Stimme sprach tröstend zu ihm: »Apollo selbst schickt uns zu dir. Du darfst uns vertrauen. Wir, die wir aus dem brennenden Troja dir folgten und mit dir durch das stürmische Meer fuhren, wir werden deinem Geschlecht einen Wohnsitz finden, den Ruhm deiner Enkel verherrlichen und ihre Stadt zur Herrscherin über die Welt machen. Du selbst bist ausersehen, deinen Nachkommen diesen Ort vorzubereiten. Die Stätte, wo du dich jetzt angesiedelt hast, mußt du freilich verlassen, denn nicht dieses Ufer hat der delische Apollo gemeint, nicht auf Kreta sollst du bleiben. Weit von ihr liegt das Land, welches der Götterspruch verhieß, die Griechen nennen es Hesperien. Es ist ein uraltes Land, mächtig durch die Waffen seiner Bewohner, reich durch den Ertrag seines Bodens. Seine ersten Bewohner hießen Önotrier, von den jüngeren soll es jetzt Italien genannt werden, und die Menschen heißen dort Italer, nach dem Namen des einheimischen Königs Italus. Dies ist das Land, das euch von euren Ahnen her gehört, von dort stammen eure Väter Dardanus und Jasius, die Begründer eures Geschlechts. Mach dich auf, melde deinem alten Vater fröhlich diesen Auftrag: Italien soll er aufsuchen; die Gefilde Kretas verweigert euch Jupiter.«

Kalter Angstschweiß war dem Helden auf die Stirn getreten, während die Götter vor ihm standen und sprachen; doch als sie verschwunden waren, fühlte er sich von ihren Worten wunderbar getröstet, erhob sich vom Lager, streckte die flachen Hände betend, wie die Alten es zu tun pflegten, zum Himmel empor und brachte auf seinem Hausherd den heimischen Göttern ein Trankopfer dar.

Dann eilte Äneas zu seinem alten Vater und schilderte ihm ausführlich das Erlebte. Diesem gingen die Augen des Geistes auf: er besann sich des doppelten Ursprungs der Trojaner, jenes von Dardanus, des andern von Teucer, und erkannte, daß er die beiden Stammländer verwechselt und sich so getäuscht hatte. »Lieber Sohn«, sprach er, »jetzt erst erinnere ich mich, daß die Seherin Kassandra allein mir die Zukunft richtig geweissagt hat. Sie verhieß unserem Geschlecht ein Land, welches sie einmal Hesperien, ein andermal Italien nannte. Das war, als unser Troja noch stand, und wer hätte damals gedacht, daß je teukrische Männer ihre Heimat verlassen und nach den fernen Küsten Hesperiens auswandern würden? Wer achtete damals überhaupt auf die Reden Kassandras, die man für eine Närrin hielt und keine Seherin!«

So sprach Anchises. Inzwischen hatte sich das Volk zur beschlossenen Fahrt nach Delos versammelt; als es nun die neue Weisung der Götter vernahm, brach es in lauten Jubel aus. Alle rüsteten sich, nur einige Kranke und Genesende blieben in der neu gegründeten Stadt zurück. Durch sie wurde die neue Siedlung der Trojaner erhalten; glücklichere Zeiten kamen, die Zurückgebliebenen vermehrten sich, und noch in späten Tagen blühte auf der Insel Kreta Pergamus, die Trojerstadt.

Die andern aber setzten die Segel, und bald steuerte ihre Flotte wieder durch die hohe See.

STURM UND IRRFAHRTEN

Als kein Land mehr zu sehen und ringsum nur noch Himmel und Meer war, sammelte sich über den Köpfen der Trojaner graues Gewölk, das Nacht und Sturm brachte. Das Meer geriet in Aufruhr, hohe Wellen türmten sich auf, die Flotte wurde auseinandergerissen, und die Schiffe trieben zerstreut auf den tobenden Fluten. Die schwarzen Wetterwolken machten den Tag zur Nacht und hüllten alles in dichten Regen. Nur Blitze erhellten das Dunkel.

Dieses fürchterliche Unwetter dauerte drei Tage und drei Nächte, und während dieser Zeit wußte selbst der erfahrene Steuermann Palinurus nicht mehr, wo sich die Flotte befand und wohin der Sturm die Schiffe trieb. Endlich am vierten Tag legte sich der Sturm; ein fernes Gebirge zeigte sich am Horizont. Sein Anblick gab den Verzweifelten wieder Mut; als sie sich der Küste genähert hatten, zogen sie die Segel ein, packten die Ruder und kämpften sich mit aller Kraft durch die Brandung.

Das Land, welches die Verirrten betraten, war eine der beiden Strophadeninseln im großen ionischen Meer. Es war ein unwirtliches, durch seine Bewohner verrufenes Land. Die Harpyien, die gefräßigen Ungeheuer, hatten an diesem Gestade ihren garstigen Sitz aufgeschlagen, seit sie die Wohnungen des Königs Phineus verlassen hatten und von seinem unglücklichen Tod verscheucht worden waren. Diese grausigen Scheusale waren ein Vogelgezücht mit Jungfrauengesichtern, die aber, stets vom Hunger gezeichnet, entsetzlich anzuschauen waren. An den Händen hatten sie Krallen, mit welchen sie alle Speisen ergriffen, deren sie habhaft wurden. Mit dem ekelhaften Auswurf ihres Leibes besudelten sie jeden Ort, an dem sie erschienen.

Von diesen Bewohnern des ihnen unbekannten Ufers hatten Äneas und seine Gefährten keine Ahnung. Sie liefen in den Hafen ein und waren fröhlich, als sie wieder festes Land unter den Füßen hatten. Zunächst zeigte sich ihnen auch nichts Unheimliches. Herden von Rindern und Ziegen grasten friedlich auf der Weide, kein Hirte war zu sehen. Der ausgestandene Hunger ließ die Gelandeten nicht lange zögern. Sie schlachteten das Vieh, brachten zuerst Jupiter und den Göttern ein Opfer dar und setzten sich dann selbst zum leckeren Schmaus am Ufer nieder. Sie aßen aber noch nicht lange, als sie von den grünen Hügeln her lauten Flügelschlag wie von vielen Vögeln hörten.

Als hätte sie der Sturmwind hergebracht, erschienen plötzlich die Harpyien, fielen über die Speisen her, zerrten gierig daran und besudelten alles mit ihrem abscheulichen Auswurf. Laut ertönten ihre gräßlichen Stimmen, und überall verbreitete sich scheußlicher Pesthauch. Die Tafelnden flüchteten mit ihrer Opfermahlzeit an eine abgelegene Stelle unter einem Felsen, der von schattigen Bäumen umgeben war. Hier machten sie auf neu aufgeschichteten Rasenaltären Feuer und stellten ihr Mahl wieder auf. Aber aus verborgenen Winkeln und aus völlig anderer Himmelsrichtung kam wieder derselbe sausende Schwarm, machte sich mit seinen Krallenfüßen über die Beute her und befleckte erneut das Mahl.

Äneas und die Seinen versuchten es endlich mit einer List: sie verbargen ihre Schwerter und Schilde im Gras, und als die häßlichen Vögel wieder im Schwarm einfielen, brachen seine Genossen auf das Zeichen eines ihrer Freunde hin, der vom Felsen herab Ausschau gehalten hatte, los und versuchten die Untiere mit ihren Schwertern zu erlegen. Aber kein Schwert vermochte das Gefieder zu durchdringen, keine Wunde ihr Fleisch zu verletzen; sie flüchteten und ließen ihre Beute ungefressen zurück, besudelt von ihrem Unrat.

Nur eine von den Harpyien, Celäno mit Namen, setzte sich auf den höchsten Felsen und sprach die prophetischen Fluchworte: »Ist es euch nicht genug, unsere Rinder und Ziegen gemordet zu haben, ihr trojanischen Fremdlinge? Müßt ihr uns unschuldige Harpyien auch noch aus unserer Heimat vertreiben? So hört die Prophezeiung, die mir Phöbus anvertraut hat und die ich euch als Rachegöttin verkünde: Ihr fahrt nach Italien und werdet es auch erreichen, ein Hafen wird euch aufnehmen; aber nicht eher werdet ihr die euch verheißene Stadt mit Mauern umgürten, als bis ein gräßlicher Hunger, die Strafe für das Unrecht, das ihr uns angetan, euch zwingen wird, an euren eigenen Tischen zu nagen und sie aufzuessen.«

So sprach sie, schwang die Flügel und flog davon. Den Trojanern erstarrte das Blut in den Adern. Sie wußten nicht, hatten sie es mit fluchwürdigen Vögeln oder mit mächtigen Göttinnen zu tun. Endlich hob Vater Anchises seine Hände flehend zum Himmel und betete zu den Göttern um Abwendung allen Unheils. Dann riet er seinem Sohn und seinen Gefährten, sich schnell wieder einzuschiffen.

ÄNEAS AN DER KÜSTE ITALIENS

Nach langen Irrfahrten und mancherlei Abenteuern tauchte endlich in der Ferne eine flache Küste mit grünenden Hügeln auf. »Italien«, rief zuerst der Held Achates, der das Land vor den andern erblickt hatte. »Italien!« riefen freudig die Gefährten. Der Greis Anchises bekränzte einen großen Becher und füllte ihn bis zum Rand mit Wein. Auf dem Hinterdeck stehend, bat er die Meeresgötter um günstigen Wind und leichte Fahrt. Wirklich wehte die ersehnte Brise kräftiger als zuvor, und weiter näherten sie sich dem Hafen, der zur Landung einlud. Auf einem Hügel im Landesinneren sahen sie einen schönen Tempel der Minerva. Vertrauensvoll rollten sie die Segel zusammen und lenkten die Schiffe zum Strand. Der Hafen bildete, von der östlichen Brandung des Meeres ausgehöhlt, einen Bogen; an vorgelagerten Klippen gischtete das Meer schäumend hoch, eine Mauer getürmter Felsen fiel rechts und links steil ins Meer ab, und der Tempel, in der Mitte der Bucht gelegen, lag im Hintergrund. Hier erblickten sie am Ufer als erstes Vorzeichen vier schneeweiße Rosse, die im tiefen Gras weideten.

»Rosse bedeuten Krieg«, rief Anchises aus, »mit Krieg droht uns dieses Land, so gastlich es aussieht. Laßt uns Minerva anbeten und eilig mit unseren Schiffen umkehren!«

Sie folgten dem Rat des Alten und fuhren wieder hinaus auf das Meer. Nun schifften sie an manchen Küsten vorüber, immer südwärts, vorbei am Meerbusen von Tarent, an der Stadt Kroton mit ihrem Junotempel, an dem klippenreichen Scylacium. Schon tauchte in der Ferne Sizilien auf mit dem Ätna; schon von weitem hörten sie da ein gewaltiges Tosen des Meeres, die Brandung um die Felsen, Sand und Gischt stäubten hoch empor.

»Das ist die Charybdis«, rief der länderkundige Anchises, »das gräßliche Felsenriff. An die Ruder, Gefährten, reißt uns aus der Todesgefahr!«

Schnell lenkten alle ihre Schiffe nach links, Palinurus mit dem krachenden Schiffsschnabel voran. Bald wurden die Schiffe vom gewaltigen Strudel zu den Wolken emporgetragen und sogleich mit den Wogen hinabgezogen, daß sie meinten, nie mehr hochzukommen. Und dies geschah dreimal.

Als sie dieser Gefahr glücklich entronnen waren, gerieten sie an den Strand der Zyklopen, wo ein großer Hafen sie aufnahm. Unweit davon hörten sie den feuerspeienden Berg Ätna donnern, der schwarzes Gewölk, Pechqualm und glühende Asche in die Luft emporwirbelte und Steine und geschmolzene Felsen hochschleuderte. Der Leib des Giganten Enceladus (andere erzählen, der des Riesen Typhon), vom Blitz Jupiters versengt, soll hier tief unten in der Erde liegen, und der mächtige Ätna, über denselben geworfen, sende den Flammenhauch des Riesen aus seinem Schlund empor; sooft jener unter der drückenden Last sich zur Seite wendet, bebt die ganze Insel, und Rauch bedeckt den Himmel.

Äneas und seine Genossen waren bei Nacht auf die Insel verschlagen worden, und der Berg war von Wäldern umwachsen. Auch bedeckte den dunklen Himmel schweres Gewölk, und dahinter verbargen sich der Mond und die Sterne. So hörten sie die ganze Nacht hindurch nur das fürchterliche Tosen, ohne zu wissen, woher es komme.

Als der Morgenstern aufging und Aurora die Schatten der Nacht vertrieb, sahen die Flüchtlinge, die am Strand lagerten, einen seltsamen Mann, ganz in Lumpen gehüllt, ein rechtes Jammerbild, aus den Wäldern kommen und die Hände flehend nach ihnen ausstrecken. Schmutz entstellte ihn, die Fetzen seines Gewandes waren mit Dornen zusammengeheftet, sein langes, wirres Barthaar flog im Wind. Aber noch in diesem jämmerlichen Aufzug erkannte man den Griechen, der einst vor Troja gekämpft hatte. Als dieser in der Ferne trojanische Rüstungen sah, stutzte er einen Augenblick und hemmte schüchtern seine Schritte.

Bald aber rannte er entschlossen weiter, dem Ufer zu, und bat weinend die Ankömmlinge: »Bei den Gestirnen, bei den Göttern, beim Himmelslicht beschwöre ich euch, Trojaner, nehmt mich mit euch, wohin es auch gehen mag! Ich weiß wohl, ich bin einer vom Danaerheer, ich habe gegen eure Stadt gekämpft, habe sie zerstören helfen. Seid ihr deshalb unversöhnlich, so reißt mich in Stücke und werft mich ins tiefste Wasser; wird mir doch wenigstens der Trost zuteil, von Menschenhand zu sterben!«

So sprach der Unglückliche, umfaßte die Knie des Helden Äneas und preßte sich fest an ihn. Da bestürmten ihn alle, seine Herkunft, seinen Namen, sein Schicksal zu erzählen; der ehrwürdige Greis Anchises reichte selbst ihm die Hand und nötigte ihn aufzustehen.

Allmählich erholte sich der Arme. »Ich stamme«, begann er, »aus Ithaka und war ein Gefährte des Helden Odysseus. Achämenides ist mein Name. Weil mein Vater Adamastus arm war, entschloß ich mich, mit gegen Troja zu ziehen. Es war mein Unglück. Den Gefahren des Krieges glücklich entronnen, wurde ich hier in der Höhle des Zyklopen vergessen, als Odysseus und meine anderen Begleiter, die der Menschenfresser noch nicht geopfert hatte, die Höhle mit List verließen. Krank und elend lag ich in einem Winkel der Höhle. Ich hatte mit angesehen, wie das Ungetüm meine armen Freunde, einen nach dem anderen, verschlang, ich hatte mitgeholfen, als der einäugige Riese von Odysseus im Rausch geblendet wurde. Nur durch ein Wunder bin ich schließlich aus seiner Höhle entkommen; aber umringt vom ungeschlachten Volk der Zyklopen, litt ich seither Hunger und Todesangst. Euch, unglückliche Fremde, rate ich zu fliehen, wollt ihr nicht die Beute dieses abscheulichen Riesenvolkes werden. Denn wie Polyphem hausen über hundert Ungeheuer in diesem unwirtlichen Gebirge. Besteigt eilig eure Schiffe, und löst die Taue! Drei Monate sind es nun, daß ich zwischen Höhlen und Verstecken mein Leben friste, mich von Waldbeeren und Wurzeln ernähre, stets auf der Hut vor dem Riesengeschlecht, dessen dröhnende Tritte und brüllende Stimmen ich fürchte. Da sah ich endlich eure Flotte dem Ufer nahen; ich eilte, mich zu ergeben, wer immer es auch sein mochte.«

Kaum hatte er gesprochen, als die Trojaner auch schon auf der Höhe des Berges den Zyklopen Polyphem erblickten, den gewaltigen Riesen mit dem geblendeten Auge, eine behauene Fichte als Stock in der Hand, inmitten seiner Schafherde, dieses einzigen Trostes in seinem Unglück. Am Meer angekommen, ging er sogleich ins Wasser, das ihm nicht einmal bis an die Hüfte reichte. Er bückte sich und wusch aus dem ausgestochenen Auge das immer noch fließende Blut, stöhnend und zähneknirschend.

Bei diesem gräßlichen Anblick beschleunigten die Trojaner ihre Flucht, nahmen den Flüchtling, obgleich er ihr Stammfeind war und ihre Stadt hatte zerstören helfen, auf ihr Schiff und hieben eilig und lautlos die Seile ab. Doch dann vernahm der Riese den Ruderschlag und wandte sich, noch immer im Wasser stehend, in die Richtung, aus der das Geräusch kam. Mit Mühe entging das letzte Schiff seinen suchenden Händen. Als er vergebens in die Luft griff, erhob er ein so gewaltiges Gebrüll, daß die Klüfte des Ätna wie von einem langen Donner widerhallten und das ganze Zyklopengeschlecht, in den hohen Bergen aufgestöbert, zum Ufer herabeilte. Wie mächtige Eichen oder Zypressen ragten ihre Häupter zum Himmel, und sie blickten der Flotte drohend nach.

Um der Scylla und Charybdis zu entgehen, segelten die Schiffe weiter, die Küste der Insel entlang, von Achämenides beraten, der diesen Weg früher mit Odysseus zurückgelegt hatte. Auf dieser Fahrt traf den Äneas ein großer Schmerz. Sein greiser Vater Anchises, von den Anstrengungen, Gefahren und Schrecken der Reise ermattet, wurde zusehends schwächer, seine Sinne schwanden, seine Zunge erlahmte. Er sollte Italien, das gelobte Land seiner Sehnsucht, nicht mehr erreichen. Ohne ein Lebewohl sagen zu können, gab er in den Armen seines Sohnes den Geist auf, als sie eben in den Hafen der sizilianischen Stadt Drepanum einliefen.

Die trojanischen Flüchtlinge bereiteten dem ehrwürdigen Vater ihres Anführers ein feierliches Begräbnis. Doch hatte Äneas nicht lange Zeit zur Trauer. Die Verheißung der Götter trieb ihn, sein Volk dem Land der Ahnen entgegenzuführen und das versprochene Reich zu gründen.

AN AFRIKAS GESTADEN

Kaum hatte die Flotte Sizilien hinter sich und segelte zuversichtlich auf hoher See dahin, als Juno, die alte Feindin der Trojaner, die vom Olymp aus den Schiffszug beobachtete, zu sich sprach: »Sollte etwa mein Beginnen auf halbem Weg stehenbleiben? Sollte Troja nicht völlig zerstört, sein Volk und Königsgeschlecht nicht mit der Wurzel vertilgt sein? Soll der Schwiegersohn des Priamus, soll sein Enkel wirklich Italien in Besitz nehmen? Hat nicht Minerva die heimkehrende Flotte der Griechen zerschlagen und mit Orkanen das Meer durchwühlt, nur um die Schuld des Ajax, des Lokrers, zu rächen? Und ich, die Königin der Götter, Jupiters Gemahlin und Schwester, soll dieses Volk jahrelang vergebens bekämpfen?«

Solche Gedanken bewegten ihr zorniges Herz, und sie eilte in das Gebiet der Stürme, zur Grotte des Äolus, des Königs der Winde. Auf ihren Befehl und ihre Bitten hin ließ dieser sämtliche Winde los; sie stürmten wie Heere zur Feldschlacht heraus, fegten über das Land, stürzten, Ost-, West-, Süd- und Nordwind zugleich, auf das Meer und peitschten die Wogen gegeneinander auf, in deren Mitte die Flotte der Trojaner fuhr.

Ein Jammern erhob sich unter den Männern. Die Taue rasselten, während Blitz auf Blitz zuckte und schwere Donnerschläge durch den Himmel rollten. Äneas beneidete in diesem Augenblick alle, die an Trojas Mauern im Kampf für die Heimat den Tod gefunden hatten, auch seine Freunde Sarpedon und Hektor, die durch die Hand des Tydiden und des großen Achilles gefallen waren. Aber seine Seufzer verwehte der Nordwind, der die Segel nach vorn riß und die Schiffe auf fürchterlichen Flutwellen bis in die Wolken schleuderte. Die Ruder zerbrachen, Wasser drang ein, und die Schiffe legten sich zur Seite.

Drei der Fahrzeuge schleuderte der Südwind auf verborgene Klippen, weitere drei fegte der Ostwind von der hohen Sturmflut auf seichte Sandbänke; auf eins, in dem sich die lykischen Bundesgenossen mit ihrem Führer Orontes befanden, wälzte sich eine ungeheure Woge nieder und warf den Steuermann kopfüber ins Meer; dann drehte der Wirbel das Schiff dreimal um seine Achse und zog es in den Abgrund. Auch das mächtige Schiff des Ilioneus und Achates, das Schiff des Abas und Aletes zertrümmerte der Sturm.

Jetzt endlich erfuhr der Meergott Neptunus von dem Aufruhr und wunderte sich über die losgelassenen Orkane. Er erhob aus den wilden Wogen sein ruhiges Haupt und schaute ringsum. Da sah er das Geschwader des Äneas weithin im Meer zerstreut und die Schiffe seiner Lieblinge, der Trojaner, von den Wogen bedeckt und in Regengüsse gehüllt. Sogleich vermutete er darin ein Rachewerk seiner Schwester Juno. Er rief den Ost und West gebieterisch zu sich und sprach zu ihnen: »Was erlaubt ihr euch, so ohne meinen Befehl Himmel und Meer zu mischen und die Wogen bis an die Sterne zu türmen? Ich befehle euch, das Meer sofort zu verlassen. Geht und sagt eurem Herrn, nicht ihm ist der Dreizack und die Herrschaft über die See gegeben, sondern mir; ihm gehören Felsen und Grotten, wo eure Wohnung ist; dort mag er über euch herrschen, bis man euch braucht!«

So sprach er und glättete die schäumenden Wogen, verscheuchte die schwarzen Wolken, besänftigte die Luft und ließ die Sonne wieder scheinen. Seine Meeresgötter mußten die Schiffe, die zwischen den Klippen hingen, von den scharfen Felsen herunterholen, er selbst hob die auf den Sandbänken gestrandeten Schiffe mit seinem Dreizack hoch und machte sie wieder flott. Dann glitt er auf seinem Wagen, von Seerossen gezogen, leicht über den Schaum der Wellen, und das Meer schwieg, wohin der Gott mit verhängtem Zügel die Rosse lenkte und einen Blick über die Wasser warf.

Die müden Seefahrer sahen eine Küste vor sich liegen, sammelten ihre Kräfte und steuerten dem Land entgegen. Es war Afrikas Küste. Bald betraten sie sicheren Boden. Auf der einen Seite winkten sonnige Wälder auf sanften Hügeln, auf der andern starrte schwarzes Gehölz auf steiler Höhe; im Hintergrund der Bucht öffnete sich eine Felsengrotte mit Quellen und Moosbänken. Dorthin fuhr Äneas mit seinen sieben ihm verbliebenen Schiffen.

Die Trojaner stiegen aus und lagerten sich in ihren triefnassen

Kleidern am Ufer. Der Held Achates schlug an einem Kiesel Feuer, barg die Glut in trockenen Blättern, nährte sie mit dürrem Reisig und fachte sie zur Flamme an. Dann wurde das Bäckergerät und das vom Wasser halb verdorbene Getreide aus den Schiffen geholt und das gerettete Korn mit dem Mühlstein zermahlen.

Unterdessen erstieg Äneas mit seinem treuen Waffenträger Achates einen Felsen und blickte suchend über das weite Meer, ob er nicht eines seiner vom Sturm verschlagenen Schiffe erspähen könnte. Aber kein Schiff fand sein Blick; nur drei Hirsche sah er unten am Strand, denen eine große Herde von Tieren folgte. Schnell ließ er sich Pfeil und Bogen reichen und streckte das Leittier der Herde nieder, einen Hirsch mit hochästigem Geweih; und er ruhte nicht, bis er sieben Tiere erlegt hatte, ebensoviel, als er noch Schiffe besaß. Dann kehrte er zur Bucht zurück. Die Beute wurde eingeholt und unter die Freunde verteilt. Auch große Krüge voll Wein ließ Äneas aus den Schiffen holen, die ein Gastfreund an der sizilianischen Küste ihm geschenkt hatte. Mit dem süßen Trank spendete er Trost den kummervollen Herzen der Seinen.

»Freunde«, sprach er, »sind wir doch lange schon in Trübsal erprobt, in größerer noch als diese gegenwärtige ist, darum laßt uns hoffen, daß ein Gott damit ein Ende machen wird. Faßt wieder Mut, in späterer Zeit werdet ihr euch lächelnd an alle diese Leiden erinnern. Denkt daran, daß das Ziel so großer Not und Gefahr Italien heißt, daß uns dort das Schicksal Ruhe verspricht, daß dort ein zweites Troja erblühen wird!«

Der Held sprach diese Hoffnungsworte mit kummervollem Herzen, und er mußte seinen tiefen Schmerz gewaltsam zurückdrängen. Indessen schlachteten und brieten die Genossen das Wildbret und labten sich an Brot und Wein, während sie über die verlorenen Freunde sprachen, zwischen Furcht und Hoffnung schwankend.

VENUS ERSCHEINT IHREM SOHN

Auf der Zinne des Olymps stand Jupiter, der Göttervater, und blickte über Meer, Land und Völker endlich auf die afrikanische Küste, in das libysche Reich der Königin Dido, wo eben Äneas gelandet war.

Zu dem Sinnenden trat seine Tochter Venus; in ihren glänzenden Augen standen Tränen, und sie sprach traurig: »Was hat dir mein Äneas getan, allmächtiger Beherrscher der Menschen und Götter, daß ihm, nachdem er schon so viel Unheil erduldet hat, der ganze Erdkreis wegen Italien verschlossen bleibt? Hast du nicht selbst mir verheißen, daß von dorther aus dem erneuerten Blut des trojanischen Stammvaters einst das Römervolk kommen und die Herrschaft über Land und Meer erhalten soll? Nur diese Verheißung söhnte mich mit dem Fall von Troja aus; was hat deinen Sinn so plötzlich gewandelt?«

Der Vater lächelte der Göttin huldvoll zu, küßte sie herzlich und sprach mit jenem Blick, mit dem er die Wolken vom Himmel verscheucht: »Sei ruhig, Tochter. Laviniums Mauern in Italien werden sich mächtig erheben, Äneas wird siegen, feindliche Völker bändigen, Gesetz und Ordnung begründen. Drei Jahre wird er in Latium herrschen, sein Sohn Askanius oder Julus wird den Herrschersitz von Lavinium nach Alba oder Longa verlegen. Drei Jahrhunderte lang wird dort dem Geschlecht des Priamus der Thron gehören, bis eine Priesterin der Vesta aus dem Königshaus dem Kriegsgott Zwillingsknaben schenkt. Einer davon, Romulus, von einer Wölfin gesäugt, wird seinem Vater Mars neue Mauern bauen und der Stifter des Römervolkes werden. Die Römer aber mache ich zu den Herren der Welt, und ihrer Herrschaft sei keine Grenze gesetzt. Juno selbst, welche deinen Sohn jetzt quält, wird sich mit diesen seinen Enkeln versöhnen und sie begünstigen, und der größte Römer wird ein Nachkomme des Julus sein und Julius heißen. Sein Ruhm wird zu den Sternen dringen, er selbst, dein Nachkomme, wird in den Götterhimmel aufgenommen werden. Unter den Menschen aber wird nach beendigten Kriegen ewiger Friede wohnen, eiserne Riegel werden die Pforten der Zwietracht schließen, die, mit hundert Ketten gefesselt, vergebens knirschen wird.

So sprach Jupiter und sandte sofort seinen Sohn, den Götterboten Merkur, nach Karthago, um den Trojanern gastliche Herberge zu bereiten. Dieses Land war ein uralter Sitz phönizischer Pflanzer, und

Juno beschirmte das Reich mit besonderer Huld. Ihre Rüstung und ihr Wagen waren dort aufbewahrt, und längst wünschte die Göttin, hier ein Weltreich zu begründen. Jetzt aber beherrschte dieses Reich Dido, die Witwe des Phöniziers Sychäus, welche hier die neue Stadt und Burg Karthago erbaut hatte.

Am anderen Morgen machte sich Äneas, nur von seinem Freund Achates begleitet, mit zwei Wurfspießen in der Hand auf, das neue Land zu erforschen, an dessen Küste ihn der Sturm geworfen hatte. Da begegnete ihm mitten im Wald seine Mutter Venus in Gestalt einer bewaffneten Jägerin, wie Spartas Jungfrauen sich zu tragen pflegen; ein Bogen hing ihr über den Schultern, das Haar flatterte frei im Wind, das leichte Gewand war bis zum Knie geschürzt.

»Sagt mir doch, ihr Jünglinge«, so redete sie die Helden an, »habt ihr keine meiner Gespielinnen gesehen, in Luchsfell gekleidet, mit übergehängtem Köcher?«

»Nein«, entgegnete ihr Äneas, »aber wer bist du, Jungfrau? In deinem Antlitz und deiner Stimme ist etwas Übermenschliches. Bist du eine Nymphe, bist du eine Göttin? Doch wer du auch seist, sag uns, in welchem Land sind wir? Der Sturm hat uns an diese Küste verschlagen, und wir irren schon lange in der Welt umher.«

Da erwiderte Venus lächelnd: »Wir tyrischen Mädchen pflegen uns immer so zu tragen, und ich bin darum nicht Apollos Schwester, weil du mich mit dem Köcher bewaffnet siehst. Du bist unter Tyriern, Fremdling, im Reich der Phönizier, in der Nähe von Agenors Stadt; dennoch ist der Weltteil, in welchem du dich befindest, Afrika, das Land ist libysch und das Volk wild und kriegerisch. Eine Königin herrscht über uns, Dido; auch sie stammt aus Tyrus und war dort die geliebte Gattin des reichen Phöniziers Sychäus. Aber ihr Bruder Pygmalion, der König von Tyrus, ein unmenschlicher Tyrann, haßte den Schwager und, die Liebe der Schwester mißachtend, erschlug ihren Gatten heimlich am Altar der Götter, geblendet von Goldgier. Der Schatten des Ermordeten erschien seiner Gemahlin im Traum mit einer tiefen Schwertwunde in der Brust und entschleierte so das geheime Verbrechen; er riet ihr zu schleuniger Flucht aus der Heimat und bezeichnete ihr die unterirdische Stelle, wo der alte, verborgene Reichtum des Königs, Silber und Gold, lag. Dido folgte seinem Wink; der Tyrannenhaß sammelte viele Gefährten um sie. Was an Schiffen bereitlag, wurde mit dem Gold angefüllt. Endlich gelangten sie an die Küste Afrikas und an den Ort, wo du bald die gewaltigen Mauern der neuen Stadt Karthago und ihre himmelragende Burg erblicken wirst. Hier kaufte sie anfangs nur ein Stück Land, welches Byrsa oder Stierhaut genannt wird. Denn sie verlangte nämlich nur so viel Feld, als sie mit einer Stierhaut umspannen könnte. Die Stierhaut aber schnitt sie in so dünne Riemen, daß diese den ganzen Raum einschloß, den jetzt Byrsa, die Burg Karthagos, einnimmt. Von dort aus erwarb sie mit ihren Schätzen immer mehr Land, und ihr königlicher Geist gründete das mächtige Reich, über das sie jetzt herrscht. Nun wißt ihr, wo ihr seid, ihr Männer. Aber wer seid denn ihr, woher kommt ihr, und wohin wandert ihr?«

So erfuhr die Göttin aus dem Mund ihres Sohnes, was die Trojaner bisher erduldet hatten. Bald jedoch unterbrach sie seine Klage: »Wenn meine Eltern mich die Deutung des Vogelflugs recht gelehrt haben«, sagte sie, »so verkünde ich dir die Rettung deiner vom Sturm verschlagenen Schiffe und die Rückkehr deiner Freunde. Denn ich sah am Himmel zwölf Schwäne, die kurz zuvor ein Adler, der Vogel Jupiters, auseinandergescheucht hatte. In langem Zug strebten sie dem Land zu, manche von ihnen flogen schon über festem Boden; so haben auch deine Genossen schon zum Teil den Hafen erreicht, zum anderen Teil nähern sie sich ihm mit vollen Segeln. Du aber geh wie bisher deinen Weg.«

So sprach die Jungfrau und wandte sich um. Ihr rosiger Nacken erglänzte in überirdischem Licht, ihre Locken verbreiteten himmlischen Wohlgeruch, ihr Kleid leuchtete wie Gold. Ihre Gestalt und ihr Abgang verrieten die Göttin. Da erkannte Äneas plötzlich seine Mutter und rief die Fliehende zurück, doch es war vergebens. Venus hüllte die Wanderer in dichten Nebel, daß niemand sie sehen und ihre Absichten erraten konnte. Sie selbst schwebte durch die Lüfte ihrem Lieblingssitz Paphos zu.

ÄNEAS IN KARTHAGO

Die beiden Wanderer schritten rüstig im Nebel dahin, immer dem Fußpfad folgend. Bald hatten sie den Hügel erstiegen, der hoch die Stadt überragte und den Blick auf die gegenüberliegende Burg freigab. Staunend betrachtete Äneas den stolzen Bau, der sich an einer Stelle erhob, wo früher nur armselige Bauernhütten gestanden hatten, die hohe steinerne Pforte der Stadt, die breiten gepflasterten Straßen.

Noch immer wurde an der Stadt gebaut; die Tyrier arbeiteten daran mit allem Eifer: die einen am Ausbau der Stadtmauern, die andern an der Vollendung der Burg, für deren Türme sie Quadersteine emporwälzten; viele bezeichneten erst den Platz, auf dem sich einst ihr Haus erheben sollte. Der größte Teil der Einwohner war auf dem Marktplatz versammelt, wählte den Senat und die Richter des Volkes und beriet über die Gesetze des neuen Staates. Andere wiederum gruben an den Hafenanlagen, andere legten den Grund zu einem Theater und brachen dazu aus den Felsen mächtige Quadern als Zierde der künftigen Bühne. Alle waren geschäftig wie Bienen zu Beginn des Sommers.

In ihrem Nebelgewand verborgen, befanden sich Äneas und sein Begleiter bald inmitten des fleißigen Volks und gingen unerkannt umher. In der Mitte der Stadt grünte ein schöner, schattiger Hain. Nach langen Stürmen und Meerfahrten hatten hier die Phönizier oder Pöner zuerst ein von Juno gesandtes Segenszeichen gefunden und ausgegraben: ein Pferdehaupt, das ihnen Kriegsglück und Nahrung verhieß. An dieser Stelle baute die Königin Dido später der Juno einen prächtigen Tempel. Stufen, Torpfosten und Türflügel, alles war aus Erz.

In diesem Hain faßte der Held Äneas wieder neuen Mut und schöpfte Hoffnung. Denn während er sich in dem herrlichen Tempel umsah und über die prächtigen Kunstwerke staunte, entdeckte er Wandgemälde, auf denen die Schlachten Trojas dargestellt waren; sah Priamus, die Atriden, Achilles, Rhesus und Diomedes, fliehende Griechen, und wieder Trojaner, den Knaben Troilus, von seinen Pferden geschleift, Trojanerinnen mit fliegendem Haar im Tempel der Pallas, Hektors Leiche, Penthesilea mit ihren Amazonen; alles erkannte der Held Äneas, ja am Ende entdeckte er sich selbst, wie er von der Mauer herab den ungeheuren Stein auf die Feinde schleuderte.

Während er dies alles unter Schmerz und Lust beschaute, nahte die Königin Dido dem Tempel, im höchsten Glanz jugendlicher Schönheit, von einem großen Gefolge tyrischer Jünglinge umgeben. Unter dem Portal setzte sie sich, von Bewaffneten beschützt, auf einen hohen Thron und teilte dem versammelten Volk die Arbeiten in der neuen Stadt zu, sprach Recht und gab Gesetze.

Da sahen Äneas und Achates plötzlich mitten im Gewühl ihre verloren geglaubten Freunde und Gefährten, den Sergestus, den Kloanthus und viele andere Teukrer, welche der Sturm von ihnen getrennt und an ferne Küsten verschlagen hatte. Freude und Sorge empfanden sie bei diesem Anblick. Sie konnten es kaum erwarten, ihnen die Rechte zu herzlichem Handschlag zu reichen, zugleich machte sie jedoch das Unbegreifliche der Fügung unsicher; sie blieben daher in ihrem Nebelgewölk und warteten ab, ob sie nicht das Schicksal der Freunde aus ihrem eigenen Mund erfahren würden. Denn es waren, wie sie sahen, auserwählte Männer von jedem Schiff. Auch drängten diese bald aus der Menge hervor, betraten die Vorhalle des Tempels, und als ihnen das Wort von der Königin erteilt wurde, begann ihr Führer Ilioneus zu sprechen: »Edle Königin, wir sind arme Trojaner, die der Sturm von Küste zu Küste geschleudert hat. Unsere Flotte segelte nach dem fernen Italien, als ein plötzlicher Orkan uns an die Klippen schleuderte, wo viele unserer Schiffe wahrscheinlich zugrunde gegangen sind. Die Reste der Flotte haben eure Ufer erreicht. Aber was sind das für Menschen, unter die wir geraten sind? Welches Barbarenvolk duldet solche Bräuche? Man verwehrt uns, den Strand zu betreten, man droht mit Krieg, mit Verbrennung unserer Schiffe. Wenn ihr Menschlichkeit nicht kennt, so fürchtet doch wenigstens die Götter! Äneas war unser Führer — es gibt keinen größeren und frömmeren Helden! Hat das Schicksal ihn am Leben gelassen, so wird der Dienst, den ihr uns erweist, euch niemals reuen. Darum erlaubt uns, die lecken Schiffe an Land zu ziehen, aus euren Wäldern Schiffsbalken zu holen und Ruder zu zimmern. Finden wir unseren König und unsere Freunde wieder, dürfte uns wohl die Fahrt nach dem verheißenen Italien glücken. Hat ihn aber die libysche Flut verschlungen und ist unsere Hoffnung vergeblich, dann gib uns wenigstens sicheres Geleit, mächtige Königin, daß wir zu unserem Gastfreund am sizilianischen Strand, von dem wir kommen, zurückkehren können.«

Die Königin senkte den Blick zur Erde und antwortete kurz: »Verbannt die Angst aus euren Herzen, Trojaner! Mein Schicksal ist so hart, mein Reich so jung, daß ich die Grenzen meines Landes ringsum durch strenge Wachen sichern muß. Trojas Stadt und ihr unglückliches Volk, ihre Helden und ihren Waffenruhm, aber auch ihre fürchterliche Zerstörung kennen wir gar wohl. Unsere Stadt ist nicht so fern, daß sie nichts von ihrem Schicksal wüßte, unsere Herzen sind nicht so kalt, daß es uns nicht rührte. Mögt ihr euch Hesperien zum Wohnsitz erwählen oder Siziliens Insel; in beiden Fällen ist euch meine Hilfe gewiß; ich will euch mit allem Nötigen versorgen und in Frieden ziehen lassen, es wäre denn, ihr wolltet euch hier im Land ansiedeln. Wünscht ihr das, so steht euch frei, eine Stadt zu gründen. Meine Gesetze sollen euch denselben Schutz gewähren wie meinen Untertanen. Was euren König betrifft, so sende ich sogleich tüchtige Männer an meine Ufer und ins Land, ihn zu suchen, ob er nicht irgendwo gestrandet, in Wäldern oder in Städten umherirrt.«

Die beiden Helden in der Wolke brannten vor Begierde, den Nebel zu durchbrechen, als sie solches vernahmen. »Hörst du, Sohn der Göttin«, flüsterte zuerst Achates seinem Freund zu, »die Schiffe, die Freunde, alle sind gerettet! Nur einer fehlt, den wir selbst ins Meer sinken sahen, sonst ist alles, wie deine Mutter uns verheißen hat.«

Kaum hatte er gesprochen, als die Nebelwolke sich teilte und entschwand. Da stand nun Äneas im heiteren Licht, wie ein Gott an Schultern und Haupt glänzend. Seine Mutter hatte ihm schönes, wallendes Lockenhaar aufs Haupt, den Purpur der Jugend auf die Wangen und in das heitere Auge den Strahl der Huld gezaubert. Wunderbar stand er vor allen da, wandte sich zur Königin und sprach: »Da bin ich, nach dem ihr verlangt, aus den Wellen Libyens gerettet, ich, der Trojaner Äneas! Edle, großmütige Königin, die du die Trümmer eines unglücklichen Volkes erbarmungsvoll in deine Stadt aufgenommen hast, keiner von allen Trojanern, die über die ganze Erde verstreut sind, kann dir würdigen Dank erstatten; mögen es dir die Himmlischen vergelten! Selig die Eltern, die dich gezeugt haben! Solange die Erde steht, wird dein Name bei uns rühmend genannt werden, welches Land uns auch aufnehmen mag!«

So sprach Äneas und eilte auf seine Freunde zu, ihnen beide Hände in überströmender Wiedersehensfreude entgegenstreckend.

Als sich Dido vom ersten Staunen erholt hatte, sprach sie: »Sohn der Göttin, welches Schicksal treibt dich in solche Gefahren? Du bist also jener Äneas, den einst die erhabene Göttin Venus an den Wellen des Simois dem Anduses geboren hat! Wohl hab ich vieles vom Schicksal deines Geschlechts und deines Volkes aus dem Mund meines Vaters Belus erfahren. Als dieser in Zypern kämpfte, kam der Argiver Teucer, Telamons Sohn, zu ihm, der dort nach dem trojanischen Krieg eine Niederlassung gegründet hatte; dieser erzählte viel von euren Heldentaten. Er war zwar euer Feind im Krieg, aber zugleich euer Blutsverwandter, denn auch er rühmte sich, vom alten Geschlecht der Teukrer abzustammen; seine Mutter Hesione, welche Telamon als eine Kriegsgefangene von seinem Freund Herkules zum Geschenk erhalten hatte, war eine Tochter des trojanischen Königs Laomedon. Nun aber, ihr Männer, seid in unseren Häusern willkommen; auch ich bin eine Verbannte, auch ich fand nach langer Mühsal erst in diesem Land Ruhe. Ich habe viel Leid erfahren und verstehe es, Unglückliche zu trösten.«

So sprach Dido und führte den Helden unverzüglich in ihren Palast; auch ordnete sie in allen Tempeln ein prächtiges Opferfest an. Das Innere der Burg wurde mit königlichem Prunk geschmückt und in den schönsten Sälen des Palastes ein Festmahl zugerüstet. Kunstvolle Purpurteppiche hingen überall, schweres Silber zierte die Tische, goldene Pokale mit erhabener Kunstarbeit schimmerten allenthalben. Indessen ließ dem edlen Äneas seine Vaterliebe keine Ruhe; er schickte den treuen Diener Achates zu der Flotte, er möge dem Knaben Askanius die frohe Botschaft verkünden und ihn herbeiholen. Auch manche Ehrengeschenke, die er aus dem Schutthaufen Trojas hatte retten können, befahl er herbeizubringen: einen prächtigen Mantel mit goldgewirkten Bildern, den Schleier Helenas, ein wunderbares Geschenk ihrer Mutter Leda, den sie aus Sparta mitgebracht, das Zepter der Ilione, der ältesten Tochter des Priamus, einen Halsschmuck aus Perlen und eine Krone aus Gold und Edelsteinen. Mit diesen Aufträgen eilte Achates zu den Schiffen.

DIDO UND ÄNEAS

Aber die himmlische Mutter des Helden war dennoch voll Sorge um sein künftiges Schicksal. Sie fürchtete die doppelzüngigen Tyrier und das trügerische Königshaus. Auch daß Juno, die Todfeindin des Äneas, Schutzgöttin des Landes war, beunruhigte sie. Deshalb sann sie auf eine neue List. Ihr Sohn, der Liebesgott, sollte die Gestalt des jungen Askanius annehmen und an seiner Stelle in Karthagos Hofburg erscheinen. Würde nun Dido den schönen Knaben beim königlichen Schmaus auf den Schoß nehmen und ihn harmlos herzen und küssen, so sollte ihr dabei Amor das heimliche Feuer und das betörende Gift der Liebe einhauchen.

Der Liebesgott gehorchte seiner Mutter; er legte seine Flügel ab und ging bald darauf, vergnügt über die Rolle, die er zu spielen hatte, dem kleinen Julus oder Askanius täuschend ähnlich, an der Hand des Achates, der keinen Betrug ahnte, der Königsstadt entgegen. Den wahren Askanius hatte Venus in Schlaf versetzt und in ihr Heiligtum, in den Hain Idaliums, entführt.

Als Achates mit dem kleinen Gott an der Hand in Karthagos Burg eintraf, hatte die Königin schon auf einem goldenen, mit köstlichen Teppichen gepolsterten Thron in der Mitte des Saales Platz genommen. Äneas und die trojanischen Helden kamen von allen Seiten herbei und lagerten sich die Tische entlang auf purpurne Polster; Diener boten Wasser und Handtücher zur Reinigung an und reichten das Brot aus den Körben; fünfzig Mägde standen in langen Reihen in der Küche und bereiteten die Speisen über dem Herdfeuer; weitere hundert Mägde und Diener türmten die Gerichte auf den Tischen auf und stellten die goldenen Becher vor die Gäste hin.

Auch die Tyrier kamen jetzt scharenweise herbei und lagerten sich auf das Geheiß ihrer Königin an den üppig gedeckten Tischen. Die Geschenke des Äneas wurden herumgereicht und bewundert. Dann richteten sich alle Augen auf den kleinen vermeintlichen Julus, der mit heuchlerischem Überschwang sich an den Hals seines Vaters warf, seinen Mund mit Küssen bedeckte und dazu schmeichelnde Worte sprach. Die arme Dido, der von dem Gott Verderben bestimmt war, konnte ihren Blick nicht wenden: sie blickte bald den Knaben, bald die Geschenke an, und ihre Augen begannen zu funkeln.

Der kleine Liebesgott riß sich endlich von dem erheuchelten Vater los und eilte auf die Königin zu. Diese nahm ihn arglos auf ihre Arme, blickte ihn liebreich an und herzte ihn zärtlich, ohne zu ahnen, welch ein mächtiger Gott sich an sie schmiegte. Amor aber, den listigen Befehlen seiner Mutter gehorchend, löschte allmählich das Bild des toten Gemahls in ihrer Erinnerung und weckte die erstorbenen Gefühle ihres Herzens zu neuer Neigung.

Der Schmaus ging zu Ende, die Speisen wurden von den Tischen genommen, gewaltige Weinkrüge hereingetragen und die Becher gefüllt. Die Nacht war gekommen, und flammende Kronleuchter hingen von den golden getäfelten Decken. Da ließ Dido sich die herrlichste Schale, schwer von Gold und Edelsteinen, reichen und füllte sie randvoll mit Wein. Diese köstliche Schale, den Mundbecher aller tyrischen Könige, hielt die Königin, von ihrem Thron sich erhebend, hoch in der Rechten. Sogleich verstummte der Lärm in den Sälen des Palastes. »Jupiter«, sprach sie mit feierlicher Stimme, »mächtiger Schützer des Gastrechts, laß diesen Tag den Tyriern und unsern trojanischen Freunden günstig sein, damit unsere Enkel in fernen Tagen seiner noch mit Lust gedenken! Auch du, Freudenspender Bacchus, und du, huldreiche Juno, seid mit uns!«

Dabei goß sie das Trankopfer über den Tisch aus, nippte dann aus der goldenen Schale und bot sie dem tyrischen Häuptling an, der ihr zunächst saß. Nun machte der Pokal bei Tyriern und Trojanern die Runde, während ein lockiger Sänger zur goldenen Zither Lieder vom Ursprung der Welt, der Menschen und der Tiere sang. Als der Gesang zu Ende war, begann Äneas zu erzählen, und Dido hing an seinem Mund, hörte ihm zu mit pochendem Herzen und schlürfte in langen Zügen das süße Gift der Liebe.

DIDOS LIEBE

Die Züge, die Worte des Helden gruben sich tief in das Herz der Königin. Als die Gäste den Palast längst verlassen hatten und sie keinen Schlaf finden konnte, suchte sie das Gemach ihrer geliebten Schwester und vertrauten Freundin Anna auf, um sich ihr anzuvertrauen. »Schwester Anna«, sprach sie, »mich beunruhigen wunderbare Träume. Welch seltsamer Gast hat unsere Wohnung betreten, welche Waffen, welcher Mut, welche Blicke! Man sieht ihm wohl an, daß er von Göttern abstammt! Und was hat er alles erlebt, welche Kriege, welche Fahrten bestanden! Wahrhaftig, Schwester, hätte ich nicht unwiderruflich beschlossen, mich keinem Mann mehr zu vermählen, nachdem der Tod mich um meine erste Liebe betrogen hat — hier könnte ich vielleicht unterliegen. Aber eher soll mich die Erde verschlingen, eher der Blitz mich treffen, bevor ich meinem ermordeten Gemahl die Treue breche; er hat meine Liebe mitgenommen, ihm gehöre sie auch im Grab!«

Tränen erstickten ihre Stimme, und sie vermochte nicht weiterzusprechen.

Ihre Schwester blickte sie mitfühlend an und erwiderte: »Dido, ich liebe dich mehr als mein Leben. Willst du deine holde Jugend denn ganz im Witwenschmerz zubringen? Meinst du, deinem toten Gatten nützt deine Entsagung? Bedenke auch, in welch gefahrvollem Gebiet du lebst, auf der einen Seite von kriegerischen Gätulen, von unbändigen Numidierstämmen, von ungastlichen Sandbänken umgeben, auf der anderen Seite von wasserlosen Wüsten eingeschlossen. Und Krieg droht dir von Tyrus her, von deinem unversöhnlichen Bruder! Glaube mir, die Gunst unserer Schutzgöttin Juno ließ die trojanischen Schiffe hier landen. Überlege doch, Schwester, wie mächtig würde unsere Stadt, wie mächtig unser Reich durch eine solche Vermählung! Welchen Ruhm werden die Pöner erlangen, von den Waffen der Trojaner begleitet! Sei klug, liebe Schwester, opfere den Göttern, verwöhne die Gäste, umstricke den Helden, solange seine Flotte noch leck ist und die Winde seinen Aufbruch verhindern.«

Anna entflammte mit diesen Worten Didos Herz noch heftiger und nahm ihr alle Scheu. Sie gingen zusammen von Tempel zu Tempel und opferten den Göttern. Dann führte Dido den geliebten Helden durch die Stadt, zeigte ihm die Herrlichkeiten ihres Reiches und feierte ihrem Gast zu Ehren ein neues Mahl; wieder herzte sie den Askanius, das Ebenbild seines Vaters, wieder konnte sie nicht genug bekommen, den Helden von Trojas Leiden erzählen zu hören.

Dies alles beobachtete die Göttermutter Juno vom Olymp herab. Der Zeitpunkt, den Helden für immer um das verheißene Italien zu betrügen und das Volk der Trojaner in fremden Stämmen aufgehen zu lassen, schien ihr gekommen. Sie suchte ihre Tochter Venus auf und sprach freundlich zu ihr: »Wahrhaftig, du und dein Knabe, ihr habt einen schönen Sieg errungen! Doch wozu sollen wir noch länger miteinander hadern? Laß uns ein Ehebündnis und damit ewigen Frieden schließen! Du hast erreicht, was du wolltest: Dido glüht vor Liebe zu Äneas! Laß uns also die Völker verbinden, sie mag dem trojanischen Gatten dienen, und die Tyrier sollen seine Hochzeitsgabe sein.«

Venus durchschaute wohl die Absicht der Heuchlerin, doch sie erwiderte willfährig: »Wie könnte ich dir dieses verweigern, Mutter? Wie könnte ich es wagen, mich in endlosem Kampf mit dir zu messen? Ich fürchte nur, Jupiter wird die Verbindung beider Völker nicht gestatten. Doch du bist ja seine Gemahlin, du wirst sein Herz durch Bitten geneigt machen. Was immer du erreichst, es wird auch mir recht sein.«

»Das soll meine Sorge sein«, erwiderte Juno vergnügt, »vor allem muß jetzt der Bund geschlossen werden. Laß mich nur machen, Geschehenem wird Jupiter seine Zustimmung nicht versagen.«

Am nächsten Morgen veranstaltete die Königin, ihren fremden Gästen zu Ehren, eine große Jagd. Ausgewählte Jünglinge, mit Schlingen, Netzen und Jagdspießen versehen, von Reitern und Spürhunden begleitet, verließen die Stadt. Vor dem Palast stand das Pferd der Königin. Es war mit Gold geschmückt und mit Purpurdecken behangen, am Tor warteten die Pönerfürsten.

Endlich trat Dido heraus, umdrängt von großem Jagdgefolge; sie trug ein buntgesticktes sidonisches Jägerkleid, darüber einen mit goldener Schnalle geschürzten Purpurrock; ein goldenes Diadem schmückte ihre Stirn, und von der Schulter hing ihr der goldene Köcher. Vier Trojaner waren in ihrem Zug, darunter auch der muntere Julus. Endlich schloß sich ihr der Schönste von allen, Äneas, mit seinen Helden an.

Als die Gesellschaft das Gebirge erreicht hatte, zerstreute sie sich bald im unwegsamen Revier; von den Felsen sah man bald Gemsen springen, Hirsche flüchteten eilig in die Berge, drängten sich bang zusammen und überquerten in Rudeln die offenen Felder. Auch der Knabe Julus oder Askanius beteiligte sich an der Jagd. Bald ritt er an diesem, bald an jenem Jäger vorüber; das niedere Wild war ihm zu gering, er hoffte, ein schäumender Eber werde ihm begegnen oder ein Löwe mit gelber Mähne hinter dem Hügel hervorstürzen.

Die Jäger waren so in ihre Lust vertieft, daß sie nicht sahen, wie der Himmel sich verdunkelte. Erst als sich die Wolken drohend zusammenballten, als der Wind durch die Bäume sauste und Regen und Hagel hereinbrachen, bemerkten sie das Unwetter. Tyrier und Trojaner irrten zerstreut durch Feld und Wald und suchten Schutz und Unterstand.

Während reißende Waldbäche von den Bergen stürzten und so mancher in seinem Zufluchtsort vom andern abgeschnitten wurde, fanden sich durch Junos lenkende Hand die Königin Dido und der Trojanerheld Äneas zugleich in einer Grotte ein, um dort vor dem heftigen Unwetter Schutz zu finden. Mit dem Aufruhr der Natur, beim Leuchten der Blitze und dem Krachen des Donners entlud sich auch die bisher zurückgehaltene Neigung der Königin; sie verlor alle weibliche Scheu und gestand dem Helden ihre glühende Liebe. Da vergaß der betörte Äneas die göttlichen Verheißungen, er erwiderte ihre Zärtlichkeit und besiegelte mit einem leichtfertigen Schwur die Ausbrüche der Leidenschaft.

ÄNEAS VERLÄSST KARTHAGO

Das Unwetter war vorüber, die Jagdgesellschaft hatte sich wieder zusammengefunden, und Äneas kehrte an Didos Seite in die Stadt und den Palast zurück. Ein Freudenfest folgte auf das andere, von Abfahrt war nicht mehr die Rede, und der Winter kam heran.

Jetzt machte sich Fama, die Göttin des Gerüchts, auf und durchflog die Städte Libyens. Diese war ein Wesen von beweglicher Gestalt, eine Tochter der Mutter Erde und die jüngste Schwester der Giganten. Tritt sie aus ihrer Verborgenheit hervor, ist sie zunächst ganz klein und schüchtern; aber im Fortschreiten gewinnt sie an Kraft und Größe, erhebt sich bald in die Lüfte, und während ihr Fuß über den Boden gleitet, verbirgt sich ihr Haupt in den Wolken. Ihre Gestalt ist gräßlich, ihr Kopf ganz mit Flaumfedern bedeckt, funkelnde Augen darunter, Zungen und Mäuler, die nie schweigen, und immer gespitzte Ohren. Nachts fliegt sie zwischen Erde und Himmel dahin, rauscht durch die Schatten, und nie schließen sich ihre Augen zum Schlaf. Am Tag aber horcht sie, hingekauert am Giebel der Häuser oder auf den Zinnen der Türme, und schreckt Stadt und Land mit ihrem krächzenden Ruf; es ist ihr einerlei, ob sie Wahrheit verkündet oder Lüge und Betrug meldet.

Dieses häßliche Wesen versorgte auch jetzt mit mancherlei Gerücht die Länder Afrikas und erzählte schadenfroh, was geschah und nicht geschah: ein Fremdling sei gekommen, ein Mann aus trojanischem Geschlecht, Äneas mit Namen. Diesen habe sich die reizende Königin Dido zum Gemahl erwählt; sie vergesse darüber ihre Herrscherpflicht, die Zügel der Regierung entglitten ihren Händen, und das Paar schwelge in Pracht und Üppigkeit den ganzen Winter hindurch.

Solche Gerüchte ließ die häßliche Göttin im Volk ausstreuen. Dann wandte sie sich nach Gätulien, dem König Jarabas zu, der kürzlich von Dido verschmäht worden war. Diesem entflammte sie das gekränkte Herz zu wildem Grimm. Er war ein Sohn Jupiters und einer libyschen Nymphe und hatte seinem Vater hundert prächtige Tempel in Gätulien erbaut, wo unentwegt Priester opferten und die Pforten stets mit Blumen bekränzt waren.

Von dem Gerücht erzürnt, eilte König Jarabas zum Tempel und flehte mit hocherhobenen Händen zum Himmel: »Allmächtiger Jupiter, dem alle maurischen Völker dienen, warum sendest du nicht deinen Blitz? Ein landflüchtiges Weib, das für Geld sich eine Stadt gegründet hat, der ich in meinem Reich das Land zum Pflügen und zum Herrschen überlassen habe, ein solches Weib hat trotzig meine Hand verschmäht, ergibt sich jetzt dem Trojaner und läßt den Weichling meine Güter genießen! Und wir Toren hören nicht auf, dir in deinen Tempeln Geschenke darzubringen und dich als Herrscher der Welt zu verehren!«

So betete er und umfaßte seines Vaters Altar. Jupiter hörte ihn und richtete seinen Blick auf Karthago. Dann rief er seinen Sohn Merkurius. »Was hat Äneas«, sprach er zornig, »im feindlichen Land zu schaffen? Nicht dazu habe ich ihn zweimal der Übermacht der Griechen und den Stürmen entrissen. Rom soll er mir gründen! Auf der Stelle soll er davonschiffen, ich will es! Und das sollst du ihm von mir bestellen.«

Wie ein Vogel durcheilte der Gott mit den geflügelten Fersen die Luft; bald war er in Karthago und fand hier den Helden Äneas, wie er eben den Bau neuer Paläste überwachte. Sein Schwert funkelte von Edelsteinen, sein Mantel, von Dido selbst gefertigt, glühte von Purpur, er glich von Kopf bis Fuß einem tyrischen Fürsten und nicht mehr einem Trojaner.

Da trat Merkur, allen anderen unsichtbar, neben ihn und schalt ihn ins Ohr: »Weibersklave, hier stehst du, deiner Bestimmung und deines Reiches vergessend, und baust einer Fremden die Stadt. Denk an deinen Sohn Askanius und an die Römerherrschaft, die du gründen sollst! Jupiter sendet mich vom Olymp, dich zu strafen, dich fortzutreiben!«

Der Gott war entflogen, ehe Äneas sich von seiner Betäubung erholen konnte, aber das Götterwort klang in seiner Seele nach und ließ ihn nichts anderes mehr denken als an schleunige Flucht. Nachdem er seinen Vorsatz geprüft und erwogen hatte, rief er seine vertrauten Freunde zu sich an einen einsamen Ort und befahl ihnen, in aller Stille die Flotte zu rüsten, die Gefährten am Strand zu versammeln, die Waffen in Bereitschaft zu halten, aber ihr Tun streng geheimzuhalten. Er selbst wolle, noch bevor Dido den vom Himmel geforderten Treuebruch ahne, die günstigste Stunde abwarten, um so schonend als möglich ihr den Beschluß des Schicksals beizubringen.

Aber wer kann sich vor einem liebenden Herzen verstellen? Die Königin merkte den Betrug: war ihr doch schon bange, als alles noch sicher schien. Jetzt aber hatte ihr die tückische Fama gemeldet, daß die Trojaner ihre Flotte rüsteten und ihre Abfahrt vorbereiteten. Wie wahnsinnig irrte sie durch die Straßen ihrer Stadt, und endlich trat sie vor den Geliebten und sprach zu ihm: »Treuloser, du hofftest dein Verbrechen mir zu verheimlichen und dich still aus meinem Land zu schleichen. Kann dich denn meine Liebe, meine Hand, mein Tod nicht zurückhalten? Mitten im Winter planst du die Fahrt und willst dich lieber den Nordwinden ausliefern, als in meinen Armen ruhen? Warum fliehst du mich, Äneas? Bei diesen Tränen, bei deinem Handschlag, bei unserer begonnenen Ehe beschwöre ich dich, ändere dein Vorhaben und erbarme dich meines sinkenden Hauses. Um deinetwillen hassen mich die Völker Libyens, ja sogar die Tyrier, um deinetwillen habe ich der Tugend entsagt, die mich unsterblich machte. Soll ich warten, bis mein Bruder Pygmalion meine Mauern stürmt, bis der Gätulier Jarabas mich in die Gefangenschaft führt?«

So sprach die verzweifelte Dido. Äneas aber, von Jupiter gewarnt, zeigte keine Regung und verschloß sein Herz. Endlich erwiderte er kurz: »Solange ich lebe, Königin, solange mein Geist in diesen Gliedern wohnt, werde ich Didos Wohltaten nicht vergessen. Glaube nicht, daß ich mich wie ein Dieb davonstehlen wollte; wir sind nicht vermählt, ich habe nie die Brautfackel angezündet, nicht zu solchem Bund bin ich gekommen. Könnte ich nach freier Wahl mein Leben einrichten, so würde ich zuerst die geliebte Heimat Troja und das Haus des Priamus wieder aufrichten. Aber nach Italien heißt Apollo mich steuern; dort ist mein Herz und mein Schatz, dort ist mein Vaterland. Darf ich meinen Sohn um das verheißene Reich betrügen? Jupiter selbst verbietet es mir; Merkur, sein Bote, ist mir leibhaftig erschienen. Darum quäle dich und mich nicht länger mit Klagen; nicht freiwillig gehe ich nach Italien!«

Seitwärts gewendet, blickte die Königin den Redenden an, maß ihn schweigend von der Sohle bis zum Scheitel und stieß endlich entrüstet hervor: »Keine Göttin hat dich geboren, nicht Dardanus ist dein Ahn: aus dem Felsen des Kaukasus bist du entsprossen, hyrkanische Tiger haben dich gesäugt! Als Bettler an den Strand geworfen, habe ich dich aufgenommen, deine Flotte gerettet, deine Gefährten dem Tod entrissen, dich auf meinen Thron erhoben! Und nun schützt du ein Orakel des Apollo, die Ankunft des Götterboten vor und berufst dich auf einen Befehl der Himmlischen — als ob sie den Treuebruch wünschten! Also gut, ich streite nicht, ich halte dich nicht, suche dein Italien! Wenn es noch Götter gibt, wird meine Rache dich in den Klippen finden! Mein Schatten folgt dir nach, und wenn du büßt, werde ich es in der Tiefe des Hades hören!«

Atem und Stimme versagten der Unglücklichen, und sie sank ohnmächtig in die Arme ihrer Dienerinnen.

Wohl fühlte sich Äneas versucht, Didos Schmerz durch liebreichen Trost zu lindern; seine große Liebe zur Königin bewegte zwar sein Herz, doch vermochte sie nicht, ihn wankend zu machen: er blieb dem Befehl der Götter treu und ging hinab zum Strand, wo seine Flotte wartete.

Bald waren die Schiffe segelfertig, und Dido mußte von der Zinne ihrer Burg mit ansehen, wie sich die Trojaner zur Abfahrt bereitmachten. »Anna«, sprach sie zu der herbeigerufenen Schwester, »siehst du das Treiben am Ufer? Hörst du die Segel im Wind knattern, siehst du, wie die Männer die Schiffe bekränzen? Ach, hätte ich das früher geahnt, ich würde es heute leichter ertragen! Jetzt aber bitte ich dich, Schwester, um einen Gefallen. Dich hat ja der Verräter immer geehrt, dir hat er seine geheimsten Gefühle anvertraut. Geh zu ihm, sprich ihn demütig an und frag ihn, ob ich denn eine Griechin sei, die zu Aulis Trojas Untergang beschlossen, ob ich etwa die Asche seines Vaters Anchises frevelnd in die Lüfte gestreut habe, daß er solche Rache an mir nehmen will. Beschwöre ihn, er möge wenigstens eine günstigere

Zeit zur Flucht, freundlichere Winde abwarten. Ich verlange ja nicht, daß er Italien entsage; ich will nur Zeit gewinnen, meine wahnsinnige Liebe zu bezähmen, will nur lernen, mein Schicksal zu begreifen und zu betrauern!«

Also flehte sie, und die besorgte Schwester ging und trug dem Helden die Bitten Didos noch einmal vor. Ihn aber vermochte kein Menschenwort zu rühren; ein Gott verschloß ihm das sonst jedem Schmerz offene Herz.

Jetzt erst erkannte Dido den unbeugsamen Willen des Schicksals und wünschte sich den Tod; sie wollte den Himmel und die Sonne nicht mehr sehen. In ihrem Entschluß, zu sterben, bestärkte sie überdies das schreckliche Zeichen, das ihr der Himmel beim Opfer sandte: der in die Schale gegossene helle Wein verwandelte sich plötzlich in schwarzes Blut. Dieses Vorzeichen erzählte sie jedoch niemand, nicht einmal ihrer Schwester. Von da an dachte sie nur daran, wie sie die Ihrigen täuschen und sich den Untergang bereiten könnte.

Darum trat sie mit heiterer Miene, Hoffnung vortäuschend und das gräßliche Vorhaben sorgfältig verbergend, vor die Schwester und sprach: »Freu dich mit mir, liebe Anna! Ich habe ein Mittel entdeckt, das mir den Treulosen entweder zurückgeben oder mich von meiner Liebe befreien wird. Eine Äthiopierin ist hier und verspricht mir, durch ihren Zaubergesang entweder das Herz des Geliebten zu gewinnen oder das meine von der Liebe zu befreien. Dazu bedarf es jedoch gewisser Bräuche. Daher beschwöre ich dich, liebste Schwester, errichte mir, wie die Zauberin vorgeschrieben, im inneren Schloßhof heimlich einen Scheiterhaufen, lege darauf die Waffen des ungetreuen Mannes, die er zurückgelassen hat, seine Kleider und die Betten seines Lagers. Ich möchte alles, was mich an den Treulosen erinnert, vernichten, und außerdem ordnet die Priesterin das an.«

So sprach Dido, und Totenblässe breitete sich über ihr Antlitz. Ihre Schwester Anna ahnte nicht, daß sich hinter diesem seltsamen Opferbrauch ein Selbstmordplan verbarg; sie sah nicht, welche Raserei das Gemüt ihrer Schwester erfaßt hatte; so ging sie hin, ihren Auftrag auszuführen.

Sobald aber der Holzstoß aus Kien und Eichenholz hoch aufgeschichtet war, erschien die Königin, bekränzte ihn mit Zypressenzweigen und spannte Blumenketten rings herum. Dann legte sie Schwert, Kleider und Bild des Äneas darauf. Neben dem Holzstoß waren

Altäre errichtet. Die fremde Seherin rief sodann alle Götter der Unterwelt an und goß einen Höllentrank auf den brennenden Scheiterhaufen. Kräuter, die im Mondschein mit Sicheln abgemäht worden waren, wurden daraufgeworfen und noch allerlei Beschwörungen gesprochen. Dann kehrte die trauernde Königin zur letzten Nachtruhe in ihren Palast zurück.

Äneas lag indessen, nachdem die Abfahrt beschlossen war, auf dem Hinterdeck seines Schiffes und schlief. Da erschien ihm noch einmal im Traum der Gott Merkurius und ermahnte ihn: »Sohn der Göttin, wie kannst du in so gefahrvoller Stunde schlummern? Siehst du nicht, welche Gefahren dich umringen? Hörst du nicht die günstigen Westwinde? Betrug und Rache plante die verlassene Königin in ihrem Herzen! Willst du nicht fliehen, solange dazu noch Zeit ist?«

Erschrocken sprang der Held vom Lager auf und trieb die Gefährten zu schleuniger Flucht an.

Der Morgen war inzwischen gekommen, und die Königin war auf den Söller gestiegen, sah den Strand leer und die Flotte mit prallen Segeln auf hoher See. Schmerzerfüllt schlug sie an ihre Brust, raufte sich die blonden Locken, und nach langem Wehklagen rief sie endlich Barce, die Amme ihres verstorbenen Gatten, und bat, ihre teure Schwester herbeizurufen.

Sobald sie aber allein war, stürmte sie in den inneren Hof der Burg und bestieg, von Wahnsinn getrieben, das hohe Gerüst, auf dem das Schwert ihres treulosen Geliebten lag; sie zog es aus der Scheide, warf sich auf das Bett mit den Kleidern des Helden und sprach vom hohen Holzstoß herab ihre Abschiedsworte: »Ihr süßen Zeugen glücklicherer Tage, nehmt dies Leben von mir, erlöst mich von aller Trübsal! Dido hat genug gelebt, hat den vorgeschriebenen Lauf des Schicksals vollendet. Nicht als fahler Schatten wird sie zur Unterwelt hinabsteigen! Ich habe eine herrliche Stadt gegründet, habe Mauern gebaut, habe meinen Gemahl Sychäus gerächt, meinen feindseligen Bruder bestraft! In allem wäre ich glücklich gewesen, wäre der Trojaner mit seiner Flotte nicht an Libyens Küste gelandet!«

Sie konnte vor Schmerz nicht weitersprechen, drückte ihr Gesicht in die Kissen und stieß sich das Schwert in die Brust.

Auf ihr Stöhnen hin eilten die Dienerinnen aus dem Palast und sahen sie zusammengesunken, den Stahl vom Blut gerötet, die Hände bespritzt.

Lauter Jammer tönte durch die Gemächer und die erschütterte Stadt. Unterwegs mit dem letzten Opfergerät, erfuhr Anna von der entsetzlichen Tat. Sie schlug sich die Brust mit den Fäusten, zerfleischte mit den Nägeln ihr Gesicht und stürzte durch das Gedränge des Volkes in den Hof der Königsburg. »Schwester, Schwester!« rief sie der Sterbenden schon von weitem zu, »warum hast du mich nicht zur Gefährtin deines Todes gemacht? Du hast mit deinem Tod doch auch mich getötet, das Volk deiner Väter, die ganze Stadt hast du gemordet!«

Unter solchen Wehklagen erstieg sie die Stufen des Holzstoßes und umarmte die kaum noch atmende Dido, die mühsam den Blick erhob, während die schwarze Wunde aufs neue zu bluten begann. Dreimal versuchte sie vergebens, sich aufzurichten, dann hauchte sie ihren Geist in den Armen der Schwester aus.

DER TOD DES PALINURUS

Äneas büßte das Ende Didos, das sein Leichtsinn herbeigeführt hatte, obgleich er im Auftrag der Göttin gehandelt hatte, mit neuen Irrfahrten und Unglück. Ein Sturm verschlug ihn nach Sizilien, wo er von König Acestes, dessen Mutter eine Trojanerin war, gütig aufgenommen wurde und dem Andenken seines Vaters Anchises zur Wiederkehr seines Todestages herrliche Leichenspiele darbrachte.

Inzwischen warfen die trojanischen Frauen, von Iris, der Botin der Juno, angestiftet und der langen Seefahrt überdrüssig, Feuer in die Flotte, so daß vier der schönsten Schiffe verbrannten; die übrigen rettete Jupiter durch einen Regenguß. In der folgenden Nacht erschien dem kummervollen Helden im Traum sein Vater Anchises und brachte ihm Jupiters Befehl, die älteren Frauen und kriegsuntüchtigen Greise in Sizilien zurückzulassen; er selbst solle mit dem Kern der Mannschaft nach Italien segeln.

Der Held gehorchte, gründete zu Ehren seines königlichen Wirts die Stadt Acesta in Sizilien und besiedelte sie mit den Greisen und den alten Müttern seiner Flotte; er selbst brach mit den kräftigsten Männern, den Jünglingen, Frauen, Jungfrauen und Knaben auf und verließ das Land.

Diesmal gewährte ihm Neptunus, durch die Fürbitten der Liebesgöttin geneigt, ruhiges Meer und glückliche Fahrt. Zuletzt wurden sie bei dem stets günstigen Wind und dem blauen Himmel so sorglos, daß sogar die Ruderer sich in einer heiteren Nacht unter ihre Ruderbänke legten und schliefen.

Der trügerische Gott des Schlafes stieg von dem funkelnden Gestirn des Äthers herab und nahte in der Gestalt des Helden Phorbas dem wachsamen Steuermann Palinurus, der auf dem Deck am Steuer saß. »Nachkomme des Jasius«, sprach er leise zu ihm, »siehst du nicht, wie das Meer die Schiffe leitet? Spürst du nicht die sanfte Brise? Sie lädt dich ein, endlich auch ein Stündlein zu ruhen. Leg dich doch hin, gönne deinen müden Augen Schlaf! Ich will derweil dein Amt übernehmen!«

Palinurus vermochte kaum noch den schläfrigen Blick gegen den Redenden zu heben und sprach: »Was sagst du? Ich soll das tückische Element nicht fürchten, wenn es Ruhe heuchelt, ihm vertrauen? Ich, den so oft der heitere Himmel getäuscht hat!«

So sprach er, klammerte sich an das Ruder und zwang sich, seine Augen auf die Sterne zu richten. Aber der Gott träufelte ihm mit einem Zweig ein paar Tropfen von Lethe auf die Schläfe, und plötzlich schlossen sich seine Augen. Da beugte er sich über den Schlummernden und gab ihm einen Stoß, daß Palinurus mitsamt dem Steuer kopfüber in die Wellen stürzte. Der Schlaf erhob sich wie ein Vogel in die Luft. Im Wasser erwachte der arme Steuermann und rief, in den Fluten versinkend, vergeblich seine schlafenden Gefährten zu Hilfe.

Die Flotte fand indessen, unter dem versprochenen Schutz des Meergottes, auch ohne Steuermann ihren Weg, und endlich war Italiens Küste erreicht. Äneas fuhr das Ufer entlang und landete schließlich im Hafen von Cajeta. So wurde er später nach der alten treuen Amme des Helden benannt, welche Cajeta hieß, nach der Landung hier starb und feierlich beigesetzt wurde. Dann ging Äneas mit seinen Gefährten noch einmal an Bord und gelangte glücklich in den Hafen Ostia. Hier sah er vom Meer aus ein Dickicht; aus dem Unterholz brach der Tiberstrom hervor, gelb vom Sand, und ergoß sich in reißenden Wirbeln ins Meer. Bunte Vögel umflatterten lieblich singend die Mündung und den Hain.

Das italische Land, in dem sich die trojanischen Auswanderer nun befanden, war das alte Latium, das Gebiet der Laurenter. Über seine friedlichen Städte und Felder herrschte ein alternder König mit Namen Latinus, ein Sohn des Faunus und ein Urenkel des Gottes Saturnus. Das

Schicksal hatte diesem Fürsten keinen Sohn vergönnt; aber um seine einzige, schon heiratsfähige Tochter Lavinia warben aus Latium und ganz Italien viele Fürstensöhne, vor allem Turnus, der schönste aller Jünglinge, der Sohn des Rutulerkönigs Daunus; und ihn begünstigte die Mutter Lavinias, die Königin Amata, vor allen anderen.

Aber schreckhafte Götterzeichen warnten vor dieser Verbindung. In den hohen Höfen der latinischen Königsburg stand ein Lorbeerbaum, den der alte König bereits vorgefunden und dem Phöbus geweiht hatte, als er den Palast gründete. Nun aber besetzte plötzlich den Wipfel des Baumes ein starker Bienenschwarm, der mit lautem Summen angeflogen kam; aneinandergeklammert hing der ganze Schwarm wie eine Blumendolde vom Ast herab. Man rief einen Wahrsager herbei, das Zeichen zu deuten. Dieser sprach: »Ich sehe einen Mann und ein Heer vom Ausland nahen und ihn in dieser Burg herrschen!«

Und noch ein zweites Zeichen geschah. Als die Jungfrau Lavinia mit ihrem Vater am Altar stand und dieser die Opferflamme entfachte, schien es, als fingen die Locken der Jungfrau Feuer, als brenne ihr Haar, glühe die Krone von Gold und Edelsteinen und sende, in Rauch und Flammen gehüllt, Glut durch den ganzen Palast. Das wurde nun erst recht für ein bedeutungsschweres Wunder gehalten; zwar hieß es — so lautete die Deutung der Seher —, Lavinia gehe einem herrlichen Los und großem Ruhm entgegen, aber dem Volk verkünde dieses Zeichen einen fürchterlichen Krieg. Latinus befragte darüber das Orakel seines Vaters Faunus. Aber auch dieses weissagte ihm einen fremden Schwiegersohn, aus dessen Stamm ein Geschlecht kommen werde, dem die Herrschaft über die ganze Welt bestimmt sei.

Am Ufer des Tibers ließ sich der gelandete Äneas mit seinem Sohn Julus und den übrigen Trojanerfürsten unter einem hohen, schattigen Baum nieder, um sich ein Mahl zu bereiten. Sie nahmen sich nicht einmal Zeit, das Gerät aus den Schiffen herbeizuholen, sondern sie formten flache Weizenbrote, die ihnen als Tische und Teller dienten und auf denen sie die Speisen ausbreiteten. Als der kleine Vorrat, den sie an Land gebracht hatten, verzehrt und ihr Hunger noch nicht gestillt war, ergriffen sie Teller und Tische, aus Weizenmehl gebacken, und bissen kräftig hinein.

Da sagte der kleine Julus lachend: »Wir essen ja unsere Tische!«

Dieser Scherz öffnete ihnen die Augen. Freudig sprang Äneas vom Boden auf und rief: »Heil dir, du gutes Land! Du bist's, das mir vom

Schicksal verheißen wurde! Auf heitere Art wird erfüllt, was die Harpyie Celäno uns als etwas Entsetzliches prophezeit hat. Der Hunger werde uns an unbekannten Ufern, so krächzte sie, zwingen, die eigenen Tische zu essen. So ist es denn geschehen, der Spruch hat sich erfüllt, von dem auch mein Vater Anchises gesprochen hat. Wenn das geschieht, sagte er, dann ist das Ende der Mühsal gekommen, dann baut Häuser!«

Die Fremdlinge erforschten das fruchtbare Land, fanden bald Wohnungen und fragten nach dem Volk und König des Landes. Sogleich beschloß man, eine Gesandtschaft an Latinus, den König der Laurenter, zu schicken.

LAVINIA

Der Sohn des Anchises wählte die besten Männer aus, hundert an der Zahl, die als Redner oder Gesandte zum Laurenterkönig geschickt werden sollten. Diese traten, Schutzflehenden gleich, mit geschmückten Ölzweigen in den Händen, die Reise an und gelangten bald in die Stadt der Latiner. Vor der Stadt vergnügte sich die Jugend Latiums zu Wagen und zu Roß, andere übten sich mit Wurfspieß und Bogen, mit Faustkampf und Wettrennen. Als nun die fremden Gesandten erschienen, eilte ein Bote zu Pferd in die Stadt und brachte dem alten König die Botschaft, daß eine Schar großer, herrlicher Männer friedlich nahe. Dieser befahl sogleich, sie zu ihm zu bringen, und versammelte seine Berater um den Thron seiner Ahnen.

Der Palast des Königs war groß und herrlich in der Burg über der Stadt gelegen. Hundert Säulen trugen ihn, und ein heiliger Hain umgab ihn mit hohen Bäumen. Im Innern des Palastes saß auf erhöhtem Thron Latinus und bat die Trojaner zu sich. Er sprach zu ihnen mit freundlichem Blick: »Euer Geschlecht ist mir nicht unbekannt, ihr Dardaner. Ihr wart mir angekündigt, als ihr noch auf dem Meer umherirrtet. Ob ihr nun von Stürmen hierher verschlagen oder aus freiem Willen gekommen seid, wisset, daß ihr an keiner ungastlichen Küste gelandet seid. Verkennt in uns Latinern nicht das harmlose Geschlecht des Saturnus, das ohne Zwang und Gesetz Gerechtigkeit übt und die alten frommen Bräuche des Gottes in edler Freiheit pflegt! Auch erinnere ich mich, obwohl die Sage durch viele Jahrhunderte verdunkelt ist, daß euer Ahnherr Dardanus aus dieser Gegend stammen soll.«

Ihm erwiderte Ilioneus, der zum Sprecher ausersehen war: »Kein Orkan hat uns an deine Küste genötigt, erhabener Sohn des Faunus, kein Gestirn hat uns getäuscht! Aus eigenem Antrieb kamen wir an dein Ufer, und Absicht hat uns in dein Land geführt. Wir wurden aus einem herrlichen Reich vertrieben, und der Vater unseres Geschlechts ist Jupiter selbst. Auch unser Fürst und Anführer Äneas, der Sohn der Göttin Venus, ist Jupiters Enkel. Er ist es auch, der uns in deinen Palast sandte. Von Trojas Zerstörung weiß alle Welt; auch dir dürfte ihr Schicksal bekannt sein. Diesem Ort der Verwüstung sind wir entflohen und bitten euch nun um ein Stück Land, wo wir die Götter unserer Heimat aufstellen können, um ein sicheres Ufer, um Wasser und Luft, die doch gemeinsames Gut aller Sterblichen sind! Italien wird es nie zu bereuen haben, daß es Troja in seinen Schoß aufgenommen hat. Stammt doch Dardanus von hier und ruft uns hierher zurück. Auch hieß uns ein Gebot der Götter, dieses Land aufzusuchen. Damit du aber erkennst, o König, daß wir wirklich die sind, für die wir uns ausgeben, so schickt dir unser Führer Äneas diese Geschenke, die freilich nur kleine Überbleibsel aus dem brennenden Troja sind: diesen goldenen Pokal, aus dem Anchises, der Vater unseres Helden, sein Trankopfer darzubringen pflegte, dieses Gewand, das König Priamus trug, wenn er dem versammelten Volk Recht sprach; endlich seinen heiligen Kopfschmuck, sein Zepter und andere Gewänder, die kunstvolle Arbeit trojanischer Frauenhände.«

Während Ilioneus sprach, hatte der alte König Latinus die Augen gesenkt, wie ein tief Nachdenkender; er achtete wenig auf die herrlichen Geschenke, die die Gesandten vor den Stufen seines Throns ausbreiteten, sondern erwog in seinem Herzen den Orakelspruch seines Vaters Faunus. Plötzlich wurde ihm klar, Äneas und kein anderer sei der verheißene Bräutigam seiner Tochter, dieser zur Herrschaft über das Reich ausersehen; aus ihm werde das Geschlecht kommen, das bestimmt sei, über die ganze Erde zu herrschen.

Da erhellte sich seine Miene, er richtete sich auf und sprach: »Mögen die Götter unser Werk und unsere Verheißung segnen. Eure Wünsche seien euch gewährt, Trojaner, und eure Geschenke nehme ich an. Nur soll Äneas selbst zu mir kommen und das Antlitz eines Freundes nicht scheuen. Ihr aber sollt ihm dieses mein Anerbieten überbringen: Ich habe eine Tochter, der es, einem Orakel meines Vaters zufolge, nicht vergönnt ist, einen einheimischen Mann zu heiraten. Aus fremdem Land soll mir, nach dieser Weissagung, der Gatte meiner Tochter kommen.«

Dann ließ der König aus seinem herrlichen Marstall, in dem dreihundert edle Rosse standen, für jeden Trojaner ein mit Purpurdecken geschmücktes Pferd herausführen: goldene Ketten hingen den Rossen an der Brust herab, ihr Geschirr und der Zaum ihres Maules waren von Gold. Dem Äneas aber sandte er einen doppelspännigen Wagen, schnaubende Rosse, aus unsterblichem Samen gezeugt.

DIE JAGD DER TROJANER

Dieses Glück des Äneas konnte seine Feindin Juno nicht tatenlos hinnehmen. Sie rief die Furie Alekto aus der Unterwelt herauf, um die Eintracht zu stören. Diese schwebte zuerst nach Latium und ließ sich im stillen Gemach der Amata nieder; sie warf der Königin heimlich aus ihrem Schlangenhaar eine Natter auf die Brust, damit sie, von diesem Scheusal angefressen, das ganze Haus in Verwirrung bringe.

Die Schlange verwandelte sich sofort in Amatas goldenen Halsring, dann in ihren langen Schleier, ihren Haarschmuck und berührte so ihren ganzen Körper. Dabei brachte sie unbemerkt ihr Gift auf die Haut. Dieses tat bald seine Wirkung. Es begann damit, daß Amata zu weinen anfing und die Vermählung ihrer Tochter beklagte. »Grausamer Gatte«, sagte sie zu sich, »du hast weder mit mir noch mit deiner Tochter Mitleid! Wo bleibt deine frühere Sorge um die Deinen, wo das heilige Wort, das du so oft deinem Blutsverwandten Turnus gegeben hast? An einen Flüchtling verschenkst du unser Kind!«

So sprach sie auch zu ihrem Gemahl. Aber als sie ihn unwiderruflich auf seinem Beschluß beharren sah, da erst kam das Schlangengift zur vollen Wirkung, und sie tobte wie wahnsinnig durch die Stadt.

Nun war Alekto zufrieden. Sie hatte das Werk, das ihr Juno aufgetragen, vollbracht. Sogleich flog sie in die Hauptstadt der Rutuler, welche die Geliebte Jupiters, Danae, gegründet haben soll und die von alters her Ardea hieß. Hier fand sie im Innern des Königspalastes den Fürsten Turnus in tiefem Schlaf. Da legte Alekto ihre Furienkleider ab und nahm die Gestalt eines alten Weibes an, mit häßlichen Runzeln auf der Stirn und grauen Haaren, um die sich ein Olivenzweig schlang.

In dieser Gestalt trat sie vor den schlummernden Jüngling und sprach: »Ist es möglich, Turnus, kannst du ohne Zorn mit ansehen, wie alle deine Hoffnung enttäuscht und das Zepter, das dich erwartete, an trojanische Landfahrer verschenkt wird? Mich sendet Juno zu dir: Du sollst dein Volk waffnen und an seiner Spitze zum freudigen Kampf ausziehen. Am Strand sollst du dann den Phrygiern ihre bunten Schiffe verbrennen und sie selbst vernichten!«

Lachend erwiderte im Traum der Jüngling: »Alte, daß die Trojanerflotte in den Tiber eingelaufen ist und Juno meiner gedenkt, wußte ich schon längst; das andere sind Schreckbilder, mit denen dich dein Alter quält. Wache du über die Götterbilder und den Tempel. Über Krieg und Frieden laß den Mann entscheiden!«

Bei diesen Worten durchbebte Zorn die Furie. Der Jüngling aber hörte plötzlich das Zischen ihrer Schlangen, sein Blick erstarrte, und er verstummte. Da wurde die nächtliche Gestalt plötzlich übermenschlich groß und warf den Aufgerichteten mit einem Stoß aufs Lager zurück. Aus dem Haar zog sie zwei Vipern und begann damit wie mit einer Peitsche zu klatschen. Mit schäumendem Mund sprach sie dazu: »Meinst du noch, ich sei ein verschimmeltes altes Weib und verstehe mich nicht auf den Zwist der Könige? Erkenne in mir die Rachegöttin, die Krieg und Tod in ihrer Hand trägt!«

In diesem Augenblick warf sie ihre Fackel, die der Jüngling in ihrer Furienhand sah, ihm auf die bloße Brust, so daß der schwarz qualmende Brand sich fest in sein Fleisch fraß. Aus seinem Körper brach Schweiß. »Waffen!« schnaubte er noch im Taumel des Schlafs. Waffen suchte er, erwacht, in seinem Bett und in seinem Haus; rasende Kriegswut tobte in seiner Brust wie siedendes Wasser in einem Kessel. Sobald der Morgen gekommen war, schickte er den Häuptlingen seines Volkes eine Botschaft und hieß sie zu den Waffen gegen den treulosen König Latinus greifen und sich zum Kampf gegen beide, Latiner und Trojaner, rüsten.

Während so Turnus den Mut seiner Landsleute anstachelte, flog die Furie zuletzt auch noch an den Tiber, wo Julus mit seinen Begleitern in den dichten Uferwäldern eben jagte. Hier erfüllte Alekto die Spürhunde mit plötzlicher Wut, berührte ihre Nasen mit dem ihnen bekannten Geruch und jagte sie hitzig einem Hirsch nach. Dieses Wild war besonders herrlich und trug ein hohes Geweih; die Knaben des Tyrrhus, der Oberhirte über die Herden des Königs Latinus war, hüteten den Hirsch, denn er war vom Euter seiner Mutter weggenommen und in den Wäldern des Königs aufgezogen worden. Die Tochter des Tyrrhus, Silvia, hatte das Tier völlig gezähmt, sie kämmte es, wusch es in der klaren Waldquelle und schmückte sein Geweih mit Blumenkränzen; es war an den Tisch seines Herrn gewöhnt, ging frei in den Wäldern umher und kehrte jeden Abend freiwillig in die Wohnung des königlichen Hüters zurück.

Auf die Spur dieses schönen, zahmen Hirsches führte die Furie die Hunde des Askanius, während das Tier eben den heißen Ufersand verlassen hatte und den Tiberstrom hinabschwamm. Askanius faßte das herrliche Wild ins Auge, schoß den Pfeil ab und sandte ihn tief in das Gedärm des Hirsches. Der so Verwundete sprang aus dem Wasser, erreichte das Haus seines Herrn, schleppte sich ächzend in den Stall und erfüllte wie ein um Mitleid Flehender das ganze Haus mit seinem Gewinsel. Jammernd entdeckte zuerst Silvia ihren Liebling und rief die Bauern der Umgebung zu Hilfe. Diese kamen, mit angebrannten Pfählen und Keulen bewaffnet; Tyrrhus selbst rief einen seiner Gesellen herbei, der eben eine stämmige Eiche mit dem Beil spaltete; und als Alekto den rechten Zeitpunkt erkannte, stellte sie sich auf den Giebel des Hofes und ließ durch das gewundene Horn den lauten Hilferuf erschallen.

Von allen Seiten strömte jetzt erzürntes Bauernvolk herbei, aber auch dem Askanius kam die trojanische Mannschaft zu Hilfe. Bald waren es auf der andern Seite auch nicht mehr bloß mit Prügeln bewaffnete Haufen; es hatten sich zwei regelrechte Schlachtreihen gebildet, Schwerter wurden gezogen, Bogen gespannt. Der erste Pfeilschuß aus den Reihen der jagenden Trojaner, die sich gegen die anstürmenden Feinde zur Wehr setzten, traf den ältesten Sohn des Tyrrhus, Almo, in die Kehle, daß ihm Stimme und Leben zugleich schwanden. Nun begann ein allgemeines Gemetzel unter den Hirten.

Der ehrlichste und begütertste Bauer in ganz Latium, der alte

Geläsus, der fünf Rinder- und Schafherden besaß und hundert Pflüge über seine Äcker gehen hatte, war aus den Reihen der Bauern hervorgetreten, um Frieden zu vermitteln; aber er wurde nicht angehört, und ein Pfeilregen überschüttete ihn, dem er sterbend erlag.

Jetzt eilten die überwältigten Hirten vom Kampfplatz weg in die Stadt und trugen ihre Erschlagenen, den Almo, den Geläsus und viele andere, wehklagend durch die Straßen. Sie riefen die Götter laut um Hilfe an, eilten zum Königspalast und versammelten sich um Latinus, ihren Herrn. Auch Turnus fand sich schreiend und tobend ein und behauptete, die Herren des Landes würden sie an die Trojaner verraten. So umringten sie alle, in Klagen und Lärm wetteifernd, die Königsburg des Alten.

Dieser aber stand unbeweglich wie ein Fels im Meer. Dennoch vermochte er dem Toben der Menge auf die Dauer nicht standzuhalten. »Weh mir«, rief er endlich, »ich fühl es wohl, uns reißt der Sturm fort. Armes Volk, du wirst, gegen den Willen der Götter kämpfend, diesen Frevel mit deinem Blut büßen! Auch du, Turnus, wirst dem Strafgericht des Himmels nicht entgehen! Ich aber glaubte schon, im Hafen zu sein und in Ruhe zu enden, nun gönnt ihr mir nicht einmal einen friedlichen Tod!«

Der Götterkönigin Juno, der Feindin Trojas, dauerte es schon zu lange. In der Latinerstadt stand ein Tempel des Kriegsgottes mit doppelten Pforten, mit hundert ehernen Riegeln verschlossen; sein Hüter war Janus, der uralte Städtegott der Latiner. Wenn die Häupter des Volkes blutigen Kampf auf Leben und Tod beschlossen, so öffnete der König selbst im feierlichen Kriegsgewand die schweren Doppeltore. Dieses zu tun, bedrängte das Volk jetzt auch seinen König Latinus, er aber weigerte sich, dieses zu tun, und verbarg sich in der Tiefe seines Palasts. Da schwang sich Juno selbst vom Himmel herab, stieß mit Götterhand an das Tor, drehte die Angeln, und donnernd barsten die ehernen Pforten des Kriegstempels auseinander.

KRIEG BRICHT AUS

Ganz Italien, so ruhig und friedlich es vorher war, geriet plötzlich in Aufruhr. In allen Häusern wurden die Schilde von der Wand genommen, die Speere gespitzt, die Äxte am Schleifstein gewetzt. Schon riefen die Trompeten zum Marsch, die Fahnen flatterten im Wind. Alle Männer griffen zu den Waffen. Die einen zogen zu Fuß ins Feld, die andern ritten hoch zu Roß in den Kampf. Streitwagen rollten hinter schnaubenden Pferden daher, in der Ebene glänzte es von Gold und Eisen, von Rüstung und Schwert. Aus allen Städten Hesperiens eilten die Nachkommen der alten Heldengeschlechter herbei, deren Ahnen zum Teil Götter und Göttersöhne waren.

Unter den ersten schritt in männlicher Schönheit Turnus, seine herrlichen Waffen in der Hand, die anderen Helden um Scheitellänge überragend. Ein dreifacher Busch wehte von seinem Helm, auf dessen Kuppel die glutatmende Chimära abgebildet war, auf seinem Schild war in getriebener Arbeit Jo dargestellt, wie sie eben zur Kuh wird, ihr Hüter Argos und ihr Vater Inachus war zu sehen, der den Strom aus der Urne gießt.

Hinter Turnus und seinen Helden drängten sich die Latiner und Rutuler, Aurunker, Sikaner und eine Menge ausonischer Völkerschaften; schildbewehrtes Fußvolk, vor allen Mezentius mit seinem Sohn Lausus, Aventinus, der Sohn des Herkules und der Rhea, Katillus und Koras, die Brüder des Tiburtus aus Tibur, und viele andere hatten sich eingefunden.

Dann kam die Reiterei der Volsker, schimmernd in ihren erzenen Rüstungen, geführt von ihrer jungfräulichen Fürstin Kamilla. Diese hatte ihre Hände nie an Minervas Rocken und Webstuhl gewöhnt; im rauhen Männerhandwerk war sie aufgewachsen, auf ihrem schnellen Roß war sie mit den Winden um die Wette geritten. Sie flog so leicht dahin, daß sie über die Felder ritt, ohne ein Hälmchen zu rühren, ohne eine Ähre zu knicken, und über die Flüsse, ohne ihre Sohlen zu netzen. Alt und jung blickte ihr verwundert nach, wie sie mit ihrer Schar durch Städte und Dörfer zog, den königlichen Purpur über die runden Schultern geworfen, das reiche Haar mit einer goldenen Nadel aufgesteckt, Köcher und Bogen auf der Achsel und die scharfe Lanze in der Hand.

Diese gewaltigen Kriegsrüstungen erfüllten den Äneas und seine

Trojaner mit schwerer Sorge. Da erschien jenem im Traum der Flußgott Tiberinus und stieg in meerblauem Kleid, auf den Haaren einen Schilfkranz, zwischen Pappelgeäst in Greisengestalt aus dem Strom empor. »Göttlicher Held«, sprach er, »verzage nicht! Der Groll der Himmlischen gegen dich ist verschwunden. Damit du nicht meinst, ein nichtiges Traumbild zu schauen, will ich dir ein Zeichen sagen. Unter den Eichen des Ufers wirst du ein großes Mutterschwein liegen finden, das dreißig Frischlinge geboren hat: dort ist die Stelle, wo nach dreißig Jahren dein Sohn Askanius die verheißene Stadt Alba, Roms Mutterstadt, gründen wird. Für jetzt aber merke, wie du dich gegen die Gefahr schützen kannst, die dich bedroht. Nicht weit von hier, im Tuskerland, haben sich arkadische Pelasger, vom alten König Pallas abstammend, unter ihrem Fürsten Evander angesiedelt und auf einem hohen Hügel die Stadt Pallanteum nach dem Namen ihres Ahnherrn gegründet. Obwohl Griechen, sind sie doch unversöhnliche Feinde des Latinervolks. Mit diesen sollst du dich verbünden, und sie werden deine Kampfgenossen werden. Opfere der Göttermutter Juno, sobald du erwachst, und sänftige ihren Zorn durch Demut. Dann begib dich zu Evander.«

Der Gott verschwand, und der erwachte Äneas befolgte seinen Rat. Zwei Schiffe wurden ausgewählt und mit Freunden bemannt. Noch ehe der Held mit ihnen abfuhr, erfüllte sich das verkündete Zeichen. Am Rand des Waldes, unter einer mächtigen Eiche schneeweiß schimmernd, erblickten sie ein Schwein mit dreißig Jungen. Der Mahnung des Stromgottes folgend, opferte Äneas die Mutter und ihre ganze Zucht der mächtigen Göttin Juno und versöhnte durch dieses herrliche Opfer ihr grollendes Herz. Dann schiffte er sich auf dem Tiber ein, der, vom Flußgott gebändigt, glatt und unbewegt dalag wie der Spiegel eines Binnensees.

Sogar die Wellen staunten, und der Uferwald wunderte sich, als die bunten Boote und die Männer mit ihren hellen Schilden den Strom fast ohne Ruderschlag heraufzogen. Diese aber fuhren Tag und Nacht den gewundenen Fluß aufwärts, zwischen grünenden Hainen auf dem spiegelhellen Wasser dahin. Endlich am andern Morgen sahen sie von ferne Mauern, Häuser und eine Burg auf hohem Berg. Sogleich drehten sie ihre Schiffsschnäbel dem Land zu, wo der Berg, auf welchem die Stadt Pallanteum gelegen war, zum Fluß abfiel.

Es war gerade der Tag, an dem der Arkadierkönig Evander, seinen

Sohn Pallas zur Seite, mit dem Rat seiner Stadt und den angesehensten Jünglingen in einem benachbarten Hain dem Herkules ein feierliches Opfer darbrachte. Der Weihrauch und das Blut dampften auf den Altären, und das Opfermahl hatte schon begonnen. Als nun die Arkadier die hohen Schiffe zwischen den dunklen Uferwäldern unter leisem Ruderschlag herbeischwimmen sahen, erschraken sie vor dem plötzlichen Anblick und wollten das Mahl verlassen.

Doch der mutige Jüngling Pallas verbot ihnen, das Fest zu unterbrechen; er griff zur Lanze, eilte ihnen entgegen und rief ihnen zu: »Was führte euch auf diese ungewohnte Bahn, ihr Männer? Woher seid ihr? Wohin wollt ihr? Bringt ihr uns Krieg oder Frieden?«

Äneas antwortete vom hohen Deck seines Schiffes, indem er das Zeichen des Friedens, den Ölzweig, hoch in der ausgestreckten Rechten hielt: »Trojaner sind wir, Jüngling! Männer, zum Kampf mit den Latinern gerüstet, welche uns Flüchtlinge mit Waffengewalt aus ihrem Land vertreiben wollen. Wir kommen zu König Evander, um ihn um sein Bündnis und um Hilfe zu bitten.«

Als Pallas das Wort Trojaner hörte, staunte er und rief in freudiger Bestürzung: »Willkommen, Gast, wer du auch seist, tritt vor meinen Vater und nimm mit unserer Wohnung vorlieb!«

Pallas hatte den Ausgestiegenen mit freundlichem Handschlag begrüßt, und bald wiederholte der Held seine Bitte vor dem König der Arkadier, ohne jedoch sich selbst zu nennen.

Jener aber hatte Angesicht und Gestalt des Redenden lange aufmerksam gemustert und erwiderte endlich: »Wie gern nehme ich dich auf, tapferer Sohn Trojas; dein Geschlecht, dein Name ist mir bekannt. Wort, Stimme und Gestalt deines großen Vaters Anchises steigen wieder in meiner Erinnerung auf; wohl entsinne ich mich noch des Fürsten Priamus, als er, mit seinen Helden auf der Fahrt gegen Salamis, das Reich seiner Schwester Hesione, der Gemahlin Telamons, zu besuchen, auch durch unser Arkadien kam. Mir sproßte damals der erste Flaum am Kinn, und mit Ehrfurcht betrachtete ich den König und die Edlen seines Volkes, vor allen den herrlichen Anchises. Ich konnte mein Verlangen nicht bezähmen, ihn anzureden und ihm meine Rechte zu bieten. Er folgte mir als Gastfreund in unsere Wohnung, und beim Abschied verehrte er mir Köcher und Pfeile, ein goldgewirktes Kriegsgewand und zwei vergoldete Zäume, herrliche Gaben, die jetzt mein Sohn Pallas besitzt. Darum dürft ihr euch sogleich als meine Verbündeten betrachten. Morgen früh sollt ihr, verstärkt durch unsern Beistand, in euer Lager zurückkehren. Unterdessen begeht mit uns dies schöne Jahresfest, das wir nicht verschieben dürfen.«

So sprach er, hieß die weggeräumten Becher und Speisen wieder auftragen und die Trojaner auf den Rasenbänken Platz nehmen; den Äneas aber führt er zu seinem herrlichen gepolsterten Sessel aus Ahorn, über den ein zottiges Löwenfell gebreitet war. Der Priester und auserwählte Jünglinge brachten geröstete Stücke der Stiere herbei, häuften das Brot in Körben auf und reichten um die Wette Wein.

Den reichlichen Schmaus würzte König Evander mit einer Erzählung über den Ursprung dieses Festes, indem er seinen Gästen eine Felsenkluft wies, in welcher der gräßliche Halbmensch Kakus, der Sohn des Vulkanus, gehaust hatte, der dem Herkules die erbeutete Rinderherde des Riesen Geryones stahl und von jenem bezwungen wurde. Zur Erinnerung an den Sieg über dieses Untier brachten die dankbaren Arkadier noch immer dem Herkules, dem Schutzgott der Gegend, ein Jahresopfer dar.

Über diese Erzählung war es Abend geworden, und nach vollendetem Opfer begaben sich alle in die Stadt. Diese war nur klein, und niemand hätte ahnen können, daß einst die Weltstadt Rom an ihrer Stelle stehen sollte. Denn die Arkadier waren ein ländliches Hirtenvolk und hatten aus ihrer Heimat keine Schätze mitgebracht. Aber Mut und kräftige Arme konnten sie den Trojanern als Hilfe anbieten. Deswegen gefiel es dem Äneas doch in dem Haus Evanders, das mehr einer Hütte als einem Palast glich, und er sank auf einem weichen Blätterlager, über welches das zottige Fell eines Bären gebreitet war, in sanften Schlummer.

DER SCHILD DES ÄNEAS

Mittlerweile ging Vulkanus, von seiner Gattin Venus gedrängt, in die Ätnakluft der Zyklopen, die Waffen des Äneas, die ihm den Sieg über die Latiner bringen sollten, zu schmieden. Er nahte sich der donnernden Höhle, die ganz von Feuer durchflammt war. Gewaltige Schläge auf den Amboß dröhnten weit hinaus in die Ferne, im Gewölbe sprühten zischende Stahlsplitter, und aus den Öfen strömte unaufhörlich Glut. In dieser Kluft waren Tag und Nacht hindurch, mit aufgestülpten Ärmeln, die rußigen Zyklopen Brontes, Steropes und Pyrakmon mit unzähligen Knechten dabei, das Eisen zu schmieden. Die einen werkten eben an einem halbfertigen Blitzstrahl, der mit zwölf Zacken geschmiedet wurde, und sie schweißten die drei Hagelspitzen, die drei Regenspitzen, die drei Glutspitzen und die drei Sturmwindspitzen daran und mischten Flamme, Donnergrollen und Entsetzen darunter. Die anderen verfertigten dem Mars Räder und Wagen, wieder andere aus Gold und Drachenschuppen den glatten Ägisschild der Minerva mit dem Medusenhaupt.

»Weg mit allem«, rief Vulkanus, in die Höhle tretend, »anderes ist jetzt zu tun, Zyklopen! Dem tapfersten Mann sollt ihr nun seine Kriegswaffen schmieden; da braucht es Kraft, Kunst und Erfahrung! Ans Werk ohne Verzug!«

Die Zyklopen kannten schon den schroffen Ton ihres Herrn und machten sich rasch an die Arbeit. Bald flossen Erz und Gold in Bächen, in den Öfen zerschmolz der Stahl. Ein gewaltiger Schild wurde geformt und Scheibe auf Scheibe siebenfach geschmiedet; einige setzten die Blasbälge in Bewegung, andere kühlten das zischende Erz im Löschtrog. Dann wurde die Masse mit der Zange umgedreht, und die Hämmernden schwangen die Arme im Takt und schlugen auf den Amboß, daß die Höhle dröhnte.

Am andern Morgen übergab der greise Evander, der nicht selbst mit in den Krieg ziehen konnte, vierhundert arkadische Reiter, dazu seinen eigenen Sohn Pallas, den Trost und die Hoffnung seines Alters, dem scheidenden Gastfreund und beschenkte außerdem noch alle Trojaner mit Rossen, den Äneas mit dem herrlichsten Pferd, das ein gelbes Löwenfell bedeckte und dessen Hufe vergoldet waren.

Dann ergriff Evander die Hand seines scheidenden Sohns, drückte sie an die Brust und sprach unter Tränen: »Ach, daß mir Jupiter die vergangenen Lebensjahre zurückbrächte und ich noch der wäre, der ich einst unter Pränestes Mauern war, als ich den König Herilus, der drei Leben von seiner Mutter, der Nymphe Feronia, mitbekommen hatte, dreimal in den Orkus hinabschickte, bis er endlich nicht mehr wiederkam! Jetzt kann ich nichts anderes tun, als dich und unsern Freund den Göttern empfehlen: Mögen sie dir fröhliche Wiederkehr schenken! Möge kein Schreckensbote mir je das Ohr verwunden!«

Nach diesen Worten sank der greise Vater zusammen und wurde von den Dienern in die Wohnung getragen.

Die Reiter aber zogen durch die offenen Tore hinaus, mit ihnen Äneas und ein Teil der trojanischen Mannschaft, den anderen Männern hatte der Held befohlen, zu Schiff auf dem Strom abwärts zu fahren.

Als sie in einem entlegenen Tal zwischen finsteren Tannenwäldern angekommen waren und, vom langen Zug ermüdet, ihre Rosse und die eigenen Leiber pflegten und Äneas an einem kühlenden Waldwasser, abgesondert von der ganzen übrigen Schar, unter einer Eiche lagerte, sah seine Mutter Venus den günstigsten Augenblick gekommen. Sie senkte sich mit den neugeschmiedeten Waffen aus dem Äther herab, legte sie dem Sohn zu Füßen, machte sich diesem sichtbar und sprach: »Schau her, Kind, welch ein Geschenk dir die Gunst meines Gemahls bereitet hat. Jetzt mußt du nicht mehr zögern, die stolzesten Laurenter, ja den wilden Rutuler Turnus zum Kampf zu fordern.«

Äneas staunte. Von der Gegenwart seiner göttlichen Mutter und der großen Ehre beglückt, konnte er sich an dem funkelnden Waffenschmuck nicht satt sehen und wendete bald den buschigen Helm, bald das gediegene Schwert, bald den erzenen Panzer, der rötlich wie Blut oder wie die Sonne, durch Wolken strahlend, glühte, bald die goldenen Beinschienen und den schlanken Speer in seinen Händen.

Am längsten aber verweilten seine Blicke auf dem kunstreichen, mit unerschöpflicher Bilderpracht ausgestatteten Schild. Auf diesem hatte der Gott des Feuers eine ganze Reihe von Begebenheiten abgebildet, darin Äneas sich vergebens vertiefte; denn es waren die künftigen Schicksale und Triumphe der Römer, des Volkes, das erst in späterer Zukunft dem Stamm seines Sohnes Julus entsprießen sollte. In der Mitte des Schildes war eine Wölfin abgebildet, die an ihrem Euter Zwillingsknaben nährte, zu denen sie liebkosend ihren Hals wandte und sie mit der Zunge beleckte. Äneas konnte nicht wissen, daß die Kinder Romulus und Remus hießen. Dann war eine Stadt abgebildet, wo kräftige Männerhände Frauen raubten, es war Rom und der Raub der Sabinerinnen; dann vor Jupiters Altar zwei bewaffnete Herrscher mit Sühnopfern und mit Bundesschalen in der Hand: Romulus und Tatius. Nicht weit davon schleifte ein König mit seinem Viergespann einen Verbrecher zu Tode: Tullus Hostilius, den falschen Mettius. Auf einer halbabgebrochenen Brücke stand einäugig ein Verteidiger, und durch den Strom schwamm eine Jungfrau, indes ein zorniger Soldatenkönig am jenseitigen Ufer thronte: es waren Kokles, Klölia und Porsena, der Etrusker. Auf einer hohen Burg mit Palästen und Tempeln stand ein bewaffneter Wächter, und silberne Gänse flatterten durch goldene Hallen, während am Fuß des Berges Barbaren auf der Lauer standen: Manlius und die Gallier. Und so erzählte der Schild eine Geschichte um die andere, bis zur Zeit des Catilina, Cato, Cäsar und Augustus.

Unkundig aller dieser zukünftigen Dinge, freute sich Äneas an dem Schild, wie ein Kind sich an einem Bilderbuch freut. Dann kleidete er sich in die himmlische Waffenrüstung, faßte den Schild mit der Linken, und im Gefühl, unter dem besonderen Schutz der Götter zu stehen, mischte er sich wieder unter die Seinen.

TURNUS BEIM LAGER DER TROJANER

Während dies in Tuscien geschah, schickte Juno, deren Groll gegen Äneas doch noch nicht erloschen war, ihre Botin Iris zu dem Rutuler Turnus. Diese meldete dem Anführer der Feinde, daß Äneas sein Lager, seine Gefährten, seine Flotte verlassen und in das Reich Evanders gezogen sei. Sie befahl ihm, das trojanische Lager zu stürmen. Turnus folgte sogleich diesem Befehl. Der Held Messapus voran, Tyrrhus und seine Söhne als Nachhut, Turnus mit dem Kern des Heeres — so zogen sie durchs offene Feld zum Ufer des Tiber.

Plötzlich sah Kaikus, der Wächter des vordersten trojanischen Wachtturms, dunkles Staubgewölk aufsteigen. »Brüder«, rief er rückwärts gewendet, »Waffen herbei, schnell auf die Mauern, der Feind ist da!«

Auf diese Nachricht hin stürzten die auf dem Feld befindlichen Trojaner durch die Tore ins Lager zurück und sammelten sich, wie Äneas es für einen solchen Fall befohlen hatte, auf den Schanzen und Mauern, obgleich der Zorn sie viel eher zum offenen Gefecht getrieben hätte. Sie sperrten also die Tore und folgten in allem den Anweisungen ihres Führers, indem sie den Feind auf den Zinnen und in den hohen Türmen erwarteten.

Turnus aber eilte dem Heer, das ihm zu langsam vorwärtskam, mit zwanzig ausgewählten Reitern voraus und erschien auf einem thrakischen gefleckten Schimmel unvermutet vor den Mauern des Lagers. »Wer wagt sich zuerst an den Feind?« fragte er rückwärts gewendet seine kleine Schar und schleuderte seinen Wurfspieß durch die Lüfte.

Jubelnd taten seine Gefährten es ihm nach und nannten höhnend die Trojaner feig, weil sie sich hinter ihren Mauern verschanzt hielten und es nicht wagten, ins Feld zum offenen Kampf herabzusteigen.

Indessen spähte Turnus, hoch zu Roß, den goldenen Helm mit dem roten Federbusch auf dem Haupt, ringsum die Mauern des Lagers aus und suchte einen unbemerkten Zugang. Endlich fiel ihm die Flotte ins Auge, die, von Dämmen und Wällen umgeben, an der einen Seite des Lagers vertäut war. Triumphierend forderte er seine Freunde auf, diese in Brand zu stecken, ergriff selbst eine brennende Fackel, und sogleich bewehrte sich auch das Gefolge des allmählich nachgerückten Heeres mit Feuerbränden, die man von den Feuerstellen der benachbarten Hütten geraubt hatte.

Sicherlich wäre nun die Flotte der Trojaner verbrannt, hätte nicht ein göttliches Wunder das Feuer von den Schiffen abgewendet. Seinerzeit nämlich, als Äneas am Fuß des Idagebirges die Flotte zimmerte, die ihn in das fremde Land tragen sollte, flehte Cybele, die Mutter aller Götter, zum allmächtigen Zeus: »Sohn, gib mir, was ich von dir verlange! Ich habe dem dardanischen Mann, der einer Flotte bedurfte, erlaubt, meinen schönen Hain von Ahornbäumen und Kiefern zu fällen. Nun aber quält mich die Sorge, meine geliebten Bäume, zu Schiffen verarbeitet, könnten ein Raub der Stürme werden. Darum erhöre meine Bitte: Bedenke, daß dieses Holz auf dem Ida gewachsen ist, und schütze die Schiffe vor aller Gefahr!«

»Das kann ich nicht«, erwiderte Jupiter, »ich vermag dem Werk sterblicher Hände nicht Unsterblichkeit auf Erden zu verleihen. Doch was ich vermag, will ich gerne tun. Alle Schiffe, die das Ziel und den Hafen Ausoniens erreichen, will ich von der sterblichen Form befreien. Wie die Töchter des Nereus sollen sie als Göttinnen des Meeres ein seliges Leben in den Fluten führen.«

Dieses Wort ging jetzt in Erfüllung. Als Turnus den Brand in die Schiffe werfen wollte, verbreitete sich von Osten her Strahlengewölk über den Himmel, und ein gewaltiger Schall in den Lüften erschreckte die Trojaner und Rutuler.

»Trojaner«, rief die Donnerstimme, »fürchtet nicht um eure Schiffe! Eher wird Turnus das Meer verbrennen als sie! Ihr aber, Schiffe, schwimmt erlöst dahin, seid Meeresgöttinnen! Die Mutter der Götter will es so.«

Bei diesem Wort wurden die Schiffe plötzlich lebendig, sie zerrissen ihre Halteseile, tauchten mit den Schnäbeln wie Delphine ins Wasser und schwammen, wieder aufgetaucht, in Gestalt schöner Jungfrauen durch die Fluten. Entsetzen ergriff die Rutuler. Messapus, ihr Führer, schreckte zusammen, seine Pferde wichen scheuend zurück, sogar der Tiberstrom zog sich schaudernd vom Meer zurück.

Nur der tollkühne Turnus ließ die Hoffnung noch nicht fahren. »Merkt ihr nicht, Freunde«, sprach er, »daß dieses Wunder allein gegen die Trojaner gerichtet ist? Jupiter hat ihnen seine Hilfe entzogen, alle Hoffnung zur Heimkehr ist ihnen mit der Verwandlung ihrer Schiffe genommen, und die Rutuler brauchen keine Feuerbrände mehr! Das Land aber ist in unseren Händen. Mich ängstigen keine Göttersprüche und Verheißungen. Auch mir ist mein Schicksal bestimmt, und es will, daß dieses verruchte Geschlecht mit dem Schwert vertilgt werde.«

Messapus befahl er, die Tore der Trojaner mit Kriegern zu umstellen und die Wälle rings mit Feuer zu umzingeln. Vierzehn ausgewählte Hauptleute des Messapus befehligten je hundert Jünglinge, schimmernd von Gold und mit rotbebuschten Helmen. Diese machten, einander ablösend, die Runde, während die Feiernden sich ins Gras lagerten und dem Weinkrug zusprachen.

Die Trojaner beobachteten von ihren Wällen herab das Tun der Feinde und hielten die Zinnen mit Bewaffneten besetzt. Sorgfältig kontrollierten sie die Tore, versahen die Bollwerke mit Stützen und schafften den nötigen Vorrat an Geschossen herbei. Alle diese Arbeiten leiteten Mnestheus und Serestus, die Äneas vor seiner Abfahrt bestellt hatte. So wachte das ganze Heer innerhalb des Lagers.

NISUS UND EURYALUS

Unter den Trojanern waren zwei kühne Jünglinge: Nisus und Euryalus. Nisus, ein Sohn des Hyrtakus, einer der besten Speerwerfer und Pfeilschützen aus dem Idagebirge, hatte sich den auswandernden Helden angeschlossen. Euryalus war der schönste unter allen teukrischen Knaben, und der erste Flaum der Jugend sproßte ihm am Kinn. Beide verband eine innige Freundschaft; stets gingen sie gemeinsam in die Schlacht, und sie hüteten auch jetzt gemeinsam eines der Tore.

»Ich möchte doch wissen«, begann zuerst Nisus zu sprechen, »warum die Götter uns diese Tatenlust in die Seele gesenkt haben. Mir ist diese träge Ruhe lästig, und schon lange drängt es mich, etwas Rechtes zu unternehmen. Sieh, wie vertrauensselig die Rutuler sind! Nur hier und da brennt an den Mauern ein Feuer, fast alle liegen von Wein und Schlaf betäubt da, und tiefes Schweigen herrscht ringsum. So höre, Freund, welcher Gedanke mir gekommen ist. Alle, Volk und Väter, wünschen, daß Äneas herbeigerufen werde und daß man sichere Boten zu ihm schicke, die uns Kunde von ihm bringen. Was meinst du? Ich könnte doch zu ihm gehen, den Weg nach dem Tuskerland und den Berg von Pallanteum würde ich wohl finden!«

Euryalus hörte staunend den Vorschlag seines Freundes, auch ihn beseelte jugendliche Ruhmgier. »Du wolltest«, sprach er zu seinem feurigen Gefährten, »mich, den bartlosen Knaben, von dieser herrlichen Tat ausschließen? Wie könnte ich dich allein in solche Gefahr entlassen! Nein, so hat mich mein Vater Opheltes nicht erzogen, und auch du hast mich bisher anders kennengelernt. Auch ich achte das Leben gering und gebe es willig hin für den Ruhm!«

»Nie habe ich an deinem Mut gezweifelt«, erwiderte Nisus, »aber sollte mich irgendein Unfall oder ein Gott ins Verderben ziehen, so wünsche ich, daß du mich überlebst. Ich hätte gern einen Menschen, der meinen Leichnam, aus der Schlacht gerettet oder mit Lösegeld erkauft, in den Boden verscharrt oder, sollte mir dies Glück nicht beschieden sein, mir wenigstens ein Totenopfer feiert und einen Denkstein errichtet. Wie könnte ich auch deiner armen Mutter, die als einzige es verschmäht hat, in Sizilien zurückzubleiben, und dir hierher gefolgt ist, so bitteren Schmerz bereiten?«

Aber Euryalus erwiderte: »Du beschwörst mich vergeblich mit Beweggründen, mein Entschluß ist unverrückbar. Laß uns eilen.«

So sprach er und weckte sogleich die Wachtposten, die die Ablöse antreten sollten. Nachdem sie ihnen das Wächteramt übertragen hatten, eilten sie beide vor den Hohen Rat der Trojaner. Denn die Anführer des Heeres berieten bis tief in die Nacht hinein die wichtigsten Angelegenheiten. Während sie nun mitten im Lager, an die Speere gelehnt und auf die Schilde gestützt, im Kreis standen und Rat hielten, was zu tun sei und wer dem Äneas die Nachricht überbringen solle, kamen Nisus und Euryalus herbeigeeilt und baten um augenblicklichen Zutritt in die Versammlung.

Askanius, der trotz seiner Jugend an seines Vaters Stelle im Rat saß, hieß die Ungeduldigen eintreten und Nisus als den Älteren zuerst reden. »Hört uns an«, sprach dieser zu den Helden, »und beurteilt unseren Vorschlag nicht nach unseren Jahren. Wir haben die Gegend ausgekundschaftet. Dort, am Scheideweg des Tores, das wir bewachen, in der Nähe des Meeres, finden sich Lücken zwischen den Wachtfeuern der Feinde: dort ist genug Platz, sich durchzuschleichen. Wenn ihr uns erlaubt, die Gelegenheit zu nützen, wollen wir als Boten zu Äneas gehen, und ihr sollt uns bald mit Begleitern und mit Beute zurückkehren sehen.«

Bewundernd vernahmen die Helden den Entschluß der Jünglinge. »Ihr Götter«, rief Aletes, der älteste unter ihnen, aus, »so wollt ihr also die Trojaner nicht verlassen, da ihr uns so entschlossene Jünglinge schenkt!«

So sprach er und legte seine Hände auf die Schultern der beiden Freunde.

Dann rief der zarte Jüngling Askanius: »Guter Nisus, lieber Euryalus, in eure Hände lege ich mein Glück und meine Hoffnung. Laßt mich meinen Vater wiedersehen! Ist er zurück, ängstigt mich nichts mehr. Zwei silberne Becher, zwei köstliche Dreifüße, zwei Talente Gold, den schönen alten Krug, den Dido meinem Vater geschenkt hat, das alles sollt ihr jetzt schon haben und, wenn wir siegen, noch viel mehr. Hast du das herrliche Roß gesehen, Nisus, das Turnus reitet, und seine goldene Rüstung? Sie seien dein! Zwölf Gefangene wird euch mein Vater schenken, Männer in voller Waffenrüstung und Frauen dazu und vom Feld des Latinus herrliche Güter. Du aber«, sprach er, zu Euryalus gewendet, »verehrter Jüngling, dem ich an Jahren näher stehe, dich begrüße ich schon jetzt von ganzem Herzen als Kampfgenosse und besten Freund.«

Darauf sprach Euryalus: »Kein Tag soll kommen, an dem ich mich meines Entschlusses unwürdig zeige. Aber vor allen Geschenken bitte ich dich um eines, Julus. Meine Mutter, vom alten Königsgeschlecht des Priamus stammend wie du, hat sich nicht abhalten lassen, mit mir auszuwandern, und ich verlasse sie ohne Abschied, denn ich könnte ihren Tränen nicht widerstehen. Nimm du dich der Verlassenen an, tröste sie in der Not, wenn das Schicksal mich nicht zurückkehren läßt!«

In der Seele des Askanius erwachte bei diesen Worten die Liebe zum Vater noch heftiger, er begann laut zu weinen und versprach ihm unter Tränen alles. Auch die Helden ergriff Rührung; Mnestheus zog sich die Löwenhaut von der Schulter und warf sie dem Nisus um, Aletes tauschte mit ihm den Helm, und Euryalus empfing aus der Hand des Julus sein eigenes Schwert mit goldenem Griff und der Scheide aus Elfenbein.

So gewaffnet, wurden sie von allen Edlen, Jünglingen und Greisen bis ans Tor begleitet. Bald waren sie über die Gräben hinaus und kamen im Dunkel der Nacht zu den Posten der Rutuler. Diese lagen schlafend und schwer vom Wein auf dem Rasen, zwischen Wagenrädern, Riemen und Waffen.

»Die Gelegenheit ist günstig«, sprach Nisus leise zu seinem jungen Freund, »halte du mir den Rücken frei, ich will aufräumen und uns eine Gasse machen.«

Während er so mit gedämpfter Stimme redete, schlug er den ersten Wächter, den Vogelschauer des Königs Turnus, Rhamnes, der schnarchend dalag, samt drei sorglosen Knechten tot, dann den Waffenträger des Remus, den er zwischen seinen Rossen überraschte, und dann den Herrn selbst.

Auch Euryalus war nicht müßig; beide wüteten wie Löwen in den Hürden und richteten ein furchtbares Gemetzel unter den Wächtern an. Euryalus drang sogar bis zu den verglimmenden Wächterfeuern des Rutulerfeldherrn Messapus vor, dessen angebundene Wagenrosse gemächlich das Gras abweideten.

Aber Nisus rief ihn zurück. »Siehst du nicht«, sprach er warnend, »daß das Morgenlicht schon aufzieht? Rache ist geübt und Bahn gebrochen.«

So ließen sie alle Beute liegen, und Euryalus nahm nur den Pferdeschmuck des Rhamnes mit und schlang sich seinen Schwertgurt um die Schulter; auch setzte er sich freudig den bebuschten Helm des Messapus aufs Haupt, den er bei den Wachtfeuern gefunden hatte und der ihm paßte. Dann verließen sie das feindliche Lager und gewannen das freie Feld.

Aber um diese Zeit zogen aus der Latinerstadt dreihundert Reiter mit Schilden unter ihrem Führer Volscens, welche dem Fürsten Turnus Botschaft vom König bringen sollten. Sie waren schon ganz nahe am Lagerwall, als sie von fern die beiden eilenden Gestalten bemerkten; im dämmernden Frührot verriet der erbeutete Helm mit seinem tückischen Schimmer den sorglosen Euryalus.

»Bewaffnete Männer«, schrie Volscens bei diesem Anblick, »wo eilt ihr hin?«

Jene antworteten nicht, sondern flüchteten in den Wald und vertrauten auf die Dämmerung. Aber die Reiter, die Nebenwege kennend, verbargen sich im Gehölz und versperrten alle Ausgänge mit Wachen. Der Wald war mit dichten Eichen und wilden Sträuchern bewachsen, und kaum sichtbar schlängelte sich der Fußpfad durch das Dickicht.

Den Euryalus hemmte die Beute, und die Furcht täuschte ihn über die Richtung des Weges. Nisus aber entkam glücklich aus dem Wald und eilte schon sorglos dem See entgegen, der später den Namen Albanersee erhielt. Da erst stand er still und sah sich vergebens nach dem Freund um.

»Euryalus«, rief er wehklagend, »wo bist du, Armer, wo find ich dich?«

Er ritt zurück in den dichten Wald und vernahm bald Roßgestampfe, Lärm und die Trompeten der Nachhut. Es dauerte nicht lange, da sah er das ganze Reitergeschwader, das den übermannten Euryalus fortschleppte. Was sollte er tun? Welche Hoffnung bestand, den armen Jüngling zu befreien? Sollte er aufgeben und den Tod in den starrenden Schwertern suchen? Er hielt inne, dann richtete er mit zurückgebogenem Arm plötzlich den Speer empor, und zum Mond emporblickend, der blaß am morgendlichen Himmel stand, betete er: »Luna, Beschützerin der Wälder, Latonas Tochter, wenn je mein Vater dir für mich geopfert, wenn ich selbst je dir meine Jagdbeute geweiht, lenke meinen Speer und laß mich diese Rotte zerstreuen!«

So sprach er und schleuderte mit aller Kraft seine Lanze. Diese drang dem abgekehrten Rutuler Sulmo in den Rücken und zur Brust heraus, daß er sich zuckend auf dem Boden wälzte. Erschrocken schauten die Reiter in die Runde.

Da schwirrte das zweite Geschoß des Nisus und durchbohrte einem anderen Rutuler, dem Tagus, knirschend beide Schläfen.

Volscens, der Anführer der Reiter, geriet in Wut, denn nirgends erspähte er den Speerschwinger; grimmig rief er: »So bezahle denn du mit deinem Blut mir für beide!« und ging mit gezogenem Schwert auf Euryalus los.

Vor Entsetzen schreiend, brach Nisus jetzt aus seinem Versteck hervor. »Ich bin der Täter«, rief er, »auf mich richtet eure Schwerter, der ganze Betrug rührt von mir her! Ich schwör es euch, dieser ist unschuldig, nur Liebe zum unglücklichen Freund war sein Vergehen!«

Sein Ruf kam zu spät. Volscens hatte dem Knaben schon das Schwert durch die Brust gestoßen, dieser wälzte sich bereits im Todeskampf, die schönen Glieder überströmte Blut, und sein Hals neigte sich auf die Schulter, wie eine purpurne Blume unter der Sense dahinsinkt.

Da warf sich Nisus in die Schar der Feinde, stieß die Reiter rechts und links zurück, ging geradewegs auf den Führer Volscens los und bohrte sein blitzendes Schwert in des schreienden Feindes Mund, daß er sterbend vom Roß fiel. Dann warf er sich über den Leib seines getöteten Freundes und ruhte, von den Geschossen der Reiter durchbohrt, über dem Leichnam im Frieden des Todes.

Die Reiter nahmen den erschlagenen Feinden die Rüstung ab, trugen ihre Leichname mit dem ihres Anführers Volscens in das Lager des Turnus, und bald sahen die Trojaner von den Türmen ihres Lagers herab mit Grausen die von schwarzem Blut noch triefenden gespießten Köpfe der beiden Jünglinge, die sie mit so großen Hoffnungen entlassen hatten.

Die Kunde des Unglücks erreichte auch die Mutter des Euryalus. Sie wurde am Webstuhl bei der täglichen Arbeit von ihr überrascht. Da entrollte das Schifflein ihren Händen, sie raufte sich das Haar, rannte zum Wald in die vordersten Reihen der Streiter, keine Gefahr achtend, und brach in ein Klagegeheul aus, daß es die härtesten Krieger erschütterte. Unter vielen Tränen befahl endlich Julus, sie zu fassen und in ihre Wohnung zu bringen.

DER STURM DES TURNUS

Schmetternd ertönten jetzt die Trompeten der Rutuler. Ein Schrei erhob sich im ganzen Lager, und der Widerhall scholl von den Bergen zurück. Von allen Seiten stürmten die Feinde heran, rückten im Schutz ihrer Schilde vor, mühten sich, die Gräben auszufüllen und die Schanzen einzureißen, und schon legten sie an den Stellen, wo die Vorposten des Lagers spärlicher auf den Zinnen standen, die Sturmleitern an die Mauern.

Die Trojaner jedoch, durch die lange Verteidigung ihrer Vaterstadt im Belagerungskampf geübt, warfen Geschosse aller Art, wälzten Steine und Felsblöcke auf die Schilde und stießen die Emporkletternden mit Spießen hinunter.

Schon wichen die angreifenden Rutuler zurück und versuchten nur noch mit Lanzenwürfen, die Teukrer vom Wall zu vertreiben. Dann richteten sie alle Streitkräfte auf einen hoch emporragenden Turm, der durch Schwebebrücken mit der Lagermauer verbunden war. Diesen zu erobern, setzten die Rutuler alle Kraft ein; die Trojaner aber verteidigten ihn, indem sie von der Zinne herab Steine wälzten und durch hohle Schießscharten Pfeile hinunterschnellten. Endlich schleuderte Turnus eine Brandfackel, die am Turm hängenblieb und das Holz ergriff.

Ehe die Verteidiger flüchten konnten, stürzte das morsche Gebälk krachend zusammen und der Turm neigte sich. Die einen fielen zugleich mit ihm, von den eigenen Waffen durchbohrt, die anderen kamen in den Trümmern ums Leben; und viele von denen, die unverletzt geblieben waren, wurden bald von den Scharen des Turnus umringt und niedergehauen.

Endlich erwehrten sich die Trojaner der Eindringlinge. Der Knabe Askanius, der bisher nur fliehendes Wild mit seinen Pfeilen erlegt hatte, durchbohrte dem Remulus, der kurz zuvor des Turnus jüngere Schwester gefreit hatte und prahlend auf die Teukrer eindrang und sie feige Phrygier schalt, das Haupt mit einem sicheren Pfeilschuß.

Die Trojaner jubelten, und die erschreckten Feinde wichen einen Schritt zurück. Julus wollte sie verfolgen, da stellte sich ihm Apollo selbst, dem alten Waffenträger seines Großvaters, der ihm vom Vater beigegeben war, an Gestalt und Stimme gleich, in den Weg und sprach: »Sohn des Äneas, begnüge dich damit, daß du einen Helden ungestraft erlegt hast; diesen ruhmvollen Anfang hat Apollo dir vergönnt. Von jetzt an aber meide den Krieg!«

Die Fürsten Iliums erkannten den Gott und hielten den Julus vom weiteren Kampf ab. Sie selbst aber kämpften weiter, und der Schlachtruf tönte erneut um die äußeren Bollwerke der Festung.

Als die innerhalb der Tore aufgestellten trojanischen Wächter hörten und sahen, wie ihre Freunde draußen so mutig und erfolgreich kämpften, faßten Pandarus und Bitias, die Söhne Alkanors vom Berg Ida, stark und schlank wie die Tannen ihrer Heimat, den trotzigen Entschluß, das ihnen vom Feldherrn anvertraute Tor zu öffnen und voll Übermut den Feind in die Mauern einzulassen. Sie selbst aber standen innen mit blinkenden Schwertern rechts und links vom Eingang.

Als die Rutuler die Torflügel offen sahen, stürmten sie, ohne zu überlegen, hinein. Aber vier oder fünf ihrer Helden und mit ihnen viele Krieger fielen unter den Streichen der beiden Jünglinge oder wurden in schmählicher Flucht zum offenen Tor hinausgetrieben. Jetzt wagten die Trojaner, sich in dichtere Scharen zusammenzurotten, ein regelrechtes Handgemenge entstand, und die Rutuler wurden zurückgedrängt.

Als Turnus, der auf einer andern Seite kämpfte, die Nachricht von dieser neuen Wendung des Kampfes erhielt, stürzte er, von gräßlichem Zorn angespornt, mit einer ausgewählten Schar von Kriegern über einen Berg trojanischer Leichen auf das geöffnete Lagertor zu. Seine mächtige Lanze, aus der Ferne geschleudert, durchbohrte den Bitias, daß der Boden unter seinen fallenden Gliedern bebte. Die Trojaner flohen zurück in das Tor, ihnen nach drängten die siegenden Rutuler.

Da faßte Pandarus mit einem Blick auf die Leiche seines Bruders die Torflügel und warf sie zu, daß das Tor verschlossen war und viele Trojaner kämpfend draußen, viele Rutuler in die Mauern eingeschlossen zurückblieben. Aber der Unbesonnene hatte nicht bedacht, daß unter den Eingeschlossenen Turnus selbst sich befand, ein Tiger, der in einen Stall eingelassen wurde.

Voll Entsetzen erkannten die Trojaner das schreckliche Gesicht und die riesigen Glieder. Nur Pandarus, ein Riese wie er, erschrak nicht. Voll Erbitterung über die Ermordung seines Bruders stellte er sich ihm entgegen und rief: »Hier bist du nicht im Palast der Schwiegermutter, schmachtender Bräutigam, im Feindeslager stehst du und wirst nicht wieder hinauskommen!«

Turnus lächelte nur und erwiderte ganz ruhig: »Fang an, wenn du es wagst, und stelle dich dem Zweikampf! Selbst wenn du Hektor wärst, du sollst deinen Achilles finden!«

Pandarus schleuderte daraufhin seinen Wurfspieß ab, aber Juno lenkte das Geschoß ab, und die Lanze bohrte sich in den Torflügel.

Jetzt richtete sich Turnus auf und schwang sein Schwert. »Diesem Streich wirst du nicht entkommen«, schrie er und spaltete ihm die Stirn, daß das Haupt, in gleiche Teile zerhauen, dem Sinkenden von den Schultern hing.

Zitternd stoben die Trojaner auseinander. Wäre dem Sieger jetzt der Gedanke gekommen, das Tor wieder zu öffnen und seine Freunde hereinzulassen, es wäre um die neue Ansiedlung der Trojaner geschehen gewesen. So aber ließ er sich von seiner Mordlust verleiten und drang von Sieg zu Sieg mit den Seinen immer tiefer in das Innere des Lagers ein. Schon war die Verwirrung bis zu Serestus und Mnestheus gedrungen, die in der Mitte der Mauer befehligten.

Da brachte zuerst Mnestheus die fliehenden Freunde mit den Worten zur Besinnung: »Wohin wendet ihr euch, Unsinnige, welche Mauern, welche Burgen besitzt ihr noch? Soll ein einziger Mann, eingeschlossen von euren Wällen, ungestraft ein solches Gemetzel unter euch anrichten? Habt ihr euer Vaterland, euren Führer Äneas, die Götter eurer Heimat vergessen?«

Mit solchen Reden beschämte und ermutigte er die Fliehenden, daß sie wieder standhielten.

Den Turnus hatte der siegreiche Kampf selbst allmählich ermüdet. Zum Tor zurückzudringen, konnte er nicht mehr hoffen: so kämpfte er sich mühsam vorwärts, wo das Lager ohne Mauern an den Fluß grenzte. An den Sandbänken des Stroms angelangt, zog er sich mit schnelleren Schritten, doch keineswegs fliehend, zurück, und rückte ihm der Feind zu nahe auf den Leib, trieb er ihn immer noch siegreich mit dem Schwert zurück.

Nun flogen von allen Seiten Geschosse nach ihm, von den abprallenden Steinen dröhnte sein Helm, der Busch war zerfetzt, der Schild steckte voller Speere und war so schwer, daß die Linke ihn kaum noch zu halten vermochte.

In diesem Augenblick stürmte auch Mnestheus in blitzenden Waffen auf ihn zu. Wie flüssiges Pech rann ihm der Schweiß über den Leib. So war er fechtend am Rand des Flusses angekommen. Da kehrte Turnus zum ersten Mal dem Feind den Rücken und warf sich in voller Rüstung in die Wogen des Tibers. Dieser nahm ihn willig auf und trug ihn mit sanften Wellen aus dem Bereich des Lagers ans Ufer, wo er bald, vom Blut und Staub reingewaschen, bei den Seinen eintraf.

ÄNEAS KOMMT INS LAGER ZURÜCK

Jupiter hatte in einer Götterversammlung die Klagen seiner Gemahlin Juno und die Fürbitten seiner Tochter Venus angehört und beschlossen, ohne Einmischung der Himmlischen alles dem Schicksal zu überlassen. So dauerten die Belagerung der trojanischen Niederlassung und der Kampf der Rutuler und Trojaner um die Mauern weiter an.

Inzwischen war Äneas mit seinen Männern und der arkadischen Reiterei in der blühenden tuskischen Stadt Agylla angekommen. Diese hatte ihren grausamen König Mezentius vertrieben, und da der Verjagte zu Turnus entflohen war, lebten die Bewohner der Stadt in tödlicher Feindschaft mit Rutulern und Latinern. Daher wurde Äneas von dem jetzigen Herrscher der Stadt, dem König Tarchon, sobald er ihm Geschlecht und Namen gemeldet und ihm von den Kriegsgelüsten des Turnus und Mezentius erzählt hatte, mit offenen Armen aufgenommen. Der König sammelte nicht nur die eigene Streitmacht, sondern rief auch alle etrurischen Bundesstädte zur Teilnahme am Kampf auf.

Es dauerte nicht lange, da sah sich der Trojaner an der Spitze einer gewaltigen Flotte und segelte, nachdem er arkadische und tuskische Reiter auf dem Landweg vorausgeschickt hatte, mit dreißig Schiffen von der etrurischen Küste ab. Da er in der Nacht vorsichtshalber selber am Steuer saß und sein Schiff, dem die anderen folgten, lenkte, umringte ihn plötzlich ein Chor tanzender Nymphen. Es waren die Schiffe der Trojaner, welche Cybele, um sie vor den Brandfackeln des Turnus zu retten, kürzlich an der Mündung des Tiber verwandelt hatte.

Sie erkannten, belebt und beseelt, ihren Herrn; eine von ihnen faßte sein Schiff mit der Rechten, hob ihren Rücken aus dem Wasser, streichelte mit der Linken besänftigend die Flut und sprach: »Wachst du, Göttersohn? Wache und laß den Wind in die Segel blasen! Wir sind Fichten vom Idagebirge, deine treuen Schiffe, jetzt durch Cybeles Erbarmen dem Brand der Rutuler entzogen und in Meeresgöttinnen verwandelt. Eile, Freund! Dein Sohn Askanius, von Wall und Graben umschlossen, ist von den Rutulern belagert, und der Kampf tobt um seine Mauern. Deine Reiter sind zwar angekommen und stehen nicht ferne vom Lager, aber Turnus weiß es und ist entschlossen, Kriegsvolk zwischen sie und das Lager zu werfen. Eile und beflügle deinen Lauf! Wenn der Tag anbricht, wirst du an der Tibermündung sein; dann ergreife den funkelnden Goldschild, den Vulkanus dir gab, und strecke ihn dem Lager deiner Gefährten entgegen. Sei getrost, der morgige Tag wird dir den Sieg bringen!«

So sprach sie und gab im Hinuntertauchen dem Schiff einen Stoß, daß es schneller als Lanzen und Pfeile durch die Wellen schoß. Als hätten sie Flügel, eilten dem Feldherrnschiff auch die andern Schiffe nach, und beim ersten Morgenlicht sah der Sohn des Anchises sein Lager vor sich liegen.

Da gedachte er des Befehls der Nymphe; er ergriff seinen flammenden Schild, stellte sich damit auf Deck, hielt ihn mit der Linken hoch in die Lüfte und streckte ihn seinen Freunden entgegen. Wie eine Sonne, die aus den Fluten taucht, schien er den Trojanern entgegen, die das Eintreffen der Flotte vom Wall herab beobachteten. Sie erhoben ein Jubelgeschrei, und ihre Lanzenwürfe verdoppelten sich.

Die Rutuler und ihre Führer begriffen nichts von dieser plötzlichen Begeisterung der Feinde, bis sie hinter sich das Meer voll von Segeln und eine Flotte einlaufen sahen. Da leuchtete ihnen wie ein blutroter Komet oder wie der pestdrohende Sirius Äneas im Schmuck seiner Götterwaffen entgegen: sein Helm strahlte wie ein Brand, Glut entströmte dem Federbusch, der goldene Schild sandte weithin Feuerstrahlen aus.

Dennoch verließ den tollkühnen Turnus das Selbstvertrauen nicht; er hoffte, den landenden Feinden durch Schnelligkeit zuvorzukommen und sie vom Ufer abzudrängen. »Die Stunde ist da«, rief er den Seinen zu, »die ihr so sehnlich herbeigewünscht habt. Jetzt könnt ihr eure Gegner zermalmen, der Kriegsgott selbst hat sie euch in die Hand gegeben. Gedenkt eurer Weiber und Kinder, übertrefft die Taten der Väter! Solange die Schritte der Landenden noch schwanken, solange sie noch stolpern, empfangt sie am Strand! Das Glück ist mit den Kühnen!«

Indessen wurden die landenden Trojaner und ihre Bundesgenossen aus dem Schiff des Äneas teils auf Brücken an Land gebracht, teils schwangen sie sich mit Hilfe der Ruder herüber oder ließen sich von den Wellen ans Ufer tragen.

Der König Tarchon aber, der mit der übrigen Flotte folgte, prüfte das Ufer und fand eine Stelle, wo das Meer ruhig und sanft den flachen Ufersand bespülte. Dorthin befahl er die Schiffsschnäbel zu wenden und rief seinen Gefährten zu: »Jetzt, meine Freunde, rudert frisch drauflos, bohrt euch mit den Kielen ins Feindesland, mag das Schiff auch splittern, wenn es nur den Strand erreicht!«

Die Etrusker setzten auf sein Geheiß kräftig die Ruder ein und trieben die Schiffe vorwärts, bis die Schnäbel das Trockene erreicht und alle Kiele unversehrt im Sand aufsaßen, nur Tarchons eigenes Schiff nicht. Dieses blieb an einer schrägen Sandbank hängen, die sich unter dem Wasser hinzog; lange schwankte es und bot den Wellen Trotz. Endlich brach der Rumpf auseinander und schüttete die ganze Ladung seiner Männer in die Flut. Nur mit Mühe rettete sich Tarchon mit den Seinen an Land.

TURNUS TÖTET PALLAS

Als Turnus die Feinde gelandet sah, ließ er von der Belagerung ab, sammelte eilig sein Heer, stellte es längs dem Ufer auf und ließ die Hörner zum Angriff blasen. Auch Äneas hatte die Seinen, Trojaner und Bundesgenossen, geordnet, warf sich zuerst, um den Kampf spielend zu beginnen, auf die Scharen des latinischen Hirtenvolks und brachte ihnen große Verluste bei. Dann wandte er sich gegen die Helden der Feinde selbst, und bald wurde erbittert auf beiden Seiten gefochten. Heer stieß an Heer, und lange schwankte die Schlacht.

Seitwärts vom Hauptkampfplatz, wo ein Bergbach Felsen in den Weg gewälzt und entwurzelte Bäume am Ufer abgelagert hatte, kämpfte Pallas, der junge Sohn des Königs Evander, mit seinen Arkadiern. Der unebene Boden erlaubte diesen nicht, sich der Pferde zu bedienen, und weil sie im Fußkampf ungeübt waren, boten sie endlich den vordringenden Latinern und Rutulern den Rücken.

Nur allmählich brachte der Zuruf ihres jungen Führers sie wieder zum Stehen. »Beim Ruhm und bei den Siegen meines Vaters, bei meiner eigenen Hoffnung beschwöre ich euch, ihr Männer«, schrie er, »haltet stand, vertraut euren Armen und nicht euren Füßen! Wir haben keine Wahl, entweder müssen wir vorwärts ins trojanische Lager oder rückwärts in das Meer!«

Mit diesen Worten führte er sie erneut gegen den Feind und focht wie ein junger Löwe, indem er mit Lanze und Schwert bald diesen, bald jenen niederstreckte. Nun sammelte sich die Streitkraft seiner Gefährten wieder um ihn, und Schritt für Schritt gewannen die Arkadier neuen Boden, bis ihnen Lausus, der heldenmütige Sohn des Mezentius, Einhalt bot. Die Arkadier zogen sich in die Reihen ihrer Freunde, die Etrusker und Trojaner, zurück, aber unter allen wütete der italische Held mit seinen tödlichen Streichen.

Endlich sahen sich Lausus und Pallas einander gegenüber, beide Jünglinge, an Alter wenig verschieden, beide herrlich von Gestalt, beide frühem Tod in diesem Treffen vorbestimmt. Doch sollte keiner durch des andern Hand fallen; denn beide erwartete das Verhängnis von den Händen eines größeren Feindes.

Turnus, der mit seinem Streitwagen das Heer durcheilte, erblickte das Paar, wie sie eben voll Kampflust aufeinander losgingen. »Halt«, rief er von seinem Wagen herab, »ich allein will mit Pallas kämpfen, mir allein ist sein Leben bestimmt; soll sein Vater Evander doch zuschauen!«

Verwundert richtete der Jüngling den Blick nach der Stelle, von wo er den trotzigen Ruf vernahm; dann maß er seinen Gegner mit großen Augen und rief endlich mutig zu ihm empor: »Entweder gewinne ich heute eine Feldherrnrüstung oder einen rühmlichen Tod; beides wird meinem Vater willkommen sein, darum spare deine Drohung!«

So sprach er und schritt durch die Gasse, die sich auf des Turnus Anruf hin gebildet hatte. Auch Turnus sprang von seinem Doppelgespann, wie ein Löwe naht, wenn er vom Berg herab einen kämpfenden Stier in der Ebene erblickt hat.

Als Pallas ihn auf Schußweite vor sich sah, schleuderte er den Speer mit aller seiner Jugendkraft ab und riß sofort das Schwert aus der Scheide. Der Lanzenwurf war gut gezielt, er durchbrach dem Turnus den Rand des Schildes, seinen Riesenleib aber streifte er nur.

Jetzt wiegte Turnus lange seinen Wurfspieß mit der scharfen Eisenspitze und sprach dazu: »Nun gib acht, ob mein Geschoß nicht besser durchdringt.«

Dann flog sein Speer und fuhr dem Jüngling durch Schild, Panzer und Brust bis tief ins Herz. Vergebens zog dieser den Speer aus der Wunde, die Seele entfloh mit dem strömenden Blut, und er sank tot unter den rasselnden Waffen zu Boden.

Turnus setzte den linken Fuß auf den Toten, löste ihm den schönen Gürtel vom Leib, auf welchem der Centaurenkampf in getriebenem Gold abgebildet war. »Das Grab«, sprach er dann zu den Arkadiern, »verweigere ich dem Jüngling nicht; bringt ihn seinem Vater Evander!«

So sprach Turnus und brauste auf seinem Streitwagen zurück. Wehklagend trugen die Arkadier ihren erschlagenen Königssohn aus der Schlacht, und Etrusker und Trojaner, von den vordringenden Rutulern bedrängt, folgten ihnen in wilder Flucht.

Äneas, der auf einem andern Flügel des Heeres focht, erreichte die Botschaft vom Rückzug der Seinen. Da brach der Held mit den mutigsten Gefährten auf, schlug sich mit dem Schwert eine breite Bahn durch den Feind und suchte den Turnus. Er sah in Gedanken vor sich Evanders gastlichen Tisch und den holden Jüngling Pallas, der ihm mit so vielen Vatertränen anvertraut worden war. Schmerz und Rachelust erfüllten ihn. Vier Söhne des Sulmo, vier Söhne des Ufens griff er lebendig aus den Feinden heraus und ließ sie aus der Schlacht führen, damit sie als Sühneopfer für Pallas bluteten. Keinen Mann, keinen flehenden Jüngling schonte er, der dem Rasenden in den Weg trat. Wie ein brausender Sturzbach wütete er. Zur gleichen Zeit machte der Jüngling Askanius mit den eingeschlossenen Trojanern, den günstigen Zeitpunkt wählend, einen Ausbruch aus dem Lager.

JUNO GREIFT EIN

Die Rutuler wären verloren gewesen, hätte nicht Juno den Göttervater im Olymp demütig angefleht, Turnus, ihren Führer, aus der Hand des Äneas zu retten und der Schlacht zu entführen.

»Verlangst du nur Aufschub seines Todes«, sprach Jupiter, »so mag es sein! Meinst du aber damit den Ausgang des Krieges zu ändern, so hoffst du vergebens.«

Weinend erwiderte Juno: »Daß doch dein Herz mir gewährte, was dein Mund mir verweigert! Soll mein unschuldiger Schützling so traurig enden? Doch ich danke dir schon für den Aufschub; vielleicht bringt deine Milde doch noch gnädigeren Beschluß.«

Juno, von Wolken umgürtet, ließ sich vom Sturm durch die Lüfte tragen und hatte bald das Lager der Laurenter erreicht. Hier schuf sie aus einer luftigen Wolke ein wesenloses Schattenbild, dessen Gestalt dem Helden Äneas täuschend ähnelte, bekleidete es mit dem Schein eines Panzerhemdes, Schild und Helm, der herrlichen Rüstung des Göttersohnes nachgebildet, verlieh ihm seinen Schritt und den Hall seiner Stimme.

So flog die Gestalt dahin wie ein Traumbild, das unsere Sinne täuscht, mischte sich in die vordersten Reihen der Kämpfenden, reizte den Turnus mit Geschossen und forderte ihn zum Kampf heraus. Turnus eilte dem Trugbild entgegen und warf die Lanze nach ihm, da wandte es sich ab und bot ihm den Rücken. Mit gezogenem Schwert, unter höhnischem Ruf, folgte Turnus und merkte nicht, daß er schon die Schlachtlinie verlassen hatte.

Am Strand lag eines der etrurischen Schiffe; dorthin wandte sich das Trugbild des Äneas und schien sich in einem Schlupfwinkel zu verbergen. Turnus folgte ihm, sprang über die Brücke und auf das Vorderdeck. Jetzt hatte Juno ihr Ziel erreicht. Kaum hatte Turnus die Schiffsplanken berührt, riß das Seil, und das Schiff wurde von der Ebbe hinaus auf das Meer getragen.

Inzwischen kämpfte der rechte Äneas erbittert weiter und suchte vergeblich den verschwundenen Feind. Sein Schattenbild aber verließ den Winkel, wo es sich verborgen hatte, und flatterte, von Turnus unbemerkt, in die Lüfte.

Als dieser seinen Feind nicht fand und von der Strömung fortgerissen wurde, schaute er ans Ufer zurück, ratlos und erzürnt über seine Rettung. »Allmächtiger Zeus«, rief er, die Hände zum Himmel erhebend, »habe ich solche Schande verdient, wolltest du mich so hart strafen? Alle meine Freunde habe ich in grausamer Todesnot zurückgelassen! Wie kehr ich zu ihnen zurück? Daß doch das Meer mich verschlänge und die Winde mein Schiff an einer Klippe zerschellten!«

Zuerst wollte er sich ins Schwert stürzen und hatte es schon aus der Scheide gezogen, doch dann wollte er lieber versuchen, zu den Seinen zurückzukehren. So sprang er, gewaffnet, wie er war, ins Meer. Aber Juno trieb die Wellen ihm entgegen. So nahm der Strom ihn mit sich fort, und erst bei seiner Vaterstadt Arden warfen ihn die Wellen an Land.

Die Schlacht vor dem Lager wütete indessen fort. Die Trojaner waren im Vorteil und jauchzten. Aber der vertriebene König von Agylla, der Etrusker Mezentius, der wildeste Bundesgenosse der Rutuler, der bisher im Hinterhalt gewartet hatte, brach jetzt hervor und stürzte sich auf die Feinde.

Als die Etrusker ihren Todfeind herankommen sahen, stürmten sie in ihrem alten Haß auf den einen los und bedrängten ihn von allen Seiten. Er aber stand wie ein Fels im Meer und streckte Etrusker und Phrygier zu Boden.

Bald stand der Kampf wieder unentschieden; nun konnten sich die Trojaner nicht mehr Sieger nennen. Mezentius hatte eine Gasse in die Reihen der Feinde gehauen, und furchtbar schritt seine hohe Gestalt in der mächtigen Rüstung einher.

Da erblickte Äneas, der inzwischen auf der andern Seite des Schlachtfeldes gekämpft hatte, den furchtbaren Feind aus der Ferne. Er hielt inne und wandte sich dem Mezentius zu. Dieser aber blieb auf Schußweite vor seinem Gegner stehen, ergriff mit der Linken die Hand seines Sohnes Lausus, der an seiner Seite stritt, hob mit der Rechten den Wurfspieß, schwenkte ihn in den Lüften und rief: »Wohlan, du mein Arm, der du von jeher mein Gott warst, denn ich kenne keinen andern, und du mein Speer, jetzt gilt's! Du aber, mein Sohn Lausus, sollst das lebendige Siegeszeichen über diesen Räuber werden, wenn du in seiner erbeuteten Prachtrüstung prangst!«

Dann warf er den zischenden Wurfspieß seinem Feind entgegen, dieser aber prallte vom Schild des Äneas ab und traf den Antores, einen edlen argivischen Auswanderer, der mit Evander nach Italien gekommen war und nun, umsinkend, sein fernes griechisches Vaterland grüßte. Darauf schleuderte auch Äneas seinen Speer. Dieser durchbohrte den dreifachen Erzschild des Feindes und fuhr ihm in die Hüfte.

Als Äneas das Blut des Etruskers fließen sah, riß er erfreut sein Schwert von der Hüfte und drang wütend auf den Verwundeten ein. Gespießt von der Lanze, zog sich Mezentius mit dem durchbohrten Schild zurück. Tränen rollten seinem guten Sohn Lausus aus den Augen, als er den Vater verwundet sah; er stürmte mit seinem Schild vor und lief dem Trojaner, der schon zum tödlichen Streich ausholte, unter die drohende Klinge. Ihm folgten seine Gefährten mit großem Geschrei, und alle schleuderten Geschosse, so daß Äneas innehalten und sich mit seinem Schild bedecken mußte. Von Lanzen umhagelt, rief er dem Lausus zu: »Wahnsinniger, was rennst du in den Tod? Deine Liebe läßt dich deine Kräfte überschätzen!«

Als aber Lausus nicht wich, schwoll der Grimm des Helden, und nun rannte ihm Äneas das Schwert, tief eintauchend, mitten durch den Leib; es fand den Weg ohne Mühe durch den leichten Schild und den goldgestickten Rock des Jünglings, das Kunstwerk der zärtlichen Mutter. Als aber Äneas in das erbleichende Antlitz des sterbenden Knaben sah, erfaßte ihn Mitleid, und das Bild der kindlichen Unschuld rührte sein Vaterherz. Er streckte dem Sinkenden seine Hand entgegen und rief: »Unglückseliger Jüngling, du hättest Besseres für dein rühmliches Tun verdient! Deine leichte Rüstung und dein Goldkleid, darüber du dich freutest, sollen dir nicht genommen werden. Wie du bist, sollst du bei deinen Vätern schlafen dürfen und so wenigstens an dir erfahren, daß du einem großmütigen Feind erlegen bist!«

So sprach Äneas, hob ihn selbst von der Erde hoch, damit sein schönes Lockenhaar nicht von Staub und Blut beschmutzt würde, und befahl seinen erstaunten Gefährten, den Leichnam zu übernehmen.

Der verwundete Mezentius hatte sich indessen an den Tiberstrand gerettet und wusch, an einen Uferbaum gelehnt, seine Wunde mit dem Wasser des Flusses. Sein eherner Helm hing an einem Ast, seine schwere Rüstung lag im Gras; junge, ausgewählte Streitgenossen umstanden ihn; er selbst, schwach und keuchend, stützte sein Haupt mit der Hand, sein Bart fiel ihm dabei auf die Brust. Immer wieder fragte er nach seinem Sohn Lausus, viele Boten sandte er, ihn herbeizurufen.

Da nahte die weinende Schar der Freunde, die den toten Jüngling mit seiner klaffenden Brustwunde auf dem Schild dahertrugen. Mezentius, Unheil ahnend, begriff sogleich den Grund ihrer Wehklagen. Als sie angekommen waren, streute er Staub auf sein graues Haar, streckte die Hände zum Himmel und umklammerte dann den Leichnam. »Ist's möglich«, rief er, »geliebter Sohn, konnte mich die Kampflust so verblenden, daß ich dich statt meiner in das Schwert des Feindes rennen ließ? Muß ich deinen Tod überleben? Wehe mir, jetzt erst wird mir die Verbannung aus dem Etruskerland zur unerträglichen Qual! Jetzt erst fühle ich meine Wunde! Ist's möglich, daß ich noch lebe, daß ich das Tageslicht und die Menschen sehe? Aber ich will sie verlassen!«

Mit diesen Worten richtete er sich auf bis zur kranken Hüfte, und so tief die Wunde auch war, er verlangte doch sein Roß. Auch sein Streitroß schien den Jammer seines Herrn zu teilen, es stand mit gesenktem Haupt da und regte sich nicht. »Wir haben lange gelebt, guter Phöbus«, sprach der wunde Held zu seinem Pferd, »wenn irgend etwas auf der Erde lang ist; aber heute noch wirst du als Sieger mit mir den Lausus rächen und Haupt und Rüstung des Mörders heimtragen, oder wir fallen miteinander, denn du wirst, hoffe ich, keinen Trojaner tragen wollen!«

Schnell waffnete sich der Greis, so gut es die Wunde erlaubte. Das Erz des Helms umleuchtete sein Haupt, der Roßschweif flatterte in den Lüften, seine Hand hielt ein Bündel Speere; so trugen ihn Schmerz, Wahnsinn und Mut hoch zu Roß wieder in die Schlacht.

»Das gebe Jupiter und Apollo«, rief Äneas erfreut, als er den Gegner wieder auf sich zukommen sah, »daß du den Zweikampf mit mir wieder aufnimmst!« Dann eilte er ihm mit erhobenem Speer entgegen.

Mezentius rief zurück: »Glaubst du mich noch schrecken zu können, nachdem du mir den Sohn entrissen hast? Ich fürchte den Tod nicht, ich frage nach keinem Gott, sterben will ich, aber dir sende ich zuvor diese Gabe!«

Sprach's und sandte einen ersten Speer nach seinem Feind und einen zweiten und dritten, während er ihn dreimal mit seinem Roß umkreiste. Äneas drehte seinen Schild und fing die Geschosse, eins um das andere, mit der goldenen Schutzwehr auf. Dann brach er hervor und schleuderte seine eigene Lanze dem Streitroß des Feindes in die Schläfe. Das Tier bäumte sich, streckte seine Vorderhufe in die Lüfte, schüttelte den Reiter ab und deckte ihn fallend mit dem Körper zu. Ein Schrei stieg aus den Reihen der beiden Heere zum Himmel. Äneas aber sprengte herbei, riß das Schwert aus der Scheide und rief höhnend: »Wo ist nun der wilde Mezentius, wohin hat sich der grimmige Held verkrochen?«

»Grausamer«, stöhnte der Gestürzte vom Boden empor, »spottest du meiner noch im Tod? Sterb ich doch den edlen Tod in der Schlacht! Nur um eine Gunst bitte ich dich: gönne meinem Leib, in der Erde zu ruhen; du weißt, daß mich der wilde Haß meiner Untertanen umringt: wehre ihre Wut von mir, gönne mir ein Grab zusammen mit meinem Kind!«

So sprach er und reichte seinen Hals dem Schwert des Feindes dar; sein Blut strömte auf die Rüstung, und sein Leben war dahin.

WAFFENSTILLSTAND

Die Morgenröte stand über dem Schlachtfeld, als die Trojaner den Sieg endlich errungen hatten. Äneas richtete auf einem Hügel ein Siegeszeichen auf: Der Stamm einer riesigen Eiche, von dem alle Äste abgehauen waren, wurde mit der funkelnden Waffenrüstung des Feldherrn Mezentius bekleidet; rechts wurden der blutige Helm, die zerbrochenen Speere des Fürsten, sein Panzer, der zwölfmal von Geschossen getroffen und durchbohrt war, aufgehängt, links der eherne Schild und an seinem Gurt das Schwert in der Scheide von Elfenbein. Alle trojanischen Führer drängten sich um das Denkmal, und Äneas weihte die Beute dem Schlachtengott.

Dann wandten sie ihre Schritte zum Lager, wo der greise Arkadier Acötes, der als Waffenträger und Gefährte seinem geliebten Zögling gefolgt war, den entseelten Leib des Pallas hütete; dieser war in einer Lagerhalle der Burg aufgebahrt, und eine Schar von Dienern und trauernden Trojanern und Trojanerinnen umstand seinen Leichnam mit aufgelöstem Haar. Als Äneas die Halle betrat, erhoben sich laute Klagen. Alle Anwesenden schlugen sich an die Brust, und die Burg hallte von ihrem Jammer.

Als Äneas das Haupt des Pallas, sein blasses Gesicht auf dem Polster erblickte und in der jungen Brust die offene Speerwunde sah, rief er, während Tränen aus seinen Augen flossen: »Unglückseliger Knabe, hat dir das trügerische Glück, das dich so schmeichlerisch begleitete, nicht vergönnt, das Reich, das du deinen Freunden gründen halfst, zu schauen und als Sieger in die Heimat zurückzukehren! Nicht solches habe ich deinem Vater Evander versprochen, als er mich scheidend umarmte und sprach: ›Hüte dich, du wagst den Kampf mit einem streitbaren und harten Volk!‹ Weh uns, da wir jetzt deinen Leichnam bestatten müssen!«

So sprach er weinend und hieß die Leiche auf ein Geflecht von Eichenzweigen legen und ins Lager tragen. Dort wurde der Jüngling auf einem hohen Grashügel mitsamt der Tragbahre abgestellt und lag nun da wie eine gebrochene Blume, von der Schönheit und Farbe noch nicht ganz gewichen sind. Äneas selbst brachte zwei purpurne, mit Gold durchwobene Gewänder, von Didos eigener Hand gewirkt; in das eine hüllte er den Leib des Jünglings, das andere schlang er um das Lockenhaupt. So geschmückt sollte der Tote seinem Vater nach Pallanteum zurückgeschickt werden.

Dem Zug schlossen sich erbeutete Gefangene an, Pferde mit Waffen beladen, Acötes, der alte Diener des Jünglings, der sich das Haar raufte und die Brust mit Fäusten schlug, und zuletzt Äthon, das Streitroß des Königssohns, das mit gesenktem Kopf einherschritt und Tränen weinte wie ein Mensch. Dann kamen die Fürsten der Etrusker und Arkadier und ein Trauergefolge der Trojaner, alle mit gesenkten Waffen.

Äneas sah dem Zug nach, bis er seinen Augen entschwand, rief dem Toten ein letztes Lebewohl zu und kehrte wieder in sein Lager zurück.

Indessen waren aus der Stadt des Latinus Gesandte mit Ölzweigen in der Hand angekommen und flehten um die Erlaubnis, die Leiber der Ihren bestatten zu dürfen. Diesen erwiderte Äneas voll Huld, indem er ihnen gleich ihre Bitte gewährte: »Welche Verblendung hat euch, ihr Latiner, unsere Freundschaft verschmähen lassen und in diesen großen Krieg getrieben! Ihr begehrt Frieden für eure Toten? Wie gern gewährte ich ihn auch den Lebenden! Auch wäre ich gewiß eurem Land niemals genaht, hätte diese Stätte mir nicht das Schicksal zugedacht. Außerdem führe ich keineswegs Krieg mit eurem Volk. Nicht dieses, nur euer König hat unseren Bund verschmäht und sich lieber der Waffenhilfe des Turnus anvertraut. Will Turnus den Krieg mit der Faust enden, will er die Trojaner durchaus nicht in dem Land dulden, dann nehme er seine Rüstung und kämpfe mit mir, Mann gegen Mann. Möge dann der Recht behalten, dem ein Gott das Leben verleiht. Jetzt aber geht und legt eure armen Mitbürger auf den Scheiterhaufen.«

Als die Gesandten so milde Worte aus dem Mund des Trojanerfürsten hörten, sahen sie, schweigend vor Staunen, einander an. Endlich sprach der greise Drances, der von jeher ein Feind des Turnus war: »Held von Troja, was soll ich mehr an dir bewundern, deine kriegerische Tugend oder deine Gerechtigkeit? Wir gehen, unserer Vaterstadt dankbar deinen Willen zu verkünden und, wenn es möglich ist, den König Latinus mit dir zu versöhnen.«

Alle Gesandten begrüßten diese Rede mit ihrem Beifall. Es wurde ein Waffenstillstand auf zwölf Tage geschlossen, und von nun an bewegten sich Latiner und Trojaner ungefährdet auf den waldigen Berghöhen; Eschen und Fichten sanken unter dem Streich der Axt, Eichen und Zedern, Buchen wurden mit Keilen gespalten, und knarrende Wagen, schwer mit Holz beladen, fuhren der Stadt der Latiner zu.

Inzwischen war die Nachricht vom Tod des Pallas bis in die Stadt des Evander gelangt, die bisher nur von den Siegen ihres Königssohns gehört und geträumt hatte. Unaussprechliche Trauer bemächtigte sich des Königs und aller Bürger. Leichenfackeln in der Hand, stürzten die Arkadier zu den Toren hinaus, und vom langen Zug der Flammen leuchtete der Weg. Aus der anderen Richtung kam ihnen die wehklagende Schar der Phrygier mit dem Leichnam entgegen.

Als die Frauen der Arkadier den Zug auf die Häuser der Stadt zukommen sahen, erfüllten sie die Straßen mit lautem Heulen. Jetzt vermochte auch den König Evander nichts mehr zu halten; er ging der Schar entgegen, und als die Tragbahre niedergestellt ward, warf er sich über die Leiche seines Sohnes und ließ seinem Schmerz in lautem Schluchzen und stammelnden Worten des Jammers freien Lauf.

DIE VOLKSVERSAMMLUNG DER LATINER

Trojaner und Latiner hatten ihre Toten unter Tränen und Opfern bestattet, die lauteste Wehklage und längste Betrübnis aber herrschte bei den letzteren. Trauernde Mütter, Witwen, Schwestern, Knaben, ihrer Väter beraubt, irrten durch die Stadt, verfluchten den Krieg und das Eheversprechen des Turnus. Diese Stimmung verstärkte noch der Abgesandte Drances, der versicherte, daß nur Turnus von Äneas verlangt, daß nur er zur Entscheidung des Krieges durch einen Zweikampf gefordert werde. Anderseits wurde auch Turnus von seinen Anhängern eifrig verteidigt; ihn deckte der mächtige Name der Königin Amata, sein Ruhm und die errungenen Siege verherrlichten ihn in den Augen des Volks.

Die Niedergeschlagenheit der Latiner vermehrte indessen eine Botschaft, durch die eine lang gehegte Hoffnung vereitelt wurde. Im untern Teil Italiens, in Daunien, lebte, nach seiner Rückkehr vom Kampf gegen Troja durch die Nachstellungen seiner treulosen Gattin aus seinem Reich Argo vertrieben, der große Griechenheld Diomedes, der Sohn des Tydeus. Er hatte dort die Stadt Argyripa gegründet. Gleich beim Ausbruch des Krieges hatte Turnus zu diesem alten Feind der Trojaner einen Rutulerhelden namens Venulus geschickt, welcher ihm meldete, daß Trojaner, von Äneas, dem Schwiegersohn des Königs Priamus, angeführt, im Latinerland sich niedergelassen hatten und ein zweites Troja gründen wollten. Gegen diese verhaßten Ankömmlinge hatte Turnus die Hilfe des Königs Diomedes verlangt.

In jenen Tagen der Trauer kam nun Venulus, der Botschafter des Turnus, aus der griechischen Stadtgründung des Diomedes zurück und brachte eine ungünstige Antwort. Damit war die letzte Hoffnung des alten Königs Latinus geschwunden. Gebeugt vom Kummer, berief er die Edlen des Volkes zu einer großen Versammlung in seinen Königspalast, setzte sich mit düsterer Miene auf seinen Herrscherthron und hieß den zurückgekehrten Boten Bericht erstatten.

»Bürger«, begann also Venulus, »wir sahen den Helden Diomedes und die Stadt der Argiver, sie liegt zu Füßen der Eichenwälder des Berges Garganus auf einer schönen Anhöhe. Als wir dem Diomedes unseren Namen und unsere Herkunft gesagt, unsere Geschenke vor ihm ausgebreitet und ihm gemeldet hatten, wer uns heimsuche, erwiderte uns der große Fürst mit freundlichem Blick: O ihr glücklichen

Völker Ausoniens, unter der Obhut des guten Saturnus lebenden, welch ein Schicksal stört euch aus der Ruhe auf? Wir Sieger Trojas sind die elendsten unter allen Sterblichen! Der Loker Ajax hat im Meer sein Grab gefunden; Agamemnon liegt im eigenen Haus erschlagen; Menelaos irrt in Ägypten umher; Odysseus zitterte vor den Zyklopen. Auch mir haben die Götter die Wiederkehr in meine Heimat mißgönnt; erlaßt mir die Erzählung! Ich bin kein Mann des Glücks mehr, seit ich es gewagt habe, die unsterbliche Venus im Kampf zu verwunden! Darum reizt mich nicht zu neuen Gefechten! Seit Troja gefallen ist, bin ich kein Feind der Trojaner mehr, denke auch nicht mit Freuden an das Übel zurück, das ich ihnen zugefügt. Die Geschenke, die ihr mir von zu Hause bringt, überreicht sie dem Äneas! Ich habe mich im Kampf mit ihm gemessen, glaubt mir, er ist ein gewaltiger Mann, wenn er sich mit seinem Schild aufbäumt und die Lanze wirbelt! Wären nach Hektors Tod noch zwei Männer wie er in Troja gewesen, so hätte die Welt nichts von unserm Sieg gehört. Darum bietet die Hände zum Frieden, solange dazu noch Zeit ist; seinen Waffen seid ihr nicht gewachsen.«

Als Venulus seinen Bericht beendet hatte, entstand ein Murren in der Volksversammlung. Nachdem die Stimmen endlich verstummten, sprach König Latinus von seinem hohen Thron herab: »Wir führen einen unglückseligen Krieg mit unbezwingbaren Männern, mit einem Göttergeschlecht. Beherzigt daher, was ich euch verkünde. Nicht weit vom Tiber, gegen Abend, besitze ich ein Gebiet, von Rutulern und Aurunkern bebaut und beweidet und von Fichtenbergen begrenzt. Das will ich den Trojanern abtreten und sie zu Reichsgenossen machen; dort mögen sie sich ansiedeln und die verheißene Stadt gründen. Ziehen sie es aber vor, ein anderes Land aufzusuchen, so sollen sie von uns Erz, Schiffsmaterial und Arbeiter erhalten, um sich zwanzig Ruderschiffe zu bauen und auszurüsten. Außerdem sollen hundert Gesandte aus den edelsten Geschlechtern Latiums, mit Friedenszweigen in der Hand, zu ihnen gehen und ihnen Gold, Elfenbein, Mantel und Thron als Reichskleinodien überreichen.«

Da stand der alte Drances in der Versammlung auf, ein reicher, beredter Mann, obwohl kein Held im Kampf mehr, der schon lang dem Ruhm des Turnus mißtraute, und rief: »Weiser König, nun fehlt nur eines noch! Du solltest zu den herrlichen Geschenken, die du den Trojanern senden läßt, auch noch die Hand deiner Tochter

Lavinia hinzufügen und so den Frieden mit einem ewigen Bund besiegeln!«

Da entbrannte das Herz des Turnus in Zorn. Er war eben erst von seiner Vaterstadt zurückgekehrt und hatte sich unter die Volksversammlung gemischt. Nun rief er: »Drances, jetzt gilt es nicht, im Ratsaal das große Wort zu führen! Die Feinde umringen unsere Stadt, es muß gekämpft sein! Was soll uns der Ätolier Diomedes und seine Stadt helfen, wenn unser eigener Arm, wenn Latium, wenn ganz Volskerland, das sich für uns erhoben hat, sich nicht zu helfen vermag? Wenn es aber wahr ist, daß Äneas mich allein herausfordert, dann soll er mich finden!«

Während die Latiner so sich über die Lage ihres Reiches zankten, kam Äneas mit seinem ganzen Gefolge heran, und plötzlich tönte die Botschaft durch den Palast, daß die Trojaner und Etrusker vom Tiberstrom her nahten.

WIEDER ENTBRENNT EINE SCHLACHT

Die Versammlung stob auseinander, und die Bewohner der Stadt eilten auf die Mauern. Die Stadttore wurden befestigt, Steine aufgehäuft, Palisaden in den Boden gerammt; das Schlachthorn schmetterte, Mütter und Männer sammelten sich auf dem Mauerkranz. Auf einem hohen Wagen fuhren die Königin Amata und an ihrer Seite ihre Tochter Lavinia, die Ursache so vielen Leids, zur Burg der Stadt, um dort im Tempel der Minerva Gebet und Opfer darzubringen.

Turnus selbst gürtete sich eilig zum Kampf. Bald starrte er im schuppigen Erzharnisch, legte sich die Goldschienen an die Beine und schnallte sich das Schwert an die Seite. Dann setzte er den goldenen Helm aufs Haupt und eilte, funkelnd vom Kopf bis Fuß und frohlockend in der Gewißheit des Sieges, von der Königsburg hinab. Unten am Tor begegnete ihm Kamilla, hinter sich den Zug der Volsker. Als sie den Helden erblickte, sprang die jungfräuliche Königin vom Roß und mit ihr das ganze Geschwader. Dann sprach sie zu dem Rutulerfürsten: »Turnus, heute gelobe ich der Schar des Äneas zu trotzen und mich allein mit meinen volskischen Reitern ihm entgegenzuwerfen.«

Solch Anerbieten war dem Helden willkommen. »Dieser Mut«, erwiderte er, »erhebt dich hoch über dein Geschlecht und in den Rat der Männer. Von nun an sollst du die ganze Kriegsarbeit mit mir teilen. Meine Späher melden mir, daß Äneas seine leichten Reitergeschwader vorausgesandt hat; er selbst mit dem Heerhaufen kommt über den Bergrücken auf die Stadt zu. Dort will ich ihm in einem waldigen Hohlweg einen Hinterhalt bereiten und beide Seiten des engen Pfads mit Kriegern besetzen. Du dagegen sollst die etruskischen Reiter mit deiner Reiterei empfangen. Ich gebe dir den Helden Messapus mit dem latinischen Geschwader bei. Die Befehlsgewalt aber sei dir anvertraut, unvergleichliche Jungfrau!«

Nach diesen Anordnungen ging Turnus seinen Weg. Durch ein enges Tal mit vielen Krümmungen, das von beiden Seiten eine schwarze Bergwand mit Wald begrenzte, führte ein schmaler Fußpfad. Oben auf dem Berggipfel lag zwischen Wäldern verborgen ein ebenes Feld, wo sich ein sicherer Hinterhalt aufstellen ließ und von wo aus man rechts oder links angreifen oder aber von der Höhe herab Steine ins Tal herabwälzen konnte. Dorthin zog Turnus mit seinen Scharen und lagerte sich auf der Höhe und in den waldigen Schluchten.

Während dies geschah, rückten die Trojaner und ihre etruskischen Bundesgenossen mit den Reitergeschwadern immer näher an die Mauern heran. Die Rosse brausten durch die Ebene, eine eiserne Saat von Spießen starrte, und die Felder schienen von den erhobenen Waffen zu brennen. Auf der anderen Seite erschienen die Latiner, Messapus mit Katillus und Koras an der Spitze, und die Reiterei der Volsker, von Kamilla angeführt.

Als die Heere einander auf Speerwurfweite nahe gekommen waren, standen sie einen Augenblick still. Dann brachen sie plötzlich mit Geschrei hervor, ermunterten ihre Rosse, und von allen Seiten flogen Geschosse, so daß die Luft verdunkelt wurde. Als die feindlichen Scharen Speer gegen Speer miteinander kämpften, fing die Schlachtordnung der Latiner zu wanken an; sie warfen die Schilde auf den Rücken und lenkten ihre Rosse zurück zur Stadt.

Aber ihre Flucht war nur Täuschung; sowie sie bei den Mauern angekommen waren, kehrten sie wieder um und warfen sich, wie die Ebbe, die in Flut umschlägt, mit erneutem Feldgeschrei auf die sie verfolgenden Etrusker, die nun ihrerseits zurückwichen. So ging es zweimal, und erst das drittemal wurde das Treffen zur stehenden Schlacht, wo alle sich mengten und Mann gegen Mann focht. Jetzt erscholl bald das Ächzen der Sterbenden; Waffen und Leichen schwammen im Blutstrom, halbtote Rosse lagen zwischen Leichen, und andere bäumten sich noch über ihren abgeworfenen Reitern auf.

Mitten im Morden frohlockte, einer Amazone gleich gekleidet und aufgeschürzt, die Volskerin Kamilla; bald sandte sie Pfeile vom Bogen, bald schlanke Lanzen mit der Hand, bald griff sie zur Streitaxt, und auf ihrer Schulter schnallte klirrend ihr goldener Köcher. Wenn sie auch einmal ihr Roß wenden mußte und zurückweichend über die Ebene galoppierte, so wendete sie doch noch den Bogen rückwärts und schoß im Fliehen einen Pfeil ab. Ein ausgewähltes Gefolge von tapferen Jungfrauen umgab sie, Larina, Tulla und Tarpeja, welche sie sich selbst ausgesucht hatte und die in Krieg und Frieden ihre treuen Begleiterinnen waren. Viele Phrygier stürzten unter ihren Würfen und Streichen.

Endlich begegnete ihr im Kampf auch einer der tapfersten Männer des Apennin, als sie eben dem kühnen Orsilochus das Haupt gespalten hatte, der streitbare Sohn des Aunus, ein Ligurier. Der Anblick der furchtbaren Frau erschreckte ihn. Doch als er sah, daß es ihm nicht mehr möglich war, dem Kampf zu entrinnen und die ihn bedrängenden Feinde abzulenken, sann er auf eine List und rief: »Was ist denn so Großes daran, wenn ein Weib von einem tapferen Roß getragen wird! Steige doch von deinem Pferd und wage den Kampf mit mir auf ebenem Boden, dann wollen wir sehen, ob dein windiges Prahlen standhält!«

Diese Worte ärgerten die Jungfrau, sie übergab ihrer nächsten Gefährtin das Pferd und stellte sich dem Jüngling, nur mit Schwert und Schild bewaffnet, zum Fußkampf. Der Jüngling aber hielt seinen Betrug für gelungen; ohne abzusteigen, gab er seinem Pferd die Sporen und ergriff die Flucht.

»Betrüger!« rief die Heldin, als sie ihn fliehen sah, »du sollst die Künste deiner Heimat vergeblich versucht haben, deine List wird dich nicht zum schlauen Aunus zurückbringen!«

Zugleich überholte sie mit geflügelten Sohlen das Roß des Jünglings, fiel ihm in die Zügel und stieß dem Reiter von vorn das Schwert in den Leib.

Aber auch auf der Gegenseite erhob sich ein gewaltiger Held, der Etruskerkönig Tarchon. Dieser trieb zu Roß die weichenden Scharen vor sich her, lobte die Seinen mit ermunterndem Zuruf, nannte jeden bei seinem Namen, forderte die Zurückgedrängten zu neuem Kampf auf und trieb, unbekümmert um Gefahr und Tod, sein Roß in die Schlacht. Da stieß er auf den Venulus, dem er sich stürmisch engegenwarf. Er riß ihn vom Pferd und, mit der rechten Hand ihn umschlingend, trug ihn auf seinem eigenen Roß im Flug davon.

Mit Blicken und Geschrei folgten die staunenden Latiner dem Enteilenden, der reitend versuchte, seinem Feind mit dem abgebrochenen Schaft seiner eigenen Lanze zwischen den Fugen der Rüstung eine Todeswunde zu versetzen. Venulus aber wehrte sich kräftig und hielt die Hand vor die Kehle. So war das Paar anzuschauen wie ein Adler, der eine geraubte Schlange entführt: das blutende Tier ringelt sich, bäumt sich immer höher und zischt; der Vogel aber läßt die Beute nicht seinem krummen Schnabel entwischen und peitscht die Lüfte mit seinen Flügeln. Dem Glück und Beispiel ihres Führers fogten die Etrusker und stürmten wieder mutig voran.

Auch Kamilla fand einen kühnen Gegner in den Reihen der Etrusker. Der Held Arruns bedrängte mit seinem Speer die rasche Amazone und wich ihr nicht von der Seite, wohin sie auch reiten mochte. Nun verfolgte Kamilla gerade den phrygischen Cybelepriester Chloreus, dessen schuppiger Panzer mit goldenem Geflecht wie ein gefiedertes Gewand seinen Leib umschloß und den ein Überwurf von dunklem Purpur bedeckte. Ein goldener Helm strahlte auf seinem Haupt, ein Köcher aus Gold hing an seiner Schulter, und vom Bogen schoß er die schärfsten Pfeile. Sein ausländischer Waffenschmuck lockte die volskische Jungfrau. Sie verfolgte ihn, um entweder die trojanische Wehr als Siegesbeute in einem italischen Tempel aufzuhängen oder um selbst in dem erbeuteten Gold zu glänzen.

Als ihre ganze Aufmerksamkeit auf diesen Feind gerichtet war und sie den Arruns aus den Augen gelassen hatte, warf dieser, zu Apollo flehend, daß er die Schmach der verbündeten Waffen tilge und nicht auch ihn einem Weib unterliegen lasse, plötzlich und unerwartet den Speer. Phöbus nickte ihm halbe Gewährung zu. Die umringenden Volsker hörten die Lanze daherrauschen und suchten mit den Augen ihre Königin. Sie selbst aber ahnte nichts, bis ihr das Geschoß in der Brust haftete und ihr jungfräuliches Blut aus der Wunde drang. Erschreckt eilten ihre Gefährtinnen herbei und fingen ihre Herrin auf.

Arruns aber, über seine eigene Tat erschrocken, floh, vor Freude und Furcht bebend, wie ein Wolf, der eben einen Stier oder einen Hirten erwürgt hat und, noch ehe die Pfeile ihn verfolgen, plötzlich vom Weg abweicht und in den Wald flüchtet. Genauso stahl sich Arruns hinweg und mischte sich, hastig fliehend, unter die Reiter.

Kamilla aber zerrte sterbend an dem Eisen, dessen Spitze ihr eine tiefe Wunde beigebracht hatte; ihre Augen brachen, das Rot der Wangen wich von ihrem Angesicht. Mit schwacher Stimme sprach sie zu Akka, der liebsten Gespielin: »Flieh, Liebe, und überbring dem Turnus meinen letzten Auftrag, denn um mich her wird es schon Nacht. Er soll hinfort den Kampf leiten und die Stadt vor den Trojanern beschützen.«

So sprach sie, ließ die Zügel fahren und glitt vom Roß herab zu Boden, neigte Haupt und Hals und verschied.

Die Volsker erhoben bei diesem Anblick ein Geschrei der Verzweiflung, und nun entbrannte die Schlacht noch wilder als zuvor. Da traf auch den Mörder Kamillas, den Etrusker Arruns, ein Pfeil, von unsichtbarer Hand abgeschossen; es war Dianas Schuß, die ihre geliebte Jägerin rächte. Die Freunde des Getöteten ließen seinen Leichnam liegen; unbestattet und vergessen, wurde er im Staub des Schlachtfeldes zertrampelt.

Nach dem Tod ihrer Anführerin begannen die Reiter Kamillas zu fliehen, dann auch die Rutuler. Alle flohen mit gesenkten Bogen, die Rosse auf dem Blachfeld antreibend. Eine schwarze Staubwolke wälzte sich den Stadtmauern entgegen, von den Zinnen erscholl das Jammergeschrei der Mütter; bald hatten die Flüchtenden die Tore erreicht, doch mit ihnen waren auch schon die Feinde da. Alles niedermetzelnd, drangen die Sieger in die Stadt ein. An andern Stellen wurden von den verzweifelten Bürgern die Stadttore vor den Flüchtenden geschlossen; den Feinden ausgeliefert, erlagen sie vor den Toren ihren Geschossen.

Unterdessen erreichte die Schreckenskunde auch den Turnus, der im dunklen Waldtal den Feind erwartete, denn Akka suchte ihn in seinem Hinterhalt auf und berichtete ihm vom Tod der Herrin und der verlorenen Schlacht. Von Wut und Schmerz zerrissen, verließ dieser sogleich das Gehölz und stürmte in die Ebene hinab. Kaum hatte er sein Versteck verlassen, als Äneas mit den Seinen vom Gebirge kommend in die Schluchten des Tals einbog und, aus der finsteren Waldung heraustretend, auf der Ebene vor der Stadt erschien.

Da sah er vor sich den Heerhaufen des Turnus. Auch dieser hörte

Marschtritte und Rosseschnauben, er wandte sich um und erkannte den grimmigen Äneas. Da stellte er sich in Schlachtordnung ihm gegenüber auf. Wäre nicht die Sonne schon im Sinken gewesen, beide Heere hätten auf der Stelle den bitteren Kampf der letzten Entscheidung ausgefochten.

UNTERHANDLUNG UND FRIEDENSBRUCH

Als Turnus sah, daß die Latiner, von den Feinden gedemütigt, ihre Blicke nun auf ihn allein richteten und ihn an sein Versprechen zu erinnern schienen, schlug sein Herz stolzer in der Brust.

Er trat vor seinen Schwiegervater Latinus und sprach: »An mir soll es nicht liegen, wenn nur die feigen Trojaner ihr gegebenes Wort nicht brechen! Laß Opfertiere herbeischaffen und schließe den Bund. Entweder schickt mein Arm heute noch den asiatischen Flüchtling zum Orkus und rächt unsere Schande, oder ich erliege seinem Schwert. Dann mag er deine Tochter Lavinia als Gattin heimführen!«

Ihm antwortete Latinus mit ruhiger Stimme: »Je mehr du dich in den Kampf stürzt, tapferer Jüngling, desto mehr kommt es mir zu, dich zu beraten und alle Zeichen des Schicksals zu beachten! Von Daunus, deinem Vater, empfängst du ein großes Reich, und du selbst hast ihm manche Stadt dazuerobert! Gold und Gunst schenkt dir Latinus. Latium hat noch genug andere Bräute von edlem Stamm. Laß mich dir die ganze Wahrheit sagen, so schmerzlich sie auch für dich sein mag: Einem der früheren Freier meine Tochter zu geben, hinderte mich der Warnspruch der Götter und Menschen; jedoch dir zulieb, veranlaßt durch die Verwandtschaft und die Tränen meiner Gemahlin, schob ich alle Zweifel beiseite, wählte dich zum Schwiegersohn und ließ mich in diesen ungesegneten Krieg ein. Seinen Ausgang kennst du. Du allein stehst dem Frieden im Weg. Verzichte auf meine Tochter, und verlange nicht von mir, den Ausgang deines Zweikampfes mit Äneas abzuwarten! Denk an das treulose Kriegsglück! Erbarme dich auch deines alten Vaters, den in deiner Vaterstadt Ardea Gram verzehrt.«

Aber keine Worte vermochten den Rutuler umzustimmen, die sanfte Rede entflammte ihn nur noch mehr. Nicht einmal die Bitten, die Tränen und Umarmungen der Königin rührten sein Herz.

Da kam endlich, von den Wehklagen ihrer Mutter aufgeschreckt, seine Braut Lavinia herbeigeeilt. Tränen rannen ihr über die heißen Wangen.

Turnus richtete einen Blick auf die Geliebte, und seine Gedanken verwirrten sich einen Augenblick lang; aber die Hoffnung, den verhaßten Nebenbuhler zu besiegen, war stärker als sein Gefühl für die Braut, und er sprach, zu der Königin gewendet: »Mutter, ich bitte dich, verfolge mich nicht mit deinen Tränen und deiner bangen Ahnung; Turnus hat keine Wahl!«

Dann rief er seinen Streitgenossen Idmon heran und sagte zu ihm: »Eile zum Führer der Trojaner und künde ihm, was ihn nicht freuen wird. Er soll morgen seine Trojaner nicht in die Schlacht führen, wie ich auch meine Rutuler ruhen lasse. Wir beide wollen nach Sonnenaufgang mit unserem Blut den Krieg entscheiden; nur auf diese Weise soll entschieden werden, wem Lavinia als Gattin gehören soll.«

Dann ließ Turnus, ins Innere der Burg zurückgekehrt, seine schneeweißen, windschnellen Rosse vorführen, legte die Waffen an, ergriff die unbesiegte Lanze und übte mit rollenden Augen den Stoß.

Auch Äneas, mit der Botschaft des Rutulerfürsten zufrieden, wappnete sich mit seiner göttlichen Rüstung.

Kaum rötete der Tag die Gipfel der Berge, als schon Rutuler und Trojaner vor den Mauern der mächtigen Latinerstadt das Feld für den Zweikampf ihrer Feldherren absteckten und in der Mitte den gemeinsamen Göttern Rasenaltäre aufbauten. Wasser und Feuer zum Opfer, Kränze für die Priester, Tiere und Altäre wurden herbeigebracht. Dann strömte das gesamte Volk der Italer aus den Toren der Stadt; von der anderen Seite eilte das verbündete Heer der Trojaner und Etrusker herbei.

Auf ein vereinbartes Zeichen zog sich jeder auf seinen Platz zurück, und ein geräumiges Feld blieb für den Kampf offen. Die Krieger stießen ihre Spieße in die Erde und lehnten die Schilde daran.

Aus der Stadt kam jetzt auch noch unbewaffnetes Volk hinzu, sogar alte Mütter und gebückte Greise. Innerhalb der Stadt füllten sich Türme und Dächer mit Zuschauern, und auf den Toren saßen dichtgedrängt die Schaulustigen.

Jetzt nahten die Könige, Latinus kam auf einem vierspännigen Prunkwagen einhergefahren. Auf seiner Stirn blitzte ein Diadem mit zwölf goldenen Strahlen, das Zeichen, daß er vom Sonnengott abstamme. Turnus erschien mit einem Doppelgespann weißer Rosse, zwei Wurfspieße in der Hand schüttelnd. Auf der anderen Seite eilte aus dem trojanischen Lager Äneas hervor. Seine Rüstung mit dem herrlichen Schild strahlte wie Sternenglanz; an seiner Seite ging Askanius, sein kräftig heranwachsender Sohn.

Dann brachte ein Priester in reinem Gewand ein borstiges Ferkel und ein zotteliges Lamm und stellte die Tiere an die brennenden Altäre. Die Fürsten wandten ihr Antlitz der aufgehenden Sonne zu, streuten gesalzenes Mehl auf die Opfer, schoren ihnen die Scheitel mit dem Stahl und gossen das Trankopfer auf die Altäre. Dann beschworen dort Äneas und hier Latinus mit feierlichen Gebeten den Vertrag: sollte Äneas besiegt werden, müßten die Trojaner unter Julus Latium auf der Stelle räumen und sich nach Pallanteum, der Stadt Evanders, zurückziehen; sollte jedoch der Sieg ihm gehören, hätten sich Italer und Trojaner, jedes Volk frei und selbständig, zu vereinigen; Latinus sollte herrschen, Äneas die Tochter des Königs gewinnen und sich und seinem Volk eine Stadt bauen und nach seiner Gemahlin Lavinia nennen.

Den Rutulern erschien längst der Kampf ziemlich ungleich; sein Ausgang bei des Äneas übermächtiger Heldenkraft sehr fraglich. Ihre Sorge wuchs, als sie ihren Führer Turnus mit bleichem Antlitz und eingefallenen Wangen vortreten und mit gesenktem Haupt schweigend vor dem Altar stehen sahen.

Seiner Schwester Juturna entgingen diese Anzeichen nicht; sie, die eine unsterbliche Nymphe war, verwandelte sich schnell in die Gestalt des Helden Kamers, der durch mächtige Ahnen und Taten bei den Rutulern in großem Ansehen stand, und mischte sich unter das Heer. »Rutuler«, flüsterte sie den Männern zu, »schämt ihr euch nicht, die ihr doch so gut kämpfen könnt, nur eine einzige Seele dem Tod darzubieten? Sind wir unserem Gegner etwa an Kräften nicht gewachsen? Zählt einmal Trojaner, Arkadier und Etrusker zusammen, kaum jeder von uns seinen Gegner findet! Turnus freilich wird ruhmvoll zu den Göttern, denen er sich weiht, emporsteigen. Wir aber werden unser Vaterland verlieren, harten Zwingherren dienen müssen. Und es geschieht uns recht. Warum saßen wir auch untätig hier im Gras, während wir hätten kämpfen müssen!«

So sprach Juturna, und sie tat noch mehr. Sie schickte den Italern ein scheinbar günstiges Vorzeichen vom Himmel. Ein Goldadler Jupiters schwebte durch den lichten Äther, scheuchte die Ufervögel des Stroms auf, stieß dann plötzlich herunter und packte mit seinen Klauen den schönsten Schwan.

Die Rutuler sahen staunend zum Himmel, wo ein riesiger Schwarm Vögel den räuberischen Adler, der mit seiner Beute dem Himmelsgewölbe zuflog, verfolgte, bis diese, durch die Übermacht bezwungen und durch seine Last erschöpft, den Raub freigab und in den Fluß fallen ließ, dann wieder die Höhe suchte und in den Lüften verschwand.

Rutuler und Latiner begrüßten diese Erscheinung mit Freudengeschrei und lauschten ihrem Seher Tolumnius, der ihnen das Zeichen günstig deutete und sie zu den Waffen greifen hieß. Er selbst warf das erste Geschoß auf die gegenüberstehenden Feinde, daß es zischend die Luft durchfuhr.

Lärm erhob sich, Verwirrung kam in die Reihen, alle gerieten in Aufruhr. Ihm gegenüber standen nämlich neun schöne, schlanke Brüder, Söhne des Arkadiers Gylippus und einer edlen etruskischen Mutter. Einem von diesen stattlichen Jünglingen war der Speer des Tolumnius neben der Gürtelschnalle tief in den Leib gedrungen und hatte ihn in den Sand gestreckt.

Die acht Brüder des Gefallenen, von Schmerz um den Bruder entbrannt, schwangen ihre Lanzen und zückten ihre Schwerter; auf sie stürzte sich die Streitmacht der Rutuler. Nun brachen alle los: Arkadier, Trojaner und Etrusker. Die Altäre wurden im Gedränge zertrampelt, ein Sturm von Pfeilen erfüllte die Luft, ein eiserner Speerhagel ging nieder, Latinus selbst floh mit den Götterbildern, bestürzt über den Bruch des Bündnisses. Ein fürchterliches Morden begann.

Äneas aber streckte die unbewehrte Rechte zum Himmel, warf sich mit bloßem Haupt mitten unter die Seinen und rief: »Wo rennt ihr hin, Freunde? Welche Zwietracht ist plötzlich ausgebrochen? Zähmt doch eure Wut; der Bund ist geschlossen, die Bedingungen sind festgesetzt. Wer hindert uns Führer am Kampf?

Aber während er noch sprach, schwirrte, von unbekannter Hand abgeschossen, ein Pfeil daher. Verwundet mußte der Held den Kampfplatz verlassen.

Als Turnus sah, daß Äneas den Platz räumte und die Führer der Trojaner in Verwirrung gerieten, verlangte er Pferd und Waffen, schwang sich auf den Wagen, lenkte das Gefährt in die Schlacht und richtete mit seinem Speer entsetzliche Verheerung unter den Feinden an oder zermalmte sie unter den Rädern.

Während er so auf dem Schlachtfeld Leichen auf Leichen häufte, brachten Mnestheus und Achates zusammen mit Askanius den verwundeten Äneas ins Lager zurück, welcher blutend sich auf seinen Speer stützte. Vergebens versuchte er, den im Fleisch haftenden Pfeil herauszuziehen; da verlangte er, man möge die Wunde ausschneiden. Japyx, der Arzt, erschien. Auf die Waffe gestützt, stand der Held unbewegt unter seinen weinenden Gefährten.

Der Arzt, in der Heilkunst erfahren, brauchte jedoch kein Messer. Er versuchte zuerst mit erprobten Heilkräutern den Pfeil in der Wunde zu lockern und faßte dann das Eisen mit der Zange. Doch alle Kunst war vergeblich, er konnte das Geschoß nicht herausziehen. Noch während er sich abmühte, sah man bereits die Staubwolke der feindlichen Reiter, Geschosse fielen bereits ins Lager, und das Geschrei der Kämpfenden näherte sich.

STURM AUF DIE STADT

Da erbarmte sich Venus ihres gefährdeten Sohns. Sie pflückte auf dem Idagebirge der Insel Kreta das herrliche Kraut Diktamnum mit seinen saftigen Blättern und purpurnen Blüten, brachte es, in eine dichte Wolke gehüllt, ins Lager und träufelte seinen Saft heimlich und von allen unbemerkt in den Kessel, in dem die Heilkräuter des Arztes brodelten, dazu mischte sie noch einige Tropfen Ambrosia und das duftende Panaceenkraut. Japyx ahnte davon nichts, aber als er noch einmal die Wunde mit dem Kräutersaft wusch, da wich plötzlich der Schmerz aus dem Leib des Helden; in der Wunde versiegte das Blut, der Pfeil folgte von selbst der Hand des Arztes und fiel heraus. Dem Äneas waren die Kräfte zurückgekehrt.

»Was zögert Ihr?« rief der Arzt vergnügt, »schnell dem Helden die Waffen gebracht; diese Heilung kam nicht von Menschenhand, nicht Heilkunst hat sie vollbracht; das hat ein Größerer getan als ich.«

Äneas legte kampfbegierig und voll Ungeduld Schienen und Panzer an und war froh, als er endlich den Helm auf dem Haupt und den Speer in den Händen fühlte. In voller Waffenrüstung umarmte er seinen Sohn Askanius, küßte ihn flüchtig durch das Helmgitter und sprach: »Lerne von mir die Tapferkeit, mein Kind, und die Ausdauer, das Glück aber lerne von andern!«

Dann schritt der gewaltige Held aus dem Lager. Antheus und Mnestheus mit einer dichten Reiterschar drängten ihm nach, alles Volk strömte aus dem Lager, und eine Staubwolke verkündete dem Turnus ihr Kommen. Ein Schauer lief diesem durch Mark und Bein. Auch seine Schwester Juturna wandte sich, bebend vor Furcht, zur Flucht, und bald tobte der Trojanerheld in der Schlacht wie ein Wirbelsturm. Da fiel auch der Seher Tolumnius, der als erster das Geschoß in die Reihen der Feinde geschleudert hatte.

Die Halbgöttin Juturna aber stieß auf ihrer Flucht den Metiskus, den Wagenlenker ihres Bruders Turnus, vom Sitz, schwang sich in seiner Gestalt an seine Seite, ergriff die Zügel und preschte nun mit ihm in die feindlichen Reihen, bald da, bald dort auftauchend, dann ihn wieder verhüllend, so daß niemand ihn zum Kampf fordern konnte.

Überallhin verfolgte Äneas den Flüchtenden, blieb ihm unaufhörlich auf der Spur und rief ihn von fern her zum Kampf herbei. Sooft er aber ihm nahte, wendete Juturna den Wagen zur Seite und ermüdete durch seine Kurven den vergebens nachfolgenden Helden. Nun rannte der Latiner Messapus, der eben zwei Speere in der Linken wiegte, herbei und schleuderte einen davon mit sicherem Schwung dem Trojaner entgegen. Äneas stand still und bückte sich. Der Speer flog über ihn hinweg, doch so, daß er ihm den Helmbusch vom Scheitel stieß. Da rief Äneas die Götter zu Zeugen des gebrochenen Bundes an und stürzte sich zum schonungslosen Morden in die Schlacht.

Dann riet ihm seine Mutter Venus, ohne Verzug seine Streitmacht seitwärts zu führen und die Latiner dadurch in Verwirrung zu stürzen. Während er den dahinrollenden Wagen des Turnus noch immer verfolgte, fiel sein Blick auf die Mauern, und er sah die Stadt, die, noch immer unberührt vom Krieg, in Ruhe dalag. Plötzlich rief er seine Helden Mnestheus, Sergestus und Serestus herbei und besetzte die Höhen; das übrige Trojanerheer folgte den Helden und drängte sich, ohne Schild und Lanzen niederzulegen, in einem Kreis um seinen Führer.

Da stand nun Äneas in ihrer Mitte und sprach von einer erhöhten Stelle aus: »Zögert nicht, meine Befehle zu befolgen. Jupiter ist auf unserer Seite. Wenn die Feinde sich nicht heute unterwerfen, so stürme ich die Stadt des Latinus und mache ihre Giebel dem Boden gleich! Soll ich etwa warten, bis es dem Turnus beliebt, den Kampf mit mir zu beginnen? Hier vor euch liegt das Ziel des Krieges; eilt mit Fackeln herbei, mahnt sie mit Flammen an ihr Bündnis!«

So sprach er, und sein Heer bildete sogleich einen Keil und drängte auf die Stadt zu; Sturmleitern wurden angelegt, Fackelbrände leuchteten, an den Toren tobte der Kampf, und es fielen die Wachen; Pfeile und Lanzen flogen über die Mauer. Vor allen Männern hob Äneas seine Rechte zum Himmel, beschuldigte den König Latinus des Treuebruchs und rief die Götter zu Zeugen an.

Unter den geängstigten Bürgern entstand Zwietracht: die einen verlangten, man solle die Stadt den Trojanern öffnen, die Tore aushängen, den König Latinus zurückrufen und den Friedensschluß erzwingen; andere schleppten Waffen herbei und bereiteten die Verteidigung der Mauern vor.

Die Königin Amata, als sie vom Dach des Palastes aus den Feind herannahen und Brände auf die Häuser werfen sah, nirgends aber den Turnus oder sonst einen Rutuler erblickte, klagte sich selbst laut als die Urheberin allen Unheils an, zerriß ihr Purpurgewand und erhängte sich am Gebälk ihres Frauengemachs.

Als die Frauen der Latiner vom Ende ihrer Herrin erfuhren, tönte lautes Jammern aus den Gemächern. Ihre Tochter Lavinia raufte sich die goldenen Locken und schlug sich auf Brust und Wangen. Bald verbreitete sich die Trauerbotschaft durch die ganze Stadt. Latinus, der schwergeprüfte Gatte, zerriß sein Gewand und jammerte laut durch den ganzen Palast, sich selbst anklagend, daß er den Trojaner nicht sogleich in die Stadt aufgenommen und sich zum Schwiegersohn erwählt habe.

TURNUS STELLT SICH ZUM ZWEIKAMPF

Turnus setzte indessen an der äußersten Flanke des Schlachtfeldes noch einigen Fliehenden nach, aber seine Rosse liefen allmählich langsamer und müder. Da hörte er von fern aus der Stadt wildes Geschrei und Getöse, und er begann zu ahnen, daß dort großes Unheil geschehen sein müsse. Er fiel der Schwester, die noch immer in der Gestalt des Wagenlenkers Metiskus neben ihm saß, in die Zügel und hielt in dumpfer Betäubung an.

Juturna aber sprach ärgerlich zu ihm: »Was zögerst du, Turnus, willst du auf der Bahn des Sieges stillstehen? Laß uns weiterhin die Trojaner verfolgen, für die Verteidigung der Stadt mögen andere sorgen!«

Turnus blickte sie lange staunend an und sprach: »So hab ich mich doch nicht getäuscht! Mir war längst, als säße mir nicht mein Wagenlenker Metiskus zur Seite, sondern du, geliebte Schwester! Ich erkannte dich schon, als deine List das Bündnis der Könige sprengte! Sag mir, wer sandte dich vom Olymp herab und hieß dich um meinetwillen die Leiden der Sterblichen erdulden? Bist du etwa geschickt, den Tod deines armen Bruders zu schauen? Denn was erwartet mich sonst? Sah ich nicht die edelsten und tapfersten Rutuler fallen? Nun muß ich auch noch mit ansehen, daß die Stadt erstürmt und verwüstet wird. Und ich sollte nicht mit der Faust die Worte des neidischen Drances zurückweisen, sollte schimpflich mich dem Kampf entziehen? Soll dieses Volk den Turnus fliehen sehen? Ist denn der Tod etwas so Unseliges? Ihr Götter der Unterwelt, seid ihr mir wenigstens geneigt, wenn schon die Himmlischen sich von mir abwenden? Ohne zu klagen will ich, meiner ruhmvollen Ahnen würdig, zu euch hinuntersteigen!«

Kaum hatte er so gesprochen, als auf einem schäumenden Roß der Rutuler Saces, dessen Angesicht von einem Pfeilschuß blutete, herangestürmt kam und den Turnus flehend anrief: »Komm, Turnus, komm, du bist unsere letzte Hoffnung! Äneas ist in der Stadt, er bedroht die Burg; Feuerbrände fliegen in die Häuser. Der König schwankt schon, wen er zum Schwiegersohn wählen soll; die Königin ist durch eigene Hand umgekommen, nur Messapus und Atinas halten den Feind noch an den Toren auf.«

Turnus hielt die Rosse wieder an und starrte, von Scham, Kummer und rasender Liebe gequält, mit irrem Blick ins Leere. Endlich faßte er sich. Da fiel sein Blick auf die Latinerstadt. Dort stieg am hölzernen

Mauerturm die Feuersäule des Brandes immer höher empor, jenes Turms, den er selbst aus riesigen Balken gezimmert, auf Räder gesetzt und durch mächtige Zugbrücken mit der Stadt verbunden hatte. »Jetzt, Schwester«, rief er, »jetzt verläßt uns das Glück; halte mich nicht länger auf; laß uns gehen, wohin das harte Schicksal mich ruft! Ich bin entschlossen, mit Äneas zu kämpfen; mag kommen, was da will, ruhmlos sollst du mich nicht sehen!«

So sprach er, sprang vom Wagen zur Erde, stürzte, die Lanzen der Feinde durchbrechend, fort, während die Schwester trauernd zurückblieb. Wie ein Felsblock, der vom Gipfel des Gebirges herabstürzt und Wälder, Herden und Männer im Sturz mit sich reißt, so stürmte Turnus durch die zersprengten Reiterscharen auf die Stadtmauern zu, wo der Kampf am heftigsten tobte, winkte mit der Hand und begann laut zu rufen: »Hört auf zu kämpfen, Rutuler! Haltet eure Geschosse zurück, ihr Latiner! Mir allein kommt es zu, mit den Waffen über das Bündnis zu entscheiden.«

Als die Streitenden dies hörten, entstand eine Gasse. Äneas, der auch den Ruf des Turnus vernommen hatte, kam von den Höhen herab und schritt freudig dem Turnus entgegen. Sogar der greise Latinus staunte, als er die zwei gewaltigen Männer, aus zwei verschiedenen Weltteilen stammend, aufeinander zuschreiten sah, um den Kampf durch das Schwert zu entscheiden.

Wo die zurückweichenden Streiter freien Raum gelassen hatten, begann der Zweikampf der beiden Helden. Sie warfen die Speere gegeneinander und rannten dann mit Schild und Schwert zum Kampf an, daß der Boden erbebte. Nun folgte Hieb auf Hieb.

Endlich reckte sich Turnus in seiner vollen Größe empor und holte zuversichtlich, sich dabei aber eine Blöße gebend, zu einem entscheidenden Schwertstreich aus. Trojaner und Latiner schrien in banger Erwartung laut auf. Aber die treulose Klinge brach dem Rutuler mitten im Hieb entzwei und lieferte ihn Äneas aus. Turnus mußte das Heil in der Flucht suchen. Als dieser nämlich beim Wiederausbruch des Krieges den Streitwagen bestieg, hatte er in aller Eile anstelle seines vom Vater ererbten Wunderschwerts die Klinge seines Wagenlenkers Metiskus ergriffen. Diese diente ihm gut, solange er nur in den Rücken flüchtender Trojaner hieb; aber sie war doch nur ein von Menschen gefertigtes Schwert, und als sie die vom Gott Vulkanus geschmiedete Wehr des Helden Äneas berührte, brach sie wie mürbes Eisen mitten entzwei.

Nun wandte sich der flüchtende Turnus, unsicher geworden, bald da-, bald dorthin, doch es gab kein Entrinnen, denn auf zwei Seiten umschlossen ihn die Trojaner, auf der dritten hemmte seine Flucht ein Sumpf, und auf der vierten, hinter den Latinern und Rutulern, erhoben sich die Mauern der Stadt. Äneas verfolgte den Fliehenden, obgleich das vom Pfeil verwundete Knie ihm fast den Dienst versagte.

Fliehend rief der geängstigte Turnus diesen und jenen Rutuler mit Namen an und verlangte sein eigenes Kampfschwert. Äneas aber bedrohte jeden, der ihm nahen würde, mit unerbittlichem Verderben. Mit der Drohung, sich auf die Stadt zu werfen und sie zu zerstören, schreckte er alle, die dem Turnus helfen wollten, zurück.

Im Holz eines wilden Ölbaums, der dem Faunus geweiht war, steckte der Speer des Äneas und hatte sich in der Wurzel verklemmt. Einst hatten die glücklich gelandeten Schiffe hier Weihgeschenke dargebracht.

Als der Held von Troja an diesem Ölbaum vorübereilte, kam ihm der Gedanke, seinen Speer herauszuziehen und den Feind, den er nicht einzuholen vermochte, mit der Lanze zu verfolgen.

Voll Schrecken sah dies Turnus und betete zu den heimischen Göttern mit den Worten: »O Faunus und du, gütige Göttin des italischen Bodens, denen ich stets die schuldigen Ehren erwiesen habe, erbarmt euch meiner jetzt und haltet den Speer des Gegners fest!«

Die Landesgötter erhörten den Flehenden, und Äneas mühte sich vergebens, die Lanze aus dem Holz des zähen Stammes herauszuziehen. Während sich der Held anstemmte und vergeblich abquälte, kam die Schwester des Turnus, die Nymphe Juturna, wieder in Gestalt des Wagenlenkers Metiakus angerannt und übergab ihrem Bruder sein rechtes, gefeites Schwert. Venus aber, entrüstet, daß eine gewöhnliche Nymphe ein so kühnes Werk wagte, trat auch herbei und half dem Äneas, den Speer aus der Wurzel herauszuziehen.

Nun waren beide Kämpfer mit neuen Waffen versehen. Beide reckten sich mutig in die Höhe, der eine schwang sein Schwert, der andere hob den Speer, und so standen sie keuchend einander zum letzten Kampf gegenüber.

Da sprach Jupiter, der aus dem goldenen Gewölbe des Olymps herab den Streit beobachtete, zu seiner Gemahlin Juno: »Setzen wir endlich dem Krieg ein Ende! Du weißt und bekennst es ja selbst, daß Äneas dem Himmel bestimmt ist! Wozu stärkst du nun seinen Feind und gibst ihm durch Juturna sein Schwert wieder in die Hand? Du hast die Trojaner über Land und Meer verfolgt, den Krieg entzündet, den Palast in Trauer gestürzt, das Brautfest durch Jammer vereitelt. Nun ist es genug.«

Juno antwortete dem zürnenden Gemahl mit gesenktem Antlitz: »Wider Willen habe ich, weil dein Befehl mir heilig war, die Erde und den Turnus verlassen. Wäre ich ungehorsam gewesen, sähest du mich jetzt nicht hier in den Wolken das Unrecht hinnehmen, sondern ich stünde, mit Flammen umgürtet, in der Schlacht. Daß ich der Nymphe Juturna geraten habe, in der Not ihrem Bruder beizustehen, ist wahr; aber daß sie ohne mein Zutun dem Bruder das Schwert gereicht, das schwöre ich dir beim Styx! Auch will ich mich nicht in den Kampf mengen und bitte dich nur um eines: wenn Turnus gefallen ist und Äneas die Königstochter heimführt, zwinge die Latiner nicht, ihren alten Volksnamen aufzugeben und sich Trojaner zu nennen, zwinge sie nicht, ihre Sprache abzulegen, nicht fremde Gewänder, Sitten und Gebräuche anzunehmen, laß sie das Volk bleiben, das sie immer waren! Laß den Römerstamm aus italischer Wurzel emporwachsen! Troja aber sei und bleibe zerstört mitsamt seinem Namen!«

Lächelnd erwiderte der Göttervater seiner Gemahlin: »Kind des Saturns, welchen Zorn wälzst du noch immer in deinem Herzen? Laß doch deinen vergeblichen Groll. Was du begehrst, soll dir gewährt sein. Latium soll Sprache, Sitte und Namen behalten. Der Trojaner soll sich mit dem Volk vereinigen und nur so sich ansiedeln; er soll die Opferbräuche des Landes annehmen, er soll ein Latiner werden. Die Römer, das neue Geschlecht, das aus dem vermischten Blut der Italer und Trojaner entstehen wird, sollen dir, o Juno, die meiste Ehre erweisen!«

Die Göttin dankte dem Gemahl und war zufrieden.

Nun wollte Jupiter die Schwester des Turnus aus dem Kampf entfernen. Drei schreckliche Geschwister, Töchter der Rache, mit Schlangengürteln und Windesflügeln, Dirnen genannt, standen immer vor Jupiters Thron bereit, zu den Sterblichen gesandt zu werden, wenn er Seuchen, Krieg und andere Not schicken wollte. Eine von diesen sandte nun Jupiter hinunter und befahl ihr, der Nymphe als ein unheilbringendes Zeichen zu begegnen.

Die Dirne flog zur Erde hinab wie ein Pfeil, und sobald sie die beiden feindlichen Heere erblickte, nahm sie schnell die Gestalt eines kleinen Käuzchens an, wie es als Unglücksvogel auf Scheiterhaufen oder verlassenen Häusergiebeln zu sitzen pflegt. In dieser Gestalt umflatterte sie den Turnus, kreiste um sein Gesicht und seinen Schild und schlug darauf mit ihren Flügeln. Dem kämpfenden Helden sträubte sich das Haar, und seine Glieder erstarrten.

Juturna aber raufte sich das Haar und schlug sich an die Brust, denn sie erkannte die Übermacht Jupiters und verfluchte ihre eigene Unsterblichkeit. Sie bedeckte sich den Leib mit dem grünen Gewand der Flut und tauchte verzweifelt im nahen Tiberstrom unter.

Äneas stürmte jetzt heran, schüttelte wütend seinen baumlangen Speer und rief dem Gegner zu: »Was zögerst du noch, Turnus, was sträubst du dich noch länger? Nicht zum Wettlauf haben wir uns verabredet, sondern zum Waffengang! Zeige jetzt, was du an Kunst und Mut besitzt!«

Turnus schüttelte das Haupt und entgegnete: »Nicht deine hitzigen Worte schrecken mich, Trojaner; mich schreckt das Götterzeichen und die Feindschaft Jupiters!«

Mehr sprach er nicht, sondern blickte auf einen gewaltigen Stein, der neben ihm als Markstein im Feld lag. Zwölf Männer hätten ihn kaum aufheben können. Diesen ergriff der Rutulerheld, richtete sich auf und wollte ihn gegen den Feind schleudern.

Aber er kannte sich selbst nicht mehr: er fühlte seine Arme kraftlos werden, seine Knie zitterten, sein Blut erstarrte. Der Fels verfehlte sein Ziel und fiel auch gleich zu Boden.

Turnus wollte sich unwillkürlich zur Flucht wenden, da sah er vor sich die Rutuler und die Mauern der Stadt. Er hielt inne und erwartete in verzagender Angst den Speerwurf des Feindes. Der Trojaner zögerte nicht und schleuderte mit aller Kraft die Todeslanze, die wie ein Blitzstrahl dahergesaust kam. Durch Schildrand und Panzer fuhr sie dem Feind in die Hüfte, und schwer getroffen sank der gewaltige Turnus ins Knie.

Die Rutuler schrien laut auf, daß rundum der Wald widerhallte. Turnus lag gedemütigt auf dem Boden, streckte flehend seine Rechte zu dem Sieger empor und sprach: »Ich hab es so verdient! Ich verlange keine Schonung. Aber wenn der Jammer meines Vaters Daunus dich zu rühren vermag — er ist mir, was dir Anchises war —, so erbarme dich des alten Mannes. Gib meinen entseelten Leib den Meinen zurück! Ich bin besiegt; Lavinia sei dein!«

Äneas stand ausholend zum Streich über dem Liegenden, doch hielt er die bewehrte Rechte noch zurück; schon wollte ihn Mitleid erfassen, da erblickte er zum Unheil des Besiegten an dessen Schulter das Wehrgehenk des arkadischen Fürstensohnes Pallas, des schönen Jünglings, den Turnus erschlagen hatte. Da entbrannte sein Schmerz aufs neue, und schrecklich erzürnt rief er: »Du trägst den geraubten Schmuck des Pallas und willst mir entrinnen? Pallas durchbohrt dich mit diesem Stoß und nimmt an dir Rache!«

So sprach Äneas und tauchte wild sein Schwert in die Brust des Feindes. Turnus sank zu Boden; Kälte durchrieselte seine Glieder, und sein Schatten floh aus dem erstarrten Leib hinab zur Unterwelt.

FRIEDE ZIEHT EIN

Nach dem Fall des Helden Turnus ging ein großes Aufatmen durch die Reihen der Kämpfer. Keine Freude wagte sich bei den Siegern hervor, kein Klagegeschrei der Rutuler brach die Stille. Mit Turnus war ein Feuer erloschen, das die besten Streiter beider Lager verzehrt hatte, und es ließ nun, da es nicht mehr loderte, die Herzen erkaltet zurück. Nicht einmal Äneas fühlte noch Groll gegen den Mann, der den Krieg entfesselt hatte — auch er fühlte, daß ein Held gefallen war. Unter den Blicken aller Streiter hob er die Hände empor und dankte den Göttern für den Sieg, den er ohne ihren Beistand nicht errungen hätte: »Jupiter, mit Turnus hast du den Vulkan zerstört, der stets den Frieden bedrohte! Jetzt gönne uns Jahre der Ruhe, damit unser Land zu neuer Blüte komme.«

Hierauf wandte sich der Trojaner schweigend ab — und sah sich König Latinus gegenüber. Er duldete, daß der Alte an der Leiche des Rutulers niederkniete, ihm liebevoll die Locken aus der Stirn strich und mit zärtlicher Gebärde Abschied von ihm nahm, der ihm wie ein Sohn gewesen war. Dann schritten die Fürsten gemeinsam durch das Tor der Stadt und setzten sich zu langer Beratung zusammen.

Auf dem Schlachtfeld begann indessen für die Männer beider Heere die traurige Arbeit, die Toten zu bergen. Noch vor Anbruch der

Nacht brach ein langer Zug auf, um Turnus und die anderen erschlagenen Rutuler nach Ardea zu König Daunus zu bringen. Tage- und nächtelang loderten die gewaltigen Scheiterhaufen zu Ehren der Gefallenen.

Äneas und Latinus beschworen nun endlich das Bündnis, das sie ohne das Eingreifen des Turnus schon lange vorher geschlossen hätten; sie taten es still und ohne Aufhebens. Äneas verneigte sich vor Lavinia und ehrte den Schmerz des Mädchens dadurch, daß er ihr Zeit ließ, sich zu fassen. Sie folgte dem Trojaner gerne, bewahrte aber Turnus, den sie wie einen Bruder geliebt hatte, ein treues Gedenken. Niemals aber wurde Lavinia wieder so fröhlich, wie sie es früher gewesen war, denn es lastete schwer auf ihr, daß ihretwegen Krieg und unsagbare Not über das Volk gekommen war. Sie hielt sich fern von den Menschen, und als später die Zeit gekommen war, da sie ein Kind gebar, zog sie sich in ein einsames Haus im tiefen Wald zurück. Der Sohn, der ihr und Äneas geboren wurde, erhielt deshalb den Namen Silvius, das heißt: der aus dem Wald.

Nachdem die Rutuler ungehindert in ihre Heimat zurückgewandert und auch die Verbündeten der Trojaner an die väterlichen Herde heimgekehrt waren, begann eine Zeit des Friedens. Äneas erbaute auf einem Hügel nahe dem Meer eine schöne Stadt, der er nach seiner geliebten Gattin den Namen Lavinium gab. So hatten die irrenden Kinder Trojas endlich eine Heimat gefunden. Schnell vermischte sich das Geschlecht des Teukros mit den einheimischen Latinern, indem es nach dem Götterwillen die eigene Sprache und Sitte aufgab und lernte, zu den italischen Göttern zu beten.

Als Äneas' Sohn Ascanius herangewachsen war, riet ihm der Vater zu einer neuen Stadtgründung, und Ascanius erbaute auf dem Albanerberg die Stadt Alba Longa. Sie erstreckte sich auf dem schroffen Felsengebirge, das mitten aus der latinischen Ebene herausragt, und wurde eine mächtige Stadt, die alles Land der Umgebung und die dreißig allmählich entstehenden Städte beherrschte.

Lange Jahre noch regierte König Äneas. Sein Ende ist im Dunkel göttlicher Macht verborgen. Rutulische Scharen, die ihre Niederlage noch immer nicht verwinden konnten, fielen in Latium ein. Am Fluß Numicus trat ihnen Äneas mit einem latinischen Heer entgegen. Mit größter Erbitterung wurde auf beiden Seiten gekämpft. Jupiter selbst griff in die Schlacht ein, indem er mit grellen Blitzen und ungeheuren

Regengüssen die Feinde Latiums schreckte. Die Rutuler wandten sich zur Flucht. Doch die Latiner mußten einen hohen Preis für ihren Sieg bezahlen. Der Fluß Numicus schwoll unter Jupiters entfesselten Schleusen zu einem reißenden Wildbach an, der Strudel erfaßte Äneas und riß ihn mit sich fort. Kein sterbliches Auge hat ihn jemals wiedergesehen. Manche Menschen sagten, er sei von den Göttern entrückt worden, andere wieder meinten, er lebe weiter im Reich der Schatten.

Jetzt wurde Ascanius König, der sich künftig nur noch mit seinem zweiten Namen Julus nannte. Er regierte weise und gerecht wie sein Vater und wählte die Stadt Alba Longa zu seinem Sitz, während Lavinium durch die Anlage prächtiger Tempel verschönt wurde. Alba Longa wuchs und gedieh, herrlich thronte die Stadt auf dem schroffen Felsen, von Wäldern umrauscht und bespült von den Wellen eines tiefen Sees, von dem man sagte, er reiche bis zur Mitte der Erde.

Die Jahre verstrichen. Julus starb. Doch die Nachfolge in der Herrscherreihe Alba Longas ging nicht auf seine Kinder über. Denn nach dem geheimnisvollen Tod des Äneas hatte dessen Gemahlin Lavinia Furcht und Schrecken vor Julus, ihrem Stiefsohn, befallen. Sie hatte in den Wäldern einsam ihren Sohn Silvius großgezogen; nun sah das Volk in ihm den Enkel des geliebten Latinus und wählte ihn nach dem Tod des Julus zum rechtmäßigen Herrscher. Aus seinem Geschlecht stammten in langer Folge die albanischen Könige, die ein herrliches Reich zur Blüte brachten. Die dreißig Städte Latiums bildeten einen Bund, dessen Oberhaupt Alba Longa war und dessen Könige über die latinische Ebene geboten.

Alba Longa aber wurde zur Mutter Roms.

ROMULUS UND REMUS

Die Gründung der Stadt Rom

Uralt ist der Mythos von den Gründern der Stadt Rom. Doch während die Sagen Äneas als Mann des Friedens beschreiben, sind Romulus und Remus als streitsüchtige Kriegshelden gezeichnet. Eifersucht und Haß bewirken, daß das Fundament Roms mit Blut benetzt ist. Als Gründungsdatum der Stadt setzte später der römische Gelehrte Varro den 21. April 753 v. Chr. fest.

DIE UNEINIGEN ZWILLINGE

Die Geschichtsschreiber sind sich darüber nicht einig, von wem und durch wessen Veranlassung die mächtige Stadt Rom ihren dereinst bei allen Völkern berühmten und großen Namen erhalten hat. Denn von der Gründung Roms erzählt nur die Sage.

Unter den von Äneas abstammenden Königen von Alba Longa war die Erbfolge zwei Brüdern zugefallen: Numitor und Amulius. Amulius teilte die Erbschaft in zwei Teile und ließ seinen Bruder zwischen der königlichen Würde einerseits und den Gütern und dem aus Troja mitgebrachtem Gold anderseits wählen. Numitor wählte die Würde des Königtums. Aber Amulius, der durch den Besitz jener Güter weit mächtiger geworden war, entriß seinem Bruder bald den Thron; und weil er befürchtete, daß dessen Tochter Rhea Silvia einmal Söhne bekäme, ernannte er sie zur Priesterin der Vesta, damit sie unverheiratet und für immer ohne Kinder bleiben müsse.

Doch entgegen dem für Vestalinnen geltenden Gesetz wurde Rhea Silvia bald Mutter; sie gebar zwei Knaben von ungewöhnlicher Größe und Schönheit und bezeichnete den Kriegsgott Mars als Vater ihrer Kinder. Doch weder Götter noch Menschen schützten sie und ihre Zwillinge vor der Grausamkeit des Königs: Amulius, dessen Furcht durch die geheimnisvolle Geburt gewachsen war, ließ die ungetreue Vestalin gefangennehmen und ihre Kinder in den Fluß Tiber werfen.

Durch des Schicksals Fügung aber hatte sich damals der Tiber über seine Ufer hinaus in stehende Sümpfe verbreitert. Man gelangte kaum an das eigentliche Flußbett heran. Als nun die Diener des Königs mit den Zwillingen kamen, hielten sie das seichte Wasser für tief genug, um sie zu ertränken. Sie setzten die Kleinen im nächstgelegenen Tümpel aus und meinten, so den Befehl des Königs zu erfüllen.

Dieses Gebiet war damals unbewohntes Ödland. Und als das Wasser zurückwich und den schaukelnden Korb mit den ausgesetzten Knaben auf festem Grund zurückließ, lockte das Weinen der Kinder eine Wölfin an, die vom nahen Gebirge zur Tränke kam. Sie bot den Kindern ihre Zitzen mit so viel Zärtlichkeit, daß der Oberhirte der königlichen Herden, Faustulus, gesehen haben will, wie sie die Kleinen sogar leckte.

Voll Mitleid nahm Faustulus die Kinder mit in die Hütte der Hirten zu seiner Frau Larentia, um sie großzuziehen. Von Anfang an vermutete er, daß seine Zöglinge aus dem Königshaus stammten, denn er wußte, daß Zwillinge auf königlichen Befehl ausgesetzt worden waren. Aber Faustulus wollte sein Geheimnis nicht bekanntgeben, solange ihn nicht ein besonderes Ereignis dazu veranlasse. So zog er die Kinder auf, ohne daß jemand etwas von seinem Geheimnis erfuhr.

Die Knaben erhielten die Namen Romulus und Remus und wurden bald in die berühmte Stadt Gabii geschickt, wo sie im Lesen, in der Musik und den Leibesübungen unterrichtet wurden. Schon in ihrer Kindheit verrieten die edle Gestalt ihres Körpers und die ungewöhnlichen Züge ihres edlen Charakters ihre Abstammung. Und als sie heranwuchsen, waren beide tapfer und kühn; beide bewiesen in allen Gefahren größte Unerschrockenheit und einen Mut, der sie nichts fürchten ließ. Doch schien Romulus mehr Einsicht und Weltklugheit zu besitzen als sein Bruder Remus, da er in den Streitigkeiten mit den Nachbarn über Jagd und Weide es jedermann fühlen ließ, daß er mehr zum Herrschen als zum Gehorchen geschaffen wäre.

So kam es, daß die Jünglinge mit ihresgleichen oder mit einfachen Bauern und Hirten freundlich umgingen, hingegen die königlichen Verwalter und Aufseher der Herden als Leute, die ihnen an Tapferkeit nachstanden, verachteten und sich um ihren Zorn und ihre Drohungen nicht kümmerten. Sie wählten mit Vorliebe nur Spiele und Beschäftigungen, wie sie sich für Freigeborene schickten; anstatt Müßiggang und Untätigkeit für anständig oder vornehm zu halten, fanden sie ihr Vergnügen an den Leibesübungen, an der Jagd und am Wettlauf. Sie betrachteten es als Ehrensache, Räuber zu verfolgen, Diebe einzufangen und Unterdrückte in Schutz zu nehmen. Auf solche Weise verbreitete sich bald ihr Ruhm in der ganzen umliegenden Gegend.

Als einmal die Hirten des Numitor mit denen des Amulius in Streit gerieten und diesen eine Menge Vieh wegtrieben, sahen die beiden Jünglinge nicht tatenlos zu, sondern fielen über Numitors Leute her, schlugen sie in die Flucht und nahmen ihnen den größten Teil der Beute wieder ab. Ohne sich um den Zorn und Unwillen Numitors zu kümmern, führten sie viele Bedrängte und Sklaven zusammen, wodurch sie diese in ihrer widerspenstigen und aufrührerischen Gesinnung bestärkten.

Eben war Romulus in einiger Entfernung dabei, ein Opfer zu bereiten, denn er liebte Opfer und Wahrsagen, als Numitors Hirten auf Remus, der nur wenige Begleiter bei sich hatte, stießen und über ihn herfielen. Es kam zu einem hitzigen Streit, in dessem Verlauf auf beiden Seiten mehrere Kämpfer verwundet wurden. Zuletzt aber behielten Numitors Leute die Oberhand und machten Remus zu ihrem Gefangenen. Sie führten ihn sogleich vor ihren Herrn und brachten ihre Klagen gegen ihn vor.

Nachdenklich blickte Numitor den Jüngling an und nahm ihn schließlich mit nach Hause. Als er ihn hier genauer betrachtete, staunte er über den Wuchs des Jünglings, dem an Größe und Stärke kaum jemand außer Romulus gleichkam. Er sah in seinen Gesichtszügen den kühnen, unerschrockenen Mut, den selbst seine augenblickliche Lage nicht zu ändern vermochte; er wußte längst von seinen Taten und Unternehmen und konnte sich nun mit eigenen Augen von der Kühnheit des schönen Jünglings überzeugen. Entweder durch Eingebung eines Gottes, der so den Anfang großer Ereignisse setzen wollte, oder auch durch diese Fügung den wahren Zusammenhang ahnend, fragte er den Jüngling, wer er sei und von wem er abstamme.

Remus antwortete unerschrocken: »Dir will ich nichts verschweigen, denn du scheinst eher zum König geboren als Amulius. Du forschst und untersuchst erst, bevor du strafst. Jener aber verurteilt, ohne zu fragen. Früher wußten mein Zwillingsbruder und ich nichts weiter über uns, als daß wir Kinder der königlichen Sklaven, des Faustulus und der Larentia, wären; aber seit wir unsere Tapferkeit bewiesen haben, hören wir von den Leuten seltsame Dinge über uns. Es soll nämlich ein Geheimnis um unsere Geburt sein, und von den ersten Tagen unserer Kindheit erzählt man Wunderdinge. Tiere und Vögel, denen wir zum Fraß vorgeworfen worden waren, wurden unsere Ernährer; eine Wölfin säugte uns, und ein Specht brachte uns zu essen, als wir in einem Tümpel an dem großen Fluß lagen.«

Diese Rede bestärkte Numitors Hoffnung. Er trachtete nun so schnell wie möglich zu seiner Tochter Rhea Silvia zu gelangen, die noch immer streng bewacht wurde, um ihr von all diesen Dingen Nachricht zu geben.

Indessen hatte Faustulus erfahren, daß Remus gefangen und an Numitor ausgeliefert worden sei. Sogleich bestürmte er den Romulus, er möge doch seinem Bruder zu Hilfe eilen. Bei dieser Gelegenheit enthüllte er ihm das ganze Geheimnis seiner Geburt. Denn vorher hatte er den Zwillingen nur so viel davon gesagt, als er für nötig hielt, um sie vor Hochmut zu bewahren.

Kaum aber war Romulus aufgebrochen, erschienen schon die Häscher des Königs und ergriffen Faustulus, denn Amulius hatte von den Vorfällen gehört und eine strenge Untersuchung angeordnet. Faustulus blieb bei den vielen nun folgenden Verhören zwar standhaft, doch vermochten ihm die königlichen Schergen immerhin einen Teil seines Geheimnisses zu entreißen. Faustulus gestand zuletzt, die Zwillinge wären noch am Leben, versicherte aber zugleich, daß sie fern von Alba als Hirten dienten.

Amulius handelte nun so, wie Leute zu tun pflegen, die bestürzt, in Furcht oder von Zorn verblendet sind. Er schickte in aller Eile einen rechtschaffenen Mann, der noch dazu Numitors Freund war, mit dem Auftrag aus, den Numitor auszuhorchen, ob er vielleicht wisse, daß seine Enkel noch am Leben wären.

So kam schließlich die volle Wahrheit ans Licht. Aber schon schritten die Zwillinge zur Tat. Romulus war bereits vor der Stadt angelangt, und viele Bürger liefen aus Furcht und Haß gegen Amulius zu ihm über. Gemeinsam bildeten sie eine starke Schar, die zum Angriff bereit war.

Zur selben Stunde hatte Remus drinnen in der Stadt die Bürger zum Widerstand gegen den König aufgerufen. Als nun Remus von innen und Romulus von außen gegen ihn anrückte, geriet der Tyrann in solche Furcht und Bestürzung, daß er unfähig war, etwas zu seiner Rettung zu unternehmen. Für die Aufständischen war es leicht, ihn zu ergreifen und zur Rede zu stellen. Schließlich wurde Amulius von der wütenden Menge ermordet.

Als Numitor vom Tod des Amulius erfuhr, rief er sofort das Volk zusammen. Er berichtete über das große Unrecht, das sein Bruder ihm zugefügt hatte, gab die Abkunft seiner Enkel bekannt, erzählte über ihre Geburt, lobte ihre Erziehung und ihren Edelmut und verkündete das Ende der Tyrannei. In diesem Augenblick traten die

Zwillinge mit ihrem Gefolge in den Kreis der Versammelten und grüßten ihren Großvater als neuen König.

Da jubelte die Menge Numitor zu und rief ihn zu ihrem künftigen Herrscher aus.

So sahen Romulus und Remus ihren Großvater als Herrn von Alba Longa. Sie beschlossen nun, in der Gegend, wo sie ausgesetzt und erzogen worden waren, eine Stadt zu gründen. Alba und Latium waren nämlich schon zu dicht besiedelt, dazu kamen noch die Hirten auf den umliegenden Feldern. Der Großteil dieser Leute, dachten sie, würde ihnen gern in eine neue Stadt folgen.

Aber schon durchkreuzte alle Pläne der Zwillinge das vom Großonkel vererbte Laster, die Herrschsucht. Bald sollte ein unheilvoller Kampf beginnen. Denn für keinen der Zwillinge hatte das Recht der Erstgeburt Geltung. Deshalb sollten die Gottheiten, unter deren Schutz die erwählte Gegend stand, durch ihren Vogelflug entscheiden, wer dereinst die neue Stadt nach sich benennen und über sie herrschen dürfe. Beide Brüder stellten sich auf eine Anhöhe, um die Vögel zu beobachten. Romulus auf das Palatium, Remus auf den Aventin.

Dem Remus erschienen die Vögel des Glücks zuerst, es waren sechs Geier. Aber kurz darauf erschienen dem Romulus doppelt so viele, und so wurde jeder von seinen Getreuen zum König ausgerufen. Die einen nahmen das Recht des Thrones in Anspruch, weil dem Remus die Vögel zuerst erschienen waren, die anderen urteilten nach der Zahl der Vögel. Sie gerieten in Streit, und Remus sprang spottend über die von seinem Bruder begonnene Mauer. Romulus erschlug ihn im Zorn und rief ihm die Verwünschung nach: »So soll jeder fallen, der nach dir über meine Mauer springt!«

So wurde Romulus Alleinherrscher, und die erbaute Stadt erhielt den Namen des Gründers. Das Palatium, der Ort, wo er seine Erziehung erhalten hatte, wurde zuerst ummauert. Den übrigen Göttern brachte Romulus die Opfer nach albanischem Brauch dar, dem Herkules jedoch nach griechischer Sitte, wie Euander es bestimmt hatte.

Man erzählte nämlich, Herkules habe einst die Rinder des Geryones, den er überwunden hatte, in diese Gegend geführt. Er schwamm der Herde nach, die der Tiber vor sich hertrieb. Weil er selbst müde war und durch eine Ruhepause und eine saftige Weide er seine Kühe stärken wollte, lagerte er sich dort auf eine Wiese. Er aß und trank reichlich und sank sehr bald in einen tiefen Schlaf.

Ein Hirte dieser Gegend, der sehr stolz auf seine Kräfte war, Cacus mit Namen, sah die schönen Rinder und bekam Lust nach ihnen. Er stahl einige davon und versuchte mit seiner Beute zu entkommen. Trieb er sie aber in seine Höhle, mußten wohl die Hufspuren den Bestohlenen zum Versteck führen. Deshalb zog er die Kühe, und zwar die schönsten, an den Schwänzen rückwärts in seine Höhle.

Gegen Morgen erwachte Herkules, zählte seine Herde und merkte, daß sie nicht vollzählig war. Er ging zur nahen Höhle, ob vielleicht die Spuren dorthin führten. Er sah diese aber alle nach außen weisen. Ratlos und verlegen wollte er schon diese unheimliche Gegend verlassen. Da begannen einige Kühe nach den Vermißten zu brüllen. Sogleich kam aus der Höhle die Antwort der Eingeschlossenen. Da kehrte Herkules um und ging geradewegs auf die Höhle zu. Cacus wollte ihn gewaltsam am Eintreten hindern. Er rief nach den Hirten, ihm zu helfen, aber es war zu spät. Er wurde mit der Keule erschlagen.

Damals beherrschte Euander, ein Flüchtling aus dem Peloponnes, diese Gegend. Er herrschte mehr durch sein Ansehen als durch seine königliche Abkunft. Die wunderbare Fähigkeit zu schreiben, etwas Ungewöhnliches für jene Menschen, denen alle Wissenschaft fremd war, hatte ihm die Achtung des Volkes eingetragen — noch mehr aber der Glaube an die göttlichen Eingebungen seiner Mutter Carmenta. Sie stand schon lange vor der Ankunft der Sibylle in Italien bei diesen Völkern im Ruf einer großen Prophetin.

So riefen auch jetzt die Hirten, die den Mörder des Cacus feindselig umringten, Euander herbei. Dieser ließ sich zuerst die Tat und ihre Hintergründe schildern, erkannte aber dann im Aussehen des fremden Mannes und seinem Gehaben das Große, Erhabene, etwas, das ihn hoch über die Menschen stellte. Er fragte ihn also, wer er denn sei. Als er nun dessen Namen, Abstammung und Herkunft erfuhr, rief er: »Willkommen, Herkules, Jupiters Sohn! Meine Mutter, durch deren Mund die Götter ihren Spruch verkünden, hat mir vorausgesagt, daß du die Zahl der Unsterblichen vermehren wirst. Hier soll dir ein Altar geweiht werden, und das mächtigste Volk der Erde wird dich einst ›den Großen‹ nennen. Auf dem Altar soll dir nach der Sitte deines Landes geopfert werden.«

Herkules reichte ihm die Hand und sagte, er wolle die Prophezeiung annehmen und durch die Errichtung und Einweihung des Altars den Schicksalsspruch erfüllen. Sofort brachten sie dem Gott zu Ehren einen prächtigen Stier als erstes Opfer dar. Die angesehensten Familien der Gegend, die Potitier und Pinarier, wurden zu dieser Feier und zum Mahl geladen.

Dabei geschah es, daß die Potitier zur festgesetzten Zeit eintrafen und mit von den Eingeweiden aßen. Die Pinarier aber kamen erst nach dem Verzehr des Opferfleisches zu den weiteren Gerichten zurecht. Seitdem blieb es Gesetz, daß die Pinarier nicht von den Eingeweiden des öffentlich geopferten Tieres essen durften, solange ihr Geschlecht bestand. Euander weihte die Potitier in diesen Opferdienst ein, und sie waren viele Menschenalter hindurch als Oberpriester tätig, bis das gesamte Potitiergeschlecht unterging, als sie diesen Priesterdienst durch staatliche Sklaven verrichten ließen.

Dies war der einzige fremde Gottesdienst, den Romulus gestattete. Schon damals verehrte er Unsterblichkeit, die durch Tapferkeit erworben wird. Sein eigenes Schicksal führte ihn später diesen Weg.

DER RAUB DER SABINERINNEN

Als die Opfer vorschriftsmäßig dargebracht waren, berief Romulus seine Untergebenen zu einer Volksversammlung. Er gab ihnen eine Verfassung, weil er wußte, daß nur Gesetze einen einheitlichen Staat gewährleisten. Er wußte auch, daß diese Gesetze einem Volk erst dann heilig sein würden, wenn er selbst sich durch Zeichen höchster Gewalt bestätigte. Er betonte also seine Majestät noch stärker als zuvor, in seinem Äußeren und besonders durch die zwölf Liktoren, die er als seine Diener einsetzte.

Inzwischen wuchs die Stadt, ein Platz nach dem anderen wurde verbaut. Beim Bau der Häuser dachten die Siedler weniger an die gegenwärtige als an die spätere erhoffte Einwohnerzahl. Sie sollten nicht umsonst so weitläufig geplant haben. Um die Stadt zu bevölkern, griff Romulus auf die Methode früherer Städtebauer zurück. Diese luden die unbedeutendsten, niedrigsten Leute zu sich und behaupteten dann, ihnen sei ein neues Geschlecht zugewachsen. Der Wunsch, das Leben in einem neuen Staat zu versuchen, ließ allerlei Volk aus der

Nachbarschaft herbeiströmen: Freie und Sklaven. Sie bildeten zusammen den Grundstock für die spätere Größe Roms.

Als nun Romulus' Macht genügend gefestigt war, ging er daran, einen Senat zu schaffen. Dazu wählte er hundert Ratsherren aus. Entweder schien ihm diese Anzahl ausreichend, oder es gab nur hundert Männer, die sich zu Senatoren eigneten. Man nannte sie deshalb Väter, ihre adeligen Nachkommen hießen Patrizier.

Bald erlangte der römische Staat solche Macht, daß seine Kriegsmacht jedem Nachbar gewachsen war. Aber Rom hatte zu wenig Frauen, und so konnte diese Stärke nur ein Menschenalter dauern. Da keine Hoffnung auf eigene Nachkommen bestand und noch keine Verträge sie zu Ehen in fremden Ländern berechtigten, schickte Romulus auf Anraten der Senatoren Gesandte in die nächsten Städte, die um Bündnisse und gegenseitige Heirat für sein Volk bitten sollten.

Die Botschafter trugen ihr Anliegen so vor: »Wie alles langsam wächst, so müssen auch Städte aus kleinen Anfängen wachsen. Nur jene Städte aber erlangen einst Macht und Ruhm, die auf den Segen der Götter und ihre eigene Tapferkeit bauen.« Sie seien überzeugt, sagten die Gesandten, daß die Götter das Wachsen Roms begünstigt hätten, und ihre Tapferkeit werde ein übriges tun. Man möge sich also bereit erklären, mit ihnen Blutsfreunde und gemeinsame Stammeltern zu werden.

Aber die Gesandten fanden nirgends Gehör. Die Nachbarn verachteten Rom, und das große Reich, das hier in ihrer Mitte entstand, schien ihnen gefährlich für sie und ihre Nachkommen.

Die jungen Römer ärgerten sich über diese Abfuhr und zögerten nicht, kriegerische Maßnahmen zu ergreifen. Um Ort und Gelegenheit dazu zu schaffen, traf Romulus Vorbereitungen zu einem Turnier, das er unter der Bezeichnung Consualien zu Ehren des edlen Neptun veranstalten wollte. Er verbarg seinen Ärger und ließ den Nachbarstädten diese Vorführungen ankündigen, und die Römer bereiteten alles so feierlich als möglich vor. Damit wollten sie bei ihren Nachbarn Aufsehen und Spannung erregen.

Bald zog eine riesige Menschenmenge nach Rom, schon aus Neugierde auf die neue Stadt. Die meisten Zuschauer kamen aus den umliegenden Nachbarstädten Caenina, Crustumeria und Antemnae. Auch viele Sabiner mit Frauen und Kindern trafen ein. Sie wurden in allen Häusern gastlich aufgenommen. Als sie die Anlage der Stadt, ihre Befestigungen und ihre stattliche Häuserzahl erblickten, staunten sie sehr über den schnellen Fortgang der Arbeiten. Endlich rückte der Beginn des Kampfspiels heran, und aller Augen richteten sich gespannt auf die kommenden Ereignisse.

Mittlerweile wurde der geplante Raub in Szene gesetzt. Auf ein Zeichen hin schwärmten die römischen Krieger nach allen Seiten aus, um die Mädchen zu rauben. Das geschah meist wahllos, wie sie ihnen gerade in die Hände fielen.

Die Beauftragten eines gewissen Talassius hatten auch ein Mädchen geraubt, das schöner und besser gewachsen war als alle anderen. Auf die vielen Fragen, für wen dieses Mädchen bestimmt sei, antworteten sie immer wieder: »Talassius!« Kein anderer sollte sich an diesem Mädchen vergreifen. So soll dieses Wort zum Hochzeitsruf geworden sein. Voll Schmerz flohen die Eltern der Mädchen nach diesem schrecklichen Zwischenfall aus der Stadt. Sie beschuldigten die Römer der Verletzung des Gastrechts und bestürmten den Gott um Rache, zu dessen Fest sie die angeblich fromme Feier und ihre Ehrlichkeit gelockt hatten.

Auch die Geraubten selbst bebten vor Zorn. Aber Romulus selbst ging in die Häuser und erklärte ihnen, nur der Hochmut ihrer Väter sei schuld an dieser Tat, sie hätten den Nachbarn das Recht gegenseitiger Heirat vorenthalten. Trotzdem sollten sie künftig als rechtmäßige Gattinnen gelten, teilhaben am Gesamtvermögen und am Bürgerrecht. Auch das Liebste, das Menschen besitzen, ihre Kinder, sollten ihnen gehören. Er forderte sie auf, ihren Zorn abzulegen und den Männern in Liebe zu begegnen, denen das Schicksal ihren Leib gegeben hatte. Oft schon habe eine Beleidigung mit Freundschaft geendet. Sie selbst würden in den Römern besonders gute Männer finden, denn jeder werde sich bemühen, neben aller Gattenliebe ihnen auch Eltern und Heimat zu ersetzen.

Bald beruhigten sich die entführten Frauen. Zur selben Zeit aber riefen deren Eltern ihre Mitbürger durch einen Aufmarsch in Trauerkleidern, mit Weinen und Jammern auf, die erlittene Schmach zu rächen. Nicht nur in der Heimat erhoben sie diese Forderung. Aus allen Orten ringsum zogen sie zu Titus Tatius, dem Sabinerkönig. Sein Name galt viel in der ganzen Gegend, und bei ihm trafen ihre Boten zusammen.

Auch Caeniner, Crustuminer und Antemnaten waren unter den

Betroffenen. Sie fanden, König Tatius und die Sabiner hätten schon viel zu lange gezögert. Deshalb einigten sich diese drei Völker, einen Krieg zu führen. Aber auch die Crustuminer und Antemnaten waren den erbosten Caeninern nicht eifrig genug. Sie unternahmen also von sich aus einen Angriff auf römisches Gebiet. Eben waren sie zu Plünderungen ausgeschwärmt, als Romulus mit seinem Heer eintraf. In einem spielerisch geführten Gefecht zeigte er ihnen, wie sinnlos und ohnmächtig ihr Zorn war. Er schlug ihr Heer in die Flucht, verfolgte es noch ein Stück, tötete ihren König und nahm ihm die Rüstung ab.

Der Held, der durch diesen raschen Sieg glänzte, verstand es auch, seinen Ruhm auszukosten. Als er heimkehrte, zog er mit dem siegreichen Heer zum Kapitol. Dabei trug er die Waffen des getöteten Heerführers an einer besonders angefertigten Stange mit sich und legte sie bei der Eiche nieder, die den Hirten heilig ist. Er bezeichnete mit dieser Gabe den Platz für einen Tempel des Jupiter und betete zu dem Gott, dem er einen neuen Beinamen gab: »Jupiter Feretrius, ich, König Romulus, bringe dir als Sieger diese Waffen dar. Auf diesem Boden, den ich jetzt im Geist abstecke, weihe ich dir einen Tempel zur Aufbewahrung der Fürstenbeute, die dir meine Nachkommen darbringen werden, wenn sie feindliche Könige oder Heerführer überwunden haben. Dies geschehe eingedenk meiner Stiftung.«

Das war der Ursprung des ersten Tempels, der in Rom geweiht wurde. Das Versprechen des Stifters, daß seine Nachfahren an dieser Stelle Kriegsbeute opfern würden, ging durch göttliche Hilfe in Erfüllung. Aber die Feier des Opfers sollte nicht durch die vielen Eroberungen und Siege der Römer alltäglich werden. In den vielen Kriegen wurde nur noch zweimal eine Fürstenrüstung erbeutet.

Während die Römer das Opfer vollzogen, nützte ein antemnatisches Heer die Gelegenheit. Es fand die römischen Grenzen unbewacht und fiel in das Land ein. In aller Eile wurde das römische Heer gegen sie geführt und überraschte sie, als sie das Land durchstreiften. Schon beim ersten Angriff wurde ihre Stadt erobert.

Als Romulus nach diesem zweiten Sieg feierlich in die Stadt einzog, bat ihn seine Frau Hersilia im Namen der geraubten Frauen, deren Eltern zu verzeihen und sie in die Stadt aufzunehmen. Diese Verbindung, meinte sie, werde den Staat weiter festigen.

Romulus gewährte gern diese Bitte und wandte sich nun gegen die Crustuminer, die ebenfalls heranrückten. Hier war der Sieg noch leichter errungen, denn die Niederlagen der Verbündeten hatten ihren Mut geschwächt. Bald darauf wurden in die eroberten Gebiete römische Kolonisten geschickt, die meisten meldeten sich für das crustuminische Gebiet, weil dort der Boden als sehr fruchtbar galt. Viele Menschen aus den besiegten Städten zogen auch nach Rom, besonders die Eltern und Verwandten der geraubten Frauen.

Zum Schluß griffen auch die Sabiner zu den Waffen, und dieser Krieg entwickelte sich zu dem längsten und härtesten von allen. Sie handelten im Gegensatz zu den anderen Völkern nicht im Zorn und nicht übereilt; sie ließen ihre Kriegsabsicht nicht eher erkennen, als bis sie angriffen. Kühl planend gebrauchten sie sogar List.

Die Besatzung der römischen Burg stand unter dem Befehl des Spurius Tarpeius. Als einmal seine unverheiratete Tochter außerhalb der Mauern Wasser zum Opfer holen wollte, wurde sie mit dem Gold des Tatius bestochen, bewaffnete Männer einzulassen.

So gelang es den Sabinern, die Burg einzunehmen.

Als am nächsten Tag das römische Heer das ganze Gelände zwischen dem Palatinus und dem Capitolinus besetzte, zogen die Sabiner nicht eher zur Ebene hinunter, bis die Römer gegen sie vorrückten und den Hügel erstiegen, um die Burg zurückzuerobern. Die vornehmen Anführer der beiden Heere ermunterten ihre Soldaten: Mettius Curtius die Sabiner, Hostius Hostilius die Römer. An der Spitze seines Heeres kämpfte dieser mit Mut und Angriffsgeist für die römische Sache trotz des ungünstigen Geländes. Aber als Hostius fiel, geriet die römische Schlachtreihe ins Wanken, und die Truppen wurden bis zum alten Tor des Palatiums zurückgedrängt. Auch Romulus wurde vom Strom der Fliehenden mitgerissen.

Da hob er die Waffen zum Himmel empor und flehte: »Die Vögel, die mir den Auftrag gaben, hier den Grund für eine Stadt zu legen, waren von dir, Jupiter, geschickt. Nun ist die Burg durch sündhaften Handel in die Hände der Sabiner gefallen. Von dort aus jagen sie uns vor sich her, mit den Waffen in der Hand; das Tal haben sie bereits erobert. Hilf du nun, Vater der Götter und Menschen, laß den Feind wenigstens nicht bis hierher vordringen! Nimm von den Römern die Furcht, und hemme ihre feige Flucht! Ich gelobe dir, dem Jupiter Stator, hier einen Tempel zu bauen. Er möge die Nachwelt daran erinnern, daß deine Hilfe die Stadt errettet hat.«

So betete Romulus. Wenig später rief er, als wäre seine Bitte schon erhört worden: »An dieser Stelle, Römer, befiehlt uns Jupiter, haltzumachen und den Kampf wieder aufzunehmen.« Wie von einem himmlischen Anruf getroffen, hielten die Römer in ihrer Flucht inne. Romulus trat schnell an die Spitze seiner Soldaten.

Mettius Curtius war als Anführer der Sabiner von der Burg herab vorgeprescht und hatte die fliehenden Römer vor sich her getrieben. Jetzt stand er schon nahe beim Tor des Palatiums und rief: »Wir haben die treulosen Gastgeber und feigen Feinde besiegt! Sie kennen jetzt den Unterschied zwischen Mädchenraub und ehrlichem Kampf.«

Noch sprach er voller Siegesfreude, da fiel Romulus mit einer großen Schar seiner tapfersten Soldaten über ihn her. Mettius kämpfte vom Pferd aus, was ihm die Gegenwehr erschwerte. Die Römer rückten ihm unerbittlich nach und verfolgten ihn. Die Tapferkeit des Königs spornte das übrige Heer zu größtem Einsatz an, und so zwang es die Sabiner, zu weichen. Mettius galoppierte auf seinem Pferd, das vor dem Waffenlärm der Verfolger scheute, in einen Sumpf. Aber es gelang ihm schließlich, sich wieder zu befreien, denn seine Leute ermutigten ihn durch Winken und Rufen und gaben ihm mit diesem Zeichen ihrer Zuneigung die Kraft dazu. Römer und Sabiner stellten sich nun in der Ebene zwischen beiden Hügeln zum Kampf. Doch die Römer waren von Anfang an im Vorteil.

Da stürzten sich die Sabinerinnen, deren gewaltsames Los den Krieg heraufbeschworen hatte, mit gelösten Haaren und zerfetzten Kleidern zwischen die Kämpfenden; ihre Sorge um die Väter und Gatten überwand alle weibliche Angst. Von der Seite fielen sie ein und trennten die aufeinanderprallenden Reihen. Sie traten zwischen die erbitterten Soldaten und baten hier ihre Väter und dort ihre Männer: »Seid ihr nicht Schwiegerväter und Schwiegersöhne? Ladet doch nicht solche Schuld auf euch! Zieht nicht den Fluch des Mordes an so nah Verwandten auf die herab, die wir geboren haben: auf eure Enkel und eure Kinder. Wollt ihr wirklich nicht miteinander verwandt sein, so richtet euren Zorn gegen uns! Der Krieg wird unsertwegen geführt, Männer und Väter werden um unsertwillen verwundet und getötet. Wir wollen lieber sterben als ohne euch leben, als Witwen oder Waisen.«

Die Krieger und ihre Führer hielten gerührt inne. Schweigen entstand auf beiden Seiten. Dann traten die Feldherren vor, schlossen einen Vertrag und machten nicht nur Frieden, sondern vereinigten später auch die beiden Staaten zu einem einzigen. Sie bildeten eine gemeinsame Regierung und machten Rom zur Hauptstadt des Reiches. Als Ausgleich für den Machtzuwachs, den Rom damit erfahren hatte, sollte den Sabinern auch etwas zugestanden werden: Beide Völker nannten sich nach der sabinischen Stadt Cures Quiriten.

Zur Erinnerung an diese Schlacht wurde die Stelle, wo das Pferd sich aus dem tiefen Sumpf herausarbeitete und Curtius auf festen Boden brachte, der Curtische Graben genannt. Der so plötzlich aus dem unseligen Krieg entstandene glückliche Frieden machte die Sabinerinnen ihren Männern und Vätern doppelt wertvoll, besonders aber dem Romulus selbst.

Jetzt regierten also zwei Könige in Einigkeit.

DAS ENDE DES ROMULUS

Einige Jahre später mißhandelten Verwandte des Tatius die Gesandten aus Laurentum. Die Laurentiner zogen sie gemäß dem Völkerrecht zur Rechenschaft. Da dem Tatius die Liebe zu seinen Angehörigen und ihre Bitten mehr galten als das Recht, zog er durch seine Haltung die Strafe auf sich. Als er zur jahresüblichen Opferfeier in Lavinium erschien, empörte sich das Volk und erschlug ihn. Romulus begann deshalb aber keinen Krieg. Um aber die Mißhandlung der Gesandten und den Mord am König durch eine Buße zu sühnen, mußten sich Rom und Lavinium durch eine feierliche Erneuerung ihres Bündnisses wieder versöhnen. Der Friede blieb wider Erwarten erhalten.

Dafür entstand ein anderer Krieg fast vor den Toren Roms. Die Fidenaten wollten der Stadt nämlich im Krieg zuvorkommen, noch ehe sie übermächtig wurde, was für die Zukunft zu erwarten war. Es ärgerte nämlich die Fidenaten, daß ihre Nachbarn so sichtbar ihre Macht erweiterten und befestigten. Sie fielen mit ihrem Heer im Gebiet zwischen Rom und Fidenae ein und richteten arge Verwüstungen an. Von hier aus wandten sie sich plündernd nach links, denn zur Rechten behinderte sie der Tiber. Unter der Landbevölkerung setzte eine allgemeine Flucht ein. Dies und das Kriegsgeschrei, das vom Land in die Stadt drang, verkündete Rom das Ende des Friedens.

Ohne Zögern führte Romulus sein Heer heraus; denn ein so naher Krieg duldete kein Zögern. Tausend Schritte vor Fidenae schlug er sein Lager auf. Er ließ nur eine mäßig starke Besatzung zurück und rückte mit allen Truppen aus. Einen Teil davon legte er in einen Hinterhalt in der von dichtem Gebüsch bewachsenen Umgebung. Dann zog er mit der Hauptstreitmacht und der ganzen Reiterei gegen die Feinde. Er lärmte und drohte mit einem Angriff, indem er beinahe bis an die Stadttore vorpreschte. So gelang es ihm, die Feinde herauszulocken.

Als dann das Fußvolk zurückwich, während die Reiterei scheinbar zwischen Flucht und Kampf beinahe ins Wanken kam, stürzten die Feinde in dichten Haufen aus den Toren, stürmten dem weichenden römischen Heer nach und gerieten im Taumel ihrer Verfolgungsjagd in den Hinterhalt. Da brachen die Römer plötzlich hervor und umklammerten den Feind von der Flanke her. Das Fehlen der im Lager zurückgelassenen Kameraden machte ihre Lage noch aussichtsloser.

Noch bevor Romulus und seine Reiter ihre Pferde umwandten, zogen bereits die Fidenaten ab, von so vielen Seiten bedrängt. Eben noch hatten sie die scheinbar Fliehenden verfolgt, jetzt aber liefen sie selbst, so schnell sie konnten, ihrer Stadt zu. Aber sie entkamen dem Feind nicht mehr. Die Römer folgten ihnen auf dem Fuß. Und noch ehe die Tore geschlossen werden konnten, strömten sie in einem Zug mit hinein in die Stadt.

Vom Krieg der Römer gegen Fidenae waren auch die Veienter betroffen. Sie konnten als deren Verwandte nicht teilnahmslos bleiben, denn die Fidenaten waren Etrusker wie sie selbst. Sie fürchteten also den nahen Krieg und fielen deshalb ins römische Gebiet ein, verlegten sich aber mehr aufs Plündern als auf eine geordnete Kriegsführung. Sie schlugen kein Lager auf, warteten auch nicht auf das Eintreffen des feindlichen Heeres, sondern kehrten mit dem jeweils erbeuteten Gut nach Vei zurück.

Als die Römer keinen Feind im Gelände vorfanden, setzten sie über den Tiber. Sie waren zur Entscheidungsschlacht entschlossen und warteten. Die Veienter hörten, daß sie Lager bezogen und gegen ihre Stadt rücken wollten. Da zogen sie ihnen entgegen. Lieber wollten sie eine Schlacht wagen als ihre Stadtmauer und die Häuser durch Umklammerung in Gefahr bringen. Der römische König siegte allein durch die Stärke seines erprobten Heeres. Er verfolgte den geschlagenen Feind noch bis zur Stadtmauer, einen Angriff auf die Stadt wagte er nicht, denn sie war durch ihre natürliche Lage und durch Schanzwerke gut befestigt. Auf dem Rückzug verwüstete der König das feindliche Gebiet, er tat es aus Rache, weniger um zu rauben.

Die Veienter waren dadurch ebenso geschädigt wie durch die verlorene Schlacht entmutigt. Sie schickten Gesandte nach Rom und baten um Frieden. Für die Gewährung eines Waffenstillstandes auf hundert Jahre mußten sie einen Teil ihres Landes abtreten.

Dies waren die Taten des Romulus auf friedlichem und militärischem Gebiet. Tatsächlich wuchs die Macht während seiner Regierungszeit durch die errungenen Siege so weit, daß Rom die nächsten vierzig Jahre hindurch einen sicheren Frieden genießen durfte. Romulus war beim Volk beliebter als bei den Vätern. Besonders die Soldaten zeigten ihm ihre Anhänglichkeit. Nicht nur im Krieg, sondern auch in Zeiten des Friedens hielt er eine Leibwache von dreihundert Bewaffneten um sich, die er Celeres nannte.

Eben war Romulus dabei, sein Heer zu mustern, da brach ein Gewitter los und hüllte den König unter krachenden Donnerschlägen in eine so dichte Regenwolke, daß die Versammelten ihn plötzlich nicht mehr sehen konnten. Nach diesem Ereignis weilte Romulus nicht mehr auf Erden. Als der Himmel sich nach dem Gewitter wieder aufhellte und beruhigte und der Schrecken schwand, fanden die römischen Soldaten den Sitz ihres Königs leer. Zwar glaubten sie dem Wort der Väter, die dem Romulus am nächsten gestanden waren und nun sagten, diese Gewitterwolke hätte ihn in den Himmel entrückt, aber sie trauerten dennoch eine Zeitlang still um ihn, wie Waisen, die sich fürchten. Bald aber folgten sie dem Beispiel einiger, und schließlich verabschiedeten sich alle von Romulus mit den Anrufen: »Gott! Gottessohn! König und Vater!« Sie beteten innig um seinen Segen: Er möge sie, seine Kinder, gnädig in seinen Schutz nehmen!

Tage vergingen. Die Bürger waren aus Sehnsucht nach ihrem König mißmutig und böse, deshalb trat Julius Proculus vor sie hin und sagte: »Heute im Morgengrauen, Quiriten, kam Romulus plötzlich vom Himmel herab und stand vor mir. Schauder und Ehrfurcht ergriffen mich. Als ich um die Gnade bat, meine Augen zu ihm erheben zu dürfen, sprach er: ›Geh und sage den Römern, es sei göttlicher Wille, daß mein Rom die Beherrscherin des Erdkreises werde. Sie sollen sich darum der Kriegskunst weihen und in der Gewißheit leben — einst diese auch ihren Nachkommen weitergeben –, daß keine menschliche Macht den Waffen Roms widerstehen kann.‹ Nach diesen Worten entschwand Romulus wieder zum Himmel.«

Unter den Vätern war inzwischen der Streit um den Thron entbrannt. Zwar gab es noch keine Partei für diesen oder jenen Kandidaten, denn im Volk ragte keiner besonders über den andern hinaus; nur die Stämme stritten untereinander. Die Römer sabinischer Abkunft verlangten, daß der König aus ihren Reihen gewählt werde. Sie wollten der Gefahr entgehen, auch bei gleichen Befugnissen im Bund das Thronrecht zu verlieren. Nach dem Tod des Tatius gab es nämlich keinen König aus ihrer Mitte.

Trotz der verschiedenen Vorstellungen wünschten doch alle die Herrschaft eines Königs. Schließlich fürchteten die Väter, eine fremde Macht könnte diesen Staat ohne König und Führer angreifen. Ein Oberhaupt mußte gefunden werden, aber keiner brachte es über sich, vor dem anderen zurückzustehen.

Die hundert Väter einigten sich schließlich darauf, zehn Dekurien zu bilden. Jede Dekurie sollte einen Mann wählen, der den anderen vorstand. So regierten immer zehn; aber die Zeichen höchster Würde und die Beilträger hatte nur einer inne. Diese Regentschaft dauerte jeweils fünf Tage, und jeder kam an die Reihe.

Jetzt aber zeigten sich die Bürger unzufrieden und meinten, nun sei ihre Bedrückung eine vielfache. Statt eines Oberherrn hätten sie hundert erhalten. Keinen wollten sie länger über sich dulden, nur einen König, den sie selbst zu wählen wünschten.

Die Väter erkannten, daß sie freiwillig abtreten mußten, was sie schließlich doch verlieren würden. Sie beschlossen daher, dem Volk das Wahlrecht zuzubilligen, die letzte Entscheidung aber für sich zu behalten. Sie bestimmten daher, daß eine Königswahl durch das Volk erst dann rechtsgültig sei, wenn die Väter sie bestätigten. Ihr Sprecher sagte dem Volk: »Ich wünsche euch Glück und Heil zu eurem heutigen Beginnen, Quiriten! Wählt nun einen König! Die Väter wollen es so. Wenn ihr einen herausstellt, der würdig ist, Nachfolger Romulus zu sein, werden die Väter ihn bestätigen.«

Diese Worte wurden von den Bürgern Roms so beifällig aufgenommen, daß sie den Vätern an Großzügigkeit nicht nachstehen wollten. Sie begnügten sich mit dem Entschluß und der Erklärung: Der Senat solle von sich aus einen König für Rom bestimmen.

DIE KÖNIGE

Kriege und Ränke um die Macht

Ob Romulus, der erste König Roms, tatsächlich gelebt hat, ist zweifelhaft. Aber einige der sechs weiteren Könige dürften doch historisch sein. Jedenfalls prägte die Königsherrschaft des hochentwickelten Kulturvolks der Etrusker politisch, sakral und kulturell Roms Aufbau. Die ursprüngliche Lebenskraft Roms ist also etruskischer Herkunft.

NUMA POMPILIUS

Nach dem Tod des Romulus gab es keinen, der beim Volk so hoch im Ansehen stand wie Numa Pompilius. Jeder kannte ihn als rechtschaffenen und gottesfürchtigen Mann. Er wohnte in der sabinischen Stadt Cures und wußte im göttlichen und menschlichen Recht so gut Bescheid, daß ihn darin keiner übertraf. Das Volk beschloß einmütig, ihm die Königswürde anzutragen. Er wurde nach Rom berufen und befragte die Götter über sein Schicksal, so wie Romulus, als er die Stadt baute, es einst getan hatte und durch den Vogelflug in seiner Berufung bestätigt wurde. Ein Augur, dem zu Ehren man später dieses Amt zu einem dauernden und öffentlichen Priestertum erhob, führte Numa Pompilius in die Burg, dieser setzte sich auf einen Stein, nach Süden gewendet.

Der Seher nahm den Platz zu seiner Linken ein, hielt in der Rechten einen Krummstab ohne Knoten und verhüllte sein Haupt. Darauf ließ er seine Blicke über die Stadt und die Felder wandern, rief die Götter an und bezeichnete die Himmelsrichtungen von Ost bis West. Dann nannte er die rechte Seite Mittag, die linke Mitternacht. Als Grenze zwischen beiden steckte er sich gegenüber in Gedanken ein Ziel, so weit sein Blick reichte. Dann wechselte er den Stab von der rechten in die linke Hand, legte die rechte auf Numas Haupt und betete: »Jupiter, Vater! Wenn es dein Wille ist, daß dieser Numa Pompilius, dessen Haupt ich nun berühre, König von Rom wird, so sende uns ein deutliches Zeichen innerhalb der Grenzen, die ich abgesteckt habe.«

Dann beendete er die Auspizien. Als alle Zeichen erschienen waren, stieg Numa als König von der Augurenhöhe herab.

Er wollte sogleich die Stadt, die durch Waffengewalt errichtet worden war, durch Recht, Gesetz und Sitte noch einmal begründen. Aber er sah ein, daß die im Waffendienst vieler Kriege rauh gewordenen Männer sich nicht daran gewöhnen würden. Darum baute er ihnen an der Gasse Argiletum einen Janustempel als sichtbares Zeichen für Krieg und Frieden. Er war überzeugt, er müsse zunächst die Kriegslust seines Volkes dämpfen und es der Waffen entwöhnen. Der geöffnete Tempel solle bedeuten, der Staat sei kriegsbereit, der geschlossene, man lebe mit allen umliegenden Völkern in Frieden.

Numa sicherte sich nun die Freundschaft aller Nachbarvölker durch Bündnisse und Verträge. Als er den Tempel schloß, bestand für die Römer keinerlei Kriegsgefahr. Bisher hatten militärische Disziplin und Bedrängung von außen ihren kriegerischen Sinn in Schranken gehalten. Damit Zucht und Sitte auch in Friedenszeiten erhalten blieben, gab sich Numa große Mühe, das Volk Gottesfurcht zu lehren.

Er teilte das Jahr nach dem Lauf des Mondes in zwölf Monate. Aber die Mondbahn beträgt keinen vollen Monat mit dreißig Tagen. Also hatte das Mondjahr gegenüber dem vollen Jahr, dessen Ablauf sich nach der Sonnenbahn richtet, einen Rückstand von mehreren Tagen. Diesen Unterschied glich Numa Pompilius durch eingeschobene Schaltmonate aus.

Dann widmete sich Numa der Bestellung von Priestern, obwohl er viele Handlungen im Gottesdienst selbst verrichtete. Er wollte ganz sicher sein, daß die heiligen Pflichten, die dem König aufgetragen sind, gewissenhaft erfüllt würden. Vor allem bestimmte er einen eigenen Priester für Jupiter, der ständig anwesend sein mußte. Er verlieh ihm eine besondere Kleidung und einen königlichen Thronsessel. Ihm teilte er noch zwei weitere Priester zu, einen für Mars und einen für Quirinus. Für die Göttin Vesta bestellte er ausgewählte Jungfrauen. Dieses Priestertum war ursprünglich albanisch und der Familie des Gründers Romulus nicht unbekannt. Damit sie dem Tempel ohne Unterlaß ihre Aufmerksamkeit widmen konnten, setzte er ihnen ein staatliches Gehalt aus. Er unterstrich ihre Würde und Heiligkeit durch die Verpflichtung, für immer ledig zu bleiben. Außerdem wählte er zwölf Salier aus und stellte sie in den Dienst des Mars Gradivus. Diese sollten einen gestickten Rock tragen und darüber einen ehernen Brustschild. Ihre Aufgabe war es, die Ancilien — das waren Schilde, die vom Himmel stammten — unter bestimmten Liedern, im Takt und mit feierlichen Tänzen durch die Stadt zu tragen. Zum Schluß ernannte der König den Senator Numa Marcius, des Marcus Sohn, zum Oberpriester. Er übertrug ihm den gesamten Gottesdienst und gab ihm eine schriftliche Aufstellung und Anweisung, mit welchen Tieren, an welchen Tagen und in welchen Tempeln Opfer dargebracht werden sollten und woher die nötigen Geldmittel zu nehmen seien. Auch alles andere, was mit dem öffentlichen oder privaten Gottesdienst in Zusammenhang stand, unterstellte er dem Urteil des Oberpriesters. Das Volk sollte in ihm den Mann haben, bei dem man sich Rat holen konnte, und die Belange der Götter sollten nicht durch die Vernachlässigung der vaterländischen Bräuche oder durch Einführung fremder Sitten benachteiligt werden. Aber vom Oberpriester verlangte man nicht nur Auskunft über die Verehrung der Götter, sondern auch über die letzte Ehre, die man den Toten zu erweisen hatte, und die Entsühnung ihrer Seelen. Er bestimmte ferner, welche Wunder als gültig anerkannt und beachtet werden sollten, ob es sich um Blitze oder andere Zeichen handelte. Um all dies von den Göttern zu erfahren, weihte er dem Jupiter Elicius auf dem Aventinus einen Altar und befragte ihn mittels Vogelflug, welche Zeichen als Wunder anzusehen seien.

Die Menschen dachten nun weniger an Gewalt und Krieg, sondern befaßten sich eingehend mit diesen Dingen. So fand ihr Geist darin eine dauernde Beschäftigung, zugleich wuchs durch die dauernde Rücksichtnahme auf die Götter in ihnen das Gefühl, all ihr Tun und Handeln geschehe im Angesicht der Götter. Dieses Bewußtsein verlieh ihnen eine so tiefe Frömmigkeit, daß bald der Sinn für Eid und die Treue zur Führung der Bürgerschaft fast ebenso stark waren wie die Angst vor Gesetzen und Strafen. So bewirkte der innere Wandel ihres Königs, ihres großen Vorbildes, einen ebensolchen Wandel in der Denkweise der Römer. Auch in der Meinung der Nachbarvölker nahmen die Römer bald einen anderen Platz ein. Man sah in ihnen nicht mehr die Ruhestörer von einst, sondern betrachtete sie mit großer Ehrfurcht. Bald hielt man es für eine Sünde, sich an einem Volk zu vergreifen, das sich ganz dem Dienst der Götter geweiht hatte.

Inmitten eines Hains entsprang aus einer schattigen Höhle ein Quell. Numa begab sich oft allein dorthin, als ginge er zu einer Göttin. Deshalb weihte er diese Quelle den Camenen, die hier oft mit seiner Gemahlin Egeria zusammentrafen, wie er sagte. Auch der Treue widmete er einen eigenen Tempel und veranstaltete dort jedes Jahr eine Feier. Die eigens hiefür bestimmten Priester mußten auf einem bogenförmig gedeckten zweispännigen Wagen zu diesem Heiligtum fahren und beim Opfern die Hand bis zu den Fingern umwickelt lassen. Dies sollte das Zeichen dafür sein, daß man die Treue bewahren müsse und ihr Sitz in der Rechten geheiligt sei. Numa verfügte noch viele andere Opfer. Er weihte Plätze zu ihrem Vollzug, die die Oberpriester die Argeischen Orte nannten. Doch dies war sein größtes Werk: Während seiner ganzen Regierungszeit wußte er den Frieden zu wahren und sein Königreich zu beschirmen.

So verschafften zwei aufeinanderfolgende Könige auf verschiedene Art und Weise dem römischen Staat hohe Geltung: der eine durch Krieg, der andere durch Frieden. Romulus regierte siebenunddreißig, Numa dreiundvierzig Jahre lang.

Die Beherrschung zweier Künste, der des Krieges und der des Friedens, verliehen dem jungen Staat Kraft und Ausgewogenheit.

TULLUS HOSTILIUS

Nach Numas Tod wählte das Volk Tullus Hostilius zum König. Er war der Enkel jenes Hostilius, der sich in der Schlacht gegen die Sabiner besonders tapfer geschlagen hatte. Tullus war nicht nur das Gegenteil seines Vorgängers, sondern sogar noch kriegerischer als Romulus. Jugend und Kraft stärkten seinen Mut, aber auch der Ruhm seines Großvaters. Er meinte, der lange Frieden und die Zeit der Ruhe ließen den Staat schwach und kraftlos werden. Deshalb suchte er überall Gelegenheit zum Krieg.

Der Zufall kam ihm zu Hilfe. Ein paar römische Bauern plünderten auf albanischem Boden, und einige Albaner taten das gleiche auf römischem Grund. In Alba regierte damals Cluilius. Fast gleichzeitig schickten Römer und Albaner Gesandte aus, die Genugtuung für die Grenzverletzung fordern sollten. Tullus hatte seine Leute beauftragt, zuerst ihren Auftrag auszurichten. Er nahm mit ziemlicher Sicherheit an, der König von Alba werde eine Buße ablehnen; dann hatte wenigstens die geplante Kriegserklärung ihren guten Grund.

Die albanischen Gesandten indessen kamen ohne kriegerische Absicht. Bevor sie noch ihren Auftrag bestellen konnten, nahm Tullus sie freundlich und gastlich auf, und sie stimmten gerne zu, als der König sie zu einem Mahl lud.

Mittlerweile waren ihnen die römischen Gesandten zuvorgekommen und hatten vom albanischen König Genugtuung verlangt. Als dieser sich weigerte, der Aufforderung nachzukommen, wurde der dreißigste Tag für den Beginn der Feindseligkeiten festgesetzt. Mit diesem Bescheid kehrten die Gesandten zu Tullus zurück. Jetzt erst ließ Tullus die fremden Boten vor, um ihren Auftrag anzuhören. Die Boten wußten nun nicht, was inzwischen geschehen war. Sie entschuldigten sich sehr wortreich: Sie würden sehr bedauern, wenn sie etwas sagten, was dem Tullus mißfallen könnte; sie hätten nur ihre Befehle auszuführen. Nur um die Wiedergutmachung des Raubes zu beantragen, seien sie hier erschienen. Sollte dies nicht erfolgen, müßten sie auftragsgemäß den Krieg erklären.

Da entgegnete Tullus: »Sagt eurem König: Der König von Rom bittet die Götter, alles Elend des Krieges auf jenes Volk zu legen, das als erstes die Gesandten mit ihrer Bitte um Genugtuung abgewiesen hat.«

Die Gesandten brachten diese Meldung heim nach Alba. Nun wurden auf beiden Seiten alle Kräfte aufgeboten für einen Streit, der sehr einem Bürgerkrieg glich, denn er wurde fast zwischen Vätern und Söhnen ausgetragen. Beide Völker stammten ja aus Troja, Alba von Lavinium und das römische Königshaus von Alba ab.

Zuerst fielen die Albaner in römisches Gebiet ein. Eine Meile vor Rom schlugen sie ihr Lager auf und befestigten es mit einem Graben. Dieser hieß noch einige hundert Jahre später nach ihrem Feldherrn der Cluilische Graben. Später geriet dann dieser Name in Vergessenheit. Der Albanerkönig Cluilius starb in diesem Graben. Da wählten die Albaner an seiner Statt den Diktator Mettius Fufetius.

Der Tod des albanischen Königs machte den schon übermütigen Tullus noch waghalsiger. Der Wille der Götter, sagte er, habe sich zuerst am Oberhaupt der Albaner gezeigt. Ihr Unwille würde aber noch das ganze albanische Volk treffen. Tullus ging nun zum Angriff über. Er führte sein Heer nachts am albanischen Lager vorbei und fiel in ihr Gebiet ein.

Diese Ereignisse zwangen Mettius zum Handeln. Er rückte, so nahe er konnte, an den Feind heran, dann schickte er einen Gesandten vor und ließ Tullus ausrichten: Bevor es zur Schlacht komme, wolle er noch einmal mit ihm sprechen. Wenn Tullus einverstanden sei, habe er Vorschläge zu unterbreiten, die für die Römer ebenso wichtig seien wie für die Albaner.

Tullus lehnte zwar diesen Vorschlag nicht ab, obwohl er ihm unwichtig schien, ließ aber sein Heer zur Schlacht ausrücken. Auch die Albaner nahmen gegenüber Aufstellung. Als sich beide Seiten formiert hatten, traten die Heerführer vor, von einigen Adeligen begleitet.

Der Albaner begann als erster zu reden: »Die Ursache dieses Krieges ist eine Beleidigung und die Ablehnung der rechtmäßigen Forderung nach Rückgabe des geraubten Guts. Wenn ich nicht irre, so hat unser König Cluilius dies abgelehnt. Du, Tullus, wirst es mir bestätigen. Doch dies ist nur ein Vorwand. Um die Wahrheit zu sagen: Der eigentliche Grund, der zwei verwandte Nachbarvölker zu den Waffen greifen läßt, ist die Herrschsucht. Ich will hier nicht über Recht oder Unrecht entscheiden. Das hätte der überlegen sollen, der den Krieg begann. Mich haben die Albaner nur berufen, ihn auszutragen. Du, Tullus, solltest dir eines vor Augen halten: Bedenke, wie mächtig die Etrusker sind, die uns, besonders aber dich, feindlich umringen. Das weißt du besser als ich, weil du ihnen näher bist. Sie sind zu Lande mächtig, und sie sind die Herren des Meeres. Wisse eines: Wenn du jetzt das Zeichen zum Kampf gibst, dann werden sie an der Schlacht nur mit den Augen teilnehmen, um nachher über den abgekämpften Sieger und den Besiegten herzufallen. Noch haben uns die Götter nicht verlassen. Wenn wir schon mit dieser Art Freiheit unzufrieden sind und den Kampf zwischen Herrschaft und Dienst hier austragen wollen, so laß uns wenigstens einen Weg finden, wie ohne viel Verlust und Blutvergießen entschieden werden kann, welches von beiden Völkern das andere beherrschen soll.« Diesem Vorschlag stimmte Tullus zu, obwohl er gern den Krieg geführt hätte.

In jedem der beiden Heere standen Drillingsbrüder, die einander an Alter wie an Stärke glichen. Sie hießen Horatier und Curiatier. Die Könige schlugen diesen Drillingen vor, sie sollten für ihr Vaterland gegeneinander kämpfen. Wem der Sieg zufalle, dessen Volk solle in Zukunft die Oberherrschaft haben. Sie willigten sofort ein, und man setzte Ort und Zeit fest.

Vor dem Kampf wurde zwischen Römern und Albanern ein Vertrag geschlossen: Wer immer den Sieg erkämpfen würde, sollte das andere Volk gut und friedlich beherrschen.

Als der Vertrag geschlossen war, griffen die Drillinge zu den Waffen. Sie stellten sich zwischen beiden Heeren auf, und die Umstehenden feuerten sie durch Zurufe an. Beide Seiten hielten ihren Kämpfern vor Augen, daß die Götter ihres Vaterlandes, die Heimat und ihre Eltern, alle Mitbürger zu Hause und hier im Heer hoffnungsvoll auf ihre Waffen, auf ihre Hände schauten. Beide Heere hatten vor ihrem Lager Aufstellung genommen. Jetzt ging es um die Oberherrschaft ihres Staates, und sie hing von der Tapferkeit und dem Glück dieser wenigen Männer ab.

Nun kam das Zeichen. Wie eine Schlachtreihe, die Waffen gegeneinander erhoben, stürmten die jungen Kämpfer aufeinander los, als wäre der Kampfgeist eines mächtigen Heeres in sie gefahren. Keiner dachte an die Gefahr, die ihm drohte. Nur der Gedanke an Sieg oder Unterwerfung beherrschte sie. Das Schicksal ihres Vaterlandes stand ihnen vor Augen.

Als beim ersten Waffengang die Schwerter klirrend aufblitzten, erfaßte Grauen die Zuschauer. Jeder Atemzug, jeder Laut schien erstorben, solange der Sieg noch keiner Seite gehörte. Schon rangen die Gegner im Nahkampf: Man konnte nicht nur die Bewegungen ihrer Körper verfolgen, sah die gegenseitigen Hiebe und das Aufeinanderprallen ihrer Waffen; schon floß Blut aus ihren Wunden. Plötzlich stürzten zwei Römer unter den Hieben der drei ebenfalls verwundeten Albaner sterbend zu Boden.

Das albanische Heer brach bei ihrem Fall in einen Freudenschrei aus. Die römischen Legionen sahen alle Hoffnung auf den Sieg entschwinden. Entsetzen packte sie, als sie sahen, in welch tödlicher Gefahr ihr einziger Mann war, der nun von den drei Curiatiern umringt wurde. Zum Glück war er noch nicht verwundet. Gegen drei zugleich konnte er zwar nicht kämpfen, wohl aber war er jedem einzelnen von ihnen gewachsen. Er wollte den Kampf gegen sie nacheinander bestehen und floh, denn er erwartete, daß sie ihn so verfolgen würden, wie es ihre schmerzenden Wunden zuließen. Schon hatte er sich ein beträchtliches Stück vom Kampfplatz entfernt. Als er sich umblickte, sah er, daß sie ihm nacheinander folgten und der erste Albaner nicht mehr fern war. Gegen diesen ging er nun ungestüm los.

Das albanische Heer erkannte die Gefahr und schrie, die Curiatier sollten ihrem Bruder doch zu Hilfe eilen; aber der Horatier hatte schon gesiegt und den Feind getötet. Schon stürzte er sich in den zweiten Kampf. Durch die lauten Zurufe der Römer fühlte sich ihr Kämpfer gestärkt und emporgehoben. Es war wie bei einem Spiel, wenn eine Partei dem schon verlorengeglaubten Mann ihres Lagers neuen Beifall spendet. Der Krieger setzte nun alles daran, den Kampf siegreich zu beenden.

Der andere Curiatier war nicht mehr weit. Aber ehe er noch recht herankommen konnte, wurde der zweite Curiatier schon erschlagen. Jetzt stand nur noch Mann gegen Mann: An Zahl waren die Kämpfenden jetzt zwar gleich, aber ungleich an Mut und Kraft. Der eine stellte sich unverwundet nach zwei Siegen zum dritten Waffengang, der andere schleppte sich nur mühsam heran. Er war durch seine Wunde geschwächt und müde vom Laufen. Es blieb ihm nichts anderes übrig, er konnte sich nur noch seinem Besieger ergeben, denn er war bereits durch den Tod seiner Brüder, die vor ihm lagen, besiegt.

Voll Freude rief der Römer: »Zwei Curiatier habe ich dem Andenken meiner Brüder geweiht. Der dritte sei das Opfer, das diesen Krieg entscheide, damit die Römer über Alba herrschen.«

Und er stieß dem anderen, der kaum noch seine Waffen halten konnte, das Schwert in den Hals. Als er so vor ihm auf dem Boden lag, nahm er ihm seine Rüstung ab. Die Römer umringten mit Jubel und Glückwünschen ihren siegreichen Horatius und waren um so glücklicher, da ihre Sache schon so schlecht gestanden hatte.

Nun gingen die beiden Völker daran, ihre Toten zu bestatten. Sie taten es mit ungleichen Gefühlen: Eine Partei hatte ihren Herrschaftsbereich erweitert, die andere wußte, daß sie nun einer fremden Macht untertan war. Die Gräber lagen an derselben Stelle, wo die Kämpfer fielen: Die beiden Römer ruhten nebeneinander, die drei Albaner weiter voneinander entfernt, wie sie eben gekämpft hatten.

Ehe sich die Heere trennten, fragte Mettius bei König Tullus an, wie seine Befehle auf Grund des Vertrages lauteten. Tullus trug ihm auf, seine Mannschaft bewaffnet zu halten. Er würde sie brauchen, falls es zum Krieg mit den Veientern käme. Dann wurden die Heere nach Hause geführt.

Den Römern voraus schritt Horatius und zeigte voll Stolz seine dreifache Kriegsbeute. Vor dem kapenischen Tor trat ihm seine Schwester entgegen, die mit einem der drei Curiatier verlobt war. Als sie auf der Schulter ihres Bruders den Waffenrock ihres Bräutigams erblickte, den sie selbst genäht hatte, raufte sie ihr Haar und rief weinend den Namen ihres toten Verlobten. Die Klagen seiner Schwester machten den jungen Sieger, den überall lauter Jubel empfing, rasend. Er zückte sein Schwert, stieß es ihr ins Herz und sagte strafend: »Fahr hin mit deiner unrechten Liebe zu deinem Bräutigam! Du hast deine Brüder, die toten und den lebenden, und dein Vaterland vergessen. So soll es in Zukunft jeder ergehen, die als Römerin einen Feind betrauert.«

Die Senatoren und das Volk sahen diese grauenvolle Tat; aber des Horatius neuer Ruhm überstrahlte sein Unrecht. Trotzdem brachte man den Mörder vor den König. Dieser berief eine Volksversammlung ein. Er wollte diese schwere Entscheidung oder auch die mögliche Todesstrafe von sich abwälzen und sagte: »Ich beauftrage die Duumvirn, sie sollen den Horatius dem Gesetz gemäß wegen öffentlichen Mordes richten.«

Das Gesetz aber war unerbittlich: Die Duumvirn sollten Anklage auf öffentlichen Mord erheben. Zwar gab das Gesetz dem Täter Gelegenheit, sich zu verteidigen, doch wurde der Spruch der Duumvirn rechtskräftig, wurde dem Verurteilten das Haupt verhüllt. Mit einem Strick wurde er an den Unglückspfahl gebunden und innerhalb oder außerhalb der Ringmauern ausgepeitscht. Die Duumvirn wußten, daß sie Horatius dem Gesetz entsprechend auch dann nicht hätten freisprechen können, wäre er schuldlos gewesen. Sie verurteilten ihn also, und einer von ihnen sagte: »Publius Horatius, ich bezichtige dich des öffentlichen Mordes. Beilträger, geh hin und binde ihm die Hände.«

Dieser näherte sich ihm und legte ihm den Strick um. Da rief Horatius, von Tullus beauftragt, der das harte Gesetz etwas mildern wollte: »Ich lege Berufung ein.«

Nun konnte die Stimme des Volkes entscheiden. Rührung hatte die Menschen erfaßt, besonders als der Vater des Publius Horatius in aller Öffentlichkeit erklärte, seine Tochter sei zu Recht getötet worden. Wäre dies nicht der Fall gewesen, hätte er wohl selbst nach Vaterrecht gegen seinen Sohn gehandelt. Dann bat er, ihn doch nicht kinderlos zu machen, wo er eben noch das Glück so prächtiger Kinder genossen habe. Dabei umarmte der Greis seinen Sohn und zeigte auf die Rüstungen, die dieser den Curiatiern abgenommen hatte; sie waren an dem Platz aufgehängt, der noch heute der horatische Pfeiler heißt. Dann rief der Alte: »Quiriten! Wollt ihr den Mann unter dem Galgen gebunden und Schläge und Folter leiden sehen, den ihr eben noch im Siegesjubel empfingt? Sogar die Albaner würden sich von diesem entehrenden Schauspiel abwenden. Beilträger, binde doch diese Hände, die eben noch mit Waffen dem römischen Volk die Herrschaft erfochten haben! Und verhülle dem Befreier der Stadt das Haupt! Binde ihn an den Schandpfahl und peitsche ihn! Soll es innerhalb der Ringmauer sein, dann unter jener erbeuteten Waffenrüstung der Feinde! Oder außerhalb, dann schon an den curiatischen Gräbern! Ihr könnt den Jüngling an keine Stelle führen, wo ihn nicht ein Zeichen seiner Ehre gegen eine so schmähliche Todesstrafe in Schutz nehmen würde.«

Das Volk konnte den Beschwörungen des Vaters und dem Hinweis auf die Verdienste des jungen Mannes nicht widerstehen. Es sprach ihn frei, aber mehr aus Bewunderung für seine Tapferkeit als aus Rechtsgefühl. Damit aber ein so öffentlicher Mord wenigstens in irgendeiner Weise gesühnt wurde, verpflichtete man den Vater, die öffentliche Buße für seinen Sohn zu vollziehen.

Der Vater verrichtete also bestimmte Reinigungsopfer, er zog quer über die Straße einen Balken und ließ den Sohn mit verhülltem Haupt wie unter einem Galgen hindurchgehen. Für Horatia aber errichtete man an der Stelle, wo sie erstochen wurde, ein Grabmal aus Quadern.

DIE ZERSTÖRUNG ALBAS

Der Friede mit Alba dauerte aber nicht lang. Das Volk nahm es dem König übel, daß er das Schicksal des Staates von drei Soldaten entscheiden ließ.

Dadurch erhielt das Mißtrauen des Tullus neue Nahrung. Mit seinem wohlgemeinten Rat hatte er keinen Erfolg gehabt; also wollte er das Vertrauen der Mitbürger durch unredliche Mittel zurückgewinnen. Vorher hatte er im Krieg den Frieden angestrebt; nun suchte er im Frieden den Krieg. Aber er wußte, daß seine Leute mehr Mut als Kraft besaßen. Deshalb ermunterte er andere Völker zu dem öffentlich ausgerufenen Krieg. Für sein Volk ließ er den Weg zum Verrat offen und heuchelte Bundestreue. So wurden die Leute aus Fidenae, die wieder die Veienter mit hineinzogen, durch den versprochenen Abfall Albas bewogen, die Waffen zu einem Krieg gegen Rom zu erheben.

Daraufhin befahl Tullus den Mettius mit seinem Heer aus Alba zu sich und zog gegen die Feinde. Er setzte über den Anio und lagerte sich an der Stelle, wo dieser mit dem Tiber zusammenfließt.

Zwischen diesem Gebiet und der Stadt Fidenae hatte das Heer aus Vei den Tiber überschritten. Die Veienter standen auch während der Schlacht am Fluß und bildeten den rechten Flügel. Die Fidenaten stellten den linken Flügel und waren dem Gebirge näher. Tullus führte die Römer zuerst gegen die Veienter. Die Albaner erhielten den Platz gegenüber den Soldaten aus Fidenae angewiesen. Der albanische Heerführer war jedoch ähnlich wie Tullus unentschlossen und treulos. Er dachte nicht daran zu bleiben, wollte aber auch nicht überlaufen. Also setzte er sich allmählich zu den Bergen hin ab. Als er nun meinte, weit genug abseits der Kampflinie zu stehen, begann er, sein Heer zu formieren. Um Zeit zu gewinnen, stellte er zunächst einmal die Reiterei auf. Er konnte sich noch immer zu keinem Eingreifen entschließen und gedachte mit seinen Streitkräften sich auf die Seite zu schlagen, der das Kriegsglück winkte.

Als die Römer die Lücke entdeckten, die durch den Abzug der Bundesgenossen entstanden war, fanden sie zuerst keine Erklärung dafür. Ein Reiter brachte die Nachricht vom Rückzug der Albaner dem König. Tief bestürzt versprach Tullus, zwölf salische Priester einzusetzen und den Göttern des Schreckens und der Angst je ein Heiligtum zu errichten. Dem Reiter erteilte er einen so lauten Verweis, daß auch die Feinde es hören mußten: Dies sei kein Grund zur Beunruhigung, er selbst habe den Albanern den Befehl erteilt, zu wenden und den Leuten aus Fidenae in den ungedeckten Rücken zu fallen. Zugleich befahl er der Reiterei, die Lanzen aufzurichten. Sie gehorchte und verstellte dadurch einem großen Teil des römischen Fußvolkes den Blick auf die abziehenden Albaner.

Die jedoch bemerkt hatten, was hier gespielt wurde, kämpften noch mutiger als zuvor; die anderen aber glaubten, es verhielte sich wirklich so, wie sie es von ihrem König gehört hatten. Der Schrecken war jetzt auf der Seite der Feinde, denn sie hatten die Worte des Königs deutlich vernommen. Sehr viele Fidenaten verstanden auch Latein, weil sie an der Seite von Römern in der Kolonie Dienst taten. Nun ergriffen sie die Flucht aus Angst, sie könnten von ihrer Stadt abgeschnitten werden.

Tullus verfolgte sie und jagte sie lange. Erleichtert kehrte er zurück und wandte sich nun gegen die Veier. Diese waren nach dem Zusammenbruch ihres linken Flügels ins Wanken geraten. Sie hielten dem Ansturm des Tullus nicht stand, doch der Fluß in ihrem Rücken verwehrte ihnen die rettende Flucht in die Ebene. So warfen sie schmählich ihre Waffen von sich und stürzten kopfüber ins Wasser. Manche von ihnen blieben unentschlossen am Ufer stehen und fanden den Tod, ehe sie sich noch für Flucht oder Kampf entscheiden konnten.

Bis jetzt hatte das albanische Heer dem Kampf nur zugeschaut. Nun rückte es in die Ebene hinab. Mettius beglückwünschte den Tullus zum Sieg über die Feinde, und ebenso freundlich antwortete Tullus dem Mettius. Er sagte, die Albaner sollten unter göttlichem Schutz ihr Lager zusammen mit den Römern aufschlagen. Dann setzte er für den nächsten Tag ein Dankopfer an.

Bei Tagesanbruch wurden die üblichen Vorbereitungen für das Opfer getroffen. Dann ließ Tullus beide Heere zusammenrufen. Die Herolde begannen am äußersten Ende und forderten zuerst die Albaner auf. Diese waren neugierig, den römischen König reden zu hören, und stellten sich möglichst in seine Nähe. Das römische Fußvolk umringte sie. Es war laut Befehl bewaffnet, und die Hauptleute hatten den Auftrag, jede Weisung auf der Stelle auszuführen.

Nun begann Tullus seine Rede: »Römer! Wenn euch kein früherer Kriegszug je Anlaß gab, zuerst den unsterblichen Göttern zu danken und erst dann eurer eigenen Tapferkeit, so war es die gestrige Schlacht. Wir hatten ja nicht nur gegen Feinde zu kämpfen, sondern ebenso gegen Verrat und Treuebruch der Bundesgenossen: Und das ist viel schlimmer und gefährlicher. Wenn ich euch nicht in falschen Vorstellungen belassen soll, so hört mir jetzt zu! Die Albaner zogen ohne mein Wissen zum Gebirge. Ich hatte es ihnen nie befohlen. Doch aus Klugheit stellte ich mich, als hätte ich es angeordnet. Ihr durftet ja nicht wissen, daß ihr im Stich gelassen wurdet; ihr solltet nicht mutlos werden. Und die Angst, umklammert zu werden, mußte die Feinde mit panischem Schrecken und Furcht erfüllen. Aber mein Vorwurf trifft nicht die Albaner als Volk; sie folgten nur ihrem Führer. Auch ihr hättet so gehandelt, hätte ich euch auf einen Seitenweg gelenkt. Dieser Mettius dort ist der Führer des Zuges. Mettius ist auch der Mann, der zu diesem Krieg hetzte, und Mettius ist es auch, der den Bund zwischen Rom und Alba zerstören wollte. Wenn ich an ihm nicht ein abschreckendes

Zeichen für alle Sterblichen vollziehe, so wird sich in Zukunft ähnliches ereignen.«

Darauf umringten bewaffnete Hauptleute den Mettius. Der König sprach weiter: »Erfolg, Heil und Segen bringe mein Entschluß dem römischen Volk, mir und euch, Albanern! Ich will das ganze albanische Volk nach Rom führen, will seinen Bürgern unser Bürgerrecht verleihen, will seine Fürsten unserem Adel gleichstellen und eine gemeinsame Stadt und einen gemeinsamen Staat gründen. Wie einst der albanische Staat aus einem Volk entstand, so soll er sich jetzt wieder zu einem verbinden!«

Die albanische Abteilung stand waffenlos da, von Bewaffneten umringt. Während der König sprach, verhielt sie sich ruhig. Ihre Gefühle waren geteilt, am stärksten aber wohl von Furcht bestimmt. Tullus sprach weiter: »Mettius Fufetius! Könntest du es noch erlernen, Treue und Bündnisse zu halten, so würde ich dein Leben schonen und dich darin unterweisen lassen. Aber deine Denkungsart ist nicht zu ändern; so lehre also durch deinen Tod die Menschen, das heilig zu halten, was du entehrt hast. So wie dein Herz zwischen Fidenae und Rom geteilt war, so sollst du jetzt auch deinen Leib nach allen Seiten geben.«

Dann ließ Tullus zwei vierfach bespannte Wagen heranfahren und Mettius quer zwischen die Fahrzeuge binden. Die Pferde jagten dann in entgegengesetzter Richtung auseinander und nahmen den Zerrissenen mit sich fort, wie die Stücke seines Körpers in den Riemen hängenblieben. Alle wandten sich von diesem grausigen Schauspiel ab. Es war dies das erstemal, daß ein Römer die Todesstrafe auf eine Art vollstrecken ließ, die die Grundgesetze der Menschlichkeit mißachtete.

Unterdessen hatte man schon Reiter nach Alba geschickt, um das Volk nach Rom zu holen. Dann führte man Fußtruppen hin, um die Stadt zu zerstören. Als diese dort einrückten, gab es zwar nicht Lärm und Schrecken wie bei der Eroberung einer Stadt, wenn der Feind die Tore sprengt, die Mauern mit Rammböcken bricht oder die Burg erstürmt, wenn Kriegsgeschrei und Waffenlärm in allen Straßen dröhnt und die ganze Stadt mit Feuer und Mord erfüllt. Doch alle verharrten in entsetztem Schweigen und stillem Kummer, daß sie vor Angst nicht wußten, was sie zurücklassen oder was sie mitnehmen sollten. Ratlos fragten sie einander, blieben an den Türen stehen oder liefen in den

Häusern umher, um alles ein letztesmal anzusehen. Jetzt wiederholte die Reiterei den Räumungsbefehl schon schärfer. Aus entlegenen Stadtteilen hörte man bereits das Krachen einstürzender Häuser, und Staub stieg wie eine heranziehende Wolke aus verschiedenen Richtungen auf und bedeckte alles.

Da ergriff jeder, was er tragen konnte, ließ Haus- und Schutzgötter zurück und das Dach, unter dem er geboren war. Die Menschen liefen auf die Straße und fanden sich in einem endlosen Zug. Das gemeinsame Leid ließ sie noch lauter weinen und wehklagen. Verzweiflungsschreie wurden laut, besonders bei den Frauen, wenn sie an ihren altehrwürdigen Tempeln vorbeigingen, die nun von Soldaten besetzt waren; wie Besiegte mußten sie ihre Götter verlassen.

Nach dem Abzug der Albaner zerstörten die Römer alle öffentlichen und privaten Gebäude der Stadt. In dieser Schicksalsstunde legten sie das Werk von vierhundert Jahren — so lang hatte Alba gestanden — in Trümmer. Nur die Tempel der Götter blieben auf Befehl des Königs unversehrt.

Rom wurde durch Albas Zerstörung größer, und die Zahl seiner Bürger verdoppelte sich. Der Berg Caelius wurde in die Stadt einbezogen. Damit mehr Leute ermuntert würden, sich dort anzusiedeln, errichtete Tullus hier seine Residenz und wohnte darin. Er nahm die vornehmsten albanischen Familien in die Reihen der Patrizier auf, um auch diesen Teil des Staates zu festigen; es waren die Tullier, Servilier, Quinctier, Curiatier und Cloelier. Dadurch war dieser Stand zahlenmäßig stärker geworden, er erhielt nun ein geweihtes Gebäude als Rathaus. Um die Bedeutung eines jeden Standes beim neuen Volk zu unterstreichen, bestimmte er aus den Reihen der Albaner zehn Schwadronen Reiter. Damit vervollständigte er die Legionen und stellte sogar neue auf.

Im Bewußtsein dieser Stärke erklärte Tullus den Sabinern, die damals zahlenmäßig und an Kriegserfahrung nur den Etruskern nachstanden, den Krieg. Man hatte sich gegenseitig beleidigt und vergeblich Genugtuung verlangt. Tullus warf ihnen vor, auf dem stark besuchten Markt beim Tempel der Göttin Feronia römische Kaufleute verhaftet zu haben.

Die Sabiner sahen sich um Verstärkung von außen um, denn sie wußten, daß Tatius bereits einen Teil seines Heeres nach Rom gebracht und daß Rom durch die Eingliederung des albanischen Volkes an Macht gewonnen hatte. Etrurien lag in ihrer Nähe; die nächsten Etrusker waren die Veienter. Als sie diese zum Friedensbruch verleiten wollten, trug ihnen der Zorn gegen Rom, der noch aus den früheren Kriegen stammte, viele Kriegsfreiwillige ein. Auch der versprochene Sold reizte manche Fremde aus den niedrigsten Schichten. Aber vom Staat der Veienter erhielten die Sabiner keinen Beistand, sie hielten an dem mit Romulus geschlossenen Waffenstillstand unverbrüchlich fest.

Als nun Römer und Sabiner zum Krieg rüsteten — es schien nur noch offen, wer den Kampf beginnen würde —, brach Tullus in das Land der Sabiner ein. Beim Wald Malitiosa kam es zu einer schrecklichen Schlacht. Dabei bewies das römische Heer durch sein tüchtiges Fußvolk, am meisten aber durch seine verstärkte Reiterei seine Überlegenheit. Die Reiter drangen so schnell in die Reihen der Sabiner ein und richteten solche Verwirrung an, daß diese sich nicht mehr zu sammeln vermochten und ihnen nur unter großen Verlusten der Rückzug gelang.

Als Tullus nach dem Sieg über die Sabiner als König triumphierte und auch der römische Staat auf dem Gipfel seiner Macht stand, erhielten der König und die Senatoren die Nachricht, auf dem albanischen Berg habe es Steine geregnet. Das war kaum zu glauben. Also wurden zur Erforschung dieses Wunders Leute hingeschickt: Da fiel vor ihren Augen eine Menge Steine vom Himmel. Es sah aus, als triebe der Sturm dicke Hagelkörner zur Erde herab. Die Leute meinten auch, vom Hain des höchsten Gipfels eine donnernde Stimme zu hören, die rief: »Die Albaner sollen ihre Gottesdienste nach Art ihrer Väter feiern.«

Die Albaner hatten dies nämlich unterlassen, so als hätten sie mit ihrer Stadt auch ihre Götter aufgegeben. Entweder hatten sie sich dem römischen Gottesdienst zugewandt oder auf alle Götterverehrung verzichtet, wie Menschen es oft tun, wenn sie mit ihrem Schicksal hadern. Nun aber veranstalteten auch die Römer, durch dieses Zeichen erschreckt, eine öffentliche Feier von neun Tagen. Es blieb auch weiterhin Sitte, jedesmal eine neuntägige Feier zu halten, wenn dieses Wunderzeichen erschien.

Wenig später wütete eine ansteckende Krankheit und nahm den Bürgern jede Lust auf Krieg. Trotzdem duldete der kriegerische König keine Waffenruhe. Er meinte, den jungen Leuten bekomme der Krieg besser als das bequeme Leben daheim, bis ihn schließlich die Krankheit für lange Zeit ans Krankenbett fesselte. Sie lähmte mit dem Körper gleichzeitig seine Kriegslust so sehr, daß er jetzt seine Gedanken auf den Gottesdienst richtete, obwohl er das vorher für unköniglich angesehen hatte. Er verbrachte nun seine Zeit damit, jeden vermeintlichen Fingerzeig der Götter zu befolgen, und er ermahnte auch das Volk zu verschiedenen religiösen Übungen.

Schon beteten die Leute um die Gnade der Götter und um Erlösung als einziges Mittel gegen die Krankheit; denn man wünschte überall, die Verhältnisse unter König Numa würden wiederhergestellt. Es hieß, der König habe die Bücher Numas gelesen und herausgefunden, daß man jedes Jahr bestimmte Opfer heimlich dargebracht hatte, um dem Jupiter bestimmte Offenbarungen abzulocken. Der König schloß sich zum Vollzug dieser Opfer in seinem Palast ein. Aber Tullus bereitete die Feierlichkeiten nicht richtig vor oder wartete sie nicht vorschriftsmäßig ab. So erreichte er damit keinerlei himmlische Mitteilung, sondern zog vielmehr einen Blitz Jupiters auf sich herab, den die falsche Zeremonie gestört und geärgert hatte. Tullus verbrannte samt seinem Haus. Er hatte zweiunddreißig Jahre regiert, und sein Kriegsruhm war groß.

ANCUS MARTIUS

Nach dem Tod des Tullus fiel die Regierung wieder den Vätern zu, wie es von Anfang an üblich war; sie bestimmten einen Zwischenkönig. Auf dem von ihm gehaltenen Wahltag ernannte die Menge den Ancus Martius zum neuen König, und die Senatoren bestätigten ihn.

Ancus Martius war der Enkel des Königs Numa Pompilius, der Sohn seiner Tochter. Am Beginn seiner Regierung bemühte er sich besonders darum, den öffentlichen Gottesdienst wieder so zu gestalten, wie Numa ihn eingerichtet hatte. Dabei stand ihm stets das ehrenvolle Andenken seines Großvaters vor Augen. Er fand, daß die in vieler Hinsicht ruhmreiche Regierung des Tullus in einem Punkt versagt habe: Indem sie nämlich die Götterverehrung vernachlässigte oder nicht richtig ausführte. Deshalb ließ er alle Vorschriften aus Numas Büchern vom

Oberpriester abschreiben und sie auf einer weißen Tafel öffentlich aushängen. So erwarteten die Bürger, die sich nach Ruhe sehnten, und auch die Nachbarstaaten, der König werde sich den friedfertigen Regierungsstil seines Großvaters zu eigen machen.

Die Latiner, mit denen unter der Regierung des Tullus ein Bündnis geschlossen worden war, fühlten sich dadurch ermutigt. Sie fielen in römisches Gebiet ein und gaben obendrein den Römern eine kecke Antwort, als diese Genugtuung verlangten. Sie nahmen an, der römische König werde untätig zuschauen und seine Regierung nur auf Tempel und Altäre beschränken.

Ancus blieb Numas Vorbild treu, vergaß aber auch das Beispiel des Romulus nicht und folgte beiden. Zwar war er überzeugt, daß zur Zeit seines Großvaters der Friede für das junge Volk eine Lebensnotwendigkeit war. Zugleich aber sah er ein, daß er den Frieden nicht um den Preis der Beleidigung und Verhöhnung erhalten könne. Er wußte, daß man seine Nachgiebigkeit auf die Probe stellte; würde er die Schmähung hinnehmen, wäre ihm Verachtung gewiß. Die Umstände verlangten eine Entscheidung eher im Sinne des Tullus als des Numa. Wie jener die kultischen Bräuche des Friedens eingeführt hatte, gedachte Ancus nun, zum Gründer kriegerischer Feierlichkeiten zu werden. Er wollte Kriege nicht nur führen, sondern auch durch bestimmte feierliche Bräuche ankündigen.

Ancus übertrug den Vollzug des Gottesdienstes den zuständigen Priestern, dann rückte er mit einem neu angeworbenen Heer aus. Im Sturm nahm er Politorium, eine Stadt der Latiner. Er führte ihre gesamte Einwohnerschaft nach Rom, wie es sein Vorgänger getan hatte und damit seine Macht vergrößert hatte. Ancus wies der neuen Bevölkerung den Aventinus als Wohnsitz zu, der bald durch die Eroberung von Pellenae und Ficana Zuwachs erhielt. Rings um das Palatium, den zentralen Bezirk der Altrömer, hatten die Sabiner das Capitol und die Burg für sich in Anspruch genommen, die Albaner den Berg Caelius.

Hernach mußte der König die Stadt Politorium ein zweitesmal erobern, weil nun die Altlatiner die leere Stadt besetzt hatten. Diesmal ließ Ancus die Stadt zerstören, weil sie sonst immer wieder eine Zufluchtstätte für die Feinde Roms geworden wäre. Zuletzt entbrannte der latinische Krieg vor Medullia, und hier schwankte der Kampf lange zwischen Unentschieden und wechselnden Siegen. Die Stadt war einerseits durch starke Mauern geschützt und hatte eine tapfere Besatzung. Anderseits lag ein latinisches Heer im Feld, das den Römern manches Gefecht lieferte. Endlich glückte dem Ancus der Sieg.

Mit reicher Beute kehrte er nach Rom zurück und brachte auch diesmal viele tausend Latiner als neue Bürger mit. Um eine Verbindung zwischen dem Aventinus herzustellen, siedelte man sie um die Kapelle der Murcia herum an. Ancus bezog nun auch den Ianiculus in das Stadtgebiet ein. Dies geschah nicht aus Platzmangel, sondern um diesen Hügel nicht eines Tages von Feinden besetzt zu sehen. Er verband ihn nicht nur durch eine Mauer mit der Stadt, sondern auch durch eine Holzbrücke, um die Verbindung weiter zu festigen. Es war dies die erste Brücke über den Tiber. Auch der Quiritengraben, der die Stadt vor einem Angriff aus den Ebenen schützt, ist ein Werk des Königs Ancus.

Dieser bedeutende Zuwachs an Bürgern, die steigende Bevölkerungszahl brachten auch die Nichtbeachtung von Recht und Sitte, also Verbrechen mit sich. Um der wachsenden Sittenlosigkeit Herr zu werden, wurde mitten in der Stadt auf dem Marktplatz ein Gefängnis errichtet.

Doch nicht nur die Stadt erhielt unter dem König Zuwachs, auch das Land konnte seine Grenzen erweitern. Ancus nahm den Leuten aus Vei den mesischen Wald weg, dehnte seinen Herrschaftsbereich bis ans Meer aus und erbaute an der Mündung des Tiber die Stadt Ostia. Unweit davon gewann er Salz aus dem Meer. Weil er im Krieg so große Ehre erworben hatte, vergrößerte er auch den Tempel des Jupiter Feretrius.

TARQUINIUS PRISCUS

Während der Regierung des Ancus zog auch Lucumo nach Rom, ein lebhafter und sehr reicher Mann. Er wollte vor allem zu hohen Ehrenämtern gelangen, was ihm in Tarquinii nicht möglich war, denn er galt dort als Ausländer. Er war der Sohn des Korinthers Demaratus, der wegen innenpolitischer Unruhe seine Heimatstadt verlassen hatte. Zufällig gelangte er nach Tarquinii, blieb dort, heiratete und wurde Vater von zwei Söhnen: Lucumo und Aruns.

Lucumo überlebte seinen Vater und erbte dessen ganzes Vermögen. Aruns starb vor dem Vater und hinterließ eine Frau, die ein Kind erwartete. Aber der Vater überlebte diesen seinen Sohn nicht lange. Er wußte aber nichts von der Schwangerschaft seiner Schwiegertochter und bedachte diesen Enkel nicht in seinem Testament. Dieser nach dem Tod seines Vaters geborene Knabe hatte keinerlei Aussichten auf ein Erbteil, und so nannte man ihn wegen seiner Armseligkeit Egerius.

Lucumo als Erbe des gesamten Vermögens schmiedete schon hochtrabende Pläne. Dazu heiratete er noch Tanaquil, eine Tochter aus bestem Haus. Diese war darauf bedacht, daß der Rang, den sie erheiratet hatte, nicht unter dem ihrer eigenen Abstammung blieb. Sie konnte schließlich die Nichtachtung, mit der die Etrusker dem Lucumo als Sohn eines zugereisten Fremdlings begegneten, nicht mehr ertragen. Sie vergaß die angeborene Liebe zu ihrer Vaterstadt und beschloß, Tarquinii zu verlassen, um an anderem Ort ihren Mann in Amt und Würden zu sehen. Rom hielt sie am geeignetsten für ihre Pläne: Ein mutiger, brauchbarer Mann würde in einem jungen Volk schon seinen Platz finden, wo aller Adel noch neu und durch Verdienste erworben worden war. Tatius, ein Sabiner, war dort König gewesen, Numa von Cures für den Thron bestimmt. Sogar Ancus war der Sohn einer Sabinerin, und in seiner Ahnenreihe war Numa der einzige Adelige.

Es fiel Tanaquil nicht schwer, den ehrgeizigen Mann zu diesem Ortswechsel zu überreden. Tarquinii war ohnehin nur mütterlicherseits seine Vaterstadt. So wanderten die beiden mit all ihrer Habe nach Rom aus.

Lucumo saß mit seiner Frau auf einem Wagen und erreichte gerade den Janiculus. Da schwebte ein Adler mit ausgebreiteten Schwingen herab, ergriff Lucumos Hut, flog schreiend über dem Wagen hin und her und setzte ihm schließlich den Hut wieder kräftig auf den Kopf, als wäre er nur dazu vom Himmel gekommen. Dann erhob er sich in die Lüfte. Tanaquil wußte wie die meisten Etrusker himmlische Vorzeichen zu deuten. Voller Freude bezog sie diesen Vogelflug auf sie beide. Sie umarmte ihren Mann und meinte, er solle sich auf etwas Großes und Erhabenes gefaßt machen, denn dieser Vogel bedeute Hoffnung; er komme aus Himmelshöhen als Bote Gottes und habe die höchste Stelle seines Körpers bezeichnet, ihm die Zierde seines Hauptes geraubt, um sie ihm aus der Hand Gottes wiederzugeben.

Diese Hoffnungen und Gedanken erfüllten sie, als sie in die Stadt einfuhren. Sie richteten sich eine Wohnung ein, und er nannte sich Lucius Tarquinius Priscus. Die Römer wurden bald auf den neuen reichen Mitbürger aufmerksam. Er selbst unterstrich seinen Wohlstand durch Zuvorkommenheit und höfliche Einladungen. Durch Wohltaten machte er sich so viele Freunde wie möglich, bis man schließlich auch am Königshof von ihm sprach. Er diente dem König ehrlich und geschickt. Dadurch erwarb er sich Vertrauen und Freundschaft, so daß man ihn zu allen öffentlichen und geheimen Beratungen über Krieg oder über innere Angelegenheiten beizog. Schließlich wurde er im Testament des Königs zum Vormund des Prinzen bestellt.

Ancus hatte vierundzwanzig Jahre regiert. An kriegerischem Ruhm war er jedem Vorgänger ebenbürtig. Als er starb, waren seine Söhne fast junge Männer geworden. Um so energischer drängte Tarquinius darauf, die Volksversammlung, die den neuen König wählen sollte, so schnell wie möglich abzuhalten. Als der Zeitpunkt festgesetzt war, schickte er die Prinzen auf die Jagd. Man sagt, er sei der erste gewesen, der sich um den Thron bewarb. Er hielt eine Rede, die darauf abzielte, die Zuneigung des Volkes zu gewinnen. Dabei sagte er: »An meiner Bewerbung ist eigentlich nichts Neues. Ich bin ja nicht der erste Fremde, der in Rom regieren möchte, sondern der dritte, falls jemand vielleicht unwillig oder darüber bestürzt sein sollte. Tatius war nicht nur Ausländer, er war sogar früher euer Feind, bevor er zu eurem König gemacht wurde. Numa wurde auf den Thron gerufen, ohne die Stadt zu kennen. Ich selbst bin als freier Mann mit meiner Frau und meinem Hab und Gut nach Rom gezogen. Ich habe den größeren Teil der Jahre, die ein Mann im öffentlichen Leben tätig ist, in Rom verbracht als in meiner Heimatstadt. Römisches Recht und römische Sitte habe ich in Krieg und Frieden von meinem Lehrer gelernt, dessen ich mich nicht zu schämen brauche. In Gehorsam und Ehrfurcht vor dem König war ich allen ebenbürtig, in der Wohltätigkeit gegen andere sogar dem König.«

Was er sagte, war die Wahrheit, und das Volk wählte ihn einstimmig zum König. Niemand überraschte es, daß er das Streben, sich Freunde zu machen, auch als König beibehielt. Er gedachte den Thron zu festigen, zugleich galt seine Sorge auch dem allgemeinen Wohl, als er hundert Männer in die Reihe der Senatoren aufnahm. Diese wurden später die Geschlechter vom zweiten Rang genannt. Sie bildeten eine Gruppe, die treu zum König hielt; denn sie verdankten ihm den Sitz im Rathaus.

Mit den Latinern führte der König seinen ersten Krieg. Im Sturm entriß er ihnen die Stadt Apiolae. Von hier brachte er größere Beute mit heim, als man es von diesem Krieg erwartet hatte. Er veranstaltete Spiele, die an Pracht alles bisherige übertrafen. Erstmals ließ er eine Rennbahn abstecken, die Väter und Ritter erhielten Plätze, wo jeder seinen Prunksitz hatte. Diese nannte man fori. Die Plätze der Zuschauer lagen zwölf Fuß über der Erde auf zweizackigen Pfählen. Pferde und Kämpfer, größtenteils Etrusker, bestritten die Spiele. Später wurden sie jährlich begangen, und man nannte sie einmal Römische, einmal Große Spiele. Derselbe König vergab auch die Gegend des Marktes an Privatleute zur Verbauung; außerdem ließ er Hallen und Kaufstände errichten.

Eben war Tarquinius dabei, eine Steinmauer um die Stadt zu legen, da unterbrach ein Krieg mit den Sabinern das begonnene Werk. Dieser Krieg kam so unerwartet, daß die Feinde schon den Anio überschritten hatten, ehe noch ein römisches Heer ihnen entgegenziehen und sie aufhalten konnte. In Rom war man darüber sehr bestürzt. Die erste Schlacht endete unentschieden, und auf beiden Seiten gab es große Verluste. Da zogen sich die Feinde in ihr Lager zurück und ließen damit den Römern Zeit, sich besser für den Krieg zu rüsten.

Tarquinius meinte, um wirklich stark zu sein, fehle es dem römischen Heer besonders an Reiterei. Er beschloß daher, außer den Centurien der Ramnes, Tities und Luceres, die Romulus geschaffen hatte, noch weitere zusammenzustellen. Er wollte ihnen seinen Namen geben und sich so ein Denkmal schaffen. Romulus hatte jene Centurien nach Befragung des Vogelflugs aufgestellt. Denn der damals berühmte Vogelschauer Attus Navius bestand darauf, daß ohne die Zustimmung der Vögel nichts geändert oder Neues eingeführt werden dürfe.

Der König war zunächst darüber erbost, und er stellte ihn deshalb auf die Probe. Er sagte: »Frage doch einmal deine Vögel, ob das möglich ist, was ich jetzt denke.«

Der Vogelschauer stellte seine Befragung bei den Vögeln an und deutete schließlich eine gewisse Möglichkeit an.

Da sprach der König: »Ich will dir sagen, was ich vorhin dachte: Du sollst einen Schleifstein mit einem Schermesser durchschneiden. Hier sind beide Gegenstände, tue nun, was deine Vögel für möglich aussagen.« Daraufhin soll Attus Navius den Schleifstein unverzüglich durchschnitten haben.

Der Vogelflug und das Priesteramt der Vogelschauer erlangte nun eine solche Wertschätzung, daß von da an nichts mehr, weder im Krieg noch im Frieden, ohne Befragung der Vögel unternommen wurde. Alle wichtigen Entscheidungen mußten verschoben werden, wenn die Vögel ihre Einwilligung versagten.

Damals behielt Tarquinius die Zahl der Centurien unverändert bei, er machte sie nur doppelt so stark, so daß nun die Centurien aus 1800 Rittern bestanden. Die neue Mannschaft gliederte er in die alten Verbände ein, sie erhielten allerdings den Zusatz »die Späteren«.

So verstärkte der König diesen Teil seiner Truppen und wagte mit den Sabinern eine zweite Schlacht. Er bediente sich dabei einer List: Am Ufer des Anio lag viel gefälltes Holz. Er schickte Leute dorthin, ließ es anzünden und in den Fluß werfen. Der Wind ließ die Flammen aufflackern. Das Holz trieb, meist zu Flößen gebunden, auf die Brückenpfeiler zu und blieb daran hängen. So steckte es die Brücke in Brand.

Dies erschreckte die kämpfenden Sabiner und erschwerte den Geschlagenen das Entkommen. Viele Menschen, denen die Flucht gelungen war, fanden im Fluß den Tod. Ihre im Wasser treibenden Waffen, die man bei Rom aus dem Tiber fischte, zeigten den Sieg früher an, als er gemeldet werden konnte.

In dieser Schlacht hatte sich die Reiterei besonderen Ruhm erworben. Sie war auf beiden Flanken des Fußvolkes aufgestellt. Als dieses bereits zurückgeworfen wurde, stürmte sie so erfolgreich gegen das Fußvolk der Sabiner an, daß sie nicht nur der Verfolgung der weichenden Römer Einhalt gebot, sondern die völlig überraschten Sabiner in die Flucht schlug. Die Sabiner rannten dem Gebirge zu, aber nur wenige erreichten ihr Ziel.

Tarquinius gönnte ihnen keine Atempause. Er schickte die Gefangenen und die Beute nach Rom und verbrannte die eroberten Waffen der Feinde auf einem hoch aufgetürmten Haufen, wie er es dem Vulcanus gelobt hatte. Mit seinem Heer drang er inzwischen noch tiefer in sabinisches Gebiet ein. Die Lage der Sabiner war denkbar schlecht, sie konnten kaum noch auf Glück hoffen. Trotzdem rückten sie Tarquinius mit einem eilig erstellten Heer entgegen, weil sie keinen anderen Ausweg sahen. Sie wurden von Tarquinius erneut geschlagen und baten endlich, fast völlig aufgerieben, um Frieden. Als Buße mußten sie dem Sieger Collatia und das ganze umliegende Gebiet abtreten. Egerius, der Neffe des Königs, blieb mit einer Besatzung dort.

Nach dem Ende des sabinischen Krieges hielt Tarquinius einen triumphalen Einzug in Rom. Danach begann er den Krieg mit den Altlatinern; es kam jedoch lange Zeit zu keiner entscheidenden Schlacht. Erst als Tarquinius die Städte nacheinander angriff, gelang ihm der Sieg über die Latiner. Er eroberte die Orte Corniculum, das alte Ficulea, Cameria, Crustumerium, Ameriola, Medullia und Nomentum, die entweder den Altlatinern gehörten oder jenen, die sich an ihre Seite gestellt hatten. Nun wurde der Friede geschlossen.

Im Krieg hatte Tarquinius alle seine Kraft aufgeboten; aber noch eifriger war er bemüht, Werke des Friedens zu schaffen. Das bedeutete für das Volk, daß es in Friedenszeiten ebensowenig zur Ruhe kam wie in Zeiten des Krieges. Die Steinmauern, deren Bau durch den Sabinerkrieg unterbrochen worden war, mußten überall dort geschlossen werden, wo die Stadt noch keine Befestigung hatte. Die tiefer gelegenen Teile der Stadt, vor allem um den Markt herum und in den Senken zwischen den Hügeln, wurden durch Kanäle entwässert, die von oben beginnend bis hinunter zum Tiber angelegt werden mußten. Man konnte nämlich das Wasser aus diesen Gebieten nur mit Mühe ableiten. Außerdem ließ der König die Grundmauern zu einem Tempel des Jupiter errichten, den er im Sabinerkrieg verehrt hatte; er ließ ihn auf dem Gelände des Kapitols so mächtig und weiträumig anlegen, als ahnte er bereits die Bedeutung dieses Ortes für die Zukunft Roms.

SERVIUS TULLIUS

Zu dieser Zeit ereignete sich ein wundersames Vorzeichen: Vor den Augen aller stand plötzlich der Kopf eines schlafenden Knaben in Flammen. Er hieß Servius Tullius. Das Geschrei, das dieser seltsame Vorfall auslöste, rief auch das Königspaar herbei. Ein Diener brachte Wasser zum Löschen, aber die Königin wies ihn zurück, gebot Ruhe und befahl, den Knaben nicht zu stören, bis er selbst erwache. Bald schwand die Flamme, und der Knabe erwachte.

Da zog Tanaquil ihren Gemahl beiseite und sagte zu ihm: »Was hältst du von dem Knaben, der hier so einfach aufwächst? Ich sage dir, er wird uns einst ein Licht sein in dunklen Tagen und dem Königshaus ein Retter aus der Not. Wir wollen ihn von jetzt an voller Sorgfalt erziehen, damit durch ihn einst dem Staat und unserem Haus hohe Ehre zuteil werde.«

Sie behandelten den Knaben nun wie ihr eigenes Kind. Sie ließen ihn in den Wissenschaften unterrichten und schulten so seinen Geist für höhere Aufgaben. Der Erfolg ihrer Mühe bestätigte den Willen der Götter: Servius wurde ein junger Mann mit wahrhaft königlichen Eigenschaften. Als Tarquinius eines Tages nach einem Schwiegersohn Ausschau hielt, fand sich unter den jungen Römern keiner, der nur annähernd einen Vergleich mit ihm bestehen konnte. So gab ihm der König seine Tochter.

Seit der Thronbesteigung des Tarquinius waren jetzt ungefähr achtunddreißig Jahre vergangen. Servius Tullius wurde nicht nur vom König sehr geschätzt, er genoß auch die Achtung der Senatoren und des Volkes. Schon früher hatten sich die beiden Söhne des Ancus darüber empört, daß sie durch die List ihres Vormundes um den väterlichen Thron geprellt worden waren. Es ärgerte sie, daß Rom ein Fremder regierte, dem nicht nur die römische Abstammung fehlte, sondern der nicht einmal Italiker war. Ihr Zorn stieg gewaltig, als sie erkannten, daß die Herrschaft, die bisher Tarquinius ausgeübt hatte, nicht an sie zurückfallen, sondern einem Sklaven anvertraut werden sollte, denn Servius Tullius war der Sohn einer Sklavin. So würde nun, hundert Jahre nach Romulus, der, ein Göttersproß und selbst göttlich, diesen Thron bis zu seinem Tod innegehabt hatte, in seiner Stadt derselbe Thron von einem Sklaven bestiegen werden.

Diese Schande zu rächen, planten die Brüder Gewalt. Aber das erlittene Unrecht lenkte ihren Zorn mehr auf Tarquinius selbst als auf Servius Tullius. Der König konnte, wenn sie ihn verschonten, den Mord an Servius härter rächen als ein bürgerlicher Richter; ermordeten sie den Servius, stand es ihm frei, jeden anderen Gemeinen zum Schwiegersohn zu ernennen und damit zum Thronerben zu machen. Also wandte sich ihr Plan gegen die Person des Königs.

Sie betrauten zwei ihrer kühnsten Hirten mit der Ausführung des Mordplans. Mit ihrem gewöhnlichen Ackergerät sollten sie im Vorhof der Burg eine scheinbare Schlägerei lautstark vom Zaun brechen und so die königlichen Wachen alarmieren.

Als dies geschehen war, riefen beide Kämpfer laut nach dem König, daß es im Inneren der Burg hallte. Der König ließ sie daraufhin rufen, und sie traten vor ihn. Zuerst benahmen sich beide wie Feinde, einer versuchte den anderen niederzuschreien. Der Lictor mahnte sie zur Vernunft, hieß sie nacheinander reden, und endlich beruhigten sich die Streitenden. Verabredungsgemäß trug schließlich einer von ihnen den Fall vor.

Als der König aufmerksam sich diesem zuneigte, hieb ihm der andere mit wuchtigem Schlag die Axt in den Kopf. Er ließ das Mordwerkzeug in der Wunde stecken, und beide rannten zur Tür hinaus.

Die Umstehenden hoben den sterbenden Tarquinius auf; die Mörder wurden auf ihrer Flucht von den Lictoren ergriffen. In der ganzen Stadt erhob sich ein Klagegeschrei, und erschreckt eilte das Volk herbei und fragte, was denn geschehen sei.

Unterdessen ließ Tanaquil die Burgtore schließen und alle Zeugen hinausgehen. Schnell ließ sie alles herbeiholen, was die Wunde heilen könnte, als ob noch Hoffnung bestünde. Zugleich dachte sie aber auch daran, für den Fall vorzusorgen, daß diese Hoffnung täuschte. Sie ließ Servius kommen, zeigte ihm, wie ihr Gemahl verblutete, ergriff seine Hand und beschwor ihn, den Tod seines Schwiegervaters nicht ungerächt zu lassen und seine Schwiegermutter nicht dem Spott ihrer Feinde auszuliefern. Sie sagte: »Wenn du ein Mann bist, Servius, gehört der Thron dir und nicht denen, die diese abscheuliche Tat durch fremde Hand verübten. Sei mutig und folge den Göttern, die dich führten und einst dein Haupt mit heiligem Feuer umleuchteten als Zeichen künftigen Glanzes. Jetzt ruft dich diese himmlische Flamme, jetzt ist die Stunde gekommen, zu erwachen! Auch wir waren fremd und regierten doch. Wenn der Schrecken dich lähmt, so folge meinem Plan!«

Als der Zulauf und der Ruf der Menge anhielt, entschloß sich Tanaquil, von einem Fenster des Palastes aus zum Volk zu sprechen. Sie beruhigte die Menge mit der Versicherung: »Der plötzliche Schlag hat den König nur betäubt; er hat sein Bewußtsein schon wiedererlangt. Das Blut ist abgewaschen und die Wunde versorgt. Jetzt geht es ihm besser. Der König hofft, sich in den nächsten Tagen selbst euch zeigen zu können. Bis dahin läßt er sagen, ihr sollt euch den Befehlen des Servius Tullius unterordnen. Dieser wird Recht sprechen und die Verpflichtungen des Königs übernehmen.«

Servius zeigte sich an den folgenden Tagen in der Kleidung des Königs, umgeben von Gerichtsdienern setzte er sich auf den Königsstuhl und entschied manche Streitfrage. In anderen Fragen, sagte er, müsse er sich mit dem König beraten. Auf diese Weise verheimlichte er mehrere Tage den Tod des Tarquinius und festigte auf diese Weise seine Macht. Als dann schließlich doch der Tod des Königs bekanntgegeben und im Palast die Totenklage erhoben wurde, hatte sich Servius schon durch eine starke Wache Sicherheit verschafft. Er war somit der erste römische Herrscher, der nur mit Zustimmung der Väter regierte, ohne vom Volk ernannt zu sein.

Als die Mörder ergriffen waren und es allgemein hieß, der König lebe noch und Servius habe großen Einfluß, flüchteten die Söhne des Ancus nach Suessa Pometia und verließen ihr Vaterland.

Nun suchte Servius sich auch durch familiäre Bindungen abzusichern. Damit die Söhne des Tarquinius sich nicht eines Tages gegen ihn wandten wie die des Ancus gegen Tarquinius, verheiratete er seine Töchter an die Prinzen Lucius und Arnus Tarquinius. Aber es gelang ihm nicht, den Willen des Schicksals mit menschlichen Mitteln zu ändern und Neid und Herrschsucht aus seiner Familie für immer zu verbannen. Damals ging der Waffenstillstand mit den Veientern und Etruskern zu Ende. Um eine Bedrohung des Reiches abzuwenden, erklärte Servius ihnen den Krieg.

Nach dem Sieg über das starke feindliche Heer kehrte er im Triumph nach Rom zurück. Jetzt war er unumstritten König und konnte es auf die Entscheidung der Väter oder des Volkes ankommen lassen. Bald darauf nahm er ein großes Friedenswerk in Angriff. Wie Numa der Gesetzgeber für alle Bereiche geworden war, so sollte die Nachwelt dereinst in Servius den Begründer der ständischen Ordnung sehen, deren Gesetze die Rang- und Vermögensstufen abgrenzten. Er führte zunächst die Schätzung ein. Dies war eine nützliche Einrichtung in einem Staat, der zur Weltherrschaft berufen war. Demnach sollten die Beiträge zur Finanzierung der Kriege und der Friedenswerke nicht wie früher pro Kopf, sondern entsprechend dem Vermögen des einzelnen Bürgers geleistet werden. Darauf nahm er die durch Schätzung ermittelte Einteilung in Klassen und in Centurien vor; diese Ordnung bewährte sich im Krieg wie in Friedenszeiten.

Servius hatte den Staat durch diese Neueinführung geordnet und gefestigt. Nun verlegte er sich darauf, die Herrschaft Roms durch Klugheit zu erweitern und der Stadt neuen Glanz zu verleihen. Er wollte dies auch ohne Waffengewalt erreichen.

Damals war der Tempel der Diana in Ephesus weithin berühmt. Man sagte, die Staaten Asiens hätten ihn gemeinsam erbaut. Im Kreis der vornehmen Latiner, mit denen Servius gelegentlich in staatlichem und privatem Interesse Gastlichkeit und Freundschaft pflegte, lobte er diese einmütige Gottesverehrung. Schließlich erreichte er durch Bemerkungen dieser Art, daß die Völker Latiums zusammen mit dem römischen der Diana einen Tempel in Rom bauten. Darin lag die Anerkennung, daß Rom ihre Hauptstadt sei. Gerade dagegen hatten sie sich so lange gesträubt und viele Kriege geführt. Scheinbar hatten die Latiner nun diesen Widerstand nach so vielen verlorenen Kriegen aufgegeben. Gleichzeitig schien sich einem Latiner die günstige Gelegenheit zu bieten, als einzelner Mann seinem Volk die Oberherrschaft zurückzugewinnen.

Ein Sabiner hatte in seinen Herden eine besonders große und schöne Kuh aufgezogen. Ihre Hörner waren mehrere Menschenalter hindurch über dem Eingang zum Dianatempel gehangen, als Erinnerung an dieses Wundertier. Man hielt das für ein Wunderzeichen. Die Wahrsager versprachen jener Stadt, deren Bürger die Kuh der Diana opfern würden, die Herrschaft über die anderen.

Die Prophezeiung kam auch dem Vorsteher des Dianatempels zu Ohren. Sobald der Sabiner einen günstigen Opfertag fand, trieb er seine Kuh nach Rom zum Tempel der Diana und stellte sie vor den Altar. Der römische Tempelvorsteher, dem die vielgerühmte Größe des Opfertieres auffiel, erinnerte sich der Weissagung und sprach zu dem Sabiner: »Was willst du hier tun, Fremder? Als Unheiliger der Diana ein Opfer bringen? Willst du nicht vorher im fließenden Wasser baden? Der Tiber fließt unten in der Ebene.«

Der Fremde begab sich zum Tiber hinab. Heilige Furcht befiel ihn. Er wollte alles genau beachten, damit der Erfolg sich einstellte. Unterdessen opferte der Römer der Diana die Kuh. Der König und alle Bürger freuten sich darüber.

Nach vielen Jahren kam dem Servius zu Ohren, der junge Tarquinius behaupte von ihm, er herrsche ohne den Auftrag des Volkes. Also sicherte er sich zuerst die Gunst des Bürgerstandes, indem er Land, das er dem Feind abgerungen hatte, an einzelne Bürger verteilte. Dann fragte er voll Zuversicht das Volk, ob es seinem Willen entspräche, daß er König sei. Da wurde er so einmütig wie keiner vor ihm als König bestätigt.

Tarquinius ließ trotzdem die Hoffnung auf den Thron nicht sinken. Er hatte gemerkt, daß die Väter mit der Landverteilung an die Bürger nicht einverstanden waren. Dies schien ihm eine günstige Gelegenheit, den Servius bei den Vätern erneut zu verleumden und sich selbst im Senat Geltung zu verschaffen. Diesen Plan verfolgte er schon als junger Mann mit Ausdauer, und seine Gemahlin Tullia spornte seinen Eifer noch zusätzlich an.

Dieser Lucius Tarquinius hatte einen Bruder, den Arnus Tarquinius, der ein sanfter junger Mann war. Bekanntlich waren die beiden Töchter des Servius Tullius mit den Brüdern vermählt. Auch die Frauen erwiesen sich in ihrem Wesen völlig verschieden. Es hatte sich so gefügt, daß die beiden heftigen Gemüter nicht durch die Ehe zusammenkamen. Die temperamentvolle Tullia empfand es als Qual, daß ihr Gatte keinen Sinn für Unternehmungen und Wagnisse zeigte. Sie schaute bewundernd auf den anderen Tarquinius und sagte rühmend, er sei ein Mann und verrate seine königliche Herkunft. Für ihre Schwester fühlte sie nur Verachtung, da dieser jeder Unternehmungsgeist fehlte, obwohl sie einen wahren Mann zum Gatten hatte.

Die gleiche Veranlagung brachte die beiden bald einander näher, wie sich Schlechtes oft zum Schlechten findet. Aber den ersten Schritt, den König zu stürzen, machte Tullia. Sie schreckte vor den schlimmsten Verleumdungen nicht zurück: entzweite ihren Schwager mit ihrem eigenen Mann und ihre Schwester mit deren Mann. Sie redete ihnen ein, sie wären glücklicher, wenn sie unverheiratet geblieben wären, als so zu leben, wo einer an der Mutlosigkeit des andern zugrunde ginge. Hätten die Götter ihr den Mann gegeben, der zu ihr paßte, so würde sie bald die Krone, die jetzt ihr Vater innehabe, für ihr Haus erringen.

Bald hatte sie den jungen Mann für ihren abscheulichen Mordplan gewonnen. Lucius Tarquinius und die jüngere Tullia machten sich durch zwei aufeinanderfolgende Morde den Weg zu einer neuen Hochzeit frei.

Von diesem Tag an wurde des Servius Tullius Leben und Thron zunehmend unsicherer. Tullia plante eine Untat nach der anderen. Tag und Nacht setzte sie ihrem Mann zu, er möge doch nicht zulassen, daß der Mord an Bruder und Schwester vergeblich gewesen sei. Schließlich habe sie ihn doch nicht zum Mann genommen, um mit ihm schweigend das Los der Abhängigkeit zu teilen; was sie brauche, sei ein Mann, der sich des Thrones würdig erweise und stets eingedenk sei, ein Sohn des Tarquinius zu sein; einen, der den Thron lieber besitzen als auf ihn warten wolle. »Bist du der Mann, den ich zu heiraten glaubte, so erweise dich als Mann und König, bist du dazu nicht fähig, steht unsere Angelegenheit schlimmer als zuvor, denn du hast Blutschuld auf dich geladen. Warum handelst du nicht? Du mußt nicht wie dein Vater, von Korinth oder Tarquinii kommend, einen fremden Thron erringen. Die Götter selbst, deine eigenen und die deines Vaters, sein Bild, sein Königsschloß, der königliche Sitz in der Burg und der Name Tarquinius bestimmen dich für den Thron und rufen dich. Hast du nicht genug Mut zur Tat, warum läßt du die Untergebenen vergeblich hoffen? Warum trittst du als Königssohn auf? Dann geh besser nach Tarquinii oder Korinth. Sinke wieder zu deinem Ursprung hinab! Du ähnelst eben mehr deinem Bruder als deinem Vater.«

Mit solchen und ähnlichen Vorwürfen quälte sie den jungen Mann. Es war ihr unerträglich, daß Tanaquil, eine Ausländerin, es durch ihre Kraft und Klugheit geschafft hatte, den Thron zweimal nacheinander zu halten: einmal mit ihrem Mann, dann mit ihrem Sohn. Und sie, eines Königs Tochter, sollte auf die Thronfolge keinen Einfluß haben?

Die Erbitterung seiner Frau spornte Tarquinius an. Er schmeichelte besonders den Senatoren und den Geschlechtern vom zweiten Rang. Er erinnerte sie an die Verdienste seines Vaters und bat sie, dieser eingedenk zu sein. Durch Geschenke gewann er junge Leute für sich. Er schuf sich durch große Versprechungen Anhänger und auch durch Verleumdung des Königs Freunde.

Schließlich hielt er den Zeitpunkt für gekommen, seinen Plan auszuführen. Er nahm eine bewaffnete Schar mit sich und begab sich auf den Markt, setzte sich auf den Königsstuhl vor dem Rathaus und befahl von hier aus durch einen Herold die Väter zu König Tarquinius.

Die allgemeine Bestürzung war groß. Die Väter erschienen sofort; einige wußten schon vorher Bescheid, andere fürchteten für sich Nachteile, wenn sie ausblieben. Sie waren von diesem Staatsstreich überrumpelt und meinten schon, Servius sei verloren.

Nun begann Tarquinius, Schmähungen gegen ihn vorzubringen, von seiner Geburt angefangen: Ein Sklave sei er, von einer Sklavin geboren. Den Thron habe er nach einem tragischen Tod seines Vaters aus Weiberhand an sich genommen, ohne einen ordnungsgemäßen

Wahltag abzuwarten, ohne Stimmenwahl des Volkes und ohne Genehmigung der Väter. So sei er geboren, so zum König gewählt. »Darum hat er als Freund der niedrigsten Klasse, aus der er stammt, und aus Haß gegen den Adel, der ihm selbst fehlt, den Vornehmen ihre Ländereien geraubt und sie an die Ärmsten verteilt. Alle Lasten, die früher gemeinsam getragen wurden, hat er den obersten Schichten aufgeladen. Er führte die Schätzung ein, um den Wohlstand der Reichen dem Neid der Armen auszusetzen. Für sich wollte er dadurch eine Quelle erschließen, aus der er beliebig für die Bettler schöpfen konnte.«

Servius wurde durch die dringende Nachricht aufgestört und traf noch während dieser Rede vor dem Rathaus ein. Schon am Eingang rief er laut: »Was bedeutet das, Tarquinius? Wie kannst du es wagen, die Väter zu berufen, während ich noch am Leben bin? Was maßt du dir an, auf meinem Stuhl zu sitzen?«

Der andere erwiderte trotzig, als Thronerbe besetze er nur den Stuhl seines Vaters. Darauf habe er als Königssohn mehr Anrecht als ein Sklave. Ein solcher habe nun lange genug seiner Herren gespottet, ohne daß man seiner Frechheit Einhalt gebieten konnte.

Nun erhoben die Anhänger beider Parteien ein Geschrei, und das Volk strömte zum Rathaus. Es war vorauszusehen, daß, wer den Platz behauptete, auch die Krone erringen würde. Nun mußte Tarquinius notgedrungen den letzten Einsatz wagen. An Jugend und Stärke war er dem Servius weit überlegen. Er umfaßte ihn also, trug ihn hinaus aus dem Rathaus und stieß ihn die Treppen hinab. Dann kehrte er ins Rathaus zurück, um den Senat zusammenzuhalten.

Die Diener und Begleiter des Königs ergriffen die Flucht. Er selbst, schwer verletzt, wollte sich mit seinem königlichen Gefolge in das Innere des Palastes retten. Aber schon am Ende der kyprischen Gasse holten ihn die Leute des Tarquinius ein und erschlugen ihn.

Viele glaubten, Tullia habe ihren Mann zu diesem Mord angestiftet; er paßte ganz zu ihren übrigen Taten. Eines aber weiß man genau: Sie erschien in ihrem Prachtwagen auf dem Markt und rief ihren Mann aus dem Rathaus, ohne sich um die Versammlung der Männer zu kümmern. Als erste begrüßte sie ihn mit der Anrede »König«.

Er forderte sie nun auf, sich aus diesem Gedränge zu entfernen. Auf ihrem Heimweg kam sie an das Ende der kyprischen Gasse, wo früher der Dianatempel gestanden hatte. Sie ließ den Wagen nach rechts auf die urbische Höhe einbiegen, um auf den Esquilin zu fahren. Voller

Schrecken wollte der Kutscher hier nicht weiter. Er hielt an und zeigte seiner Herrin den Servius, der erschlagen am Weg lag.

Man erzählt, Tullia sei mit ihrem Wagen über die Leiche ihres Vaters gefahren, wahnsinnig und gejagt von den Rachegöttinnen wegen ihres Mordes an Mann und Schwester. An den blutigen Rädern und Kleidern voller Blutflecken trug sie ihren Anteil an Blut und Vatermord zu ihren und den Hausgöttern ihres Mannes heim. Sie mußte mit dem Zorn der Götter rechnen und auf einen ähnlichen Ausgang ihres so schrecklichen Regierungsantritts gefaßt sein.

Servius Tullius hat vierundvierzig Jahre regiert, er hatte so gut und weise geherrscht, daß auch einem guten Nachfolger die Nachahmung schwer geworden wäre. Daß seine Regierung die letzte gesetzmäßige und gerechte war, erhöhte seinen Ruhm. Obwohl er so sanft und gemäßigt geherrscht hatte, plante er sein Amt trotzdem niederzulegen, weil es eine Alleinherrschaft war. Aber die abscheuliche Tat der Seinen hinderte ihn an der Ausführung dieses Plans, sein Vaterland freizumachen.

TARQUINIUS SUPERBUS

Jetzt regierte Lucius Tarquinius, dem seine Taten den Beinamen »der Stolze« verliehen haben. Als Schwiegersohn versagte er seinem Schwiegervater ein Begräbnis mit der Bemerkung, auch Romulus sei unbestattet geblieben. Auch die ersten Senatoren, die er für Anhänger des Servius hielt, ließ er ermorden, er wußte genau, daß sich seine Methode der unrechtmäßigen Thronbesteigung eines Tages gegen ihn richten werde. Deshalb umgab er seine Person mit einer starken Wache. Seine Herrschaft stützte sich nur auf Gewalt; denn er war nicht vom Volk zum König ernannt und auch nicht vom Senat bestätigt worden. Seinen Thron mußte er durch Furcht sichern, weil er mit der Zuneigung der Untergebenen nicht rechnen konnte. Damit diese Furcht eine breite Wirkung hatte, behielt er sich die Untersuchung auf Leib und Leben vor, ohne irgend jemand hinzuzuziehen. So konnte er unter diesem Vorwand beliebig hinrichten lassen, verbannen, Güter einziehen, und dies nicht nur bei Verdächtigen oder Leuten, die ihm mißfielen, sondern auch bei solchen, bei denen seine Gier Beute erhoffte.

Auf diese Weise hatte er besonders die Zahl der Väter vermindert. Er beabsichtigte auch, niemand mehr in den Senat aufzunehmen. Dieser Stand sollte durch die zahlenmäßige Verminderung an Einfluß verlieren und so beschlußunfähig werden. Tarquinius hob als erster König die von seinen Vorgängern eingeführte Sitte auf, den Senat in allen Dingen zu befragen. Er regierte den Staat nach der Willkür seiner Familie. Krieg und Frieden, Verträge oder Bündnisse begann oder beendete er eigenmächtig, ohne die Genehmigung von Volk und Senat einzuholen. Besonders die Latiner machte er sich zu Freunden; denn er wollte sich gegen seine Untertanen durch fremden Beistand sichern.

Mit den Vornehmsten pflegte er nicht nur Gastfreundschaft, er knüpfte auch verwandtschaftliche Bande. So verheiratete er seine Tochter mit Octavius Mamilius in Tusculum. Dieser war der weitaus angesehenste Latiner und angeblich ein Nachkomme des Odysseus und der Göttin Circe. Durch diese Ehe wurden auch die vielen Angehörigen und Freunde des Octavius seine eigenen.

Tarquinius besaß bereits großen Einfluß auf die latinischen Fürsten. Nun setzte er einen Tag fest, an dem sie alle zum Hain der Göttin Ferentia kommen sollten: Er wollte mit ihnen gemeinsame Angelegenheiten besprechen. Bei Tagesanbruch fanden sie sich zahlreich ein. Tarquinius hielt sich zwar an den Tag, erschien aber erst gegen Sonnenuntergang.

Turnus Herdonius aus Aricia ärgerte sich über das Ausbleiben des Tarquinius: »Wen wundert es noch, daß man ihm in Rom den Namen Superbus gegeben hat? Gibt es etwas Stolzeres, als mit allem, was latinisch heißt, Spott zu treiben? Er hat die Fürsten des Volkes aus ihrer fernen Heimat herbeigerufen, er selbst aber, der die Versammlung angesetzt hat, ist jetzt nicht da. Er will damit nur sehen und erproben, wieweit er mit ihnen umspringen kann. Haben sie erst sein Joch angenommen, wird er sie ihre Abhängigkeit fühlen lassen. Seht ihr denn noch immer nicht, daß er es darauf anlegt, die Latiner zu beherrschen? Wenn ihr mich fragt, dann sollten wir jetzt alle nach Hause gehen und den Tag der Versammlung genausowenig beachten wie er.«

Dieser Herdonius war in seiner Vaterstadt als mutiger Mann bekannt. Er sprach auch jetzt aus, was er und viele Anwesende dachten, und war noch mitten in seiner Rede, als endlich Tarquinius erschien.

Da verstummte Herdonius, und alle wandten sich dem König zu, ihn zu empfangen. Die Nächststehenden machten ihn vorsichtig darauf aufmerksam, daß er sich wegen seiner Verspätung bei den Fürsten zu entschuldigen habe.

Tarquinius gebot Ruhe und sagte: »Ein Vater und Sohn haben mich als Schiedsrichter gerufen. Ich versuchte, sie auszusöhnen, und so habe ich mich verspätet. Der Tag ist nun fast zu Ende; laßt uns daher morgen über die bewußte Sache reden.«

Doch Turnus Herdonius nahm diese Ausrede nicht widerspruchslos hin. Er sagte zu Tarquinius: »Es gibt bekanntlich keine kürzere Unterredung als die zwischen Vater und Sohn; sie ist mit wenigen Worten beendet, und diese Worte lauten: Wehe dir, wenn du deinem Vater nicht gehorchst!«

Mit diesem bitteren Vorwurf gegen den römischen König verließ der Mann aus Aricia die Versammlung. Tarquinius war davon stärker betroffen, als er sich im Augenblick anmerken ließ. Sogleich beschloß er bei sich, den Mann zu vernichten. Er gedachte den Latinern den gleichen Schrecken einzuflößen, mit dem er in Rom den Mut der eigenen Untertanen gebrochen hatte. Vorläufig war es nicht möglich, den Mann aus Aricia hinrichten zu lassen; also mußte er den Unschuldigen durch ausgeklügelte Verleumdung zu Fall bringen. Durch einige Landsleute aus der Gegenpartei des Turnus ließ er einen seiner Sklaven bestechen. Dieser sollte es ermöglichen, daß man in der Herberge seines Herrn eine Menge Schwerter versteckte.

Als dies in einer Nacht geschehen war, ließ Tarquinius die vornehmsten Latiner zu sich bitten. Er tat, als sei er noch fassungslos über diese Entdeckung, und sagte ihnen auch, er selbst und sie alle verdankten seiner gestrigen, beinahe göttlich gelenkten Verspätung ihre Rettung. Er habe nämlich erfahren, Turnus wolle ihn und die Fürsten aller Stämme ermorden, um Latium allein zu regieren. Er habe ihn, den Tarquinius, schon gestern in der Versammlung angegriffen, aber die Besprechung sei verschoben worden, weil er, auf den es in erster Linie ankam, nicht da war. Darum war Turnus gegen ihn so ausfällig geworden, weil er, Tarquinius, durch seine Verzögerung den Plan vereitelt hatte. Wenn diese Mitteilungen stimmten, sei damit zu rechnen, daß Turnus Herdonius bei Tagesanbruch bewaffnet erscheinen werde, sobald die Versammlung begonnen habe, umgeben von dem Haufen seiner Verschwörer. Dem Bericht nach sei eine Menge Schwerter bei ihm versteckt – aber man könne sich ja sogleich davon überzeugen, ob dies alles Verleumdung sei oder nicht. Er forderte sie daher auf, sofort mit ihm zu Turnus zu gehen.

Sie folgten ihm, um in dieser Sache Gewißheit zu erlangen. Sollte man die Schwerter aber nicht finden, wäre alles als Lüge entlarvt. Sie kamen also hin, und die Wachen umstellten den aus dem Schlaf geschreckten Turnus. Die Sklaven, die sich aus Liebe zu ihrem Herrn wehrten, wurden festgenommen. Als man dann in allen Winkeln der Unterkunft verborgene Schwerter fand, schien alles klar. Turnus wurde gefesselt, und sofort hielt man eine allgemeine Versammlung der Latiner ab. Ohne ihm eine Möglichkeit zur Verteidigung zu geben, ließ man Turnus auf eine bisher ungekannte Weise hinrichten: Man ertränkte ihn in der Quelle des Ferentinischen Wassers.

Darauf rief Tarquinius die Latiner zusammen und lobte alle, die dem Turnus für seinen offenen Mordanschlag, der auf einen Staatsstreich abzielte, die verdiente Strafe erteilt hatten. Dazu hielt er folgende Rede: »Eigentlich sind die Latiner als Nachkommen von Alba alle in jenem Vertrag mit eingeschlossen, demzufolge der albanische Staat mit allen Kolonien seit der Regierung des Tullus unter römischer Herrschaft steht. Aber ich halte es für besser, diesen Vertrag dahingehend zu ändern, daß die Latiner lieber am Glück des römischen Volkes teilhaben sollen, als dauernd die Zerstörung ihrer Städte und die Verwüstung ihres Gebietes fürchten zu müssen, wie es vorher unter Ancus und dann unter meinem Vater der Fall war.«

Die Latiner nahmen den Vertrag ohne Einspruch an, obwohl damit die Oberherrschaft Roms besiegelt war. Sie sahen ja, wie die Einflußreichen ihres Volkes der Partei des Königs beitraten. Außerdem war der grausame Tod des Turnus jedem Lehre und Warnung, der sich ansonsten vielleicht gewehrt hätte. Also wurde der Vertrag erneuert, und die wehrfähigen Latiner erhielten zugleich den Befehl, sich im Hain der Ferentia an einem bestimmten Tag bewaffnet einzufinden. Daraufhin stellten sich die Männer aus allen Stämmen. Tarquinius wollte sie nämlich nicht unter ihren eigenen Führern belassen, sie auch nicht unter getrenntem Oberbefehl oder unter eigenen Fahnen wissen. Er bildete also gemischte Gruppen aus Latinern und Römern; und zwar verband er zwei zu einer und verteilte jede einzelne Schar auf zwei. So verdoppelte er die Kampfgruppen und setzte seine eigenen Hauptleute darüber als Anführer ein.

Tarquinius war wohl im Frieden ein ungerechter König, aber er war kein schlechter Feldherr. Gewiß hätte er auf diesem Gebiet seine Vorgänger erreicht, aber seine Überheblichkeit schmälerte auch diesen Ruhm. Er begann den Krieg gegen die Volsker, der noch zweihundert Jahre nach seinem Tod andauerte, und entriß ihnen die Stadt Suessa Pometia. Aus dem Verkauf der hier gemachten Beute erzielte er vierzig Talente. Er beabsichtigte, mit diesem Gold dem Jupiter einen Tempel zu errichten, wie er dem Vater der Götter und Menschen gebührte, der Stadt Rom und der Erhabenheit des Platzes zur Ehre gereichte.

Da wurde er in einen neuen Krieg verwickelt, der wider Erwarten länger dauerte. Schließlich sah er sich gezwungen, gegen die Stadt Gabii eine gar nicht römische Methode anzuwenden, nämlich Betrug und List. Er hatte den Ort vergeblich bestürmt und schon alle Hoffnung aufgegeben, ihn belagern zu können. Nun tat Tarquinius so, als sei der Streit beigelegt und als kümmerte er sich nur noch um die Grundsteinlegung des Tempels und ähnliche Angelegenheiten der Stadt Rom. Der jüngste seiner drei Söhne, Sextus, mußte als Überläufer nach Gabii gehen und sich dort über die unerträgliche Grausamkeit seines Vaters gegen ihn beklagen: »Jetzt wendet sich seine Härte auch gegen die eigene Familie. Sogar seine Kinder sind ihm im Weg. Er will die Burg genauso ausräumen wie das Rathaus, damit er keinen Erben, keinen Thronfolger hinterläßt. Ich bin knapp den Dolchen und Schwertern meines Vaters entkommen. Nirgends fühle ich mich mehr sicher, nur noch bei den Feinden des Lucius Tarquinius. Ich will euch nicht im unklaren lassen: Der Krieg droht euch noch immer, den er beendet zu haben scheint. Sobald die Gelegenheit günstig ist, wird er euch überfallen und euch überrumpeln. Wenn aber ein Bittender bei euch keine Aufnahme findet, so will ich weiter durch ganz Latium ziehen, zu den Volskern, Aequern und Hernikern, bis ich Menschen gefunden habe, die bereit sind, die Kinder endlich vor den grausamen, unmenschlichen Sitten ihrer Väter zu schützen. Vielleicht gibt es noch irgendwo Mut zum Krieg. Vielleicht erheben sich irgendwo Waffen gegen diesen grausamen König und sein hochmütiges Volk.«

Sextus tat, als wollte er sofort weiterziehen, wenn sie ihn nicht behielten. Also hießen ihn die Gabier willkommen. Sie meinten, es sei nicht weiter verwunderlich, wenn Tarquinius seine Kinder so behandelte, wie er es mit seinen Untertanen und Bundesgenossen längst getan habe. Wenn er alle umgebracht hätte, würde er zuletzt gegen sich selbst wüten. Sie freuten sich über des Sextus Ankunft und hofften, mit seiner Hilfe den Krieg bald von den Toren Gabiis weg vor die Mauern Roms zu tragen.

Von da an nahmen sie ihn mit in ihre Versammlungen. Hier stand er immer auf seiten der älteren Gabier, die die Lage besser kannten, und er drängte dauernd zum Krieg. Er erzählte den Gabiern, wie schrecklich die Untertanen die Strenge ihres Königs empfanden, wie dessen eigene Kinder sie nicht ertragen konnten. So brachte er die gabischen Fürsten nach und nach dazu, den Krieg wiederaufzunehmen. Er selbst ging mit den tüchtigsten jungen Männern auf Streifzüge und Beute aus. Durch seine berechnenden, verlogenen Worte und Taten erwarb er sich eine für die Gabier verhängnisvolle Vertrauensstellung und wurde schließlich zum Feldherrn gewählt.

Bald kam es zwischen Rom und Gabii zu kleinen Gefechten, bei denen meistens die Gabier im Vorteil waren, ohne zu ahnen, daß dies verabredet war. Alle Bürger von Gabii priesen das Geschick und die Kriegskunst ihres Feldherrn Sextus Tarquinius und waren überzeugt, die Götter hätten ihn gesandt. Bei den Soldaten machte er sich besonders beliebt, weil er alle Gefahren und Mühen mit ihnen teilte und die Beute großzügig verteilte.

Nun fühlte sich Sextus Tarquinius stark genug für das große Wagnis. Er schickte einen seiner Leute nach Rom zum Vater und ließ fragen, was er jetzt tun sollte. Die Götter hätten ihn ermächtigt, in Gabii alles allein zu entscheiden. Der Bote erhielt jedoch keine mündliche Antwort, weil man ihm vielleicht mißtraute. Der König ging wie in tiefem Nachdenken im Garten seines Palastes spazieren. Der Bote seines Sohnes begleitete ihn. Ohne ein Wort zu sagen, schlug Tarquinius beim Gehen mit seinem Stock immer die höchsten Mohnköpfe ab.

Der Bote gab es bald auf, immer nur zu fragen und auf Antwort zu warten. So kehrte er, wie er meinte, unverrichtetersache nach Gabii zurück. Er erzählte, was er gesehen hatte: Tarquinius habe aus Zorn oder Haß oder nach seiner bekannten Unfreundlichkeit kein Wort gesprochen, sondern nur die höchsten Mohnköpfe abgeschlagen.

Dem Sextus war die stumme Weisung seines Vaters kein Rätsel. Er stürzte die Häupter der Stadt durch Verleumdung beim Volk oder durch den Haß, der bereits gegen sie bestand. Viele wurden öffentlich hingerichtet, einige, bei denen der Anschein von Schuld nicht ausreichte, heimlich ermordet. Einige durften fliehen, andere wurden ausgewiesen. Die Güter der Ausgewiesenen und der Hingerichteten gelangten zur Verteilung. Die reichlichen Spenden, die Kriegsbeute und der daraus erwachsende Vorteil verdrängte beim Volk jeden Sinn für das allgemeine Unglück. Endlich fiel der verwaiste sabinische Staat, der keine Führer und Berater mehr hatte, kampflos in die Hände des römischen Königs.

Als Tarquinius Gabii in seiner Hand hatte, schloß er mit den Aequern Frieden und erneuerte den Vertrag mit den Etruskern. Dann kümmerte er sich um die Belange der Stadt, in erster Linie um den Jupitertempel auf dem Tarpeius. Er wollte ihn als Denkmal seines Namens und seiner Regierung verstanden wissen. Später sollte man sagen, zwei Tarquinier, beide Könige, hätten diesen Tempel gebaut: der Vater, der ihn gelobte, und der Sohn, der ihn vollendete. Auf diesem Platz sollte kein anderer Kult gefeiert werden, er sollte ganz dem Jupiter und seinem künftigen Tempel gehören. Dazu mußten einige Tempelbezirke und Heiligtümer entweiht werden, die König Tatius hier vor der Entscheidungsschlacht mit Romulus den Göttern gelobt und dann nach Befragung der Vögel geweiht hatte. Deshalb sollten auch jetzt die Vögel befragt werden.

Wie die Sage erzählt, gaben die Götter gleich zu Beginn dieses Unternehmens ein Zeichen, das sich auf das gewaltige Gebäude des römischen Reiches beziehen sollte. Die Vögel gestatteten die Entweihung aller übrigen Kultstätten, aber beim Heiligtum des Terminus verweigerten sie ihre Zustimmung. Man legte das Verhalten der Vögel so aus: Die Tatsache, daß man den Platz des Terminus nicht verändern durfte und er sich als einziger Gott nicht aus seinem Gebiet vertreiben ließ, bedeute den unerschütterlichen Bestand des Reiches.

Diesem Zeichen folgte ein zweites, das die weltweite Herrschaft Roms anzeigen sollte: Als man den Boden zur Grundsteinlegung des Tempels aufgrub, soll ein Menschenkopf mit unversehrtem Gesicht gefunden worden sein. Dieses Zeichen war leicht zu erklären: Das Gebäude sollte der Sitz künftiger Herrschaft und das Haupt der Welt werden. Auch die Wahrsager legten es so aus, die römischen und die anderen, die man aus Etrurien gerufen hatte, um die Sache zu klären.

Dies alles ermutigte den König, beim Bau des Tempels keine Kosten zu scheuen. Er ließ aus allen Gegenden Etruriens Handwerker kommen und setzte nicht nur öffentliche Gelder, sondern auch die Arbeitskraft der Bevölkerung ein. Die Arbeit war zwar schwer, und sie kam noch zu den Verpflichtungen des Kriegsdienstes hinzu, aber trotzdem empfanden es die Bürger nicht als Härte, beim Bau eines Göttertempels mitanzupacken. Später wurden sie allerdings auch zu anderen, nicht so ehrenvollen und schwereren Arbeiten an Bauwerken verpflichtet. Sie mußten beispielsweise die Zuschauerreihen rings um die Rennbahn anlegen; außerdem hatten sie den großen Kanal, der allen Unrat der Stadt aufnahm, unter der Erde zu graben.

EINE NEUE ZEIT BRICHT AN

Mit diesen Arbeiten waren die Bürger ausreichend beschäftigt. Das Volk sollte aber auch dann der Stadtgemeinde nicht zur Last fallen, wenn der König die Leute gerade nicht brauchte. Um zugleich auch seinen Herrschaftsbereich zu erweitern, schickte Tarquinius deshalb Kolonisten nach Signia und Circei, die später einmal – sowohl vom Land als auch vom Meer her – die Hauptstadt decken sollten. Damals geschah ein schreckliches Wunder: Eine Schlange schlüpfte aus einer hölzernen Säule. Da flohen die Anwesenden voll Angst in die Königsburg. Der König erschrak zwar nicht so sehr, doch erfaßte ihn große Sorge. Sonst hatte er stets bei Vorzeichen, die sich auf den Staat bezogen, nur etruskische Wahrsager um Rat gefragt. Dieses Zeichen aber galt seinem Haus; also wollte er zum berühmtesten Orakel der Welt schicken, nach Delphi. Er hielt es allerdings für unsicher, die Antwort der Götter einem Fremden anzuvertrauen. Deshalb sandte er zwei seiner Söhne dorthin. Durch unbekannte Länder und unerforschte Meere sollten sie nach Griechenland fahren.

Titus und Aruns machten sich auf. Sie erhielten Lucius Junius Brutus als Begleiter. Er war ein Neffe des Königs, Sohn seiner Schwester Tarquinia. Dieser junge Mann hatte erfahren, daß die Häupter des Staates und auch sein Bruder von seinem Onkel ermordet worden waren.

Er tat nun, als sei er schwachsinnig, ließ sich seinen Besitz vom König entreißen und duldete auch den Beinamen Brutus, das heißt »Der Dumme, Stumpfsinnige«. Einst sollte er zum Befreier des römischen Volkes werden, wenn er nur in dieser Verstellung die richtige Zeit abwartete. Die beiden Tarquinier nahmen ihn damals eher zur Unterhaltung und zum Zeitvertreib mit nach Delphi. Er soll aber dem Apoll einen goldenen Stab geschenkt haben, der in einem anderen aus Kornelholz eingeschlossen war. Dies war ein verborgenes Zeichen.

Als die jungen Männer in Delphi ankamen, erfüllten sie sogleich ihre Aufträge. Dann hatten sie plötzlich Lust, zu fragen, auf welchen von ihnen die Herrschaft übergehen werde. Da soll aus der Tiefe der Höhle die Antwort gekommen sein: »Der wird die Oberherrschaft in Rom erhalten, der als erster von euch die Mutter küßt.«

Die Tarquinier beschlossen, über die Sache zu schweigen. Dadurch sollte Sextus, der in Rom zurückgeblieben war, nichts davon erfahren und von der Regierung ausgeschlossen bleiben. Sie wollten es dem Schicksal überlassen, wer nach ihrer Rückkehr die Mutter zuerst küssen werde. Brutus aber legte den Spruch der Pythia ganz anders aus. Er tat, als stolpere er, und küßte die Erde, die gemeinsame Mutter aller Sterblichen.

Als sie nach Rom zurückkehrten, rüstete man schon zum Krieg gegen die Rutuler. Die Rutuler waren damals in dieser Gegend ein sehr reiches Volk. Ihnen gehörte die Stadt Ardea. Das war für den römischen König ein Grund zum Krieg. Er wollte sich diesmal selbst bereichern, denn die Prachtbauten hatten seine Mittel erschöpft. Aber er hoffte auch durch den Erlös der Beute den Unwillen seiner Bürger beschwichtigen zu können. Sie waren über seine Härte empört und zürnten ihm, weil es ihrer Würde widersprach, vom König so lange als Handwerker und zu Sklavenarbeiten mißbraucht zu werden.

Man versuchte, Ardea im Sturm zu nehmen. Doch das mißlang; deshalb bedrängte man den Feind durch Umklammerung und andere Druckmittel. Wie es in einem so langwierigen Krieg schon ist, konnte man zwischen diesem Lager und Rom ziemlich bequem hin und her gehen, die Höheren noch besser als die Gemeinen. Die jungen Prinzen vertrieben sich die Langeweile oft durch gegenseitige Einladungen und nächtliche Gelage.

Einmal feierten sie bei Sextus Tarquinius; dort nahm auch Collatinus von Collatia, der Sohn des Egerius, sein Abendessen ein. Sie unterhielten sich über die Frauen. Jeder lobte die seine, und der Streit wurde schärfer. Collatinus sagte, er brauche gar nicht erst darüber zu reden, in einigen Stunden könne man sich mit eigenen Augen überzeugen, wie seine Lucretia hoch über den anderen Frauen stehe. »Wenn wir stark genug sind, warum nehmen wir nicht unsere Pferde und stellen selbst fest, wie unsere Frauen sind? Es ist immer entscheidend, was sich bei der plötzlichen Ankunft des Mannes herausstellt.«

Alle waren vom Trinken erhitzt. Sie willigten ein, und auf ihren Pferden jagten sie nach Rom. Sie trafen gegen Abend ein und ritten gleich weiter nach Collatia. Dort verbrachte Lucretia ihre Zeit auf ganz andere Weise als die Schwiegertöchter des Königs, nicht bei üppigen Gastmählern mit ihren Freundinnen. Noch spät in der Nacht saß sie über ihrer Handarbeit im Wohnzimmer, und noch im Kerzenschein waren ihre Mägde fleißig.

So fanden sie die Männer. Lucretia erhielt den Preis. Liebenswürdig empfing sie ihren Mann und die Tarquinier. Ihr Mann bat als Sieger die Prinzen höflich zu Tisch. Da überkam den Sextus Tarquinius der Wunsch, Lucretia für sich zu gewinnen. Ihre Schönheit und Reinheit reizten seine Begierde. Zunächst aber kehrten sie von ihrem jugendlichen Nachtritt ins Lager zurück.

Schon nach wenigen Tagen kam Sextus Tarquinius ohne Wissen des Collatinus nach Collatia. Nur ein Sklave begleitete ihn. Er wurde freundlich empfangen, denn niemand ahnte, was er vorhatte. Nach dem Abendessen führte man ihn ins Gästezimmer.

Als alles sicher und in tiefem Schlaf zu liegen schien, ging er mit gezogenem Schwert liebestoll zu der schlafenden Lucretia. Er legte ihr die Hand auf die Brust, hielt sie nieder und sagte: »Sei still, Lucretia! Ich bin Sextus Tarquinius und habe das Schwert in der Hand. Du bist des Todes, wenn du einen Laut von dir gibst.«

Sie fuhr aus dem Schlaf hoch und fand nirgends Hilfe, nur den Tod hatte sie vor Augen.

Tarquinius bekannte ihr seine Liebe, bettelte und versuchte mit Bitten und Drohungen ihr Herz zu gewinnen. Aber sie blieb standhaft. Da stieß ihr Tarquinius in maßlosem Zorn einen Dolch in die Brust und ermordete sie so.

Als Lucretia tot aufgefunden wurde, sandte man einen Boten zu ihrem Vater und zu ihrem Mann. Sie eilten in Begleitung von Publius,

Valerius und Lucius Junius Brutus herbei. Die Männer überließen sich ihrer Trauer. Doch Brutus zog den blutigen Dolch aus Lucretias Wunde, hielt ihn in die Höhe und sagte: »Bei diesem Blut, das vor dem frevelhaften Tun des Königs heilig und rein war, schwöre ich und rufe die Götter als Zeugen: Ich werde den tyrannischen Lucius Tarquinius mit seinem gottlosen Weib und allen seinen Kindern mit Feuer und Schwert und aller nur möglichen Gewalt verfolgen. Ich werde nicht dulden, daß sie oder sonst jemand König über Rom sind!«

Dann reichte er den Dolch an Collatinus weiter, dann an Lucretius und Valerius. Diese wunderten sich darüber, als aus dem Brutus ein solch neuer Geist sprach. Sie wiederholten seinen Schwur. Ihr Schmerz entflammte sie zur Rachsucht, und sie schlossen sich dem Brutus an, der sie zum Sturz des Königshauses aufrief.

Sie trugen die tote Lucretia aus dem Haus und bahrten sie auf dem Markt auf. Die Menschen liefen empört herbei, und auch sie klagten über das Unrecht, das der König hatte geschehen lassen, und über die schreckliche Gewalttat. Der Schmerz des Vaters ergriff sie, doch ebenso die Worte des Brutus, der ihre unnützen Tränen und ihr Jammern tadelte. Sie sollten lieber wie Männer und aufrechte Römer die Waffen gegen die erheben, die eine solche Tat begangen hatten.

Freiwillig traten die mutigsten jungen Leute mit ihren Waffen hinzu, und die anderen wehrfähigen Männer folgten. An den Toren von Collatia ließen sie eine ausreichende Besatzung zurück und stellten Wachen auf. Niemand sollte die königliche Familie von dem Aufstand benachrichtigen können. Die anderen zogen unter der Führung des Brutus bewaffnet nach Rom.

Ihr Eintreffen erregte überall Bestürzung und Aufregung. Aber weil die Fürsten des Staates an der Spitze marschierten, vermutete man, es müsse etwas Wichtiges bedeuten. Nun fand die scheußliche Tat in Rom das gleiche Echo wie in Collatia. Die Leute liefen aus allen Gegenden zum Markt. Dort stand ein Herold, der das Volk zum Führer der Leibwache rief. Diesen Posten bekleidete damals Brutus.

Dieser sprach zum Volk, und aus seinen Worten redete ein ganz anderer Geist und eine andere Meinung, als er bisher vorgetäuscht hatte. Er sprach von der Gewalttat und dem frechen Unrecht des Sextus Tarquinius und von Lucretius, den der Tod seiner Tochter nicht so hart und schmerzlich treffen konnte wie die Ursache ihres Todes. Dann kam er auf die tyrannische Art des Königs zu sprechen, auf das Elend und die Fron des Volkes, das unter der Erde Gräben und Schleusen hatte ausheben müssen. Der König habe Roms Männer und Soldaten, die Sieger so vieler Schlachten, zu Handwerkern und Steinbrechern erniedrigt. Weiter erinnerte Brutus an die grausame Ermordung des Servius Tullus und an dessen Tochter, die gottlos mit ihrem Wagen über die Leiche des Vaters gefahren war. Dann rief er die Götter an, die den Elternmord rächten. Diese Worte bewogen das Volk, dem König seine Herrschaft abzusprechen und den Lucius Tarquinius mit Frau und Kindern aus dem Land zu verbannen. Dann stellte Brutus die wehrfähigen Freiwilligen in sein Heer ein, gab ihnen Waffen und zog mit ihnen zum Lager nach Ardea, um auch dort das Heer gegen den König aufzuhetzen. Den Oberbefehl in der Stadt übertrug er dem Lucretius; er war schon vorher vom König zum Statthalter von Rom ernannt worden.

Während dieser Unruhen floh Tullia aus dem Palast. Die Verwünschungen von Männern und Frauen, welche die Rachegöttinnen auf die Mörder ihrer Familie herabriefen, verfolgten sie.

Als die Nachricht von diesem Aufruhr im Lager eintraf, war der König sehr bestürzt. Sofort machte er sich auf den Weg nach Rom, um die Unruhen beizulegen. Sobald Brutus seinen Anmarsch bemerkte, wählte er einen Seitenweg, um ihm nicht zu begegnen. Fast zur gleichen Zeit erreichten beide ihre entgegengesetzten Ziele: Brutus das Lager in Ardea, Tarquinius die Stadt Rom. Tarquinius stand dort vor verschlossenen Toren und erfuhr von seiner Verbannung. Das Lager in Ardea empfing freudig den Befreier der Stadt. Auch von hier wurden die Söhne des Königs vertrieben. Zwei folgten ihrem Vater in die Verbannung nach Caere in Etrurien. Sextus Tarquinius ging nach Gabii, fast wie in sein Königreich. Hier fand er bald durch die Rache jener den Tod, deren Haß er sich selbst durch Mord und Raub zugezogen hatte.

Lucius Tarquinius der Stolze hatte fünfundzwanzig Jahre regiert. Seit der Erbauung Roms bis zu seiner Regierung hatte es zweihundertdreiundvierzig Jahre hindurch Könige gegeben. Jetzt wurden nach der schriftlichen Bestimmung des Servius Tullius vom Stadtoberhaupt Roms auf einer nach Centurien einberufenen Wahlversammlung zwei Consuln gewählt. Der eine war Lucius Junius Brutus, der andere Lucius Tarquinius Collatinus.

DIE CONSULN

Mut und Ehre
für die Freiheit

Dem Untergang der Königsherrschaft folgte das Wachsen der Republik. Das Volk hatte die Freiheit errungen. Nun galt es, die Freiheit zu bewahren — und die Einigkeit. Im Kämpfen und Siegen erstarkte Rom, einig traten die Römer den schier zahllosen kriegerischen Nachbarn gegenüber. Doch Macht zerbricht nur allzu leicht durch Intrige und Zwist.

LUCIUS JUNIUS BRUTUS

Nach der Wahl der ersten beiden Consuln war nun das römische Volk frei geworden. Die Erinnerung an die Härte des letzten Königs ließ sie diese Freiheit um so mehr genießen. Die früheren Herrscher regierten so, daß sie mit Recht als Erbauer jener Stadtteile angesehen werden können, durch die sie die Stadt erweiterten, um der wachsenden Einwohnerzahl Wohnmöglichkeiten zu schaffen.

Die Regierungszeit der Consuln war auf ein Jahr festgesetzt. Die ersten Consuln besaßen noch alle Befugnisse und Vorrechte der Könige. Man unterließ es nur, den beiden die Rutenbündel vorantragen zu lassen, damit dieser furchterregende Anblick nicht zweimal geboten wurde. Der zweite Consul überließ die Bündel zum ersten Mal dem Brutus. So mutig dieser die Freiheit begründet hatte, so sorgfältig wachte er nun auch über ihren Bestand. Vor allem ließ er das Volk, solange ihm die neue Freiheit noch schmeckte, einen Eid schwören, nie wieder einen König über Rom zu dulden.

Es sollte sich auch später nicht etwa durch Bitten oder Geschenke eines Königs umstimmen lassen. Dem Senat gedachte Brutus durch die höhere Mitgliederzahl mehr Einfluß zu verschaffen. Darum nahm er die Vornehmsten des Ritterstandes wieder in den Senat auf, dessen Zahl durch die vom König befohlenen Hinrichtungen abgesunken war. Er erreichte bald wieder die volle Zahl von dreihundert Senatoren. Man sprach seit dieser Zeit davon, daß Väter und Nachgewählte in den Senat berufen wurden. Nachgewählte wurden also jene Väter genannt, die damals in den neuen Senat aufgenommen wurden.

Als nächstes sorgte man für die Gestaltung des Kultes. Es gab Opferhandlungen, die immer vom König persönlich verrichtet worden waren. Um den König zu ersetzen, betraute man damit einen Priester, den man Opferpriester nannte. Dieses Priesteramt war dem Oberpriester unterstellt, damit nicht etwa eine mit diesem Amt verbundene Höherstellung der Freiheit abträglich sei. Freiheit ging den Consuln über alles. Man tat damals beinahe des Guten zuviel, um diese Freiheit nach allen Seiten hin abzusichern.

So kam es, daß man an dem anderen Consul, dem Lucius Tarquinius Collatinus, an dem durchaus nichts auszusetzen war, sogar seinen Namen störend empfand. Sie sagten, die Tarquinier seien allesamt zu sehr daran gewöhnt zu herrschen: von Priscus angefangen über Servius Tullius bis zu Tarquinius Superbus, der als rechtmäßiger Erbe mit Gewalt und Unrecht den Thron wieder an sich brachte. Nach der Vertreibung des Tarquinius Superbus saß nun wieder ein Tarquinius in der Regierung! Dieser Name erinnerte manche an böse Zeiten und ließ sie befürchten, er sei eine Gefahr für die Freiheit im Staat.

Diese Befürchtung wurde von gewissen Leuten in der ganzen Stadt ausgestreut, um auf diese Weise die Stimmung im Volk auszukundschaften. Als sie sahen, daß sie mit diesen Verdächtigungen bei den Bürgern ankamen, berief Brutus eine Versammlung ein. Dabei verlas er zuerst den Eid des Volkes, seinen Willen, in Rom keinen König und niemand sonst zu dulden, der die Freiheit gefährdete: »Darauf müssen wir in erster Linie achten. Nichts dürfen wir übersehen, was darauf hindeutet. Ich spreche nicht weiter, weil ich den Mann schonen will. Ich hätte auch geschwiegen, aber die Liebe zum Ganzen verbot es mir. Das römische Volk meint also, es habe die Freiheit noch nicht vollends errungen, denn der Stamm des Königs und sein Name ist nicht nur im Staat, sondern sogar in der Regierung vertreten. Dies ist ein Nachteil für die Freiheit und steht ihrer Verwirklichung im Weg. Nimm daher, Lucius Tarquinius, diese Furcht von uns! Wir wissen sehr wohl, daß du es warst, der die Könige vertrieben hat. Mache nun dein Verdienst vollständig und verlasse Rom aus freien Stücken, nimm auch den königlichen Namen mit dir! Deine Mitbürger werden dir dein Eigentum nicht nur lassen, sondern es großzügig vermehren, sollte es dir an etwas fehlen. Ich selbst will dafür sorgen. Geh als Freund! Nimm dem Staat die sicher unbegründete Furcht! Die Römer meinen eben, erst mit dem Abgang des letzten Tarquiniers sei das Königtum erloschen.«

Den zweiten Consul traf diese Aufforderung so unerwartet, daß es ihm anfangs vor Überraschung die Rede verschlug. Als er sprechen wollte, umringten ihn die Ersten des Staates und wiederholten diese

Bitte noch eindringlicher. Das beeindruckte ihn wenig. Dann aber redete Spurius Lucretius, der viel ehrwürdiger als die anderen und sein eigener Schwiegervater war, ebenfalls auf ihn ein. Da legte der Consul sein Amt nieder. Mußte er doch fürchten, man würde ihm auch sein Privatvermögen einziehen und ihn mit Schimpf verjagen. Also schaffte er seinen Besitz nach Lavinium und verließ die Stadt.

Brutus beantragte durch einen Senatsbeschluß beim Volk, über das ganze Geschlecht der Tarquinier die Landesverweisung auszusprechen. Er hielt einen Wahltag nach Centurien ab und ließ sich den Publius Valerius als zweiten Consul geben. Mit dessen Hilfe hatte er Tarquinius und dessen Familie vertrieben.

Niemand zweifelte daran, daß man jetzt von den Tarquiniern Krieg zu erwarten hatte. Allerdings brach er später aus, als man dachte. Aber beinahe wäre den Römern die Freiheit verlorengegangen, wo sie es nicht erwarteten, nämlich durch List und Verrat.

Unter den jungen Männern Roms gab es solche aus vornehmer Familie, die während der Regierung des Königs mehr Freiheit und ein ausschweifendes Leben genossen hatten. Sie waren so alt wie die jungen Tarquinier und mit ihnen befreundet. Sie hatten sich daran gewöhnt, nach königlichen Maßstäben zu leben. Jetzt aber besaßen alle Bürger die gleichen Rechte, und die jungen Leute vermißten ihr freies Leben von einst. Sie beklagten sich untereinander, daß die Freiheit anderer ihnen nur ein Sklavenleben eingebracht hätte: »Der König ist doch ein Mensch. Man kann auf ihn zählen; man kann sich bei ihm beliebt machen, sich ihm verpflichten. Er kann strafen und verzeihen und weiß den Unterschied zwischen Freund und Feind. Aber Gesetze sind unangreifbar und unbestechlich, für den Bedürftigen wohltuender und besser als für den Großen. Sie gewähren keine Nachsicht und Gnade, wenn man Unrecht getan hat. Ein Mensch irrt oft; es ist wahrlich zu viel verlangt, sein Dasein ganz von einem straflosen Lebenswandel abhängig zu machen.«

Die jungen Leute waren verärgert. Da kamen Gesandte der königlichen Familie, um die Herausgabe ihrer Güter zu verlangen. Sie erwähnten nichts von einer beabsichtigten Rückkehr der Tarquinier. Der Senat ließ sich das Ansuchen vortragen. Die Beratung darüber dauerte mehrere Tage: Lehnte man es ab, hatten sie einen Vorwand zum Krieg; gab man die Güter heraus, besaßen sie die Mittel, einen solchen zu führen. Unterdessen unternahmen die Gesandten verschiedene

Schritte. Offen versuchten sie nur die Rückgabe der Güter zu erreichen. Aber insgeheim machten sie doch Pläne, den Thron wiederzugewinnen. Um den Schein zu wahren, gingen sie zu den jungen Adeligen, um wegen der Güter zu verhandeln. In Wirklichkeit aber erforschten sie ihre Gesinnung. Wo sie für ihre Worte offene Ohren fanden, bestellten sie Grüße von den Tarquiniern und berieten, wie man wohl nachts heimlich die königliche Familie in die Stadt einschmuggeln könnte.

Die Gesandten vertrauten solche Gedanken zuerst den Brüdern Vitellius und Anquillius an. Eine Schwester der Vitellier war mit dem Consul Brutus verheiratet, und aus dieser Ehe stammten die schon erwachsenen Söhne Titus und Tiberius. Auch diese beiden wurden von ihrem Onkel in den Plan eingeweiht und außer ihnen noch mehrere junge Adelige.

Unterdessen kam man im Senat zu dem Schluß, die königlichen Güter doch zurückgeben zu wollen. Die Gesandten hatten nun erst recht einen Vorwand für ihr langes Bleiben in der Stadt: die Consuln hätten ihnen eine bestimmte Zeitspanne eingeräumt, um den Abtransport der Güter in die Wege zu leiten. Sie benutzten diese Frist aber nur zur Absprache mit den Verschwörern und baten diese sehr dringlich, ihnen ein Schreiben an die Tarquinier mitzugeben, damit diese nicht etwa glauben möchten, die Gesandten würden in einer so bedeutungsvollen Angelegenheit ihnen falsche Hoffnungen machen.

Aber eben dieser Brief, der ihnen zum Zeichen der Zuverlässigkeit mitgegeben wurde, brachte alles an den Tag. Am Vorabend ihrer Rückreise zu den Tarquiniern speisten die Gesandten bei der Familie der Vitellier. Die Verschwörer glaubten sich allein und ohne Zeugen, sie sprachen also frei und ausführlich über ihre Pläne. Ein Sklave jedoch, der schon früher bemerkt hatte, was gespielt wurde, belauschte ihre Reden. Er wartete ab, bis der Brief an die Gesandten ausgehändigt war; denn diesen mußte man haben, um die Sache beweisen zu können. Sobald der Sklave wußte, daß der Brief übergeben war, zeigte er alles den Consuln an. Mit nur wenigen Leuten machten sich diese auf, um die Gesandten und Verschwörer festzunehmen. Sie taten es in aller Stille und waren nur darauf bedacht, den Brief nicht zu verlieren. Die Verräter wurden sofort gefesselt. Was die Gesandten anging, so war man sich nicht sofort darüber klar, was man mit ihnen tun sollte: Sie hatten es zwar verdient, als Feinde behandelt zu werden, aber letzten Endes hielt man sich doch an die rechtliche Übereinkunft.

Nun kam die Angelegenheit der königlichen Güter, deren Rückgabe man vorher genehmigt hatte, noch einmal vor den Senat. Voller Zorn untersagten sie jetzt die Auslieferung, gestatteten aber auch nicht, sie für den Staatsschatz zu beschlagnahmen. Man überließ sie daher dem Volk zum Plündern. Dieser Raub an der Familie des Königs sollte das Volk lange belasten und ihm für immer die Hoffnung verstellen, sich einst mit den Tarquiniern zu versöhnen.

Das Landstück der Tarquinier, zwischen der Stadt und dem Tiber gelegen, hieß später Marsfeld, weil es dem Mars geweiht wurde. Dort soll damals erntereifes Getreide gestanden haben. Man hatte ein schlechtes Gewissen, den Ertrag dieses Feldes zu verwenden. Deshalb schickte man viele Leute dorthin, sie sollten das Getreide mit dem Halm schneiden und in Körben in den Tiber schütten. Der Fluß führte, wie immer im heißen Sommer, wenig Wasser. So lagerte sich vieles, was der Fluß mit sich bringt, hier ab; so entstand im Lauf der Zeit eine Insel. Später befestigte man sie noch mit Steinen und gab ihr genügend Höhe und Festigkeit, um sogar Tempel und Säulenhallen zu tragen.

Nach der Plünderung der königlichen Güter kam es zur Aburteilung und Hinrichtung der Verräter. Diese war insofern ungewöhnlich und dramatisch, weil das Amt des Consuls einen Vater zwang, die Strafe an seinen Kindern vollziehen zu lassen. Das Schicksal verlangte ausgerechnet von dem Mann, den man von diesem grausamen Schauspiel hätte fortführen müssen, die Enthauptung zu befehlen. Die jungen Männer aus vornehmster Familie standen an Pfählen gebunden da. Ihre Gefährten waren weniger bekannt. So waren aller Augen auf die Söhne des Consuls gerichtet. Die Menge beklagte nicht einmal so sehr ihre Hinrichtung als das Verbrechen, durch das sie diese Strafe verdient hatten. »Sie haben sich gerade in dem Jahr, wo unser Land frei wurde, dazu hergegeben, dieses ihr Vaterland, ihren Vater, seinen Befreier, das Consulat, das in ihrer Familie seinen Anfang nahm, Väter und Volk und alles in Rom, was göttlich und menschlich ist, an den tyrannischen König zu verraten, der in seiner Verbannung solche Pläne schmiedete.«

Die Consuln gingen zu ihren Richtstühlen und schickten die Schergen aus, die Todesstrafe zu vollstrecken. Die Diener entkleideten die Verurteilten, peitschten sie mit Ruten und schlugen ihnen mit dem Beil den Kopf ab.

Alle Anwesenden schauten die ganze Zeit hindurch auf den Vater, beobachteten sein Gesicht und seine Blicke, die bei aller richterlichen Autorität dennoch verrieten, was er als Vater empfand.

Nach vollzogener Bestrafung der Verbrecher gab man dem Sklaven, der die Verschwörung angezeigt hatte, Geld aus dem Staatsschatz und schenkte ihm die Freiheit und das Bürgerrecht.

Tarquinius war von diesem Ausgang der Sache tief enttäuscht. Er empfand nicht nur Schmerz über den mißlungenen Plan, sondern war auch voll Haß und Zorn. Seine List war fehlgeschlagen. So hielt er den offenen Krieg für den einzigen Ausweg. Als Flüchtling reiste er bittend durch die Städte Etruriens. Besonders die Veienter und Tarquinier bestürmte er, sie sollten ihren Landsmann und Blutsverwandten doch nicht samt seinen Söhnen umkommen lassen. Er habe noch gestern ein so großes Reich regiert und leide nun in der Verbannung Not. Er sei von seinen allernächsten Verwandten durch eine schmähliche Verschwörung vertrieben worden, obwohl er den Thron schon besessen und Roms Vorherrschaft durch einen Feldzug vergrößert hatte. Weil keiner würdig gewesen sei, den Thron zu besteigen, hätten sie die Regierung untereinander geteilt. Dem Volk habe man nun seine Güter freigegeben, damit alle an dem Unrecht teilhätten. Nun sei er entschlossen, sein Reich und sein Vaterland von neuem zu erobern und die undankbaren Bürger zu bestrafen. Er bat sie, sie sollten ihm dabei helfen und mit ihm in den Krieg ziehen, um sich zugleich für erlittene Kränkungen, für häufige Niederlagen ihres Heeres und für den Verlust an Land zu rächen.

Diese Worte beeindruckten die Veienter. Sie beschlossen nun, das Unrecht zu vergelten und alles im Krieg Verlorene wieder zurückzuholen. Da nun ein Römer ihr Führer sein würde, waren sie zuversichtlich. Die Tarquinier stimmten allein wegen ihres Namens und der Verwandtschaft zu. Sie hätten es nur zu gerne gesehen, daß einer ihrer Landsleute König von Rom geworden wäre. So schlossen sich zwei Heere aus zwei Städten dem Tarquinius an, um ihm seinen Thron zurückzuerobern und die Römer mit Waffengewalt zu bestrafen.

Als sie in römisches Gebiet einmarschierten, zogen ihnen die Consuln entgegen. Valerius führte das Fußvolk an, Brutus ritt mit der Reiterei voraus, um den Feind zu beobachten.

Auch auf der Gegenseite bildete die Reiterei die Spitze, angeführt von Arnus Tarquinius, dem Sohn des Königs. Der König selbst folgte mit dem Fußvolk. Arnus erkannte schon von weitem an den Beilträgern, daß er den Consul vor sich hatte. Bald konnte er sich aus nächster Nähe überzeugen, daß es tatsächlich Brutus war, dem er gegenüberstand. Er rief laut und zornig: »Da ist er nun, der uns verbannte und aus der Heimat verjagte. Schaut hin! Mit unseren Ehrenzeichen angetan, reitet er voran. Ihr Götter, eilt mir zu Hilfe!«

Er gab seinem Pferd die Sporen und sprengte dem Consul entgegen. Brutus verstand sogleich, daß dieser Angriff ihm galt. Damals bedeutete es für einen Feldherrn große Ehre, persönlich am Kampf teilzunehmen. Also stellte er sich bereitwillig seinem Gegner.

Sie stießen wütend aufeinander, und keiner von beiden achtete auf die Sicherheit seiner Person. Jeder wollte nur im Gegner den Feind vernichten. Und so fielen zuletzt beide sterbend von ihren Pferden, den Schild durchbohrt vom Stoß des Feindes und jeder von der Lanze des anderen gespießt.

Zugleich entbrannte die Schlacht. Die Reiterei machte den Anfang, bald folgte auch das Fußvolk. Der Sieg fiel einmal diesem, einmal jenem zu, und man beendete den Kampf unentschieden. Beide rechten Flügel siegten, beide linken wurden geschlagen. Die Veienter, deren Schicksal es war, von römischen Soldaten geschlagen zu werden, wurden zurückgeworfen und in die Flucht gejagt. Die Tarquinier als neuer Feind hielten nicht nur stand, sondern schlugen auf ihrem Flügel sogar die Römer.

Tarquinius und die Etrusker waren über den Ausgang der Schlacht bestürzt. Beide Heere, das aus Tarquinii und das aus Vei, gaben ihren Versuch auf und machten sich nachts auf den Heimweg. Man spricht auch von einem Wunder, das sich damals ereignet haben soll: In der Stille der nächsten Nacht tönte eine laute Stimme aus dem Wald Arsia. Man hielt sie für die Stimme des Silvanus. Sie sagte: Ein Etrusker mehr sei in der Schlacht gefallen; also hätten die Römer gesiegt. Die Römer zogen also als Sieger ab, die Etrusker als Besiegte. Als bei Tagesanbruch kein Feind mehr zu sehen war, ließ der Consul Publius Valerius die Beute vom Kampfplatz auflesen und kehrte im Triumph nach Rom zurück. Mit aller nur möglichen Pracht bestattete er seinen Mitkonsul. Die allgemeine Trauer ehrte ihn aber noch viel mehr als diese Zeremonie. Die vornehmsten Frauen betrauerten ihn ein Jahr lang wie einen Vater, weil er die gekränkte Reinheit so tapfer gerächt hatte.

Doch die Gunst des Volkes ist stets unbeständig. Die Sympathie für den überlebenden Consul verwandelte sich bald in Haß, und ein Verdacht tauchte auf. Man sagte, Valerius wolle König werden; denn er hatte für Brutus noch keinen Amtsnachfolger wählen lassen und baute sich ein Haus oben auf dem velischen Hügel. Es sollte hier auf dem erhöhten und geschützten Platz eine uneinnehmbare Burg werden.

Der Consul war betrübt, daß ein so unsinniges Gerücht Glauben finden konnte. Er ließ das Volk zusammenrufen und die Rutenbündel vor ihm senken. So trat er vor die Versammlung. Diese Geste machte auf die Menge Eindruck. Die Zeichen höchster Gewalt waren vor ihr gesenkt worden. Das bedeutete, daß Rang und Macht des Volkes über der eines Consuls stehen.

Der Consul befahl den Leuten, zuzuhören und pries seinen toten Amtsgenossen glücklich: Er habe das Vaterland befreit, habe im höchsten Ehrenamt die Sache des Staates verfochten und seinen Tod höchst ruhmvoll gefunden, sein Ruhm sei noch nicht in Haß umgeschlagen. Er, Valerius, habe seinen Ruhm überlebt. Dafür müsse er nun zusehen, daß man ihn beschuldigte und haßte. Und er fragte weiter: »Gibt es denn bei euch kein Verdienst, das nicht von Verdacht in den Schmutz gezogen wird? Soll ich als erbitterter Königsfeind fürchten müssen, daß man mich selbst beschuldigt, nach dem Thron zu greifen? Wenn ich auch auf der Burg und dem Kapitol wohne, so hätte ich doch nie gedacht, daß meine Mitbürger mich fürchten könnten? Ist in euren Augen eine solche Nebensächlichkeit für den Ruf eines Mannes ausschlaggebend? Steht euer Vertrauen auf so schwachen Füßen, daß es wichtiger ist, wo ich bin, als wer ich bin? Nein, Quiriten! Das Haus des Publius Valerius soll eure Freiheit nicht beschneiden. Ich werde mein Haus nicht nur in die Ebene verlegen, ich will es sogar unterhalb des Hügels erbauen lassen, damit ihr über mir, dem verdächtigen Bürger, wohnt. Sollen die auf der Velia bleiben, denen die Freiheit mit mehr Recht übertragen wird als dem Publius Valerius.«

Sofort ließ er alles Baumaterial herunterschaffen und das Haus am Fuß des Hügels errichten.

Dann schlug der Consul Gesetze vor, die ihn nicht nur von jeder Absicht auf den Thron freisprachen, sondern auch die Stimmung des Volkes ins völlige Gegenteil umschlagen ließen: Man erklärte ihn zum Liebling des Volkes und gab ihm den Namen Publicola. Der großen

Masse gefielen die Vorschläge so gut, weil sie ihr das Recht der Berufung gegen die Beamten einräumten und sie ermächtigten, Fluch auf jene Person und ihre Habe zu legen, die nach dem Thron griff.

Valerius erreichte die Erhebung dieser Vorschläge zu Gesetzen, ohne einen Mitconsul zu haben. Der Dank für diese Neuerung sollte ihm allein zufallen. Dann hielt er eine Versammlung zur Nachwahl eines Mitconsuls ab. Spurius Lucretius wurde gewählt. Aber er war sehr alt, und seine Kräfte reichten nicht mehr für die Aufgaben eines Consuls. Er starb nach wenigen Tagen. An seine Stelle wurde Marcus Horatius Pulvillus nachgewählt.

Der Tempel Jupiters auf dem Kapitol war noch nicht eingeweiht. Die Consuln Valerius und Horatius losten aus, wer von ihnen dies vollziehen sollte. Das Los fiel auf Horatius, und Publicola zog gegen die Veienter in den Krieg.

Die Verwandten des Valerius ärgerten sich sehr, daß die Einweihung eines so berühmten Tempels dem Horatius zufiel. Sie versuchten es auf jede nur mögliche Weise zu verhindern. Als alle ihre Bemühungen vergeblich waren, wollten sie den Consul, der schon seine Hand auf die Pfosten des Tempels gelegt hatte und die Götter anrief, durch die schreckliche Botschaft aus der Fassung bringen, sein Sohn sei tot; und weil er eine Leiche im Haus habe, dürfe er keinen Tempel weihen. Man weiß nicht, ob der Consul die Nachricht als unwahr durchschaute, oder ob er soviel Haltung besaß: Er ließ sich jedenfalls dadurch in seinem Handeln nicht weiter stören. Er erteilte nur den Befehl, den Toten zu bestatten. Seine Hand ließ er am Tempelpfosten, betete weiter und weihte den Tempel.

Dies also trug sich im ersten Jahr nach der Vertreibung der Könige zu. Darauf wurde Publius Valerius zum zweiten Mal Consul und mit ihm Titus Lucretius.

PORSENNA VOR ROM

Die Tarquinier waren zu Porsenna, dem König von Clusium, geflohen. Dort drängten und baten sie abwechselnd, Porsenna möge doch nicht dulden, daß sie als Nachkommen der Etrusker, namens- und blutsverwandt mit ihnen, im Elend lebten. Dann wieder warnten sie ihn, er dürfe die neue Sitte, Könige aus ihrem Land zu vertreiben, nicht ungerächt hinnehmen. Wenn die Könige ihre Throne nicht ebenso nachdrücklich verteidigten, wie die Völker nach diesen verlangten, so würden die Hohen bald den Niedrigsten gleichgestellt sein. Dann würde alles Große aus der Welt verschwinden, und das Ende der Königswürde wäre gekommen, dieser höchsten Zierde der Götter und der Menschen.

Porsenna zog mit seinem Heer gegen Rom. Es schien ihm eine Ehre für sein Tuskervolk, Rom einen König wiederzugeben, noch dazu einen von etruskischer Abkunft.

Die Väter Roms erschraken sehr bei dieser Nachricht. Der Staat der Clusiner war damals mächtig und Porsennas Name berühmt. Sie fürchteten nicht nur die Feinde, sondern auch ihre eigenen Mitbürger. Die Einwohner Roms würden möglicherweise in der ersten Bestürzung den König wieder aufnehmen und den Frieden sogar um den Preis ihrer Freiheit wünschen. Deshalb bemühte sich der Senat mehr denn je um die Gunst der Bürger. Er achtete besonders auf die Kornpreise und schickte seine Leute zum Ankauf von Getreide ins Land der Volsker und nach Cumae. Den Privatpersonen wurde der Salzhandel entzogen, weil sie zu hohe Preise forderten; nun übernahm ihn die Schatzkammer. Die Bürger wurden von Zoll und Abgaben befreit, die Reichen, die zahlungskräftiger waren, sollten diese allein aufbringen. Es hieß, der Arme gebe dem Staat genug, wenn er Kinder für ihn großziehe.

Nicht nur der Druck der lastenden Belagerung und die damit verbundene Hungersnot hielten also die Bürger zusammen, sondern auch die vom Senat gewährten Vergünstigungen. Die Vorstellung, wieder einen König zu haben, war allen, ob hoch oder niedrig, gleich unerträglich; auch später gewann niemand größere Beliebtheit beim Volk als damals die Väter durch ihre gute Regierung.

Als die Feinde heranrückten, flüchtete die Landbevölkerung der Umgebung in die Stadt. Ein Gürtel von Soldaten war zum Schutz

Roms aufgestellt worden. An einer Stelle schienen die Mauern, an einer anderen der Tiber genügend Sicherheit zu bieten. Aber beinahe hätte die Holzbrücke den Feinden das Eindringen ermöglicht, hätte nicht ein einziger Mann, Horatius Cocles, mutig gehandelt. Er bestimmte an diesem Tag das Schicksal Roms. Horatius gehörte zu der Schar, welche die Brücke bewachte. Er beobachtete, wie der Janiculus im Sturm genommen wurde. Von dort rasten die Feinde herab, und seine eigenen Leute ließen völlig kopflos ihre Posten und Waffen im Stich.

Da holte Horatius alle, einen nach dem andern, wieder zurück, vertrat ihnen den Weg und beschwor sie bei den Göttern und Menschen, die Stellung nicht aufzugeben. Wenn sie die Brücke als Übergangsmöglichkeit dem Gegner überließen, gäbe es bald mehr Feinde auf dem Palatin und dem Capitol als am Janiculus. Sie sollten die Brücke mit Stemmeisen, Feuer und allen möglichen Mitteln zerstören. Er werde mittlerweile den Ansturm der Feinde aufhalten, soweit das für einen einzelnen Mann möglich sei.

Er stellte sich an den Aufgang zur Brücke. Nur zwei Getreue blieben bei ihm, weil sie sich schämten, wie die anderen zu fliehen. Es waren Spurius Lartius und Titus Herminius, beide sehr vornehme und tapfere Männer. Mit ihnen zusammen trotzte Horatius eine Weile dem ersten Ansturm der Feinde und dem nachfolgenden Nahkampf. Dann befahl er auch den beiden, sich in Sicherheit zu bringen, denn von der Brücke stand nur noch ein kleiner Teil; und die Männer, die sie abrissen, riefen sie schon herüber.

Drohend schaute Horatius auf die Führer der Etrusker. Zuerst reizte er sie einzeln, dann beschimpfte er sie alle: »Ihr Sklaven der Tyrannenkönige! Ihr denkt nicht einmal an eure eigene Freiheit und kommt hierher, um sie anderen zu nehmen!«

Die Feinde zögerten ein wenig und sahen einander an, wer sich wohl zum Kampf stellen wollte. Aber dann scheuten sie sich, und die ganze Schlachtreihe kam in Bewegung. Sie erhoben ein Geschrei und richteten von allen Seiten ihre Geschosse auf den einzigen Feind. Die Pfeile blieben alle im vorgehaltenen Schild stecken, und Horatius stand breitbeinig und verwegen vor der Brücke. Eben wollten sie den Helden im Anlauf hinunterstoßen, da hörten sie das Krachen der zusammenbrechenden Brücke und den Schrei, den die Männer aus Freude über ihr vollendetes Werk ausstießen. Die Feinde stutzten und hielten inne.

Da betete Horatius: »Vater Tiberinus, ich rufe dich im frommen Glauben an. Nimm diesen Kämpfer und diese Waffen in deinen Fluten gnädig auf!« Dann sprang er in voller Rüstung in den Tiber, schwamm ohne Schaden zu seinen Leuten hinüber, obwohl eine Menge Pfeile über ihn hinwegschwirrte. Er hatte eine Leistung vollbracht, die noch die Nachwelt bewundern sollte.

Der Staat dankte ihm diese große Tapferkeit. Man errichtete für ihn ein Standbild auf dem Kampfplatz. Dazu erhielt er so viel Land, wie er an einem Tag mit dem Pflug umfahren konnte. Neben diesen öffentlichen Ehrungen zeigten sich auch einzelne Bürger dankbar: Trotz des Mangels sparten sie sich je nach Vorrat einen Teil ihrer Lebensmittel ab, um sie zu sammeln und ihm zu schicken.

Porsennas erster Angriff war also abgewiesen worden. Nun ließ er von seinem Plan, die Stadt zu erstürmen, ab und ging zur Belagerung über. Er ließ eine Besatzung auf dem Janiculus zurück und lagerte sich in der Ebene und am Tiberufer. Von allen Seiten hatte er schon vorher Schiffe kommen lassen. Sie sollten die Stadt kontrollieren und ihr die Zufuhrmöglichkeit von Getreide nehmen. Auch sollten die Soldaten damit an mehreren Stellen über den Fluß gesetzt werden, sobald sich ihnen Gelegenheit bot, Beute zu machen.

Bald versetzte Porsenna das ganze Gebiet um Rom in solche Unsicherheit, daß alles, was auf dem Land war, in die Stadt geschafft wurde, auch die Viehherden. Niemand wagte es mehr, die Tiere vor die Stadt zu treiben. Daß man den Etruskern so wenig Einhalt gebot, geschah nicht aus Furcht, sondern entsprach dem Plan des Consuls Valerius. Dieser wartete nämlich auf eine Gelegenheit, sie unvorhergesehen zu überfallen. Er verzichtete darauf, jede Kleinigkeit zu bestrafen, und wartete geduldig auf die Gelegenheit zu einer wirksameren Rache für alle Untaten. Um die Plünderer aus dem Lager zu locken, ließ er den Einwohnern sagen, möglichst viele von ihnen sollten am nächsten Tag ihre Herden vor das esquilinische Tor treiben. Es lag am weitesten von den Feinden entfernt. Der Consul nahm an, sie würden davon hören, denn während der Belagerung und Hungersnot liefen immer wieder untreue Sklaven zu ihnen über.

Tatsächlich erfuhren sie es von einem solchen Überläufer. Sie hofften, diesmal einen großen Fang zu tun, und setzten viel zahlreicher als sonst über den Fluß.

Da schickte Publius Valerius den Herminius mit einem mäßig

starken Trupp Soldaten an die Heerstraße nach Gabii. Dort sollte er sich beim zweiten Meilenstein in einen Hinterhalt legen. Spurius Larcius mußte mit seinen Bewaffneten am collinischen Tor stehen und warten, bis der Feind vorbeizog. Dann sollte er sich ihm entgegenwerfen und ihn daran hindern, zum Fluß zurückzukehren. Titus Lucretius, der andere Consul, marschierte mit seinen Soldaten zum naevischen Tor hinaus. Valerius selber rückte als Anführer besonders erprobter Kohorten vom Berg Caelius herab; sie erblickte der Feind zuerst.

Als Herminius den Kampflärm hörte, brach er aus dem Hinterhalt hervor und fiel den Etruskern in den Rücken, die sich auf Valerius stürzten. Zugleich erscholl rechts und links Kampfgeschrei vom collinischen und vom naevischen Tor herüber. So wurden die Plünderer eingeschlossen und niedergemacht. Sie waren der Übermacht nicht gewachsen, und alle Fluchtwege waren versperrt.

Zwar hatten von da an die Raubzüge der Etrusker ein Ende, trotzdem ging die Belagerung weiter. Es gab in Rom kaum noch Getreide zu kaufen, und so hoffte Porsenna, die Stadt aushungern zu können. Doch dies vereitelte Gajus Mucius, ein junger Adeliger. Ihn empörte die Tatsache, daß die Römer, die unter ihren Königen in keinem Krieg und von keinem Feind belagert worden waren, sich jetzt als freies Volk von den Etruskern belagern lassen mußten, deren Heere sie so oft geschlagen hatten. Zuerst wollte der junge Held ganz allein mitten ins feindliche Lager gehen. Er meinte nämlich, man müsse durch eine große, mutige Tat diese Schande tilgen. Aber dann befürchtete er, die römischen Wachen könnten ihn für einen Überläufer halten und gewaltsam zurückbringen, wenn er ohne Erlaubnis des Consuls und ohne Wissen der Seinen wegginge.

Also ging Mucius zum Senat und sagte: »Väter, ich bin entschlossen, über den Tiber zu gehen und ins feindliche Lager vorzudringen. Ich will weder rauben noch ihnen das Plündern vergelten. Mit Hilfe der Götter wage ich etwas Größeres.«

Die Senatoren willigten ein. Der junge Mann versteckte einen Dolch unter seinem Mantel und machte sich auf den Weg. Im feindlichen Lager angekommen, mischte er sich unter die Menschenmenge, die sich um den Sitz des Königs drängte. Die Soldaten erhielten gerade ihren Sold. Ein Schreiber, der fast den gleichen Schmuck trug wie der König, war eifrig mit dem Auszahlen beschäftigt, und die Soldaten wandten sich nacheinander an ihn. Mucius wagte nicht zu fragen, wer von den beiden der König sei. Daß er Porsenna nicht kannte, hätte ihn zweifellos verraten.

Da stach er auf gut Glück zu und tötete, in der Meinung, den König zu treffen, den Schreiber. Durch die Reihen der schreckerstarrten Soldaten bahnte er sich mit dem blutigen Dolch den Weg und lief hinaus.

Nun lief auf das Geschrei hin alles Volk zusammen. Die königlichen Wächter ergriffen schließlich den Mucius und brachten ihn zurück.

Mucius wurde vor den Richterstuhl des Königs geführt, und obwohl ihm eine harte Strafe drohte, zeigte er keine Spur von Furcht, sondern sprach: »Ich bin ein römischer Bürger und heiße Gajus Mucius. Ich wollte als Feind einen Feind beseitigen. Aber mein Mut zum Sterben ist nicht geringer als der zum Mord. Große Taten und große Leiden kennzeichnen einen Römer. Ich bin auch nicht allein in meinem Plan gegen dich, Porsenna. Hinter mir steht eine Reihe junger Leute, die nach der gleichen Ehre streben wie ich. Wenn du willst, so laß dich darauf ein, dein Leben jederzeit in Gefahr zu wissen. Laß Feinde und Dolche am Eingang zu deinem Zelt lauern. Wir, die Jugend Roms, erklären dir diesen Krieg. Fürchte kein Heer und keine Schlacht. Immer nur ein einzelner Feind wird dir allein gegenübertreten.«

Der König war zornig, und der Gedanke an die Gefahr erschreckte ihn. Er ließ Feuer rings um Mucius legen, damit dieser sofort Näheres von den Anschlägen auf das Leben des Königs berichte, die er angedeutet hatte.

Mucius erwiderte: »Schau her und erkenne daraus, wie unwichtig denen ihr Körper ist, die hohen Ruhm vor Augen haben.«

Bei diesen Worten hielt er seine rechte Hand ins Feuer, das in einem Opferbecken flackerte. Mit einem Gleichmut, der nichts zu fühlen schien, ließ er sie darin verbrennen.

Der König war außer sich über diese Tat. Er sprang von seinem Sessel, ließ Mucius vom Feuer wegreißen und sagte: »Geh hin! Du hast feindlicher gegen dich gehandelt als gegen mich. Alles Glück würde ich deiner Tapferkeit wünschen, diente sie meinem Vaterland. Ich spreche dich frei vom Kriegsrecht und lasse dich straflos heimgehen.«

Da sagte Mucius, als wolle er für soviel Großmut danken: »Ich sehe, du verstehst Tapferkeit zu würdigen. Als Dank für deine Wohltat will ich dir nun verraten, was du mit deinen Drohungen nicht erreichtest. Wir sind unser dreihundert, die vornehmsten jungen Leute Roms, und haben uns verschworen, so gegen dich vorzugehen. Das erste Los fiel auf mich. Die anderen werden zu der Zeit kommen, wie das Los es bestimmt, bis sich dein Schicksal durch einen von ihnen erfüllen wird.«

Mucius erhielt später wegen seiner verlorenen rechten Hand den Beinamen Scaevola. Er wurde entlassen, und Gesandte Porsennas folgten ihm in die Stadt. Die erste Gefahr war zwar vom König abgewendet, aber nur der Irrtum des Rächers hatte ihn gerettet. Nun sah er sich noch viele Male dieser Gefahr ausgesetzt, weil es ja noch genug Verschwörer gab.

Dies alles hatte Porsenna so beeindruckt, daß er den Römern Friedensangebote machen ließ. In den Verhandlungen verlangte er ohne Erfolg die Wiedereinsetzung der Tarquinier. Aber dies tat er eher, um den Tarquiniern ihren Willen zu tun, denn er wußte sehr wohl, die Römer würden es ihm abschlagen. Er erhielt allerdings die Zusage, man würde das Land zurückgeben, das man den Veientern geraubt hatte. Gezwungenermaßen mußten die Römer ihrerseits Geiseln stellen für die Zusage Porsennas, er würde seine Truppen vom Janiculus zurückziehen. Unter diesen Bedingungen schloß man Frieden. Dann räumte Porsenna mit seinem Heer den Janiculus und verließ das römische Gebiet.

Die Senatoren schenkten Mucius als Lohn für seine Tapferkeit ein Stück Land jenseits des Tiber; es hieß später die »mucische Wiese«.

Nachdem nun diese Tat so geehrt worden war, fühlten sich auch die Frauen gedrängt, sich um den Staat verdient zu machen. Unter den römischen Geiseln befand sich auch die junge Cloelia. Als das etruskische Heer nahe am Tiber war, täuschte sie die Wachen und schwamm an der Spitze der Mädchen trotz der feindlichen Pfeile durch den Fluß. Wohlbehalten brachte sie alle Gefährtinnen nach Rom zu ihren Familien zurück.

Anfangs war der König wütend, als er dies erfuhr, und schickte Gesandte nach Rom, um die Geisel Cloelia zurückzuholen. An den anderen Mädchen lag ihm nichts. Aber bald legte sich sein Zorn, und er bewunderte diese Tat sehr, noch mehr als die Handlung des Cocles und des Mucius. Er ließ den Römern sagen: Wenn man ihm die Geisel nicht ausliefere, werde er den Frieden als gebrochen ansehen. Käme sie aber zurück, würde er sie ohne jeglichen Schaden ihrer Familie zurückschicken.

Beide Seiten hielten ihr Versprechen. Die Römer lieferten Cloelia als Friedenspfand aus. Sie erfuhr beim Etruskerkönig für ihren Mut nicht nur Schonung, sondern auch Ehre. Er lobte das Mädchen und machte ihr einen Teil der Geiseln zum Geschenk; außerdem durfte sie unter den jungen Männern auswählen, wen sie wollte. Als diese zu ihr gebracht wurden, wählte sie, wie man erzählt, nur Jungen im frühen Alter aus. Das entsprach der weiblichen Ehre.

So wurde der Friede wiederhergestellt. Die Tapferkeit, wie sie Cloela bewiesen hatte, war neu an einem Mädchen. Also bedachten sie die Römer auch mit einer neuen Ehrung, mit einer Reiterstatue. Auf dem höchsten Punkt der Via Sacra wurde ihr ein Denkmal errichtet, das eine Jungfrau zu Pferd darstellte.

DIE SCHLACHT AM SEE REGILLUS

Jetzt waren Servius Sulpicius und Manius Tullius Consuln. Ihnen folgten Titus Aebutius und Gaius Veturius. Während der Regierungszeit dieser beiden wurde Fidenae belagert und Crustumeria erobert. Praeneste schwenkte von den Latinern zu den Römern über. Der latinische Krieg, der schon mehrere Jahre in der Luft lag, war nun nicht länger zu verhindern. Zu Fuß und zu Pferd rückten der Diktator Aulus Postumius und der Reiteroberst Titus Aebutius mit einer starken Streitmacht vor.

Am See Regillus im tuskulanischen Gebiet stießen sie auf den Feind. Als die Römer erfuhren, daß die Tarquinier im latinischen Heer standen, stieg in ihnen der alte Zorn wieder hoch und drängte sie zum Angriff.

Der Kampf wurde viel härter und schlimmer als sonst. Auch die Feldherren beider Heere begnügten sich nicht damit, den Angriff nur zu leiten. Sie kämpften gegeneinander und setzten sich so selbst der Gefahr aus. Auf beiden Seiten gab es fast keinen Heerführer, der das Treffen unverwundet verließ, außer dem römischen Diktator Postumius. Als er eben seine Soldaten in vorderster Linie ermunterte und ordnete, galoppierte Tarquinius Superbus auf ihn zu, obwohl er an Geschicklichkeit und Kraft nicht mehr so überlegen war wie einst. Er wurde aber gleich zu Beginn des Treffens verwundet, worauf seine Leute sofort herbeieilten und ihn in Sicherheit brachten.

Auf dem anderen Heerflügel hatte der Reiterführer Aebutius den Octavius Mamillus angegriffen. Der tuskulanische Feldherr sah ihn schon von weitem kommen. Da lenkte auch er sein Pferd gegen ihn, und sie prallten mit gesenkter Lanze so heftig aufeinander, daß dem Aebutius der Arm durchstochen wurde. Mamillus empfing eine Brustwunde. Die Latiner zogen ihn in die zweite Reihe zurück. Auch Aebutius mußte den Kampfplatz verlassen, denn er konnte mit seinem verletzten Arm die Lanze nicht mehr schleudern.

Der latinische Feldherr hingegen ließ sich durch seine Wunde nicht hindern. Er rief weiter zum Kampf auf. Als er merkte, daß seine Soldaten mutlos wurden, ließ er die Truppe anrücken, die aus verbannten Römern bestand. Titus, der Sohn des Tarquinius, führte sie an. Sie wollten den Verlust ihrer Güter und ihres Vaterlands rächen. Deshalb kämpften sie verbissen und hielten eine Zeitlang den Kampf in Gang.

Schon wichen die Römer auf diesem Flügel zurück. Da kam Marcus Valerius hinzu, der Bruder des Publicola. Er erblickte den frechen Königssohn Tarquinius, wie er sich an der Spitze der Verbannten schlug. Marcus spornte sein Pferd an und ritt mit gesenkter Lanze gegen Tarquinius. Er wetteiferte mit dem Ruhm seines Bruders und wollte den Valeriern die Ehre erkämpfen, die verjagten Könige auch getötet zu haben.

Tarquinius zog sich vor dem wütenden Feind in die Reihen seiner Leute zurück. Valerius folgte ihm und drang zu waghalsig in die Schar der Verbannten vor. Da griff ihn einer von der Seite her an und durchbohrte ihn. Das Pferd des verwundeten Valerius scheute und warf den sterbenden Römer zu Boden. Seine Waffen stürzten über ihm zusammen.

Nun hatte der Diktator Postumius einen seiner wertvollsten Männer verloren. Die Verbannten nützten den Augenblick und drangen mutig und schnell vor, während seine Leute erschrocken zurückwichen. Da befahl er seiner Kohorte, die aus bewährten Kämpfern bestand und ihn schützend umgab, jeden fliehenden Soldaten aus den eigenen Reihen als Feind zu behandeln. Dadurch waren die Römer von zwei Seiten in die Zange genommen. Sie dachten nun nicht mehr an Flucht und wandten sich gegen den Feind. So kam wieder Ordnung in ihre Linien.

Jetzt stellte sich auch die Kohorte des Diktators zum Kampf. Ihr Mut und ihre Kräfte waren noch unverbraucht. Sie fiel über die vom Kampf bereits erschöpften Verbannten her und schlug sie zusammen. Nun trafen wieder zwei Anführer aufeinander. Als nämlich der latinische Feldherr sah, daß die Vertriebenen vom römischen Diktator beinahe umzingelt waren, befahl er eilig eine Schar Soldaten von der Nachhut zu sich und bildete mit ihnen die erste Reihe.

Der Legat Titus Herminius sah sie heranrücken und erkannte darin auch den Mamillus, der sich in Kleidung und Waffen von den anderen unterschied. Mit noch größerer Entschlossenheit als vorher der Reiterführer stürzte er auf den feindlichen Heerführer zu, daß er ihn mit einem einzigen Stoß in die Seite durchbohrte und tötete. Als Herminius dem Erschlagenen die Waffen abnahm, wurde er selbst von einem Speer getroffen. Man brachte ihn zwar als Sieger ins Lager zurück, aber er starb kurz darauf.

Da eilte der Diktator zur Reiterei und beschwor die Männer, vom Pferd zu steigen und zu Fuß zu kämpfen, da das Fußvolk schon zu erschöpft sei. Sie gehorchten sofort, saßen ab und deckten die erste Reihe mit vorgehaltenen Schildern. Die Soldaten des Fußvolks faßten wieder Mut, als sie sahen, daß sich die vornehmsten jungen Leute an ihre Seite stellten und die Gefahr mit ihnen teilten.

Endlich konnten die Latiner besiegt und in die Flucht geschlagen werden. Die Reiter bestiegen nun wieder ihre Pferde, um den Feind zu verfolgen. Das Fußvolk rückte nach. Der Diktator wollte sich angeblich jede nur mögliche Hilfe von seiten der Götter und Menschen sichern. Er versprach dem Castor einen Tempel. Für die Soldaten ließ er Preise aussetzen, wer als erster oder zweiter das feindliche Lager erreiche. Dies spornte die Römer derart an, daß sie mit dem gleichen Mut, mit dem sie den Feind besiegt hatten, nun auch dessen Lager eroberten. Das war die Schlacht am See Regillus. Der Diktator und der Reiterführer kehrten im Triumph nach Rom zurück.

Doch trotz der vielen Siege gärte ein Groll im Herzen der Römer. Die Freiheit des bürgerlichen Standes war nämlich im Krieg und unter dem Druck der Feinde sicherer als im Frieden. Diese Unzufriedenheit gab es schon lang. Doch erst das elende Schicksal eines einzelnen Menschen brachte die gestaute Erregung zum Ausbruch.

Ein sehr alter Mann, dem man sein Elend ansah, erschien auf dem Markt. Seine Kleidung starrte vor Schmutz, sein Gesicht war blaß, sein Körper abgezehrt und verfallen. Ein Bart und die ungeschorenen Haare machten sein Aussehen noch erschreckender. Trotzdem erkannten ihn mehrere Leute, und sie sagten, er sei lange Zeit Hauptmann gewesen. Voll Mitgefühl erzählte man sich von ihm verschiedene Heldentaten, die er im Krieg vollbracht hatte. Er selbst zeigte als Beweis für manch ruhmreichen Kampf seine Narben auf der Brust.

Endlich fragte man ihn, warum er denn so heruntergekommen sei. Da erzählte er den Leuten, die ihn zahlreich umstanden, seine Geschichte: Während er im Sabinerkrieg kämpfte, verlor er durch Plünderung seine Ernte. Sein Hof brannte ab, seine Felder wurden verwüstet und die Viehherden fortgetrieben. Dann war noch zu dieser Zeit der Tribut fällig, und er mußte Schulden machen. Diese wuchsen durch die Zinsen immer mehr an. Zuerst verschlangen sie sein väterliches Grundstück und das seines Großvaters, dann sein übriges Vermögen. Zum Schluß kam er selbst dran. Er wurde dem Gläubiger zu eigen gegeben, nicht als Sklave, sondern ins Gefängnis und zur Folterung. Dann zeigte er der Menge seinen Rücken, der von den frischen Striemen der Prügel schrecklich zugerichtet war.

Bei diesem Anblick und unter dem Eindruck dieses Berichts entstand eine allgemeine Unruhe. Diese blieb nicht nur auf den Markt beschränkt, sondern erfaßte die ganze Stadt. Wer je verfolgt oder verhaftet worden war, stürzte herbei und schrie das erlittene Unrecht hinaus. Von überallher sah man durch die gaffende Menge solche Gruppen zum Markt laufen, wo sich eben die Senatoren aufhielten. Die Masse hätte sich wahrscheinlich an ihnen vergriffen, wären nicht die beiden Consuln Servilius und Appius Claudius hinzugekommen und hätten das Volk beruhigt. Die Menschen wandten sich nun an sie, wiesen vorwurfsvoll auf ihre Fesseln und ihr klägliches Aussehen. Dafür also hätten sie ihr Leben eingesetzt, sagten sie. Und jeder erzählte von den Orten, wo er sich tapfer geschlagen hatte. Mehr drohend als bittend verlangten sie, der Senat solle einberufen werden. Dann umstellten sie das Rathaus, um die Senatsverhandlung selbst führen und verfolgen zu können.

Nur sehr wenige Väter, die zufällig vorbeikamen, wurden zu den Consuln gebracht. Die übrigen gingen aus Furcht nicht zum Rathaus und auch nicht zum Markt. So ließ die geringe Zahl der Mitglieder im

Senat zuerst keine Verhandlung zu. Nun meinte das Volk erst recht, man wolle sich davor drücken und es hinhalten. Die abwesenden Väter, vermuteten sie, seien nicht aus Zufall oder Furcht ferngeblieben, sondern um die Sache zum Scheitern zu bringen, und die Consuln gebrauchten nur Ausreden, um sie in ihrer Not noch zu verhöhnen.

Beinahe hätte nicht einmal die Würde der Consuln die Massen zurückgehalten. Da erschienen endlich die Väter im Senat; sie wußten nun nicht mehr, wodurch sie sich mehr schadeten, durch ihre Anwesenheit oder durch ihr Fernbleiben.

Jetzt war wohl der Senat zahlreich genug, um zu beraten. Aber nun vermochten weder Väter noch Consuln Übereinstimmung zu erreichen. Schließlich riet Appius, ein temperamentvoller Mann, die Consuln sollten nun kraft ihres Amtes eine strenge Entscheidung treffen. Wenn man einen einzelnen aus dem Volk herausgreife, würden sich die anderen schon beruhigen. Servilius war eher für mildere Mittel. Er hielt es für sicherer und leichter, den Zorn des Volkes nur einzudämmen, als ihn gewaltsam zu brechen.

DER AUSBRUCH DES STÄNDEKAMPFES

Appius stimmte allen Schuldklagen mit Strenge zu. Seine Härte sollte auch seinen Mitconsul um das Vertrauen des Volkes bringen. Ehemalige Schuldsklaven wurden ihren Gläubigern wieder ausgeliefert, und sogar neue gerieten ins Sklavenverhältnis. Traf eine solche Entscheidung einen Soldaten, wandte sich dieser an den Mitconsul. So scharten sich alle um Servilius, mahnten ihn an seine Versprechungen, und jeder erinnerte ihn an seine Verdienste im Krieg und wies seine Narben vor. Sie verlangten von ihm, er solle die Angelegenheit erneut vor den Senat bringen. Als Consul habe er den Bürgern beizustehen, als Feldherr den Soldaten.

Der Consul war dafür wohl zugänglich, aber die Verhältnisse legten ihm noch Zurückhaltung auf. Durch sein unentschlossenes Verhalten zog er sich nun den Haß der Bürger zu und verlor auch noch das Wohlwollen des Senats. Die Väter hielten ihn für einen weichlichen, liebedienernden Consul, die Bürger für falsch. Bald stellte sich heraus, daß Appius nicht unbeliebter war als er.

Die Consuln stritten nun untereinander, wer von ihnen den Tempel des Mercurius weihen solle. Der Senat lehnte die Entscheidung ab und verwies die Sache an das Volk. Er bestimmte aber: Wem durch den Entscheid des Volkes diese Weihe übertragen werde, der solle auch die Lebensmittelpreise überwachen, die Kaufleute einem Handelsgericht unterstellen und statt des Oberpriesters die Feierlichkeiten abhalten. Das Volk sprach die Einweihung des Tempels dem Marcus Laetorius zu, einem Hauptmann der ersten Schwadron. Daraus war leicht zu ersehen, daß es nicht einen Mann ehren wollte, dem man damit ja ein Amt übertrug, das hoch über seinem Rang lag, sondern es die Consuln damit ärgern wollte.

Nun empörten sich die Consuln und die Väter. Aber die Bürger waren kühn geworden und wandten nun eine völlig andere Methode an als vorher. Sie wußten jetzt, daß sie von den Consuln und dem Senat nichts zu erwarten hatten. Also taten sie sich, wenn sie einen Schuldner vor Gericht führen sahen, von allen Seiten zusammen. Dabei lärmten sie derart, daß man den Spruch des Consuls nicht hören konnte; und hatte dieser entschieden, so war es nicht möglich, das Urteil auszuführen. Man gebrauchte Gewalt. Früher waren Angst und Bangen um die Freiheit Sache der Schuldner gewesen. Nun erging es den Gläubigern so: sie wurden sogar vor den Augen des Consuls mißhandelt.

Hinzu kam noch die Angst vor einem Krieg mit den Sabinern. Als dafür geworben wurde, meldete sich niemand. Appius wurde wütend darüber und nannte seinen Mitconsul einen Kriecher. Nur um dem Volk zu gefallen, verrate er insgeheim den Staat. Zuerst habe er den Gerichtsentscheid in den Schuldfragen verweigert. Jetzt führe er nicht einmal auf Senatsbefehl die Soldatenwerbung durch. Aber der Staat sei trotzdem noch nicht verlassen; noch liege die Macht in den Händen eines Consuls. Er werde die Würde der Väter und seine eigene nun allein wahren. Als ihn die Menge täglich immer herausfordernder umringte, ließ er einen der lautesten Rädelsführer festnehmen. Als ihn die Gerichtsdiener fortschleiften, rief er das Volk an, ihm zu helfen. Aber Appius hätte auch darauf keine Rücksicht genommen.

Schließlich schalteten sich die Väter mit ihrem Ansehen ein; und sie, nicht das Volksgeschrei, besiegten seinen Starrsinn. Er hätte genug

Härte besessen, dem Haß des Volkes weiter zu trotzen. Nun wurde es für ihn schwierig, nicht so sehr durch den öffentlichen Widerstand als durch Vereinbarungen und Winkelversammlungen. Endlich legten die Consuln ihr Amt nieder.

Aulus Verginius und Titus Veturius traten nach ihnen das Consulat an. Die Bürger wußten noch nicht, was ihnen dieser Wechsel bringen würde. Sie hielten nächtliche Versammlungen auf dem Aventin und Esquilin ab, denn auf dem Markt wollten sie bei ihren Beschlüssen Einigkeit zeigen und eine Linie verfolgen.

Die Consuln hielten dies für abträglich. Sie brachten die Angelegenheit vor den Senat. Aber es war nicht möglich, die einzelnen Stellungnahmen zu ihrem Antrag zu verstehen; so laut schimpfend machten die Väter ihrem Ärger darüber Luft, daß die Consuln eine heikle Verantwortung dem Senat zuschieben wollten, die kraft ihres Amtes ihnen zukomme. Gäbe es noch starke Persönlichkeiten an der Spitze des Staates, könnten in Rom keine Versammlungen stattfinden, außer den öffentlich einberufenen. Nun aber sei der Staat in verschiedene Rathäuser und Versammlungen gespalten und zerrissen; denn es gebe Zusammenkünfte auf dem Esquilin, wieder andere auf dem Aventin. Ein einziger Mann, wie man ihn früher in der Person des Appius Claudius besaß, hätte diese Haufen längst auseinandergetrieben.

Die so hart getadelten Consuln fragten nun, was sie denn tun sollten. Sie wollten keineswegs nachlässiger und weniger streng verfahren, als es die Senatoren wünschten. Man beschloß also, sie sollten in aller Strenge eine Aushebung durchführen. Das Volk sei nur aus Langeweile so übermütig

Als der Senat auseinandergegangen war, bestiegen die Consuln den Richterstuhl und riefen die Wehrfähigen namentlich auf. Aber niemand antwortete. Die versammelte Menge rief, die Bürger wollten sich nicht länger hinhalten lassen. Wenn der Staat sein Wort nicht hielt, sollte er auch keinen einzigen Soldaten bekommen. Zuerst müßte man jedem seine Freiheit wiedergeben, ehe man ihm die Waffen reichte, damit er für Vaterland und Mitbürger kämpfe, aber nicht für Tyrannen.

Die Consuln sahen nun, was ihnen der Senat da aufgehalst hatte. Nicht einer von denen, die hinter den Wänden des Rathauses so laut angeschafft hatten, fand sich bereit, diesem Haß des Volkes an ihrer Seite entgegenzutreten. Man rechnete bereits mit einem offenen Kampf gegen das Volk. Ehe die Consuln das Letzte wagten, wollten sie doch noch einmal den Senat zu Rate ziehen. Aber fast alle jüngeren Väter umringten die Sitze der Consuln und forderten sie auf, abzutreten und ihr Amt niederzulegen, denn sie besäßen nicht genug Mut, sich zu behaupten.

Nun begannen die Consuln zu reden: »Ihr sollt nicht sagen, Senatoren, wir hätten euch nicht gewarnt. Ein großer Aufstand droht auszubrechen. Wir verlangen, daß die uns bei unseren Aufgaben helfen, die uns am lautesten feige genannt haben. Wenn ihr es verlangt, wollen wir in der Frage der Musterung die schärfsten Maßnahmen ergreifen.«

Sie begaben sich wieder auf den Richterstuhl und ließen einen von denen aufrufen, die sie umstanden. Doch der blieb stehen und schwieg. Ein paar andere umringten ihn sogleich, für den Fall, daß er behelligt würde. Als die Consuln nun einen Gerichtsdiener hinschickten, wurde er weggejagt. Die Väter, die diesmal als Beisitzer der Consuln fungierten, wollten solche Unbotmäßigkeit nicht wahrhaben. Vom Richterstuhl herunter liefen sie dem Diener zu Hilfe. Diesen hatte man nur gehindert, den Aufgerufenen festzunehmen. Aber die Väter griff man jetzt tatsächlich an. Zwar gab es bei der Schlägerei keine Steine und Waffen, sondern mehr Wut und Geschrei als tätliche Angriffe. Die Consuln traten dazwischen und machten dem Tumult ein Ende.

Der Senat wurde wieder einberufen, aber es ging nicht sehr geordnet dabei zu, denn die, welche Schläge bezogen hatten, verlangten energisch eine Untersuchung. Die andern schrien ungestüm dazwischen. Die Consuln mußten einsehen, daß auf dem Rathaus ebensowenig Vernunft wohne wie auf dem Markt. Endlich beruhigten sich doch die Gemüter, die Stimmen wurden eingesammelt, und es stellten sich drei Meinungen heraus.

Publius Verginius riet, nur denen zu vertrauen, die auf das Ehrenwort des Consuls Publius Servilius im Volkskrieg gegen die Aurunker und Sabiner Dienst getan hätten. Titus Larcius meinte: »Es ist nicht die richtige Zeit, nur Verdienste zu belohnen. Der ganze Bürgerstand ist verschuldet; es gibt keine Rettung, wenn nicht allen geholfen wird. Im Gegenteil: Wenn man den einen anders behandelt als den anderen, wird der Streit mehr entfacht als besänftigt.«

Appius Claudius zeigte sich noch maßloser. Seine eigene rauhe Veranlagung, seine Verhaßtheit beim Volk und die Lobhudeleien der Väter hatten ihn so weit gebracht. Er sagte: »Die Straffreiheit des

Volkes, nicht sein Elend hat diese Unruhen heraufgerufen. Es ist eher ungezügelt als verärgert. Die ganze mißliche Lage kommt von seiner Redefreiheit. Die Consuln können nur drohen, nicht befehlen, solange man noch bei denen Berufung einlegen kann, die gemeinsam die Schuld tragen. Wir wollen schnell einen Diktator wählen, bei dem es keine Berufung gibt. Dann wird dieser Zorn, der jetzt alles entflammt, schnell verrauchen. Wer wird es denn wagen, einen Gerichtsdiener zu schlagen, wenn er weiß, daß sein Leben oder Tod bei jenem liegt, an dessen Hoheit er sich versündigt.«

Die Väter fürchteten nun, es könnte heimliche Versammlungen und Verschwörungen geben, wenn man das Heer entließe. Sie hielten die Soldaten für eidgebunden, weil sie den Consuln Treue geschworen hatten. Unter dem Vorwand, die Aequer fingen einen neuen Krieg an, erteilten sie den Legionen den Marschbefehl.

Dies brachte den Aufruhr zum Ausbruch. Erst sollen die Bürger die Ermordung der Consuln besprochen haben, um ihren Eid loszuwerden. Dann machte man ihnen aber klar, daß eine solche Tat ihre Bindung keineswegs lösen könne. Dann sollen sie auf den Rat eines gewissen Sicinius hin gegen den Willen der Consuln auf den Aventin gegangen sein. Hier schlugen sie ohne jede Führung ein festes Lager mit Wall und Graben auf. Sie nahmen nur die nötigen Lebensmittel mit und blieben mehrere Tage ruhig. Keiner griff sie an, und auch sie taten niemandem etwas Böses.

In der Stadt war man sehr bestürzt, und einer fürchtete sich vor dem andern. Die Bürger, die von ihrer Familie zurückgelassen waren, fürchteten das Eingreifen der Väter. Die Väter fürchteten sich vor den verbliebenen Bürgern und wußten nicht, was sie lieber wollten: daß diese weiter blieben oder auch gingen. Wie lange würden die Männer auf dem Aventin noch kampflos bleiben? Und wenn von außen her ein Krieg losbrach, was sollte dann aus Rom werden? Die einzige Hoffnung, die ihnen blieb, lag in der Einigkeit der Bürger. Diese müsse um jeden Preis wiederhergestellt werden.

Man beschloß also, den Agrippa Menenius als Sprecher zum Volk auf den Aventin zu schicken. Er verstand zu reden und war bei den Bürgern, aus deren Mitte er stammte, sehr beliebt. Er wurde ins Lager gelassen und soll in jener alten, einfachen Art nur folgendes gesagt haben: »Einst war im Menschen noch nicht alles so harmonisch geordnet wie heute. Jedes Glied hatte seinen eigenen Willen, seine eigene Sprache. Da ärgerten sich die übrigen Glieder, daß sie nur für den Magen sorgten, für ihn arbeiteten und alles heranholten. Der Magen aber liege ruhig in der Mitte und tue nichts anderes, als sich mit den herangebrachten Dingen zu sättigen. Die Glieder beschlossen also: Die Hände sollten keine Nahrung zum Mund führen, der Mund solle das Gebotene nicht nehmen, die Zähne es nicht zerkauen. Doch während sie den Magen durch Hunger zwingen wollten, wurden die Glieder selbst und der ganze Körper völlig schwach und elend. Da sahen sie ein, daß auch die Aufgabe des Magens nicht die Faulheit war. So wie er ernährt wurde, stärkte er auch wieder den ganzen Körper. Das durch die Verarbeitung der Nahrung erzeugte Blut, wodurch wir leben und wachsen, verteilte er durch alle Adern bis in das letzte Glied des Körpers.«

Durch den Vergleich der inneren Revolte im Körper mit dem Aufstand der Bürger gegen die Väter gelang es ihm, die Menge umzustimmen.

Nach vollzogener Versöhnung wurde verhandelt. Dabei erhielten die Bürger das Zugeständnis, ihre eigene Obrigkeit zu haben. Diese sei unantastbar und zum Beistand gegen die Consuln verpflichtet. Keinem der Väter solle gestattet sein, dieses Amt zu bekleiden. Daraufhin wurden zwei Bürgertribunen gewählt, Gajus Licinius und Lucius Albinius. Diese wählten noch drei Amtsgenossen, unter denen Sicinius gewesen sein soll, der den Auszug aus Rom vorgeschlagen hatte.

Während des Auszugs der Bürger hatten Spurius Cassius und Postumus Cominius das Consulat erhalten. Unter diesen beiden wurde mit den Völkern Latinums ein Bündnis geschlossen. Um dies auszuführen, blieb ein Consul in Rom. Der andere wurde in den Krieg gegen die Volsker geschickt und erkämpfte einen Sieg über sie bei Antium. Er verfolgte die Geschlagenen bis in die Stadt Longula und eroberte diese. Dann nahm er Polusca ein, auch eine Stadt der Volsker. Anschließend sammelte er alle Kräfte zur Eroberung der Stadt Corioli.

Zu den vornehmsten jungen Männern, die damals im römischen Heer standen, gehörte Gajus Marcius. Er war ein sehr kluger und gewandter Mann; später erhielt er den Beinamen Coriolanus. Die Sage berichtet von seinen ungewöhnlichen Taten.

CORIOLANUS

Der vom Volk gehaßte Feldherr

Einer der psychologisch interessantesten Helden der frühen römischen Geschichte ist Coriolanus. Deshalb regte er nicht nur antike Autoren wie Livius und Plutarch zu Charakterstudien an, sondern etwa auch William Shakespeare und Bertolt Brecht. In Coriolanus' Handeln spiegeln sich aber auch beispielhaft eindringlich die Probleme in der jungen römischen Republik.

KRIEG GEGEN DIE STADT CORIOLI

Das patrizische Haus der Marcier in Rom hat viele berühmte Männer hervorgebracht, zu denen auch Ancus Marcius, der Enkel des Numa, gehörte, der nach Tullus Hostilius König wurde. Aus diesem Haus waren auch Publius und Quintus Marcius, welche das Wasser nach Rom geleitet haben; auch Censorinus war Marcier, den das römische Volk zweimal zum Censor wählte, dann aber auf dessen Rat hin ein Gesetz schuf, das in Zukunft niemandem erlaubte, sich zweimal um dieses Amt zu bewerben.

Gajus Marcius, der sich später Coriolanus nannte, wurde nach dem frühen Tod seines Vaters von seiner Mutter erzogen. Er bewies, daß die Tatsache, als Halbwaise aufgewachsen, keineswegs ein Hindernis sein muß, ein rechtschaffener und ausgezeichneter Mann zu werden. Dieser Marcius bewies aber auch, daß die besten Anlagen, wenn sie nicht entwickelt sind, gezügelt werden, auch viel Böses hervorbringen können. Denn die Kraft und Kühnheit seines Wesens drängten ihn zwar zu ruhmreichen Taten, auf der anderen Seite aber machten sein ungezügeltes Temperament und sein unbeugsamer Starrsinn ihn unleidlich und im Umgang mit anderen Menschen schwierig, so daß sogar jene, die seine Tatkraft und Ausdauer bewunderten, ihn bei politischen Verhandlungen als einen gehässigen, widerlichen und herrschsüchtigen Menschen verabscheuten. Allerdings schätzte man damals in Rom kriegerischen Mut und Tapferkeit unter allen Tugenden am höchsten ein; so ist es zu verstehen, daß die Römer die Tugend Virtus nannten und solcherart die Tapferkeit zur Tugend schlechthin erhoben.

Marcius, der wie kein anderer leidenschaftlich den Krieg liebte, war von Kindheit an im Waffenhandwerk geübt. Darüber hinaus schulte er seinen Körper in jeder Art von Kampfspiel, so daß er nicht nur im Laufen große Gewandtheit, sondern auch im Ringen Kraft besaß.

Schon in früher Jugend nahm er an einem Feldzug gegen den aus Rom vertriebenen König Tarquinius teil, der jetzt nach so vielen Schlachten und Niederlagen gleichsam den letzten Einsatz wagte. Seinem Heer hatten sich die Latiner und noch andere italische Völkerschaften angeschlossen, nicht aus Neigung oder eigenem Antrieb, sondern aus Furcht und Neid gegenüber der immer größer werdenden Macht der Römer, die sie bei dieser Gelegenheit zu schwächen gedachten. In der folgenden Schlacht, in der das Glück einmal auf dieser, dann auf jener Seite der Kämpfenden war, focht Marcius mit großer Kühnheit, und als er neben sich einen Römer fallen sah, trat er, diesen zu verteidigen, schützend vor ihn und tötete den angreifenden feindlichen Soldaten.

Nachdem der römische Feldherr endlich den Sieg davongetragen hatte, ehrte er zuerst den Marcius mit einem Kranz aus Eichenlaub, welchen das Gesetz für den vorsieht, der im Krieg einem Bürger das Leben gerettet hat; entweder weil eine im Feld stehende Armee überall leicht Eichenlaub findet, oder auch weil man glaubt, daß der dem Jupiter, dem Beschützer der Städte, geweihte Kranz aus Eichenlaub eine würdige Belohnung für die Rettung eines Bürgers sei.

Bei jungen Männern, die nur wenig Verlangen nach Ruhm haben, kann es geschehen, daß früh errungene Auszeichnungen den Ehrgeiz bald stillen; heldenhafte Naturen hingegen werden durch Auszeichnungen nur noch kühner und unternehmungsfreudiger. Sie betrachten diese nicht als Belohnung, sondern als Verpflichtung. Sie versuchen daher, ihren Ruhm zu steigern und durch noch größere Taten sich selbst zu übertreffen.

Von dieser Art und Gesinnung war Marcius. Er machte es sich zur Pflicht, in der Tapferkeit alle zu überholen und immer neue Heldentaten zu vollbringen. So reihte er einen Triumph an den anderen, brachte eine Siegesbeute nach der anderen heim und erreichte, daß die Feldherren, unter denen er diente, ihm jede Ehre erwiesen und ihn vor allen rühmten. Aus keinem der vielen Gefechte und Feldzüge, die die Römer damals unternahmen, kam Marcius ohne einen Ehrenkranz oder eine andere Auszeichnung zurück.

War für andere der Ruhm das Ziel ihrer Tapferkeit, so war für Marcius Ziel seines Ruhms die Freude seiner Mutter. Wenn sie ihn angesichts des allgemeinen Lobes und der Ehrungen vor Freude weinend umarmte, war er glücklich. Er soll darin dem Epameinondas ähnlich gewesen sein, der es als größtes Glück empfand, daß sein Vater und seine Mutter den unter seiner Führung bei Leuktra erkämpften Sieg noch erlebt hatten. Diesem war es freilich gegönnt gewesen, daß beide Elternteile an seiner Ehre und Freude teilhaben konnten; Marcius hingegen glaubte, die dem Vater gebührende Freude der Mutter schuldig zu sein, und so überhäufte er sie mit Ehrerbietung und Aufmerksamkeit. Nur auf ihr Bitten hin nahm er eine Frau, und auch als Kinder kamen, blieb er noch bei seiner Mutter wohnen.

Schon stand er in der Stadt wegen seiner Tapferkeit in hohem Ansehen, als der Senat sich auf die Seite der Reichen stellte und dadurch das Volk erzürnte, das von den Wucherern arg bedrückt wurde. Diese brachten die Menschen durch Pfändung und öffentlichen Verkauf um ihr letztes Hab und Gut; die so Verarmten wurden fortgeschleppt und eingekerkert, obwohl sie noch die Narben und Wunden an ihrem Körper trugen, die sie in den Kriegen für das Vaterland empfangen hatten.

Zum letzten dieser Kriege, der gegen die Sabiner geführt wurde, hatten sie sich noch bereit erklärt, weil die Reichen ihnen damals versprachen, künftig mit ihnen menschlicher zu verfahren, und der Diktator Manius Valerius nach einem Ratsbeschluß sich für die Einhaltung dieses Versprechens verbürgte. Auch in diesem Feldzug hatten sie tapfer gefochten und den Sieg erkämpft; aber da auch jetzt der Druck der Gläubiger keine Lockerung erfuhr und der Senat von seiner Zusage plötzlich nichts mehr wissen wollte, sondern zusah, daß die Schuldner weiterhin fortgeschleppt und verhaftet wurden, brachen endlich in der Stadt Unruhen und Meutereien aus.

Zur gleichen Zeit fielen auch die Feinde, denen die Uneinigkeit im römischen Volk nicht verborgen geblieben war, in ihr Gebiet ein und verheerten es mit Feuer und Schwert. Die Consuln riefen die wehrfähigen Bürger zu den Waffen; aber niemand gehorchte ihnen. Daher war nun der Senat unschlüssig, was er tun sollte. Einige rieten, den Armen nachzugeben und auf übermäßige Strenge und Härte zu verzichten, andere wiederum eiferten dagegen. Unter ihnen war auch Marcius. Er meinte, es gehe hier weniger um Geld als um den ersten Versuch eines frech und übermütig gewordenen Pöbels, sich gegen die Gesetze aufzulehnen; deshalb müßte man diesen Unfug beizeiten unterdrücken.

Als der Senat sich deshalb mehrmals innerhalb weniger Tage versammelte, ohne zu einem Entschluß zu kommen, erhoben sich die Armen. Doch durch die berühmte Rede des Agrippa Menenius ließen sie sich wieder begütigen, nachdem sie vom Senat gefordert und auch erlangt hatten, daß sie fünf Männer wählen durften, die sich der Hilfsbedürftigen annehmen sollten. Man nannte sie Volkstribunen. Die ersten, die in dieses Amt gewählt wurden, waren Anführer dieses Aufstandes, Junius Brutus und Sicinius Bellutus.

Nachdem nun der Friede in der Stadt wiederhergestellt war, legte das Volk sogleich die Waffen an und ließ sich willig von den Consuln in den Krieg führen. Marcius, der ungehalten war, daß nun die Macht des Volkes zum Nachteil des Adels gestärkt wurde, und der auch bei anderen Patriziern Gesinnungsfreunde fand, ermunterte diese, den gemeinen Bürgern in der mutigen Verteidigung des Vaterlandes dennoch in keiner Weise nachzustehen, vielmehr zu beweisen, daß ihre Vorrechte sich nicht nur auf Macht, sondern auch auf Tapferkeit gründeten.

Die größte und bedeutendste Stadt im Land der Volsker, mit denen die Römer jetzt Krieg führten, war Corioli. Als der Consul Cominius diese belagerte, gerieten die übrigen Volsker in Schrecken und rückten von allen Seiten her gegen die Römer vor, um unter den Mauern der Stadt ein Treffen zu wagen und die Feinde auf beiden Flanken zugleich anzugreifen. Cominius teilte daher seine Streitmacht; er selbst trat den zum Entsatz anrückenden Volskern entgegen, den Titus Larcius, einen der tapfersten Römer, ließ er zur weiteren Belagerung der feindlichen Stadt zurück.

Die Coriolaner unterschätzten die noch im Lager stehenden Truppen, machten unvermutet einen Ausfall und behielten auch beim ersten Angriff die Oberhand, so daß sie die Römer bis in ihre Verschanzungen verfolgten. Hier aber eilte Marcius mit einer kleinen Schar Männer heraus, hieb die, welche ihm zuerst begegneten, nieder, nahm dadurch den übrigen den Mut, weiter vorzudringen, und rief nun die Römer mit lauter Stimme zu sich. Denn er war nicht nur dem Feind durch seine Faust und seinen Hieb ein gefährlicher Gegner, sondern auch in Stimme und Blick furchtgebietend, so daß ihm nicht leicht einer widerstand. Nachdem viele Römer sich um ihn gesammelt hatten und tapfer kämpften, wichen endlich die Feinde erschrocken zurück.

Aber Marcius begnügte sich nicht damit, sondern setzte ihnen nach und verfolgte sie bis an die Tore ihrer Stadt. Hier mußte er zwar sehen, daß die Römer wegen der vielen Geschosse, die von der Mauer auf sie herabflogen, zögerten und daß es keinem in den Sinn kam, zugleich mit den Flüchtenden in die von tapferen Kriegern gesteckt volle Stadt einzudringen; dennoch hielt er stand und suchte die Seinen zu ermutigen. Er rief ihnen zu, das Glück hätte die Stadt dem Verfolger und nicht so sehr den Flüchtenden geöffnet.

Nur wenige zeigten Lust, ihm zu folgen. Mit diesen wenigen jedoch bahnte er sich eine Gasse durch die Feinde und drang in die Stadt ein. Zuerst wagte es niemand, sich ihm zu widersetzen oder ihn aufzuhalten; als aber die Einwohner sahen, daß nur wenige Römer in der Stadt waren, eilten sie von allen Seiten herbei und fielen über sie her.

In dieser gefährlichen Lage vollbrachte er, eingekeilt zwischen Feind und Freund, durch die Stärke seiner bloßen Faust, durch die Schnelligkeit seiner Füße und seinen unerschrockenen Heldenmut Wunder an Tapferkeit. So gelang es ihm, dem Larcius Zeit zu gewinnen, bis dieser kampflos mit seinen Truppen in die Stadt einrücken konnte.

Nachdem die Stadt auf diese Weise erobert worden war, begannen die römischen Soldaten zu plündern und Beute zu machen. Marcius konnte seinen Unwillen darüber nicht verbergen und erklärte laut, es wäre eine Schande, daß sie, während der Consul und seine Soldaten vielleicht irgendwo auf den Feind gestoßen seien und mit ihm kämpften, an Beute dächten und sich daran bereicherten, statt weiterzukämpfen.

Nur wenige hörten auf ihn. So scharte er die Freiwilligen um sich und zog mit ihnen in die Richtung weiter, wo er den anderen Teil des Heeres vermutete. Er trieb seine Männer zur Eile an und ermahnte sie, durchzuhalten. Manchmal betete er auch zu den Göttern, sie möchten ihn nicht erst nach dem entscheidenden Treffen, sondern zur rechten Zeit ankommen lassen, damit er noch am Kampf seiner Mitbürger teilnehmen könne.

Damals war es bei den Römern Brauch, daß sie, wenn sie bereits in Schlachtordnung standen, den Schild trugen und den Mantel aufgürteten, ihr Testament mündlich machten und vor drei oder vier Zeugen den Erben bestimmten. Marcius erreichte in diesem Augenblick die Truppe, als die Soldaten im Angesicht des feindlichen Heeres dieses taten.

Anfangs erregte seine Ankunft einige Bestürzung, weil er mit so wenigen Begleitern, mit Schweiß und Blut bedeckt, erschien. Aber als er nun voll Freude auf den Consul zueilte, ihm die Hand reichte und die Eroberung der Stadt meldete, Cominius ihn dafür umarmte und küßte, da faßten alle wieder Mut und forderten mit lautem Zuruf, man möge sie gegen den Feind führen.

Marcius aber fragte Cominius, wie die Schlachtordnung der Feinde aussehe und wo der Kern ihrer Truppen zu suchen sei. Als Cominius antwortete, er hielte die in der Mitte stehenden Soldaten für die Antiater, die die tapfersten wären und alle an Mut überragten, sagte Marcius: »Nun, so bitte ich dich inständig, laß uns gegen diese Leute kämpfen.«

Der Consul bewunderte seinen Eifer und gewährte ihm die Bitte.

Während die Römer ihre Wurfspeere schleuderten, brach Marcius mit solchem Ungestüm hervor, daß die vorderen Reihen der Volsker ihm nicht widerstehen konnten und die Schlachtordnung ins Wanken kam.

Nun aber bildeten die Feinde eine Zange und schlossen den Marcius gänzlich ein, weshalb auch der Consul, der seinetwegen besorgt war, ihm seine besten Truppen zum Entsatz schickte. Um Marcius herum erhob sich ein blutiges und hartnäckiges Gefecht, und bald war ringsum der Boden mit Leichen bedeckt. Die Römer setzten jedoch den Feinden mit größtem Nachdruck zu, brachten sie endlich zum Weichen und verfolgten sie.

Man drängte Marcius, der vom Kampf und den dabei empfangenen Wunden entkräftet war, er möge doch in das Lager zurückkehren. Er aber antwortete, ein Sieger kenne keine Ermüdung, und setzte weiterhin den Flüchtigen nach. Das feindliche Heer wurde auch auf den übrigen Kampfabschnitten geschlagen und erlitt große Verluste an Toten und Gefangenen.

Am folgenden Tag begab sich Marcius zum Consul, um den sich auch die übrigen Soldaten versammelt hatten. Dieser bestieg die Rednerbühne, und nachdem er den Göttern für einen so herrlichen Sieg den schuldigen Dank abgestattet hatte, wendete er sich an Marcius. Zuerst spendete er ihm höchstes Lob, sowohl wegen dessen Taten, die er mit eigenen Augen mit angesehen hatte, als auch wegen jener anderen, wovon Marcius Zeugnis ablegte. Hierauf hieß er ihn von all der reichen Beute an Schmuck, Pferden und Gefangenen den zehnten Teil nehmen, ehe sie unter die übrigen verteilt wurde. Außerdem schenkte er ihm noch als Ehrenpreis ein prächtig geschmücktes Pferd.

Die Römer billigten dies alles. Nun aber trat Marcius auf und erklärte, das Pferd nehme er an, auch freue er sich über das Lob des Consuls; allein auf das übrige, das in seinen Augen ein bloßer Lohn und keine Ehrenbezeigung sei, wolle er verzichten und sich wie jeder andere mit dem auf ihn fallenden Teil begnügen. »Allerdings«, setzte er hinzu, »bitte ich mir eine einzige Gnade aus und wünsche, daß man sie mir gewähre: Ich hatte unter den Volskern einen Gastfreund, einen wackeren, rechtschaffenen Mann. Dieser ist jetzt gefangen, aus dem reichen, glücklichen Mann ein Sklave geworden. Angesichts der vielen Schicksalsschläge, die ihn jetzt getroffen haben, bin ich schon froh, wenn ich ihn nur von der Schmach des Verkauftwerdens befreien kann.«

Auf diese Rede des Marcius erhob sich noch lauteres Geschrei: die Überlegenheit, womit der Mann die angebotenen Reichtümer verschmähte, fand ungleich größere Bewunderung als die Tapferkeit, die er in Schlachten bewiesen hatte. Selbst jene, die angesichts der ihm erzeigten Ehre Neid und Eifersucht empfanden, hielten ihn nun schon deswegen einer großen Belohnung würdig, weil er sie nicht annahm; sie schätzten seine Tugend, die ihn solche Reichtümer verachten ließ, ungleich höher als jene, durch die er sie verdient hatte. Denn es ist wohl rühmlicher, Reichtümer gut zu gebrauchen als Waffen, aber Reichtümer gar nicht zu begehren ist erhabener, als sie gut zu gebrauchen.

Nachdem endlich das Geschrei und der Lärm des Volkes verstummt waren, nahm Cominius wieder das Wort: »Die Geschenke, ihr Mitsoldaten, können wir dem Marcius nicht wider seinen Willen aufdrängen. Doch laßt uns ihm dafür ein anderes schenken, etwas, das er nicht ausschlagen kann; laßt uns hier beschließen, daß er von nun an Coriolanus heißen soll, denn die Tat selbst hat ihm diesen Namen gegeben.

Von dieser Zeit an führte Marcius als dritten Namen den Namen Coriolanus, woraus ersichtlich ist, daß Gajus sein eigener Name, der zweite, Marcius, sein Familienname und der dritte, den er von da an führte, ein ehrender Beiname gewesen ist.

VOM VOLK VERURTEILT

Gleich nach der Beendigung des Krieges sorgten die Volksführer wieder für Zwietracht, ohne daß ein unmittelbarer Anlaß oder eine begründete Beschwerde vorgelegen wären; sie gebrauchten nur die Übel, die eine notwendige Folge der früheren Unruhen und Streitigkeiten waren, zum Vorwurf gegen die Patrizier. Denn der größte Teil der Felder war unbebaut geblieben, und während des Krieges hatten es die Umstände nicht erlaubt, Getreide aus dem Ausland zu bekommen. So entstand jetzt ein drückender Mangel. Als die Anführer sahen, daß kein Getreide auf den Markt kam und das Volk auch kein Geld gehabt hätte, es zu kaufen, streuten sie böswillige und verleumderische Reden gegen die Reichen aus, daß diese absichtlich die Hungersnot herbeigeführt hätten.

Inzwischen kamen Abgeordnete von Velitrae. Sie übergaben den Römern die Stadt und ersuchten, man möge Siedler dahin schicken. Denn eine pestartige Krankheit hatte unter ihnen so gewütet, daß kaum der zehnte Teil der Einwohnerschaft übriggeblieben war.

Dieses Ansuchen der Velitraner schien gerade zur rechten Zeit zu kommen, da man wegen der großen Hungersnot eine Abwanderung begrüßte; auch hoffte man die Zwietracht eher zu beenden, wenn die Unruhestifter, die sich leicht von den Volksführern verhetzen ließen, aus der Stadt entfernt würden.

Die Consuln wählten daher nur solche Leute des Widerstands als Kolonisten, die anderen Störenfriede aber boten sie zu einem Feldzug gegen die Volsker auf, um sie so durch das Kriegshandwerk von den inneren Unruhen abzulenken. Denn sie dachten, wenn Reiche und Arme, Plebejer und Patrizier Seite an Seite unter den Waffen, in einem Lager und in gemeinsamen Gefahren vereint wären, beide Seiten weit freundlicher und verträglicher zueinander sein würden.

Aber nun wehrten sich Sicinius und Brutus, die Führer des Volks, mit allen Mitteln dagegen. Sie warfen den Consuln vor, eine grausame Strafe unter dem harmlosen Namen der Versendung in eine Kolonie vollstrecken zu wollen. Auf diese Weise stürze man die armen Bürger ins Unglück, da man sie in eine verseuchte, mit unbegrabenen Leichnamen angefüllte Stadt schicke, um dort bei erzürnten und feindlichen Göttern zu hausen; und damit nicht genug! Während ein Teil des Volkes durch Hunger dahingerafft, der andere der Pest preisgegeben werde, breche man noch obendrein einen Krieg vom Zaun, damit es der Stadt ja an keiner Art von Übel fehlte; und das alles nur, weil sie es müde geworden sei, den Reichen sklavisch zu dienen. Durch diese und ähnliche Reden wurde der Widerstand des Volkes so sehr gestärkt, daß es dem Aufruf der Consuln zum Krieg keine Folge leistete und auch die Entsendung von Kolonisten ablehnte.

Der Senat geriet darüber in große Verlegenheit; aber Marcius, der sich aufgrund seiner Verdienste um das Vaterland stark fühlte und bei den vornehmsten Männern in großem Ansehen stand, stellte sich den Volksführern mit Nachdruck entgegen und erzwang die Entscheidung. So schickte man endlich die Kolonisten ab, indem man die, welche das Los traf, zwang, nach Velitrae zu gehen.

Da das Volk aber nur äußerst widerwillig zu Kriegsdiensten bereit war, nahm Marcius seine Männer und einige andere, die er dazu gewinnen konnte, mit sich und machte einen Streifzug in das Gebiet von Antium. Hier fand er viel Getreide, machte auch große Beute an Menschen und Vieh, aber er behielt nichts davon für sich, sondern überließ alles seinen Begleitern und führte sie schwer beladen nach Rom zurück. Die anderen, die mit Reue und Neid ihre Mitbürger so reich versorgt heimkehren sahen, ärgerten sich nun über Marcius und empfanden seinen Ruhm und seine zum Nachteil des Volkes wachsende Macht sehr drückend.

Nicht lange danach bewarb Marcius sich um das Consulat; die meisten Patrizier standen auf seiner Seite. Auch das Volk schämte sich gewissermaßen, einen Mann, der durch seine Geburt und seine Tapferkeit einer der Ersten im Staat war, nach so vielen glänzenden Verdiensten nicht zu unterstützen. Es war damals Sitte, daß die, welche dieses Amt anstrebten, auf den Markt gingen, die Bürger um ihre Stimme baten und sie höflich bei der Hand faßten. Sie erschienen dabei nur mit der Toga bekleidet, ohne Unterschied, entweder um sich durch diese Tracht bei ihrem Gesuch demütig zu zeigen oder um die Narben, die sie etwa hatten, als Zeugen ihrer Tapferkeit zur Schau zu stellen.

Wie also Marcius die vielen Narben zeigte, die er in so vielen Schlachten während seinem siebzehnjährigen ununterbrochenen Kriegsdienst empfangen hatte, zollten die Bürger seiner großen Tapferkeit Anerkennung und sprachen schon untereinander davon, daß sie ihn zum Consul wählen wollten. Aber an dem zur Wahl bestimmten Tag, als Marcius mit stolzem Gepränge in Begleitung des Senats auf dem Markt erschien und die um ihn versammelten Patrizier deutlich kundtaten, daß sie sich für ihn mehr als je zuvor für einen anderen Kandidaten einsetzen würden, verlor das gemeine Volk auf einmal alle Lust, ihn zu wählen, und ließ sich wieder von Neid und Unwillen lenken. Dazu gesellte sich noch die Furcht, daß, wenn ein so hochmütiger Aristokrat, der bei den Patriziern in so großem Ansehen stand, die Regierung in seine Hände bekäme, er wohl das Volk völlig um seine Freiheit brächte. Diese Überlegungen bewirkten, daß man andere Männer zu Consuln wählte und Marcius bei der Wahl völlig überging.

Der Senat empfand dies sehr demütigend und fühlte sich dadurch mehr beschimpft als Marcius selbst. Dieser konnte den Vorfall auch nicht mit Gleichmut und Gelassenheit hinnehmen, da er oft genug seinem Hang zum Jähzorn und Starrsinn nachgab, was er für Geistesgröße und Großmut hielt. Auch war es ihm nicht gelungen, jene mit Sanftmut verbundene Festigkeit, ein unentbehrlicher Bestandteil politischer Tugend, sich durch Bildung und Erziehung zu eigen zu machen. Er hatte nicht begriffen, daß ein Mann, der Staatsgeschäfte führen und mit Menschen umgehen will, vor allem den Eigendünkel ablegen und sich in Langmut üben muß, so laut andere auch spotten mögen.

Marcius, der immer unbeeinflußbar und unbeugsam war und sich einbildete, stets über alle zu siegen und die Oberhand zu behalten, glaubte dies nur durch Stärke erreichen zu können, jetzt verließ er voller Verdruß und Erbitterung gegen das Volk den Markt.

Die jungen Patrizier, die sich am meisten vor dem Volk mit ihrem Adel brüsteten, waren Marcius immer außerordentlich zugetan gewesen. Auch jetzt hängten sie sich zu seinem Unglück an ihn und schürten mit ihrem Bedauern und Mitleid seinen Zorn.

Inzwischen kam in Rom eine große Menge Getreide an, das teils in Italien aufgekauft, teils von Gelon, dem Fürsten von Syrakus, als Geschenk übersandt worden war. Die meisten Bürger freuten sich nun über die Aussicht, daß damit Hungersnot und Zwietracht in der Stadt beendet werden könnten. Der Senat hielt sogleich eine Sitzung ab, und das vor dem Rathaus versammelte Volk wartete sehnlichst auf den Ausgang, weil es hoffte, daß das erworbene Getreide um einen tragbaren Preis verkauft und das von Gelon geschenkte umsonst ausgeteilt werde; das hatten auch einige Mitglieder des Senats vorgeschlagen.

Doch jetzt trat Marcius auf, griff die Senatoren, die zugunsten des Volkes redeten, heftig an und nannte sie Verräter der Aristokratie. Er warf ihnen vor, im Volk ausgestreute verderbliche Saat des Übermuts zu ihrem eigenen Untergang zu nähren, wo es doch ratsam gewesen wäre, sie gleich im Keim zu ersticken und nicht das Volk noch mächtiger zu machen, das ohnedies beinahe schon alles erlangt hätte, was es wünschte. So könne es wider seinen Willen zu gar nichts mehr gezwungen werden, es gehorche auch den Consuln nicht mehr, sondern habe unter Mißachtung aller rechtmäßigen Obrigkeit seine Anführer zu den alleinigen Machthabern ernannt. »Wenn wir«, sagte er, »Schwäche zeigen und Spenden und Austeilungen beschließen, so werden wir das Volk zum allgemeinen Verderben in seiner Widerspenstigkeit nur noch bestärken. Denn die Bürger werden doch wohl nicht sagen, daß sie das Getreide bekommen hätten als Belohnung für die Kriegsdienste, denen sie sich so oft entzogen, oder für ihre Empörungen, wodurch sie das Vaterland mehr als einmal verrieten, oder gar für die Verleumdung des Senats, der sie so willig Gehör schenkten; nein, sie rechnen damit, daß wir aus Furcht nachgeben und, um sie bei Laune zu erhalten, die Verteilung des Getreides bewilligen müssen, und sie werden dann den Ungehorsam, die Meuterei und Zwietracht auf die Spitze treiben. Wir würden also damit den größten Fehler machen. Handeln wir hingegen klug, so werden wir bei dieser Gelegenheit die Volkstribunen entmachten, die dem Ansehen der Consuln so geschadet und den Staat in eine solche Spaltung geführt haben, daß er nicht mehr wie früher eins ist und an die Wiederherstellung des Friedens und der Eintracht so wenig zu denken ist als an die Beseitigung so mancher Übel und Feindseligkeiten.«

Durch diese und andere Vorhaltungen machte er im Senat tiefen Eindruck und gewann bei den jüngeren und fast durchwegs reichen Mitgliedern so große Sympathien, daß sie laut erklärten, die Stadt hätte keinen Mann, der so unbestechlich, so frei von kriechender Schmeichelei wäre wie er.

Einige der älteren Senatoren aber widersprachen dem Marcius, weil ihnen vor den Folgen solcher Handlungsweise bange war. Sie sollten mit ihren Befürchtungen recht behalten. Denn als die Volkstribunen, die ja ebenfalls anwesend waren, merkten, daß die Vorschläge des Marcius durchgehen würden, eilten sie zum Volk hinaus und ermahnten es mit großem Nachdruck, zusammenzuhalten und ihnen zur Seite zu stehen. Sogleich hielt man eine stürmische Versammlung ab, und nachdem dabei die von Marcius gehaltene Rede wiederholt worden war, fehlte nicht viel, und das Volk hätte in seiner Wut das Rathaus gestürmt.

Die Volkstribunen schoben alle Schuld auf Marcius, ließen ihn durch ihre Diener vorladen, und als diese mit Schimpf zurückgewiesen wurden, kamen sie selbst mit den Aedilen, um ihn mit Gewalt wegzuholen, und legten auch wirklich Hand an ihn; die Patrizier traten jedoch zusammen, trieben die Volkstribunen zurück und schlugen die Aedilen. Der hereinbrechende Abend machte für diesmal dem Ringen ein Ende.

Als die Consuln gleich im Morgengrauen des folgenden Tages das Volk von allen Seiten in äußerster Erbitterung auf dem Markt zusammenlaufen sahen, befürchteten sie für die Stadt das Schlimmste. Sie ließen den Rat zusammentreten und trugen ihm auf, zu überlegen, wie man durch freundliche Worte und annehmbare Vorschläge das Volk wieder zur Ruhe bringen könnte; es wäre, so meinten sie, ein Gebot der Vernunft, in dieser kritischen Stunde nicht auf Ehre oder Ansehen bedacht zu sein; die bedenklichen und gefährlichen Anzeichen verlangten vielmehr eine freundliche und nachgiebige Politik.

Da die meisten Mitglieder des Rats endlich nachgaben, gingen die Consuln hinaus, sprachen mit dem Volk so leutselig als möglich und suchten es zu besänftigen, indem sie sich gegen die Vorwürfe in aller Bescheidenheit verteidigten, Tadel und Verweise nur mäßig gebrauchten und zuletzt noch erklärten, daß sie mit ihm wegen des Preises der Lebensmittel in Güte übereinkommen würden.

Schon gab der größte Teil des Volkes nach und bewies durch die Ruhe und bescheidene Stille, mit der es die Rede angehört hatte, daß es mit dem Angebot der Consuln zufrieden sei, als die Volkstribunen sich erhoben und sagten, das Volk werde dem Senat, da er sich eines Besseren besonnen habe, in allem, was gerecht sei, folgen; zugleich bestanden sie jedoch darauf, Marcius solle sich rechtfertigen, ob er nicht zum Sturz der Verfassung und zur Unterdrückung des Volks den Senat aufgehetzt habe, sich gegenüber der Vorladung des Volkstribunen ungehorsam gezeigt und endlich auf öffentlichem Markt die Aedilen geschlagen und beschimpft habe, um dadurch einen Bürgerkrieg zu entfesseln und die Bürger gegeneinander aufzubringen. Dies forderten sie in der Absicht, Marcius entweder zu demütigen, indem er seinen stolzen Sinn vor dem Volk verleugnen und milde Worte finden müßte, oder, wenn er seinem Charakter gemäß handelte, ihn dem unversöhnlichen Zorn des Volkes auszusetzen; mit letzterem rechneten sie am meisten, da sie den Menschen Marcius gut genug kannten.

Marcius trat nun auf, um sich zu verteidigen, und das Volk hörte ihm ruhig und still zu. Als er aber begann, vor seinen Zuhörern, die Abbitte erwarteten, nicht nur mit verletzender Ausfälligkeit zu sprechen und mehr das Volk anklagte als sich selbst, überdies auch durch Miene und Ton eine an Verachtung und Geringschätzung grenzende Unerschrockenheit zeigte, wurde das Volk zornig und konnte seinen Verdruß und Unwillen über eine solche Rede nicht länger zurückhalten.

Sicinius, der kühnste unter den Volkstribunen, besprach sich kurz mit seinen Freunden, erklärte dann laut vor der Versammlung, Marcius sei von den Volkstribunen zum Tod verurteilt worden, und befahl den Aedilen, ihn auf das Kapitol zu führen und unverzüglich vom Felsen hinunterzustürzen. Die Aedilen legten auch wirklich Hand an ihn, aber selbst vielen von den Bürgern schien diese Hinrichtung doch zu schauderhaft und vorschnell zu sein, und die Patrizier, die darüber bestürzt und außer sich waren, eilten dem Marcius auf sein Rufen hin zu Hilfe.

Einige trieben die, welche ihn festhielten, mit Gewalt zurück und nahmen ihn in ihre Mitte; die anderen streckten ihre Hände aus und baten das Volk auf diese Weise um Schonung, weil bei einem solchen Getümmel und Lärm mit Worten oder Rufen nichts auszurichten war.

Als endlich die Freunde und Vertrauten der Volkstribunen einsahen, daß es ohne großes Blutvergießen unter den Patriziern nicht möglich sei, Marcius fortzuführen und zu bestrafen, redeten sie jenen zu, von der ungewöhnlichen und grausamen Strafe abzustehen und Marcius nicht ohne Verhör hinzurichten, sondern das Volk über ihn abstimmen zu lassen.

Sicinius faßte sich daher und fragte die Patrizier, was es zu bedeuten hätte, daß sie Marcius dem Volk, das ihn bestrafen wollte, zu entreißen suchten? Die Patrizier stellten die Gegenfrage: »Und was wollt ihr bezwecken, daß ihr einen der vornehmsten Bürger Roms ohne alle Untersuchung zu einer so grausamen und gesetzwidrigen Strafe verurteilt?« Darauf antwortete Sicinius: »Dies soll euch kein Vorwand zur Uneinigkeit und Zwietracht mit dem Volk sein. Es gewährt euch, was ihr fordert; der Mann soll gerichtet werden. Und dir, Marcius, sage ich jetzt, daß du dich am dritten Markttag stellst und deine Unschuld vor deinen Mitbürgern rechtfertigst, die dann durch ihre Stimme entscheiden werden.«

Mit diesem Ausgang waren die Patrizier für den Augenblick zufrieden und gingen mit Marcius weg. In der Zwischenzeit bis zum dritten Markttag — die Römer halten ihre Markttage alle neun Tage und nennen sie deswegen »nundinae« — gab ihnen ein Feldzug, der gegen die Antiater geführt werden mußte, Hoffnung, die Sache ganz einschlafen zu lassen. Denn sie glaubten, daß der Krieg sich in die Länge ziehen werde und das Volk dadurch wieder gefügiger werde.

Als aber das Heer nach Beilegung der Auseinandersetzungen mit den Antiatern wieder zurückkehrte, hielten die Patrizier, denen nicht wohl zumute war, häufig Zusammenkünfte ab, um einen Weg zu finden, wie sie Marcius nicht ausliefern und zugleich den Tribunen nicht erneut Anlaß zur Aufwiegelung des Volkes geben müßten. Appius Claudius, der als der ärgste Volksfeind verschrien war, gab ihnen nachdrücklich zu bedenken, sie würden den Senat entmachten und die bisherige Verfassung stürzen, wenn sie zuließen, daß das Volk durch Mehrheit der Stimmen über die Patrizier entscheide.

Aber die älteren Senatoren und solche, die auf der Seite des Volkes standen, behaupteten das Gegenteil. Sie meinten, das Volk würde sich angesichts dieses Zugeständnisses eher gemäßigt und nachsichtig erweisen, als streng und unerbittlich sein. Denn es verachte keineswegs den Senat, sondern glaube vielmehr, von diesem verachtet zu werden; daher werde es sich durch den Beschluß des Senats, abstimmen zu dürfen, geehrt fühlen, daß es allen Zorn ablegen würde.

Marcius, der merkte, daß der Senat zwischen dem Wunsch, ihn zu unterstützen, und der Furcht vor dem aufgebrachten Volk schwankte, fragte die Volkstribunen, welche Klage sie gegen ihn vorbrächten und aufgrund welchen Verbrechens sie ihn vor das Gericht des Volkes stellen wollten. Da sie antworteten, die Anklage laute auf Tyrannei und sie beweisen würden, daß er es darauf anlege, sich zum Herrn von Rom aufzuwerfen, stand er auf und sagte: »Nun gut, so will ich mich gleich jetzt dem Volk stellen und mich verteidigen. Ich werde keine Untersuchung scheuen, und sollte ich schuldig befunden werden, mich keiner Strafe entziehen; nur müßt ihr diese Klage auch wirklich begründen und dürft den Senat nicht hintergehen.«

Sie versprachen es, und auf diese Bedingung hin wurde das Gerichtsverfahren eröffnet.

Als das Volk zusammengekommen war, setzten die Volkstribunen es zuerst mit Gewalt durch, daß die Stimmen nicht nach den Zenturien, sondern nach den Tribus abgegeben werden mußten, wodurch sie dem Pöbel, der nicht nach Ehre fragte, gegenüber den begüterten, angesehenen und im Krieg dienenden Bürgern das Übergewicht verschafften. Dann ließen sie die Klage, die das Streben nach der Oberherrschaft betraf und wofür keine Beweise vorhanden waren, gänzlich fallen und kamen auf die im Senat gehaltene Rede zurück, in welcher Marcius vom billigen Verkauf des Getreides abgeraten und die Abschaffung des Tribunats verlangt hatte.

Außerdem aber brachten sie noch eine neue Klage gegen ihn vor, nämlich die der Verteilung der im Land der Antiater gemachten Beute, die er nicht in die öffentliche Schatzkammer abgeliefert, sondern ausschließlich unter jene verteilt hatte, die ihn auf diesem Zug begleiteten. Dieser Vorwurf soll Marcius am meisten in Verlegenheit gestürzt haben. Denn er traf so unerwartet, daß er vor dem Volk nicht gleich eine entsprechende Rechtfertigung vorbringen konnte. Als er nun gar jene lobte, die ihn auf diesem Zug begleitet hatten, unterbrach ihn die weit größere Menge derer, die nicht dabeigewesen waren, durch lautes Geschrei.

Endlich kam es zur Abstimmung. Da stellte sich heraus, daß ihn das Volk mit einer Mehrheit von nur drei Stimmen verurteilte. Die ihm zuerkannte Strafe lautete auf lebenslängliche Landesverweisung. Nach Bekanntgabe des Urteils ging das Volk freudig und mit einem Stolz, wie es ihn noch bei keinem Sieg über die Feinde erlebt hatte, auseinander.

Der Senat hingegen war über das Urteil äußerst bestürzt und niedergeschlagen und bedauerte es hinterher, daß er nicht alles gewagt und auf sich genommen, sondern dem Volk soviel Gewalt eingeräumt hatte. Es bedurfte in diesen Tagen weder einer unterschiedlichen Kleidung noch anderer Kennzeichen, allein an der freudigen Miene erkannte man sogleich den gemeinen Bürger und an der traurigen den Patrizier.

Marcius selbst blieb dabei völlig unerschüttert und ungebeugt; seine Gebärde, sein Gang, seine Miene waren weiterhin ruhig, und unter allen, die sein Unglück rührte, schien er der einzige zu sein, der nichts empfand, nicht etwa als Folge vernünftigen Nachdenkens oder sanfter Gesinnung, noch weniger auf gelassener Ergebung in sein Schicksal, sondern weil er von Zorn und Empörung randvoll war.

Daß dem so war, bewies er bald durch seine Handlungen. Er begab sich nach Hause, nahm von seiner Mutter und Gemahlin, die laut weinten, Abschied und ermahnte sie, ihr Schicksal gelassen zu tragen. Dann ging er an das Stadttor, wobei er von fast allen Patriziern begleitet wurde, und ohne etwas von ihnen anzunehmen oder zu verlangen, verließ er Rom mit drei oder vier seiner Freunde, die er mitnahm.

Nachdem er sich einige Tage auf seinen Landgütern in der Einsamkeit mit mancherlei Plänen, die ihm der Zorn eingab und die auf nichts Gutes und Nützliches, sondern nur darauf hinausliefen, wie er sich an den Römern rächen könnte, beschäftigt hatte, beschloß er, irgendeinen schweren Krieg in unmittelbarer Nähe Roms vom Zaun zu brechen. Er wollte zuerst sein Glück bei den Volskern versuchen, weil er wußte, daß sie an Truppen und Kriegsmaterial noch immer mächtig genug waren, und er vermutete, daß durch die bisher erlittenen Niederlagen ihre Macht nicht so sehr geschwächt, dafür aber ihre Erbitterung und Eifersucht gewachsen seien.

MIT DEM FEIND VERBÜNDET

In Antium lebte damals ein Mann namens Tullus Amfidius, der wegen seines Reichtums, seiner Tapferkeit und vornehmen Geburt bei allen Volskern in königlichem Ansehen stand.

Marcius wußte sehr gut, daß er von diesem Mann mehr als irgendein anderer Römer gehaßt wurde. Denn da sie sich in Schlachten oft gefordert, einander gedroht und gehöhnt hatten, wie es unter jungen, von Ruhmsucht und Ehrgeiz besessenen Kriegern häufig der Fall ist, so war zwischen ihnen neben der öffentlichen noch eine persönliche Feindschaft entstanden. Auf der anderen Seite kannte er auch die große edle Denkungsart des Tullus und wußte, daß er vor allen anderen Volskern auf eine günstige Gelegenheit wartete, um sich an den Römern rächen zu können.

Marcius zog Kleider an, in denen er am wenigsten erkannt werden konnte, und von den vielen Menschen, die ihm begegneten, erkannte ihn niemand. Er begab sich zum Haus des Tullus, und nachdem er sich heimlich hineingeschlichen hatte, setzte er sich schweigend an den Herd, verhüllte das Gesicht und verhielt sich ruhig. Die Diener des Hauses, so sehr sie seine Anwesenheit auch befremdete, wagten es nicht, ihn wegzuscheuchen, denn sein Äußeres wie auch sein Schweigen verrieten eine gewisse Würde; sie berichteten darüber jedoch Tullus, der eben bei Tisch saß.

Tullus stand sogleich auf, ging zu ihm und fragte, wer er sei und was ihn herführe.

Da schlug Marcius die Kleider zurück, und nach einer Weile sagte er: »Erkennst du mich noch immer nicht, Tullus, oder traust du deinen Augen nicht? So muß ich denn wohl mein eigener Ankläger werden. Ich bin Gajus Marcius, der dir und den Volskern den größten Schaden zugefügt hat. Dies zu sagen verpflichtet mich der Beiname Coriolanus, den ich führe. Denn für alle meine Mühen und Gefahren habe ich sonst keine Belohnung erhalten als jenen Namen, ein Denkmal meines Hasses gegen euch. Dieser konnte mir nicht entrissen werden und ist allein mir geblieben, während ich alles andere durch den Neid und Übermut des Volkes oder durch die Schwachheit und den Verrat der Senatoren und Bürger meines Standes verloren habe. Man hat mich verbannt und ausgestoßen, deshalb habe ich mich in den Schutz deines Herdes begeben; nicht um hier Sicherheit zu suchen oder mein Leben zu retten – denn was brauchte ich hierherzukommen, wenn ich den Tod fürchtete? Ich kam, um an meinen Verfolgern Rache zu nehmen, und ich nehme sie schon dadurch, daß ich dich zum Herrn über mich mache. Hast du also Mut, edler Mann, gegen die Feinde etwas zu unternehmen, so bediene dich meines Schicksals und mache mein Unglück zum allgemeinen Glück der Volsker; denn ich werde um so besser für als gegen euch streiten, weil die, welche die Lager des Feindes kennen, immer besser streiten als die, welche sie nicht kennen. Fehlt dir aber der Mut, so mag ich nicht länger leben, und auch für dich wäre es nicht ratsam, einen Mann, der einst dein Feind war und jetzt für dich unnütz und unbrauchbar ist, am Leben zu erhalten.«

Tullus äußerte bei dieser Anrede ungemeine Freude, reichte ihm die Hand und sagte: »Steh auf, Marcius, und sei ohne Furcht! Es ist ein Glück für uns, daß du kamst und dich selbst ergibst. Für die Zukunft erhoffe von den Volskern große Taten!«

Dann bewirtete er ihn äußerst freundlich, und in den nächsten Tagen hielten sie beide Rat über den künftigen Krieg.

Unterdessen entstand in Rom manche Unruhe. Nicht nur durch die Erbitterung der Patrizier gegen das Volk, die ihre Wurzeln hauptsächlich in der Verbannung des Marcius hatte, sondern auch durch viele ungewöhnliche Wunderzeichen, über welche Priester, Wahrsager und auch Privatpersonen dem Senat berichteten.

Eines davon ereignete sich auf folgende Art: Damals lebte in Rom ein gewisser Titus Latinus, ein Bürger von nicht sehr großem Ansehen, der im übrigen jedoch ein stilles, ordentliches Leben führte, auch vom Aberglauben und eitler Prahlerei frei war. Dieser Titus Latinus hatte einen Traum. Es war ihm, als stünde Jupiter vor ihm und befehle ihm, dem Senat zu melden, daß man bei dem ihm zu Ehren gehaltenen Festzug einen üblen, äußerst häßlichen Tänzer vorausgeschickt hätte. Das erstemal kümmerte sich Titus, wie er später aussagte, wenig um diesen Traum. Als er ihn aber auch nach dem zweiten- und drittenmal nicht beachtete, starb ihm nicht nur sein lieber Sohn, sondern er selbst wurde am ganzen Körper gelähmt. Er ließ sich daher auf einem Bett in den Senat tragen und meldete diesem die Sache. Kaum hatte er gesprochen, fühlte er sich am Körper gestärkt, stand auf und ging ohne fremde Hilfe nach Hause. Die Senatoren gerieten darüber in Verwunderung und stellten nun eine sorgfältige Untersuchung an.

In Wirklichkeit hatte sich folgendes zugetragen: Ein Bürger hatte einen seiner Sklaven einem anderen übergeben mit dem Befehl, ihn über den Markt weg zu geißeln und dann hinzurichten. Während sie dies taten und den Menschen auspeitschten, der vor Schmerz sich krümmte und in gräßliche Zuckungen fiel, kam zufällig der Festzug hinter ihnen her. Viele, die dem Zug folgten, gerieten über den höchst unerfreulichen Anblick in Zorn; doch keiner von ihnen wollte eingreifen, sondern man begnügte sich mit Schimpfreden und Flüchen gegen den Herrn, der eine so grausame Strafe vollziehen ließ. Denn damals behandelte man die Sklaven noch mit großer Milde, und die Herren gingen mit ihnen sehr vertraulich um, weil sie bei der Arbeit noch selbst mit Hand anlegten und ihre Lebensart mit dem Gesinde teilten. Für einen Sklaven, der schuldig geworden war, bedeutete es schon eine schwere Strafe, wenn er das Holz am Wagen, worauf die Deichsel ruht, auf den Nacken nehmen und damit in der Nachbarschaft umhergehen mußte.

Als Latinus sein Traumgesicht dem Senat gemeldet hatte, war man zunächst in großer Verlegenheit, wer wohl der üble und garstige

Tänzer gewesen sein könnte, der vor dem Festzug hergegangen sei, bis endlich einige sich jener seltsamen Züchtigung des Sklaven erinnerten, den man unter Geißelhieben über den Markt geführt und dann hingerichtet hatte.

Diese Vermutung bestätigten auch die Priester, und so wurde der Herr des Sklaven zur Rechenschaft gezogen, der Festzug mit den Spielen zu Ehren des Jupiters jedoch glanzvoll wiederholt.

Marcius und Tullus besprachen sich indessen in Antium mit den Führern der Volsker und drängten sie, die gegenwärtige Uneinigkeit der Römer zu nutzen und den Krieg anzufangen. Aber die Volsker hatten Bedenken, weil erst vor kurzem ein Friede und ein Waffenstillstand auf zwei Jahre geschlossen worden war. Sie wollten lieber warten, bis die Römer von sich aus ihnen dazu Anlaß gaben, was wahrscheinlich war, da sie, sei es aus Verdacht oder auf eine falsche Nachricht hin, bei den feierlichen Spielen verkünden ließen, alle Volsker hätten noch vor Sonnenuntergang die Stadt zu verlassen. Einige sahen darin eine List und Betrügerei des Marcius, der der Regierung in Rom durch einen geheimen Vertrauten habe hinterbringen lassen, die Volsker hätten die Absicht, die Römer während der Spiele zu überfallen und die Stadt in Brand zu stecken.

Dieser Erlaß schürte bei den Volskern den bereits bestehenden Haß und die Erbitterung gegen die Römer. Tullus wußte sie zu allem Überfluß noch durch eine übertriebene Darstellung der Sache noch mehr aufzuhetzen und brachte es endlich dahin, daß sie eine Gesandtschaft nach Rom schickten und alles Land und alle Städte, die man den Volskern im Krieg abgenommen hatte, zurückfordern ließen.

Die Römer gerieten über diese Forderung außer sich und antworteten, die Volsker würden die Waffen wohl als erste ergreifen, die Römer aber sie zuletzt niederlegen.

Hierauf berief Tullus eine allgemeine Versammlung der Volsker ein, und als der Krieg beschlossen war, gab er ihnen den Rat, Marcius kommen zu lassen und in Zukunft keinen Groll gegen ihn zu hegen, sondern fest darauf zu vertrauen, daß er ihnen als Freund und Kampfgefährte größeren Vorteil bringen werde, als er ihnen früher, da er noch ihr Feind war, Schaden zugefügt hatte.

Marcius wurde also vor die Versammlung gerufen und hielt eine Rede, die allen bewies, daß er ein ebenso trefflicher Redner als Kriegsmann war und sich durch Klugheit nicht weniger als durch kühnen

Mut auszeichnete; daher wählte man ihn zusammen mit Tullus zum obersten Feldherrn in diesem Krieg. Da er fürchtete, daß die Zeit, die die Volsker für die Zurüstung zum Krieg aufwenden mußten, zu lange dauern und ihm die beste Gelegenheit, etwas zu unternehmen, entwischen würde, ließ er durch die Führer und die Vornehmsten in den Städten alles Nötige herbeischaffen und machte unterdessen mit den Mutigsten, die freiwillig ohne Werbung zu ihm stießen, plötzlich und unversehens einen Einfall in römisches Gebiet. Daher machte er auch dabei so große Beute, daß die Volsker sie kaum fortzuschaffen und in ihrem Lager zu verbrauchen imstande waren.

Diese Beute sowie der dem Land zugefügte Schaden war jedoch der kleinste Gewinn, den er mit diesem Raubzug verzeichnen durfte; seine Hauptabsicht war dabei gewesen, die Patrizier dem Volk noch verdächtiger zu machen als bisher. Daher verschonte er, während alles andere geplündert und verheert wurde, deren Landgüter mit größter Sorgfalt und gestattete nicht, sie in irgendeiner Weise zu beschädigen oder etwas daraus zu nehmen.

Dadurch wuchsen zwischen den Römern immer mehr Argwohn und Uneinigkeit. Die Patrizier warfen dem Volk vor, es hätte einen so großen Mann ungerechterweise ausgestoßen; das Volk hingegen beschuldigte die Patrizier, sie lockten aus Rachsucht den Marcius herbei, und während andere durch den Krieg Einbuße erlitten, blieben sie müßige Zuschauer und wüßten sehr geschickt den von außen hereingetragenen Krieg zum Beschützer ihrer Güter und Reichtümer zu machen.

Nach diesem Unternehmen, das den Volskern auch insofern nützlich war, als sie wieder Mut faßten und den Feind verachten lernten, zog sich Marcius unbehelligt zurück.

Als hierauf die gesamte Streitmacht der Volsker sich eilig sammelte, erwies sie sich als so zahlreich, daß man beschloß, einen Teil zum Schutz der Städte zurückzulassen und nur mit dem anderen Teil gegen die Römer zu Felde zu ziehen. Marcius ließ dem Tullus die Wahl, welche von den beiden Armeen er kommandieren wolle, Tullus erklärte, er wisse, daß Marcius ihm an Tapferkeit nicht nachstehe, in Schlachten aber immer größeres Glück habe als er, weshalb er die Spitze der ausziehenden Armee übernehmen müsse; er selbst wolle die Verteidigung der Städte übernehmen und zugleich für den Nachschub der im Feld kämpfenden Armee sorgen.

Marcius, dessen Ansehen dadurch sehr gehoben worden war, griff nun zuerst Circaeum an, eine Kolonie der Römer, die er aber, weil sie sich freiwillig ergab, vor Raub und Plünderung verschonte. Dann verwüstete er das Land der Latiner in der Erwartung, daß die Römer ihren Bundesgenossen im Kampf gegen ihn beistehen würden, da diese dringend von ihnen Hilfe verlangten.

Doch das Volk zeigte keine Lust zum Kriegführen, und die Consuln, die nur noch kurze Zeit zu regieren hatten, wollten sich auf kein Wagnis mehr einlassen; man wies also die Latiner mit ihrem Gesuch ab.

Marcius richtete seinen Angriff nun gegen die Städte. Er eroberte Tolerium, Labicum, Pedum und auch Bola, die sich ihm widersetzten, im Sturm, machte alle Einwohner zu Sklaven und ließ alles plündern. Jene Städte hingegen, die sich auf seine Seite schlugen, beschützte er sorgfältig, daß sie nicht etwa wider seinen Willen Schaden erlitten, indem er sie umging und ihr Gebiet auf jede Weise schonte.

Als er nun auch das etwa hundert Stadien von Rom entfernte Bovillae, wo er ansehnliche Beute machte und fast alle jungen Männer über die Klinge springen ließ, eingenommen hatte, hielten es die Volsker, die zur Verteidigung der Städte zurückgelassen worden waren, nicht mehr länger aus und eilten in voller Rüstung zu Marcius. Sie erklärten, daß sie nur ihn und keinen anderen als ihren Feldherrn und Anführer anerkennen wollten. So wurde nun sein Name in ganz Italien berühmt, und überall bewunderte man seine Tapferkeit.

In Rom herrschte inzwischen größte Verwirrung. Die Bürger hatten allen Mut zum Krieg verloren, und es verging fast kein Tag, da sie sich nicht zusammenrotteten und einander die bittersten Vorwürfe machten, bis endlich die Nachricht kam, daß auch Lavinium von den Feinden eingeschlossen sei. In dieser Stadt verwahrten die Römer die Heiligtümer ihrer Götter und betrachteten sie als ihr Stammhaus, weil dies die erste Stadt war, die Äneas in Italien erbaut hatte.

Im Denken des Volks vollzog sich plötzlich ein wunderbarer Wandel, bei den Patriziern hingegen äußerte sich dieses Umdenken auf eine höchst seltsame und unbegreifliche Weise. Das Volk entschloß sich nämlich, das Urteil gegen Marcius aufzuheben und ihn in die Stadt zurückzurufen; doch der Senat verwarf nach einer diesbezüglichen Beratung dieses Vorhaben und widersetzte sich ihm mit aller Macht, entweder weil er dabei blieb, dem Volk in allen seinen Wünschen Widerstand zu leisten, oder weil er es nicht gern sah, daß Marcius seine Rückkehr dem Volk zu verdanken hätte; es könnte auch sein, daß der Senat nun selbst dem Mann zürnte, weil er jetzt doch alle Römer wie Feinde behandelte, obwohl er nicht von allen beleidigt worden war und sich in diesem Krieg als Feind seines Vaterlandes erwies, wo doch, wie er selbst wußte, die besten und vorzüglichsten Männer sein Schicksal beklagt und mit ihm dieselbe Beleidigung erlitten hatten.

Nachdem dieser Senatsbeschluß dem versammelten Volk bekannt gemacht worden war, durfte es ohne Zustimmung des Senats über den Vorschlag nicht abstimmen, noch ihn zum Gesetz erheben.

Marcius, der bald davon erfuhr, war noch weit mehr erbittert; er hob sogleich die Belagerung von Lavinium auf, rückte in der ersten Erregung gegen Rom vor und errichtete ein Lager bei dem Cluilischen Graben, vierzig Stadien von der Stadt entfernt.

Sein Heranrücken verursachte zwar in Rom große Furcht und Bestürzung, doch machte sie auch jetzt wenigstens aller Zwietracht ein Ende. Denn nun wagte es niemand mehr, weder eine Magistratsperson noch ein Senator, dem Volk wegen der Zurückberufung des Marcius Vorwürfe zu machen; man sah ja, daß die Weiber in der Stadt umherliefen, daß die Greise in den Tempeln weinend um Hilfe flehten, daß alles mutlos und keiner weisen Entschließung fähig war. Nun gab man gern zu, das Volk habe wohl gesprochen, daß es eine Aussöhnung mit Marcius vorgeschlagen, der Senat hingegen den größten Fehler begangen, daß er zu einer Zeit, wo es ratsam war, allen Zorn und Groll zu unterdrücken, ihn erst recht entfacht habe.

Es wurde daher einmütig beschlossen, Gesandte an Marcius zu schicken, die ihm die Rückkehr ins Vaterland anbieten und um Beilegung des Krieges bitten sollten. Die Männer, die der Senat abschickte, waren Verwandte des Marcius, und diese hofften, wenigstens bei der ersten Zusammenkunft von ihm freundschaftlich empfangen zu werden.

Aber ihre Erwartung wurde enttäuscht. Nachdem sie durch das feindliche Lager geführt worden waren, fanden sie ihn sitzend vor, von größtem Prunk umgeben und von einem unerträglichen Stolz gebläht. Von den vornehmsten Volskern umgeben, befahl er ihnen, zu sagen, was sie herführe.

Die Gesandten hielten nun eine bescheidene, sanfte Rede, und als sie fertig waren, antwortete er ihnen zuerst in seinem Namen eingedenk seiner Ausweisung mit Bitterkeit und Zorn; im Namen der Volsker aber forderte er als ihr Feldherr, die Römer sollten die Städte und das

Land, das sie durch Krieg an sich gerissen hätten, zurückgeben und den Volskern dieselben Vorrechte einräumen, welche die Latiner hätten; nur unter solchen gerechten und billigen Bedingungen könnten sie auf eine sichere Befreiung vom Krieg rechnen. Dazu gab er ihnen dreißig Tage Bedenkzeit, und gleich nach dem Abzug der Gesandten brach er auf und verließ das römische Gebiet.

Von diesem Abzug leiteten nun jene unter den Volskern, die ihm schon lange seine Macht neidisch waren, die erste Beschuldigung gegen ihn ab. Einer von ihnen war auch Tullus, der von Marcius nie beleidigt worden war, aber doch einer sehr menschlichen Schwäche, jener der Eifersucht, unterlag. Es kränkte ihn nämlich, daß sein Ruhm jetzt so ganz verdunkelt und er von den Volskern vergessen wurde, die weiterhin überzeugt waren, daß Marcius ihnen alles wäre und die anderen sich mit jenem Rest von Macht und Gewalt zu begnügen hätten, den er ihnen übrigließ.

Daher begann man jetzt, unter der Hand allerlei Klagen gegen ihn auszustreuen; man machte in geheimen Zusammenkünften voreinander seinem Unwillen Luft und nannte jenen Abzug fast einen Verrat, bei dem es zwar nicht um Festungen oder Armeen gegangen sei, aber doch um eine verspielte Chance, die alles hätte entscheiden können. Wozu hatte er den Feinden dreißig Tage bewilligt, wo doch ein Krieg in weit kürzerer Zeit die Entscheidung hätte erzwingen können.

Dennoch ließ Marcius diese Zeit nicht untätig verstreichen, sondern fiel in das Land der feindlichen Bundesgenossen ein, verheerte es und eroberte sieben große und volkreiche Städte. Die Römer wagten es nicht, ihnen Hilfe zu leisten; ihr Mut war völlig gebrochen, und sie zeigten so wenig Neigung zum Krieg, daß man hätte meinen können, sie seien versteinert oder von der Gicht gelähmt.

DER TOD DES VERRÄTERS

Als die vereinbarte Frist abgelaufen war und Marcius nun wieder vor Rom erschien, schickte der Senat eine zweite Gesandtschaft zu ihm und ließ ihn bitten, seinen Zorn zu mäßigen, die Volsker aus dem Land wegzuführen und dann über das, was er für beide Teile wünschenswert hielte, zu verhandeln; die Römer würden allerdings aus Furcht in keinem Fall nachgeben, aber wenn er glaube, daß die Volsker begründete Ansprüche hätten, so sollten diese, sobald sie die Waffen niederlegten, berücksichtigt werden.

Darauf erwiderte Marcius, als Feldherr der Volsker verweigere er ihnen die Antwort, aber als römischer Bürger wolle er sie ein letztesmal ermahnen und ihnen raten, größere Mäßigung zu zeigen und innerhalb von drei Tagen mit der Bewilligung seiner Forderungen zurückzukommen; sollte aber etwas anderes beschlossen werden und sie wieder mit leeren Händen das Lager betreten, könnte er ihnen keine Sicherheit mehr gewähren.

Nun nahm der Senat in dieser äußersten Bedrängnis des Staates seine Zuflucht zu dem letzten Mittel, das ihm noch geblieben war. Er beschloß, daß alle Priester der Götter, die Diener der Religion, die Hüter der Heiligtümer und die, welche die alte Kunst der Weissagung aus dem Vogelflug beherrschten, in feierlicher Amtskleidung zu Marcius gehen und ihn dazu bringen sollten, die Waffen niederzulegen und dann mit den Bürgern Roms über die Ansprüche der Volsker zu verhandeln.

Marcius erlaubte zwar diesen Männern, das Lager zu betreten, aber er bewilligte ihnen nichts und behandelte sie nicht freundlicher als die anderen; er erklärte ihnen kurz angebunden, sie müßten entweder auf die vorgelegten Bedingungen für einen Frieden eingehen oder sich auf Krieg gefaßt machen.

Nach der Rückkehr der Priester beschloß man, ruhig in der Stadt auszuharren, die Mauern zu besetzen und die Angriffe des Feindes abzuschlagen. Dabei setzte man seine Hoffnung hauptsächlich auf die Zeit oder einen unvorhersehbaren Glücksfall; einen anderen Weg zur Rettung schien es nicht zu geben, denn in der Stadt herrschte Verwirrung, Schrecken, und schlimme Ahnungen quälten ihre Bürger.

In Rom flehten damals die Frauen in allen Tempeln der Götter um Hilfe und Rettung, die meisten und vornehmsten aber beteten am Altar des kapitolischen Jupiter. Unter diesen befand sich auch Valeria, die Schwester jenes Popliocola, der sich als Feldherr und Staatsmann um Rom sehr verdient gemacht hatte. Popliocola war zwar bereits lange tot, aber Valeria genoß in der Stadt noch immer großes Ansehen und Achtung, weil sie durch ihren tugendhaften Wandel den Ruhm ihres Hauses mehrte. Diese hieß jetzt alle anwesenden Frauen ihr folgen und ging zum Haus der Volumnia, der Mutter des Marcius.

Als sie eintrat, fand sie diese neben ihrer Schwiegertochter sitzen, die Kinder des Marcius auf ihrem Schoß. Sie ließ nun ihre Begleiterinnen einen Kreis bilden und begann zu reden: »Wir Frauen kommen aus eigenem Antrieb zu euch, zu dir, Volumnia und Vergillia, zu euch, ohne daß es der Senat beschlossen oder ein Consul befohlen hat. Ein Gott wurde durch unser Flehen gerührt und hat mir, wie es scheint, den Gedanken eingegeben, uns an euch zu wenden und um etwas zu bitten, das uns und allen Bürgern Rettung, euch aber Ruhm verschaffen kann, der glänzender ist als jener, den die Töchter der Sabiner geerntet hatten, weil sie zwischen ihren Männern und Vätern nach einem heftigen Streit Frieden und Freundschaft wiederhergestellt haben. So geht denn mit uns zu Marcius, unterstützt unsere flehentliche Bitte und bezeugt für das Vaterland, was wahr ist und gerecht, daß es nämlich trotz aller Drangsale, die es erleidet, euch nichts zuleide getan, noch im Zorn etwas über euch beschlossen hat, sondern sogar euch ihm wiedergibt, auch wenn es keine gerechte Bedingungen erlangen sollte.«

Diese Rede der Valeria bekräftigten die übrigen Frauen mit lauter Zustimmung. Volumnia aber antwortete: »Auch wir haben an der allgemeinen Not gleichen Anteil, dazu trifft uns noch besonders schmerzlich der Umstand, daß der Ruhm und die Tugend des Marcius für uns dahin sind und wir zusehen müssen, wie das feindliche Heer ihm immer mehr zur Bewachung als zum Schutz dient. Doch kennen wir kein größeres Unglück als diese Schwächung unseres Vaterlandes, das jetzt seine letzte Hoffnung auf uns setzen muß. Ich weiß allerdings nicht, ob Marcius auf uns Rücksicht nehmen wird, da er doch keine Rücksicht auf das Vaterland nimmt, das ihm doch immer mehr bedeutet hat als Mutter, Gemahlin und Kinder. Doch bedient euch unser nach Belieben, und führt uns zu ihm; wir werden, wenn wir auch sonst nichts vermögen, wenigstens als Flehende für das Vaterland unser Leben aushauchen können.«

Dann ließ Volumnia die Kinder und Vergilia aufstehen und begab sich mit ihnen und den übrigen Frauen ins Lager der Volsker. Dieser rührende Anblick versetzte selbst den Feind in Ehrfurcht und Stillschweigen.

Marcius saß eben mit den vornehmsten Offizieren auf dem Richterstuhl. Der nahende Zug der Frauen befremdete ihn nicht wenig, und als er an dessen Spitze seine Gemahlin erblickte, nahm er sich vor, fest auf seinem starren und unerbittlichen Sinn zu beharren.

Aber gegen seinen Willen unterlag er seinen Gefühlen und wurde von diesem Anblick so sehr erschüttert, daß er nicht den Mut hatte, die Frauen sitzend zu empfangen. Er stieg schnell herab und umarmte zuerst und am längsten seine Mutter, dann seine Gemahlin und seine Kinder, wobei er seinen Tränen und seiner Wiedersehensfreude keinen Einhalt tat, sondern sich dem Strom seiner Empfindungen überließ.

Als er alle zärtlich genug begrüßt hatte und merkte, daß seine Mutter reden wollte, ließ er die Anführer der Volsker zu sich kommen. Dann hörte er der Volumnia geduldig zu, die nun sprach: »Du siehst, mein Sohn, wenn wir es auch nicht aussprechen, schon aus unserer Kleidung und traurigen Gestalt, zu welchem stillen, zurückgezogenen Leben uns deine Verbannung genötigt hat. Bedenke nun, daß wir als die unglücklichsten unter allen Frauen hier erscheinen, denen das Schicksal den frohesten Augenblick zum schrecklichsten gewandelt hat, da ich meinen Sohn und diese ihren Gemahl als Feind vor den Mauern der Vaterstadt sehen muß. Sogar das, was anderen in Unglück und Not Trost schenkt, das Flehen zu den Göttern, ist uns verwehrt. Denn es ist unmöglich, die Götter zur gleichen Zeit für das Vaterland um den Sieg und für dich um Gesundheit zu bitten. Deine Gemahlin und Kinder müssen entweder auf das Vaterland oder auf dich verzichten. Ich für meinen Teil will es aber nicht erleben, daß das Schicksal diesen Krieg vor meinen Augen entscheidet. Kann ich dich nicht bewegen, diesen Streit in Frieden und Freundschaft zu verwandeln und lieber ein Wohltäter beider Völker als ein Verderber des einen zu werden, so wisse, daß du deine Vaterstadt nicht eher wirst bestürmen können, bevor du nicht über den Leichnam jener Frau hinweggeschritten bist, die dich gebar. Denn ich kann den Tag nicht ertragen, an dem ich entweder Rom über meinen Sohn oder meinen Sohn über Rom triumphieren sehen müßte. Wollte ich dir zumuten, die Rettung deines Vaterlandes durch das Verderben der Volsker zu bewirken, so könnte eine solche Wahl für dich, mein Sohn, allerdings schwer sein. Denn sowenig es rühmlich ist, seine Mitbürger zugrunde zu richten, ebensowenig ist es gerecht, diejenigen zu verraten, deren Vertrauen man genießt. Aber wir fordern jetzt nur Befreiung von den Übeln des Krieges. Eine solche Befreiung ist für beide Völker gleich heilsam und für die Volsker noch rühmlicher als für die Römer, da es so aussehen wird, als verschenken sie mitten in ihrem Siegeslauf die größten Güter, Frieden und Freundschaft. Käme dies zustande, würde man das vor allem dir verdanken; wenn nicht, wirst du allein in den Augen beider Völker die Schuld tragen. So ungewiß auch der Ausgang des Krieges sein mag, so ist doch so viel gewiß, daß du, wenn du siegst, den Nachteil davon hast; denn man wird dich einen Zerstörer des Vaterlandes nennen; solltest du jedoch unterliegen, kommst du in den Ruf, über deine Freunde und Wohltäter durch deinen zügellosen Zorn das größte Unglück gebracht zu haben.«

Diese Rede der Volumnia hörte Marcius an, ohne ein Wort zu entgegnen. Als sie geendet hatte und er noch lange Zeit schweigend vor ihr stand, begann sie aufs neue: »Warum schweigst du, mein Sohn? Ist es vielleicht rühmlich, dem Zorn und der Rache in allem nachzugeben, aber schimpflich, den Bitten einer Mutter in solch wichtigen Dingen zu entsprechen? Oder ziemt es etwa einem großen Mann, die erlittenen Beleidigungen immer vor Augen zu halten? Und ist es nicht vielmehr noch seine Pflicht, die Wohltaten, welche Kinder von ihren Eltern empfangen, zu ehren und hochzuhalten? Wahrlich, Dankbarkeit zu zeigen käme niemandem mehr zu als dir, der du den Undank mit solcher Strenge bestrafst. An deinem Vaterland hast du schon schreckliche Rache genommen, deiner Mutter hingegen noch nicht den geringsten Dank abgestattet. Es wäre deine heiligste Pflicht, mir eine so gerechte Bitte zu gewähren. Aber da ich dich nicht dazu bewegen kann, will ich ein Letztes versuchen.«

Nach diesen Worten warf sie sich zusammen mit seiner Gemahlin und seinen Kindern vor ihm nieder.

Marcius schrie laut auf: »Mutter, was tust du mir an?« Er hob sie auf, drückte heftig ihre Hand und sagte: »Du hast einen für das Vaterland glücklichen, für mich aber verderblichen Sieg errungen. Von dir allein besiegt, ziehe ich von Rom ab.«

Hierauf verweilte er noch kurz mit seiner Mutter und seiner Gemahlin in vertraulichem Gespräch, dann schickte er sie auf ihre Bitten hin in die Stadt zurück. Gleich am folgenden Morgen brach er mit den Volskern auf, von denen manche murrten.

Einige tadelten den Menschen Marcius und seine Handlungsweise, andere, die den Frieden und das Ende des Krieges wünschten, waren mit beiden zufrieden. Manche wiederum mißbilligten zwar seinen Entschluß, hielten ihn aber deshalb nicht für einen schlechten Mann, sondern fanden es verzeihlich, daß er in einer solchen Bedrängnis nachgegeben hatte.

Das römische Volk ließ jetzt, da es vom Krieg erlöst war, erst richtig erkennen, in welcher Furcht und Gefahr es während dieser Zeit gelebt hatte. Denn kaum sahen die auf den Mauern stehenden Wachen die Volsker abziehen, als auch schon alle Tempel in der Stadt geöffnet wurden und die Bürger, wie nach einem Sieg mit Kränzen geschmückt, hineinströmten, um den Göttern Dankopfer darzubringen.

Am meisten aber spiegelte sich die Freude der Stadt in den zahlreichen Ehrenbezeigungen, die der Senat und das ganze Volk jenen tapferen Frauen erwies. Alle wußten und sagten es auch laut heraus, daß man ihnen allein die Rettung der Stadt zu verdanken habe. Der Senat beschloß sogar, daß die Consuln ihnen nichts verwehren sollten, was sie sich zur Ehre oder als Wiedergutmachung für sich verlangten. Aber sie forderten weiter nichts, als dem weiblichen Glück einen Tempel errichten zu dürfen, dessen Bau sie aus ihren Mitteln bestreiten wollten, vom Staat nur erwarteten, daß er die Kosten für die Opfer und alle notwendigen Kulthandlungen auf sich nehme.

Der Senat lobte ihren Großmut und ließ den Tempel und die Bildsäule auf öffentliche Kosten errichten. Dennoch legten die Frauen Geld zusammen und ließen noch eine zweite Bildsäule anfertigen, welche bei ihrer Aufstellung im Tempel folgende Worte gesprochen haben soll: »Ihr Frauen habt mich nach einem den Göttern wohlgefälligen Brauch geweiht.«

Gleich nach der Rückkehr des Marcius nach Antium faßte indessen Tullus, der ihm aus Haß und Neid übel gesinnt war, den Entschluß, ihn aus dem Weg zu räumen. Er wiegelte daher die Leute gegen ihn auf und forderte von ihm, daß er sein Amt niederlege und den Volskern Rechenschaft erstatte.

Marcius, der sich fürchtete, in den Stand eines Privatmannes überzuwechseln, solange Tullus noch Feldherr war und bei seinen Landsleuten in größtem Ansehen stand, erklärte, er wolle gern sein Amt in die Hände der Volsker zurücklegen, wenn sie es befehlen sollten, denn nur auf ihren Befehl hätte er es seinerzeit übernommen; auch weigere er sich keineswegs, allen Antiatern, die es verlangten, Rede und Antwort zu stehen.

Es wurde nun deshalb eine Volksversammlung abgehalten, bei der Freunde des Tullus durch ihre Reden das Volk aufhetzten. Sobald aber Marcius auftrat, ließ die Ehrfurcht vor seiner Tapferkeit die Menge verstummen, so daß er ruhig reden konnte; auch gaben die Angesehensten unter den Antiatern, die am meisten den Frieden begrüßten, deutlich zu erkennen, daß sie ihn wohlwollend anhören und in Gerechtigkeit richten würden.

Tullus sah daher der Verteidigung des Marcius mit einigem Bangen entgegen: denn er war ein großartiger Redner, und seine früheren Verdienste wogen zweifellos schwerer als das spätere Versagen, und die Anklage bewies eigentlich, welch großen Dank man ihm schuldete. Denn die Volsker hätten es nie und nimmer als eine Schande angesehen, Rom nicht unterworfen zu haben, wären sie nicht durch die Tapferkeit und die Kriegskunst des Marcius der Bezwingung dieser Stadt so nahe gekommen. Tullus glaubte daher, daß er nicht abwarten dürfte, erst das Volk für seinen verderblichen Plan zu gewinnen, sondern unverzüglich zu handeln habe.

Die kühnsten unter den Verschwörern schrien zunächst laut, man solle den Verräter nicht anhören und nicht zulassen, daß er die Volsker tyrannisiere und sich weigere, die Feldherrenwürde niederzulegen. Dann fielen sie alle über ihn her und ermordeten den Marcius, ohne daß einer der Anwesenden es wagte, ihm beizustehen.

Doch zeigte sich bald, daß der größte Teil des Volkes diese Handlung mißbilligte. Aus allen Städten strömten die Leute an seine Bahre, um ihm die letzte Ehre zu erweisen, sie bestatteten ihn zuletzt in feierlicher Weise und schmückten das Grab des tapferen Kriegers und Feldherrn mit erbeuteten Waffen.

Die Römer äußerten, als sie von seinem Tod erfuhren, weder Trauer noch Groll, doch gestatteten sie den Frauen auf ihr Ansuchen hin, den Marcius zehn Monate lang zu betrauern, so wie jeder römische Bürger einen Vater, Sohn oder Bruder zu betrauern pflegt. Dies war die längste Trauerzeit, die Numa Pompilius bestimmt hatte.

Bei den Volskern aber traten bald Umstände ein, die bewirkten, daß man den Marcius sehr vermißte. Zuerst gerieten sie mit den Aequern, ihren Freunden und Bundesgenossen, wegen des Oberkommandos in Streit, der zuletzt in ein blutiges Gefecht mündete. Dann mußten sie auch von den Römern eine schwere Niederlage hinnehmen, wobei Tullus fiel und der Kern ihrer Macht aufgerieben wurde. Schließlich mußten sie einen schimpflichen Frieden eingehen, die Herrschaft der Römer anerkennen und sich allen ihren Befehlen unterwerfen.

DIE TRIBUNEN

Recht und Frieden
für das Volk

Während Aufruhr und politische Ränke das römische Staatsgefüge an den Rand des Zerfalls bringen, droht auch von außen eine tödliche Gefahr: Die Gallier sind im Anmarsch auf Rom! Nur durch Einigkeit kann dem mächtigen Feind getrotzt werden. Historisch gesichert ist, daß die Gallier im Jahre 387 v. Chr. die Römer an der Allia schlugen und Rom einnahmen.

DER UNTERGANG DER FABIER

In der Zeit nach Coriolanus war Caeso Fabius von den Bürgern und den Vätern zum Consul gewählt worden. Sein Amtsgenosse hieß Titus Verginius. Nicht Krieg oder Eroberung noch andere Ziele erschienen ihm so wichtig als dieses: die Bürger möglichst bald mit den Vätern auszusöhnen. Diese Hoffnung auf Einigkeit war damals nicht ganz unbegründet. Denn bereits am Beginn des Jahres, bevor noch irgendein Tribun die Landverteilung vorschlagen konnte, hatte Fabius bei den Vätern den Antrag eingebracht, sie sollten großzügig schenken und die eroberten Gebiete zu gleichen Teilen an die Bürger vergeben. Es sei doch nur gerecht, daß jene das Land erhielten, durch deren Blut und Schweiß es gewonnen worden war.

Die Väter lehnten diesen Antrag ab. Sie warfen dem Caeso sogar vor, daß sein einst genialer Geist offenbar durch zuviel Ruhm entarte und kraftlos werde. Sonst gab es in diesem Jahr in der Stadt Rom keinen Streit der Parteien. Nur die Latiner waren unzufrieden, denn sie litten unter den Raubzügen der Aequer. Caeso wurde daher mit dem römischen Heer in den Krieg geschickt und rückte gleich ins Land der Aequer selbst ein, um dort zu plündern. Die Aequer zogen sich vor ihm in ihre Städte zurück und blieben dort hinter sicheren Mauern. So kam es zu keiner größeren Schlacht.

Durch die Unbesonnenheit des anderen Consuls aber erlitten die Römer im Kampf gegen die Veienter Verluste. Wäre nicht Caeso Fabius rechtzeitig zum Entsatz eingetroffen, das Heer wäre verloren gewesen.

Seitdem bestand mit den Veientern wohl kein Kriegszustand, aber es herrschte auch kein rechter Friede. Immer wieder kam es zu Straßenraubzügen. Die Veienter pflegten vor den römischen Legionen stets in ihre Stadt zu flüchten, wenn sie aber merkten, daß jene abgezogen waren, brachen sie wieder in römisches Gebiet ein. So verhinderten sie durch ihre Ausweichmanöver eine kriegerische Entscheidung und störten durch ihre Überfälle immer wieder die Ruhe der Römer. So konnten sie diesen Fall nicht bereinigen, aber auch nicht aus dem Auge lassen.

Dabei drohte schon der Ausbruch anderer Kriege, zum Beispiel mit den Aequern und Volskern, die kaum abwarteten, bis die Wunden der letzten Niederlage vernarbt waren. Man befürchtete auch, daß demnächst die Sabiner, die sich immer gegen Rom auflehnten, und ganz Etrurien sich erheben würden. Aber der Krieg mit den Veientern war lang und zermürbend, und er hinderte die Römer, sich anderen Aufgaben zuzuwenden.

Da trat die Familie der Fabier vor den Senat. Der Consul Caeso Fabius machte sich zum Sprecher seiner Sippe: »Senatoren, ihr wißt, daß der Krieg gegen Vei eine eher ausdauernde als starke Schutztruppe verlangt. Kümmert ihr euch daher um die anderen Kriege, und überlaßt den Fabiern den Kampf gegen die Veienter! Wir verbürgen uns, daß die Ehre des römischen Namens dort in keiner Weise geschmälert wird. So erklären wir uns hiemit bereit, diesen Kleinkrieg auf unsere eigenen Kosten zu führen. Auf diese Weise kann der Staat sich wichtigeren Anliegen widmen und Kriegsmaterial und Soldaten sparen.«

Der Vorschlag wurde dankbar angenommen. Als der Consul das Rathaus verließ, begleitete ihn seine Familie bis zu seinem Haus. Man hatte im Hof des Rathauses auf ihn gewartet, bis der Senat seinen Entschluß bekanntgab. Als sie dann den Befehl erhielten, am nächsten Tag vor dem Haus des Consuls in Waffen zu erscheinen, gingen auch sie in ihre Wohnungen zurück.

Dieses Ereignis wurde in der ganzen Stadt beredet. Man lobte die Fabier in den höchsten Tönen und sagte: »Eine Familie hat die Last des Krieges allein auf sich genommen und so den Krieg gegen die Veienter zu ihrer Privatsache, zu ihrem Privatkrieg gemacht. Gäbe es in unserer Stadt noch zwei so starke Familien, eine für die Aequer, die andere für die Volsker, so könnten alle Nachbarvölker unterworfen werden. Dem Staat bliebe so der Friede erhalten.«

Am nächsten Tag nahmen die Fabier ihre Waffen und sammelten sich auf dem vereinbarten Platz. Als der Consul, mit dem Purpurmantel des Feldherrn bekleidet, zu ihnen trat, fand er im Vorhof seine ganze Sippe gerüstet und kampfbereit vor. Sie umringten ihn ungeduldig, und er gab den Befehl zum Abmarsch.

Niemals zog ein Heer durch die Stadt, das zahlenmäßig kleiner, aber so berühmt war und soviel bewundert wurde. Dreihundertundsechs adelige Krieger, alle aus einem Stamm, marschierten vorbei und verhießen mit der Stärke ihres Stammes den Veientern Vernichtung. Jeden einzelnen dieser Männer hätte sich der Senat gern zum Oberhaupt gewählt. Ihnen folgte eine große Schar, zumeist waren es Freunde und Verwandte, die durchaus keine mittelmäßigen Hoffnungen und Erwartungen in sie setzte, sondern mit großen ruhmreichen Taten rechnete.

Aber auch das Volk war mit dabei, begeistert und erfüllt von Zuneigung und Bewunderung. »Kehrt heim als Helden! Glück möge euch beschieden sein!« riefen sie. »Beendet euer Vorhaben mit Erfolg! Nach eurer siegreichen Heimkehr warten auf euch die Ämter eines Consuls, Triumphe, Belohnungen aller Art und Ehrenposten.«

Als der Zug am Kapitol, der Burg und den Tempeln vorüberkam, beteten die Leute zu den Göttern, die sie gerade erblickten oder an die sie eben dachten, sie möchten diese Schar mit ihrem Segen und Wohlwollen begleiten und sie bald unbeschadet ins Vaterland zu den Ihren zurückbringen.

Aber alle diese Gebete wurden nicht erhört. Die Fabier beschritten den Weg des Unheils durch den rechten Bogen des carmentalischen Tores und gelangten an den Fluß Cremera. Hier suchten sie eine geeignete Stelle, um sich zu verschanzen.

Inzwischen wurden Lucius Aemilius und Gajus Servilius Consuln.

Solange es nur um Raubzüge der Veienter ging, waren die Fabier nicht nur stark genug, ihnen Einhalt zu bieten, sie sicherten sogar das ganze Grenzgebiet des Tuskerlandes und Roms durch zahlreiche Vorstöße ins feindliche Land.

Dann hörten die Streifzüge der Veienter für kurze Zeit auf, und sie änderten ihre Taktik. Nun bedrängten sie mit einem starken Heer, das sie in Etrurien aufgestellt hatten, den römischen Wachposten am Fluß Cremera. Zur gleichen Zeit begannen die römischen Legionen, die der Consul Aemilius anführte, mit den Etruskern zu kämpfen. Den Veientern ließen sie kaum Zeit, sich zur Schlacht zu formieren. Völlig verwirrt liefen diese hinter ihren Feldzeichen her. Das Auftauchen der römischen Legionen an ihrer Flanke nahm ihnen jede Möglichkeit, den Kampf zu beginnen, denn sie konnten sich nicht einmal richtig aufstellen.

Am »Roten Felsen«, nahe ihrem Heerlager, wurden sie geschlagen. Demütig baten sie die Römer um Frieden. Er wurde ihnen gewährt; aber, unberechenbar, wie sie waren, brachen sie diesen Frieden bald wieder, noch ehe der römische Stützpunkt am Ufer des Cremeraflusses geräumt worden war.

So begann der Krieg der Fabier gegen die Veienter ohne Vorwarnung. Diesmal bestand er nicht nur aus Streifzügen in feindliches Gebiet oder plötzlichen Angriffen der herumstreifenden Horden, sondern es kam im freien Gelände mehrmals zu einer regelrechten Schlacht. Immer wieder blieb die römische Sippe Sieger über einen für damalige Zeiten überaus mächtigen etruskischen Stamm.

Die Veienter fühlten sich durch diese Niederlagen in ihrer Ehre gekränkt und verletzt. Schließlich kamen sie auf den Gedanken, dem verhaßten Feind einen Hinterhalt zu legen. Nun freuten sie sich sogar, daß die Fabier, durch ihr bisheriges Kriegsglück ermutigt, immer waghalsiger wurden. Man trieb also öfters Viehherden den Plünderern entgegen und erweckte den Anschein, als träfen sie diese zufällig. Die Landbevölkerung überließ den Fabiern kampflos ihre Ortschaften, und die bewaffneten Posten, die die Verwüstung verhindern sollten, flohen vor ihnen, wobei ihre Flucht zumeist vorgetäuscht war. Bald verachteten die Fabier ihren Feind so sehr, daß sie meinten, er sei so schwach, daß er nie und nimmer ihren unbesiegbaren Waffen widerstehen könne.

Diese Selbstsicherheit verleitete sie, sich an eine Herde heranzumachen, die sie weitab vom Fluß grasen gesehen hatten und die durch eine große Ebene von ihnen getrennt war, obwohl einige bewaffnete Feinde auftauchten. Die Fabier rannten, ohne zu überlegen und jede Vorsicht außer acht lassend, in den Hinterhalt, der zu beiden Seiten des Weges ihnen bereitet war. Nach allen Richtungen schwärmten sie aus, um das Vieh zu rauben, das erschreckt auseinanderstob und sich nicht einfangen lassen wollte. Während die Fabier damit beschäftigt waren, wurde es plötzlich im Hinterhalt lebendig, und schon sahen sie Feinde vor sich und auf allen Seiten.

Zuerst erschreckte sie das Geschrei ringsum. Dann flogen Pfeile aus allen Richtungen. Die Fabier schlossen sich zusammen und waren bald von einem dichten Haufen umringt. Der Feind bedrängte sie immer stärker, und so formierten sie sich zu einem noch viel engeren Kreis. Dabei wurde offenbar, wie gering ihre Zahl und wie riesig die Menge der Etrusker war. Dem Gebot der Stunde folgend, gaben die Fabier ihre früher so erfolgreich angewendete Kampfmethode, nach allen Seiten zugleich anzugreifen, auf und konzentrierten sich gemeinsam auf eine Front.

Mit dem Einsatz ihrer Körper und Waffen kämpften sie sich schließlich keilförmig vorstoßend frei. Sie erreichten einen sanft ansteigenden Hügel. Hier konnten sie besser Widerstand leisten. Kaum aber hatten sie auf dieser erhöhten Stelle ein wenig Atem geholt und sich von der Überrumpelung erholt, mußten sie ihre neue Stellung gegenüber dem vordringenden Feind verteidigen. Es wäre ihnen auch diesmal gelungen, gegen die Übermacht zu siegen, denn der erhöhte Standort bot große Vorteile. Aber die Veienter umgingen den Hügel und erstiegen ihn von hinten. So gewann der Feind wieder Oberhand über die verzweifelt Kämpfenden.

Die Fabier wurden bis auf den letzten Mann erschlagen, alle dreihundertundsechs Helden fielen. Nur einer, ein Junge noch, überlebte. Er wurde der Stammhalter des Fabischen Geschlechts, dessen Bestimmung es war, dem römischen Staat in schweren Tagen immer wieder tatkräftig und erfolgreich beizustehen.

CINCINNATUS

Später wurden Lucius Minucius und Gajus Nautius Consuln. Zu dieser Zeit herrschte in Rom Friede. Nur die Aequer schufen Unruhe. Sie brachen den Frieden, der ein Jahr zuvor mit den Römern geschlossen worden war. Sie übertrugen dem Gracchus Cloelius den Oberbefehl über die Truppen. Gracchus genoß damals bei allen Aequern größtes Ansehen. Unter seiner Führung fielen sie in lavicanisches Gebiet ein und plünderten die Häuser. Dann zogen sie weiter, ins tuskulanische Land, machten dort reiche Beute und lagerten sich schließlich auf dem Algidus.

Hier trafen dann auch Gesandte aus Rom ein. Es waren Quintus, Fabius, Publius Volumnius und Aulus Postumnius. Sie führten Klage über die Gewalttaten der Aequer, beriefen sich auf die seinerzeit getroffenen friedlichen Vereinbarungen und verlangten schließlich eine entsprechende Genugtuung. Der aequische Feldherr aber sagte ihnen, sie sollten das, was der römische Senat ihnen zu bestellen aufgetragen hatte, ruhig der Eiche ausrichten, deren Äste sein Zelt überspannten. Er selbst habe im Augenblick Wichtigeres zu tun.

Da rief einer der Gesandten aus: »Diese heilige Eiche und alle Götter sollen Zeugen sein, daß ihr den Frieden gebrochen habt. Mögen sie jetzt unsere Klagen hören und bald auch unsere Waffen fühlen, wenn wir kommen, die von euch so schmählich mißachteten göttlichen und menschlichen Rechte zu rächen!«

Als die Gesandten nach Rom zurückgekehrt waren, ordnete der Senat an, ein Consul möge mit einem Heer gegen Gracchus auf dem Algidus ziehen, der andere das Land der Aequer plündern. Die Tribunen protestierten auch diesmal gegen die Aufstellung des Heeres. Vielleicht hätten sie mit ihrer Weigerung Erfolg gehabt, wäre nicht ein neuer Schrecken dazugekommen.

Eine große Abteilung Sabiner näherte sich plündernd den Stadtmauern. In den umliegenden Dörfern wurden schwere Schäden angerichtet, und die Stadt Rom fiel in Panik. In dieser Stunde der Gefahr griffen die Bürger freiwillig zu den Waffen. Trotz aller Einwände der Tribunen wurden zwei große Heere angeworben. Eines davon führte Nautius gegen die Sabiner. Er errichtete sein Lager in Eretum und verursachte auf zahlreichen kleinen Streifzügen, die er meist nachts unternahm, große Schäden; so trug er den Krieg fast ausschließlich auf dem Boden der Sabiner aus, während das römische Gebiet von den Kämpfen fast nicht berührt wurde.

Minucius hatte aber bei seiner Aufgabe weniger Glück und auch weniger persönliches Geschick. Sein Lager befand sich in unmittelbarer Nähe des Feindes; deshalb zögerte er lange, es zu verlassen, obwohl er noch keine Niederlage erlitten hatte. Als die Feinde sein Zögern bemerkten, wuchs ihr Mut. Ein nächtlicher Sturmangriff brachte ihnen nicht den gewünschten Erfolg. Deshalb umgaben sie das römische Lager am nächsten Tag mit starken Befestigungen.

Doch ehe die Ausgänge dieser Anlagen noch mit einem Wall verschlossen werden konnten, entkamen fünf Männer durch die Reihen der feindlichen Wachposten und meldeten in Rom, der Consul und das Heer seien eingeschlossen. Da rief man den Consul Nautius zu

Hilfe. Aber auch sein Eingreifen hielt man nicht für genügend erfolgversprechend, und so entschied man endlich, es müsse ein Diktator gewählt werden, der dieser Situation voll gewachsen sei. Die Wahl fiel einmütig auf Lucius Quinctius Cincinnatus.

Er war damals der einzige, von dem Rom die Rettung seiner Vorherrschaft erwarten durfte. Er bebaute jenseits des Tibers ein Landstück, das später Quinctische Wiese genannt wurde. Entweder trat er eben beim Grabenziehen kräftig auf den Spaten, oder er pflügte sein Land. Sicher weiß man, daß ihn die Gesandten bei einer solchen Landarbeit antrafen.

Nachdem sie einander begrüßt hatten, baten die Gesandten ihn, er möge zum eigenen Heil und dem Wohlergehen des Staates zuliebe die Anträge des Senats anhören und zu diesem Zweck seine Toga anlegen. Quinctius wunderte sich sehr und fragte, ob etwa Schlimmes zu melden sei. Schnell ließ er seine Frau Racilia die Toga aus dem Haus bringen.

Als er sich den Staub und den Schweiß der Arbeit abgewischt und sich gekleidet hatte, begrüßten ihn die Gesandten als Diktator und gratulierten ihm zu seiner Wahl. Sie beriefen ihn in die Stadt und berichteten ihm von der Gefahr, in der sich das Heer befand. Der Staat hatte ein Schiff bereitgestellt, das den Quinctius über den Tiber brachte.

Am anderen Ufer angekommen, begrüßten ihn seine drei Söhne, die ihm entgegengegangen waren; auch die übrigen Verwandten und Freunde waren gekommen und schließlich auch die meisten Väter. Dieses große Gefolge geleitete ihn dann zu seinem Haus. Die Bildträger schritten voran. Auch viele Bürger liefen herbei. Doch sie waren von der Bestellung des Quinctius zum Diktator nicht allzu begeistert. Sie hielten die Macht seines Amtes für zu groß und meinten, diese Fülle der Amtsgewalt werde ihn noch härter machen.

Noch vor Anbruch des nächsten Tages fand sich der Diktator auf dem Markt ein. Er ernannte Lucius Tarquinius zum Reiteroberst und damit zu seinem Stellvertreter. Dieser stammte aus adeligem Geschlecht und galt unter allen jungen Männern in Rom, auch bei denen, die als Fußsoldaten gedient hatten, als weitaus bester Soldat. Der Diktator betrat also mit dem Reiteroberst die Versammlung. Sogleich verfügte er die Einstellung der Gerichtsverhandlungen, in der ganzen Stadt ließ er die Kaufhäuser schließen und verbot den Bürgern, ihren privaten Angelegenheiten nachzugehen.

Dann befahl er alle dienstfähigen Männer, sich bewaffnet und mit einer Verpflegung für fünf Tage sowie mit zwölf Pfählen vor Sonnenuntergang am Marsfeld einzufinden. Wer zum Kriegsdienst zu alt war, sollte seinem Nachbarn den Proviant besorgen, während dieser seine Waffen in Ordnung brachte und Pfähle holte.

Nun beeilten sich die Männer, Pfähle herbeizuschaffen. Sie nahmen sie, wo sie sie fanden, und niemand hinderte sie daran. Alle folgten ohne Verzug dem Befehl des Diktators.

Als das Heer aufgestellt war, führte der Diktator selbst das Fußvolk an, der Reiteroberst seine Reiter. Sie waren sowohl zum Kampf als auch zum Marsch gleich gut gerüstet. In beiden Abteilungen waren die Männer voll Zuversicht. Sie ermutigten einander und marschierten doppelt so schnell als sonst. Denn höchste Eile war geboten, wollte man nachts, im Schutz der Dunkelheit, an den Feind herankommen. Ein römischer Consul war schon drei Tage eingeschlossen und von Feinden umgeben. Man konnte nicht wissen, was der nächste Tag, die folgende Nacht bringen würden. Alles drängte zu einer raschen Entscheidung. Das wußten die Soldaten und mahnten einander zur Eile.

Sie erreichten den Algidus um Mitternacht. Als sie merkten, daß sie bereits in unmittelbarer Nähe des Feindes waren, hielten sie an. Der Diktator ritt um das feindliche Lager. Er prüfte dessen Ausmaß und Anlage, soweit dieses in der Nacht überhaupt zu sehen war. Dann befahl er dem Oberst, die Soldaten sollten ihr Gepäck abladen und dann, nur mit Waffen und Schanzpfählen versehen, erneut antreten. Sein Befehl wurde ausgeführt. Nun stellte er das ganze Heer in einem dichten Ring rund um das feindliche Lager auf. Er befahl den Soldaten, auf ein gegebenes Zeichen hin zu schreien; und gleich danach sollte jeder ein Loch graben und seinen Pfahl in die Erde rammen.

Der Befehl wurde ausgegeben, und dann kam das Zeichen. Die Soldaten taten, was ihnen befohlen war. Lärm umbrauste die Feinde und drang über das Lager hinaus bis zum Lager des Consuls. Den Feinden brachte er Bestürzung, den Eingeschlossenen große Freude. Die Römer fielen einander überglücklich in die Arme, denn sie erkannten die Stimmen ihrer Landsleute; Entsatz war endlich eingetroffen.

Der Consul sagte seinen Leuten, nun dürften auch sie nicht zögern. Dieser Lärm bedeute nämlich nicht nur das Eintreffen der Ihren, sondern den bereits rollenden Angriff. Seiner Meinung nach würde das feindliche Lager bereits von außen bestürmt. Er befahl daher seinen Soldaten, die Waffen zu nehmen und ihm zu folgen. Seine Männer begannen noch in derselben Nacht den Kampf und zeigten dem Diktator durch Geschrei an, daß auch sie den Kampf aufgenommen hatten.

Schon wollten die Aequer durch die Errichtung eines Walles ihrer Einschließung durch die Pfähle zuvorkommen. Da eröffnete von innen her der Feind die Schlacht, und sie mußten fürchten, daß er mitten durch ihr Lager ausbrechen würde. Sie ließen also die Schanzarbeiten sein und widmeten sich dem Angriff von innen. Die Aequer kämpften die ganze Nacht hindurch bis zum Tagesanbruch mit dem Heer des Consuls.

Gegen Morgen hatte sie der Diktator schon mit seinen Pfählen eingeschlossen. Außerdem waren sie auch zahlenmäßig kaum fähig, es mit einem so starken Heer aufzunehmen, wie es dem Diktator zur Verfügung stand. Nun wurde ihr notdürftig errichteter Wall von den Soldaten des Quinctius angegriffen, die gleich nach Beendigung ihres Pfahlwerkes die Waffen wieder aufgenommen hatten. Eine neue Front zwang sie zur Verteidigung, während sie auf der anderen noch kämpften. In dieser doppelten Bedrängnis wurden aus den Kämpfern Bittende. Sie flehten hier den Diktator, dort den Consul an, man möge ihre Niederlage nicht zu ihrer Vernichtung ausnützen, sondern ihnen nach Niederlegung der Waffen Abzug gewähren.

Der Consul schickte sie zum Diktator, dieser beschimpfte sie voll Erbitterung. Er verlangte, sie sollten ihren Heerführer Gracchus Cloelius und andere vornehme Aequer gebunden zu ihm bringen und die Stadt Corbio hergeben. Ihren Tod verlange er nicht, er gewähre ihnen Abzug. Damit sie aber endlich einmal wüßten, daß sie ein bezwungenes, überwundenes Volk seien, sollten sie unter einem Jochgalgen weggehen. Aus drei Spießen wurde ein solcher Galgen gebildet, indem zwei Spieße in die Erde gerammt wurden und man einen quer darüber befestigte. Durch diesen Galgen ließ der Diktator die Aequer ziehen.

Dann nahm er das Lager der Feinde in Besitz. Dort fand sich alles im Überfluß; denn er hatte die Aequer nur mit einem Rock bekleidet entlassen. Die gesamte Beute überließ er seinen Soldaten. Dem Heer des Consuls und seinem Anführer erteilte er folgenden Verweis: »Soldaten des Consuls, ihr sollt nichts von der Beute des Feindes erhalten, dessen Beute ihr selbst beinahe wurdet. Und du, Lucius Minucius, sollst von jetzt an Unterfeldherr dieser Legion sein, bis du einmal den Mut eines Consuls hast.« Minucius legte daraufhin sein Consulat nieder und beugte sich dem Befehl des Diktators.

Die Soldaten waren durchaus gewillt, sich dem besseren Heerführer unterzuordnen. Sie schenkten dem Diktator als Dank für ihre Befreiung einen schweren goldenen Kranz und machten ihn zu ihrem Schirmherrn.

In Rom versammelte inzwischen der Stadtpräfekt Quintus Fabius den Senat, und man beschloß, daß Quinctius mit seinem heimkehrenden Heer einen triumphalen Einzug in die Stadt halten sollte. Vor dem Wagen gingen die Feldherren der Feinde. Die Fahnen wurden vorangetragen, und das mit Beute beladene Heer folgte ihnen. Vor jedem Haus war ein Mahl gerichtet, und die Speisenden schlossen sich mit Jubelliedern und den bei solchen Anlässen üblichen Scherzen singend und zechend dem Zug an.

In diesen Tagen, da Quinctius seine Diktatur niederlegte, gelang dem Consul Nautius ein großartiger Sieg über die Sabiner. Außer der Plünderung ihres Landes erlebten die Sabiner nun auch noch diese Niederlage. Quintus Fabius wurde auf den Algidus an die Stelle des Minucius geschickt.

DIE EROBERUNG VEIS

In den folgenden Jahren wollten die Kriege mit der Stadt Vei nicht enden. So entschloß man sich endlich in Rom, mit Gewalt vorzugehen. Eine starke Schar Krieger zog vor die Stadt Vei und schlug ein Lager auf. Der neue Diktator Marcus Furius Camillus holte vorher die Zustimmung der Vögel ein und erteilte dann den Soldaten den Befehl, die Waffen zu ergreifen. Er sprach: »Pythischer Apoll! Unter deiner Führung, von deiner Eingebung getrieben, ziehe ich aus, die Stadt Vei zu zerstören. Dir verspreche ich den zehnten Teil der Beute. Ich bitte auch dich, Königin Juno, die du jetzt in Vei wohnst: Folge uns in unsere Stadt, die bald auch die deine sein wird! Ein Tempel, deiner Hoheit würdig, soll dich aufnehmen.«

Nach diesem Gebet griff Marcus Furius Camillus die Stadt von allen Seiten an. Die Veienter wußten nicht, daß eigene Propheten und fremde Orakel sie schon verraten hatten, daß Götter schon eingeladen waren, an ihrer Beute teilzunehmen, daß andere Gottheiten, ihrer Stadt durch Versprechungen abgeworben, schon nach Tempeln bei den Feinden und neuen Sitzen verlangten und daß dies ihr letzter Tag war. Sie ahnten noch nicht, daß ein Stollen unter ihren Mauern bestand und die Burg schon voller Feinde war. Bewaffnet rannten sie auf die Mauern. Es schien ihnen unerklärlich, daß die Römer so plötzlich und mit solcher Wucht sie bestürmten, obwohl bei ihnen seit Tagen niemand seinen Posten verlassen hatte.

Der Stollen, der jetzt voll von römischen Kriegern war, ließ im Tempel der Juno auf der Burg von Vei plötzlich die Bewaffneten herausquellen. Ein Teil von ihnen griff die Veienter auf der Mauer von hinten kommend an, die anderen öffneten gewaltsam die Tore; wieder andere zündeten Häuser an, von deren Dächern Frauen und Sklaven Steine und Ziegel herabschleuderten. Überall hörte man Schreckensrufe und das Jammern der Frauen und Kinder.

Von allen Seiten wurden die Verteidiger von den Mauern heruntergeholt. Die Tore standen offen, und die Stadt wimmelte von Feinden. Haufenweise strömten sie herein, stiegen über unbesetzte Mauern und kämpften sich den Weg durch die Straßen frei.

Nach langem Ringen flaute endlich der Kampf ab. Der Diktator ließ durch Herolde ausrufen, die Soldaten sollten die Unbewaffneten schonen. Damit endete das grausame Morden. Die Bewohner von Vei ergaben sich, und bald darauf gingen mit Erlaubnis des Diktators Marcus Furius Camillus die Soldaten ans Plündern. Er sah bald, daß sie viel mehr und wertvollere Beute heranschleppten, als er gehofft und erwartet hatte. Bei diesem Anblick erhob er seine Arme zum Himmel und dankte den Göttern. Am nächsten Tag ließ der Diktator die frei geborenen Veienter öffentlich verkaufen. Der Erlös wurde als einziger Beuteanteil in den Staatsschatz abgeliefert. Die Bürger waren damit nicht sehr zufrieden. Sie dankten dem Feldherrn nicht einmal für die mitgebrachte Beute, weil er die Entscheidung darüber, die bei ihm allein lag, an den Senat abgetreten hatte.

Schließlich war aller menschlicher Besitz aus Vei fortgebracht. Nun ging man daran, die Weihegeschenke an die Götter und die Götter selbst herauszutragen. Dies geschah mit der ihnen gebührenden Verehrung. Die vornehmsten jungen Männer des Heeres nahmen ein Reinigungsbad und betraten erst dann voll Ehrfurcht in weißen Kleidern den Tempel. Sie waren dazu ausersehen, die Göttin Juno nach

Rom zu bringen. In heiliger Scheu gingen sie ans Werk, denn nach Etruskersitte durfte nur ein Priester aus einem bestimmten Stamm dieses Götterbild berühren; einer von ihnen rief, von göttlicher Eingebung geleitet oder in jugendlichem Übermut: »Willst du nach Rom gehen, Juno?« Da riefen alle anderen, die Göttin habe genickt. Sie ließ sich jedenfalls, ohne Widerstand zu leisten, von ihrem Standort abheben und willig hinüberführen, denn sie folgte gern. Unbeschadet erreichte sie den Aventinus, ihren ewigen Wohnsitz. Dorthin hatte der Diktator sie durch Versprechungen gelockt. Camillus war es auch, der der Göttin später den versprochenen Tempel weihte.

In Rom rief die Nachricht von der Eroberung Veis größte Freude hervor, als käme sie ganz unerwartet, obwohl man doch alle Unglückszeichen abgewendet hatte, die Vorhersagen der Propheten und das Orakel des pythischen Apoll kannte und man zu alledem den Marcus Furius Camillus als derzeit größten Feldherrn zum Führer bestimmt hatte. Man hatte dort so viele Jahre lang mit wechselndem Glück gekämpft und oft Verluste erlitten. Noch ehe es der Senat anordnen konnte, waren alle Tempel schon voll römischer Frauen, die den Göttern dankten. Der Senat bestimmte ein viertägiges Dankfest; es war das bisher längste, das je nach einem Krieg abgehalten wurde.

Auch die Ankunft des Diktators war feierlicher als die jedes anderen vor ihm, denn alle Stände zogen ihm vollzählig entgegen. Sein Triumph überstrahlte alles bisher Dagewesene. Die Augen aller waren auf ihn gerichtet, denn er fuhr bei seinem Einzug in die Stadt auf einem Wagen, der von weißen Pferden gezogen wurde. In diesem Umstand erblickte man nicht nur eine Erhebung über den Stand eines Bürgers, sondern auch über den eines Menschen. Daß ein Diktator sich mit seinem Wagen dem Jupiter und dem Sonnengott gleichstellte, hielt man allgemein für eine Sache des Gewissens. Deshalb rief der Triumph mehr Aufsehen als Befriedigung hervor. Dann bestimmte der Diktator auf dem Aventinus den Platz für den Tempel der Juno und weihte den der Mutter Matuta ein. Als er diese göttlichen und menschlichen Aufgaben erfüllt hatte, legte er die Diktatur nieder.

Jetzt machte man sich auch über das Dankgeschenk an Apoll Gedanken. Camillus erklärte, er habe ihm den zehnten Teil der Beute versprochen; die Oberpriester meinten, das Volk müsse diese heilige Schuld abgelten. Trotzdem war es nicht leicht, der Menge die Rückerstattung der Beute zu befehlen, um den entsprechenden Teil als

Dankopfer davon zu nehmen. Endlich glaubte man einen Weg gefunden zu haben. Jeder, der für sich und sein Haus die heilige Pflicht erfüllen wollte, sollte seine Beute selbst einschätzen und den Wert des zehnten Teils dem Staat abliefern. Davon würde man dann ein goldenes Geschenk anfertigen lassen, das der Würde des römischen Volkes entsprach, um es einem so erhabenen Tempel und einem so mächtigen Gott darzubringen. Auch diese Lösung rief bei den Bürgern Abneigung gegen Camillus hervor.

Unterdessen trafen Gesandte von den Aequern und Volskern ein. Sie baten um Frieden, und man gewährte ihnen ihre Bitte. Sie hatten ihn zwar nicht verdient, aber man wollte den durch einen so langen Krieg erschöpften Bürgern Roms endlich Ruhe gönnen. Nur die Auseinandersetzung mit den Faliskern war noch nicht bereinigt.

Bei den Faliskern war es üblich, die Söhne von ihrem Lehrer begleiten zu lassen. Mehrere Knaben wurden zugleich der Aufsicht eines einzigen Mannes anvertraut. Dieser Mann, der über besondere Kenntnisse verfügte, unterrichtete die Kinder der Vornehmen.

Ein solcher Mann hatte sich in Friedenszeiten daran gewöhnt, die Kinder zum Spielen und zu allerlei Übungen vor die Stadt zu führen. Auch jetzt im Krieg hielt er an dieser Gewohnheit fest. Er entfernte sich mit den Kindern mehr oder weniger weit vom Stadttor. Einmal bot sich ihm, als sie unterwegs spielten und plauderten, die Gelegenheit, noch weiter als sonst wegzugehen. Er führte die Kinder durch die feindlichen Wachen, weiter durch das römische Lager bis zum Feldherrnzelt des Camillus. Hier vollendete er seinen schmählichen Verrat, indem er die Knaben als Geiseln anbot und so Falerii in die Hände der Römer auslieferte. Er sagte, die Väter der Kinder seien die Häupter der falerischen Regierung.

Camillus hörte ihn an und sagte schließlich: »Weder das Volk noch der Feldherr, zu dem du Verräter mit diesem gottlosen Geschenk kommst, haben mit dir irgend etwas gemein. Auch besteht zwischen uns und den Faliskern kein von Menschen geschlossener Bund. Allerdings gibt es eine natürliche Bindung zwischen beiden Völkern, und die soll erhalten bleiben. Der Krieg hat seine Rechte genauso wie der Friede. Wir Römer verstehen uns darauf, diese gerecht und tapfer zu pflegen. Wir kämpften nicht etwa gegen die Alten, die man sogar bei der Eroberung von Städten schont, sondern wir ziehen gegen bewaffnete Männer zu Feld, die eine römische Stellung vor Vei bedrängten, obwohl wir sie weder gekränkt noch gereizt hatten. Du wolltest sie durch ein schamloses Unrecht ausliefern. Ich aber werde sie auf römische Art überwältigen: durch Tapferkeit, Belagerung und Waffengewalt, wie es auch in Vei geschah.«

Dann übergab Camillus den Mann, dem man die Kleider ausgezogen und die Hände auf dem Rücken gebunden hatte, den Knaben. Sie sollten ihn nach Falerii zurückbringen. Er gab ihnen auch Ruten, damit sie den Verräter mit Schlägen in die Stadt trieben. Als sie dort ankamen, lief bei diesem Schauspiel zuerst das Volk zusammen. Dann berief man wegen dieses außergewöhnlichen Ereignisses den Senat ein. Plötzlich aber schlug die Stimmung völlig um. Kurz vorher wollten die Bürger noch, von Haß ergriffen, beinahe lieber wie Vei zugrunde gehen als wie Capanae Frieden schließen. Jetzt stimmten sie einmütig für den Frieden. Laut lobte man auf dem Markt und im Rathaus die Ehrenhaftigkeit der Römer und den gerechten Sinn des Feldherrn. Alle stimmten dafür, daß Gesandte zu Camillus ins Lager gingen. Von da aus begaben sie sich mit seiner Empfehlung zum Senat nach Rom. Ihre Botschaft lautete: Die Stadt Falerii sei zur Übergabe bereit.

Im Senat sprachen die Gesandten: »Wir wurden von euch, Senatoren, und von eurem Feldherrn besiegt. Wir ergeben uns euch und sind überzeugt, daß wir unter eurer Herrschaft glücklicher sein werden als unter unseren eigenen Gesetzen. Dieser Krieg hat uns zweierlei gelehrt. Ihr habt im Krieg Großmut dem sicheren Sieg vorgezogen. Diese Hochherzigkeit bewog uns, euch den Sieg freiwillig anzubieten. Wir sind euch untertan, schickt, wen ihr wollt, damit er unsere Waffen, Geiseln und die offene Stadt übernehme. Ihr werdet unsere Treue niemals zu tadeln haben, und wir werden mit eurer Herrschaft stets zufrieden sein.«

Camillus wurde der Dank seiner Gegner und seiner Mitbürger zuteil. Die Falisker mußten die Soldatenlöhne für dieses eine Kriegsjahr aufbringen, damit das römische Volk von dieser Abgabe verschont bliebe. Man gewährte ihnen den Frieden, und das Heer kehrte nach Rom zurück. Später aber wurde Camillus verbannt. Man warf ihm Unredlichkeit bei der Verteilung der Kriegsbeute vor, und deshalb zog er sich in die Stadt Ardea zurück.

DER KRIEG GEGEN DIE GALLIER

So wurde auf allen Seiten Friede mit Rom geschlossen. Doch nun drohte von Norden her eine neue Gefahr. Von den Clusinern trafen Gesandte in Rom ein und baten um Hilfe gegen die Gallier. Die Sage berichtet, daß diese Leute über die Alpen gestiegen waren, angelockt durch die süßen Früchte, besonders durch den Wein, der ihnen damals noch unbekannt war. Sie besetzten das Land, das die Etrusker bebaut hatten. Ein Mann mit Namen Aruns soll ihnen den Wein gebracht haben, um sie herbeizulocken. Er tat dies aus Rache gegen Lucumo, den Verführer seiner Frau, dessen Vormund er gewesen war. Er konnte ihn aber ohne die Hilfe durch ein fremdes Heer nicht bestrafen, denn Lucumo war ein einflußreicher junger Mann. Aruns soll bei dem Alpenübergang als Führer gedient und die Gallier zum Angriff auf Clusium bewogen haben.

Es ist zwar nicht sicher, daß Aruns oder ein anderer Clusiner wirklich die Gallier vor Clusium gebracht hat. Fest steht allerdings, daß die jetzigen Belagerer Clusiums nicht die ersten Gallier waren, die über die Alpen zogen. Die Gallier kamen schon zweihundert Jahre früher, ehe sie Clusium bestürmten, nach Italien. Der Kampf mit diesen Etruskern war nicht der erste, den ihr Heer bestand. Schon viel früher hatten sie sich mit jenen geschlagen, die zwischen dem Apennin und den Alpen wohnten. Der Herrschaftsbereich der Etrusker reichte nämlich weit über Land und Meer, lange bevor Rom die Oberherrschaft erlangte. Wie weit sich ihre Macht im oberen und mittleren Meer, die Italien umgeben, erstreckte, beweisen allein schon die Namen: Das untere Meer heißt bei den Völkern Italiens das Tuskermeer, nach dem Namen des Tuskervolkes, das obere ist nach Adria benannt, einer etruskischen Kolonie, und heißt Adriatisches Meer. Auch die Griechen sprechen vom Tyrrhenischen und Adriatischen Meer.

Die Etrusker bewohnten ihr Land in zwölf Städten mit dem Blick auf beide Meere; zuerst diesseits des Apennin bis zum unteren Meer, nachher auch jenseits des Apennin. Dort errichteten sie Kolonien nach der Zahl ihrer bedeutendsten Stämme, die das ganze Land über dem Po bis an die Alpen besetzten. Die Ecke der Veneter, die um die Meeresbucht herum wohnten, sparten sie aus. Auch die Alpenvölker haben ohne Zweifel den gleichen Ursprung, besonders die Räter. Allerdings prägte die Wildheit dieser Gegend ihr Wesen und ließ von dem Verebten nichts übrig als den Klang der Sprache, und den nicht einmal in reiner Form.

Vom Übergang der Gallier nach Italien wird berichtet: Als Tarquinius Priscus in Rom regierte, waren die Bituriger das führende Volk der Kelten, denen ein Drittel Galliens gehörte. Sie stellten den König über alle Kelten. Dieser hieß Ambigatus. Er besaß hohes Ansehen durch seine und seines Volkes Tapferkeit und Glück. Unter seiner Regierung war Gallien so überreich an Erträgen und Menschen, daß er meinte, er könne dieses zu groß gewordene Volk nicht mehr regieren. Nun wollte er sein Reich von dieser Überbevölkerung befreien. Er ließ also bekanntgeben, er wolle seine Neffen Bellovesus und Sigovesus, beide unternehmungslustige junge Leute, in die Länder schicken, die ihnen die Götter durch den Vogelflug zur Heimat bestimmen würden. Sie sollten möglichst viele Menschen mitnehmen, damit niemand ihren Einzug verhindern könne. Ein göttlicher Wink teilte dem Sigovesus die hercynischen Wälder zu; dem Bellovesus beschieden die Götter einen viel günstigeren Weg, nämlich den nach Italien. Dieser sammelte nun alle Männer, die ihren Völkern entbehrlich waren: die Bituriger, Arverner, Senonen, Häduer, Ambarrer, Carnuter, Aulerker. Er brach mit einem großen Heer zu Fuß und zu Pferd auf und errichtete die Trikastine Nun aber lagen die Alpen vor ihm. Die gewaltige Höhe des Gebirges hielt die Gallier wie eine Mauer zurück. Sie konnten sich nicht entscheiden, welchen Weg sie über die Bergrücken nehmen sollten, die in den Himmel ragten und in einen anderen Teil der Welt führten. Dazu schien sie ein göttliches Zeichen zurückzuhalten, als sie hörten, daß noch andere Ankömmlinge, die Land suchten, von den Salyern belagert wurden. Es waren die Massilier, die aus Phökäa mit einer Flotte eintrafen. Die Gallier betrachteten dieses Ereignis als Fingerzeig für ihre eigene Lage; sie unterstützten die Massilier, und diese durften nun den Platz, den sie bei der Landung besetzt hatten, auch befestigen. Die Salyer konnten daran nichts mehr ändern. Die Gallier selbst zogen nun durch das Land der Tauriner und durch unwegsame Bergschluchten über die Alpen. Nicht weit vom Fluß Ticinus besiegten sie die Etrusker und erfuhren, daß das Land, in dem sie sich niedergelassen hatten, Gebiet der Insubrer heiße. Sie sahen darin ein Zeichen, hier zu bleiben, denn sie hatten auch im Gebiet der Häduer eine Gegend gleichen Namens gehabt. Sie errichteten eine Stadt und nannten sie Mediolanum.

Ein anderes Volk, die Cenomaner, folgte bald darauf dieser Spur unter der Führung des Elitovius. Von Bellovesus unterstützt, durchstiegen die Cenomaner die Alpen auf dem gleichen Weg und ließen sich im Land der Lituer nieder, wo jetzt die Städte Brixia und Verona liegen. Nach ihnen machten sich die Salluvier seßhaft neben den Lävern, einem alten ligurischen Volksstamm, der um den Ticinus herum wohnte. Später gingen die Boier und Lingonen über den Peninus. Sie fanden die ganze Gegend zwischen dem Po und den Alpen schon besetzt und fuhren deshalb in Flößen über den Po. Sie jagten nicht nur die Etrusker, sondern auch die Umbrer aus ihren Besitzungen. Aber sie begnügten sich mit den Ländern diesseits des Apennins.

Als letzte trafen die Sekonen ein und wohnten vom Fluß Utens bis an den Aesis. Dieser Volksstamm zog von dort aus gegen Clusium und dann gegen Rom. Es ist nicht sicher, ob er allein kam oder von den gallischen Stämmen, die diesseits der Alpen wohnten, unterstützt wurde.

Der neue Krieg versetzte die Clusiner in großen Schrecken, als sie so viele Feinde und so fremdartige Gestalten und Waffen erblickten. Dazu kam noch die Nachricht, daß die Etrusker diesseits und jenseits des Po oft von ihnen geschlagen worden waren. Die Clusiner schickten also Gesandte nach Rom, um beim Senat Hilfe zu erbitten, obwohl sie mit den Römern weder verbündet noch befreundet waren. Sie hatten nur den Veientern, ihren Stammesgenossen, nicht in ihrem Kampf gegen das römische Volk geholfen.

Aber die erbetene Hilfe wurde ihnen nicht gewährt. Drei Gesandte kamen aus Rom, die Söhne des Marcus Fabius Ambustus. Sie sollten im Namen des römischen Senats und Volks den Galliern klarmachen, sie möchten doch Leute, die ihnen nie etwas Böses getan hatten und Freunde und Bundesgenossen des römischen Volkes waren, nicht behelligen. Die Römer würden diese notfalls auch mit den Waffen verteidigen. Aber sie hielten es im Augenblick für klüger, mit den Galliern auf friedliche Weise als durch Waffen Bekanntschaft zu machen, um vielleicht doch noch einen Krieg abzuwenden.

Diese Antwort hätte gar nicht so unfreundlich geklungen, hätte sie nicht so herausfordernde Sprecher gehabt, die den Galliern ähnlicher waren als den Römern. Als sie ihren Auftrag in der Versammlung der Gallier ausgerichtet hatten, antworteten diese: Zwar hörten sie den Namen der Römer zum ersten Mal, aber sie meinten, es müßten wackere Männer sein, weil sich die Clusiner in ihrer Notlage an sie gewandt hatten. Weil die Römer ihre Bundesgenossen lieber durch eine Gesandtschaft als mit Waffen vor ihnen schützen wollten, so würden sie den angebotenen Frieden nicht zurückweisen. Allerdings müßten die Clusiner den Galliern einen Teil ihrer Äcker, die sie reichlich besäßen, abtreten; denn sie selbst brauchten das Gebiet. Unter anderen Bedingungen gäbe es keinen Frieden. Sie wären bereit, die Antwort in Gegenwart der Römer entgegenzunehmen. Würde ihnen das Land aber nicht zugestanden, wollten sie auch im Beisein der Römer kämpfen, damit diese zu Hause bezeugen könnten, wie überlegen die Gallier im Kampf seien.

Nun fragten die Römer, wie sie wohl dazukämen, den Besitzern einfach ihr Land abzuverlangen oder mit Krieg zu drohen, und was die Gallier denn in Etrurien verloren hätten.

Da erwiderten sie trotzig, ihr Recht liege in den Waffen, tapferen Männern gehöre alles. Wütend griffen nun beide Seiten zu den Waffen, und der Kampf begann.

Das Unglück, das über Rom hereinbrach, bestand darin, daß auch die Gesandten zu den Waffen griffen. Das widersprach allem Völkerrecht und konnte nicht verborgen bleiben; denn drei der vornehmsten und tapfersten Männer Roms kämpften im Angesicht der Etrusker, und die Tapferkeit dieser fremden Kämpfer war überragend, Quintus Fabius galoppierte mit seinem Pferd voraus und durchbohrte einem gallischen Führer, der zu waghalsig gegen die Reiterei der Etrusker vorging, mit dem Speer die Seite und tötete ihn.

Als er ihm die Rüstung abzog, erkannten die Gallier in ihm den römischen Gesandten. Sie dämpften ihren Zorn gegen die Clusiner, ließen zum Rückmarsch blasen und drohten nun den Römern. Einige rieten sogar, sofort gegen Rom zu ziehen. Aber die Älteren setzten es durch, daß man vorher Gesandte schickte, die über das Unrecht Klage führen und die Auslieferung der Fabier wegen des verletzten Völkerrechts verlangen sollten.

Als die gallischen Gesandten ihre Aufträge ausgerichtet hatten, äußerte sich der Senat mißbilligend über das Verhalten der Fabier und hielt die Forderung der Barbaren für gerechtfertigt. Aber das Parteiwesen Roms ließ es nicht zu, daß man einen solchen Beschluß gegen so adelige Männer faßte. Der Senat wollte die Verantwortung abschieben und übertrug die Prüfung der gallischen Angelegenheit dem

Volk. Ihm galten Einfluß und Macht eines adeligen Geschlechts noch viel mehr. So kam es, daß man die, um deren Bestrafung es ging, für das kommende Jahr zu Kriegstribunen mit der Gewalt eines Consuls ernannte.

Die gallischen Gesandten waren darüber empört. Laut drohten sie mit Krieg und kehrten eilig zu ihren Leuten zurück. Außer den drei Fabiern wurden noch Quintus Sulpicius Longus, Quintus Servilius zum viertenmal und Servius Cornelius Maluginensis zu Kriegstribunen gewählt.

Rom drohte nun eine neue große Gefahr. Derselbe Staat, der schon so oft in den Kriegen gegen die Fidenaten, Veienter und andere Nachbarvölker alle nur möglichen Mittel aufgeboten und in einer so ernsten Lage stets einen Diktator ernannt hatte, sorgte diesmal in keiner Weise vor, obwohl vom Ozean und den entlegensten Küsten der Erde ein unbekannter Feind nahte. So sehr täuscht das Schicksal die Menschen, wenn es nicht will, daß man seinen Ablauf hemmt. Die Kriegstribunen, deren Unüberlegtheit den Krieg heraufbeschworen hatte, hatten den Oberbefehl inne, und sie hielten es nicht für nötig, ein Heer aufzustellen.

Die Nachricht, daß man in Rom die Verletzer des Völkerrechts ehrte und ihre Gesandtschaft damit höhnte, ließ die Gallier vor Wut bersten. Sie rissen ihre Feldzeichen aus dem Boden und machten sich eiligst auf den Weg nach Rom. Die Städte schlossen ihre Tore, und die Landleute flohen vor Schrecken, wenn dieses Heer mit mächtigem Getöse vorüberzog. Laut erklärten sie, ihr Ziel sei Rom. Wohin sie kamen, füllten sie einen weiten Platz mit ihren Pferden, Mannschaften und Troß.

In Rom verbreitete die Schnelligkeit des nahenden Feindes größten Schrecken. Bald trafen auch alarmierende Nachrichten von den Clusinern ein, und auch andere Völker sandten Warnungen. Man stellte zwar in aller Eile ein Heer auf und versuchte den Umkreis der Stadt abzusichern. Aber man hatte kaum den elften Meilenstein erreicht, als auch schon die Feinde da waren. An dieser Stelle mündet die Allia, die vom crustumenischen Gebirge in einem sehr tief eingeschnittenen Bett dahinfließt, nicht weit unterhalb der Heerstraße in den Tiber. Schon erblickten die Römer vor sich und zu beiden Seiten Feinde.

Nun stellten die Kriegstribunen ihre Schlachtreihen so auf, daß sie die Truppen auf zwei Flügeln so verteilten, daß der Feind sie nicht umklammern konnte. Aber sie hatten es versäumt, vorher einen Lagerplatz zu wählen und Schanzen anzulegen, in die sie sich zurückziehen konnten. Sie dachten diesmal nicht an die Götter, noch weniger an Menschen; und sie hatten weder die Vögel noch die Eingeweide von Opfertieren befragt. Trotz dieser Taktik der Flügelbildung wurden die Fronten einander nicht ebenbürtig, die römische Mittelfront wurde durch die Ausdehnung sogar sehr geschwächt und war äußerst dünn besetzt.

Rechts vom Heer befand sich ein kleiner Hügel. Man gedachte ihn mit einer Reserve zu besetzen. Ausgerechnet diese Maßnahme, die den ersten Anstoß zur Panik und Flucht gab, bot den Fliehenden schließlich die einzige Rettung. Denn der Gallierfürst Brennus, der vor allem wegen der verdächtig kleinen Zahl der Feinde hier eine List vermutete, wandte sich sofort gegen diesen Rückhalt. Er nahm an, der Hügel sei nur besetzt worden, um seine Gallier hier aus dem Hinterhalt, von hinten und von der Seite her anzugreifen, sobald ihre vordersten Reihen auf die Legionen gestoßen wären. War erst einmal diese Falle beseitigt, durfte er aufgrund seiner überlegenen Heeresmacht in der Ebene mit einem sicheren Sieg rechnen. So vertraute man auf der Seite der Barbaren nicht nur dem Kriegsglück, sondern auch einer sorgfältigen Berechnung und Überlegung.

In den Reihen der Römer war von der oft erprobten Kriegskunst diesmal nichts zu sehen, weder bei den Feldherrn noch bei den Soldaten. Bestürzung und Angst hatte sie ergriffen. Sie waren so kopflos, daß der größere Teil des Heeres in das feindliche Vei flüchtete, wovon sie noch der Tiber trennte, als geradewegs nach Rom zu ihren Frauen und Kindern.

Für kurze Zeit bot der Hügel der Abteilung Rückendeckung. Die übrige Schlachtreihe wandte sich, so wie sie war und ohne überhaupt gekämpft zu haben, zur Flucht, sobald sie das Geschrei der Gallier hörte. Man versuchte erst gar keinen Widerstand und antwortete nicht einmal auf das Geschrei der Feinde. Die Römer schlugen nur von hinten auf ihre eigenen Leute ein, die sie in dem Gewühl an der Flucht behinderten. Als die Flüchtenden den Tiber erreichten, kam es an seinem Ufer zu einem großen Gemetzel; dorthin hatte sich der ganze linke Flügel der Soldaten geflüchtet, nachdem sie die Waffen fortgeworfen hatten. Viele, die nicht schwimmen konnten und erschöpft waren von der schweren Rüstung, ertranken im Fluß. Aber die meisten von ihnen erreichten Vei. Von da aus schickten sie auch den anderen keinen Entsatz, nicht einmal eine Nachricht von der Niederlage gelangte nach Rom. Die Soldaten des rechten Flügels, die weiter vom Fluß entfernt am Fuß des Berges gestanden hatten, stürzten alle nach Rom. Dort flüchteten sie auf die Burg und vergaßen sogar, die Stadttore zu schließen.

Auch die Gallier waren völlig überrascht. Der plötzliche Sieg kam über sie wie ein Wunder. Vor Bestürzung blieben sie zunächst wie festgewurzelt stehen, als wüßten sie nicht, was geschehen war. Dann sammelten auch sie sich an einem sicheren Ort. Sie trugen die Habe der Gefallenen zusammen und errichteten ihrer Sitte gemäß einen Berg von Waffen.

Als sich schließlich rundum nichts Kriegerisches ereignete, marschierten sie los und kamen kurz vor Sonnenuntergang in Rom an. Die Reitervorposten meldeten ihnen, kein Tor der Stadt sei verschlossen, keine Wache stehe davor, kein Feind sei auf den Mauern zu sehen. Da blieben sie vor diesem neuen, dem anderen ähnlichen Wunder wieder fassungslos stehen. Sie ließen sich zwischen Rom und dem Anio nieder, denn es schien ihnen zu waghalsig, nachts in eine unbekannte Stadt einzudringen. Sie schickten Kundschafter an die Mauern und an verschiedene Tore, um die Befestigungen kennenzulernen, die der Feind in letzter Minute errichtet hatte.

In Rom erfüllte das Gejammer um die Lebenden und die Toten die ganze Stadt. Der größte Teil der Soldaten war ja nach Vei geflohen, aber niemand in Rom glaubte, daß außer denen, die in die Stadt zurückgekommen waren, noch jemand am Leben wäre. Als man dann vom Eintreffen des Feindes erfuhr, lähmte ein allgemeiner Schrecken die trauernden Bürger. Bald hörte man auch das Triumphgeschrei der Barbaren, als sie haufenweise die Stadtmauern entlangliefen.

Die römischen Bürger blieben bis zum nächsten Tag im ungewissen über ihre Lage, jeden Augenblick mußten sie mit dem Einbruch der Barbaren in die Stadt rechnen. Zuerst meinten sie, dieser würde zugleich mit der Ankunft der Feinde erfolgen, sie wären wohl sonst an der Allia geblieben, wenn sie dies nicht beabsichtigten. Gegen Sonnenuntergang rechneten sie dann wieder damit, daß die Gallier noch vor der Nacht angreifen würden, aber nichts geschah. Noch später fürchteten sie, ihr Einmarsch sei für die Nacht geplant, um ihn noch grauenhafter zu machen.

Schließlich brachte der beginnende Tag den tödlichen Schrecken. Doch als die feindlichen Fahnen an die Tore heranwogten, glichen die Römer von diesem Tag an in keiner Weise mehr denen, die an der Allia so kopflos geflohen waren. Es schien zwar aussichtslos, mit den wenigen übriggebliebenen Soldaten die Stadt zu verteidigen, doch entschied man, die wehrfähigen Männer mit Frauen und Kindern und die kräftigsten Senatoren sollten auf die Burg und das Kapitol gehen, sich mit Waffen und Lebensmitteln eindecken und von dieser Festung aus Götter, Mitbürger und die Ehre Roms verteidigen.

Die Priester und die in den Tempeln Versammelten sollten die Heiligtümer vor Entehrung und Brandstiftung bewahren und nicht eher die Verehrung einstellen, als bis keiner mehr da war, der sie verehren könnte. Würden aus der bevorstehenden Zerstörung der Stadt nur die Burg und das Kapitol, diese Wohnungen der Götter und der Sitz des Senats als Haupt des Staates, sowie die wehrfähige Jugend gerettet, so wäre der Verlust der Alten, die in der Stadt zurückbleiben sollten, leichter zu überwinden.

Damit es nun den Bürgern nicht so schwerfiele, sich in ihr Los zu schicken, erklärten die Greise, die einst Triumphe erlebt und Consulate verwaltet hatten, vor allem Volk, sie wollten mit ihm sterben. Mit ihrem kraftlosen Körper könnten sie ohnehin keine Waffen mehr tragen, kein Vaterland verteidigen, und sie wollten auf keinen Fall den Wehrfähigen ihre Lage noch erschweren.

ROM WIRD ZERSTÖRT

So trösteten sich die zum Tod bestimmten Greise gegenseitig. Dann sprachen sie der Schar der jungen Leute Mut zu, während sie sie zur Burg und zum Kapitol hinauf begleiteten. Ihrer Tapferkeit und ihrer jugendlichen Kraft empfahlen sie das Schicksal der Stadt, was immer auch über sie kommen mochte. Seit dreihundertundsechzig Jahren wären die Römer Sieger in allen Kriegen gewesen.

Als nun die, welche alle Hoffnung und Hilfe mit sich fortnahmen, sich von jenen verabschiedeten, die den Untergang der Stadt nicht erleben sollten, war der Jammer groß und der Anblick sehr traurig. Die Verzweiflung der weinenden Frauen, die ängstlich umherirrten, sich einmal an diese, einmal an jene Gruppe anschlossen und immer wieder ihre Männer und ihre Söhne fragten, was ihnen bevorstehe, überstieg jedes Maß menschlichen Elends.

Ein großer Teil von ihnen zog mit der Familie auf die Burg. Man wies sie weder zurück, noch rief man sie hinein. Denn was den Belagerten nützlich gewesen wäre, nämlich die Zahl der Wehrlosen möglichst klein zu halten, widersprach den Gesetzen der Menschlichkeit.

Ein anderer Haufen, vorwiegend Menschen von niederem Stand, zog in geschlossener Reihe zum Janiculum; denn ein so kleiner Berg wie das Kapitol konnte ihre Zahl nicht aufnehmen und bei der herrschenden Lebensmittelknappheit nicht ernähren. Von da aus zerstreuten sie sich aufs Land oder zogen ohne Führer und ohne Plan in die Nachbarstädte. Jeder folgte seinem eigenen Gutdünken, seiner eigenen Hoffnung, da das Gemeinsame verloren war.

Der auserwählte Priester des Quirinus und die vestalischen Jungfrauen berieten unterdessen, welche Heiligtümer sie mitnehmen, welche sie zurücklassen sollten. Denn alles konnten sie nicht fortschaffen. An ihre eigene Habe dachten sie nicht. Sie suchten einen Ort, wo die Heiligtümer am sichersten waren, und kamen zu dem Entschluß, sie in kleine Gefäße zu verpacken und in einer Kapelle zu vergraben, die gegenüber dem Haus des quirinalischen Priesters lag. Die übrigen Stücke teilten sie unter sich auf und trugen sie auf dem Weg über die Holzbrücke zum Janiculum.

An dieser Stelle erblickte sie Lucius Albinus, ein römischer Bürger. Er gehörte zu der wehrlosen Schar, die die Stadt räumte, und fuhr mit Frau und Kindern auf einem Wagen. Nun schien es ihm sündhaft, die Priester des Volkes gehen und die Heiligtümer tragen zu lassen, selbst aber mit seiner Familie auf dem Wagen zu sitzen. Sogar in einer solchen Notlage behielt der Unterschied zwischen göttlichen und menschlichen Dingen seine Geltung. Er ließ also seine Frau und die Kinder absteigen, nahm die Vestalinnen und die Heiligtümer auf seinen Wagen und fuhr sie zu ihrem Reiseziel, nach Caere.

Unterdessen hatte man in Rom schon die entsprechenden Maßnahmen getroffen, die Burg zu halten, so gut es eben in dieser Stunde möglich war. Alle Greise erwarteten todesbereit die Ankunft der Feinde. Wer früher einmal höhere Ämter bekleidet hatte, saß jetzt feierlich bekleidet mitten im Hof seines Hauses auf elfenbeinernem Sessel. Sie wollten in den Ehrenzeichen ihres einstigen Glückes, ihrer Ämter und ihrer Tapferkeit sterben und thronten, als ob sie einen Aufzug der Götterwagen oder einen Triumphzug abhielten. Einige erzählten sogar, sie hätten sich für das Vaterland und die römischen Quiriten die Todesweihe geben lassen. Der Hohepriester Marcus Fabius habe ihnen die Formel vorgesprochen.

Bei den Galliern ließ die kämpferische Stimmung während der Nacht nach. Sie hatten in der Schlacht keine Gefahr zu bestehen gehabt und eroberten auch jetzt die Stadt nicht im Sturm. Am nächsten Tag zogen sie ohne jeden Rachedurst durch das collinische Tor und marschierten bis zum Markt. Dort betrachteten sie rundum die Göttertempel und die Burg, die als einziges Bauwerk einen kriegerischen Anblick bot. Von hier aus verteilten sie sich in den menschenleeren Straßen und begannen zu plündern. Sie ließen nur eine kleine Schar zurück, um nicht als einzelne von der Burg oder vom Kapitol aus überfallen zu werden.

Manchmal stürzten sie haufenweise in das nächstliegende Haus, andere rannten weiter zum nächsten, als ob es nur dort noch Beute zu machen gäbe. Dann kehrten sie wieder in dichten Haufen zum Markt oder in seine unmittelbare Nähe zurück. Die Öde der Straßen erschreckte sie, und sie fürchteten, bei ihren Streifzügen in eine Falle zu geraten. Als sie die Bürgerhäuser verschlossen, ihre Höfe aber offen fanden, hielten sie es für gefährlicher, sich in die offenen als in die verriegelten zu wagen. Mit Ehrfurcht schauten sie auf die Männer in den Vorhöfen, die in ihrem prächtigen Schmuck, der sie über die Menschen erhob, dasaßen, sahen die Würde, die aus ihren Zügen und aus ihrem ernsten Gesicht sprach und den Anblick von Götterbildern bot.

Die Gallier standen und blickten zu ihnen auf wie zu wirklichen Göttern. Einer der Greise — man sagt, es war Marcus Papirius — erzürnte einen Gallier mächtig. Er schlug ihn mit einem Elfenbeinstab auf den Kopf, als dieser ihn am Bart zupfte. Damals trugen alle lange Bärte. Damit fing die Schlägerei an, und so wurden auch die anderen auf ihren Stühlen hingemordet. Als die alten Männer tot waren, wurde niemand mehr geschont. Die Häuser wurden geplündert und nachher angezündet.

Vielleicht fanden nicht alle Gallier Gefallen an der Zerstörung der

Stadt, oder ihre Führer beabsichtigten, nur ein paar Feuer als Schreckmittel anzuzünden, um damit die Belagerten in Sorge um ihre Wohnungen zu versetzen und zur Übergabe zu bewegen. Vielleicht wollten sie auch nicht alle Häuser vernichten; die Reste der Stadt sollten als Pfand für spätere Verhandlungen mit dem Feind dienen. Jedenfalls brannte es am ersten Tag nicht überall; und sie ließen das Feuer auch nicht übergreifen. Es war ganz anders als sonst in eroberten Städten.

Die Römer sahen von der Burg aus die Stadt voller Feinde. Sie wußten beinahe nicht, wo sie zuerst hinschauen sollten, weil sie bald hier, bald dort ein neues Unglück bemerkten. Bald wurden ihre Augen und Ohren stumpf vom Geschrei der Feinde, vom Jammer der Frauen und Kinder, dem Prasseln des Feuers und dem Krachen der einstürzenden Häuser. Es schien, als hätte sie das Schicksal hingestellt, damit sie den Untergang ihrer Heimatstadt miterlebten. Sie litten mehr, als Menschen je gelitten haben, die belagert wurden; denn sie waren als Belagerte ausgesperrt aus ihrer Stadt und sahen zu, wie all ihr Eigentum in Feindeshand fiel.

Auf diesen Tag voller Grauen folgte eine ebenso unruhige Nacht. Auf diese Nacht folgte wieder ein unruhiger Tag. Es gab keinen Augenblick mehr, der nicht Schrecken und Greuel brachte.

Die Qual solcher Leiden bedrückte sie, aber sie ließen den Mut nicht sinken, selbst wenn alles durch Flammen und Zerstörung dem Boden gleichgemacht würde. Sie hofften noch immer, ihren kleinen Hügel als letzte Zuflucht ihrer Freiheit tapfer verteidigen zu können. Weil sie nun schon viele Tage so zubrachten, empfanden sie ihr Elend fast nicht mehr. Sie blickten nur noch auf ihre Waffen, auf das Schwert in ihrer Hand. Es war ihre einzige Hoffnung.

Die Gallier entschlossen sich endlich zu einem Angriff auf die Burg. Sie hatten nun mehrere Tage lang zwischen den Häusern einer zerstörten Stadt Krieg geführt. In den Brandstätten und Ruinen der eroberten Stadt begegneten sie nur bewaffneten Feinden, die nur mit Gewalt zur Übergabe gezwungen werden konnten. Jetzt wollten die Gallier das Letzte wagen. Früh am Morgen nahm ihr Heer auf dem Markt Aufstellung. Man bildete Schlachtreihen, erhob das übliche Geschrei und rückte in geschlossener Ordnung bergan.

Die Römer verstärkten an allen Zugängen überlegt und kaltblütig ihre Posten. Wo sie den Feind anrücken sahen, stellten sie ihm die Elite ihrer Soldaten entgegen und ließen ihn möglichst nahe herankommen. Je höher er sich auf den steilen Felsen heraufwagen würde, desto leichter könnten sie ihn den Abhang hinunterwerfen. Ungefähr in der Mitte des Hügels hielten die Gallier an. Als die Römer jetzt von der Höhe herab zum Angriff übergingen, türmten sich bald die Leichen haufenweise unter ihren Schwertern. Da wollten die Gallier nie wieder ein solches Gefecht wagen.

Die Hoffnung, im bewaffneten Angriff zu siegen, gaben sie nun auf. Jetzt rüsteten sie zur Belagerung. Aber sie hatten mit den Häusern auch das Getreide verbrannt. Gerade in diesen Tagen waren alle Vorräte vom Land nach Vei geschafft worden. Sie beschlossen also, ihr Heer zu teilen. Mit der einen Hälfte wollten sie bei den Nachbarvölkern rauben, mit der anderen die Burg belagern. Der auf dem Land plündernde Haufen sollte den Soldaten, die die Stadt belagerten, Getreide verschaffen.

Das Schicksal führte die Gallier, die die Stadt verließen, nach Ardea, damit sie dort römische Tapferkeit kennenlernten. Hier lebte nämlich Camillus als Verbannter. Ihn schmerzte mehr die Lage des Staates als sein eigenes Los. Er klagte über Götter und Menschen und fand es unbegreiflich, daß es solche Männer nicht mehr geben sollte, wie sie einst mit ihm Vei und Falerii erobert hatten, Männer, denen Mut stets mehr galt als Glück. Plötzlich erfuhr er von den bestürzten Ardeaten, daß ein gallisches Heer heranrückte. Wie von göttlichem Atem gestreift, ging er zu dieser Versammlung, obwohl er früher an solchen Zusammenkünften nie teilgenommen hatte.

Er sprach zu den Versammelten: »Ardeaten, meine alten Freunde und jetzt meine neuen Mitbürger, weil es eure Güte gestattet und mein Schicksal so bestimmt hat! Niemand möge glauben, ich hätte vergessen, daß ich ein Verbannter bin, wenn ich hier vor euch auftrete. Aber die Verhältnisse und die gemeinsame Gefahr zwingen uns, jedes nur mögliche Mittel zur Rettung aus dieser Not zu ergreifen. Wann hätte ich sonst Gelegenheit, mich für euer großes Entgegenkommen dankbar zu zeigen, wenn ich jetzt zögerte? Oder wo könntet ihr mich besser brauchen als im Krieg? Als Feldherr genoß ich hohes Ansehen in meinem Vaterland. Im Krieg unbesiegt, wurde ich im Frieden von undankbaren Mitbürgern vertrieben. Jetzt winkt euch, Ardeaten, das Glück. Ihr könnt dem römischen Volk seine früheren Wohltaten vergelten, deren Umfang ihr ja kennt. Ihr könnt noch mehr: Ihr könnt eurer Stadt die leuchtende Ehre des Sieges erkämpfen. Die da in ungeordneten Haufen herankommen, sind ein Volk, dem die Natur eher große als widerstandsfähige Körper gegeben hat. Deshalb erscheinen sie im Kampf furchtbarer, als sie ihren Kräften nach sind. Roms Unglück möge uns dafür Beweis genug sein. Die offene Stadt konnten sie erobern. Auf der Burg und dem Kapitol hält ihnen eine kleine Schar Römer stand. Die Gallier ziehen ab, weil sie der Belagerung überdrüssig sind. Nun schwärmen sie durch das Land. Sie schlingen Speise und Wein in sich hinein, und wenn es Nacht wird, werfen sie sich ungeordnet wie das Vieh, ohne Verschanzung, Posten oder Wachen, an den Wasserläufen nieder. Im Glück sind sie noch unvorsichtiger als im Krieg. Wenn ihr eure Mauern schützen wollt und dies alles hier nicht gallisch werden soll, dann greift alle zur Stunde der ersten Nachtwache zu den Waffen! Folgt mir zum Schlachten, nicht zum Kampf! Gelingt es mir nicht, sie euch schlafend wie das Vieh zur Schlachtbank auszuliefern, so will ich in Ardea das gleiche Schicksal auf mich nehmen, wie es in Rom geschah.«

Jeder war überzeugt, daß es zu diesem Zeitpunkt nirgends einen so großer Führer wie Camillus gab. Die Versammlung wurde aufgelöst. Die Ardeaten bereiteten alles vor und warteten aufmerksam auf das verabredete Zeichen.

Als dieses kam, scharten sie sich in der Stille der beginnenden Nacht um Camillus. Sie rückten aus und überfielen noch in Stadtnähe das gallische Lager mit Geschrei. Wie Camillus es ihnen vorausgesagt hatte, trafen sie es völlig schutzlos an, von keiner Seite her war es bewacht. Nirgends gab es Kampf, überall nur Gemetzel. Ohne Waffen und schlaftrunken, wie sie waren, wurden die Gallier niedergehauen. Der Schrecken trieb die am Rand Liegenden in die Flucht, jagte sie hoch, ohne daß sie wußten, woher und von wem der Überfall kam. Einige rannten ziellos mitten in die Feinde hinein. Ein großer Teil der Gallier geriet in das Gebiet von Antium. Sie waren zerstreut und wurden von dieser Stadt aus angegriffen und erschlagen.

Die Etrusker erlitten im Gebiet von Vei eine ähnliche Niederlage. Mit einer Stadt, die fast vierhundert Jahre ihre Nachbarin war und von einem fremden Feind überrannt wurde, hatten sie so wenig Mitleid, daß sie gerade jetzt ins römische Gebiet einbrachen. Sie machten reiche Beute und rüsteten zu einem Angriff auf Vei. Die römischen Soldaten hatten beobachtet, wie sie das Land durchstreiften und die Beute vor sich hertrieben. Sie entdeckten ihr Lager in der Nähe von Vei.

Zuerst waren sie niedergeschlagen, dann verärgert und schließlich wütend, daß die Etrusker nun noch ihr Unglück ausnützen wollten, da sie doch den gallischen Krieg von ihnen weg auf sich gelenkt hatten. Kaum konnten sie ihren Zorn beherrschen, am liebsten wären sie gleich gegen sie vorgerückt. Aber der Hauptmann Caedicius, den sie selbst zu ihrem Führer bestimmt hatten, beruhigte sie, und so verschoben sie den Angriff auf die folgende Nacht.

Caedicius war zwar kein Camillus, aber alles entwickelte sich ebenso günstig und ging auch ebenso glücklich aus. Sie ließen sich sogar von Gefangenen, die das nächtliche Gemetzel überlebt hatten, den Weg zu anderen Etruskern zeigen, die an den Salzgruben standen. Auch diese überfielen sie in der nächsten Nacht, und es gab ein noch schlimmeres Blutbad. Dann kehrten sie nach Vei zurück, glücklich über ihren doppelten Sieg.

Unterdessen dauerte die Belagerung Roms an. Auf beiden Seiten verhielt man sich ruhig. Die Gallier achteten nur darauf, daß kein Feind zwischen ihren Posten durchschlüpfte. Da erwarb ein junger Römer die Bewunderung seiner Mitbürger und Feinde. Die Familie der Fabier sollte auf dem Quirinal ein bestimmtes Opfer darbringen. Um dies zu tun, stieg Gaius Fabius Dorsuo in gabinischer Gewandung mit den Opfergeräten in den Händen vom Kapitol herab. Er schritt mitten durch die feindlichen Posten, achtete weder auf Anruf oder Drohung und gelangte schließlich auf den Quirinal. Dort führte er alles vorschriftsmäßig aus und ging denselben Weg wieder zurück. Sein Blick und Schritt blieben fest im Vertrauen auf den Schutz der Götter, deren Verehrung er über die Todesfurcht setzte. So traf er wieder auf dem Kapitol bei seiner Familie ein. Vielleicht waren die Gallier durch diese wunderbare Kühnheit betroffen, wahrscheinlich aber war es die Verehrung des Göttlichen, die sie so beeindruckte.

In Vei wuchs mit jedem Tag der Mut und auch die Macht. Hier sammelten sich nicht nur Römer vom Land, die nach der verlorenen Schlacht und der Eroberung Roms umhergeirrt waren; es trafen auch Freiwillige aus Latium ein. Die Zeit schien gekommen, die Vaterstadt wieder zu erobern und den Händen der Feinde zu entreißen. Aber dem kräftigen Körper fehlte noch das Haupt.

Da erinnerte man sich an Camillus. Auch unter den Soldaten gab es viele, die unter seiner Führung erfolgreich gekämpft hatten. Caedicius erklärte, er wolle nicht so lange warten, bis ihm ein anderer, sei es ein Gott oder ein Mensch, seine Stellung als Befehlshaber abnehme.

Man beschloß daher einmütig, Camillus aus Ardea zu holen. Allerdings wollte man erst beim Senat in Rom deswegen anfragen. So herrschte noch damals in allen Dingen eine gewisse Ordnung, noch in dem nahezu vernichteten Staat wahrte man das Recht des einzelnen. Der Weg zum Senat führte durch die feindlichen Wachen und war gefährlich.

Ein waghalsiger junger Mann, Pontius Comminius, erbot sich dazu. Er legte sich auf ein Korkstück und schwamm den Tiber hinab zur Stadt. So nahe es vom Ufer aus möglich war, stieg er an dem steilen Felsen, der deshalb von den feindlichen Wachen kaum beachtet wurde, zum Kapitol hinauf. Er wurde den Staatshäuptern vorgeführt und richtete den Auftrag des Heeres aus. Dann nahm er den Beschluß des Senats entgegen: Camillus sollte sofort vom gesamten Volk zum Diktator ernannt werden, nachdem er auf einer Kurienversammlung aus der Verbannung zurückgerufen würde. Die Soldaten sollten den Feldherrn erhalten, den sie sich wünschten.

Pontius Comminius stieg auf demselben Weg wieder herunter und kehrte nach Vei zurück. Da schickte man Gesandte nach Ardea zu Camillus, die ihn nach Vei rufen sollten. Doch Camillus ging nicht eher von Ardea fort, bis er die Nachricht erhielt, daß der seine Verbannung aufhebende Beschluß angenommen worden sei. Ohne Einwilligung des ganzen Volkes hätte er das Land nie wieder betreten, und ohne Ernennung zum Diktator hätte er den Oberbefehl im Heer nicht annehmen dürfen.

Die Curien billigten den Vorschlag, und Camillus wurde in Abwesenheit zum Diktator ernannt.

DIE RETTUNG

Während man in Vei mit diesen Vorbereitungen beschäftigt war, schwebte in Rom Burg und Kapitol in großer Gefahr. Entweder hatten die Gallier an der Stelle, wo der Bote aus Vei aufgestiegen war, eine Spur gefunden, oder sie erkannten von sich aus, daß der Felsen beim

Tempel der Carmentis leichter zu erklettern war. Sie benutzten eine sternenklare Nacht und ließen zuerst einen unbewaffneten Mann hinaufgehen, um den Weg auszuprobieren. Dann reichten sie ihm Waffen nach. An schwierigen Stellen stützten und hoben sie sich abwechselnd oder zogen einander nach, wie es eben das Gelände erforderte. Dadurch gelangten sie so lautlos zum Gipfel, daß sie nicht nur den Wächtern unbemerkt blieben, ja nicht einmal die Hunde weckten, die sonst bei jedem nächtlichen Geräusch anschlagen.

Nur den Gänsen blieb ihr Nahen nicht verborgen. Man hatte diese Tiere trotz größter Hungersnot geschont, weil sie der Juno heilig waren. Ihr Geschnatter und Flügelschlagen weckte Marcus Manlius. Er war ein kriegstüchtiger Mann und vor drei Jahren Consul gewesen. Hastig nahm er seine Waffen, weckte die anderen und stürmte herbei. Während seine Kameraden noch zusammenliefen, stieß er mit dem Schildrücken den ersten Gallier hinunter. Der Stürzende riß die nächsten mit; und Manlius tötete einige andere, die kopflos geworden die Waffen weggeworfen hatten und nun an den Klippen hingen und sich verzweifelt daran festklammerten. Inzwischen scharten sich noch mehr Römer um Manlius und verjagten endgültig den Feind mit Pfeilen und Schleudersteinen. Bald stürzte der ganze Haufen kopfüber den steilen Fels hinunter.

Nach diesem Zwischenfall legten sich die Römer für den Rest der Nacht zur Ruhe, soweit es bei dem Schrecken möglich war; denn die überstandene Gefahr hielt auch jetzt noch ihre Spannung wach. Bei Tagesanbruch rief eine Fanfare die Soldaten zur Versammlung vor den Kriegstribunen. Sie wollten die Wachsamkeit belohnen und die Nachlässigkeit bestrafen.

Zuerst erhielt Manlius Lob und Geschenke für sein tapferes Verhalten, nicht nur von den Kriegstribunen, sondern auch von den Soldaten. Jeder brachte ihm ein halbes Kilo Mehl und ein Viertel Wein zu seinem Haus auf die Burg. Das waren wohl kleine Geschenke, aber in der Notzeit besonders kostbar; denn jeder nahm von seinem eigenen Lebensmittelvorrat und sparte sich die Ehrengabe vom Munde ab.

Dann wurden die Wachtposten vorgeführt, die den heraufsteigenden Feind nicht bemerkt hatten. Der Kriegstribun Quintus Sulpicius hatte zwar erklärt, er werde alle gemäß dem Kriegsrecht bestrafen. Aber die Soldaten erhoben ein einstimmiges Geschrei, wodurch sie zu verstehen gaben, daß nur ihr Wächter die Schuld trage. Also verzichtete Sulpicius auf die Bestrafung der anderen und ließ mit allgemeiner Zustimmung nur den einen vom Felsen hinabstürzen, dessen Schuld erwiesen war. Von da an waren die Wachen auf beiden Seiten sehr aufmerksam: bei den Galliern, weil sie merkten, daß zwischen Vei und Rom Boten hin und her gingen; bei den Römern, weil sie noch lange an die Gefahr jener Nacht dachten.

Aber weit mehr als unter Belagerung und Krieg litten beide Heere unter dem Hunger. Unter den Galliern wütete überdies noch eine Seuche. Denn in ihrem Lager, das zwischen den Hügeln stand, war der Boden durch die vielen Brände stark ausgetrocknet; wenn dann Wind aufkam, wirbelte er nicht nur Staub, sondern auch Asche auf. Die Gallier waren wohl an Nässe und Kälte gewöhnt, das aber konnten sie nicht ertragen. Hitze und Durst quälten sie, und sie starben an der Seuche wie die Fliegen dahin. Zuletzt hatten sie keine Lust mehr, die Toten einzeln zu begraben. Sie warfen die Leichen haufenweise zusammen und zündeten sie an. So entstand für diese Stellen die Bezeichnung »Gallische Brandstätten«.

Bald darauf schlossen sie mit den Römern einen Waffenstillstand. Mit Zustimmung der Feldherrn kam es zu einer Unterredung. Dabei erwähnten die Gallier den Hunger, der die Römer zur Übergabe zwinge. Daraufhin warfen die Römer an mehreren Stellen vom Kapitol Brot unter die feindlichen Posten, um diesen Verdacht zu entkräften.

Bald aber wurde der Hunger unerträglich. Inzwischen leitete der Diktator persönlich die Aufstellung des Heeres in Ardea. Er ließ den Reiterobersten Lucius Valerius das Heer von Vei wegführen und traf auch sonst alle Vorkehrungen, um dem Feind erfolgreich gegenübertreten zu können.

Das Heer auf dem Kapitol war nun schon von den vielen Nachtwachen völlig erschöpft. Es ertrug dennoch geduldig alle Leiden, aber der Hunger wurde allmählich übermächtig. Tag für Tag schauten die Römer sehnsüchtig aus, ob denn keine Hilfe vom Diktator eintreffe. Schließlich schwand mit den letzten Lebensmitteln auch die Hoffnung; das Gewicht der Waffen drückte allein schon die entkräfteten Körper zu Boden. Da verlangten die Soldaten Übergabe oder Loskauf unter jeder Bedingung. Die Gallier hatten sich seinerzeit geäußert, sie wären zur Aufhebung der Belagerung für einen nicht allzu hohen Preis bereit.

Der Senat wurde einberufen, und die Kriegstribunen erhielten den

Auftrag, einem Vergleich zuzustimmen. Der Kriegstribun Quintus Sulpicius verhandelte mit dem Gallierfürsten Brennus. Der Preis für die Aufhebung der Belagerung wurde mit tausend Pfund Gold festgesetzt. Eine Bosheit vergrößerte diese Schande: Die Gallier brachten falsche Gewichte mit. Als der Tribun sie ablehnte, warf der überhebliche Gallier noch sein Schwert zu den Gewichten. Dazu sprach er ein Wort, das dem Ohr eines Römers unerträglich klang: »Wehe den Besiegten!«

Doch Götter und Menschen verhinderten, daß die Römer als Losgekaufte leben sollten. Noch war nicht alles Gold gewogen, als, für alle überraschend, der Diktator eintraf. Er befahl, das Gold beiseite zu legen und die Gallier wegzuschicken.

Diese weigerten sich und pochten auf den Vertrag. Aber er erwiderte, dieser sei ungültig, weil er nach seiner Ernennung zum Diktator ohne seinen Antrag von einer ihm untergeordneten Stelle geschlossen wurde. Er gab den Galliern zu verstehen, sie sollten sich zum Kampf bereithalten. Seinen Soldaten befahl er, ihr Gepäck zusammenzuwerfen und die Waffen anzulegen. Sie sollten nun das Vaterland mit dem Schwert zurückerobern, nicht mit Gold erkaufen. Jetzt standen die Heiligtümer ihrer Götter auf dem Spiel, ihre Frauen und Kinder, der durch die Geißel des Krieges zerstörte Boden ihrer Vaterstadt und noch vieles mehr, was ihnen Verteidigung, Wiedereroberung und Rache zur Pflicht machte.

Dann stellte er sein Heer auf, so gut es auf diesem Platz ging. Camillus wendete alle Mittel der Kriegskunst an, die seinen Leuten Vorteile bringen konnten.

Die Gallier waren angesichts dieser völlig neuen Situation tief bestürzt. Sie griffen zu ihren Waffen und rannten mehr mit Ungestüm als mit Überlegung gegen die Römer an.

Das Kriegsglück hatte sich schon gewendet. Im Zusammenwirken mit menschlicher Klugheit begünstigte göttlicher Beistand die Römer. Die Gallier wurden beim ersten Zusammenstoß ebenso mühelos und rasch geschlagen, wie sie an der Allia gesiegt hatten. In einer zweiten Schlacht wurden sie am achten Meilenstein auf der Straße nach Gabii, wohin sie fliehen wollten, von den Römern wieder unter der Führung des Camillus noch einmal geschlagen. Hier kam es zu einem allgemeinen Gemetzel. Ihr Lager wurde erobert, nicht einmal ein Bote dieser Niederlage konnte entkommen.

Mit diesem Sieg hatte der Diktator sein Vaterland den Feinden entrissen und zog nun im Triumph in die Stadt ein. Die Soldaten erfanden Freudenlieder und nannten ihn mit gewisser Berechtigung Romulus, Vater des Vaterlandes und zweiten Gründer der Stadt. Nachdem Friede eingekehrt war, sorgte Camillus noch einmal dafür, daß Rom weiter Bestand hatte. Er verhinderte die Auswanderung nach Vei, obwohl die Tribunen diesen Vorschlag sehr nachdrücklich befürworteten, da die Stadt ja in Flammen aufgegangen war. Auch die Bürger unterstützten diesen Plan. Aus diesem Grund legte Camillus nach dem Triumph die Diktatur nicht nieder; denn der Senat bat ihn, den Staat in dieser Stunde der Ungewißheit nicht allein zu lassen.

Camillus selbst war sehr gewissenhaft in allem, was die Verehrung der Götter betraf. Also setzte er sich zu allererst dafür ein, daß die Voraussetzungen für den Dienst an den Göttern getroffen wurden. Er erreichte den Senatsbeschluß, daß alle heiligen Orte wieder hergerichtet, abgegrenzt und gereinigt wurden, da sie doch im Besitz der Feinde gewesen waren. Über die Art der Reinigung befragte man die heiligen Bücher der Duumvirn. Der Staat sollte außerdem mit den Bewohnern von Caere den gastlichen Bund schließen, weil sie die Heiligtümer des römischen Volkes und die Priester beherbergt hatten und es ihrem Entgegenkommen zu verdanken war, daß die den unsterblichen Göttern gebührende Verehrung nicht unterlassen wurde. Außerdem sollten dem allmächtigen Jupiter zu Ehren kapitolinische Spiele gefeiert werden, weil er seinen Wohnsitz und die Burg des römischen Volkes in höchster Not beschützt hatte. Der Diktator Marcus Furius Camillus sollte hierfür geeignete Männer bestimmen, die auf dem Kapitol und der Burg wohnen sollten. Man gedachte jetzt auch der nächtlichen Stimme, die sich vor dem gallischen Krieg als Künderin des Unglücks erwiesen hatte und damals nicht beachtet wurde. Sie zu versöhnen befahl man, am »Neuen Weg« dem Ajus Locutius einen Tempel zu bauen.

Alles Gold, das man den Galliern abgenommen, und auch jenes, das man in der Eile aus anderen Tempeln zu Jupiters Heiligtum gebracht hatte, wurde auf Befehl gemeinsam zum Tempeleigentum erklärt und unter Jupiters Thron gelegt, weil man sich nicht mehr erinnern konnte, in welchen Tempel es gehörte. Schon bei früheren Anlässen hatten die Römer bewiesen, daß sie bereit waren, ihren Göttern Opfer zu bringen. Als im Staatsschatz nicht genügend Geld vorhanden war, um das vereinbarte Lösegeld für die Gallier aufzubringen, verlangte man von den vornehmen Frauen, sie sollten ihr Gold hergeben, damit man sich nicht am heiligen Gold vergreifen müsse. Die Frauen willigten sogleich in diese Forderung ein und erhielten als besondere Auszeichnung eine Lobrede nach ihrem Tod, was sonst nur Männern vorbehalten war.

So tat Camillus alles zur Ehre der Götter. Inzwischen drängten die Bürgertribunen bei ihren Versammlungen das Volk, die Trümmer zu verlassen und in das gastliche Vei zu übersiedeln.

Da trat Camillus mit dem ganzen Senat vor die Versammlung und hielt eine Rede: »Den Streit mit den Bürgertribunen finde ich so häßlich, Quiriten, daß ich meine traurige Verbannung in Ardea glücklich preise, weil ich dort weit genug von diesen Streitereien entfernt war. Ihretwegen war ich entschlossen, nie wieder hierher zurückzukehren, selbst wenn ihr mich durch Senatsbeschluß und Befehl des Volkes zurückrufen lassen solltet. Auch hat mich keineswegs meine Sinnesänderung zur Rückkehr bewogen, sondern allein euer Schicksal. Es ging schließlich darum, daß unsere Vaterstadt auf ihrem Platz stehen bliebe, nicht darum, daß ich darin wohnte. So würde ich auch jetzt viel lieber schweigen, ginge es nicht auch bei diesem Streit um unsere Vaterstadt. Sie im Stich zu lassen, solange man noch einen Funken Leben besitzt, gilt allgemein als Schande, einem Camillus sogar als Verbrechen. Wozu haben wir Rom zurückerobert? Warum haben wir es den Feinden entrissen, als es belagert wurde, wenn wir die neugewonnene Stadt nun freiwillig verlassen, wenn nach dem römischen Sieg, nach der Wiedereinnahme der Stadt, auch Burg und Kapitol geräumt werden sollen? Sogar als die Gallier die ganze Stadt besetzt hielten, bewohnten und behaupteten trotzdem römische Götter und römische Männer das Kapitol und die Burg! Soll denn unser Glück noch größere Verwüstung über unsere Stadt bringen als unser Unglück? Selbst wenn es bei uns keine Verehrung der Götter gäbe, wie sie uns seit der Gründung der Stadt überliefert wurde, so waltete dennoch eine höhere Macht sichtbar über dem Schicksal Roms. Erinnert euch nur der glücklichen oder ungünstigen Ereignisse dieser Jahre! Ihr werdet feststellen, daß wir immer Erfolg hatten, wenn wir auf die Götter hörten. Alles mißlang, wenn wir sie nicht achteten. Wie lange und mit wieviel Mühe führten wir den Veientischen Krieg? Er wurde nicht eher beendet, als bis wir auf göttliches Geheiß das Wasser des Albanersees ableiteten. Nun zu dem letzten Unglück unserer Stadt:

Kam es nicht über uns, als wir jene Stimme unbeachtet ließen, die vom Himmel herab die Ankunft der Gallier verhieß? Als unsere Gesandten das Völkerrecht verletzten und wir dieses Unrecht, das wir hätten bestrafen müssen, unter Mißachtung der Götter ungesühnt ließen? Nun wurden wir besiegt, erobert und losgekauft und haben dadurch bei Göttern und Menschen so gebüßt, daß unser Beispiel der Welt zur Warnung dient. Unser Unglück lehrte uns die Verehrung der Götter. Wir flohen auf das Kapitol zu den Göttern, zur Wohnung des allmächtigen Jupiter. Obgleich unser Staat zusammenstürzte, sicherten wir die Heiligtümer in der Erde oder brachten sie in die Nachbarstädte und retteten sie vor den Blicken der Feinde. Von Göttern und Menschen verlassen, vernachlässigten wir doch den Gottesdienst nicht. Da schenkten sie uns unser Vaterland wieder, den Sieg und den alten verlorenen Kriegsruhm und warfen Schrecken, Fluch und Untergang auf den Feind, der beim Goldwiegen Vertrag und Treue brach. Wenn ihr also erkennt, wie lehrreich die Ereignisse der Welt sind im Hinblick auf die Verehrung und Nichtachtung der Götter, so mögt ihr auch erkennen, Quiriten, zu welch neuem Unrecht wir schon jetzt wieder rüsten, wir, die wir eben erst aus den Folgen unserer früheren Sünden und unserer Niederlage entronnen sind. Wir besitzen eine Stadt, durch göttliche Zustimmung und Weihe gegründet. Jeder Ort darin hat seine Heiligtümer, seine Götter. Es gibt Orte und Tage für bestimmte Opfer. Und ihr, Quiriten, wollt alle diese Götter des Staates und eurer Häuser verlassen? Wie wenig ähnelt euer Verhalten dem des hervorragenden Jünglings Gajus Fabius, der sich neulich während der Belagerung so herrlich hervortat! Die Feinde und auch ihr bewundertet ihn, als er trotz der gallischen Pfeile von der Burg herabstieg und das Opfer auf dem Quirinal darbrachte, das der Fabischen Familie aufgetragen ist. Oder wollt ihr etwa nur die Familienopfer im Krieg feiern und die staatlichen Opfer und die Götter Roms im Frieden verleugnen? Sollen unsere Priester die öffentlichen religiösen Handlungen nachlässiger pflegen dürfen als ein Privatmann die Bräuche seiner Familie? Jemand mag vielleicht sagen: Das alles können wir auch in Vei verrichten oder unsere Priester dazu hierherschicken. Keines von beiden ist möglich, ohne den Gottesdienst aufzuheben. Ich will nicht alle Götter und jedes Opfer einzeln nennen. Aber kann bei dem Göttermahl des Jupiter der Tisch anderswo bereitet werden als auf dem Kapitol? Muß ich erst das ewige Feuer der Vesta und ihr Bild erwähnen? Sie sind das Zeichen unserer Herrschaft und bedürfen der Pflege in diesem Tempel. Und was soll mit euren heiligen Schildern geschehen, schreitender Mars, und du, Vater Quirinus? Sollen wir dies alles auf entheiligtem Boden lassen? Diese Heiligtümer sind so alt wie die Stadt, zum Teil noch älter. Nun erkennt den Unterschied zwischen uns und unseren Vorfahren: Sie hinterließen uns bestimmte Opfer auf dem Albanerberg und in Lavinium. Kamen sie vielleicht auf den Gedanken, die Opfer der feindlichen Städte hierher nach Rom zu verlegen? Und wir sollen, ohne zu freveln, die unsrigen nach Vei übertragen dürfen, in die Stadt der Feinde? Erinnert euch doch, wie oft solche Feierlichkeiten wiederholt werden müssen, weil zufällig oder aus Unachtsamkeit etwas in den ererbten Bräuchen versäumt worden war. Was brachte denn erst kürzlich unserem Staat, der am Krieg mit den Veientern litt, neben dem Hinweis auf den Albanersee die Rettung? Nichts als die erneuerte Weihe des Opfers und des Rechtes, die Vögel zu befragen. Wir haben sogar fremde Götter in Rom eingeführt oder neue aufgestellt. Wurde nicht neulich der Tag durch den frommen Eifer der Römerinnen zu einem besonders feierlichen Fest, als wir der Königin Juno, die von Vei herübergebracht wurde, den ihr geweihten Platz auf dem Aventin gaben? Dem Ajus Locutius ließen wir am »Neuen Weg« einen Tempel bauen, weil die Stimme vom Himmel zu hören war. Wir erweiterten unsere feierlichen Bräuche um die kapitolinischen Spiele und gründeten hierfür auf Senatsbeschluß einen neuen Verein. Wozu dies alles, wenn wir nun mit den Galliern die Stadt der Römer verlassen wollen? Wenn wir während der wochenlangen Belagerung nicht freiwillig auf dem Kapitol geblieben sind, sondern nur aus Furcht vor den Feinden? Nun zu den Priestern: Merkt ihr denn nicht, welches Unrecht hier begangen würde? Für die Vestalinnen gibt es nur einen einzigen Wohnsitz, aus dem sie nichts vertreiben konnte außer der Eroberung Roms. Für den Priester des Jupiters ist es ein Verbrechen, auch nur eine Nacht außerhalb der Stadt zu verweilen. Wollt ihr, daß diese Priester zu Veientern werden? Sollen dich, Vesta, deine Vestalinnen verlassen? Und darf der Priester sich und den Staat für jede Nacht seiner Abwesenheit mit solch unerhörtem Frevel belasten? Sollen wir alles, was wir mit der Einwilligung der Vögel innerhalb der Stadtmauern verrichten, in Vergessenheit geraten lassen? An welchem anderen Ort können denn die Vögel ihre Zustimmung bei Versammlungen geben als da, wo sie gehalten werden? Bei der Wahlversammlung nach Kurien, die über das Kriegswesen entscheiden, oder bei der nach Centurien, wo ihr eure Consuln und Kriegstribunen wählt? Wollen wir sie etwa auch nach Vei verlegen? Oder soll das Volk sich vielleicht in diese von Göttern und Menschen verlassene Stadt zur Wahl begeben?«

Niemand wagte ihm zu antworten. Da fuhr Camillus fort: »Aber die Tatsachen zwingen uns wohl, eine verbrannte und in Trümmern gelegte Stadt zu verlassen und in das unversehrte Vei zu ziehen, statt hier dem armen Bürgerstand den Aufbau der neuen Stadt zuzumuten. Ihr, Quiriten, werdet gewiß einsehen, daß diese Bemerkung mehr Vorwand als Begründung ist. Erinnert euch nur: Dieser Plan, nach Vei zu gehen, wurde schon vor der Ankunft der Gallier gefaßt, als alle öffentlichen und privaten Gebäude noch standen und die Stadt noch nichts erduldet hatte. Ihr, Tribunen, sollt jetzt erfahren, wie sehr meine Ansicht von der euren abweicht. Ihr meint, damals gab es keinen zwingenden Grund, aber heute hätten wir keine andere Wahl. Ich aber sage euch: Wenn man auch damals hätte auswandern müssen, als die ganze Stadt noch unbeschädigt dastand — heute wollen wir die Trümmer nicht verlassen! Wundert euch nicht über meine Worte, bis ihr nicht alles gehört habt. Damals wäre es unser Sieg gewesen, wenn wir in die eroberte Stadt hinübergegangen wären, ein Ruhm für uns und unsere Nachkommen. Jetzt ist die Auswanderung für uns traurig und beschämend, aber ein Erfolg für die Gallier. Offensichtlich verlassen wir dann unsere Vaterstadt nicht als Sieger, sondern wir geben sie als Besiegte auf. Die Flucht an der Allia, die Eroberung der Stadt, die Belagerung des Kapitols hätten uns dann gezwungen, unsere Götter zu verlassen und uns selbst zu Verbannung und Flucht aus einer Stadt zu zwingen, die wir nicht behaupten konnten. Den Galliern wäre es also gelungen, Rom zu zerstören, und die Römer wären nicht in der Lage gewesen, es wiederaufzubauen; denn so sieht es ja gegenwärtig aus. Es fehlte nur noch, daß ihr es zuließet, wenn sie jetzt mit neuen Scharen kämen und in der von ihnen eroberten, von euch aber verlassenen Stadt wohnen wollten. Ihr wißt, sie haben sehr viele Menschen. Was geschähe, wenn nicht die Gallier, sondern eure alten Feinde, die Aequer und Volsker, plötzlich auf den Gedanken kämen, nach Rom zu übersiedeln? Wollt ihr, daß sie dann Römer wären und ihr Veienter? Oder soll es lieber euer eigenes Ödland sein, ehe es eine Stadt der Feinde wird? Ich weiß wirklich nicht, welches von beiden das größere Unrecht wäre. Könnt ihr denn diese Schande auf euch laden, nur weil ihr keine Lust zum Bauen habt? Wenn sich in der ganzen Stadt kein besseres, stattlicheres Haus errichten ließe als jene Hütte unseres Gründers, möchtet ihr dann nicht bereitwilliger als Hirten oder Bauern in Hütten mitten unter euren Heiligtümern und Schutzgöttern wohnen, als mit dem ganzen Staat ins Elend ziehen? Unsere Vorfahren waren Hirten und kamen als Fremdlinge hierher. Sie bauten, als es hier nur Wald und Sumpf gab, in kürzester Zeit eine neue Stadt. Wir sehen hier das Kapitol, die Burg und die Göttertempel unversehrt vor uns und bringen nicht soviel Unternehmungsgeist auf, das Abgebrannte neu erstehen zu lassen? Jeder einzelne von euch weiß, was er zu tun hat, wenn sein Haus abgebrannt ist. Wollen wir uns weigern, das gleiche mit vereinten Kräften nach dem Brand zu tun, der das Ganze betroffen hat? Und was wäre, wenn in Vei durch Brandstiftung oder Zufall ein großes Feuer ausbräche und, vom Wind angefacht, einen großen Teil der Stadt verzehrte? Würdet ihr etwa dann von dort aus weiter nach Fidenae oder Gabii oder einer anderen Stadt Ausschau halten, um dorthin ziehen zu können? Hält euch der Boden eurer Heimat so wenig? Auch nicht die Erde, die wir Mutter nennen? Hängt unsere Liebe zum Vaterland nur an der Oberfläche und an fertigen Häusern? Ich gestehe es euch offen: Wenn ich in meiner Verbannung an meine Vaterstadt dachte, erschien mir alles das so wunderbar: die Berge, die Landschaft, der Tiber, die Heimat, die meinem Blick vertraut war, und dieser Himmel, unter dem ich geboren und erzogen wurde. Dies alles sollte euch lieber jetzt zu denken geben, Quiriten, und nicht erst später, wenn Sehnsucht nach eurer Heimat euch verzehrt, die ihr verlassen habt. Götter und Menschen haben diesen Platz nicht zufällig gewählt, als sie die Stadt bauten: so schöne Berge, einen Strom, der uns die Früchte des Hinterlandes heranbringt und die Zufahrt zum Meer ermöglicht. Das Meer ist nahe genug, damit wir es zu unserem Vorteil nutzen, und setzt uns doch nicht durch unmittelbare Nähe der Gefahr fremder Flotten aus. Es ist also ein Ort, der als Mittelpunkt der italienischen Landschaft einmalig geeignet ist, eine blühende Stadt zu beherbergen. Die Größe dieser Stadt sei der Beweis dafür! Sie steht jetzt dreihundertundfünfundsechzig Jahre, Quiriten. Viele uralte Völker umgeben euch, und ihr führt schon so lange mit ihnen Krieg. In dieser ganzen Zeit kam euch keines dieser Völker im Kampf gleich: Nicht die mit den

Aequern verbündeten Volsker mit ihren mächtigen Städten und nicht das ganze Etrurien, das zu Wasser und zu Land soviel Geltung besitzt und die ganze Breite Italiens zwischen zwei Meeren beherrscht. Wenn die Dinge nun einmal so liegen, wie kommt es dann, daß ihr lieber etwas Unbekanntes ausprobieren wollt, als das zu nehmen, was die Probe bereits bestanden hat? Vielleicht kann eure Tapferkeit sich auch an einem anderen Ort beweisen. Aber das Glück, das auf diesem Boden ruht, läßt sich nicht verpflanzen. Hier steht das Kapitol. Hier fand man einst einen Menschenkopf und erkannte, was er zu bedeuten hatte: diese Stelle solle das Haupt der Welt und der Sitz der obersten Herrschaft werden. Als man hier mit Zustimmung der Vögel die anderen Tempel entfernte, um das Kapitol zu bauen, behaupteten die Götter der Jugend und der Gott der Grenzen zur größten Freude unserer Ahnen ihren Platz. Hier brennt das Feuer der Vesta, hier sind die vom Himmel geschickten heiligen Schilde und alle Götter, die euch gnädig sind, wenn ihr ihnen treu bleibt.«

Diese Rede beeindruckte die Bürger und machte sie nachdenklich. Kurz danach trat der Senat im hostilischen Rathaus zusammen, um darüber zu beraten. Da zogen eben die Kohorten, die Wache gehalten hatten, über den Markt, und ein Hauptmann rief über den Platz: »Hier, Fähnrich, pflanze die Fahne auf! Hier ist es am besten sein!«

Kaum vernahmen die Senatoren diese Worte, liefen sie hinaus auf die Straße und riefen, sie nähmen diesen prophetischen Wahrspruch an. Die Menge strömte herbei und stimmte begeistert zu.

So war also der Auswanderungsvorschlag abgelehnt, und man begann überall mit dem Aufbau der Stadt. Der Staat besorgte die Ziegel, und jeder durfte Steine holen und Holz schlagen, wo er wollte.

Roms neue Zukunft hatte begonnen.

DIE DIKTATOREN

Rom auf dem Weg zur Weltmacht

Rom hat die Feuertaufe bestanden. Die Niederlage durch die Gallier bedeutete einen Wendepunkt des römischen Schicksals. Von nun an wird sich die Macht Roms in allen Kriegen bestätigen, das römische Weltreich wird errungen und gefestigt werden. Rom tritt aus dem Dunkel der Sage in das Licht triumphaler Geschichte.

MARCUS MANLIUS CAPITOLINUS

Im neuen Rom waren Aulus Manlius, Publius Cornelius, die beiden Quinctius Capitolinus — Titus und Lucius —, Lucius Papirius Cursor und Gajus Sergius zum zweitenmal Consulartribunen. Damals entbrannte der Krieg mit den Volskern, der zum Abfall der Latiner und Herniker führte. Auch innerhalb von Rom entstand Unruhe. Sie kam von einem Patrizier, dem angesehenen Marcus Manlius Capitolinus.

Marcus war ein äußerst selbstbewußter Mann. Auf die anderen vornehmen Bürger sah er nur hochmütig herab; allein den Furius beneidete er; denn dieser hatte zahlreiche Ehrenämter inne und sich durch persönliche Verdienste ausgezeichnet. Um all das beneidete ihn Marcus Manlius; er fand, sein Dünkel gehe schon so weit, daß er die unter denselben Auspizien Gewählten nicht für Amtsgenossen, sondern für Diener halte. Dabei habe Furius in Wahrheit die Vaterstadt nicht eher aus der feindlichen Umklammerung befreien können, als bis Kapitol und Burg von ihm, dem Manlius, gerettet worden seien. Furius habe die Gallier erst bei der Entgegennahme des Goldes überfallen, als jene sich, in der Hoffnung auf Frieden, völlig sorglos benahmen. Er, Manlius, hingegen habe sie herabgestürzt, als sie in voller Rüstung die Burg beinahe schon erobert hatten. Dem Furius gezieme es, seinen Ruhm mit den Soldaten zu teilen, die mit ihm gesiegt hatten. Aber sein, des Manlius Sieg gehöre keinem Menschen außer ihm selbst.

Solche Erwägungen nährten seinen Hochmut. Dazu kam eine unglückliche Veranlagung, die ihn zu leidenschaftlichen und heftigen Ausbrüchen verleitete. Als Manlius nun sah, daß er im Senat nicht das erwartete Gewicht besaß, wechselte er als erster von den Patriziern zur Volkspartei über. Dort nahm er an den Beratungen der Beamten aus dem Volk teil. Um die Plebejer für sich zu gewinnen, erhob er gegen die Senatoren eine Reihe von Beschuldigungen. Die Volksgunst war ihm wichtiger als die Vernunft und ein großer Name erstrebenswerter als ein guter Ruf. Er gab sich mit den Gesetzen zur Verteilung von Land nicht zufrieden und suchte einen Weg, Unruhe zu stiften, den schon andere Volkstribunen mit Erfolg eingeschlagen hatten: Er legte es darauf an, das Vertrauen der Bürger in den Staat zu untergraben, indem er ihnen einredete, die Schuldenlast sei bereits erdrückend. Nicht nur dem gesamten Staat drohe Ruin und Schande, sondern auch dem Bürger der Entzug seiner Freiheit und Gefängnis. Tatsächlich waren die Schulden durch die rege Bautätigkeit so angestiegen, daß sich sogar manche Reiche in finanziellen Schwierigkeiten befanden.

Also wurde der Krieg mit den Volskern, der allein schon schwer auf Rom lastete und durch den Bruch mit den Latinern und Hernikern noch bedrohlicher wurde, zum Vorwand genommen, zu fordern, es müsse ein höheres Staatsamt eingerichtet werden. Aber noch mehr drängte Manlius den Senat, einen Diktator zu ernennen. Die Wahl fiel auf Aulus Cornelius Cossus, dieser wiederum bestimmte Titus Quinctius Capitolinus zu seinem Reiteroberst.

Der Diktator befahl die Aufstellung des Heeres und begab sich mit den Soldaten sofort ins pontinische Gebiet, an der Küste Latiums zwischen Circeii und Tarracina gelegen, wo sich angeblich das Volskerheer gesammelt hatte. Zwar wußte er, daß ihm ein härterer Kampf im Innern des Staates bevorstand. Aber der Krieg verlangte ein schnelles Handeln — und Cornelius erhoffte sich durch Sieg und Ruhm mehr Einfluß für seine Diktatur.

Noch am gleichen Tag schlug der Diktator sein Lager auf. Am folgenden stellte er die Auspizien an und dankte den Göttern für ihren Beistand, der aus dem dargebrachten Opfer zu ersehen war. Voll Zuversicht trat er vor seine Soldaten. »Soldaten«, sagte der Diktator, »unser ist der Sieg, sofern die Götter und ihre Propheten die Zukunft voraussehen können. So wollen wir also die Speere vor unsere Füße legen und mit der Hand das Schwert fassen! So ziemt es Kämpfern, die voll Hoffnung ausziehen und sich mit Feinden messen wollen, die an sie nicht heranreichen. Geht den Feinden im Gleichschritt entgegen und fangt ihren Ansturm ab! Wenn sie ihre Pfeile wirkungslos verschossen haben und im Laufschritt euch berennen, dann schwingt eure Schwerter! Jeder soll fühlen, daß die Götter den Römern zur Seite stehen und daß sie es waren, die sie mit günstigen Vogelzeichen in den

Kampf schickten. Titus Quinctius, achte du auf den Beginn der Schlacht und laß die Reiterei zunächst abwarten! Sobald du jedoch merkst, daß die Reihen sich ineinander verkeilt haben, dann überfall du mit dem Sturmwind deiner Reiterei die von einer Seite schon Bedrängten und sprenge ihre Kampfreihen!«

Die Reiterei kämpfte, wie ihr befohlen war, ebenso das Fußvolk. Der Feldherr wachte über seine Legionen, und das Glück blieb ihm treu.

Die Feinde vertrauten allein auf ihre große Zahl. Sie maßen beide Schlachtlinien nur mit den Augen, begannen den Kampf ohne Überlegung und gaben ebenso unüberlegt bald auf. Nur beim Schlachtruf, beim Werfen ihrer Geschosse und im ersten Ansturm zeigten sie sich mutig. Aber den Schwertern, dem stehenden Gefecht und den kampflustigen Blicken der Feinde konnten sie nicht standhalten. Ihre vordere Schlachtreihe geriet ins Wanken, und das Durcheinander pflanzte sich fort bis in die hinteren Linien. Die anstürmende Reiterei machte den Schrecken noch größer. Die feindlichen Reihen wurden an mehreren Stellen durchbrochen, keine Stellung konnte gehalten werden, und das ganze Heer geriet in Unordnung. Als nun die Soldaten sahen, wie ihre Vordermänner fielen und das Morden kein Ende nahm, liefen sie davon.

Die Römer verfolgten sie. Solange der Feind noch seine Waffen trug und scharenweise abzog, übernahm die Infanterie die Verfolgung. Als man aber überall sah, daß er die Waffen fortwarf und die feindlichen Reihen sich in die Felder zerstreuten, wurden die Reitertruppen heranbefohlen. Man trug ihnen auf, sich nicht mit dem Hinmorden einzelner Feinde aufzuhalten und inzwischen etwa die Menge entkommen zu lassen. Sie sollten sie vielmehr durch die Pfeile erschrecken und am Fortlaufen hindern, indem die Reiter ihnen nur entgegensprengten, bis das Fußvolk nachrücken und den Feind in einer regelrechten Schlacht vernichten könne.

Flucht und Verfolgung dauerten an, bis die Nacht hereinbrach. Auch das Lager der Volsker wurde an diesem Tag erobert und geplündert. Die gesamte Beute außer den Freigeborenen überließ man den Soldaten. Die meisten Gefangenen waren Latiner und Herniker. Es waren nicht nur einfache Leute. Man entdeckte in ihren Reihen junge Männer verschiedener Herkunft und vornehmer Abstammung, ein Beweis dafür, daß deren Staat den Volskern, den Feinden Roms, hatte Hilfe zuteil werden lassen. Auch Bürger aus Ciceii und Kolonisten von Velitrae waren dabei. Sie alle wurden nach Rom geschickt und ausgefragt. Dort gaben sie auch vor den führenden Senatoren zu, was sie schon dem Diktator gestanden hatten. Jeder bestätigte eindeutig den Abfall seines Volkes.

Der Diktator hielt indessen sein Heer im Lager bereit. Er rechnete fest damit, daß die Senatoren diesen abgefallenen Völkern den Krieg erklären würden. Da rief ihn ein größerer Aufruhr im eigenen Haus nach Rom zurück. Hier hatte sich eine Gegenpartei gebildet, die durch ihren Anführer Marcus Manlius eine besondere Bedrohung darstellte. Sie gewann mit jedem Tag neue Anhänger. Diesmal redete Marcus Manlius nicht nur, sondern handelte auch. Er gab vor, in allem als Freund des Volkes zu handeln, betrachtete man jedoch seine Absichten aus der Nähe, bezweckten sie nur den Aufruhr.

Einmal sah Manlius, wie ein Hauptmann, der sich durch seine Tapferkeit im Krieg Ansehen erworben hatte, wegen seiner Schulden verurteilt und abgeführt wurde. Da lief er mit seinen Leuten auf das Forum, stellte sich gewaltsam gegen die Abführung des Mannes und tadelte laut die Tyrannei der Senatoren, die Grausamkeit wucherischer Kaufleute, beklagte die Notlage der Bürger und schilderte die Verdienste und das Los dieses Mannes. Er sagte: »Mit dieser meiner Hand hätte ich vergeblich Kapitol und Burg errettet, würde ich jetzt schweigend zusehen, wie mein Mitbürger und Kampfgenosse in Fesseln gelegt und in die Sklaverei geführt wird, genauso als hätten siegreiche Gallier ihn gefangen.«

Dann bezahlte er vor allen Leuten dem Gläubiger die Schuld und gab dem dadurch Losgekauften die Freiheit wieder. Dieser rief nun Götter und Menschen an, sie sollten dem Marcus Manlius, seinem Befreier, dem Vater der römischen Plebejer, diese Tat nicht unbedankt lassen. Sofort schloß er sich der revoltierenden Gruppe an und vergrößerte seinerseits den Aufruhr, indem er die Wunden zeigte, die er im Krieg mit Vei, im gallischen und in anderen Kriegen davongetragen hatte. Der Hauptmann erzählte auch, daß während seiner Kriegsdienste, beim Aufbau seines zerstörten Hauses, die Schulden einfach ihm über den Kopf gewachsen seien, weil die Zinsen das Kapital immer wieder verschlangen. Es sei das Verdienst des Marcus Manlius, daß er jetzt das Tageslicht sehen dürfe, das Forum und die Gesichter seiner Mitbürger. Ihm verdanke er Wohltaten, wie man sie sonst nur von seinen Eltern erfahre. Und ihm wolle er jetzt seine ihm noch verbliebenen Körperkräfte weihen, den Rest seines Lebens und seines Blutes ihm zu eigen geben.

Diese Rede begeisterte das Volk, und nun gehörte seine Zuneigung nur einem Mann, dem Marcus Manlius. Sein Plan zum Sturz der Regierung stand fest, und bald setzte er eine neue Tat: Manlius ließ sein ererbtes Grundstück, das im veientischen Gebiet lag, auf einer Versammlung anbieten mit der Begründung: »Ich kann es nicht zulassen, Quiriten, daß jemand von euch verurteilt oder in die Sklaverei geführt wird, solange auch nur der kleinste Teil meines Vermögens vorhanden ist.«

Dies begeisterte die Leute nun vollends. Sie schienen bereit, dem Retter ihrer Freiheit überallhin zu folgen, zu einem gerechten und ungerechten Unternehmen.

Auch in seinem Haus hielt Manlius flammende Reden wie in einer öffentlichen Versammlung und klagte die Senatoren heftig an. Dabei nahm er es mit der Wahrheit nicht allzu genau. So behauptete er unter anderem auch, die Senatoren hielten das ganze gallische Gold verborgen. Der Besitz von staatlichem Gut sei ihnen längst nicht mehr genug, also unterschlügen sie jetzt auch schon öffentliche Gelder. Könnte dies abgestellt werden, wären die Plebejer alle ihre Schulden los. Diese Rede gaukelte dem Volk Hoffnung vor, und die Leute fanden es hinterher empörend, daß sie seinerzeit das Geld durch Steuern hatten aufbringen müssen, als es galt, den Staat von den Galliern loszukaufen. Nun sollte gerade dieses dem Feind abgerungene Geld einigen wenigen gehören? Die Menge wollte von Manlius wissen, wie denn eine solche Unterschlagung vor dem Volk verheimlicht werden könne. Er wich aber dieser Frage aus mit dem Versprechen, es rechtzeitig bekanntgeben zu wollen. So erregte dieser Gedanke weiterhin die Gemüter und ließ alles andere zurücktreten. Sollte sich die Behauptung des Manlius bewahrheiten, war ihm die Zuneigung aller sicher. War sie aber falsch, bedeutete das eine große Einbuße seiner Popularität.

So gespannt war die Stimmung in der Stadt Rom, als der vom Heerlager zurückgerufene Diktator in der Stadt eintraf. Am folgenden Tag hielt er eine Senatsversammlung ab und machte sich ein Bild von der Lage. Dann befahl er dem Senat, nicht von seiner Seite zu weichen. Unter dem Schutz dieser Männerschar ließ er seinen Stuhl auf dem

Vorplatz aufstellen und schickte Marcus Manlius einen Gerichtsboten. Als dieser die Vorladung des Diktators erhalten hatte, gab er seiner Partei das Zeichen zur Kampfbereitschaft und trat mit zahlreichem Gefolge vor den Richterstuhl.

Auf der einen Seite hatte sich der Senat, auf der anderen das Volk wie zu einer Schlacht aufgestellt, und alle blickten gespannt auf ihre Führer. Der Diktator gebot Ruhe und sprach: »Ich wünschte, ich und die Väter Roms wären in allen Dingen mit dem Volk so einig wie in deiner Angelegenheit und in dem Punkt, über den ich dich jetzt vernehmen werde. Es ist erwiesen, daß du bei den Plebejern die Hoffnung geweckt hast, ihre Schulden könnten ohne Schaden für den Kredit aus dem gallischen Goldschatz getilgt werden, den die vornehmsten Senatoren angeblich verborgen halten. Ich habe keineswegs die Absicht, dies zu verhindern. Ich fordere also dich, Marcus Manlius, jetzt auf, die römischen Plebs von der Last ihrer Zinsen zu befreien und diesen abscheulichen Menschen, die das Gold des Staates horten, ihr Raubgut abzunehmen. Tust du es nicht, lasse ich dich als Mittäter bei diesem Raub oder wegen deiner falschen Behauptungen ins Gefängnis bringen. Ich dulde es nicht länger, daß die Menge durch falsche Versprechungen von dir aufgehetzt wird.«

Darauf antwortete Manlius: »Ich habe längst gemerkt, daß der Diktator nicht gegen die Volsker ernannt wurde, die immer dann als Feinde herhalten müssen, wenn es dem Senat genehm erscheint; auch nicht gegen die Latiner und Herniker wurde er ernannt, denen man durch falsche Anschuldigungen die Waffen in die Hand drückt, sondern gegen mich und die Plebejer. Der Krieg, der nur zum Vorwand diente, wird bereits als unwichtig beiseite geschoben, denn es geht gegen mich. Der Diktator tritt auf als Beschützer des Wuchers gegen das Volk. Die Liebe des Volkes zu mir soll bereits ein Verbrechen sein und ein Grund zu meiner Vernichtung. Stört dich, Aulus Cornelius, etwa die Volksmenge, die mich umgibt, und euch, versammelte Väter? Warum bringt ihr sie nicht durch Wohltaten von mir ab, zieht ihr sie nicht auf eure Seite, indem ihr euch zu ihren Fürsprechern macht, euren Mitbürgern die Fesseln abnehmt, ihre Verurteilung und Versklavung verhindert und die Not eures Nächsten mit dem tilgt, was eurem Reichtum zufließt? Aber warum fordere ich von euch, daß ihr euer Eigentum angreift? Bestimmt endlich die Schuldsumme und zieht davon ab, was an Zinsen schon bezahlt ist! Dann wird mein Anhang sich nicht mehr von dem anderer unterscheiden. Warum kümmere ich mich eigentlich allein, auf eigene Faust, um meine Mitbürger? Darauf wüßte ich ebensowenig eine Antwort wie auf die Frage, warum ich denn allein Kapitol und Burg gerettet habe. Damals half ich allen, soweit es in meinen Kräften stand, jetzt will ich dem einzelnen Bürger beistehen. Nun zu dem gallischen Gold: Eure Art zu fragen macht die an sich leichte Sache kompliziert. Warum fragt ihr denn nach Dingen, die ihr ohnedies wißt? Warum verlangt ihr, daß der Winkel aufgestöbert werde, in dem ihr es versteckt, wenn kein Betrug dabei ist, anstatt selbst die Sache aufzuklären? Je mehr ihr fordert, daß man euch eure unehrlichen Kunststücke nennen soll, desto mehr muß ich annehmen, daß ihr euren Zuschauern Sand in die Augen gestreut habt. Nicht ich muß euch euren Raub nachweisen, sondern ihr müßt gezwungen werden, ihn herauszugeben.«

Der Diktator forderte ihn auf, solche Winkelzüge zu lassen. Er verlangte energisch, er möge die Wahrheit seiner Aussage beweisen oder das Unrecht zugeben, den Senat verleumdet und fälschlich des Diebstahls beschuldigt zu haben. Darauf erwiderte Manlius, er lasse sich von seinen Feinden nicht seine Worte vorschreiben. Da befahl der Diktator, ihn ins Gefängnis abzuführen.

Als der Gerichtsdiener ihn festhielt, rief Manlius: »Wollt ihr, allmächtiger Jupiter, Königin Juno, Minerva, ihr Götter und Göttinnen alle, die ihr das Kapitol und die Burg bewohnt, zulassen, daß euer Held und Beschützer so von seinen Feinden mißhandelt wird? Soll diese Rechte, mit der ich die Gallier aus euren Tempeln stieß, von nun an gefesselt und gebunden sein?«

Alle Anwesenden fühlten sich durch diese Szene beschämt und beleidigt. Aber die Bürger waren es gewöhnt, sich bereitwillig einer starken Hand zu fügen, und hatten auch für sich selbst manchen Widerstand unterlassen. So wagte es auch jetzt keiner der Volkstribunen und Plebejer, sich mit kühnen Blicken oder Worten gegen die diktatorische Gewalt aufzulehnen. Als Manlius im Gefängnis war, legten allerdings viele Plebejer Trauerkleidung an. Andere wiederum ließen sich Bart und Haare wachsen, und täglich sah man bedrückte Menschen vor dem Eingang des Kerkers stehen.

Der Diktator hatte zwar die Volsker besiegt, aber sein Triumph brachte ihm mehr Vorwurf als Ruhm ein. Man sprach es laut aus: Seinen größten Erfolg habe er nicht im Kampf errungen, sondern in

Rom, über einen seiner Mitbürger, und nicht über einen Feind. Nur eins habe seiner Vermessenheit noch gefehlt: daß er Marcus Manlius vor seinem Wagen einhergeführt habe. Aufruhr lag in der Luft.

Da trat plötzlich der Senat, ohne daß man es von ihm verlangt hatte, freiwillig als Geber auf. Mit dieser Geste wollte er die Empörung dämpfen. Er erteilte den Befehl, 2000 römische Bürger und Kolonisten nach Satricum, einer latinischen Stadt nordöstlich von Antium, zu führen und jedem zweieinhalb Morgen Land zuzuweisen. Das Volk hielt dies aber für ein ungenügendes Geschenk für nur einige wenige, überdies sah es darin den Versuch einer Bestechung, dafür den Manlius fallenzulassen.

So wurde diese Gegenmaßnahme zum Auftakt für eine Revolte. Die Anhänger des Manlius trugen sich nun in Kleidung und Gebärde wie der Eingekerkerte und kennzeichneten sich immer auffälliger. Außerdem wurde die Diktatur nach dem Triumph über die Volsker niedergelegt, die Furcht verschwand, der Mut der Leute wuchs, und ihre Sprache wurde freier.

Jetzt äußerten sie ihre Meinung frei und in aller Öffentlichkeit. Sie machten dem Volk den Vorwurf, daß es seine Fürsprecher durch seinen Beifall zu höchster Höhe erhebe, sie dann aber in der Stunde der Gefahr feige fallenlasse. So wäre es damals ein Unglück für Spurius Cassius geworden, daß er die Plebejer am Ackerbesitz teilhaben lassen wollte, ebenso für Spurius Maelius, weil er sein Geld opferte, um den Hunger von seinen Mitbürgern zu stillen. Ebenso habe man den Marcus Manlius seinen Feinden überlassen, weil er die Bürgerschaft, die unter der Last ihrer Schulden verschüttet und vergraben lag, wieder an das Licht bringen wollte.

Wie könnte man zulassen, daß ein einstiger Consul derart behandelt werde, wenn er nicht sofort dem Wink des Diktators gehorche. Habe man denn jene Nacht vergessen, die beinahe die letzte und ewige Nacht für das römische Volk geworden wäre? Hätten sie das Bild jener gallischen Schar schon vergessen, wie sie am Terpeischen Felsen hinaufkletterte? Und den Marcus Manlius selbst, als sie ihn schweißbedeckt und blutig in seinen Waffen erblickten, wie er — man könnte fast sagen — Jupiter selbst den Feinden entrissen hatte? Wollten sie etwa den Retter des Vaterlandes mit ein paar Morgen Land abgegolten haben? Wollten sie zulassen, daß ein Mann, den sie fast in die Reihe der Götter erhoben und wenigstens durch seinen Beinamen dem kapitolinischen Jupiter gleichgestellt hatten, gefesselt im dunklen Gefängnis bleiben mußte, jeden Augenblick der Willkür des Henkers ausgeliefert? Dieser Mann, der allen zu helfen wußte, sollte er bei so vielen Menschen keine Hilfe finden können?

Die Menge verharrte Tag und Nacht vor dem Kerker des Manlius. Schon drohte sie, ihn aufzubrechen, da wurde nach einem Senatsbescheid Marcus Manlius aus dem Gefängnis entlassen; das Volk erhielt so solcherart, was es sich eben gewaltsam nehmen wollte. Diese Maßnahme schlug den Aufruhr nicht nieder, sondern gab ihm einen Anführer.

In diesen Tagen erhielten die Latiner und Herniker und mit ihnen die Kolonisten von Ciceii und Velitrae einen sehr ungnädigen Bescheid, nachdem sie sich von den Beschuldigungen hatten reinwaschen wollen, die wegen des Volskerkrieges auf ihnen lasteten; außerdem hatten sie um die Auslieferung ihrer gefangenen Angehörigen angesucht, um sie nach ihren eigenen Gesetzen zu strafen.

Noch härter fiel der Bescheid für die Kolonisten aus, weil sie römische Bürger so verantwortungslos in die Angriffe gegen ihr Vaterland verwickelt hatten. Man schlug ihnen also nicht nur die Rückgabe der Gefangenen ab, sondern ließ ihnen im Namen des Senats auch noch bestellen, sie sollten sich sofort aus der Stadt entfernen und sich nicht dem römischen Volk zeigen, sonst müßte man ihnen auch noch den Schutz entziehen, den sie als Gesandte genossen. Dieser bestehe nämlich nur zum Wohle von Auswärtigen, gelte aber nicht für römische Bürger. Gegenüber den Bundesgenossen verzichtete man auf diese Erklärung.

Wieder stand der Aufruhr der Plebejer unter der Führung des Manlius kurz vor dem Ausbruch. Zu Jahresende wurde Wahltag gehalten. Man wählte aus den Reihen der Senatoren als Kriegstribunen mit consularischer Gewalt Servius Cornelius Maluginensis und Publius Valerius Potitus, Gaius Papirius Crassus und Titus Quinctius Cincinnatus zum zweitenmal.

Der Anfang des nächsten Jahres brachte noch Frieden an den Grenzen. Die Plebejer wurden so durch keine Kriegsverpflichtung von ihren Zielen abgelenkt und hofften, sich unter einem so mächtigen Führer wie Manlius die Befreiung von allen Schulden erkämpfen zu können. Der Senat wiederum war froh, daß keine Gefahr von außen seine Bemühungen um eine Gesundung des Staates beeinträchtigte. Jede Partei versuchte also, die Zeit für sich zu nutzen.

Manlius rief die Bürger in sein Haus und beriet Tag und Nacht mit deren führenden Persönlichkeiten die Pläne zu einem Umsturz. Er zeigte sich ihnen energischer und aufgebrachter als je zuvor. Die Schmach, die er durch seine Haft erlitten hatte, entflammte seinen Zorn, denn er war es nicht gewöhnt, beschimpft zu werden. Eine Tatsache ermutigte ihn ganz besonders: Der Diktator hatte sich ihm gegenüber nicht so weit gehen lassen wie einst Quinctius Cincinnatus gegen Spurius Maelius. Außerdem hatte der Diktator nicht nur sein Amt niedergelegt, um dem Haß zu entgehen, der durch seine Verhaftung erwachsen war, auch der Senat war einem direkten Kräftemessen aus dem Weg gegangen.

Dadurch übermütig geworden, rief er den ohnehin schon aufgebrachten Bürgern zu: »Die Natur hat dem vernunftlosen Tier die Fähigkeit verliehen, seine Kräfte nicht zu verkennen; wie lange wollt ihr eure Kräfte noch unterschätzen? Vergleicht eure zahlenmäßige Stärke mit jener des Gegners! Außerdem werdet ihr, auch wenn ihr Mann gegen Mann antreten müßtet, hartnäckiger für eure Freiheit kämpfen als sie für ihre Macht. Droht also mit Krieg, und ihr werdet euren Frieden haben. Gebt ihnen zu verstehen, daß ihr zur Gewalt bereit seid! Dann werden sie von sich aus auf ihre Ansprüche verzichten. Gemeinsam müßt ihr alles wagen, oder der einzelne muß alles ertragen. Wie lange erwartet ihr noch Hilfe von mir? Gewiß werde ich keinen von euch im Stich lassen. Sorgt ihr nur dafür, daß mich das Glück nicht verläßt! Ich, euer Retter, war gefesselt, als es euren Feinden beliebte, und ihr saht zu, wie euer Befreier abgeführt wurde. Wer sonst als ihr soll mir helfen, wenn sich meine Feinde noch mehr gegen mich erlauben? Soll ich etwa ein Ende erwarten, wie es Cassius und Maelius beschieden war? Es ist zu loben, wenn ihr voll Abscheu ruft: Die Götter werden es verhüten! Aber sie werden niemals meinetwegen vom Himmel herabsteigen. Sie müssen vielmehr euch dazu bringen, daß ihr solches Unglück verhindert! Laßt euch von ihnen leiten, so wie sie mich stets geleitet haben, wenn ich in Waffen und in der Toga davon erfüllt war, euch vor bösen Feinden oder hochmütigen Bürgern zu retten. Seid ihr, ein so großes Volk, denn so kleinmütig, daß ihr immer nur um Hilfe gegen eure Feinde bittet? Jetzt ist es an der Zeit, Großes zu wagen. Erprobt euer Glück und vertraut auf mich, der ich mich, wie ich denke, schon genug bewährt habe! Diktatoren und Consulate müssen vom Erdboden verschwinden, damit die Plebejer in Rom herrschen können. Erhebt euch! Steht mir bei und verhindert einen Rechtsspruch gegen mich. Bin ich nicht der Beschützer der Plebejer? Mein mutiges Auftreten und meine Treue haben mir diesen Namen eingebracht. Wollt nun ihr eurem Führer einen weiteren Ehrentitel verleihen, der ihm noch mehr Macht und Würde einräumt, dann werdet auch ihr noch mehr als bisher auf ihn rechnen können, um das zu erlangen, was ihr ersehnt.«

Zur gleichen Zeit beriet auch der Senat über die Plebejer. Man war der Meinung, die Behörden hätten nun endlich dafür zu sorgen, daß der Staat durch die schädlichen Machenschaften des Marcus Manlius nicht in Gefahr gerate. Nun überlegten die Consulartribunen gemeinsam mit den Volkstribunen, was zu tun sei. Sie hatten sich dem Senat angeschlossen, weil auch sie ihre Befugnisse und die Freiheit bedroht sahen.

Keiner fand eine andere Lösung als Gewalt und Mord. Zugleich aber wußte man, daß dies Bürgerkrieg bedeutete.

Da sprachen die Volkstribunen Marcus Menenius und Quintus Publilius: »Warum lassen wir Senatoren und Plebejer über etwas streiten, was eigentlich der ganze Staat gegen einen gefährlichen Bürger austragen sollte? Warum gehen wir gegen diesen vor und zugleich gegen die Plebejer? Mit ihrer Hilfe könnten wir diesen einen Feind sicher greifen, um ihn unter dem Gewicht der eigenen Macht zu Fall zu bringen. Wir sollten ihm einen Gerichtstag bestimmen. Nichts ist weniger populär als das Streben nach Macht. Wenn die Menge erst einmal erkennt, daß unser Kampf nicht ihr gilt, wenn die Plebejer nicht mehr seine Helfer, sondern seine Richter geworden sind, wenn die Ankläger aus dem Volk einen Angeklagten aus dem Patrizierstand vor sich sehen und die Anklage auf Streben nach Alleinherrschaft lautet, dann werden alle nur noch für ihre Freiheit kämpfen wollen.«

Einmütig setzten sie einen Gerichtstag für Manlius fest. Dieser Beschluß mißfiel den Plebejern. Ihr Unwille stieg noch mehr, als sie sahen, wie der Angeklagte in Trauerkleidern allein erschien. Kein Senator, aber auch kein Verwandter oder Blutsfreund begleitete ihn, nicht einmal seine Brüder, die beiden Manlier Aulus und Titus. Bisher war es noch nie geschehen, daß bei so unmittelbar drohender Gefahr nicht auch die nächsten Verwandten Trauerkleider angelegt hätten. Als man beispielsweise Appius Claudius ins Gefängnis gebracht hatte, waren sogar sein Feind Gajus Claudius und das ganze Geschlecht der Claudier in Trauerkleidung erschienen.

Manlius ließ nun vierhundert Menschen auftreten, denen er zinsenlos Geld geliehen, denen er das Eigentum vor der Versteigerung bewahrt und die er selbst vor der Sklaverei gerettet hatte. Auch seine Auszeichnungen aus dem Krieg legte er vor: ungefähr dreißig Rüstungen getöteter Feinde, vierzig Geschenke von Feldherren, darunter besonders zwei Mauer- und acht Bürgerkronen. Er brachte auch Bürger herbei, die er vor den Feinden gerettet hatte. Unter diesen nannte man in Abwesenheit den Reiterobersten Gajus Servilius. Außerdem erwähnte Manlius auch, was er im Krieg geleistet hatte, und rühmte seine Taten in einer glänzenden Rede. Schließlich entblößte er seine Brust, die mit Narben und Wunden bedeckt war, und schaute zum Kapitol empor. Dabei forderte er wiederholt Jupiter auf, ihm vom Himmel herab in seiner Not beizustehen. Er flehte ihn an, er möge doch die Einsicht, die er ihm einst bei der Verteidigung des Kapitols zur Rettung des römischen Volkes verliehen hatte, jetzt dem römischen Volk in der Stunde seiner persönlichen Gefahr schenken. Die Bürger bat er inständig, sich zum Kapitol, zur Burg und zu den unsterblichen Göttern hinzuwenden und dann erst über ihn zu richten.

Das Volk wurde auf dem Marsfeld zur Abstimmung aufgerufen. Der Angeklagte streckte die Hände zum Kapitol aus und wandte sich bittend an die Menschen und Götter. Da sahen die Tribunen ein: Wenn sie nicht die Erinnerung an eine so große Heldentat den Blicken der Menge entzögen, werde in ihren Herzen kein Raum für die Schuld des Manlius sein.

Also wurde der Gerichtstag verlegt, und man berief die Volksversammlung in den Poetelinischen Hain vor das Flumentanische Tor ein. Von dort aus konnte man das Kapitol nicht sehen. Hier wurde die Anklage erhoben, und unbestechlich fällte man ein Urteil, das sogar den Richtern hart erschien: Manlius wurde durch zwei ausgewählte Männer zum Tod verurteilt. Die Tribunen stürzten ihn vom Tarpeischen Felsen.

So wurde dieser Ort für Manlius zum Denkmal seines Ruhmes und zugleich seines Untergangs. Üble Nachrede traf noch den Toten. Nach ihm durfte kein Patrizier mehr auf dem Kapitol oder in der Burg wohnen, weil des Manlius Haus da stand. Diesen Beschluß setzte das Volk durch. Die andere Schmach kam von seiner Familie: Sie beschloß, daß keiner ihres Stammes in Zukunft Marcus Manlius heißen solle. So endete ein Mann, der berühmt geworden wäre, hätte er nicht in einem freien Staat gelebt.

Als das Volk nun nichts mehr von ihm zu fürchten hatte, erinnerte es sich bald wieder seiner Verdienste und wünschte ihn herbei. Kurz darauf brach die Pest aus, und man fand keine Erklärung für dieses große Unglück. Da hielten viele die Krankheit für eine Folge von Manlius' Hinrichtung. Sie meinten, das Kapitol sei durch das Blut seines Retters entweiht worden, und die Götter empfänden die öffentlich vollzogene Todesstrafe des Mannes, der ihre Tempel dem Feind entrissen hatte, als Greuel.

DAS ENDE DES STÄNDEKAMPFES

Allmählich brachten die glücklich beendeten Kriege Ruhe an den Grenzen. Dafür wuchs in der Stadt die Macht der Senatoren und mit ihr die Not der Plebejer. Denn je mehr Zahlungen von ihnen verlangt wurden, desto mehr verarmten sie. Aus ihrem eigenen Vermögen besaßen sie längst keine Mittel mehr. So verschuldeten sie immer mehr, wurden schließlich verurteilt, zu Sklaven gemacht und mußten mit ihrem ehrlichen Namen und ihrer persönlichen Freiheit die Gläubiger zufriedenstellen. Nun verloren nicht nur die einfachen Leute völlig den Mut, sondern auch die vornehmsten Bürger resignierten. Nicht einer von ihnen wagte es, sich um die plebejischen Ämter zu bewerben. So gewannen die Patrizier ihren Vorrang im Amt für alle Zeiten zurück, dessen Nutznießung die Plebejer nur einige Jahre besitzen durften. Damit aber die Übermacht der einen Partei nicht gar zu groß werde, kam ein Ereignis dazwischen, das, obwohl scheinbar unbedeutend, dennoch zum Anstoß einer großen Veränderung wurde.

Marcus Fabius Ambustus, ein einflußreicher Mann, genoß große Achtung in seinen eigenen Reihen, aber auch die Wertschätzung der Plebejer, denn er galt bei ihnen durchaus nicht als hochmütig. Er hatte die ältere seiner beiden Töchter an Servius Sulpicius verheiratet, die jüngere an Gajus Licinius Stolo, einen angesehenen, aber plebejischen Mann. Daß Fabius diese Verwandtschaft nicht verschmähte, rechnete ihm das Volk hoch an.

Als einmal diese Fabischen Schwestern im Haus des Militärtribunen Servius Sulpicius plaudernd beisammensaßen, wie es Frauen gerne tun, klopfte der Amtsdiener des Sulpicius mit seinem Stab wie üblich an die Haustür, um seinen Herrn anzumelden, der vom Forum nach Hause zurückkehrte. Die jüngere Fabia erschrak, weil sie diese Sitte nicht kannte, und ihre Schwester lachte sie aus. Dieses Lachen kränkte die Jüngere. Auch sah sie die zahlreichen Bediensteten sich von Sulpicius verabschieden, nachdem sie noch einmal nach seinen Befehlen gefragt hatten. Da erschien ihr die Ehe ihrer Schwester überaus glücklich, ihre eigene dagegen weniger begütert und unstandesgemäß.

Ihr Vater fand sie bei seiner Heimkehr verstimmt. Er fragte sie, ob irgendein Kummer sie quäle, oder ob sie sich vielleicht krank fühle. Sie suchte den Grund ihres Schmerzes zu verbergen, denn sie wußte, daß es nicht Schwesternliebe war, was sie bewegte, und ihre Unzufriedenheit auch ihrem Gatten nicht zur Ehre gereichte. Aber der Vater horchte sie aus und erhielt schließlich das Geständnis: Sie sei traurig über ihre unstandesgemäße Ehe; denn so sei sie in ein Haus geraten, wo Rang und Geltung keinen Platz hätten. Ambustus tröstete seine Tochter und versuchte sie aufzumuntern: Er wolle dafür sorgen, daß sie in ihrem Haus die gleiche Ehre erfahre, wie sie ihrer Schwester zukäme. Nun begann er, mit seinem Schwiegersohn Pläne zu schmieden. Dabei zog er Lucius Sextius ins Vertrauen, dem für einen Erfolg eigentlich nur die patrizische Abkunft fehlte.

Die augenblickliche riesige Schuldenlast schien der günstigste Zeitpunkt, um Änderungen herbeizuführen. Nie würden die Plebejer mit einer Beseitigung dieses Übelstandes rechnen dürfen, wenn nicht Männer aus den eigenen Reihen in höchste Ämter gelangten. Dieser Weg sei einzuschlagen. Die Plebejer hätten ja durch ihre Tatkraft bereits bewiesen, daß sie fähig wären, ihre Ziele durchzusetzen, nämlich sich den Senatoren in Rang und Verdienst gleichzustellen. Zunächst einmal sollten sie Volkstribunen stellen. Dieses Amt sollte ihnen dann den Weg zu anderen Ehrenämtern freimachen.

Zu Tribunen gewählt, kündigten Gajus Licinius und Lucius Sextius eine Reihe von Gesetzen an, die den Einfluß der Senatoren eindämmen und den Plebejern zugute kommen sollten. Das erste Gesetz bezog sich auf die Schulden: Geleistete Zinsen sollten von der geschuldeten Summe abgerechnet und die Rückzahlung des Restes gleichmäßig auf drei Jahre verteilt werden. Das zweite Gesetz betraf die Größe des Landbesitzes: Niemand sollte mehr als 500 Morgen Land besitzen dürfen. Das dritte Gesetz bestimmte, daß keine Versammlung zur Wahl der Militärtribunen gehalten werde und daß einer der beiden Consuln aus den Reihen der Plebejer gewählt werden sollte.

Diese wichtigen Forderungen waren ohne harten Kampf nicht durchzusetzen. Die Patrizier scheuten die Gefahr, durch ein solches Zugeständnis alles preiszugeben, was das Volk seit langem forderte: Land, Geld und Ehrenämter. Bei ihren öffentlichen und privaten Beratungen blockierten sie die Anträge der Tribunen stets durch den Einspruch ihrer Amtsgenossen; diese Taktik hatte sich bei vielen früheren Streitigkeiten bewährt.

Als die Tribunen Licinius und Sextius zur Abgabe ihrer Stimmen aufgerufen wurden, verhinderten die Senatoren unter Einsatz von patrizischen Eskorten die Verlesung der Vorschläge und alle Vorgänge, die zu einem Volksbeschluß notwendig waren.

Schon wollte man die Hoffnung aufgeben, da sprach Sextius: »Noch ist nichts verloren! Wenn nämlich der Einspruch solches Gewicht hat, so wollen wir dieselbe Methode zugunsten der Plebejer anwenden. Versucht es doch, Senatoren! Bestimmt einen Wahltag zur Ernennung von Militärtribunen! Ich werde durchsetzen, daß euch das hier ausgesprochene ›veto‹ kein Vergnügen mehr bereitet.«

Seine Drohungen blieben nicht ohne Wirkung. Licinius und Sextius wurden wieder zu Volkstribunen gewählt. Sie verhinderten jede Besetzung curulischer Ämter. Weil die Plebejer diese beiden immer wieder zu Tribunen wählten und sie jede Militärtribunenwahl verboten, mußte der Senat einsehen, daß diese Ämter für fünf Jahre verloren waren.

Zum Glück gab es keine anderen Kriege. Nur die Kolonisten von Velitrae waren mittlerweile übermütig geworden. Vom römischen Heer hatten sie nichts zu fürchten, und so waren sie ein paarmal in römisches Gebiet eingefallen und hatten einen Angriff auf Tusculum, eine Stadt Latiums auf einem Hügel in den Albanerbergen, gewagt.

Dieses Ereignis betraf nicht nur die Senatoren, sondern auch die Plebejer. Die Volkstribunen gaben also nach, und ein Zwischenkönig hielt einen Wahltag ab. Da wurden Lucius Furius, Aulus Manlius, Servius Sulpicius, Servius Cornelius und die beiden Valerier Publius und Gajus zu Militärtribunen bestimmt.

Aber bei der Aushebung der Soldaten zeigten sich die Plebejer längst nicht mehr so gefügig wie am Wahltag selbst. Nur sehr zögernd kam ein Heer zustande. Nun zogen sie ins Feld. Sie vertrieben den

Feind nicht nur aus Tusculum, sondern verwiesen ihn sogar in seine eigenen Mauern. Velitrae mußte nun eine viel härtere Belagerung erdulden als vorher Tusculum. Aber den Militärtribunen, die diese Belagerung begonnen hatten, gelang es nicht, die Stadt zu erobern. Neue Tribunen wurden gewählt: Quintus Servilius, Gajus Veturius, die beiden Cornelier Aulus und Marcus, Quintus, Quinctius und Marcus Fabius.

Um die innerstaatlichen Angelegenheiten stand es noch ungünstiger. Nicht nur Sextius und Licinius, die die erwähnten Gesetzesanträge eingebracht hatten und nun schon zum achtenmal als Volkstribunen gewählt worden waren, traten dafür ein. Auch der Militärtribun Fabius, Stolos Schwiegervater, bekannte sich öffentlich zu den Gesetzesvorschlägen, die eigentlich sein Werk waren. Anfangs stimmten acht aus der Reihe der Volkstribunen dagegen, jetzt nur noch fünf. Ihren Einspruch begründeten sie mit dem Hinweis, daß viele Plebejer derzeit als Soldaten vor Velitrae stünden und daher nicht anwesend sein könnten. Der Versammlungstag müsse daher verschoben werden, bis die Soldaten wieder zurück seien; denn alle Plebejer sollten entscheiden, wenn es um ihr Wohl gehe.

Sextius, Licinius, einige ihrer Amtsgenossen und der Militärtribun Fabius wußten aufgrund langjähriger Erfahrung schon sehr genau, wie man das Volk gewinnt. Sie überfielen die Senatoren mit einer Reihe von Fragen, die das Volk bewegten: Würden sie überhaupt die Forderung, mehr als 500 Morgen Land zu besitzen, noch auszusprechen wagen, während ein Plebejer nur zwei Morgen erhielt? Dürfe jeder von ihnen beinahe den Landbesitz von 300 Plebejern behaupten, wenn das Grundstück eines Mannes aus der Plebs kaum groß genug sei für ein notwendiges Haus oder eine Grabstelle? Wollten sie denn, daß der Plebejer vom Wucher zugrunde gerichtet würde und im Gefängnis und in der Sklaverei ende? Oder sollte er lieber die geliehene Summe abzahlen, wenn man die Zinsen von der Schuld abrechne? Könnten sie dulden, daß die Verurteilten täglich in Scharen vom Forum abgeführt würden, daß die Häuser der Vornehmen die Menge der Gefangenen nicht mehr faßten und überall bei Patriziern ein eigenes Gefängnis zu finden sei?

Die Beschreibung dieser Zustände erregte Empörung und Mitleid. Die Zuhörer zeigten noch mehr Unwillen als die Tribunen selbst, die schließlich versicherten, die Senatoren würden nicht eher damit aufhören, sich Grundbesitz anzueignen und die Plebejer durch ihre Wucherwirtschaft abzuwürgen, als bis das Volk einen Consul aus der Plebs aufgestellt habe, als Wahrer seiner Freiheit. Die Volkstribunen hätten zu wenig Einfluß, denn dieses Amt verliere durch das Einspruchsrecht seine Geltung. Niemals könne es ein gleiches Recht geben, wenn bei den Senatoren nur Machtausübung, bei ihnen nur immer Nachgiebigkeit zu finden sei. Die Plebs würden ohne Teilnahme an der Regierung nie gleichberechtigt an der Verwaltung des Staates mitwirken können. Niemand solle meinen, bei der Wahl eines Consuls genüge schon eine Rücksprache mit Vertretern aus dem Volk. Der eine Consul müßte gesetzmäßig immer aus der Plebs genommen werden. Hätten sie denn schon vergessen, daß seit vierundvierzig Jahren kein Plebejer mehr Militärtribun geworden sei, obwohl man sich dazu entschlossen hatte, lieber Militärtribunen als Consulen zu ernennen, um auch den Plebejern die Erlangung des höchsten Amtes zu ermöglichen? Glaubten sie denn, daß gerade diejenigen bei zwei freien Stellen eine der Plebs überlassen würden, die meistens bei der Wahl der Militärtribunen acht Plätze besetzten? Würden etwa die Männer, die ihnen das Tribunenamt versagten, den Zutritt zum Consulat freigeben? Durch die Kraft eines Gesetzes müßten sie sich sichern, was fremder Einspruch ihnen am Wahltag vorenthalte. Der Zutritt eines Plebejers zu dem Consulat müsse unbestreitbar werden; denn solange es streitig bleibe, falle das Amt doch dem Stärkeren als Belohnung zu. Der Einwand, die Plebs verfügen nicht über die richtigen Männer, die sich für patrizische Ämter eigneten, sei früher zwar oft erhoben worden, habe aber inzwischen seine Gültigkeit verloren. Habe sich etwa seit dem Tribunat des Publius Licinius Calvos mehr Nachlässigkeit oder Interesselosigkeit in der Staatsführung gezeigt als in den Jahren, wo immer nur Patrizier Militärtribunen waren? Ganz im Gegenteil! Eine Reihe von Patriziern sei nach ihrem Tribunat verurteilt worden, aber kein Plebejer. Seit einigen Jahren bekleideten Plebejer auch das Quästorenamt, ebenso das Amt des Militärtribunen. Das römische Volk habe sich über keinen von ihnen zu beklagen. Jetzt bleibe der Plebs nur noch das Consulat, die Burg und der Hort der Freiheit. Wenn das Ziel erreicht sei, dann könne das römische Volk wirklich sagen, die Könige seien aus der Stadt vertrieben und die Freiheit sei gesichert. Von dem Tag an stehe der Plebs all das zu, was jetzt noch Vorrecht des Adels sei: Macht und Ehre, Kriegsruhm, Ansehen der Familien und Adel. Diese Dinge hätten ihren Wert schon für sie selbst, aber einen noch höheren für die Kinder.

Die Tribunen merkten, daß Reden solcher Art offene Ohren fanden. Sie brachten noch einen neuen Antrag ein: Man solle statt der »Zweimänner« für den Gottesdienst »Zehnmänner« wählen. Eine Hälfte solle von den Plebejern kommen, die andere vom Adel. Über alle diese Vorschläge solle erst abgestimmt werden, wenn das Heer von der Belagerung Velitraes zurückgekehrt sei.

Ehe aber die Legionen von Velitrae heimgeführt wurden, verging ein Jahr. Also verschob sich auch die Verhandlung über jene Vorschläge und blieb offen bis zur Wahl der neuen Militärtribunen. Die Plebejer wählten jene beiden wieder zu Volkstribunen, die die Gesetze beantragt hatten. Militärtribunen wurden Titus Quinctius, Servius Cornelius, Servius Sulpicius, Spurius Servilius, Lucius Papirius und Lucius Veturius.

Schon zu Jahresbeginn kam es zum entscheidenden Kräftemessen wegen der Gesetze. Die einzelnen Bezirke wurden zur Abstimmung aufgerufen. Kein Amtsgenosse hinderte mehr einen Antragsteller durch seinen Einspruch, und die bestürzten Senatoren griffen zu den beiden letzten Mitteln: Sie entschlossen sich zur Wahl eines Diktators, und diese fiel auf Marcus Camillus. Er ernannte Lucius Aemilius zu seinem Reiteroberst.

Einem solchen Schachzug ihrer Gegner mußten die Initiatoren der Vorschläge ebenfalls größere Entschlossenheit entgegensetzen, um die Sache des Volkes zu wahren. Sie beriefen eine Volksversammlung ein und forderten die Bezirke zur Abstimmung auf. Drohend und zornig setzte sich der Diktator nieder. Eine Schar Patrizier umgab ihn. Dann begann die Verhandlung mit dem üblichen Streit der Volkstribunen untereinander, je nachdem sie das Gesetz durchbringen wollten oder ablehnten. Ihr Einspruch besaß durch seine Legalität viel Gewicht, verlor aber ebenso durch die Parteinahme für die Gesetze selbst und für deren Vertreter.

Schon stimmten die zuerst aufgerufenen Bezirke für die Vorschläge, da begann Camillus: »Quiriten! Nicht mehr vom Tribunenamt, sondern von dessen Mißbrauch laßt ihr euch leiten. Den durch die Auswanderung der Plebs zustande gekommenen Einspruch vertut ihr nun zu eurem Schaden ebenso schnell, wie ihr ihn errungen habt. Zu eurem eigenen und des Staates Wohl werde ich als Diktator den Einspruch unterstützen, und ich werde mir eure jetzt vorenthaltene Unterstützung mit Gewalt sichern. Wenn also Gajus Licinius und Lucius Sextius dem

Einspruch ihrer Kollegen nachgeben, will ich mich als Patrizier nicht in eure Volksversammlung einschalten. Legen sie es aber darauf an, dem Staat gegen den Einspruch Gesetze aufzudrängen, dann werde ich es verhindern, daß die Tribunengewalt solcherart ihr Ende findet.«

Die Volkstribunen kümmerten sich nicht darum und betrieben ihre Sache eifrig weiter. Da schickte Camillus voller Wut seine Gerichtsdiener aus, die Plebejer vom Platz zu jagen. Er ließ ihnen noch drohen, wenn sie so weitermachten, würde er sofort alle Dienstfähigen verpflichten und mit diesem Heer die Stadt verlassen. Damit versetzte er das Volk in große Angst, aber den Mut seiner Führer beflügelte er damit noch mehr.

Doch noch ehe die Sache für eine der beiden Seiten entschieden war, dankte der Diktator ab. Entweder weil bei seiner Wahl ein Fehler unterlaufen war, wie einige meinten, oder weil die Volkstribunen bei der Plebs einen Antrag stellten, der auch angenommen wurde: Der Diktator solle bei jedem Erlaß, den er verabschiede, eine hohe Strafe zahlen.

Nun hielten die Volkstribunen eine Volksversammlung ab. Dabei zeigte sich, welche Gesetzesvorschläge bei den Plebejern und welche bei den Antragstellern Vorrang hatten; denn die Bezirke billigten zwar die Anträge über die Schuldentilgung und die Landzuteilung, aber den Antrag betreffend den plebejischen Consul lehnten sie ab. Beides wäre durchgesetzt worden, hätten nicht die Tribunen erklärt, daß sie den Antrag für sämtliche Dinge zugleich bei der Plebs gestellt hätten. Danach sorgte der Diktator Publius Manlius dafür, daß die Sache für die Plebejer noch recht gut ausging: Er ernannte den früheren Militärtribun Gajus Licinius, einen Mann aus der Plebs, zum Reiteroberst. Dies war den Senatoren gar nicht recht. Der Diktator begründete seine Wahl damit, daß Licinius sein naher Verwandter sei. Außerdem vertrat er die Ansicht, das Amt eines Reiterobersten sei nicht höher zu bewerten als das eines Consulartribunen.

Der Wahltag für die Volkstribunen wurde angesetzt. Da verhielten sich Licinius und Sextius so: Sie lehnten es ab, ihre Amtszeit verlängern zu lassen. Diese Weigerung reizte das Volk, genau das zu tun, was die beiden eigentlich bezweckten, ohne es offen zuzugeben. Sie sagten, sie befänden sich nun schon das neunte Jahr in Kampfstellung gegen den Adel, hätten aber noch immer nicht ihre Ziele erreicht. Die eingebrachten Vorschläge und der Einfluß des Tribunenamtes seien mit ihnen selbst alt und unwirksam geworden. Zuerst habe man ihre

Vorschläge durch das Veto der Amtsgenossen verhindert, dann durch die Entsendung des Heeres in den Krieg mit Velitrae. Zum Schluß habe man noch den Einfluß des Diktators gegen sie aufgeboten. Im Augenblick stünden aber weder Amtsgenossen noch ein Krieg und kein Diktator im Weg. Im Gegenteil, dieser habe sogar einen Reiteroberst aus Plebejerkreisen ernannt und damit einen großen Schritt auf dem Weg zu einem plebejischen Konsulat getan. Aber die Plebs sei zu träge und kümmerte sich zuwenig um ihre Interessen. Wenn sie nur wollte, könnte sie Stadt und Forum von allen Gläubigern säubern und die Ländereien von unrechtmäßigen Herren befreien. Wann wüßten die Plebejer endlich für so große Ziele Dank und Unterstützung, wenn sie sogar den Männern, die diese Vorschläge zu ihrem Wohl vertreten hätten, die Hoffnung auf ein Ehrenamt versagen würden? Es sei unvereinbar mit dem Anspruch des römischen Volkes, von seinen Schulden befreit zu werden und die Güter zu erhalten, die mächtigere Männer zu Unrecht besitzen, während es den Männern, die ihm zu allem verholfen und die im Tribunenamt alt geworden seien, ein Ehrenamt verweigere. Das Volk solle also erst einmal festlegen, was es eigentlich wolle, und dann am Tag der Tribunenwahl seine Wünsche bekanntgeben. Sollten nach seinem Willen die Vorschläge insgesamt zur Abstimmung eingereicht werden, wäre wohl eine Wiederwahl der Volkstribunen ratsam, denn diese würden gewiß ihre Vorschläge auch durchsetzen. Sollte aber nur das angenommen werden, was jeder für sein persönliches Wohl erstrebt, dann wäre auch ihre Amtsverlängerung nicht nötig.

Die Senatoren waren sprachlos vor Ärger und Verwunderung über diese trotzige Rede der Volkstribunen. Da übernahm Appius Claudius Crassus, der Enkel des Decemvir, mehr aus Wut und Haß als aus Hoffnung, sie zu überzeugen, das Amt des Gegenredners und sagte: »Quiriten, es wäre nicht neu und unerwartet, wollte man auch mir den Vorwurf machen, den rebellische Tribunen immer unserer Familie gemacht haben: Daß es für uns Claudier von Anfang an nichts Wichtigeres im Staat gegeben habe als die Ehre der Senatoren und daß wir immer gegen die Plebs gewirkt hätten. Eins will ich nicht in Abrede stellen: Seit wir das Bürgerrecht erhalten haben und in die Reihen der Patrizier aufgenommen worden sind, gaben wir uns größte Mühe, alle zu überzeugen, wir hätten die Ehre der Familien, an deren Seite ihr uns einen Platz gabt, eher vermehrt als vermindert. Was den zweiten Punkt angeht, Quiriten, so glaube ich für mich und meine Ahnen sagen zu dürfen, daß wir mit Absicht, im Amt oder ohne ein solches, nie etwas getan haben, was dem Wohl der Plebs zuwiderlief. Man kann uns wirklich keine Tat oder Rede vorwerfen, die euch geschadet hätten, selbst wenn sie manchmal nicht nach eurem Willen waren. Es müßte denn jemand das, was man zum Wohl des Ganzen tut, als Nachteil für die Plebs werten. Selbst wenn ich nicht vom Stamme der Claudier wäre, nicht aus einem patrizischen Geschlecht stammte, sondern nur ein Quirit wie alle anderen, mit dem Bewußtsein, freie Eltern zu besitzen und in einem freien Staat zu wohnen; könnte ich schweigen, wenn ein Lucius Sextius und Gajus Licinius, diese — wenn die Götter es wollen — ewigen Tribunen, in den neun Jahren ihrer königlichen Herrschaft sich derart an ihre eigene Frechheit gewöhnt haben, daß sie euch ankündigen, sie wollten euch kein freies Stimmrecht zubilligen, weder in den Wahlversammlungen noch bei der Annahme der Gesetzesvorschläge? Sagt doch ein solcher Mann: ›Ihr dürft uns nur unter einer Bedingung zum zehnten Mal zu Tribunen wählen!‹ Das heißt wohl nichts anderes als: Was die anderen wollen, ist uns so zuwider, daß wir es ohne großen Lohn für unsere Person gar nicht berücksichtigen wollen. Welches ist nun der Vorbehalt, unter dem ihr sie als Tribunen haben dürft? ›Daß ihr‹, sagt er, ›alle unsere Anträge ohne Abstrich annehmt, ob sie euch gefallen oder nicht, ob sie euch nützen oder schaden.‹ Nehmt einmal an, ihr Tarquinier im Tribunenamt, ich riefe euch als Bürger aus der Versammlung zu: Erlaubt uns gütigst, daß wir von allen euren Vorschlägen jene aussuchen, die wir für günstig halten. Mit den anderen wollen wir es halten, wie uns beliebt. ›Nein‹, sagt der andere, ›das dulden wir nicht. Dann würdest du die allgemein gutgeheißenen Vorschläge, hinsichtlich der Schulden und Ländereien, annehmen. Aber es wäre wohl kaum möglich, daß die Stadt der Römer einen Lucius Sextius und einen Gajus Licinius als ihre Consuln anerkennen soll. Billigt sie alle, oder ich stelle gar keinen Antrag.‹ Das wäre gerade so, als wollte man einem Hungrigen zugleich mit der Speise Gift vorsetzen und von ihm fordern, er solle auf die Nahrung verzichten oder eben beides, auch das tödliche Gift, nehmen. Wäre der Staat frei, würden euch da nicht viele zurufen: ›Schert euch fort samt euren Ämtern und Vorschlägen!‹ — Wenn ein Patrizier oder, was nach deren Meinung noch provozierender klingt, wenn ein Claudier sagte: ›Nehmt alles an, oder ich habe überhaupt keine Vorschläge!‹ — Quiriten, wer von euch würde sich solches bieten lassen? Werdet ihr denn nie lernen, die Sache selbst in die Hand zu nehmen, statt sklavisch auf euren Sprecher zu sehen und stets alles, was von den Tribunen kommt, freundlich und, was wir euch sagen, mit Ablehnung aufzunehmen? Ihr denkt vielleicht, diese Rede wäre unbürgerlich. Ist sie das wirklich? Wie steht es dann mit dem Vorschlag, dessen Ablehnung sie euch so verargen? Er ist dieser meiner Rede sehr ähnlich, Quiriten. Er lautet: ›Ich beantrage, daß ihr es nicht wagen sollt, Consuln nach eurem Ermessen zu wählen.‹ Könnte wohl jemand anders formulieren, wenn er euch befehlen will, den einen Consul aus der Plebs zu wählen, und zugleich euch das Recht abspricht, zwei Patrizier zu nehmen? Gäbe es jetzt solche Kriege wie den etruskischen oder wie erst unlängst den gallischen, als hier alles in Feindeshand war außer dem Kapitol und der Burg, und ein Lucius Sextius würde sich mit Marcus Furius oder mit jedem anderen Senator um das Consulat bewerben, fändet ihr es dann nicht undenkbar, daß Sextius Consul sein sollte, während ein Camillus Gefahr läuft, abgelehnt zu werden? Ist das der Weg, die Ehrenämter der Allgemeinheit zugänglich zu machen, wenn aus der Plebs zwei Consuln gewählt werden dürfen, aus den Reihen der Patrizier aber nicht? Wenn man den einen Consul von den Plebejern nehmen muß, bei beiden aber die Patrizier ausklammern kann? Was ist da noch Gemeinschaft, was gleicher Anteil? Ist es nicht genug, daß man an einer Sache teilhaben darf, an der man bisher auch nicht den geringsten Anteil besaß? Muß man das Ganze an sich reißen wollen, während man nach diesem Teil greift? — Er meint: ›Ich fürchte, daß ihr keinen Mann aus der Plebs wählt, wenn ihr zwei Consuln aus den Reihen der Patrizier nehmen dürft.‹ — Das bedeutet doch nichts anderes als: Freiwillig werdet ihr keine unerwünschten Kandidaten wählen; so will ich euch dazu zwingen, die zu wählen, die ihr nicht wollt. Und was folgt daraus? Der eine Plebejer, der sich mit zwei Patriziern um das Amt bewirbt, verdankt seine Wahl nicht dem Willen des Volkes, sondern er kann nur von sich sagen, seine Ernennung erfolgte durch das Gesetz, nicht durch Wählerstimmen. Sie sind nur bestrebt, Ehrenämter für sich zu erzwingen, und nicht, sich darum zu bewerben. Sie wollen die Ämter lieber durch eine günstige Gelegenheit als aufgrund ihrer Verdienste erreichen. — Ich nenne nicht Licinius und Sextius beim Namen. Ihr zählt deren endlose Amtsjahre ebenso wie die Regierungsjahre der Könige auf dem Kapitol. – Welcher Bürger wäre wohl heute so niedrig, daß ihm nicht der Weg zum Consulat durch die Hintertür dieses Gesetzes leichter zugänglich wäre als uns und unseren Kindern? Einmal wird es so weit gekommen sein, daß ihr uns nicht wählen könnt, auch wenn ihr es wolltet, und diese dort wählen müßt, obwohl sie euch zuwider sind. Das wäre meine Ansicht über diese unwürdige Sache. Diesmal ging es nur um die Würde von Menschen. Was soll ich aber jetzt bei Götterfesten und Auspizien sagen, deren Verachtung und Beleidigung die unsterblichen Götter selbst angeht? Wer von euch weiß denn nicht, daß unser Staat auf göttlicher Zustimmung erbaut ist? Diesem höheren Willen gehorcht die gesamte Verwaltung der Stadt in Krieg und Frieden, in inneren und äußeren Angelegenheiten. Wer hat nach althergebrachter Sitte diese Zustimmung einzuholen? Natürlich die Patrizier; denn kein plebejischer Beamter wird nach den Auspizien gewählt. Mit uns ist diese Zustimmung so eng verbunden, daß nicht allein das Volk die patrizischen Beamten, die von seiner Wahl abhängig sind, nur nach gestellten Auspizien wählt. Wir dürfen sogar ohne Befragung des Volkes einen Zwischenkönig ernennen, wenn die Vorzeichen günstig sind. Wir besitzen also zusätzlich zu unserem Amt auch noch die Verbindung zum Willen der Götter; und jenen dort kommt sie nicht einmal als Obrigkeit zu. Wer also plebejische Consuln wählt, nimmt den Patriziern das Vorrecht dieser Verbindung, das nur sie besitzen können. Er tut damit nichts anderes, als daß er alle Rücksicht auf den Willen der Götter im Staat abschafft. Sie sollen ruhig über diese heiligen Bräuche spotten und fragen: Was liegt schon daran, wenn einmal die Hühner nicht fressen? Oder wenn sie nicht so schnell aus dem Stall laufen oder wenn ein Vogelschrei eine Warnung sein soll? Das sind doch nur Kleinigkeiten! Aber unsere Vorfahren haben dadurch, daß sie auf diese Kleinigkeiten achteten, unserem Staat zu seiner heutigen Größe verholfen. Wir aber mißachten bereits die heiligen Bräuche, so als brauchten wir die Gunst der Götter nicht mehr. Wir können ohne Unterschied Oberpriester, Vogelschauer und Opferkönige wählen. Möge doch jeder, der nur die Gestalt eines Menschen hat, den spitzen Hut aufsetzen, den Jupiters Eigenpriester trägt; und die Ancillien, die heiligen Schätze des Reiches, die Götter selbst und die Pflege ihrer Kultstätten möge in unwürdige Hände fallen. Erlassen wir doch die Gesetze ohne Befragung des göttlichen Willens, und wählen wir auch die Obrigkeiten ohne Auspizien! Verzichten wir auf die Genehmigung der Senatoren über die Versammlungen nach Centurien oder Curien, weil wir sie für unnötig halten! Sollen doch Sextius und Licinius, wie einst Romulus und Tatius, die Stadt beherrschen, weil sie fremdes Geld und Land verschenken. Es ist ja so angenehm, so einfach, den Besitz anderer zu rauben! Niemand denkt so weit, daß durch das Gesetz unsere Gebiete Ödland werden, wenn wir nämlich die Besitzer von ihren Feldern vertreiben. Und das andere Gesetz vernichtet Treu und Glauben, worauf jede menschliche Verbindung beruht. In allen Punkten müßt ihr diese Vorschläge ablehnen, so meine ich. Die Götter mögen euer Handeln segnen.«

Aber die Rede des Appius bewirkte nur so viel, daß die Annahme der Gesetze aufgeschoben wurde. Sextius und Licinius wurden zum zehntenmal wieder zu Tribunen gewählt. Sie setzten nun das Gesetz durch, daß die Zehnmänner für den Gottesdienst zur Hälfte aus Plebejern gewählt würden. Man wählte also fünf aus den Reihen der Senatoren, fünf aus der Plebs, und dadurch schien der Weg zum Consulat geebnet zu sein. Die Plebs war recht zufrieden mit diesem Erfolg. Die Consuln wurden nicht mehr erwähnt, und die Plebejer zeigten sich insoweit nachgiebig gegenüber den Vätern, als Militärtribunen gewählt wurden. Man bestimmte die beiden Cornelier Aulus und Marcus, beide zum zweitenmal, Marcus Geganius, Publius Manlius, Lucius Veturius und Publius Valerius zum sechstenmal.

An den Grenzen des römischen Reiches herrschte Ruhe, wenn man von der Belagerung Velitraes absieht. Da kam plötzlich die Nachricht vom Ausbruch eines gallischen Krieges und veranlaßte die Bürgerschaft, Marcus Furius zum fünftenmal zum Diktator zu ernennen. Dieser nahm den Titus Quinctius Pennus zu seinem Reiteroberst.

Man kämpfte in diesem Jahr mit den Galliern am Fluß Anio. Damals kam es zu dem berühmten Zweikampf auf der Brücke. Dabei geriet Titus Manlius an einen Gallier, der ihn herausforderte. Er erschlug ihn im Angesicht beider Heere und nahm ihm die Halskette ab.

Tausende Barbaren fielen im Kampf, und Tausende wurden getötet, als man ihr Lager eroberte. Die übrigen flohen größtenteils nach Apulien und entgingen dem Feind dadurch, daß sie in alle Richtungen auseinanderstoben. Senatoren und Plebejer bewilligten einmütig dem Diktator den Triumph.

Kaum hatte er diesen Krieg beendet, beschäftigte ihn bereits ein viel härterer Aufstand im Innern. Dabei wurden Diktator und Senat nach harten Auseinandersetzungen besiegt, und sie mußten der Annahme der Vorschläge der Tribunen zustimmen. Gegen den Einspruch der Patrizier kam es zu einer Consulwahl, aus der Lucius Sextius als erster plebejischer Consul hervorging.

Aber die Streitigkeiten dauerten weiter an. Die Patrizier verweigerten ihre Bestätigung, und beinahe wäre die Plebs ausgewandert. Endlich gelang es dem Diktator, den Streit unter folgenden Bedingungen beizulegen: Der Adel billigte der Plebs einen Consul aus dem Volk und die Plebs dem Adel einen Prätor aus ihrem Stand zu, der das Recht in der Stadt wahren sollte.

So fanden nun nach langem Ringen die Stände wieder zu einem friedlichen Miteinander zurück. Der Senat meinte, dieses Ereignis müsse durch glänzende Spiele gefeiert und die latinischen Festtage um einen Tag verlängert werden. Mehr als sonst fühlte man sich gedrängt, den unsterblichen Göttern diese Ehre zu erweisen. Die plebejischen Ädilen wiesen dieses Amt zurück, und die jungen Patrizier erklärten einmütig, sie wollten es gern zur Ehre der Unsterblichen übernehmen, wenn man sie zu Ädilen machte. Alle dankten ihnen, und der Senat beschloß, der Diktator solle beim Volk die Ernennung zweier Ädilen aus den Reihen der Senatoren beantragen, und die Patrizier sollten alle Wahlen dieses Jahres bestätigen.

DIE NEUEN CURULISCHEN ÄMTER

Später wurde ein Emporkömmling Consul, und zwei neue Ämter entstanden: das des Prätors und des curulischen Ädilen. Die Patrizier schufen sich diese Ehrenstellen als Ersatz für das eine Consulat, das sie den Plebejern zugebilligt hatten. Diese erteilten das Consulat dem Lucius Sextius, durch dessen Gesetz es zustande gekommen war. Patrizischer Einfluß in der Wahl verschaffte dem Spurius Furius Camillus, dem Sohn des Marcus, die Prätur, das Ädilenamt erhielten Gnaeus Quinctius Capitolinus und Publius Cornelius Scipio, Männer ihrer Kreise. Lucius Aemilius Mamercus wurde dem Lucius Sextius von den Patriziern als Amtsgenosse gegeben.

Zu Jahresbeginn gab es mehrere Anträge; einmal wegen der Gallier, die sich nach ihrer Vertreibung angeblich wieder in Apulien sammelten, und außerdem wegen des Abfalls der Herniker. Doch alle Staatsgeschäfte wurden aufgeschoben, damit der plebejische Consul keine Gelegenheit zum Handeln fände. Es herrschte eine Ruhe, die einem Gerichtsstillstand glich. Nur die Volkstribunen nörgelten darüber, daß der Adel gleich drei Ämter für die Patrizier an sich gerissen habe als Entgelt für das eine plebejische Consulat. Man kritisierte, daß sie in verbrämter Toga wie Consuln auf ihren Sesseln säßen. Sogar ein Prätor, dem man noch dazu die Gerichtspflege anvertraute, sei den Consuln als Kollege zugeteilt, und er sei wie diese gewählt worden, nämlich durch Befragung der Vögel. Dafür forderten die Tribunen Zurückhaltung vom Senat, insofern als er nicht verlangen dürfe, daß die curulischen Ädilen aus den Reihen der Patrizier hervorgingen. Zuerst war man übereingekommen, sie jedes zweite Jahr aus der Plebs zu wählen. Später hatten beide Parteien die gleichen Möglichkeiten.

Nun folgten Lucius Genucius und Quintus Servilius als Consuln. Es gab zwar weder Aufruhr noch Krieg, aber bald brach eine schwere Pest aus, der ein Censor, ein curulischer Ädil und drei Volkstribunen sowie viele Menschen aus dem Volk zum Opfer fielen.

Besonders denkwürdig war der Tod des Marcus Furius, eines wirklich außergewöhnlichen Menschen. Schon ehe er in die Verbannung ging, galt er in Krieg und Frieden als der erste Mann im Staat. Die Verbannung erhöhte noch seinen Ruhm, denn jetzt erst erkannte man seine volle Bedeutung. Damals befand sich Rom in der Hand des Feindes. Da flehte man den abwesenden Marcus um Hilfe an. Er erlebte schließlich das große Glück, daß er mit seiner Rückkehr und Rehabilitierung in der Vaterstadt zugleich auch Rom wiederherstellte. Danach lebte er noch 25 Jahre. Er galt zu Recht als ein Mann, den man nach Romulus als den zweiten Gründer Roms feierte.

Die Pest dauerte noch bis in das nächste Jahr hinein an, in die Consularzeit der Consuln Gajus Sulpicius Peticus und Gajus Licinius Stolo. Unter dem Eindruck dieser schrecklichen Seuche wurde nichts Wesentliches unternommen, außer daß man zum drittenmal nach der Erbauung Roms ein Göttermahl veranstaltete, um die Gnade der Unsterblichen zu erbitten. Aber kein menschliches Tun und auch nicht die Hilfe der Götter dämmten die Gewalt dieser Krankheit ein.

In dieser Zeit entstanden neben anderen Sühneübungen angesichts der offenbar zürnenden Götter auch die Spiele auf der Bühne. Dies war etwas ganz Neues für ein so kriegerisches Volk, das bisher nur die Spiele auf der Rennbahn kannte. Diese Bühnenspiele waren anfangs nur bescheiden und wurden noch dazu von Nichtrömern ausgeführt. Es gab dabei keinen Gesang, auch keine Darstellung durch Gesten. Die Spieler holte man aus Etrurien, und sie bewegten sich nur im Rhythmus der tuskischen Tänze, von einer Flöte begleitet. Die jungen Männer Roms taten es ihnen nach, und bald dichteten sie scherzhafte, freie Verse, die sie auf der Bühne vortrugen. Diese Aufführungen fanden allgemein Beifall und wurden im Laufe der Zeit immer kunstvoller. Auf tuskisch heißt ein Schauspieler »Hister«; und so erhielten auch die einheimischen Künstler den Namen »Histrio«.

Aber diese Spiele – ursprünglich eingerichtet, um den göttlichen Zorn abzuwenden – beseitigten nicht die Furcht vor der Krankheit und nicht die Leiden des Körpers. Als einmal der über die Ufer getretene Tiber die Rennbahn überflutete und die Spiele abgebrochen werden mußten, erschraken die Zuschauer sehr. Sie meinten, die Götter hätten sich von ihnen abgewandt und wiesen nun sogar diese Sühnespiele zurück. Unter dem Consulat des Gnaeus Genucius und Lucius Aemilius Mamercus suchte man verzweifelt nach einer Sühnemöglichkeit, die den Göttern wohlgefällig sei.

Da erinnerten sich die Alten, daß früher einmal die Pest durch einen Nagel eingedämmt worden sei, den der Diktator eingeschlagen habe. Man griff also auf dieses alte Mittel zurück, und der Senat beschloß, einen Diktator zum Einhämmern des Nagels zu ernennen. Die Wahl fiel auf Lucius Manlius Imperiosus, und er nahm Lucius Pinarius zum Reiteroberst.

Dieses uralte Gesetz war in alter Sprache und in alten Schriftzeichen niedergeschrieben. Es verlangte, die jeweils höchste Amtsperson solle am 13. September den Nagel einschlagen. Der Gesetzestext hing rechts im Tempel des allmächtigen Jupiters, dort wo Minerva ihr Heiligtum hat. Damals soll man nach diesen Nägeln die Jahre gezählt und das Gesetz der Minerva geweiht haben, deren Erfindung diese Zahlen gewesen sein sollen. Die Buchstabenschrift war zu dieser Zeit sehr selten. Der Schriftsteller Cincius berichtet, daß auch in Volsinii, im Tempel der etruskischen Göttin Nortia, solche Nägel gefunden wurden, die man für die Jahreszahl dort eingeschlagen hatte.

Nach diesem Gesetz also übernahm damals der Consul Marcus Horatius die Aufgabe, den Nagel feierlich im Tempel des allmächtigen Jupiter einzuschlagen. Es war im Jahr nach der Vertreibung der Könige. Danach ging das feierliche Recht von den Consuln auf die Diktatoren über, denn ihr Amt hatte nun den höheren Rang. Später kam man von dem Brauch ab, hielt aber die Sache noch für bedeutend genug, eigens dafür einen Diktator zu ernennen. Lucius Manlius war zwar auch nur für diese Aufgabe ernannt worden, darüber hinaus aber gab er sich größte Mühe, die Kriegsführung gegen die Herniker an sich zu reißen, so als hätte man ihn zu echten Amtshandlungen an die Spitze des Staates berufen und nicht nur zum Vollzug einer heiligen Pflicht. Er veranstaltete unter der Jugend eine strenge Aushebung zum Wehrdienst, aber da alle Volkstribunen sich gegen ihn stellten, legte er schließlich doch sein Amt als Diktator nieder; entweder weil man ihn zur Abdankung zwang oder aus Angst, dazu gezwungen zu werden.

Im nächsten Jahr wurden Gajus Sulpicius und Gajus Licinius Calvus Consuln. Sie führten ein Heer gegen die Herniker, konnten aber den Feind im offenen Gelände nicht stellen. Allerdings eroberten sie seine Stadt Ferentinum im Sturm, doch auf dem Rückmarsch von dort verschlossen ihnen die Tiburtiner ihre Tore. Diese Weigerung wurde endlich zum entscheidenden Anlaß, dem Volk von Tibur den Krieg zu erklären. Schon vorher hatte es auf beiden Seiten Klagen und Beschwerden gegeben, und man hatte durch Bundespriester Genugtuung verlangt. Es wurde ein Diktator gewählt, nicht zuletzt auch wegen des gallischen Krieges. Die Gallier lagerten nämlich am dritten Meilenstein, auf dem »Salzweg«, der vom Meer ins Land der Sabiner führt, gegenüber der Aniobrücke.

Aufgrund des gallischen Einfalls ordnete der Diktator einen Gerichtsstillstand an. Dann vereidigte er alle wehrfähigen jungen Männer und zog mit einem großen Heer aus der Stadt. Am diesseitigen Ufer des Anio schlug er sein Lager auf. Beide Heere hatten zwischen sich die Brücke. Immer wieder kam es zu Kämpfen um die Besetzung der Brücke. Aber noch war nicht abzusehen, wer der Stärkere sein würde, denn beide Heere hatten sich noch nicht gemessen.

Da trat ein besonders mächtiger Gallier auf die Brücke und rief mit dröhnender Stimme: »Rom möge jetzt seinen tapfersten Mann herbeischaffen, und dieser stelle sich mir im Zweikampf! Der Ausgang dieses

Ringens möge entscheiden, welches Volk dem anderem im Krieg überlegen ist.«

Von den vornehmen jungen Leuten Roms meldete sich zunächst keiner. Man schämte sich zwar, den Kampf zu verweigern, aber jeder scheute sich, eine so große Verantwortung auf sich zu nehmen.

Da trat der Sohn des Lucius Manlius vor den Diktator. Es war jener Titus, der seinen Vater vor der Bedrängung durch den Tribunen gerettet hatte. Er sagte: »Ohne deine Erlaubnis, Feldherr, möchte ich nicht meine Reitertruppe verlassen, um zu kämpfen; nicht einmal dann, wenn ich den Sieg greifbar vor Augen hätte. Wenn du es aber wünschst, will ich diesem Kerl, der sich da so frech vor die feindlichen Linien wagt, beweisen, daß ich ein Sproß aus dem Stamm dessen bin, der einen ganzen Haufen Gallier vom Tarpeischen Felsen warf.«

Der Diktator entgegnete: »Bewahre dir diesen Mut, Titus Manlius, und auch deine kindliche Liebe zu Vater und Vaterland! Geh hin mit dem Segen der Götter, und zeige, daß das römische Volk nicht zu schlagen ist!«

Nun legten die Freunde des jungen Mannes ihm seine Waffen an. Er ergriff den Schild eines Fußsoldaten und ließ sich ein kurzes Schwert umschnallen, weil dieses für den Nahkampf geeigneter ist. So gerüstet, führten sie ihn dem Gallier entgegen, der ihm spöttisch entgegensah. Die jungen Leute kehrten wieder zurück auf ihre Posten und ließen die beiden Bewaffneten allein in der Mitte der Brücke.

Ihrem Aussehen nach waren die beiden einander sehr ungleich: Der Gallier, mit seinem riesigen Körper, war in bunte Stoffe gekleidet, er trug bunt verzierte und mit Gold ausgelegte Waffen. Der Römer war ein Soldat mittelgroßer Statur, seine Waffen waren mehr praktisch als schön, ihre Ausführung eher sparsam. Er sang nicht, machte kein Aufsehen, vermied unsinniges Waffenschwingen. Aber in seinem Herzen waren Mut und stiller Zorn. Seine Kraft sparte er für die Entscheidung im Kampf.

So standen die beiden zwischen den Schlachtreihen, und ihre Kameraden auf beiden Seiten schwankten zwischen Bangen und Hoffnung. Wie ein Unwetter ließ der Gallier sein Schwert auf die Rüstung des anstürmenden Feindes niedersausen, während er mit der linken Hand den Schild vorhielt. Aber sein Hieb ging ins Leere. Nun stieß der Römer mit seinem Schild von unten gegen den Schild des Gegners, die Klinge schräg nach oben haltend. Mit seinem ganzen Körper drängte er sich zwischen den Leib und die Waffen des Gegners. Diese Nähe bewahrte ihn vor jeder Verwundung. Er versetzte dem Gegner einen Stich in den Unterleib, stieß noch einmal nach und streckte ihn so der Länge nach zu Boden. Den Körper des Liegenden mißhandelte er nicht weiter. Er nahm nur die Halskette und legte sie sich um, so blutbespritzt sie auch war.

Die Gallier waren starr vor Schreck und Staunen. Die Römer verließen ihre Posten und liefen ihrem Helden jubelnd entgegen. Sie geleiteten ihn unter Lob und Glückwünschen zum Diktator. Dieser schenkte ihm einen goldenen Kranz und hielt vor der Versammlung eine Lobrede auf seinen Mut.

DER KRIEG GEGEN DIE SAMNITER

Nun begann eine Reihe von Kriegen, die teils mit großem Aufwand geführt werden mußten oder sich über viele Jahre erstreckten. Das römische Heer zog zunächst gegen die Samniter, dieses reiche und mächtige Kriegsvolk. Nach dieser kriegerischen Auseinandersetzung kamen Pyrrhus als Feind und nach ihm die Punier. Die Schicksalsschläge häuften sich, und mehr als einmal war Rom in höchster Gefahr.

Zwischen den Samnitern und den Römern bestand ursprünglich eine freundschaftliche Verbundenheit.. Der Krieg zwischen ihnen entstand eigentlich durch einen äußeren Anlaß und nicht infolge eines direkten Konflikts zwischen den beiden Völkern. Die Samniter fühlten sich den Sidicinern überlegen und führten einen unrechtmäßigen Krieg gegen sie. Die Schwächeren suchten Hilfe bei den Stärkeren und verbanden sich mit den Campanern. Diese gaben zum Schutz ihrer Bundesgenossen mehr ihren Namen her, als daß sie ihre militärische Macht voll eingesetzt hätten. Sie waren viel zu weichlich und verwöhnt und verloren im Gebiet der Sidiciner die Schlacht gegen die waffentüchtigen, abgehärteten Soldaten. Damit zogen sie aber das ganze Kriegsgeschehen auf sich. Die Samniter verzichteten auf die Auseinandersetzung mit den Sidicinern und wandten sich gegen die Stütze ihrer Nachbarn, nämlich die Campaner, denn dort versprachen sie sich einen ebenso leichten Sieg, aber mehr Beute und Ruhm. Mit einem großen Heer besetzten sie die Höhen Tifata bei Capua und zogen in geordneter Aufstellung in die Ebene zwischen Capua und Tifata. Hier kam es zu einem zweiten Kampf. Die Campaner hatten mit keiner nachbarlichen Hilfe zu rechnen. In der unglücklichen Schlacht verloren sie den Kern ihrer Truppen und mußten sich nun in ihre Mauern zurückziehen. So blieb ihnen nichts übrig, als die Römer um Hilfe zu bitten.

Ihre Gesandten erschienen vor dem Senat und hielten folgende Rede: »Senatoren! Das Volk der Campaner schickt uns als Gesandte zu euch, um in dieser Stunde eure Hilfe zu erbitten, für immer aber um eure Freundschaft zu werben. Hätten wir diese in guten Tagen verlangt, bedeutete sie nur ein lockeres Band. Dann wüßten wir, daß wir die Freundschaft mit euch als ebenbürtige Partner geschlossen haben. Als Freunde wären wir wohl die gleichen gewesen wie jetzt, aber weniger untertänig und euch weniger verpflichtet. Jetzt aber sind wir auf euer Verständnis angewiesen; eure Hilfe ist die Hoffnung in unserer Not. Wir wissen aber auch empfangene Güte zu schätzen. Wir wollen nicht undankbar erscheinen, so als wären wir göttlicher und menschlicher Hilfe unwürdig. Zwar sind die Samniter früher als wir eure Freunde und Bundesgenossen geworden. Aber das kann wohl nicht heißen, daß ihr uns nicht auch in eure Freundschaft aufnehmt. Es steht doch etwa nicht in eurem Vertrag mit den Samnitern, daß ihr außer diesem keine anderen Bündnisse schließen sollt. Von jeher war es üblich, daß der, der euer Freund werden wollte, euch darum bat. Zwar dürfen wir Campaner in unserer gegenwärtigen Lage keine allzu großen Worte machen, aber das wenigstens dürfen wir doch wohl sagen: Wir bringen mit unserem freundschaftlichen Beitritt keinen unwesentlichen Beitrag zu eurem Wohlstand; denn in der Größe der Stadt, in der Fruchtbarkeit des Bodens stehen wir höchstens euch, sonst aber keinem anderen Volk nach. Den Aequern und Volskern, diesen ständigen Feinden Roms, werden wir in den Rücken fallen, sobald sie sich nur rühren. Was ihr jetzt tut, um uns zu retten, das werden wir immer für eure Herrschaft und euer Ansehen tun. Wir setzen unsere Hoffnung auf die nahe Zukunft, daß eure Tapferkeit und euer Kriegsglück eines Tages die Völker überwinden, die noch zwischen uns stehen. Dann erstreckt sich euer Herrschaftsbereich bis zu uns. Das Eingeständnis, zu dem das Schicksal uns zwingt, ist qualvoll und traurig. So weit ist es gekommen, Senatoren, daß wir Campaner eure Freunde oder eure Feinde sein müssen. Gewährt ihr uns Schutz, stehen wir zu euch. Wenn ihr uns verlaßt, wenden wir uns den Samnitern zu. An euch liegt es, zu entscheiden, ob ihr Capua und ganz Campanien eurer Macht eingliedert oder es den Samnitern zufallen laßt. Wir sehen ein, Römer, daß allen die Tür zu eurem Mitleid und eurer Hilfe offensteht. Doch eure Unterstützung müßte doch wohl besonders jenen zukommen, die zuerst anderen halfen und sich nun selbst in einer Notlage befinden. Für die Sidiciner haben wir eigentlich nur dem Namen nach gekämpft, in Wirklichkeit aber in unserem eigenen Interesse. Wir mußten nämlich zusehen, wie die Samniter gleich üblen Straßenräubern unsere Nachbarn überfielen; und wir erkannten auch, daß dieser Kriegsbrand zuerst die Sidiciner verschlingen, dann aber auch auf uns übergreifen würde. Tatsächlich kämpfen jetzt die Samniter nicht gegen uns, um sich für unseren Angriff zu rächen, sondern weil sie damit einen günstigen Vorwand gefunden haben. Wenn sie wirklich beleidigt wären und es ihnen nicht vielmehr darum ginge, ihre Habsucht zu befriedigen, würden sie sich doch begnügen, unsere Legionen einmal bei den Sidicinern, ein zweites Mal in Campanien geschlagen zu haben. Kann denn Feindschaft so hartnäckig sein, daß nicht einmal das Blut zweier Kriege sie auslöscht? Zu allem haben sie noch unser Land geplündert: Sie haben Menschen und Herden als Beute weggetrieben, Dörfer verbrannt und zerstört, mit Feuer und Schwert furchtbar gewütet. Sollte das alles nicht genügt haben, ihren Zorn zu befriedigen? Ihre Habsucht ist es, die nicht genug bekommt, und sie treibt sie zur Erstürmung Capuas. Sie wollen diese schöne Stadt entweder vernichten oder selbst besitzen. Ihr solltet ihnen lieber in eurem Wohlwollen zuvorkommen, Römer, als sie in einem Besitz belassen, den sie unrechtmäßig erworben haben. Ich weiß, daß euer Volk stets bereit war, für eine ehrliche Sache zu kämpfen. Doch, meine ich, braucht es diesmal keinen Krieg, wenn ihr zur Hilfe bereit seid. Schon ein Zeichen eurer Hilfe, Römer, vermag uns zu schützen. Was wir in Zukunft sein und besitzen werden, soll als euer Eigentum gelten. Der Boden Campaniens wird für euch gepflügt werden, und für euch wird Capua aufblühen. Wir werden euch einen Ehrenplatz an der Seite unserer Gründer, unserer Ahnen und der unsterblichen Götter einräumen. Keine Kolonie wird euch gehorsamer und treuer sein als wir. Gewähret uns also euren heiligen Schutz, der noch nie versagt hat. Gebt uns die Hoffnung mit auf den Weg, daß Capua weiterbestehen darf. Als wir Capua verließen, standen die Menschen voll Hoffnung und Tränen an den Straßen und Toren. Mit Spannung erwarten Senat und Volk von Capua, Frauen und Kinder, jetzt unsere Rückkehr. Das ganze Volk steht an den Toren und erwartet mit Bangen die Antwort, die wir ihm bringen. Sie bedeutet Rettung, Sieg, Leben und Freiheit oder — mir graut, wenn ich an die andere Möglichkeit denke. Entscheidet also über unser künftiges Schicksal, ob wir eure Freunde und Bundesgenossen sein werden oder ausgelöscht werden sollen!«

Die Gesandten zogen sich zurück, und der Senat beriet. Obwohl Capua die bekannteste und reichste Stadt Italiens war und ein sehr fruchtbares Hinterland besaß, das nahe am Meer lag und in Notzeiten ein Rückhalt für Rom werden konnte, galt den Römern doch die Treue mehr als ein solcher Vorteil.

Der Senat entschied, und diesen Beschluß verkündete der Consul: »Campaner! Der Senat hat entschieden, daß ihr der Hilfe würdig seid. Aber wir wollen die Freundschaft mit euch nur dann eingehen, wenn keine ältere Bindung dadurch verletzt wird. Die Samniter sind unsere Bundesgenossen. Also müssen wir ablehnen, euch mit Waffen gegen sie zu unterstützen. Wir hätten sonst eher gegen die Götter zu kämpfen als gegen Menschen. Aber wir dürfen etwas anderes tun, etwas, das göttliches und menschliches Recht nicht verletzt: Wir wollen Gesandte an sie schicken, mit der Bitte, euch nicht zu behelligen.«

Darauf erwiderte der Führer der Gesandtschaft, wie man es ihm aufgetragen hatte: »Wenn ihr schon unsere Interessen gegen fremde Bosheit und Gewalt nicht durch gerechtes Eingreifen schützen wollt, so werdet ihr wenigstens eure eigenen verteidigen! Wir geben deshalb das Volk Campaniens samt der Stadt Capua, das ganze Land, die Tempel der Götter, alles Eigentum von Göttern und Menschen in eure Hand, Senatoren, und in die des römischen Volkes.«

Bei diesen Worten warfen sich alle in der Vorhalle der Kurie auf den Boden: Sie streckten ihre Hände flehend gegen die Consuln aus und weinten heftig. Ihr schweres Schicksal rührte die Senatoren: Ein mächtiges Volk, durch Reichtum und Macht verwöhnt, hatte seinen Mut so völlig verloren, daß es sich selbst und all seinen Besitz in fremde Herrschaft gab, obwohl noch vor kurzer Zeit die Nachbarn bei demselben Volk um Hilfe angesucht hatten.

Nun war es Ehrensache, diesen Menschen, die sich ihnen unterworfen hatten, beizustehen. Die Samniter würden sich hüten, ein Land und eine Stadt zu bekämpfen, die sich Rom ergeben hatten und dadurch römisches Staatseigentum geworden waren. Also faßten die Römer den Entschluß, sofort Gesandte an die Samniter zu schicken, die ihnen alles auseinandersetzen sollten: die Bitte der Campaner, die Antwort des Senats, die den Bund mit den Samnitern durchaus berücksichtigte, und dann die Unterwerfung. Ferner sollten die Gesandten bei der bestehenden Freundschaft und der Bundesgenossenschaft bitten, ein Volk zu schonen, das sich in römischen Schutz begeben habe, und ein Land nicht anzugreifen, das römisches Eigentum geworden sei. Falls es ihnen auf diesem gütlichen Weg nicht gelänge, sollten sie den Samnitern im Namen des römischen Volkes und des Senats zu verstehen geben: »Vergreift euch nicht an Capua und dem Land der Campaner!«

Die Gesandten stellten die Anträge in einer Versammlung der Samniter. Ihre Antwort war sehr hochfahrend. Sie sagten nicht nur, sie seien keinesfalls gewillt, die kriegerischen Handlungen einzustellen, ihre höchsten Beamten riefen sogar, als sie das Rathaus verließen und die Gesandten noch dabeistanden, ihre Kohortenführer und befahlen ihnen, sofort in Campanien plündernd einzufallen.

Mit dieser Antwort kehrten die Gesandten nach Rom zurück. Die Senatoren stellten alle anderen Angelegenheiten zurück und schickten sofort Bundespriester zu den Samnitern, um Genugtuung zu verlangen. Diese wurde verweigert, und dann folgte die Kriegserklärung mit dem üblichen Zeremoniell. Nun beschlossen die Senatoren, die Sache so schnell wie möglich dem Volk bekanntzugeben. Die Menge stimmte dem Krieg zu, und beide Consuln brachen mit den beiden Heeren auf.

Valerius zog nach Campanien, Cornelius nach Samnium. Einer lagerte am Berg Gaurus, der andere bei Saticula. Valerius stieß zuerst auf die Legionen der Samniter; diese erwarteten hier das entscheidende Treffen des Krieges. An den Campanern wollten sie sich rächen, weil diese gegen sie Hilfe herbeigeholt hatten.

Als die Samniter nun das römische Lager erblickten, verlangten alle Soldaten von ihren Führern das Zeichen zum Angriff. Sie erklärten, die Römer sollten ebensowenig Gelegenheit zur Hilfe für die Campaner erhalten wie damals die Campaner bei den Sidicinern.

Valerius ließ nur ein paar Tage mit kleinen Gefechten vorübergehen;

er wollte auf diese Weise seinen Feind erst kennenlernen. Dann gab er das Zeichen zur Schlacht, richtete aber vorher noch an seine Leute eine kurze Ansprache: Sie sollten den neuen Krieg und den neuen Feind nicht fürchten. Je weiter sie sich von Rom entfernten, desto unkriegerischer würden die Völker. Die Niederlage der Sidiciner und Campaner sei kein Maßstab für die Tüchtigkeit der Samniter. Wer immer gegen wen gekämpft habe, eines der beiden Völker hätte notwendigerweise besiegt werden müssen. Die Campaner hätten ihre Niederlage mehr der eigenen Kraftlosigkeit zuzuschreiben, die von ihrem verweichlichten, üppigen Leben herrührte, ihrer Laxheit mehr als der Kraft der Feinde. Was seien schon zwei Siege der Samniter, im Verlaufe von so vielen Jahrhunderten errungen, gegen die zahllosen Ruhmestaten des römischen Heeres, das seit der Erbauung Roms beinahe mehr Triumphe als Jahre aufweisen könne? Alle Völker im Umkreis, Sabiner, Etrusker, Latiner, Aequer, Herniker, Volsker und Aurunker, habe es mit Waffengewalt überwunden. Die Gallier seien oftmals geschlagen und zuletzt gezwungen worden, auf die Schiffe und das Meer zu fliehen. Freilich müsse jeder Soldat zuerst einmal auf seine eigene Tapferkeit vertrauen, auf seinen eigenen Kriegsruhm bauen, wenn er in die Schlacht ziehe. Dann aber solle er auch bedenken, wer ihn in den Kampf führe und welche Götter ihn leiteten: Ob sein Feldherr nur große, leere Worte der Ermunterung bereithalte und vom Krieg nichts verstehe, oder ob er selbst auch mit Waffen umzugehen wisse und den Mut besitze, vor den Feldzeichen einherzugehen und sich im Kampf zu bewähren. »Ich schlage euch vor, Soldaten«, rief er aus, »daß ihr euch nicht nach meinen Worten, sondern nach meinen Taten richtet; nicht nur nach meiner Disziplin, sondern nach meinem Beispiel. Ich habe in letzter Zeit drei Consulate und die höchste Ehre im Staat errungen, nicht durch Parteigunst und die beim Adel üblichen Absprachen, sondern mit diesem Arm. Heute kann man nicht mehr sagen: Du warst Patrizier, stammst von den Befreiern des Vaterlandes ab; deine Familie hatte das Consulat in dem Jahr, in welchem die Stadt von einem Consul regiert wurde. Jetzt haben wir Senatoren und ihr von der Plebs das gleiche Recht auf dieses Amt. Es ist nicht mehr wie früher Sache der Abstammung, sondern der Leistung. Deswegen habt immer nur die höchste Ehre im Sinn, Soldaten! Ihr habt mir als Menschen, die göttlicher Fügung gehorchten, den neuen Beinamen »Corvus« verliehen. Aber unser alter Familienbeiname »Publicola« ist euch doch noch geläufig. Immer hatte ich eine besondere Vorliebe für die römischen Plebejer, in Krieg und Frieden, als einfacher Bürger, in hohen und niedrigen Ämtern, als Tribun wie als Consul und in gleicher Weise während aller meiner Consulate. Und ich schätze sie heute wie damals. Auf, ihr Plebejer, erkämpft mit Hilfe der Götter und unter meiner Führung einen neuen Triumph über die Samniter, wie es noch keinen vorher gab!«

Wohl nie zuvor war ein Feldherr mit seinen Soldaten vertrauter gewesen als er. Er teilte ohne Zögern jede Arbeit mit dem einfachsten Krieger. Auch bei den Soldatenspielen, wenn man untereinander Wettkämpfe im Laufen und Ringen austrug, gab er sich freundlich und ungezwungen. Er bewahrte Haltung als Sieger und Besiegter, und keinen Partner wies er zurück. Immer war er in seinen Handlungen großmütig und der jeweiligen Situation gewachsen, er respektierte im Gespräch die Freiheit seines Partners ebenso, wie er es verstand, dabei seine Würde zu wahren. Eines gewann ihm die Herzen des Volkes am meisten: So wie er war, bevor er die Ämter erlangt hatte, so blieb er auch später bei deren Ausübung. Unter seiner Führung rückte also das Heer mit unbändiger Begeisterung aus und zog in die Schlacht.

Wenn jemals beide Gegner mit gleichen Hoffnungen in die Schlacht zogen, mit gleichen Kräften auf beiden Seiten kämpften, Vertrauen in ihre Tapferkeit hatten, ohne deshalb den Feind zu verachten, dann war das diesmal der Fall. Der kürzlich erfochtene Doppelsieg und ihre jüngsten Taten entfachten den Mut der Samniter. Die Römer fühlten sich stark im Bewußtsein ihres Ruhms von vier Jahrhunderten und ihrer Siege, zahlreich wie die Jahre ihrer Stadt.

Diese Hochstimmung der beiden Heere erwies sich in der nun folgenden Schlacht. Sie kämpften lange Zeit gegeneinander, ohne daß die Schlachtreihen an irgendeiner Stelle ins Wanken kamen. Mit Gewalt war dem Feind nicht beizukommen: also versuchte der Consul dessen vordere Schlachtreihe aufzubrechen, indem er die Reiterei hineinjagte. Aber er sah, daß auch dieser Angriff abprallte. Das Schlachtfeld bot den Reiterschwadronen zu wenig Bewegungsfreiheit, und so konnten sie in die feindlichen Reihen nicht eindringen.

Da kehrte der Consul in die vorderen Linien zurück, sprang vom Pferd und rief: »Soldaten, diese Aufgabe bleibt uns Fußsoldaten vorbehalten! Los! Mir nach! Wo ich auf die Stellung des Feindes treffe, bahne ich mir den Weg mit dem Schwert. Schlagt auch ihr jeden nieder,

der euch entgegentritt! Dort, wo jetzt die Lanzen aufblitzen, sollt ihr bald nur noch eine große Zerstörung sehen!«

Nach diesen Worten teilte sich auf Befehl des Consuls die Reiterei, galoppierte an die Flanken und machte dem Fußvolk den Weg frei zum Angriff. Allen voran stürmte der Consul; wen das Schicksal ihm entgegenstellte, der fiel von seiner Hand. Sein Beispiel wirkte anspornend. Rechts und links von ihm kämpfte jeder mit ungewöhnlicher Tapferkeit. Die Samniter hielten ihnen stand, aber sie mußten mehr Verluste einstecken, als sie dem Feind beibringen konnten.

Der Kampf dauerte an, und grausam erntete der Tod unter den Feldzeichen der Samniter. Trotzdem floh keiner. Ihr Entschluß stand fest: Nur der Tod sollte sie besiegen. Aber auch die Römer fühlten, daß sie allmählich müde wurden; ihre Kräfte ließen nach, und der Tag ging zu Ende. Erbittert stürzten sie sich nochmals auf den Feind. Jetzt erst zeichnete sich eine Bewegung nach rückwärts ab und eine beginnende Flucht. Nun wurden die Samniter gefangen und niedergeschlagen.

Nur wenigen Samnitern wäre die Flucht gelungen, hätte nicht die Nacht die Römer an der Verfolgung gehindert. Sie gaben es offen zu, daß sie noch nie mit einem härteren Gegner gefochten hatten. Dann fragten sie die Samniter, was sie denn nach ihrem so standhaften Kampf endlich doch zur Flucht bewogen habe. Die Samniter antworteten, sie hätten in den Augen der Römer Flammen gesehen, feurige Wut in ihren Blicken und im Gesicht. Das habe sie mehr in Schrecken versetzt als alles andere. Dieser Schrecken brachte ihnen die Niederlage in der Schlacht, und er veranlaßte sie zur nächtlichen Flucht. Am nächsten Tag war das feindliche Lager geräumt und fiel den Römern kampflos in die Hände. Die Bevölkerung von ganz Capua strömte dorthin, um den Siegern zu gratulieren.

Beinahe wäre dieser Erfolg durch eine schlimme Niederlage in Samnium zunichte gemacht worden. Der Consul Cornelius hatte sich nämlich unvorsichtigerweise nach seinem Abmarsch von Saticula mit dem Heer in einen Wald begeben. Dort bot sich in einer tiefen Schlucht ein günstiger Weg, um durchzuziehen, der Wald war aber ringsum von Feinden besetzt. Der Consul bemerkte die Feinde erst, als es für einen sicheren Rückzug beinahe zu spät war. Nun wollten die Samniter so lange warten, bis sich das ganze römische Heer in der Schlucht befände.

Da erblickte der Militärtribun Publius Decius einen Hügel, der hoch aufragte und von dem aus man das feindliche Lager überschauen konnte. Für schwerbepackte Soldaten war er wohl zu hoch, für Leichtbewaffnete aber bequem zu ersteigen. Er sagte also zu dem ratlosen Consul: »Aulus Cornelius, erkennst du diese Erhebung dort über dem Feind? Er ist der Fels unserer Hoffnung und unsere Rettung, wenn wir ihn schnell genug besetzen. Die Samniter haben ihn in ihrer Hast übersehen und militärisch nicht genutzt. Ich brauche zu seiner Einnahme nur das erste und zweite Glied einer Legion. Sobald ich mit diesen Leuten den Hügel erreicht habe, ziehe du furchtlos weiter und rette dich und das Heer! Der Feind unter uns ist uns so gut wie ausgeliefert und kann dich nicht verfolgen, ohne selbst vernichtet zu werden. Das Kriegsglück der Römer oder unsere Tapferkeit werden uns dann schon weiterhelfen.«

Der Consul lobte diesen Plan. Der Tribun übernahm einen Teil des Heeres und zog auf verborgenen Wegen durch den Wald. Der Feind bemerkte ihn erst, als er schon fast am Ziel war. Der Consul gewann dadurch Zeit, das Heer zu einem günstigen Platz zu führen, und dem Tribun gelang der Aufstieg zum Gipfel des Berges.

Die Samniter richteten ihren Angriff bald gegen den einen, bald gegen den anderen und verspielten so den Vorteil auf beiden Seiten. Sie konnten nicht zugleich den Consul verfolgen — sie hätten sonst den gleichen Weg durch die Schlucht ziehen müssen, wo sie eben noch den Consul beobachtet hatten — und den Hügel ersteigen, den Decius über ihnen besetzt hielt. Da gedachten sie, sich voller Wut gegen die zu wenden, die ihnen den fast sicheren Sieg abgejagt hatten. Die nahe Stellung und der nur schwach besetzte Posten erschien ihnen leicht einnehmbar. Zunächst planten sie, den Hügel von allen Seiten mit ihren Truppen einzuschließen, um die Verbindung zwischen Decius und dem Consul abzuschneiden. Dann wieder ließen sie einen Durchschlupf frei, um die ins Tal Heruntersteigenden anzugreifen. Über dieser Unschlüssigkeit brach die Nacht herein.

Decius hatte damit gerechnet, von seiner Stellung aus gegen den hinansteigenden Feind zu kämpfen. Nun wunderte es ihn doch, daß die Samniter nicht angriffen und ihn nicht mit Schanzwerken und Pfählen einschlossen, wenn sie schon die ungünstige Kampfposition vom Angriff abhielt. Er ließ seine Hauptleute herbeirufen und sagte: »Habt ihr jemals eine solche Stümperei in der Kriegskunst und eine derartige Tatenlosigkeit erlebt? Wie konnten diese Leute nur über die Sidiciner und Campaner einen Sieg erringen? Seht nur, wie ihre Fahnen hin und her schwanken! Da kommen sie jetzt an einer Stelle zusammen, dann entfernen sie sich wieder ... Wir könnten längst umschanzt sein. Aber niemand denkt daran, damit anzufangen. Wir wären keine besseren Soldaten als sie, würden wir hier länger als nötig bleiben. Folgt mir! Solange es noch etwas hell ist, müssen wir herausfinden, wo sie ihre Posten aufstellen und wo sich uns ein Durchschlupf bietet.«

Er besichtigte alles und trug dabei einen Mantel, wie ihn gewöhnliche Krieger tragen. Die Samniter sollten nicht merken, daß hier der Heerführer selbst sich umsah. Auch die Hauptleute, die ihn begleiteten, mußten gekleidet sein wie einfache Soldaten.

Dann teilte er die Nachtwachen ein und gab dann allen den Befehl: Wenn das Horn die zweite Nachtwache ausgerufen habe, sollten sie sich in voller Rüstung lautlos bei ihm einfinden. Sie erschienen wie befohlen, und er sagte: »Soldaten, ich lege euch meinen Plan dar, und dann mögen sich die, die mir zustimmen, auf die rechte Seite stellen. Die Mehrheit wird entscheiden. Ihr seid hier vom Feind umzingelt, weder als Flüchtlinge hierher verschlagen noch als Feiglinge zurückgeblieben. Eure Tapferkeit ließ euch diese Stellung beziehen, und sie muß euch wieder hier heraushelfen. Ihr stiegt auf diesen Hügel und habt damit das römische Heer gerettet. Jetzt rettet euch selbst durch einen Ausfall. Euch gereicht es zur Ehre, daß ihr als kleine Gruppe vielen geholfen habt und selbst keine Hilfe brauchtet. Vor uns steht ein Feind, der aus Trägheit gestern die Gelegenheit verpaßt hat, unser ganzes Heer zu vernichten. Er bemerkte diesen strategisch günstigen Hügel nicht eher, als bis wir ihn besetzt hatten. Mit seinem großen Heer hinderte er unsere kleine Schar nicht am Aufstieg, und er umgab uns, während wir oben waren, nicht mit Schanzwerken, obwohl er dazu genug Zeit hatte. Wenn ihr ihn so überlisten konntet, als es Tag war, wird euch das jetzige Vorhaben wohl auch gelingen, während er schläft. Unsere Lage ist so, daß ich euch nichts vorschlagen, sondern euch nur sagen kann, was ihr tun müßt. Hierbleiben oder Fortgehen, das ist wohl keine Frage. Euch hat das Schicksal nichts gelassen als eure Waffen und euren Mut. Wenn wir das Schwert nicht mehr fürchten, als es bei Männern und Römern üblich ist, müssen wir hier vor Hunger und Durst sterben. Es gibt also für uns keine andere Rettung als Ausbruch und Abmarsch. Das muß bei Tag oder bei Nacht geschehen. Das letztere ist weniger gefährlich. Wenn wir erst den Tag abwarten wollen, müssen wir damit rechnen, daß uns der Feind mit Wall und

Graben umgibt. Wie ihr seht, ist zu dieser Stunde der ganze Hügel nur von schlafenden Soldaten umgeben. Die Nacht ist also günstig, und dieser Augenblick der beste. Ihr kamt beim Zeichen zur zweiten Nachtwache hierher, zu einer Stunde, da der tiefste Schlaf die Menschen umfängt. So steigt also über die Körper der Schlafenden hinweg. Entweder gelingt euch der Ausbruch, ohne daß sie etwas merken, falls sie aber aufmerksam werden sollten, erschreckt sie durch plötzliches Geschrei. Folgt mir auch darin, so wie ihr es immer getan habt! Das Glück, das uns hierher geführt hat, möge uns auch jetzt leiten. Auf also! Wer diesen Plan als unsere Rettung ansieht, der stelle sich auf die rechte Seite!«

Alle traten dorthin und folgten Decius, der genau die Stellen kannte, die ohne Wachen geblieben waren.

Sie hatten bereits mehr als die Hälfte des Lagers durchschritten, da stieß ein Soldat, der über die schlafenden Posten stieg, an seinen Schild, und es gab einen Laut. Der Wachsoldat fuhr hoch und weckte seinen Nachbarn. Beide erhoben sich und weckten dadurch wieder andere. Aber sie wußten nicht, ob sie Freund oder Feind vor sich hatten, ob das Heer von oben einen Ausfall wagte oder ob der Consul ihr Lager genommen hatte.

Decius ließ seine Soldaten einfach schreien, weil sie ja nun doch nicht unbemerkt blieben. Damit versetzte er die noch schlaftrunkenen Feinde in solche Bestürzung, daß sie vor Schrecken wie gelähmt waren und es versäumten, schnell nach den Waffen zu greifen, Widerstand zu leisten oder die Laufenden zu verfolgen. In dieser allgemeinen Verwirrung der Samniter gelangte das römische Heer bis in die unmittelbare Nähe des römischen Lagers. Unterwegs schlug es die Widerstand leistenden Posten nieder. Die Nacht war kaum vorüber, da befanden sie sich schon so gut wie in Sicherheit. Decius lobte seine Männer: »Seid nur immer so tapfer, Soldaten Roms. Zu allen Zeiten wird man euren Marsch und Rückzug verherrlichen. Aber eine so große Tapferkeit braucht das helle Licht des Tages. Ihr habt es euch nicht verdient, daß eure ruhmreiche Rückkehr ins Lager bei Nacht geschieht, still und unbeachtet. Jetzt wollen wir ruhig den Anbruch des Tages abwarten.«

Sie taten, was er sagte. Als es hell wurde, schickte er einen Boten voraus an den Consul, und das Lager brach in laute Freudenrufe aus und geriet in Bewegung. Einer sagte es dem anderen weiter: Nun kehren sie gesund zurück, die ihr Leben einer so großen Gefahr aussetzten, um das Ganze zu retten. Alle eilten ihnen entgegen, jeder lobte und beglückwünschte sie, man nannte sie einzeln und gemeinsam ihre Retter, sie lobten die Götter und dankten ihnen. Dem Decius erwiesen sie die höchsten Ehren. Im Triumph zog er durch das Lager, umjubelt und gefeiert von seinem bewaffneten Heer. Alle zollten ihm, dem Tribunen, eine Ehre, wie man sie sonst nur dem Consul erwies.

Als er sich dem Zelt des Feldherrn näherte, ließ der Consul zur Versammlung blasen und begann sofort eine Lobrede auf die Verdienste des Decius. Aber dieser unterbrach ihn und erreichte, daß die Versammlung vertagt wurde. Decius meinte nämlich, jetzt hätte man diese einmalige Gelegenheit zu nützen, und er beschwor den Consul, jetzt doch einen Angriff auf die Feinde zu machen. Der nächtliche Schrecken säße ihnen noch in den Gliedern, und sie stünden, auf einzelne Posten verteilt, rund um den Hügel verstreut. Auch glaubte Decius, daß mehrere Leute zu seiner Verfolgung ausgeschickt worden seien und im Wald umherstreiften.

Die Legionen erhielten nun den Befehl, zu den Waffen zu greifen. Sie rückten aus und zogen diesmal dem Feind auf einem breiteren Weg entgegen, denn inzwischen hatte man den Wald durch Kundschafter erforschen lassen.

Der plötzliche Angriff traf den Feind völlig unvorbereitet. Die Samniter liefen planlos kreuz und quer umher, meist ohne Waffen; sie brachten es nicht fertig, sich zu sammeln, zu den Waffen zu greifen oder sich in ihren Befestigungen zu verschanzen. Zuerst wurden sie von den Römern ins Lager gejagt, und dann wurde auch dieses noch erobert. Kampfgeschrei ertönte rund um den Hügel und jagte jeden Feind aus seiner Stellung; so flüchteten viele vor dem Feind, ohne ihn gesehen zu haben. Ungefähr dreißigtausend Mann hatte der Schrecken ins Lager getrieben. Sie wurden alle erschlagen, das Lager geplündert.

Nun berief der Consul eine Versammlung ein und sprach die Lobrede auf den Publius Decius zu Ende, dessen Verdienste durch seine neue Tat noch größer geworden waren. Neben verschiedenen anderen Ehrengaben beschenkte er ihn auch mit einem goldenen Kranz und 100 Ochsen, dazu noch mit einem besonders fetten, weißen Rind mit vergoldeten Hörnern. Die Soldaten, die sich mit Decius auf dem Hügel befunden hatten, erhielten auf Lebenszeit die doppelte Getreidemenge bewilligt und jeder einen Ochsen und zwei Unterkleider.

Als Decius vom Consul so beschenkt worden war, setzten ihm die Legionen einen Kranz aus Gras auf, als Dank für die Rettung aus der feindlichen Umklammerung. Mit großem Geschrei erkannten sie ihm diesen Schmuck zu. Seine eigenen Truppen verliehen ihm einen zweiten Kranz, auch als Zeichen der Verehrung. So geschmückt, opferte er das weiße Rind dem Mars, die 100 Ochsen schenkte er den Soldaten, die an seinem Zug teilgenommen hatten. Auch die Legionen sammelten für jeden dieser Männer ein Pfund Getreide und ein Faß Wein. Dies alles geschah völlig freiwillig, und die Soldaten bekundeten ihr Einverständnis durch lautes Geschrei.

Bei Suessula kam es dann zur dritten Schlacht. Das erste Heer der Samniter, das von Marcus Valerius geschlagen worden war, hatte sich zum Entscheidungskampf entschlossen. Vorher warb es noch die Elite der Jugend an. Die Stadt Suessula schickte Eilboten nach Capua und von hier aus eine Reiterstafette zum Consul Valerius: er solle Hilfe bringen.

Sogleich brach er auf. Das Heer rückte schnell vor und schlug nicht weit vom Feind, auf einem sehr engen Platz, sein Lager auf. Dies war nur deshalb möglich, weil es nur seine Reitpferde mitführte und den Troß, die Zugpferde und Knechte, im Lager zurückgelassen hatte.

Die Armee der Samniter nahm Aufstellung, als ob die Schlacht sofort beginnen würde. Es trat ihnen aber kein Feind entgegen, und so rückten sie als Angreifer gegen das feindliche Lager vor. Hier erblickten sie die Soldaten auf dem Wall. Kundschafter wurden nach allen Seiten ausgeschickt, sie berichteten, auf welch engem Raum das Lager errichtet sei und wie schwach doch wohl der Feind sein müsse. Da verlangten die Soldaten einstimmig, man sollte die Gräben ausfüllen, die Pfähle niederreißen und das Lager stürmen.

Der Krieg wäre damit gewiß zu Ende gewesen, hätten nicht die Heerführer ihre ungestümen Soldaten zurückgehalten. Aber das große Heer verbrauchte allmählich die Vorräte, und durch das Zögern vor Suessula war es einer großen Hungersnot nahe. Also schien es den Samnitern das beste, die Truppen zum Getreideholen auf die Felder zu schicken. Auch das römische Heer würde bald unter großem Mangel leiden, denn es hatte, leicht beladen, nur soviel Getreide mitgebracht, als man außer den Waffen noch auf den Schultern befördern konnte.

Der Consul hörte, daß der Feind in den Feldern umherschwärmte und nur eine schwache Besatzung zurückgelassen hatte. Sofort hielt er eine kurze Ansprache und führte seine Soldaten zum Sturm auf das Lager. Er nahm es mit lautem Geschrei schon beim ersten Ansturm und erschlug mehr Samniter in ihren Zelten als an den Toren und auf dem Wall. Die eroberten Fahnen ließ er auf einen Ort zusammenwerfen. Als Schutz und Wache blieben zwei Legionen zurück, denen er das Plündern unter schwerster Strafe bis zu seiner Rückkehr untersagte.

Dann rückte er weiter vor und hielt unter den zerstreuten Feinden, die ihm wie bei einer Jagd von der vorausgeschickten Reiterei zugetrieben wurden, ein schreckliches Gemetzel. Vor lauter Bestürzung hatten die Samniter nämlich nicht mehr vereinbaren können, auf welches Zeichen sie sich versammeln sollten, und auch nicht, ob sie zu ihrem Lager zurückkehren oder sich durch Flucht retten sollten. Die Panik war so groß, daß dem Consul ungefähr 40.000 Schilde zufielen, obwohl die Zahl der Gefallenen keineswegs so hoch war. Außerdem erhielt er 170 Feldzeichen, mit eingerechnet jener, die er im Lager erbeutet hatte. Zuletzt kehrte man in das Lager der Feinde zurück, und dort wurde die ganze Beute den Soldaten überlassen.

DIE MACHT DER EINIGKEIT

Dieses Kriegsglück der Römer veranlaßte die Falisker, beim Senat um ein Bündnis zu bitten; bisher hatte zwischen ihnen und Rom nur Waffenruhe geherrscht. Auch die Latiner, deren Heer schon zum Angriff bereitstand, sahen sich gezwungen, den Krieg statt gegen die Römer gegen die Paeligner zu führen. Die Nachricht dieses römischen Sieges drang sogar über die Grenzen Italiens hinaus: Auch Karthago schickte Gesandte nach Rom, die seine Glückwünsche und einen goldenen Kranz als Geschenk brachten. Er war für den Tempel des Jupiter bestimmt und wog 25 Pfund.

Beide Consuln triumphierten über die Samniter, und Decius schritt im Triumphzug hinter ihnen, mit Ehren und Geschenken überhäuft. In den Soldatenliedern hörte man seinen Namen ebensooft wie den der Consuln. Danach empfing man die Gesandten der Campaner und der Suessulaner und erfüllte ihre Bitte, eine Besatzung zu ihnen ins

Winterquartier zu legen. Diese sollte die Streifzüge der Samniter abwehren.

In Capua aber schwand immer mehr jegliche kriegerische Disziplin. Die römischen Soldaten gaben sich jeder Ausschweifung hin, und bald erlosch in ihren Herzen das Andenken an ihr Vaterland. In den Winterquartieren schmiedeten sie allerlei Pläne. Sie wollten den Campanern die Stadt Capua auf dieselbe unredliche Weise rauben, wie sie diese einst den ursprünglichen Bewohnern geraubt hatten. Warum also sollte es ein Unrecht sein, ihr Beispiel nachzuahmen. Warum sollte auch die fruchtbarste Gegend Italiens gerade den Campanern gehören? Diese seien ja gar nicht fähig, sich selbst und ihr Eigentum zu schützen. Stehe alles nicht dem siegreichen Heer zu, das mit Schweiß und Blut die Samniter von dort vertrieben hatte? Dürften denn Leute, die sich ihnen ergeben hätten, diese Fruchtbarkeit und Schönheit in vollen Zügen genießen, während sie, von den Kriegszügen ermüdet, noch mit einem ungesunden und wertlosen Boden in der Gegend Roms rangen und zuletzt noch an der heimatlichen Krankheit, der täglich wachsenden Schuldenlast, zugrunde gingen.

Solche Gedanken wurden von einigen in heimlichen Zusammenkünften ausgesprochen, vorerst aber die anderen noch nicht in die Verschwörung eingeweiht.

So war die Lage, als der neue Consul Gajus Marcius Rutilus dort eintraf. Ihm war Campanien durch das Los zugefallen; sein Amtsgenosse Quintus Servilius war in Rom zurückgeblieben. Die Tribunen hatten den Gajus Marcius in die ganze Angelegenheit eingeweiht. Er selbst war ein alter, erfahrener Mann, zum viertenmal Consul und vorher schon Diktator und Censor gewesen. Er wußte ein Mittel, wie man den Übermut der Soldaten zügeln konnte: Man ließ sie im Glauben, daß sie ihren Plan nach Belieben ausführen durften, und hielten sie damit hin. Dann ließ der Consul das Gerücht verbreiten, daß auch im nächsten Jahr die Besatzung ihre Winterquartiere in diesen Städten behalten würde. Diese Quartiere waren nämlich in den Städten Campaniens verteilt, und die bewußten Pläne waren von Capua aus in das ganze Heer durchgesickert. Die Soldaten glaubten nun, für ihre Pläne weiteren Spielraum gewonnen zu haben, und so brach der Aufstand vorläufig noch nicht los.

Der Consul zog mit seinen Soldaten ins Sommerlager. Dann sorgte er dafür, solange sich die Samniter noch ruhig hielten, daß die Aufrührer aus dem Heer entfernt wurden. Bei einigen sagte er, ihre Dienstzeit gehe zu Ende, zu anderen, sie seien zu alt und nicht mehr kräftig genug. Wieder andere erhielten Urlaub, zuerst nur einzelne, dann auch einige Kohorten, weil sie während des Winters so weit von Heimat und Besitz ihren Dienst getan hätten. Manche wurden auch unter dem Vorwand, der Krieg fordere es so, mit Aufträgen an die verschiedensten Orte geschickt, somit also ein großer Teil entfernt. Diese alle hielten der andere Consul und der Prätor, die immer wieder neue Verzögerungen fanden, in Rom fest.

Anfangs durchschauten die Soldaten diese Täuschung nicht und machten von den angebotenen Heimatbesuchen nur gerne Gebrauch. Dann aber merkten sie, daß nicht nur die Ältesten nicht zum Heer zurückkehrten, sondern vor allem jene ausblieben, die in campanischen Winterquartieren gelegen hatten, und unter diesen besonders die wichtigsten Anführer der Verschwörung. Zuerst wunderten sie sich darüber, und es überkam sie die berechtigte Furcht, ihre Pläne könnten bekanntgeworden sein. Nun würden sie wohl manches ertragen müssen: gerichtliche Untersuchungen, Anzeigen, heimliche Hinrichtungen und die grausame Herrschaft der Consuln und Patrizier.

Über diese Vorgänge unterhielten sich heimlich die im Lager Verbliebenen und merkten dabei, mit welcher Schläue der Consul den Kern ihrer Verschwörung zerschlagen hatte. Eine Kohorte, die unterwegs in der Nähe von Anxur war, lagerte sich in dem Engpaß von Lautulae zwischen Meer und Gebirge. Sie sollte die Männer abfangen, die der Consul unter mancherlei Vorwänden wegschickte. Ihre Schar war schon erheblich angewachsen, und um ein richtiges Heer zu sein, fehlte ihnen eigentlich nur noch ein Führer. So gelangten sie plündernd bis in albanisches Gebiet und bezogen unterhalb der Höhe von Alba ein befestigtes Lager. Als sie alle Schanzarbeiten beendet hatten, verbrachten sie den restlichen Tag damit, sich über die Person des Feldherrn zu streiten, der zu wählen war; denn sie trauten keinem ihrer Kameraden. Aber wen konnten sie aus Rom hierherberufen? Welcher Senator oder Bürger würde sich einer so großen Gefahr aussetzen wollen? Wem konnten sie die Leitung eines über das erlittene Unrecht aufgebrachten Heeres anvertrauen?

Am nächsten Tag setzten sie ihre Beratungen fort. Da erschienen einige umherziehende Plünderer und brachten die Nachricht, daß Titus Quinctius, der auf Rom und alle Ehrenämter verzichtet hatte, in der

Gegend von Tusculum seinen Acker bestelle. Er war Patrizier, konnte aber trotz seines Ruhmes keinen Kriegsdienst mehr leisten, da sein Fuß nach einer Verwundung gelähmt geblieben war. Also hatte er sich für das Landleben entschieden, weitab von Ehrenämtern und dem Forum Roms.

Als nun die Männer diesen Namen hörten, erinnerten sie sich seiner. Allerdings bestand wenig Hoffnung, daß er freiwillig eine solche Aufgabe übernehmen würde. Also wollte man mit Drohung und Gewalt vorgehen.

Die Beauftragten schlichen sich nachts heimlich in das Landhaus des Quinctius. Sie überfielen ihn im tiefsten Schlaf und brachten ihn in ihr Lager. Sie ließen ihm keine Wahl: Entweder sollte er ihr Feldherr werden oder aber — wenn er sich weigerte — den Tod empfangen.

Zunächst wurde Quinctius als oberster Befehlshaber von den Soldaten begrüßt. Er war noch völlig fassungslos über seine gewaltsame Bestellung, aber schon wurde er mit allen Ehrenzeichen seiner Würde bekleidet, und die Menge wollte nach Rom geführt werden. Sie entrollten die Fahnen — mehr aus Ungeduld als mit der Zustimmung des Feldherrn — und zogen auf der Via Appia bis zum achten Meilenstein. Sie wären geradewegs auf Rom losmarschiert, hätten sie nicht gehört, daß ein Heer ihnen entgegenrückte und Marcus Valerius Corvus zum Diktator gegen sie ernannt sei und Lucius Aemilius Mamercinus zum Reiteroberst.

Bald standen sie einander gegenüber und erkannten Waffen und Fahnen. Bei der Erinnerung an das Vaterland verrauchte schnell der Zorn auf beiden Seiten. So verhärtet, daß sie das Blut ihrer Mitbürger vergießen konnten, waren sie doch noch nicht. Sie hatten bisher nur Kriege gegen fremde Völker geführt, und es galt als unerhört und wahnwitzig, von den Seinen abzufallen. Also waren auf beiden Seiten Feldherrn und Soldaten einmütig für eine Annäherung und Aussprache. Quinctius war schon zu müde, die Waffen für das Vaterland zu führen, und erst recht nicht bereit, gegen seine Heimat zu kämpfen. So trat er vor, zur Unterredung bereit, und ebenso Corvus, der alle Bürger liebte, besonders aber die Soldaten und sein Heer. Als die Gegenpartei ihn erkannte, erwies sie ihm die gleiche Ehrenbezeigung wie sein eigenes Heer. Alles verstummte, um ihn reden zu hören.

Er sagte: »Soldaten! Als ich die Stadt verließ, betete ich zu den unsterblichen Göttern, zu euren, zu meinen und zu denen des Staates. Nur das eine wollte ich demütig erbitten: Sie sollten mir nicht den Sieg über euch schenken, sondern nur die Ehre gönnen, die Eintracht wiederherstellen zu dürfen. Für mich gab es Gelegenheiten genug, mir Kriegsruhm zu erwerben, und es wird auch in Zukunft nicht daran fehlen. Hier kann es nur ein Ziel geben: den Frieden. Worum ich die unsterblichen Götter, während ich mein Gelübde sprach, anflehte, das könnt ihr mir jetzt erfüllen; bedenkt, euer Lager steht nicht in Samnium, nicht bei den Volskern, sondern auf römischem Boden. Auf den Hügeln vor euch liegt eure Vaterstadt, und dieses Heer besteht aus euren Mitbürgern. Bedenkt doch: Ich war euer Consul. Unter meiner Führung habt ihr mit Hilfe der Götter im vergangenen Jahr zweimal die Heere der Samniter besiegt, zweimal ihr Lager erobert, Soldaten! Ich bin doch derselbe Marcus Valerius, dessen adelige Gesinnung ihr durch meine Wohltaten euch gegenüber, nicht durch Ungerechtigkeit, zu fühlen bekamt. Niemals erließ ich ein hartes Gesetz gegen euch, auch keinen grausamen Senatsbeschluß. In allen meinen Ämtern als Befehlshaber war ich gegen mich selbst strenger als gegen euch. Wenn jemand Grund hat, auf seine Vorfahren, seine Würde, seine Tapferkeit und seine Ehrenämter stolz zu sein, dann bin ich es: Ich stamme von solchen Ahnen ab, ich lieferte Proben meiner Tapferkeit, ich erhielt das Consulat mit 23 Jahren und hätte mich in dieser Funktion nicht nur den Bürgern, sondern auch den Senatoren gegenüber aufspielen können. Oder habt ihr jemals von einer Handlung, einer Äußerung des Consuls Valerius gehört, die beleidigender gewesen wäre als die eines Tribunen? In dieser Gesinnung habe ich meine beiden folgenden Consulate verwaltet. Und die gleiche Haltung sollte auch für diese Diktatur gelten: Ich will nicht mehr Nachsicht üben bei meinen und des Vaterlandes Soldaten, als ich hart gegen euch bin, gegen euch als Feinde — mit Schaudern spreche ich es aus! Ihr werdet das Schwert eher gegen mich richten müssen, als ich es gegen euch erhebe. Wenn gekämpft werden muß, dann soll auf eurer Seite die Trompete zuerst ertönen, und von dort aus sollen Angriff und Geschrei beginnen. Tut etwas, worauf eure Väter und Großväter nie gekommen wären; damals nicht, als sie auf den heiligen Berg zogen, und auch nicht, als jene später den Aventinus besetzten. Wartet darauf, daß euch wie damals bei Coriolanus Mütter und Frauen mit aufgelösten Haaren aus der Stadt entgegenziehen! Damals willigten die Legionen der Volsker in die Waffenruhe ein, weil sie einen römischen Heerführer hatten. Ihr aber seid selbst ein römisches Heer und wollt nicht auf diesen unseligen Krieg verzichten? Titus Quinctius, du magst dein Amt dort freiwillig oder gezwungen bekleiden: Weiche auf den letzten Platz zurück, wenn es zum Kampf kommt! Es wird dir mehr Ehre einbringen, wenn du fliehst und dich von deinen Mitbürgern abwendest, als wenn du gegen dein Vaterland kämpfst. Jetzt noch steht dir die ehrenvolle Aufgabe zu, zur Friedensverhandlung vorzutreten und dich für diese gute Sache einzusetzen. Stellt annehmbare Forderungen! Und ihr hier, nehmt diese an! Es wäre sogar besser für uns, auch in ungünstige Bedingungen einzuwilligen, als wie Mörder aufeinander einzuschlagen.«

Da sprach Titus Quinctius zu seinen Soldaten unter Tränen: »Soldaten, wenn ich euch noch von Nutzen sein soll, dann laßt mich euer Führer zum Frieden sein und nicht zum Krieg. Der Mann, der eben sprach, ist ja kein Volsker und kein Samniter, sondern ein Römer. Er war euer Consul und Feldherr. Soldaten, ihr seid zu eurem eigenen Wohl am Segen der Götter teilhaftig geworden, der ihn begleitet. Hütet euch, ihn nun gegen euch zu erproben! Der Senat hatte genug Feldherrn, die als Feinde gegen euch hätten kämpfen können. Aber er bestimmte den, der die meiste Rücksicht auf euch nehmen würde; denn ihr wart ja seine Soldaten und besaßt das größte Vertrauen zu ihm. Jetzt bemühen sich sogar jene um den Frieden, denen der Sieg zufiele. Was bleibt uns da übrig? Lassen wir doch unseren Zorn, unsere Hoffnung, diese falschen Ratgeber! Überlassen wir uns der bewährten Treue!«

Alle gaben laut ihre Zustimmung bekannt, und Titus Quinctius trat vor und verkündete: »Die Truppen ergeben sich dem Diktator.«

Dann bat er ihn, er möge sich doch wieder seiner elenden Mitbürger annehmen und sie so redlich führen, wie er immer den Staat verwaltet habe. Für sich selbst verlange er nichts; seine Hoffnung liege allein im Wissen um seine Schuldlosigkeit. Aber die Soldaten müßten die gleichen Zusicherungen bekommen wie einst die Plebejer und später die Legionen. Sie sollten wegen ihres Abfalls nicht benachteiligt werden.

Der Diktator versicherte dem Quinctius, daß er diese Forderungen annehme. Den andern sprach er Mut zu und ritt nach Rom zurück. Von den Senatoren erhielt er die Vollmacht, beim Volk im Poetelinischen Hain den Antrag zu stellen, daß kein Soldat wegen seines Abfalls einen Nachteil haben solle. Bei den Quiriten erbat er die Großmut, die Sache keinem, weder scherzhaft noch im Ernst, je vorzuhalten. Man schlug auch ein Gesetz vor, das die Soldaten betraf und auf dessen Mißachtung ein Fluch liegen sollte: Der Name eines Soldaten dürfe ohne seinen Willen nicht ausgelöscht werden.

Dem Gesetz wurde noch hinzugefügt: Wer einmal Militärtribun gewesen sei, solle nachher nicht wieder als Hauptmann Dienst tun müssen. Diese Forderung wurde im Hinblick auf Publius Salonius ausgesprochen; er war beinahe Jahr für Jahr Militärtribun und erster Hauptmann. Auf ihn waren die Soldaten nicht gut zu sprechen, weil er sich immer gegen ihren geplanten Putsch gestellt hatte und aus Lautulae geflohen war, um nur ja nicht hineingezogen zu werden. In diesem einen Punkt aber wollte der Senat wegen des Salonius nicht nachgeben.

Aber Salonius selbst bat in der Versammlung der Väter inständig darum, seinen Rang im Heer nicht wichtiger zu erachten als die allgemeine Einigkeit. Und so entschloß sich der Senat schließlich, auch in diesem Punkt Einsicht zu zeigen.

Einigkeit und Klugheit machten Rom bald zum Mittelpunkt eines gewaltigen Reichs. Viele berühmte Namen verbanden sich künftig mit dem Schicksal der Römer, etwa Hannibal, Gracchus, Sulla und Cäsar. Viele Schlachten wurden geschlagen, viele Schwierigkeiten galt es zu überwinden. Rom aber wird heute noch als »Ewige Stadt« bezeichnet.

Die wahre Geschichte der Helden

HISTORISCHE DATEN UND ERKLÄRUNGEN
ZU DEN GROSSEN RÖMISCHEN SAGENSTOFFEN

ÄDILEN – oder Aediles plebeii – hießen hohe römische Beamte in der zweiten Stufe der → Ämterlaufbahn. Sie wurden 494 v. Chr. zugleich mit den → Tribunen eingeführt und diesen als Gehilfen beigegeben. Es waren ursprünglich immer jeweils zwei; ihr Name stammte davon, daß sie die Aufsicht über die öffentlichen Gebäude führen mußten (aedil = Haus, Tempel). Im Jahre 367 v. Chr. wurden noch die Aediles curules eingeführt, die aus dem Stand der → Patrizier erwählt wurden. Die Aufgaben der Ädilen waren vielfältig: Sie waren verantwortlich für das Wohl der Stadt, die öffentlichen Gebäude, Straßenpflasterung und Straßenreinigung, Einhaltung der Bauvorschriften, Wasserverteilung, Feuerwehr und die Beschlagnahme staatsgefährdender Schriften. Vor allem hatten sie auch die Aufsicht über den Markt: Verantwortung für die Zufuhr und Verteilung von Getreide und Öl, Verwahrung der Normalgewichte und Maße, Beschlagnahme verdorbener Lebensmittel, Vorgehen gegen Wucherpreise. Später wurden die Ädilen auch zur Veranstaltung und Beaufsichtigung der öffentlichen Spiele eingesetzt; durch besondere Aufwendungen versuchten sie die Gunst des Volkes für spätere Wahlgänge zu erringen – so ließ zum Beispiel Cäsar Gladiatoren in silbernen Rüstungen kämpfen.

AGER PUBLICUS wurde in der ältesten Zeit das römische Land bezeichnet, das von allen Siedlern gemeinsam als Viehweide benutzt wurde. Später ist es durch Gebietsteile der unterworfenen Völker vergrößert worden. Unter Ausnutzung ihrer Vormachtstellung im Staat pachteten die → Patrizier den ager publicus und gliederten ihn schließlich gesetzwidrig in ihre → Latifundien ein. Dieser Großgrundbesitz entwickelte sich besonders, als nach dem 2. Punischen Krieg große Teile Italiens verwüstet und entvölkert waren. Vergeblich versuchte Tiberius Sempronius Gracchus unter Berufung auf die leges Licinae Sextiae aus dem Jahre 366 v. Chr., die als Höchstmaß des Landbesitzes für den einzelnen 500 iugera (ca. 125 ha) und für eine Familie insgesamt 1000 iugera festlegten, die Okkupation des ager publicus einzuschränken. Der ager publicus in den Provinzen des späteren Römischen Reichs wurde von den → Prätoren verpachtet, zum Beispiel die Bergwerke in Spanien.

ALBA LONGA hieß die Bastion des latinischen Städtebundes gegen → Rom. Der Sage nach wurde die Stadt von Ascanius, dem Sohn des → Äneas, erbaut und unter → Tullus Hostilius von den Römern zerstört. Alba Longa lag etwa in der Gegend des heutigen Albano in Latium; es befinden sich dort auch Baureste und Inschriften.

ÄMTERLAUFBAHN im antiken → Rom: Von der Frühzeit bis zur Kaiserzeit wurden die höchsten römischen Beamten vom Volk auf ein Jahr gewählt. Die Reihenfolge der Ämter sowie das Mindestalter und die Anzahl der Beamten wurde 180 v. Chr. durch die Lex Villia annalis festgelegt; von Sulla wurde dieses Gesetz 81 v. Chr. abgeändert. Nach dem Dienst als Militärtribun begann die Laufbahn mit dem Amt des → Quästors. Damit wurde man zugleich bestimmt, ein Jahr später in den → Senat einzuziehen. Die weitere Reihenfolge war: → Ädil oder Volkstribun (→ Tribun), dann → Prätor und schließlich → Consul. Außerdem wurden zwei → Censoren, die Consuln gewesen sein mußten, auf 5 Jahre gewählt. Die Anzahl der Beamten war seit Sulla: 20 Quästoren, 4 Ädilen, 10 Volkstribunen, 8 Prätoren und 2 Consuln. Da diese Ämter unbesoldet waren, konnten sich nur vermögende Römer bewerben. Außerdem suchten die herrschenden Familien in Rom zu verhindern, daß ein Kandidat aus einer Familie, die noch nicht einen höheren Beamten gestellt hatte, erfolgreich war. In der Kaiserzeit wurden die Beamten vom Kaiser und Senat ernannt und das Mindestalter herabgesetzt.

ÄNEAS ist der Name eines trojanischen Helden, des Sohns des Anchises und der Aphrodite. Über seine sagenhaften Taten berichtet → Vergil in dem Epos → »Äneis«. Die Stellung des Äneas in dem Homer-Epos »Ilias« – er ist neben Hektor der stärkste Trojaner – und die Erzählung seiner göttlichen Abstammung im Aphrodite-Hymnus wird mit einem in Troas herrschenden Fürstengeschlecht, den Aineiaden, in Zusammenhang gebracht, das seinen Stammbaum auf Äneas (griechisch: Aineías) zurückführte. Als Gründer der Stadt → Rom erscheint Äneas in der griechischen Literatur seit dem 5. Jahrhundert v. Chr. Archäologische Funde der jüngsten Vergangenheit beweisen aber auch die Vertrautheit der → Etrusker mit der Gestalt des Äneas, der seinen Vater aus Troja rettet, mindestens um die Wende vom 6. zum 5. vorchristlichen Jahrhundert, so daß Äneas-Erzählungen auch über die Etrusker zu den Römern gekommen sein könnten. Gelegentlich wurde Äneas auch als Vater der Zwillinge Romulus und Remus aufgefaßt. Später schob man zwischen die Gründung von Lavinium und Rom noch die Erbauung von → Alba Longa ein, die man dem Ascanius zuschrieb. Aus Gründen der Chronologie, um die Lücke zwischen dem Fall Trojas, der auf das Jahr 1184 v. Chr. datiert wurde, und der Gründung Roms zu überbrücken, fügte man noch die albanische Königsfolge dazu. Die Begegnung von Äneas und Dido in → Karthago und ihre romanhafte Ausgestaltung sind wohl römische Erfindung. Die Römer sahen in Äneas nicht vornehmlich den Kriegshelden, sondern den Mann des Friedens. Durch seine vorbildliche Pflichterfüllung gegenüber den Göttern seiner Heimat und gegenüber dem greisen Vater war er zur Verkörperung der echt römischen Grundhaltungen gleichsam prädestiniert. Daß Vergil in seinem Epos Äneas als den makellosen Helden und Göttersohn verherrlichte, erklärt sich im besonderen daraus, daß Kaiser Augustus – wie die Julier überhaupt – ihn als Ahnherrn seines Hauses betrachtete.

ÄNEIS ist der Titel des Epos, in dem die sagenhaften Taten des Helden → Äneas erzählt werden. Dieses Meisterwerk der lateinischen Dichtkunst hat → Vergil verfaßt. Die Grundmotive des Epos waren in → Rom bereits Anfang des 5. Jahrhunderts v. Chr. bekannt; die erste lateinische Gestaltung des ursprünglich griechischen Themas findet sich bei Gnaeus Naevius –kurz vor 200 v. Chr. hat dieser in seinem Epos »Bellum Punicum« die mythische Herleitung Roms von Troja besungen. Nach einer weiteren epischen Bearbeitung durch Quintus Ennius, und nach mannigfacher Ausformung und Variation durch Marcus Porcius Cato, Marcus Terentius Varro und andere, hat Vergil den Stoff abschließend und vollendend so dargestellt, daß für eine weitere Steigerung kein Raum mehr blieb. Vergil bezog sich bei der Abfassung stark auf die beiden Homer-Epen »Ilias« und »Odyssee«, deren zweimal 24 Bücher er auf 12 reduzierte. Sein Epos umfaßt annähernd 10.000 Verse; die einzelnen Bücher enthalten zwischen 705 und 952 Verse. Die spätere gewaltige Wirkung der »Äneis« beruht hauptsächlich auf der meisterlichen Fügung dreier Elemente: der vollendeten Sprache, der architektonisch klaren Komposition und der theologisch tiefen Geschichtsdeutung. Wie mit Cicero die lateinische Kunstprosa, so erreicht mit Vergil die römische Dichtersprache ihren Höhepunkt. Zum Verständnis des dichterischen Aufbaus der »Äneis« und der Geschichtsspekulation Vergils muß man unbedingt das Phänomen der Nachahmung Homers berücksichtigen. Nur vor dem Hintergrund der Homerischen Epen kann man das Wesen des Vergil-Epos voll zu erfassen suchen; denn Vergil hat in ganz einzigartiger Weise Homer studiert und verehrt, der ihm als der eine Dichter von »Ilias« und »Odyssee« galt, und seine Konkurrenz zu ihm ist gleichzeitig huldigend und wetteifernd. Eben darin zeigt sich, was man mit dem in der Antike für alle literarischen Gattungen gültigen Kunstbegriff »imitatio« bezeichnete. Die Homer-Nachahmung Vergils erstreckt sich von den kleinsten bis zu den größten Bausteinen seines Epos und vollzieht sich nach einer Typologie mannigfacher Abstufungen. Daß Vergil die Bücher 2, 4 und 6 vor dem Kaiser und den Seinen rezitiert hat, ist überliefert; diese müssen also bereits relativ früh abgeschlossen worden sein. Das wertvolle Zeugnis deutet nicht nur auf die Vorzugsstellung dieser Bücher hin, sondern besagt auch, daß die einzelnen Bücher in sich abgerundet und für die Darbietung in geschlossener Rezitation bestimmt sind. Das Werk war dann im Jahre 19 v. Chr. so weit gediehen, daß Vergil sich vornehmen konnte, es während eines geplanten dreijährigen Aufenthalts in Griechenland und Kleinasien zu vollenden. Auf den Machtspruch des Augustus hin wurde Vergils Testament, das die Vernichtung wenn nicht des ganzen, so doch größerer Teile des unvollendeten Epos anordnete, nicht vollstreckt. Die im Nachlaß vorgefundene Textform ist in den antiken Ausgaben sorgfältig erhalten und zeigt Spuren der Unfertigkeit, wie die viel erörterten »Halbverse«, dagegen nur eine wirkliche Lücke im 2. Buch, die nachträglich – wohl schon im 1. Jahrhundert n. Chr. – durch die sogenannte Helena-Episode ausgefüllt worden ist. Im einzelnen lassen sich vielfach Unstimmigkeiten beobachten, die der Dichter wohl noch beseitigt hätte, wäre er nicht während der Arbeit gestorben, doch wird man sich heute kaum mehr getrauen, tiefere Unfertigkeiten zu konstatieren. – Schon im 1. Jahrhundert n. Chr. erhielt die »Äneis« ihren Platz als Schullektüre, der ihr bis heute geblieben ist. Trotz mancher Kritiker Vergils, die ihn zum gedankenlosen Nachahmer Homers stempeln wollten, hat sich sein Ruhm immer mächtiger durchgesetzt. Dem gesamten Mittelalter galt Vergil nicht nur als der größte römische Dichter, sondern als der Dichter schlechthin; die Vergil-Verehrung in Dantes »Göttlicher Komödie« ist dafür das beste Beispiel. Auch im ersten, »lateinischen«, Jahrhundert des Humanismus (etwa 1350 – 1450) behauptete die »Äneis« ihren Rang; allmählich aber trat Vergil der für den Westen wiederentdeckte Homer an die Seite. Einen vorläufig letzten Höhepunkt erreichte das Ansehen Vergils schließlich in der Poetik des Julius Caesar Scaliger (1484 – 1558), der den Römer als den größten aller Dichter feierte und ihn weit über Homer stellte. In den folgenden 200 Jahren hat dann Homer – auf Kosten Vergils – immer größere Anerkennung gefunden, wenn auch das beginnende 17. Jahrhundert mit dem dreibändigen Monumentalwerk des spanischen Jesuiten Juan de la Cerda die größte und reichhaltigste Vergil-Kommentation aller Zeiten hervorbrachte. In Deutschland versuchte gegen Ende des 18. Jahrhunderts der Göttinger Gelehrte Christian Gottlob Heyne eine Vergil-Renaissance einzuleiten; Frankreich besaß im 19. Jahrhundert in Sainte-Beuve einen bedeutenden Vergil-Verehrer, in derselben Epoche schufen zwei Engländer, Conington und Nettleship, den grundlegenden modernen Kommentar zur »Äneis«. Den entscheidenden Aufbruch zur neueren Vergil-Forschung und »Äneis-Verehrung« markiert Richard Heinzes Buch »Vergils epische Technik«, das 1903 erschienen ist. Weitere Anregungen brachten die vielen Aufsätze und Festvorträge, die im Jahre 1930 anläßlich von Vergils 2000. Geburtstag erschienen sind.

AUGUREN hießen die Mitglieder eines römischen Priesterkollegiums. Sie waren vom → Senat beamtete und mit der prophetischen Auslegung beauftragte Deuter der → Vogelschau. Der Sage nach wurden die Auguren von → Numa Pompilius eingesetzt. Durch die Lex Ogulnia auf 9, seit Sulla auf 15 vermehrt, und lebenslang im Amt; in hohem Rang, durch Krummstab und purpurgestreifte → Toga den → Königen, → Consuln und hohen Beamten vorangestellt, die keinen Krummstab führten. Der von Cato geprägte Ausdruck »Augurenlächeln« – daß nämlich die Auguren, wenn sie sich treffen, lächeln, weil sie wissen, daß sie das Volk angelogen haben – bezieht sich allerdings nicht auf die Auguren, obwohl es gewiß auch auf sie zutrifft, sondern auf die Haruspizes, die römischen Priester in der Nachfolge der → Etrusker, die aus Wundern die Zukunft deuteten und sich insbesondere auf die Eingeweideschau der Opfertiere verstanden und aus deren Veränderungen weissagten. Sowohl Auguren als auch Haruspizes wurden schon im 1. vorchristlichen Jahrhundert von den Gebildeten als Schwindler verlacht.

BUNDESGENOSSEN – lateinisch: socii – waren nach römischem Recht die autonomen italischen Stämme. Sie dienten im römischen Heer als Hilfstruppen und Reiterei, waren aber der Willkür der römischen → Magistrate ausgesetzt, weil sie kein Bürgerrecht besaßen. So waren sie bei Handelsgeschäften in den Provinzen den römischen Rittern gegenüber benachteiligt; ihre Weiden wurden teilweise zugunsten römischer Besitzer von → Latifundien beschlagnahmt. Diese rechtliche Situation führte 91 v. Chr. zum Aufstand fast aller Bundesgenossen – nur die → Latiner, → Etrusker und Umbrer blieben unter dem Einfluß ihrer Großgrundbesitzer → Rom treu. Die Bundesgenossen schufen einen eigenen Staat und prägten eigene Münzen. Die Auseinandersetzungen, der sogenannte Bundesgenossenkrieg, wurden mit großer Härte geführt und dauerten bis 89 v. Chr. – Rom mußte schließlich das Bürgerrecht zugestehen. Seitdem blühten die italischen Städte auf.

CENSOR ist der Titel hoher Beamter im alten → Rom, die für einen Zeitraum von 5 Jahren meist aus den Reihen einstiger → Consuln gewählt wurden. Je 2 Censoren schätzten in einer feierlichen Versammlung die Bürger nach ihrem Vermögen ein, und teilten sie dementsprechend in Klassen ein. Weiterhin stellten sie die Liste der Mitglieder des → Senats auf. Sie überwachten die Sitten, konnten jedem eine Rüge erteilen und in besonderen Fällen einen Bürger aus seinem Stand ausstoßen. Außerdem hatten sie wichtige Funktionen bei der Finanzverwaltung. Insbesondere seit Kaiser Augustus jedoch verlor der Censor seine politische Bedeutung immer mehr.

CLOACA MAXIMA heißt eine noch heute in → Rom funktionierende Anlage aus der letzten Zeit der Republik, die – vermutlich auf die etruskischen Tarquinierkönige zurückgehend – ursprünglich zur Entwässerung des → Forum Romanum und anderer niedrig gelegener Stadtteile diente. Die Schmutzwässer wurden in den → Tiber abgeleitet; die Schutzgöttin der Anlage war Venus cloacina.

CONSUL ist ein altrömischer Amtstitel, der sich bis heute – allerdings in anderer Bedeutung – erhalten hat. In dem vorliegenden Buch wurde die frühe, sagenhafte Geschichte der Consuln, den Aufzeichnungen des → Livius folgend, wiedergegeben. Je zwei Consuln wurden als höchste Beamte in → Rom alljährlich seit 449 v. Chr. – der Sage nach schon von 510 v. Chr. an – von den Zenturiatkomitien gewählt. Vorher wurden diese Beamten → Prätoren genannt. Sie besaßen die oberste zivile und militärische Gewalt und vollstreckten die Beschlüsse des → Senats und der Komitien. Als Zeichen ihrer Würde gingen ihnen 12 → Liktoren mit Rutenbündeln, den sogenannten Fasces, voran. Außerdem trugen sie eine besondere → Toga. Seit Augustus wurden die Consuln dann auf Vorschlag des Kaisers vom Senat gewählt, ihre Aufgaben und ihre Macht waren jetzt jedoch sehr beschränkt. Die Wahl zu diesem Amt wurde immer mehr zu einer bloßen Auszeichnung. Um möglichst viele ehren zu können, wurden für ein Jahr mehrere Consulpaare gewählt, die sich nacheinander ablösten. Während nach dem ersten Paar weiterhin das Jahr benannt wurde, bezeichnete man die folgenden als consules suffecti. Seit Diokletian war Consul nur noch ein Titel.

CORIOLANUS ist der Ehrenname des Gnaeus Marcius, eines sagenhaften Helden der römischen Frühzeit, der 493 v. Chr. Corioli, eine Stadt der → Volsker, erobert haben soll und sich seither Coriolanus nannte. Seine Biographie hat → Plutarch geschrieben, wohl unter Verwendung der Darstellung des → Livius. Diese Biographie wurde in dem vorliegenden Buch wiedergegeben; sie diente auch dem großen englischen Dichter Shakespeare als Vorlage für seine Tragödie »Coriolan«, die später von dem Deutschen Bertolt Brecht umgestaltet wurde. Ebenfalls aus der PlutarchBiographie schöpfte der österreichische Dichter Heinrich Joseph von Collin, zu dessen Trauerspiel »Coriolan« Ludwig van Beethoven eine berühmte Ouvertüre komponierte.

DIKTATOR ist ein altrömischer Titel des jeweils höchsten, außerordentlichen römischen Beamten, der in Notzeiten auf Empfehlung des → Senats von einem → Consul ernannt wurde. Er hatte unumschränkte Gewalt und konnte alle Behörden anweisen. Seine Amtszeit lief mit Beendigung seines Auftrags (im Höchstfall nach sechs Monaten) ab. Als Gehilfen ernannte er einen sogenannten Reiteroberst (lateinisch: magister equitum). Die Taten der frühen Diktatoren wurden in dem vorliegenden Buch, den Aufzeichnungen des → Livius folgend, wiedergegeben. Nach dem ursprünglichen Verfahren wurde der letzte Diktator im Jahre 202 v. Chr. ernannt, während später die Herrscher Sulla und Cäsar den Titel Diktator zur Bezeichnung von verfassungsmäßig nicht vorgesehenen Sondervollmachten verwendeten.

EGERIA hieß die römische Quellnymphe, die laut → Livius und Ovid Frau oder Geliebte oder auch nur Beraterin des Königs → Numa Pompilius war. Möglicherweise wurde die Gestalt der Egeria aber von Numa selbst erfunden, um seinen kultischen Reformen göttliches Ansehen zu verleihen. Kultstätten hatte sie in Aricia und in → Rom vor der Porta Capena, wo sie zusammen mit den Kamenen, die italischen Quellgöttinnen, die die Römer den griechischen Musen gleichsetzten, verehrt wurde.

ETRUSKER hieß im Altertum ein Volk in der Landschaft Etrurien, das bis ins 4. vorchristliche Jahrhundert eine führende Stellung in Italien einnahm. Die Etrusker – lateinisch: Etrusci, Tusci; griechisch: Tyrsenoi, Tyrrhenoi – nannten sich selbst Rasenna. Ihr Ursprung ist auch heute noch umstritten. Die Meinung, sie seien von alters her in Italien ansässig oder vom Norden her eingewandert, wird immer mehr von der Ansicht verdrängt, daß sie zu Beginn des 1. vorchristlichen Jahrtausends in verschiedenen Wellen von Kleinasien her zur See nach Etrurien gekommen sind; darauf deuten, abgesehen von der antiken Überlieferung, manche Merkmale in ihrer Kultur, besonders in der Religion. Doch ist eine endgültige Entscheidung noch nicht möglich. Als Erobererervolk scheinen die Etrusker von der Küste her (Caere, → Tarquinii, Populonia) im Lauf des 8. Jahrhunderts das Innere des Landes besiedelt und die einheimische Bevölkerung zum Teil unterworfen zu haben. Sie waren durch die nachhaltige Berührung mit den Phöniziern und Griechen ihren Nachbarn auch kulturell überlegen. Seit dem 6. Jahrhundert dehnten sie ihre Macht nach Norden bis in die Poebene und nach Süden bis über → Rom aus, das der Überlieferung nach im 6. Jahrhundert unter der Herrschaft etruskischer → Könige stand; im 5. Jahrhundert erstreckte sich die Herrschaft der Etrusker sogar über Kampanien. Im Bund mit → Karthago hinderten die Etrusker durch den Seesieg bei Alalia (um 540 v. Chr.) die griechischen Phokäer an der Festsetzung auf Korsika und sicherten damit ihre Herrschaft zur See. Die Etrusker haben es aber nicht vermocht, ein geschlossenes Staatswesen zu schaffen, sondern bildeten in Etrurien eine Reihe von Stadtstaaten, deren 12 mächtigste in einem Bund vereint waren; nach außen hin kam es nur selten zum Zusammengehen aller etruskischer Gemeinden. Ursprünglich wurden die Städte von Königen regiert; neben ihnen setzten sich schon früh die adeligen Geschlechter durch. Es ist nicht unwahrscheinlich, daß vom etruskischen Ämterwesen, wie schon die alte Überlieferung sagt, manche Einflüsse auf Rom ausgegangen sind, etwa die → Liktoren oder die Amtstracht der römischen → Magistrate. Doch wird man den Einfluß der Etrusker auf den römischen Staat nicht überschätzen dürfen. Im 5. Jahrhundert setzte der Niedergang der etruskischen Macht ein. Angeblich kurz vor 500 v. Chr. wurden die etruskischen Könige aus Rom vertrieben; ein Versuch, diese Entwicklung rückgängig zu machen und auf Latium überzugreifen, führte zu ihrer Niederlage bei Aricia durch die mit dem griechischen Kyme verbündeten Latiner; 474 v. Chr. wurden die Etrusker durch Hieron von Syrakus in der Seeschlacht von Kyme geschlagen. Im 4. Jahrhundert führte das Vordringen der → Gallier über die Alpen zur Zerstörung der etruskischen Macht in der Poebene, unmittelbar nach 400 v. Chr. fiel die mächtige Stadt Veji in Südetrurien in römische Hand. Noch vermochten die Stadtstaaten im eigentlichen Etrurien großteils ihre Selbständigkeit zu wahren, dann aber gerieten sie nach und nach unter römische Hoheit. Nur ihre religiöse und kulturelle Überlieferung konnten die Etrusker noch eine Zeitlang wahren. Von ihrer Kultur geben besonders die Reste der Baudenkmäler und die Funde in den Gräbern Kunde. In den führenden Kreisen scheint, wenigstens in der späteren Zeit, ein gewisser Luxus geherrscht zu haben; eigentümlich für die Etrusker war, daß neben der Freude am Diesseits die Gedanken sich stark mit dem Tod und dem Leben im Jenseits befaßten. Die Religion, die neben italischen und starken griechischen Einwirkungen auch Übereinstimmungen mit den Religionen Vorderasiens zeigt, scheint eine bedeutsame Rolle im Leben der Etrusker gespielt zu haben. Auf das öffentliche und private Dasein hatten die Deutung der Eingeweide und Leberschau durch den Haruspex und die Deutung von Blitzen und Wunderzeichen großen Einfluß.

FLORA hieß die altitalische Frühlingsgöttin, die Göttin der Blumen und Blüten. Sie wurde als Flora mater verehrt und hatte einen eigenen Opferpriester. Ihr Tempel stand in der Nähe des Circus maximus.

In → Rom fand das Fest der Göttin (die Floralia) vom 28. April bis 1. Mai statt. Es war ein heiteres, ungebundenes Frühlingsfest, bei dem Spenden unter das Volk verteilt wurden. Eine komische Ziegen- und Hasenhetze beschloß das Fest. Die Wissenschaft sieht in Flora allerdings nicht nur eine Göttin des irdischen Wachstums, sondern auch der Toten, und vergleicht die Floralia mit dem attischen Frühlings- und Totenfest der Anthesterien.

FORUM war – entsprechend der griechischen Agora – der Marktplatz der römischen Stadt als Mittelpunkt politischen, kultischen und bürgerlichen Lebens. Das Forum Romanum in → Rom lag ursprünglich außerhalb der Stadt zwischen → Kapitol, Esquilin und → Palatin; es wurde unter dem Einfluß der → Etrusker durch die → cloaca maxima entwässert und danach in die Stadt einbezogen. Hier wurde Recht gesprochen, und vor dem Rathaus, der Curia Hostilia, fand ursprünglich auf dem Comitium die Volksversammlung statt. Auf dem Forum standen Verkaufsbuden und Läden, auch die Rostra, die Rednerbühne, auf der die Bürger für die Allgemeininteressen eintraten und von der aus zum Beispiel Cicero seine großen Reden an das Volk hielt. Hier waren die »Zwölftafelgesetze« aufgestellt, die sich die → Plebejer erkämpft hatten, hier stand der Altar, auf dem Cäsars Leiche verbrannt wurde. Über das Forum bewegten sich die Triumphzüge der siegreichen Imperatoren zum Kapitol hinauf, das am Westrand emporragt, hier stand der Goldene Meilenstein als Mittelpunkt der damals meßbaren Welt. Am Rand des Forums erhoben sich – bereits aus der Gründungszeit der Republik – die Tempel der Götter → Janus und Saturn, auch der Tempel der → Vesta und das Haus der Vestalinnen. Gegen Ende der Republik, und in der Kaiserzeit wurde das Forum Romanum mit weiteren monumentalen Gebäuden und Triumphbogen ausgestattet; die bekanntesten dieser mit Reliefs geschmückten Ehrenbogen, die von kennzeichnenden Epochen der römischen Geschichte zeugen, sind die des Titus, des Septimius Severus und des Constantin. Am Rand des Forums erhielten Cäsar und Augustus, Vespasian sowie Antoninus und Faustina prächtige Tempel; dieser Tempel des Kaiserpaares, das nach dem Tod unter die Götter versetzt wurde, an der Via Sacra, der Heiligen Straße, ist eines der am besten erhaltenen Denkmäler des Forums, da er später als christliche Kirche ausgebaut worden ist. Zu den Monumentalbauten gehört die Maxentius- oder Konstantins-Basilika, die mit ihren drei riesigen Tonnengewölben den Ostrand begrenzt. Imposant ist ebenfalls der Tempel der Venus und Roma, der mit einer Grundfläche von 145 x 100 Metern der größte in Rom war. Durch die Errichtung der zahlreichen

Prunkbauten wurde der Platz im Laufe der Jahrhunderte zu klein – das Forum Romanum bot nicht mehr hinreichend Raum für die Erfordernisse der Millionenstadt, und so entstanden in Erweiterung nach Nordosten die Kaiserfora, davon das erste bereits unter Cäsar, das Forum Julium, ferner das großartige des Augustus, das Vespasians- und das riesige Trajans-Forum mit Ladenzeilen und der Trajans-Säule. Im Mittelalter verfielen dann diese Prachtgebäude, von denen viele zwischendurch als Kirchen gedient hatten, zu Festungen ausgebaut oder als Steinbruch genutzt worden waren. Die Schuttschicht, auch besonders hervorgerufen durch den Absturz vom Palatin, betrug bis zu 12 m über dem antiken Pflaster, so daß Goethe das Forum auf seiner Italienreise als »campo vaccino«, als »Kuhweide«, erlebte. Systematische Ausgrabungen setzten erst ab 1803 ein; wesentliche Erfolge wurden dabei in den Jahren 1898 – 1925 erzielt. Dadurch wurde – wenn auch nur noch in Ruinenresten – die einstige imposante Marktanlage, die in der Weltgeschichte von einzigartiger historischer Bedeutung ist, wieder sichtbar. Das Forum Romanum ist heute ein besonderer Anziehungspunkt aller Rombesucher.

GALLIER hießen im Altertum die Bewohner Galliens; sie waren Kelten. Sie unterwarfen im 5. vorchristlichen Jahrhundert, von Osten her eindringend, die mediterrane Urbevölkerung im Raum des heutigen Frankreich und drängten sie zurück. Um 400 v. Chr. drangen gallische Stämme südlich der Alpen vor und verdrängten die Ligurer und → Etrusker. Auf ihren Beutezügen stießen die Gallier weiters bis Süditalien vor, schlugen 387 v. Chr. die Römer an der Allia und nahmen → Rom ein. Die Römer gewannen später nur allmählich die Oberhand; der Kampf endete nach den Punischen Kriegen aber mit der endgültigen Unterwerfung der Gallier südlich der Alpen. Das eroberte norditalienische Gebiet machten die Römer zur Provinz Gallia cisalpina, bis Cäsar 48 v. Chr. den Bewohnern das Bürgerrecht verlieh. Im Jahre 118 v. Chr. wurde die Provinz Gallia Narbonensis – nach der Hauptstadt Narbo – eingerichtet, die den Römern die Landverbindung nach Spanien sicherte. Cäsar eroberte das übrige Gallien in den Jahren 58 – 51 und traf dabei auf Stämme mit unterschiedlichen gesellschaftlichen Entwicklungsstufen. Infolge der neuartigen milden Behandlung der unterworfenen Bevölkerung blühten in Gallien bald Handel und Wirtschaft auf, wovon noch heute die imposanten Reste der römischen Bauten zeugen. Seit dem 3. Jahrhundert n. Chr. drängten immer stärker Germanenstämme über den Rhein nach Gallien vor, ohne daß es den römischen Kaisern gelang, die Grenze dauernd zu sichern. Wegen dieser Gefahr residierte seit Diokletian ein Kaiser ständig in Trier. Im 5. Jahrhundert entstanden auf gallischem Boden die Reiche der Burgunder, Franken und Westgoten.

HAARTRACHT. Die römischen Männer trugen zunächst langes, herabfallendes Haar und stutzten es erst ab etwa 300 v. Chr. (als angeblich die ersten Barbiere aus Sizilien nach → Rom gekommen waren) meist in einfacher und natürlicher Weise, während die Stutzer bereits Brenneisen und Haaröl benutzten. Seit dem 2. Jahrhundert v. Chr. wurde das Haar dann ganz kurz geschoren. Der Bart wurde ursprünglich voll getragen und ab dem 3. Jahrhundert v. Chr. nach griechischem Vorbild rasiert. Er kam erst wieder durch Hadrian in Mode, der damit seine Gesichtswarzen verdecken wollte. – Die Frauen banden zunächst ihr Haar zu einem hohen Schopf und schlossen sich erst zu Ende der Republik den griechischen Moden an, bis sie sich in der Kaiserzeit nach dem Vorbild der jeweiligen Kaiserin frisierten, notfalls mit Perücken. Porträtstatuen vornehmer Römerinnen waren nicht selten kahlköpfig, damit die abnehmbaren Frisuren je nach der Mode ersetzt werden konnten.

ITALIKER nennt man heute die im Altertum in Italien wohnenden zahlreichen Stämme (mit Ausnahme der Römer), die zum größten Teil Ende des zweiten vorchristlichen Jahrtausends eingewandert sind. Neben den vorindogermanischen Ligurern, den illyrischen Japygern und Messapiern, den Sikulern, den Venetern und den im fünften vorchristlichen Jahrhundert eingewanderten → Galliern lassen sich kulturell hauptsächlich zwei Gruppen unterscheiden: die oskisch-umbrischen und die latinischen Italiker. Zur ersten gehören die → Sabiner und → Samniter, die im Hinterland von Kampanien bis zum Oberlauf des → Tiber wohnten und teilweise von den → Etruskern zurückgedrängt wurden. Die andere Gruppe besiedelte Latium. Nach dem Zerfall der etruskischen Macht errang → Rom in langwierigen Kämpfen die Herrschaft über alle italischen Völker, wobei deren kulturelle Eigenart fast völlig vernichtet wurde; lediglich die Sprache hielt sich in einigen Städten. Mit Ausnahme der Bewohner der Poebene erhielten die Italiker 89 v. Chr. das römische Bürgerrecht, so daß der Unterschied zwischen Italikern und Römern immer mehr schwand.

JANICULUM – oder mons Janiculus – hieß einer der Berge → Roms außerhalb der sieben Hügel auf dem rechten Tiberufer, der nach dem Gott → Janus benannt war. Dieses Gebiet, das dem heutigen Stadtteil Trastevere entspricht, wurde durch die erste Brücke, den pons sublicius, mit der Stadt verbunden und seit etwa sullanischer Zeit in sie einbezogen.

JANUS hieß der römische Gott der Tordurchgänge, des Aus- und Einganges, im übertragenen Sinn des Anfangs und Endes. In der römischen Legende erscheint Janus als einer der ältesten Götter, der sich in grauer Vorzeit auf dem nach ihm benannten → Janiculum, einem Hügel → Roms, niederläßt und von hier aus Latium regiert. Er nimmt den von seinem eigenen Sohn aus Griechenland vertriebenen Saturnus freundlich auf – Saturnus richtet sich Janus gegenüber auf dem → Kapitol ein; das Land erlebt sein »Goldenes Zeitalter«. Janus erfindet den Gebrauch der Münzen und der Schiffe. Er führt bei der vorher rohen Urbevölkerung der Aboriginer Ackerbau, Gesetzgebung und geschlossene Siedlungen, kurz die Zivilisation ein. Der stets doppelköpfig dargestellte Gott blickt wie jede Tür nach zwei Seiten. Der erste Monat des Jahres, die ersten Tage des Monats und die ersten Stunden des Tages waren ihm heilig; der Januar ist nach ihm benannt. Im Staats- und Privatleben wurde der Beginn wichtiger Unternehmungen und Handlungen unter seinen Schutz gestellt: Auszug ins Feld, Amtsantritt eines → Consuls, Beginn der Aussaat oder Ernte, Antritt einer Geschäftsreise u. ä. Janus wurde bei allen Gebeten und Opfern zuerst angerufen. Der uralte Janustempel auf dem → Forum Romanum, eigentlich ein überwölbtes Doppeltor, wurde nur in Friedenszeiten geschlossen. Kaiser Augustus rühmte sich, daß dies unter seiner Regierung dreimal, in der ganzen vergangenen Geschichte Roms aber nur zweimal der Fall gewesen sei.

JUNO ist der Name einer altitalischen Gottheit, nach der wahrscheinlich der Monat Juni benannt ist. Die meisten aus dem griechischen Mythos bekannten Züge der griechischen Götterkönigin Hera wurden von den römischen Dichtern auf Juno übertragen. Mit → Jupiter und → Minerva wurde sie in dem ältesten römischen Staatsheiligtum auf dem → Kapitol verehrt. Juno war wie die griechische Hera Göttin der Ehe, Schutzherrin des hochzeitlichen Brauchtums und der Ehefrauen sowie als Juno Lucina Göttin der Geburten. Als Juno Regina schützte sie die Stadt → Rom und das ganze Römische Reich. Von verschiedenen Ermahnungen, die sie den Römern gegeben haben soll, hatte Juno Moneta ihren Beinamen, deren Tempel auf der Burg nordwestlich des Kapitols stand; in der Nähe ihres Heiligtums befand sich die römische Münzstätte. Alle Kalenden, der erste Tag eines jeden Monats, waren der Juno heilig. Am 1. März feierten die verheirateten Römerinnen zu Ehren der Juno Lucina das Fest der Matronalien. Juno war ursprünglich auch der dem männlichen Genius entsprechende weibliche Schutzgeist, der jede Frau durch das Leben begleitet.

JUPITER ist der lateinische Name des indogermanischen Licht- und Himmelsgottes. Was im griechischen Mythos von Zeus erzählt wurde, übertrugen die römischen Dichter auf Jupiter. Ihm waren alle Iden, die Vollmondtage, heilig – Jupiter war also nicht nur Gott des Tageshimmels, sondern auch des nächtlichen Lichts. Er sandte Blitz und Donner, war Schwurgott und Schirmherr des Rechts und der Sitte. Er schützte die Ehe und Kameradschaft. Als Jupiter Stator verlieh er dem kämpfenden Heer Widerstandskraft und als Jupiter Victor den Sieg. Jupiter Optimus Maximus (»der Beste und Größte«) war in geschichtlicher Zeit der Hauptgott → Roms, der zusammen mit → Juno und → Minerva im ältesten Tempel des römischen Staatskults auf dem südlichen Teil des kapitolinischen Hügels verehrt wurde. Dieser Tempel nahm im politischen Leben Roms eine wichtige Stellung ein: Hier versammelte sich der → Senat zu Kriegserklärungen, hier leistete der Feldherr Opfer und Gelübde vor seiner Abreise in die Provinz, hier wurden internationale Verträge ausgehängt. Der triumphierende Feldherr fuhr als lebendiges Abbild des Jupiter Optimus Maximus im Wagen zum kapitolinischen Tempel des Gottes hinauf. Ihm zu Ehren wurden die »Ludi Romani« vom 4. bis 19. September gefeiert. In der Kaiserzeit wurde Jupiter Optimus Maximus (J. O. M.) vielen fremden Göttern gleichgesetzt. Nach Jupiter benannten die Römer den zweitlichtstärksten Planeten.

KAPITOL war ursprünglich der Name des Hauptberges der alten Stadt → Rom. Als »mons Capitolinus« trug er in früher Zeit auf seinen zwei Kuppen die Burg und den der Sage nach bereits im Jahre 509 v. Chr. geweihten Tempel des → »Jupiter Optimus Maximus«. Der sagenhaften Überlieferung nach schützten sich die Römer auf der Fluchtburg des Kapitols beim Kampf gegen die → Sabiner und beim Einfall der → Gallier. Im Jupiter-Tempel eröffnete der → Senat jeweils seine Sitzungen zum Jahresbeginn, hier entschied er auch über Krieg und Frieden. Das Kapitol war politisches und religiöses Zentrum des »Imperium Romanum«; dorthin führten die Triumphzüge der siegreichen Feldherrn. Im Mittelalter verfielen die baulichen Anlagen der Anhöhe so sehr, daß sie Monte Caprino, das heißt »Ziegenberg«, genannt wurden. Doch als Sitz der Stadtverwaltung gewann das traditionsreiche Kapitol seit der Renaissance neue Bedeutung. Der berühmte Künstler Michelangelo gestaltete den monumentalen Kapitolsplatz, die Piazza del Campidoglio, mit eindrucksvoller

Pflasteranordnung und der antiken Reiterstatue des Kaisers Marcus Aurelius sowie einer prachtvollen, mit den Dioskuren geschmückten Freitreppe. Flankiert ist der Platz heute vom Kapitolinischen Museum und dem Konservatorenpalast.

KARTHAGO hieß im Altertum eine bedeutende Stadt in Nordafrika, etwa 12 km nordöstlich vom heutigen Tunis. Karthago wurde 814 v. Chr. von Phöniziern aus Tyros als Kolonie zur Sicherung der Schiffahrt im westlichen Mittelmeer gegründet; geschichtliche Logik und auch die neuesten Ausgrabungen lassen die Sagen um die Königin Dido, von der auch die → Äneis berichtet, durchaus als historisch möglich erscheinen, wenn die Sage die Wirklichkeit auch nur zum Kern hat. Jedenfalls besaß Karthago gute, sichere Hafenanlagen und später eine mächtige Burg. Als die Griechen die Seeherrschaft im östlichen Mittelmeer gewannen, ging die Verbindung zum Mutterland verloren – Karthago wurde selbständig und beherrschte den Handel im westlichen Mittelmeer vollständig. Mit den → Etruskern und → Rom wurden zunächst Handelsverträge geschlossen. Im 5. vorchristlichen Jahrhundert kam es in Sizilien zu erbitterten Kämpfen mit den dort von den Griechen gegründeten Städten. Als die Römer Süditalien eingenommen hatten, begann der Kampf mit Rom um die Vorherrschaft über das westliche Mittelmeer. Im 1. Punischen Krieg in den Jahren 264 – 241 v. Chr. verlor Karthago seine Provinzen, im 2. Punischen Krieg (218 – 201 v. Chr.) verlor Karthago trotz der großen militärischen Leistungen Hannibals seine Stellung als Weltmacht. Nach dem 3. Punischen Krieg (149 bis 146 v. Chr.) wurde Karthago völlig zerstört und der Restbestand des Hinterlandes zur römischen Provinz Africa gemacht. Im Jahre 122 v. Chr. legte C. Gracchus eine Kolonie auf dem alten Stadtgebiet an. In der Kaiserzeit war Karthago dann wieder eine blühende Stadt. Erst nach der Eroberung durch die Vandalen begannen Abstieg und Verfall. – An der Spitze des karthagischen Staates standen zwei Sufeten (= Richter), von griechischen und lateinischen Schriftstellern häufig »Könige« genannt. Vom 5. vorchristlichen Jahrhundert an blieb diese Amtswürde ständig im Besitz vornehmer Familien. Die eigentliche Regierung lag in den Händen eines Rates, dessen Mitglieder ebenfalls die vornehmsten Familien stellten. Das Heer wurde fast ausschließlich aus Söldnern rekrutiert, die von karthagischen Offizieren befehligt wurden. In hoher Blüte muß der Schiffbau gestanden haben. Das Gewerbe stellte neben wenigen hochwertigen Produkten hauptsächlich billige Massenartikel für primitivere Völker her. Bis zum 4. vorchristlichen Jahrhundert gab es eine Art Kreditgeld, das aus kleinen, mit einem Stempel der Regierung versehenen Lederbeuteln bestand.

Münzprägung kam erst später auf. Hauptgott der Stadt war Baal-Hammon, neben den die Fruchtbarkeitsgöttin Tinnit trat. Eine besondere Rolle spielte der Gott Moloch, dem Kinder der Adeligen geopfert wurden. Heute heißt Karthago wieder Carthage und ist Sitz eines Erzbischofs; die Ruinen der antiken Stadt können an verschiedenen Plätzen besucht werden.

KÖNIGE herrschten der Sage nach in der Frühzeit über → Rom. Doch ob die in den Mythen genannten sieben Könige (→ Romulus, → Numa Pompilius, → Tullus Hostilius, Ancus Marcius, Tarquinius Priscus, Servius Tullius, Tarquinius Superbus), deren erster Romulus gewesen sein soll, tatsächlich gelebt haben, ist zweifelhaft. Immerhin dürften einige von ihnen historisch sein – wie die Tarquinier mit ihrer Grabstätte in Caere und der Darstellung des Cneve Tarquinies Rumaq auf einem Wandgemälde in Vulci. Die Königsherrschaft der → Etrusker prägte jedenfalls politisch, sakral und kulturell Roms Aufbau, doch blieb die latinische Grundlage in der Sprache und im Begriff der »familia« mit der absoluten »patria potestas« erhalten. Der König führte den indogermanischen Titel »rex«; die Zeichen seiner Gewalt als Heerführer, Richter und Priester, die Purpurtoga, die Fasces der → Liktoren und die »sella curulis« (ein Rangabzeichen der → Magistrate), waren etruskischer Herkunft. Die durch Inauguration an die Zustimmung der Götter gebundene Königswürde war nicht vererblich. Die Sagen über die römischen Könige wurden in dem vorliegenden Buch den Aufzeichnungen des → Livius folgend wiedergegeben.

LAREN – lateinisch: lares – ist der Name ursprünglich ländlicher Gottheiten der Felder, Kreuzwege und Wege überhaupt. Allgemein wurden die Laren als gestiefelte, tanzende Jünglinge mit Speeren dargestellt und wurden als Lares militares im Kriegsgebiet wirksam. Schließlich aber stellten die Laren die Familiengötter dar, etwa den Genius des Hausherrn und die Genien der toten Vorfahren – aus den Flurgöttern waren sozusagen Hausgeister geworden.

LATEINISCHE SPRACHE war die Literatursprache in → Rom, außerdem die Amts- und Verkehrssprache im späteren Römischen Reich. Lateinisch war ursprünglich die Sprache der → Latiner, ein Zweig der italischen Sprachen. Die ältesten Zeugnisse sind auf Inschriften erhalten, so auf einer Spange von Praeneste, auf dem Lapis niger, im Kultlied der Arvales und in den Zwölftafelgesetzen. Neben stilistischen Veränderungen vereinfachten sich seit 200 v. Chr. die Diphthonge ei, oi, ou zu i und u. Nach dem Tod des römischen Komödiendichters Plautus entwickelte sich die lateinische

Sprache zu einer Hochsprache der Gebildeten, in der fast alle römische Literatur abgefaßt ist – daneben gab es eine volkstümliche Umgangssprache, das Vulgärlatein, das sich seit dem 3. Jahrhundert n. Chr. regional selbständig fortbildete, so daß daraus die romanischen Sprachen entstanden. Zur schriftlichen Fixierung der Sprache verwendeten die Römer ein modifiziertes griechisches Alphabet. Nach dem Untergang des Weströmischen Reiches benutzte man in Kirche, Verwaltung und Wissenschaft das sogenannte Mittellatein, eine Mischung aus klassischem und Vulgärlatein. Die lebendige Weiterentwicklung dieser Sprache wurde im 15. Jahrhundert n. Chr. abgeschnitten, als die Humanisten den »römischen Klassiker« Cicero zum Sprachmuster erhoben.

LATIFUNDIEN – lateinisch: latifundium – ist die Bezeichnung für sehr großen Grundbesitz in der Hand eines einzelnen. Solche Güter entstanden durch illegale Beschlagnahme des → ager publicus, Aufkauf von verschuldeten Kleinbetrieben und von verschriebenem Eigentum in Italien und später in den Provinzen des Römischen Reiches. Latifundien wurden in der Regel von großen Sklavenscharen bewirtschaftet.

LATINER hießen die Bewohner von Latium; sie sind zu den → Italikern zu zählen, den im Altertum in Italien wohnenden zahlreichen Stämmen, die zum größten Teil Ende des 2. Jahrtausends eingewandert waren. Die Latiner schlossen sich zu einem Bund mit dem Hauptort → Alba Longa zusammen; ihre Frühgeschichte ist allerdings durch die römische Sagenüberlieferung – etwa den angeblichen Sieg des → Tullus Hostilius – verzerrt. Im Jahre 496 v. Chr. unterlagen die Latiner dem römischen Heer und wurden → Bundesgenossen → Roms. Während des Einfalls der → Gallier im Jahre 387 v. Chr. fielen sie ab, gerieten aber nach dem Latinerkrieg 340 – 338 endgültig unter römische Herrschaft. Rom schloß mit einigen Gemeinden Sonderverträge ab und sicherte den Einwohnern manche Rechte. Durch Übersiedlung nach Rom konnten die Latiner römische Vollbürger werden.

LIKTOREN hießen die römischen Amtsdiener, die vor den höchsten Beamten die Rutenbündel, die Fasces, als Zeichen der Macht über Leben und Tod trugen. Sie vollstreckten in ältester Zeit die Todesstrafe, später hielten sie nur die Menge von den Beamten fern und halfen beim Strafvollzug. Die Anzahl der Liktoren, die einzeln vorangingen, war vom Rang des Beamten abhängig: → Prätoren 6, → Consuln 12, der Kaiser ebenfalls 12 (seit Diokletian 24). Die Liktoren waren römische Bürger, meist Freigelassene.

LIVIUS, TITUS, ist der Name eines römischen Geschichtsschreibers, der 59 v. Chr. in Patavium – der heutigen Stadt Padua – geboren wurde und dort 17 n. Chr. starb. Er wuchs in einer Umgebung auf, die in ihren Lebensformen und Anschauungen noch der alten Tradition verhaftet war. In seiner Jugend erlebte Livius den Todeskampf der Republik; er war 28 Jahre alt, als mit der Schlacht von Actium die Ära der Bürgerkriege ihren Abschluß fand. Die eigentliche Zeit seines Wirkens fällt in die Regierung des Augustus, den er um drei Jahre überlebte. Von seinen äußeren Schicksalen ist wenig bekannt. Einen großen Teil seines Lebens scheint er in seiner Heimat zugebracht zu haben, einzelne Angaben in seinem Werk bezeugen längere Aufenthalte in → Rom, wo er auch mit den führenden Männern in Verbindung trat. Fraglich ist, ob er größere Reisen unternommen hat. Politischer Ehrgeiz lag ihm fern. Frei von öffentlichen Pflichten, konnte er sich ganz seiner schriftstellerischen Tätigkeit widmen: Er ist der erste namhafte römische Historiker, der ohne eigene politische und militärische Erfahrung Geschichte geschrieben hat. Wahrscheinlich in seiner Jugend hat Livius kleinere Schriften philosophisch-historischen Inhalts verfaßt, doch sind diese ebenso in Vergessenheit geraten wie ein Brief an seinen Sohn aus späterer Zeit, in dem er sich über stilistische Fragen geäußert und dabei Demosthenes und Cicero als Vorbilder genannt hat. Bekannt wurde Livius durch sein großes Geschichtswerk, das unter dem Titel »Libri ab urbe condita« (»Vom Ursprung der Stadt an«) in 142 Büchern die Geschichte Roms von den sagenhaften Anfängen bis zum Tod des Drusus im Jahre 9 v. Chr. erzählte. Dieses monumentale Werk ist heute allerdings zum größten Teil verloren; erhalten sind – mit Lücken – nur die Bücher 1-10 und 21-45, dazu einige Fragmente und die bis auf die Bücher 136 und 137 vollständigen Inhaltsangaben. So ist immerhin die Möglichkeit gegeben, die Konturen und den Plan des Gesamtwerks zu skizzieren. Buch 1-5 reicht von der Gründung Roms bis zum Einbruch der → Gallier und der Zerstörung Roms im Jahre 386 v. Chr. – dieser Stoff wurde in dem vorliegenden Buch in den Kapiteln → »Romulus und Remus«, »Die → Könige«, »Die → Consuln« und »Die → Tribunen« wiedergegeben. Die zweite Gruppe, 6 – 15, schildert die Ausdehnung der römischen Herrschaft auf Mittel- und Süditalien (den Büchern 6 und 7 wurde der Stoff für das Kapitel »Die → Diktatoren« entnommen); Buch 16 – 30 berichtet über den Konflikt mit → Karthago und den 2. Punischen Krieg, reicht also von 264 – 201 v. Chr. In Buch 40 markiert der Tod Philipps V. von Makedonien (179 v. Chr.) einen äußeren Einschnitt, 41 – 70 endeten beim Ausbruch des Bundesgenossenkriegs (91 v. Chr.), 71 – 80 schlossen mit dem Tod des Marius (86 v. Chr.), 81 – 90 mit dem Tod Sullas (78 v. Chr.). Danach erzählte Livius offenbar in freierer

Fügung: nach Buch 108 (Ende der Gallierkriege Caesars, 51 v. Chr.) begannen die acht Bücher des Bürgerkriegs, die mit Caesars Ermordung im Jahre 44 v. Chr. endeten; in Buch 133 ist man bei Actium angelangt (31 v. Chr.). Der Rest sollte wohl, als Ziel der römischen Geschichte und abschließender Höhepunkt der Darstellung, die Augusteische Zeit behandeln, doch der Tod des Autors scheint die Vollendung dessen Lebenswerks verhindert zu haben: wieviel nach Buch 142 noch folgen sollte, bleibt Mutmaßung. An diesem kolossalen Werk hat Livius etwa vom Jahre 26 v. Chr. an regelmäßig gearbeitet, jährlich drei, vier Bücher schreibend, was sich in den letzten Jahren aber bis zu zehn gesteigert haben muß. Das Ausmaß des Unternehmens, die gigantische Struktur des Plans konnte nur ein idealistischer Phantast zu verwirklichen hoffen, keinesfalls ein Historiker vom Fach. Und in der Tat ist Livius alles andere eher als ein tiefschürfender Geschichtsforscher nach moderner Vorstellung. Er ging, zumindest in den erhaltenen Teilen des Werkes, nicht auf die primären Quellen zurück, setzte sich auch nicht kritisch mit der Überlieferung auseinander, sondern nahm im allgemeinen die Aufzeichnungen seiner Vorgänger für historische Wahrheit. Voller Ehrfurcht gegenüber der Tradition scheute er sich, überkommene Vorstellungen anzutasten, und begnügte sich damit, extreme Ansichten abzuschwächen und allzu drastische Schilderungen zu mildern. Er orientierte sich vor allem an den Autoren, die ihm für den jeweiligen Zeitraum das meiste Material zu bieten schienen. Unter diesen Umständen hängt die Zuverlässigkeit seiner Angaben wesentlich von der Qualität der von ihm benutzten Schriftsteller ab, und es ist kein Zufall, daß die moderne Forschung sich lange Zeit gerade mit der Frage nach den Quellen des Livius befaßt hat. Doch schon zu Lebzeiten wurde er anerkannt und galt als einer der großen Historiker Roms, sein Geschichtswerk wurde von Augustus begrüßt und gefördert. Die früheren Annalisten wurden vergessen, und nach Livius hat keiner mehr die republikanische Zeit in ähnlicher Weise darzustellen vermocht. Sein Werk wurde häufig benutzt, zahlreiche Auszüge und Inhaltsangaben von ihm angefertigt. Ende des 4. Jahrhunderts n. Chr. war es noch in seinem ursprünglichen Umfang erhalten, aber dann ging in der Zeit des Übergangs zum Mittelalter das meiste verloren. Als man sich in der Renaissance ihm wieder zuwandte, fand man nur noch das vor, was wir heute besitzen. Die hohe Schätzung, die Livius seitdem wieder genoß, wurde seit dem Beginn des 19. Jahrhunderts durch die moderne Geschichtswissenschaft in Frage gestellt. Doch sieht man Livius in erster Linie als Literaten im Zusammenhang mit der römischen Geschichtsschreibung, bildet er unstreitig einen Höhepunkt, und er ist es vornehmlich gewesen, der die Auffassung der Römer von ihrer großen Vergangenheit für die Nachwelt festgehalten hat – wenn auch oft nur in historisierender Sagenform.

MAGISTRAT – lateinisch: magistratus – hieß im alten → Rom der ordentliche senatorische Beamte (→ Consul, → Prätor, → Censor, → Tribun, → Ädil, → Quästor) und auch dessen Amt. Die von den Volksversammlungen in der Republik gewählten Magistrate waren Ehrenämter, die nur für ein Jahr verliehen wurden. Die Magistrate waren als Träger der Souveränität während ihres Amtsjahres unabsetzbar und nicht rechenschaftspflichtig. Die höheren Magistrate (Consuln, Prätoren) besaßen als Zeichen ihrer Amtsgewalt → Liktoren. Erst allmählich entwickelte sich eine feste Ämterstaffel. In der Kaiserzeit wurden die Befugnisse der Magistrate durch das Kaisertum und den kaiserlichen Dienstadel eingeengt. Ein Teil der Magistrate wurde praktisch vom Kaiser ernannt, während die Wahl spätestens seit dem 2. Jahrhundert n. Chr. beim → Senat lag.

MARS ist der Name des römischen Kriegsgottes. Er war ursprünglich aber der italische Bauerngott, zu dem man um gedeihliches Wachstum in Feld und Stall betete; er wurde erst später in → Rom zum Kriegsgott. Er wurde bald wie der griechische Ares ausschließlich als Kriegsgott aufgefaßt und konnte etwa bei dem allgemeinen Götter-Lectisternium von 217 v. Chr. die Stelle des Ares unter den Zwölfgöttern einnehmen. Eine moderne These sieht in Mars einen ursprünglichen Gott des Todes und der Unterwelt. Jedenfalls verehrten die Römer in Mars als Vater des → Romulus und Remus ihren Ahnherrn. Neben → Jupiter und → Quirinus wurde er der wichtigste Nationalgott, der dem jungen aufstrebenden Volk von Rom in seinen zahlreichen Kämpfen Sieg verlieh und den römischen Staat schützte. Der vom Himmel gefallene, an beiden Seiten ausgeschnittene heilige Schild des Gottes hing mit seinen elf irdischen Nachbildungen in der Regia, dem Amtshaus des Pontifex maximus, als Unterpfand für den Bestand des Römischen Reichs. Die zwölf Salier, das Priesterkollegium des Mars, veranstalteten alljährlich im März mit diesen Schilden unter Tanz und Gesang eine Prozession durch die Stadt. Der Mars Gradivus, »der dem Heer in der Schlacht voranschreitet«, hatte seinen uralten Tempel an der → Via Appia außerhalb Roms. Auf dem dem Kriegsgott geweihten Marsfeld, dem Campus Martius, fanden die großen Heeresversammlungen statt. Hier wurde auf dem Altar des Mars alle fünf Jahre das feierliche Suovetauriliaopfer dargebracht. Im Kult des Mars Ultor, des »Rächers«, war der Gott nach dem griechischen Vorbild Ares – Aphrodite mit Venus verbunden, in der man – als Mutter des → Äneas – zugleich die Stammmutter des julischen Kaiserhauses verehrte. Nach dem Gott Mars wurde der Monat März – Martius – benannt. Außer den im März gefeierten Festtagen des Mars gab es noch den Equus October am 15. und das Armilustrium, die Waffenweihe, am 19. dieses Monats. Wolf und Specht waren dem Mars heilige Tiere, zu beobachten sind aber auch Beziehungen des Gottes zu Stier und Pferd. Der rötlich schimmernde Planet erhielt seinen Namen von dem Kriegsgott.

MINERVA ist der Name einer italischen Göttin, die vielleicht aus dem südlichen Etrurien nach → Rom kam. Sie gehörte aber nicht zu den ältesten römischen Gottheiten. Minerva war die Herrin des Handwerks und wurde seit dem Ende des 3. vorchristlichen Jahrhunderts der griechischen Athene gleichgesetzt. In dem 509 v. Chr. eröffneten Tempel der vermutlich aus Etrurien stammenden Götterdreiheit auf dem → Kapitol hatte Minerva ihre Cella – den Raum für das Kultbild – rechts neben der → Jupiters, während sich links die Cella → Junos befand. Der Stiftungstag ihres Tempels auf dem Aventin war zugleich das Hauptfest der Minerva in Rom, die sogenannten Quinquatrus vom 19.–23. März. Es war ein Fest der Künstler und Handwerker; den Lehrern wurde ihr Jahreshonorar ausbezahlt, die Schüler hatten Ferien. Wie die griechische Athene war Minerva auch Kriegsgöttin.

NEPTUN ist der Name des römischen Gottes des Meeres. Er hat wie die meisten römischen Götter keine bodenständigen Legenden, sondern entspricht dem griechischen Poseidon. Als Gott der Rennbahnen hatte er einen Tempel am Circus Flaminius in → Rom. Sein Fest wurde am 23. Juli gefeiert.

NUMA POMPILIUS hieß – der Sagenüberlieferung nach – der zweite → König → Roms. Er war angeblich ein → Sabiner und soll vorwiegend Friedenspolitik betrieben haben. Auf ihn führten die Römer die religiösen Riten und die Stiftung der Priesterkollegien zurück; dabei habe ihn die Nymphe → Egeria beraten.

OSTIA hieß die am linken Ufer des → Tiber gelegene Hafenstadt → Roms, die angeblich von Ancus Marcius im 7. vorchristlichen Jahrhundert gegründet und von Rom verwaltet wurde. Bereits im 1. vorchristlichen Jahrhundert war Ostia eine große Geschäftsstadt mit etwa 8000 Einwohnern, die sich in den folgenden Jahrzehnten noch erheblich vergrößerte. Wegen der Versandung des Hafens bauten die Kaiser Claudius und Trajan 3 km nördlich eine neue Anlage, die durch Kanäle mit dem Tiber und dem

Meer verbunden wurde. Da die Stadt seit dem 4. Jahrhundert n. Chr. verödete – um 1800 zählte sie nur noch 100 Einwohner –, waren die Ausgrabungen, die hier seit 1908 stattfanden, sehr erfolgreich. Sie legten die römische Hafenstadt mit fünfstöckigen Mietskasernen, repräsentativen Speichern, ein von Agrippa erbautes Theater, mehrere Tempel, Thermen und Privathäuser frei.

PALATIN – oder lateinisch mons Palatinus – ist der Name des höchsten und zuerst besiedelten Hügels der Stadt → Rom. Am Fuß des Palatin stand der Tempel der Göttin → Vesta. In der römischen Kaiserzeit war der Hügel Standort der kaiserlichen Paläste, deren Reste heute zum Teil noch von Villenanlagen des Barocks überdeckt sind. Die deutschen Wörter Palast und Pfalz leiten sich von der Bezeichnung des Hügels her.

PATRIZIER hießen ursprünglich die vollberechtigten Bürger in → Rom, die in Geschlechtern zusammengeschlossen waren und alle wichtigen Priester- und Staatsämter bekleideten. Auch vornehme Geschlechter der → Sabiner und → Latiner wurden unter die Patrizier aufgenommen, als letztes die Claudier zu Beginn der Republik. Wegen ihrer politischen Vormachtstellung kam es zu langwierigen Kämpfen mit den → Plebejern, die schließlich die Wahl auch plebejischer → Consuln und das Recht auf Eheschließung zwischen beiden Ständen durchsetzten. Seitdem bildeten die Patrizier und die reichen Plebejer die sogenannten Nobiles, die die höchstenBeamten stellten. Den Patriziern blieben lediglich einige Priesterämter allein vorbehalten, so daß Cäsar und Augustus später neue Patrizier ernannten, um ausreichend Bewerber zu haben, da im Laufe der Jahrhunderte die Zahl der Familien zurückgegangen war. Seit dem Herrscher Constantinus, der 306 n. Chr. zum Augustus ausgerufen wurde, ist »patricius« als Titel verliehen worden.

PENATEN – lateinisch: Di penates – hießen die römischen Hausgötter, die vermutlich altitalischen Ursprungs waren. Namen- und bildlos waren sie charakteristisch für die Unbestimmtheit altrömischer Gottheiten; zu ihnen gehörte zeitweise auch → Vesta. Neben → Jupiter waren die Penaten Schwurgötter der Staatsbeamten, sonst aber familienmäßig gebunden. Sie wurden unter wachsendem griechischem Einfluß gemeinsam mit den → Laren verehrt und schließlich zum Palladionsrang erhöht.

PLEBEJER hießen die Bewohner → Roms, die sich vermutlich aus Einwanderern zusammensetzten und hauptsächlich Kleinbauern und

Handwerker waren. Da sie nicht den alteingesessenen Geschlechtern und Stämmen der → Patrizier angehörten, waren ihnen in der ältesten Zeit die Staatsämter verschlossen. Infolge ihrer wachsenden wirtschaftlichen Bedeutung und der Notwendigkeit, zusammen mit den patrizischen Geschlechtern in den Krieg zu ziehen, errangen sie nach langen innenpolitischen Auseinandersetzungen die Anerkennung als Vollbürger. Wichtige Etappen dieses Kampfes waren die Aufzeichnung der »Zwölftafelgesetze« um 450 v. Chr., die Errichtung des Volkstribunats, die Aufhebung des Eheverbots zwischen Patriziern und Plebejern und die Gesetze des Licinius und Sextius. Seit 287 v. Chr. erhielten die Beschlüsse der plebejischen Versammlungen (plebiscita) allgemeingültige Gesetzeskraft. Nach der Überlieferung konnten die Plebejer einige Zugeständnisse nur durch Verweigerung des Kriegsdienstes und den Auszug aus dem Staatsverband erreichen. Seit 300 v. Chr. kamen die sozialen Spannungen zur Ruhe; die reichen Plebejer bildeten ab nun zusammen mit den Patriziern die privilegierte Schicht der Nobiles. Die landarmen Plebejer waren bis zu einem gewissen Grad mit erobertem Land zufriedengestellt und wurden außerdem in der Folgezeit durch gewaltige Kriege von der Entwicklung in der Innenpolitik abgelenkt.

PLUTARCH – oder griechisch: Plutarchos – ist der Name eines philosophischen Schriftstellers aus Chäronea in Böotien, der etwa in den Jahren 45-125 n. Chr. lebte. Im römischen Weltreich war er der letzte und größte Vertreter der den Hellenismus auszeichnenden Gelehrsamkeit, geistigen Beweglichkeit und ehrerbietigen Liebe zur großen Vergangenheit des Griechentums. Stolz auf seine griechische Heimat, hat er in Chäronea den größten Teil seines an äußeren Ereignissen armen Lebens zugebracht, im Kreis seiner Familie, über die er eingehend berichtet. Er studierte in Athen und schloß sich der platonischen Akademie an, wurde aber auch von Peripatos und Stoa beeinflußt. Schöpferischer Philosoph war er nicht, hat sich aber die Problemstellungen des Späthellenismus und der eigenen Zeit selbständig und gründlich angeeignet, so daß er als der kenntnisreichste und kultivierteste Vertreter des Mittelplatonismus gelten darf. Eng waren die Beziehungen des platonisch frommen Mannes zum Delphischen Orakel; → Rom hat er mehrfach besucht, in einem gewissen Umfang sogar → Latein gelernt. Zu seinen besten Freunden gehörten mehrere Römer; Kaiser Nero hat er, als dieser 66 n. Chr. Griechenland besuchte, später vielleicht auch Trajan, kennengelernt. Seine außerordentlich umfangreiche und vielseitige literarische Tätigkeit – nach einem spätantiken Schriftenkatalog 227 Titel, von denen wir noch den größeren Teil besitzen – gliedert sich in zwei Hauptgruppen: die philosophischen Abhandlungen und Dialoge und vor allem die Biographiensammlung »Bioi paralleloi« (»Parallelbiographien«). Plutarch kam erst im Alter und auf Anregung von Freunden dazu, sich mit Geschichte, speziell mit der Biographie, zu befassen: so sind die überlieferten Biographien vermutlich alle während der Regierungszeit Trajans, wahrscheinlich in den Jahren zwischen 105 und 115, entstanden. Die Daten ihrer Abfassung im einzelnen festzulegen ist trotz mancher Querverweise mit großen Schwierigkeiten verbunden; eine relative Chronologie des Gesamtwerkes war bis jetzt nicht möglich. Sicher ist lediglich, daß Plutarch sich nicht nach der historischen Reihenfolge richtete, sondern nach Lust und Laune sich bald dieser, bald jener Monographie zuwandte. Die heute übliche Reihenfolge der Biographien hat jedenfalls mit der ursprünglichen Anordnung nichts zu tun. Überliefert sind 22 Paare von Lebensbeschreibungen je eines griechischen und eines römischen Feldherrn oder Staatsmanns mit je einer vergleichenden Würdigung von Persönlichkeit und Leistung am Ende. So werden unter anderen auch → Romulus und → Coriolanus behandelt. Plutarch bediente sich vieler historischer Werke als Quellen, so etwa der Schriften des Herodot, Polybios, → Livius und vieler anderer. Er selbst aber wollte kein Historiker sein, vielmehr wollte er aus Lebensdaten und Fakten Charakterporträts formen und plastische Persönlichkeitsbilder entwerfen, deren gewinnender Überzeugungskraft man selbst heute schwer widerstehen kann. Diese selbstgestellte Aufgabe ist nur zu verstehen als eine Konsequenz des besonderen Verhältnisses, in dem sich Römer und Griechen innerhalb des Imperiums gegenüberstanden: Austausch von Ideen und gegenseitige Anerkennung waren eher zufällige Erscheinungen geblieben. Wohl mußten die Griechen die politisch-militärische Überlegenheit der Römer zur Kenntnis nehmen, wohl leugneten die Römer den kulturellen Vorrang von Hellas nicht, aber diese waren von mitleidiger Gönnerhaftigkeit für die »Provinzler«, jene von offener Verachtung der »Barbaren« erfüllt. Plutarch selbst verkehrte mit den höchsten Kreisen des Imperiums auf der Ebene vertrauter Freundschaft und beiderseitiger Hochachtung, und ebendiesen wechselweisen Respekt hoffte er bei allen Gebildeten, gleich welchem Volk sie angehörten, zu erreichen: den Herren des Imperiums zu zeigen, daß auch Griechenland große, den Römern ebenbürtige Staatsmänner hervorgebracht hat, den Griechen zu beweisen, daß Rom in seinen besten Gestalten auf gleicher Stufe wie Hellas stand. Tatsächlich hat Plutarch erreicht, daß seine Biographien das Urteil der Nachwelt über die beiden Völker formten.

PRÄTOR – der »Vorangehende« – war ursprünglich der Name der beiden höchsten römischen Beamten; seit 367 v. Chr. waren sie für die Ordnung in → Rom und damit vor allem für das Gerichtswesen zuständig. Der praetor urbanus verhandelte Fälle zwischen den Vollbürgern, der praetor peregrinus solche, an denen Fremde beteiligt waren. Nach ihrer Wahl gaben sie vor Amtsantritt die Grundsätze für die Rechtsprechung im sogenannten Edictum bekannt. Sie konnten auch mit militärischen Aufgaben betraut werden; nach ihrem Amtsjahr verwalteten sie als Proprätoren eine Provinz. Die Zahl der Prätoren betrug nach mehreren Erhöhungen im 2. vorchristlichen Jahrhundert 18; seit dem Jahr 337 v. Chr. stand das Amt auch → Plebejern offen. Dem Prätor gingen 6 → Liktoren voran.

QUÄSTOR war ursprünglich der Amtstitel eines Untersuchungsrichters, in historischer Zeit eines Finanz- und Archivbeamten in → Rom und in den Provinzen. Die Quästur war die unterste Stufe der römischen → Ämterlaufbahn. Nach Ablauf des Amtsjahres zog der Quästor in den → Senat ein. Mit der Zunahme der Provinzen erhöhte sich die Zahl der Quästoren von 2 auf 40 unter Cäsar; Augustus reduzierte sie auf 20, setzte aber das Mindestalter auf 25 Jahre herab.

QUIRINAL – lateinisch: collis Quirinalis – heißt einer der sieben Hügel der Stadt → Rom, auf dem sich zuerst → Sabiner ansiedelten. Der Landrücken zum → Kapitol wurde später beim Bau des Trajansforums durchstochen. Die Päpste legten auf dem Quirinal vom 16. bis zum 18. Jahrhundert eine Sommerresidenz an, die heute Sitz des italienischen Staatspräsidenten ist.

QUIRINUS ist der Name eines römischen Kriegsgottes, der mit → Jupiter und → Mars in einer alten Götterdreiheit verehrt wurde, die später von der kapitolinischen Dreiheit Jupiter, → Juno, → Minerva abgelöst worden ist. Zumeist sieht man in Quirinus den alten Stammes-Kriegsgott der auf dem → Quirinal wohnenden → Sabiner. Der Name Quirinus ist sprachlich von → Quiriten, einer alten Bezeichnung der römischen Bürger, nicht zu trennen; die sprachliche Herkunft des Namens ist allerdings noch umstritten. Der Forscher Dumézil tritt für die Ableitung von curia (= Rathaus) ein und versteht unter Quirinus den Gott der friedlichen Bürger, einen »Mars tranquillus«, gleichzeitig einen Gott der nichtadeligen Bevölkerung der Stadt → Rom. Dumézil weist Quirinus auch die Funktion eines bäuerlichen Gottes zu, dem der Schutz der Feldfrüchte anvertraut war. Der Kult des Gottes trat jedenfalls bald gegenüber dem des Mars zurück und wurde später mit dem des vergötterten → Romulus verbunden.

QUIRITEN ist die amtliche Bezeichnung der römischen Zivilbürger, während die Anrede für die Soldaten Commilitones war. Die römische

Überlieferung, daß der Name auf die → Sabiner aus Cures zurückgehe, ist sehr unsicher.

RELIGION. Die Römer bewahrten Reste des Totemismus, was u. a. in der Sage von der römischen Wölfin und in der Verehrung der einem bestimmten Gott geweihten Tiere deutlich wird, zum Beispiel waren Specht, Wolf und Stier dem → Mars heilig. Entsprechend der Bedeutung der Familie im politischen Leben besaß jede ihre eigenen Gottheiten, so die → Penaten und → Laren. Die Ahnen wirkten als Manen oder Lemuren. Weiterhin gab es durch die Verehrung der einzelnen Naturkräfte eine Vielzahl von anderen Gottheiten. Daneben übernahmen die Römer Kulte und Götter von Nachbarvölkern. Unter dem Einfluß der → Etrusker trat um 500 v. Chr. an die Stelle von → Jupiter, → Mars und → Quirinus die Götterdreiheit auf dem → Kapitol: Jupiter, → Juno und → Minerva. Aus den griechischen Städten Kampaniens führte man zum Beispiel die Kulte des Apollon, der Ceres (griechisch: Demeter), des Liber (griechisch: Dionysos) und der Libera (griechisch: Kore) ein, so daß in späterer Zeit das römische Pantheon mit den griechischen Göttern übereinstimmte. Mit ihnen fanden auch menschlich gestaltete Götterbilder in → Rom Eingang. Ritual und Weissagungen stammten zum großen Teil von den Etruskern. Da die Religion in Rom eine offizielle Staatsangelegenheit war, waren die Priester vom Staat eingesetzte Beamte, die sich in bestimmten Vereinigungen zusammengeschlossen hatten, zum Beispiel Pontifices und Arvales. In Notzeiten betrauten die Feldherren oft die → Auguren mit der Deutung der → Vogelschau. Gebete und Opfer betrachteten die Römer als eine Gabe, die den Gott wie bei einem Handelsgeschäft zu einer Gegenleistung veranlassen sollte. (Bild: Seite 103). Mit der Einholung der Magna Mater von Pessinus im Jahre 204 v. Chr. fand der erste orgiastische Kult staatliche Anerkennung. Weitere orientalische Kulte (Isis, Mithras) drangen mit der wachsenden Sklavenzahl und dem steigenden Handelsverkehr in Italien ein; diese wurden von den Sklavenhaltern als Aberglaube gebrandmarkt, denn besonders durch die Verehrung des Sonnengottes erhofften die Ausgebeuteten und Rechtlosen Erlösung von ihren Leiden und eine Vergeltung im Jenseits. Um diese gefährliche Tendenz zu bannen, erklärte man schließlich den Kaiser als Inkarnation des Sol invictus, der »unbesiegbaren Sonne«. Doch stellte der Kaiserkult in den Provinzen dann keine eigentliche Staatsreligion dar, sondern war mehr die orientalische Form der Loyalitätserklärung von seiten der Untertanen. Je mehr die Politik allein in die Hände des Kaisers und der Bürokratie überging, in desto größerem Umfang wandten sich auch Angehörige der reicheren Schichten mystischen Religionen zu, die oft in ihrem Wesen und in ihren Riten miteinander verschmolzen. Dazu nahm der Aberglaube überhand, Propheten und Wundertäter fanden bis in die höchsten Kreise Anhänger, bis sich dann seit Konstantin das Christentum als alleinige Staatsreligion immer mehr durchsetzte.

ROM – oder italienisch: Roma – ist heute die Hauptstadt der Republik Italien, der Region Latium und der Provinz Roma. Mit rund 2,7 Millionen Einwohnern ist die »Ewige Stadt«, die religiöses, geistiges und kulturelles Zentrum des Abendlandes war, die größte Stadt des Mittelmeerraums. Bis in die Gegenwart blieb Rom überdies der Mittelpunkt der römisch-katholischen Kirche; der Sitz des Papstes befindet sich im Vatikan, einem selbständigen Staat innerhalb der Stadt Rom. Die Lage des antiken Rom war durch den Fluß → Tiber, der hier schiffbar wurde und zugleich einen Übergang bot, sowie durch die Nähe der vorgeschichtlichen Salz- und Handelsstraße, die von der Küste flußaufwärts nach Mittelitalien führte, von Anfang an begünstigt. Mit der Einwanderung der → Latiner entstand seit dem 9. vorchristlichen Jahrhundert auf dem → Palatin eine Siedlung, deren Bewohner ihre Toten im nördlichen Sumpftal, dem späteren → Forum, in Gruben mit Aschenurnen beisetzten. Wie daneben gefundene Skelettgräber erweisen, besetzten seit 800 v. Chr. neue Einwanderer, die → Sabiner, den benachbarten → Quirinal. In der Folge wurden der Esquilin und die umliegenden Hügel besiedelt. Die Bewohner schützten ihre Felder und Herden mit magischen Riten, verehrten ohne Götterbilder und Tempel überirdische Kräfte wie → Jupiter, → Mars und → Quirinus und feierten das Fest der »sieben befestigten Berge«. Mit der Entwässerung der Tiberniederung durch das Grabensystem der späteren Cloaca maxima, der ersten großen kommunalen Bauleistung der technisch besonders begabten Römer, folgte um 650 v. Chr., unter Einfluß der → Etrusker, der politische Zusammenschluß der Siedlungen zur »Siebenhügelstadt« (Septimontium), die nach dem etruskischen Geschlecht Rumlna Rom genannt wurde. Als Gründungsdatum der Stadt setzte später der römische Gelehrte Varro den 21. April 753 v. Chr. fest – dieser Tag wird bis zur Gegenwart als »Natale di Roma«, als Geburtstag Roms, gefeiert. Die Sage bezeichnet → Romulus als Gründer der Stadt; an die ursprüngliche Doppelsiedlung erinnert in der Romsage der Zwist des Romulus mit Titus Tatius. Unter der Herrschaft der sagenhaften sieben → Könige entwickelte sich das Forum zum Marktplatz Roms, es bildete als Forum Romanum den gesellschaftlichen, wirtschaftlichen und politischen Mittelpunkt der Stadt. Um 510 v. Chr. wurde die etruskische Fremdherrschaft gestürzt und die Republik eingeführt, deren Einrichtungen sich in den wesentlichen Grundzügen bis 367 v. Chr. entwickelten. An die Spitze des Staates trat ein → Prätor, der schließlich von zwei jährlich gewählten → Consuln abgelöst wurde. Das Prinzip der Kollegialität sollte die Alleinherrschaft ausschließen. Nur in Zeiten besonderer Bedrängnis des Staates wurde für sechs Monate ein → Diktator mit unbeschränkten Vollmachten gewählt. Im Jahre 509 v. Chr. wurde im ersten Vertrag mit → Karthago, der bestimmenden Macht im westlichen Mittelmeerraum, die Vorherrschaft über einen großen Teil der latinischen Städte bestätigt. Ein Versuch des Porsenna, die etruskische Herrschaft über Rom wiederherzustellen, mißlang ebenso wie eine Erhebung der latinischen Städte. Die mit dem Beginn der Republik einsetzenden Ständekämpfe verschärften sich durch starke Verschuldung der → Plebejer, die um 494 v. Chr. auf den Heiligen Berg auswanderten. Damit erreichten sie die Einsetzung von zwei – später zehn – → Tribunen, die zur Wahrung ihrer Interessen Einspruchsrecht gegen Senatsbeschlüsse erhielten. Um 450 v. Chr. wurde das bis dahin geltende Recht im sogenannten »Zwölftafelgesetz« zusammengefaßt. Die das 5. vorchristliche Jahrhundert erfüllenden Kämpfe gegen Südetrurien endeten 396 mit der Zerstörung der etruskischen Stadt Veji. Der Einbruch der → Gallier in Italien brachte Rom in schwere Gefahr – nach der Niederlage an der Allia am 1. Juli 387 v. Chr. wurde Rom mit Ausnahme des → Kapitols besetzt und in Brand gesteckt. Der Abzug der Gallier unter Mitnahme der gesamten Beute wurde durch Geldzahlung erkauft. Die Gallierkatastrophe bedeutete einen Wendepunkt in der römischen Geschichte. 378 v. Chr. wurde um die sieben Hügel Roms eine Stadtmauer gezogen, die Servianische Mauer. 366 v. Chr. trat der erste plebejische Consul nach dem Licinischen Gesetz sein Amt an. Nach außen hin setzte sich die stetige Ausbreitung fort. So wurde die Republik schließlich zur Keimzelle des Imperium Romanum, der »römischen Befehlsgewalt«. Nach Kriegen mit den → Samnitern, Siegen über Karthago und Eroberungen im gesamten Mittelmeerraum war das Imperium Romanum bald die größte geschlossene Reichsbildung der Weltgeschichte und umfaßte Teile aller drei damals bekannten Kontinente: Europa, Afrika und Asien. Es bestand als »Mittelmeerreich« weit länger als ein halbes Jahrtausend. Doch als Mittelpunkt des Reichs wurde aus dem alten, kriegerischen Rom in der Kaiserzeit eine riesige Vergnügungsstätte, die den Keim des Verfalls in sich trug. Von Cäsar und Augustus prächtig erweitert, wurde die Stadt 64 n. Chr. unter der Regierung Neros durch einen Brand großteils vernichtet. In der Folgezeit großzügig wiederaufgebaut, hatte sie nach neueren Berechnungen zwischen 800 000 und 2 Millionen Einwohner. Die Erstarkung des Christentums und die Verlegung der kaiserlichen Residenz nach Konstantinopel durch Konstantin den Großen im Jahre 330 n. Chr. war der

Beginn des Niedergangs. Um die Wende zum Mittelalter wurde Rom 410 durch die Westgoten unter Alarich, 455 durch die Vandalen unter Geiserich und 546 durch die Ostgoten unter Totila erobert. Die Stadt verfiel und hatte zeitweise weniger als 1000 Einwohner; 754 wurde sie von Papst Stephan III. gegen die Langobarden unter den Schutz des Frankenkönigs Pippin gestellt. Papst Leo IV. umgab die nach ihm benannte Leostadt um St. Peter, an der Stelle des einstmals von Nero erbauten Circus, um 850 mit einer Mauer gegen die Sarazenen. Die Erhebung Karls des Großen zum Kaiser gab Rom erneut Bedeutung, die noch wuchs, als der deutsche König Otto I. sich 962 in Rom zum Kaiser krönen ließ. Seitdem wurde Rom zur Krönungsstadt der deutschen Kaiser im Mittelalter. Im hohen Mittelalter machte neben dem widerspenstigen römischen Adel das machtvoll aufgestiegene Papsttum den deutschen Kaisern die Herrschaft über Rom streitig. Im Kampf mit Kaiser Heinrich IV. wurde Rom 1084 durch die Normannen unter Robert Guiscard erobert. Mit dem Sieg des Papsttums über Friedrich II. gewann jedoch der Papst nicht die endgültige Herrschaft in Rom – die Macht fiel an die französischen Könige, die die Päpste zwangen, 1309–1377 in Avignon zu residieren. In der durch Parteihader zerfallenen Stadt versuchte Cola di Rienzo 1347 vergeblich, die römische Republik nach antikem Vorbild wiederherzustellen. Ende des 14. Jahrhunderts verwüsteten die Machtkämpfe zwischen den Adelsfamilien Colonna und Orsini die Stadt. Mit dem Beginn der Renaissance aber blühte Rom wieder auf. Gefördert wurde der Aufstieg durch die mächtigen und prachtliebenden Renaissancepäpste; unter Alexander VI., Julius II., Leo X. und Clemens VII. wurde Rom zum glänzenden Zentrum einer neuen Epoche. Die spätere Einnahme und Plünderung der Stadt durch das deutsch-spanische Heer Karls V. im Jahre 1527 richtete in Rom nicht nur furchtbare Verheerungen an, sondern setzte auch der Renaissance-Kultur ein Ende. Rom geriet unter den Einfluß Spaniens, der bis ins 18. Jahrhundert anhielt, und gewann im Kampf gegen die Reformation neue Züge, die sich in der Barockkultur spiegelten. 1798/99 wurde Rom von den französischen Revolutionstruppen besetzt; 1809 vereinigte Napoleon I. den Kirchenstaat mit dem französischen Kaiserreich; bis zum Sturz Napoleons verließ der Papst die Stadt. 1814 wurden die alten Zustände wiederhergestellt; sie erwiesen sich jedoch als nicht mehr tragfähig. Erst mit Hilfe französischer Truppen konnte der geflohene Papst 1849 wieder in seine Residenz zurückkehren. Von nun an wurden alle liberalen Strömungen unterdrückt. Erst als die französischen Truppen 1870 Rom verließen, besetzten Truppen des 1861 gegründeten Königreiches Italien die Stadt und riefen sie zur Hauptstadt des neuen Staates aus. Der Papst zog sich als »Gefangener« in den

Vatikan zurück. Erst 1929 wurde mit den sogenannten Lateranverträgen der Friede mit dem Papsttum geschlossen. Im Zweiten Weltkrieg war Rom offene Stadt und hat nur wenig unter den Kämpfen gelitten. Heute ist Rom nach Mailand die zweitgrößte Industriestadt Italiens, Handelsmetropole mit zahlreichen Messen und Wallfahrtsziel mit 600 noch aktiven Kirchen, darunter St. Peter und sechs Basiliken. Die »Ewige Stadt« ist ein Kunstjuwel mit Bauten aller Epochen, Museen, Bibliotheken und Privatsammlungen, die ihresgleichen suchen. Eine neue Universitätsstadt, die Sportstätten der Sommerolympiade 1960, die Banken des Corso und die Regierungseinrichtungen mit Diplomatenvierteln, Präsidentensitz und Ministerien sowie zahlreiche Hochschulen, Kunstsammlungen, internationale Organisationen, Theater, Opernhäuser, aber auch Luxushotels und teure Geschäfte machen Rom heute wieder zur Weltstadt.

ROMULUS UND REMUS heißen in der Sage die Zwillingsbrüder, die als Gründer der Stadt → Rom gelten. Doch mit der Gründung Roms befaßten sich griechische Geschichtsschreiber wahrscheinlich schon seit dem 5. Jahrhundert v. Chr. Man brachte dieses Ereignis mit dem Fall Trojas in Zusammenhang und ließ den nach Westen geflüchteten → Äneas, seinen Sohn oder Enkel oder einen anderen griechischen Helden aus dem trojanischen Sagenkreis Rom gründen. Den großen zeitlichen Abstand, der zwischen dem Fall Trojas – nach der Chronologie des Eratosthenes im Jahre 1184 v. Chr. – und der Gründung Roms lag, suchte man durch den Einschub der albanischen Königsfolge zu überbrücken. Die »klassische« römische Version der Sage, die in dem vorliegenden Buch den Fassungen des → Livius und des → Plutarch folgend, wiedergegeben ist, hat in jedem einzelnen Zug Parallelen im griechischen Mythos. Vor allem die »Tyro« des Sophokles und die sogenannte Neue Komödie lassen sich zum Vergleich heranziehen. Wahrscheinlich stammt auch das Motiv der Zwillinge von dieser Seite. Jedenfalls wies die klassische Version der Sage dem Remus nur eine ganz untergeordnete Rolle zu. Der Wissenschaftler Kretschmer suchte Remus (= Rhomos) trotzdem als den älteren und ursprünglichen Gründer der Stadt zu erweisen. Hermansen vermutet in Romulus das mit lateinischem Suffix abgeleitete Eponym von Rom, in Remus aber eine Übersetzung des griechischen Rhomos. Die Behauptung, die Romulus-Sage sei aus einem tatsächlich in Rom bestehenden Kult herausgesponnen, scheint jedenfalls nicht hinlänglich gesichert. Später wurde Romulus von den Römern als Gott → Quirinus verehrt. Ausgangspunkt für diese Gleichsetzung Quirinus – Romulus scheinen politische Überlegungen Cäsars gewesen zu sein, der eine römische Vergottung als Vorbild seiner eigenen Apotheose brauchte.

SABINER hießen die Bewohner des Berglandes nordwestlich von → Rom. Sie waren mit den → Samnitern verwandt; ihre am weitesten zum Meer vorgeschobene Siedlung lag auf dem → Quirinal. Nach der römischen Sagenüberlieferung beeinflußten sie die Anfänge Roms durch den Raub der Sabinerinnen und die gemeinsame Regierung des Titus Tatius mit → Romulus. Die Hauptstädte der Sabiner waren Cures, Amiternum, Nursia, Vomententum und Reate. Im Jahre 290 v. Chr. von Curius Dentatus unterworfen, erhielten die Sabiner das römische Bürgerrecht ohne Stimmrecht. 268 v. Chr. dann vollständige Rechte.

SAMNITER hieß ein italisches Volk oskischer Sprache, das sich nach Mittel- und Süditalien ausbreitete. Ende des 5. vorchristlichen Jahrhunderts eroberten die Samniter Kampanien – 438 Capua und 420 Cumae. Sie lebten noch weitgehend in der Urgemeinschaft. Im Jahre 354 v. Chr. schlossen sie ein Bündnis mit → Rom, doch bald kam es zwischen beiden Parteien zu einem Krieg, dem sogenannten 1. Samniterkrieg (343 – 341), um den Besitz von Kampanien. Die Samniter unterlagen. Als die Römer Neapel besetzten, brach der Krieg erneut aus – der 2. Samniterkrieg dauerte von 326 – 304. Trotz Anfangserfolgen auf den Caudinischen Pässen wurden die Samniter zuletzt von den Römern besiegt, die ihr Heer neu geordnet hatten. Als die → Gallier bis Rom vorstießen, versuchten die Samniter, ihr altes Territorium im 3. Samniterkrieg (298 – 290) zurückzuerobern. Im Jahre 280 v. Chr. verbündeten sie sich mit dem griechischen König Pyrrhus. Die dauernden Kampfhandlungen hatten große Verluste unter den Samnitern gefordert; ihr Gebiet verödete immer mehr. Gegen neue Aufstände sicherten sich die Römer durch die Anlage von Bürgerkolonien. Am späteren Bundesgenossenkrieg (90 bis 88) waren die Samniter führend beteiligt; im Anschluß daran rottete Sulla die letzten, die auf seiten des Marius kämpften, unter dem Deckmantel, die Ordnung wiederherzustellen, fast völlig aus; so ließ er nach der Schlacht an der Porta Collina im Jahre 82 v. Chr. 6000 Samniter ermorden.

SENAT hieß im alten → Rom ursprünglich die Beratung der Ältesten aus den einzelnen Geschlechtern. Eine solche Versammlung hatte anfangs 100, dann 300, seit Sulla 600 und unter Cäsar vorübergehend 900 Mitglieder. Die → Censoren entschieden über die Aufnahme und schlossen Unwürdige aus. Die Senatoren durften einen goldenen Ring, einen breiten Purpurstreifen an der → Tunika und besondere rote Schuhe tragen. Ihnen war offiziell verboten, ein Handwerk oder Handelsgeschäft zu betreiben und überhaupt einen besoldeten Beruf auszuüben, wodurch die Mitgliedschaft auf einen exklusiven Kreis beschränkt blieb. Kaiser Augustus forderte dann außerdem ein Vermögen von mindestens 1 Million Sesterzen. Die → Consuln beriefen den Senat zur Sitzung meist in den Versammlungssaal, in die sogenannte Kurie, ein. Nach dem Vortrag des Beamten begann eine Erörterung, bei der die Senatoren nach der Rangliste ihre Meinung äußerten. Zuletzt kam durch eine Abstimmung ein Senatsbeschluß zustande. Staatsrechtlich sollte der Senat nur die → Magistrate beraten und die Beschlüsse der Zenturiatkomitien bestätigen. Durch Gewohnheitsrecht aber entschied er praktisch über alle wichtigen politischen Fragen, wie Religion, Finanzen, Außenpolitik und innere Sicherheit. Die ausführenden Beamten wagten es kaum, gegen die Meinung des Senats zu handeln. Seit Augustus schwand dann die politische Bedeutung des Senats, kein Senator wagte, gegen die Anträge des Kaisers zu stimmen, der jetzt die Mitglieder selbst festlegte und durch die Einrichtung des Fiscus für den Hauptteil der Finanzen eigene Verfügungsgewalt besaß. Gestützt auf ihren Großgrundbesitz blieben die Senatoren jedoch weiterhin wirtschaftlich unabhängig. Unter Kaiser Diokletian wurde Senator ein Ehrentitel ohne staatsrechtliche Bedeutung.

STADION hieß in der Antike die Bahn für die Wettkämpfe, die anfangs ein Rechteck bildete, später aber halbkreisförmig abschloß. Die Länge des Stadions betrug 600 Fuß, doch war dieses Grundmaß lokal verschieden. Daher schwankte das daraus abgeleitete Längenmaß Stadion – Mehrzahl: Stadien – zwischen 160 und 210 Metern. So betrug etwa in Olympia 1 Stadion 192,27 m, während 1 griechisch-römisches Stadion 178,6 m maß.

TARQUINII – heute Tarquinia – hieß eine der bedeutendsten Städte der → Etrusker und war die Heimat der Tarquinier. Die Stadt ist bekannt durch die Malereien in der Nekropole, die das reichste Anschauungsmaterial etruskischer Malerei sind.

TIBER – lateinisch: Tiberis – heißt mit 393 km Länge der zweitgrößte Fluß Italiens, der im Altertum ein wichtiger Transportweg für Schiffe zwischen dem jetzt versandeten → Ostia und → Rom war. Der Schiffsverkehr ging teilweise noch über Rom hinaus. Im Winter überschwemmte der Tiber oft die unteren Stadtteile Roms, die in der Antike mehrere Meter tiefer lagen als heute.

TOGA hieß das wichtigste Kleidungsstück der alten Römer. Es war ein Obergewand, das über der → Tunika getragen wurde, ein halbrund bis ellipsenförmig geschnittener Mantel von 5,60 m Länge und 2,20 m Breite.

Das eine Ende ließ man von der linken Schulter bis zu den Füßen fallen, das andere wurde vom Rücken unter dem freibleibenden rechten Arm hindurch nach vorn geführt und über die linke Schulter geworfen. Im Laufe der Zeit wurden immer komplizierter gelegte Faltenpartien üblich. Die gewöhnliche Toga virilis war weiß. Die Toga praetexta der Beamten, Priester und freigeborenen Knaben hatte purpurne Besatzstreifen. Die Kandidaten für öffentliche Ämter trugen eine leuchtendweiße Toga. Die Toga wurde allmählich von der praktischeren Paenula, einem Reisemantel mit Kapuze, abgelöst. In der Spätzeit → Roms wurde es üblich, daß die Gewänder üppig bestickt wurden.

TRIBUN ist eine Bezeichnung für bestimmte altrömische Beamte, ursprünglich für den Vorsteher einer tribus, eines Stadtbezirks. Die frühe Geschichte der Volkstribunen wird in dem vorliegenden Buch den Aufzeichnungen des → Livius folgend wiedergegeben. Volkstribunen vertraten seit 494 v. Chr. die Interessen der → Plebejer gegenüber den → Patriziern in → Rom. Sie waren »unantastbar«, konnten gegen jeden Beschluß der Beamten – auch der → Consuln – ihr → Veto einlegen und außerdem jeden, der sich ihnen widersetzte, durch die → Ädilen verhaften und von der Volksversammlung verurteilen lassen. Sie besaßen weiterhin das Recht, Versammlungen der Plebejer einzuberufen und zu leiten. Sie konnten auch Beamte, deren Amtszeit abgelaufen war, zur Rechenschaft ziehen. Sulla beschränkte später die Befugnisse der Volkstribunen erheblich, aber ohne dauernden Erfolg. Seit Augustus begründeten die römischen Kaiser ihre Machtstellung auch mit der tribunizischen Gewalt. – Neben den Volkstribunen gab es auch Militärtribunen, das waren Stabsoffiziere der Legionen, die aus dem Ritter- oder seltener auch aus dem Senatorenstand vom Volk gewählt oder vom Consul ernannt wurden.

TULLUS HOSTILIUS hieß – der antiken Überlieferung nach – der dritte → König → Roms. Er soll → Alba Longa zerstört und die Einwohner in Rom angesiedelt haben. Er ließ auch das Rathaus (Curia Hostilia) bauen. Als er → Jupiter gemäß den Vorschriften seines Vorgängers → Numa Pompilius beschwor und dabei einen Fehler beging, wurde er vom Blitz getroffen.

TUNIKA hieß ein römisches Kleidungsstück, das dem griechischen Chiton entsprach; es war eine Art Hemd aus Leinen oder Wolle. Die Tunika wurde außerhalb des Hauses über den Hüften gegürtet; in späterer Zeit besaß sie Ärmel. Mitglieder des → Senats durften an der Tunika einen breiten, Ritter einen schmalen Purpurstreifen tragen.

VERGIL – eigentlich Publius Vergilius Maro – heißt der Verfasser des bedeutendsten und berühmtesten Werks der lateinischen Dichtkunst, des Epos → »Äneis«. Er wurde am 15. Oktober 70 v. Chr. bei Mantua als Sohn einfacher, aber vermögender Landleute geboren. Der Vater sorgte für seine umfassende Ausbildung, die Vergil in Cremona und Mailand, dann in → Rom und Neapel, über die Stufen des Elementarunterrichts, der Rhetorik und der Philosophie in alle Bereiche der Bildung einführte. Unter seinen Lehrern tritt der neapolitanische Epikureer Siron hervor. Der Jüngling entsagte, wohl auch aus gesundheitlichen Gründen, dem Ehrgeiz, eine → Ämterlaufbahn einzuschlagen. Sein Dichtertum trat früh zutage; erhaltene Jugendverse zeigen ihn unter dem Eindruck Catulls, doch auch Lukrez muß stark auf ihn gewirkt haben. Vergils großes Schaffen setzte etwa 42 v. Chr. ein: 42 – 37 entstanden die »Bucolica«, etwa 37 – 29 die »Georgica«, etwa 29 – 19 die »Äneis«. Schon die Hirtengedichte sind voll ausgereifte Kunstwerke und zeigen ihn umgeben von einem Kreis bedeutender Freunde. 42 v. Chr. scheint der Landbesitz des Vaters im Zuge der Landverteilungen Octavians enteignet worden zu sein, doch wurde Vergil dank der Vermittlung seiner Freunde durch einen hochstehenden Gönner – wahrscheinlich Octavian selbst – in seine Habe wieder eingesetzt oder entschädigt. Die gewaltsame Vertreibung der Familie und die als Wunder und Gnade erfahrene Wiederherstellung wurden für Vergil zum entscheidenden, das ganze Werk bestimmenden Erlebnis. Die Muße und ängstlich gewahrte Zurückgezogenheit der reifen Jahre stand zwar im Zeichen der Gunst des Maecenas und der Herrscherhuld des Augustus, aber auch ernster gesundheitlicher Bedrohungen und härtesten künstlerischen und geistigen Ringens. Der Dichter, der als scheu und sittsam bis zur »Zimperlichkeit« galt, Frauenliebe gemieden haben soll und gänzlich seinem Werk lebte, wird seiner Erscheinung nach als »bäurisch«, dunkel, hochgewachsen und um sein Äußeres unbesorgt geschildert. Nach etwa zehnjähriger Arbeit an der »Äneis« begab er sich 20 v. Chr. nach Griechenland, um das Werk dort und in Kleinasien zu vollenden. Augustus, der ihm in Athen begegnete, bewog ihn, den Aufenthalt abzubrechen. Auf der Heimreise erkrankte Vergil und starb in Brindisi am 21. September 19 v. Chr. Er wurde in Neapel beigesetzt. In einzigartiger Fülle halten Lebenszeugnisse, Proben von Briefen und Gesprächen das Bild des Dichters fest. Zur biographischen Tradition verdichtet, wurden diese Nachrichten in der Lebensbeschreibung des Sueton zusammengefaßt und von dort aus in vielfältiger Brechung weiter überliefert.

VESTA ist der Name der altitalischen Göttin des Staatsherdes. Sie war eine der ältesten Göttinnen, die in → Rom verehrt wurden. Ihre Anfänge hat man auf das erste Bewußtwerden einer staatlichen Gmeinschaft in Rom zurückgeführt. Die Sagen betreffen allerdings zwar nicht Vesta selbst, wohl aber ihre Priesterinnen und menschlichen Spiegelbilder, die Vestalinnen. Durch einen Vergleich der Erzählungen von der Geburt des → Romulus und Remus, deren Mutter die Vestalin Rhea Silvia gewesen sein soll, kamen Wissenschaftler zu dem Schluß, es sei die mythologische Funktion der Vestalin, mittels eines mehr oder weniger unbekannten göttlichen Vaters Mutter eines »Stadtgründers« zu werden. Der Vesta-Tempel, dessen Bau die Sagen dem Romulus oder auch → Numa Pompilius zuschrieben, lag am Fuß des → Palatin in unmittelbarer Nähe des Amtshauses des Pontifex maximus und des Hauses der Vestalinnen. Der kleine Rundtempel enthielt kein Götterbild, sondern beherbergte nur den Staatsherd mit dem heiligen Feuer, für dessen dauernde Unterhaltung die Vestalinnen sorgen mußten. Das Feuer ausgehen zu lassen, galt für die Vestalinnen als schweres Verbrechen. Die jeweils sechs Vestalinnen mußten während ihrer Priesterschaft völlige Keuschheit üben; eine Verletzung dieser Pflicht wurde mit dem Tod bestraft. Das römische Volk glaubte an wunderwirkende Kräfte der Vestalinnen; sie genossen daher verschiedene Ehrenrechte und hatten überhaupt großen Einfluß auch in weltlichen Angelegenheiten. Begegnete eine Vestalin einem Verurteilten, wurde dieser frei. – Das Fest der Göttin, die Vestalia, feierte man in Rom am 9. Juni. Vesta wurde der griechischen Göttin Hestia gleichgesetzt, vertrat aber vorwiegend den Staatsherd und kaum den einzelnen Hausherd wie diese.

VETO – lateinisch »ich verbiete« – war ursprünglich der Einspruch des → Tribunen im alten → Rom, mit dem er, freilich nicht unbegrenzt, Akte des → Senats oder eines → Magistrats unwirksam machen konnte. Dieses Einspruchsrecht (»intercessio«) besitzen heute noch zahlreiche Körperschaften, wie zum Beispiel der amerikanische Präsident, der deutsche oder der österreichische Bundesrat oder die fünf ständigen Mitglieder des Sicherheitsrates der UNO. Körperschaften, die einen Beschluß eines anderen Organs endgültig verhindern können, besitzen ein absolutes, diejenigen, die das Zustandekommen vorübergehend hemmen können, ein suspensives (aufschiebendes) Veto.

VIA APPIA hieß jene wichtigste Verkehrsverbindung von → Rom nach Süditalien, die Appius Claudius Cäcus, der → Censor des Jahres 312 v. Chr., zunächst bis Capua hatte bauen lassen und die später über Benevent, Venusia nach Tarent und Brundisium, dem heutigen Brindisi, weitergeführt wurde. Diese breite Straße sollte die schnellen Truppenbewegungen der Römer zu ihren südlichen Verbündeten ermöglichen. Die Via Appia ist immer noch zu Teilen erhalten und als »Königin der Straßen« weltberühmt,weil zu ihren Seiten in einsamer Landschaft vor Rom Reste von oft monumentalen Grabbauten erhalten sind und noch heute unterirdische Katakomben (heidnische und christliche Begräbnisstätten) zeigen.

VOGELSCHAU war ein von den Römern geübter Brauch, aus dem Flug der Vögel über einem begrenzten Stück Land den Willen der Götter zu erkunden. Beauftragte Deuter des Vogelflugs waren die → Auguren.

VOLSKER hieß ein italischer Stamm, der am Fluß Liris siedelte und sein Gebiet durch Kriege zeitweilig bis → Rom, Velletri und Antium erweiterte. Im Jahre 493 v. Chr. soll der römische Feldherr → Coriolanus die bedeutende Volsker-Stadt Corioli erobert haben; nach langwierigen Kämpfen konnten die Römer die Volsker im Jahre 338 v. Chr. endgültig unterwerfen. Den Besiegten wurde das Latinerrecht zugestanden.

ZENTURIEN hießen im alten → Rom ursprünglich Abteilungen von je hundert Personen, die bei Abstimmungen eine Stimme hatten. Alle römischen Bürger waren später hinsichtlich ihres Vermögens in sechs Klassen und diese wieder in 193 Zenturien eingeteilt. Die erste Klasse enthielt die reichsten Bürger und bestand allein aus 80 Zenturien, jede der drei folgenden aus 20, die fünfte aus 30 und die letzte aus einer Zenturie, zu welcher die ärmsten und geringsten Leute, die Proletarier, die nicht zum Krieg gebraucht wurden, gehörten. Hinzu kamen noch 18 Zenturien der Ritter, 2 der Handwerker und 2 der Pfeifer. Jede Zenturie stimmte nach Beratschlagung der Glieder für sich, und so wurde eine Angelegenheit meist durch die zwei oder drei ersten Klassen entschieden, ohne daß die übrigen zu stimmen brauchten. Außerdem war das römische Volk auch nach den Bezirken in Tribus eingeteilt, deren es in der Frühzeit 21, später 35 gab. In den Tribus waren Reiche und Arme untereinander gemischt und die letzteren natürlicherweise zahlreicher, so daß sie beim Abstimmen das Übergewicht hatten.